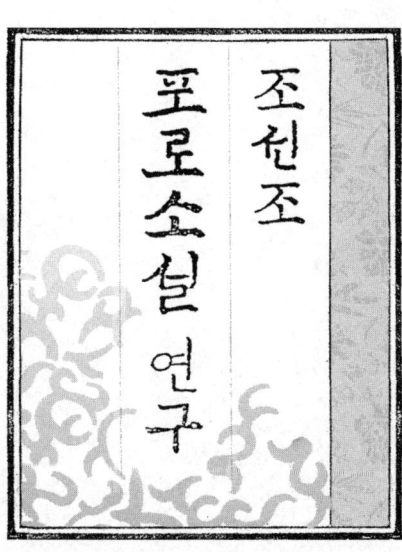

조선조
포로소설 연구

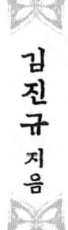

김진규 지음

보고사

책머리에

　이 책은 16~17세기 동아시아 전란의 상징이었던 임진왜란과 병자호란 사이, 적국의 포로로 끌려가 수난을 받았던 사람들의 이야기를 형상화한 포로소설을 주로 다룬 것으로, 그 바탕은 필자의 박사 논문이다.

　포로소설에 등장하는 주인공들의 삶은 그야말로 자신의 의지와는 상관없이 거대한 전란의 폭력 앞에 무방비하게 노출된, 힘없는 당시 민중 전체의 삶을 대변한다는 점에서 의미심장하며, 나아가 오늘을 살아가는 우리들에게 삶의 진정한 의미가 무엇인가를 화두로 던지고 있다. 그러나 수치와 굴욕의 역사를 건드리지 않으려는 시대 탓이었는지는 몰라도 적국의 포로로 끌려간 사람들의 이야기는 우리의 문학사에서 크게 주목받지 못한 게 사실이다. 뿐만 아니라 이 책에서 연구 대상이 되었던 소설들의 연구 시각도 '포로'의 관점보다는 '애정' 모티프에 더 초점을 두고 소설사에 기술되고 있는 실정이다. 이것은 이 소설들이 갖고 있는 문학성과 역사성을 아우르지 못하는 결과를 낳고 말았다.

　이에 필자는 포로 모티프가 플롯의 핵이 되는 소설, 곧 민족 수난기에 강제로 '포로'가 되었지만, '탈포로'의 열정적 삶을 재현한 소설을 '포로소설'로 정립해야 한다는 신념 아래, 지금껏 관련 자료를 찾아 읽고 논문을 써 왔다. 이러한 일련의 과정은 포로소설이 '수난 역사에 대한 기억의 성찰과 삶의 진정성'을 환기하는 정치·사회·역사적 담론으로써, 오늘날까지 유의미한 소설 유형으로 그 독자성을 이어가고 있다는 사실을 확인할 수 있는 좋은 기회가 되었다.

돌이켜 보면 10여 년간 미련하게 '포로'에 천착했지만, 학계에 내놓은 성과는 미미하기 짝이 없다. 그래서 이 책을 기획하긴 했지만 아직 부족한 공부를 세상에 내놓게 된 것이 아닌가 싶어 부끄럽기 짝이 없다. 다만 이 책을 통해 선학께 빚진 것을 조금이나마 갚는 계기가 되고, 학문을 이어가는데 하나의 이정비(里程碑)가 되었으면 한다.

만 3년이 다 된 원고라 곳곳에 오류가 발견되어, 이번 기회에 바로 잡았다. 또한 부록에 포로소설을 붙여 두었는데, 관심 있는 분에게 조금이나마 도움이 되었으면 한다. 물론 이 책에서 내세운 논지나 논거의 오류가 있다면, 이것은 전적으로 필자의 과문한 탓이며 이후 수정·보완할 것을 약속드린다. 아울러 독자 여러분들의 따끔한 질정을 바란다.

이 책이 나오기까지 학부 때부터 지금까지 참된 삶을 깨우쳐 주시고 진정한 학문의 길로 인도해 주신 여강(如岡) 김재환 선생님, 학문의 부피와 깊이를 더하기 위해 늘 동고동락하는 가운데, 이젠 붕우(朋友, 마음이 통하는 사람)로 지내고 있는 안영훈, 김도희, 차미라 선생님, 심사를 맡아 주신 김광순, 장양수, 곽정식 선생님께 머리 숙여 감사의 말씀을 올린다. 그리고 양가 부모님과 아내, 하나와 하영이에게도 이 자리를 빌어 감사의 마음을 표하고 싶다.

출판계의 어려운 사정에도 불구하고 흔쾌히 이 책을 발간케 해 주신 보고사 김흥국 사장님과 편집 담당 이경민, 박은민 님께도 감사의 말씀을 올리며, 아울러 출판사의 무궁한 발전을 기원한다.

2006년 2월
역사 속 신산한 삶을 살았던 포로와
그 가족들을 생각하며
필자 씀

차 례

제1장 서론

1. 기존 연구 검토와 연구 목적

16~17세기 임병양란(壬丙兩亂)은 한·중·일 삼국이 역사적 대전환을 이루는 시기였다. 중국의 명·청 왕조 교체, 일본의 덕천막부 탄생의 와중에서 조선은 전 국토가 전쟁터가 된 탓에 그 인적·물적 피해가 막심하였다. 곧 문물의 파괴, 재력의 탕진, 인구의 소모, 농지의 황폐 등 이루 헤아릴 수 없는 막심한 손해[1]를 회복하기 위해서는 참으로 오랜 세월을 기다려야만 했다. 또 사상적 측면에서는 국가 존립의 버팀목이었던 중세적 유교 이념이 더 이상 삶의 지표가 되지 못하고, 오히려 개인 의식의 발달, 신분 계급의 변동, 상업 자본주의의 발달 등 새로운 가치관이 사회적 질서를 재편해 가던 과도기 현상을 보였다.

이러한 역사적 대전환은 동시에 문학사적 전환[2]과 그 궤를 같이 한다는 점에서 의미심장하다. 특히 전란 중 야기된 '포로 문제'는 민족사의 수

---

1) 진단학회, 『한국사』, 근세 전기편, 을유문화사, 1978(15판), 674쪽.
2) 조동일은 임란 이후의 조선후기 문학은 중세에서 근대로의 이행기 제1기의 문학이라 하였는데, 이 시기는 중세문학의 연장도 아니고 근대문학의 시발도 아닌, 그 나름대로의 뚜렷한 특징을 가진 독자적인 시기라고 하였다. (조동일, 『한국문학통사』3, 지식산업사, 1999(3판 9쇄), 9쪽)

난을 상징적으로 보여준다는 점에서 문학적 소재가 되기에 충분한 것이었다. 이를테면 임란(壬亂) 때, 일본군의 특수 부대 중 '포로부'3)가 무작위로 끌고 갔던 10만여 명의 포로 사냥4), 정묘호란 때 후금의 포로 속환개시(贖還開市)5), 병란 때 50만여 명의 포로 문제6)가 그것이다. 이것은 전후에도 가족 이산의 아픔은 물론, 조정에서도 포로 쇄환 등 책임 문제를 놓고 열띤 정치적 논쟁의 장7)이 되었을 만큼 당시의 보편적인 관심사였다. 이처럼 민족적 수난에 대응한 서사문학의 중요한 모티프 중의 하나가 '포로'였다.

포로 모티프는 조선조 소설에서 서사의 핵으로 부상하며, 포로 자신뿐 아니라, 연인, 가족, 사회, 국가, 세계까지 아우르며 진정한 삶의 의미를 성찰케 하는 서사의 동력인데도, 여기에 대한 집중적인 연구는 아직 미흡한 감이 있다. 이것은 포로 모티프 자체보다 그것으로 야기된 가족 이산, 애정의 장애 모티프 등 주로 삽화적 측면에 더 치중한 결과이

---

3) 임란 중 일본 군사의 편제는 전투 부대와 특수 부대로 나누고, 후자는 도서부, 공예부, 포로부, 금속부, 보물부, 축부로 나누어 활동하였는데, 특히 문화적 열등 의식을 만회하려는 의도가 짙게 깔려 있다. (최영희, 「일본의 침략」, 『한국사』 12, 탐구당, 1981, 324~325쪽 참조)

4) 이원순은 "조선 부로의 수를 족히 10만을 넘는 숫자로 수정한다고 해도 단순한 심증만은 아니다. … 결국 인조 21년까지 40여 년간의 정치적 교섭을 통해 본국으로 쇄환된 자는 1만 명 미달의 미미한 숫자에 지나지 않았다." 라고 하였다. (이원순, 「임진·정유재란시의 조선부로노예문제」, 『조선시대사론집』, 느티나무, 1993, 12쪽과 37쪽). 이후 최호균은 임진·정유왜란기의 출전 병력과 비교하여 전체 피로인의 수를 최소한 40만 명 이상이라고 추정하였다. (최호균, 「壬辰·丁酉倭亂期 人命 被害에 대한 계량적 연구」, 『국사관논총』 제89집, 국사편찬위원회, 2000, 49~52쪽 참조)

5) 박용옥, 「정묘란 조선피로인 쇄·속환고」, 『사학연구』 제18호, 한국사학회, 1964, 355쪽.

6) 박용옥, 「병자난 피로인 속환고」, 『사총』 9집, 고대사학회, 1964, 93쪽.

7) 임란 이후 포로쇄환 문제는 국가의 중대한 외교 문제였는데, 특히 <丙子錄>의 저자 羅萬甲(1592~1642)은 정묘호란 이후 포로 문제로 金瑬 등의 탄핵을 받고 귀양가기도 하였다.

다. 그 결과 포로 모티프가 서사의 핵이 되는 소설은 어느 유형에도 확고하게 자리잡지 못하고, 여러 가지 소설 유형에 귀속되는 상황에 이르렀다. 이처럼 포로 모티프가 기존 연구에서 제대로 조망을 받지 못한 것은 논의의 가능성이 있음에도 불구하고, 기존의 통념과 선입견에서 벗어나지 못한 문제 의식의 결여 때문이 아닌가 생각된다.

이런 가운데 소재영이 〈기우록(奇遇錄)〉(〈최척전(崔陟傳)〉의 이명(異名)-필자)을 논하면서, 피로(被虜)들의 내왕을 통해 지리적 공간 구성과 역사적 시간 구성의 특이성 속에서 피로문학(被擄文學)의 유형 설정이 가능하다고 시론한 것[8]은 포로의 문학적 인식 차원에서 탁견이다. 또한 〈간양록(看羊錄)〉, 〈금계일기(錦溪日記)〉 등 포로일기와 진후소설과의 상관 관계를 언급한 것도 이 방면의 연구 방향에 많은 시사점을 던져 주었다. 다만 그 후 일련의 연구[9]에서 포로문학의 개념과 범주 등을 다양한 관점에서 좀더 정치하게 다루었으면 하는 아쉬운 감이 있다.

한편, 포로 체험의 문학적 형상화에 대한 연구는 주로 포로 실기문학(實記文學)을 중심으로 이루어졌다. 사대부와 평민 계급에 반영된 임란 응전 의식을 중심으로 작품 전반의 의미망을 구축한 연구[10]와 〈간양록〉을 중심으로 한 연구[11]가 이어지다가 1992년 임란 400주년을 맞아 여러

---

8) 소재영, 「〈기우록〉 논고-피로문학의 가능성 시론」, 『성봉김성배박사 화갑기념논문집』, 형설출판사, 1977. 690쪽(a).
9) 소재영, 「남윤전논고」, 『숭전어문학』, 제6집, 1977(b).
_____, 『임병양란과 문학의식』, 한국연구원, 1980.
_____, 「임병양란의 충격과 문학적 대응」, 황패강 외, 『한국문학연구입문』, 지식산업사, 1982.
_____, 「임란피로들의 해외체험-〈금계일기〉·〈간양록〉·〈해상일록〉을 중심으로」, 소재영·김태준 편, 『여행과 체험의 문학(일본편)』, 민족문화추진위원회, 1985.
_____, 「임병양란과 소설의 발달」, 『고전소설연구』, 화경고전문학연구회, 일지사, 1993.
10) 이동근, 「임란전쟁문학연구」, 서울대 석사학위논문, 1983.

갈래에 대한 연구가 집대성되기도 하였다.[12] 이러한 성과는 이채연[13], 장경남[14]에 이르러 포로실기의 문학성 규명과 그 의미 탐색, 여타 서사 문학과의 관련 양상 등 서사문학적 위상에까지 확대 연구하는 결과를 낳았다. 이처럼 포로실기는 하나의 독립적인 갈래로써 자리매김되었지 만, 포로 모티프가 서사의 핵이 되는 소설에 대한 거시적 조망은 미흡한 감이 없지 않다.

필자는 이러한 문제점을 해결하기 위해 포로 모티프가 서사의 동력이 되는 〈최척전(崔陟傳)〉, 〈김영철전(金英哲傳)〉, 〈이한림전(李翰林傳)〉, 〈유록의 한(柳綠의 恨)〉, 〈남뉸젼〉[15] 등과 같은 소설을 '포로소설(捕虜小 說)'이라 명명하고 연구를 진행해 왔다.[16] 왜냐하면 이들 작품은 창작

---

11) 이채연, 「간양록의 실기문학적 특징」, 『한국문학논총』 13집, 한국문학회, 1992.

12) 황패강, 『임진왜란과 실기문학』, 일지사, 1992 및 김태준 외, 『임진왜란과 한국문학』, 민음사, 1992가 대표적이다. 뒤의 책은 실기문학(황패강), 국외체험의 실기문학(김태 준), 한시(조동일), 국문시가(정재호), 설화(설성경), 소설(소재영) 등 다양한 갈래에 서 연구가 되었다. 뿐만 아니라, 동아일보 '임란 400년 : 「한민족혼」 일본서 숨쉰다', 1992 ; 부산일보 '임란 400돌 그 역사의 거울' 1992, 조선일보 '400년 전의 동북아', 1992 ; 중앙일보 '임란 400년 : 한·중·일 관계사 재조명', 1992 ; 한국일보 '임란 400년 : 「한-일관계」 역사의 현장을 가다', 1992에서도 특집으로 다루었다.

13) 이채연, 『임란왜란 포로실기 연구』, 박이정, 1995 참조.

14) 장경남, 「임진왜란 실기문학 연구」, 숭실대 박사학위논문, 1997 참조. 필자도 이와 같은 연구 성과에 힘입어 <錦溪日記>를 일기문학적 관점에서 살펴보고, <최척전>, <남윤전>과 간략히 대비한 바 있다. (김진규, 「임란 포로 체험의 문학적 형상화 연 구」, 동의대 석사학위논문, 1997 및 「임란 포로일기 연구-<금계일기>를 중심으로」, 『동의어문논집』 제10집, 동의대 국어국문학회, 1997 참조)

15) <남뉸젼>의 표제는 국립중앙도서관본에 <남뉸젼>, 정신문화연구원본과 고려대 육당문고본에 <남윤전>으로 되어 있으나, 본고에선 논문 발표 제목과 원제(原題)를 밝힐 경우를 제외하곤 현대 맞춤법에 따라 <남윤전>으로 통일하였다.

16) 김진규, 「임란 포로소설 연구-<崔陟傳>을 중심으로」, 『동의어문논집』 11집, 동 의대 국어국문학회, 1998 ; 「<金英哲傳> 역해」, 『새얼어문논집』 12집, 새얼어문학 회, 1999 ; 「<金英哲傳> 역해」를 수정·보완한 「국역 <김영철전>」, 흔뿌리동인문 학회 편, 『흔뿌리』 제2호, 2000(a) ; 「<金英哲傳>의 포로소설적 성격」, 『새얼어문 논집』 13집, 새얼어문학회, 2000(b) ; 「<남윤전>의 포로소설적 성격」, 『동양한문학

동기, 구조원리, 서술 기법, 주제 구현 등에서 여타 소설 유형과 다른 특징을 공유하고 있기 때문이다.

포로소설은 포로 모티프가 플롯(plot)을 주도하는 소설을 말한다. 이것을 구체화하면 포로소설은 첫째, 작가가 생체험 또는 추체험한 포로의 삶을 모델화하여 핍진하게 형상화한 소설이며, 둘째, 포로 모티프가 사건의 실마리이거나 극적 전환 요소가 되어 서사 편폭을 확대하며, 셋째, 가족 이산과 재회의 과정이 포로와 그 가족의 서사축에서 다양한 세계와 인간 군상과의 '관계'를 통해 역동적으로 구조화되어 있으며, 넷째, 해결방식은 반드시 귀환으로 이루어지며, 다섯째, 주요인물의 관심이 개인의 관심에서 사회의 관심 등으로 확대되는 가운데, 조선인과 주체적 인간으로서의 정체성을 지키려는 의지가 강하고, 여섯째, 인간적 고뇌와 성찰을 통해 주제를 구현하는 소설이다.

그러면 먼저 포로소설로 명명한 작품들에 대한 기존의 논의와 문제점부터 살펴 보기로 한다.

〈최척전〉[조위한 (趙緯韓 : 1567~1649), 1621년 작]은 임란, 정유재란, 호족의 명나라 침입 등 전란 중에 포로가 된 최척 일가의 고난과 극복의 과정을 형상화한 소설이다. 연표가 소개된 이래[17] 불교소설[18], 피로문학[19], 임란전쟁문학[20], 애정소설[21], 사실계 · 실기류 소설[22], 애정전

연구』 15집, 동양한문학회, 2001(a) ; 「포로 모티프의 서사적 전개 양상」, 『새얼어문논집』 14집, 새얼어문학회, 2001(b) ; 「조선후기 포로소설의 구조와 의미」, 『17세기 소설사의 제문제』, 한국고소설학회 제56차 발표자료집, 2002.1.30.

17) 이명선, 『조선문학사』, 범우문고 89, 1992(초판2쇄), 169쪽.

18) 김기동, 「불교소설 최척전 소고」, 『불교학보』 11집, 동국대 불교문화연구소, 1974.

19) 소재영(1997a). 이 외에도 박태상은 〈최척전〉이 임진왜란의 참상 고발과 捕虜文學으로서의 영역을 개척하였다고 하였다. (박태상, 「〈崔陟傳〉에 나타난 애정담과 전쟁담 연구」, 『조선조 애정소설 연구』, 태학사, 1997(초판 4쇄), 304~311쪽 참조)

20) 이동근, 앞의 논문 참조.

21) 박일용, 「애정소설의 사적 전개 과정」, 사재동 편, 『한국서사문학사의 전개』 IV, 중

기소설[23], 역사소설[24] 등의 관점에서 꾸준히 논의되어 온 것[25]은 이 작품이 조선조 소설사에서 문제작임을 반증한다.

그러나 기존의 유형 분류는 주로 작품의 내용이나 주제에 따른 것이라 하더라도 다음과 같은 한계점 때문에 편의상 분류로 판단된다. 곧 작품의 창작 동기, 서사 구조와 의미를 면밀히 따져 볼 때, 포로 모티프의 역동성을 간과하고 있다.

〈최척전〉은 포로 모티프의 개입으로 포로나 그 가족 할 것 없이 이산의 고통과 속박을 온몸으로 겪으면서 인간의 존재론적 가치 실현을 위해 치열하게 산 모습을 감동적으로 전경화한 소설이다. 이렇게 보면 '불교소설'은 '장육불(丈六佛)'의 서사적 기능이 패턴적으로 일어나나 불력(佛力)의 상징이 작품의 주제와 완전히 합치되지 않는다는 점에서, '임란전쟁문학'은 임란, 전쟁과 같은 유의적 단어의 반복으로 전장에서의 강한 전투적 인상을 남긴다는 점에서, '역사소설'은 역사적 사실이 작품의 후경(後景)으로 깔려 있다는 점에서, '사실계·실기류 소설'은 소설의 본질이 허구인 이상, 실사 자체가 소설이 아니란 점에서 수긍이 가지 않는다. 그리고 포로 상황을 주로 애정의 장애 요인으로만 부각시켜 애정 모티프의 역동성을 강조한 '애정소설'도 여타 애정소설과 본질적으로 차이가 난다. 〈최척전〉의 서사구조는 흔히 애정소설에 나타나는 '도입 → 준

────────────

양문화사, 1995.
22) 민영대, 『조선조 사실계소설연구』, 한남대 출판부, 1991, 「실기류 소설로서의 최척전」, 사재동 편, 위의 책, 『조위한과 최척전』, 아세아문화사, 1993.
23) 이상구, 『17세기 애정전기 소설』, 월인, 1999.
24) 김장동, 『조선조 역사소설 연구』, 이우출판사, 1986 ; 권혁래, 『조선후기 역사소설의 성격』, 박이정, 2000, 『조선후기 역사소설의 연구』, 월인, 2001.
25) 이 외에도 주목되는 논문은 〈최척전〉을 인간 가치 실현의 의미로 파악한 강진옥, 「〈崔陟傳〉에 나타난 고난과 구원의 문제」, 『이화어문논집』 제8집, 1986과 최척이 실존인물임을 밝힌 양승민, 「최척전의 창작동인과 소통과정」, 『고소설연구』 제9집, 한국고소설학회, 2000 등이 있다.

비→ 만남→ 헤어짐의 계기→ 헤어짐→ 극복→ 다시 만남'[26]의 구조
유형과 유사하나, 그 애정은 '개인 차원의 심각한 이성적 욕구→ 혼사
장애로 인한 시련과 갈등→ 시련과 갈등의 극복' 등으로 구성된 이야기
가 아니다. 곧 사랑(애정)의 문제는 포로 상황의 설정으로 이성뿐만 아
니라 부부의 정, 육친에 대한 그리움, 타자에 대한 배려, 신에 대한 경외
심까지 확산되는 가치를 부여하며 나타나기 때문이다.

따라서, 〈최척전〉을 '포로소설'로 보면 작품의 구조와 의미를 포괄적
으로 이해할 수 있다. 이것은 〈최척전〉의 작중인물이 다른 포로소설과
같이 포로 혹은 전란이라는 불안한 심리적 공간에서 존재론적 자유[27]의
공간을 지향하는 소설이기 때문이다.

〈김영철전〉[홍세태 (洪世泰 : 1653~1725), 17세기 말~18세기 초에 창작]
은 17세기 명·청 교체기에 전쟁에 휘말려든 김영철의 포로 체험을 통
해 당시 민중들의 비극적 삶을 형상화한 소설이다. 전계한문단편소설
(傳系漢文短篇小說)로 소개[28]된 이래, 소설로서 현실주의의 한계성[29],

26) 정종대, 『염정소설구조연구』, 계명문화사, 1990, 40~41쪽.
27) 존재론적 자유는 나 자신에 대한, 신을 위한, 이웃을 위한, 세계를 위한 사중의 무
    조건적 요구로서의 당위 존재 아래 놓여 있다. (이기상, 「인간 자유의 본질에 대한
    현상학적 고찰」, 『세계의 문학』, 1989 봄호, 346쪽)
28) 박희병은 <김영철전>이 '대상의 집중적 개괄, 사실적 서술 태도, 작품 말미의 논찬
    부의 존재'로 보아 '전'의 특성을 가지고 있으면서, 동시에 '서사적 갈등이 충분히 전
    개된다는 점, 서술자의 시선이 주인공뿐만 아니라, 다른 부인물에도 전환된다는 점,
    등장인물들의 각각의 말이 작품에서 독자적 존재 의의를 갖는다는 점, 서술형식에서
    장면적 제시가 많다는 점, 자유간접화법이라는 담화를 구사하고 있다'는 점을 들어 '소
    설'의 특성도 있다고 하였다. (박희병, 「17세기 동아시아의 전란과 민중의 삶-<金
    英哲傳>의 분석」, 김학성 외, 『한국근대문학사의 쟁점』, 창작과 비평사, 1990, 13~
    51쪽 참조)
29) 정출헌은 '擧事直筆을 그 무엇보다 강조하던 정통적인 傳으로부터 소설적 傾斜過
    程을 뚜렷이 보여주는 작품이라면, 그것의 객관성·진실성·사실성에 주목하기보
    다 소설적 허구를 통해 얼마만큼 삶의 풍부한 계기나 국면들을 예술적으로 전유할
    수 있게 되었는가에 초점을 맞추어야 한다.'고 하였다. (정출헌, 「초기 한문소설에

유교적 덕목을 존중하면서 체제 안에서의 점진적인 개량(改良)을 지향
한 소설[30], 사민 수난형(士民受難型) 애정소설[31], 효행의 실천에 서사의
초점을 맞추느라 남겨진 처자에 대해 서술이 없는 소설[32], 소설로 볼
수 없는 견해[33] 등의 관점에서 논의되었다. 기존 논의는 대체로 '효행의
실천과 군역의 가혹함'이라는 주제 의식을 강하게 나타낸 작품이라는
데 의견의 일치를 보인다. 그러나 이 작품은 그 주제 의식 이면에 동아
시아 전란의 격동기에 포로로 휘말려든 작중인물들의 실존적 고뇌와 성
찰이 윤리적 담론과 함께 유기적으로 짜여 있다. 이것은 오늘날까지 완
전히 해결되지 못하고 있는 가족 이산의 아픔과 그 맥을 같이 한다는
점에서 문제적 포로소설의 전형을 보여준다.

〈유록의 한〉(작자 미상, 한문본 1650년~1750년 작 추정, 구활자본 1914년
간행)은 병란(丙亂)을 배경으로 한, 정몽세와 유록의 고난(포로) 극복담
을 허구적으로 형상화한 소설이다. 기존 논의는 전기성(傳奇性)이나 우
연성을 찾아볼 수 없는 애정소설[34], 염정소설[35], 귀공자가 기생을 열렬

서의 현실주의 논의와 그 전망―15세기 〈금오신화〉에서 18세기 초 〈김영철전〉까
지」, 『고전소설사의 구도와 시각』, 소명출판, 1999, 75쪽)

30) 정병호, 「홍세태의 전과 소설」, 『복현한문학』 제9집, 복현한문학회, 1993, 33쪽.

31) 박명순, 「고소설에 나타난 전쟁의 구현 양상」, 조선대 박사학위논문, 1998, 223쪽.

32) 권혁래, 「나손본 〈김철전〉의 史實性과 여성적 시각의 변모―〈金英哲傳〉과 대비
하여」, 『고전문학연구』 제15집, 한국고전문학회, 1999, 116쪽.

33) 윤채근은 〈김영철전〉이 소설적 서사에 요구되는 최소한의 소설성을 갖춘 작품―
즉 자율적 내부 시점을 형성한 서사 형식―인가에 대한 의문은 제시하며, 소설로 볼
수 없다는 견해이다. (윤채근, 『소설적 주체, 그 탄생과 저변―한국전기소설사』, 월
인, 1999, 416쪽 주41). 그러나 〈김영철전〉이 소설의 가장 기본적인 요건인 이야기
를 갖추고 있고, 그 속에 작가의 창의성은 물론 사건 전개상 지향 사이의 갈등이 있
는 것(김광순, 『한국고소설사』, 국학자료원, 2001, 87쪽 참조)으로 보아 소설로서의
필요충분 조건을 갖추고 있다.

34) 김기동, 『이조시대소설론』, 정연사, 1969(5판), 411쪽.

35) 정주동, 『고대소설론』, 형설출판사, 1982, 281쪽.

하게 사랑한 사연을 다룬 새로운 형태의 애정소설[36], 애정소설과 훼절
형 세태소설의 중간적 작품[37], 기녀담 등장 소설[38] 등의 관점에서 진행
되었다. 이러한 논의는 주로 남녀 간의 애정 모티프가 서사의 동력으로
작용하여 사건이 전개된다는 데에 큰 이의가 없어 보인다. 그러나 포로
전(捕虜前) 단락에 삽입된 남녀 간의 애정 문제는 포로 모티프의 개입을
통해 그 상황이 달라진다. 곧 〈유록의 한〉은 유록과 몽세의 애정 이면
에, 당시 포로로 끌려가 돌아온 '환향녀(還鄕女)'에 대한 연민의 시각이
서사적 욕망으로 자리잡고 있다는 점에서, 그 의미망은 확장될 수 있다.

따라서, 본고도 이런 점에 초점을 맞추어 작품 구조를 분석하고 그
의미를 고구(考究)하고자 한다.

〈남윤전〉(작자 미상, 1840년~1900년 작 추정)은 임란을 배경으로 한, 남
윤과 그를 둘러싼 왜공주, 옥경선, 이씨 부인의 고난(포로) 극복담을 허
구적으로 형상화한 소설이다. 기존 논의는 유형을 찾을 수 없는 독창적
인 작품[39]이라 했다가 역사적 전기소설(傳奇小說)[40], 비유형 고전소
설[41], 전기(傳記)・전기(傳奇)・애정소설로 보는 견해[42], 적강소설(謫降
小說)[43], 가문소설(家門小說)・삼대담(三代談) 구조의 소설[44], 환몽소

36) 조동일, 『한국문학통사』3, 앞의 책, 555~561쪽 참조.
37) 여세주, 「<柳綠傳>의 구성논리와 소설사적 위상」, 『영남어문학』14집, 영남어문
학회, 1987.
38) 조광국, 『기녀담 등장소설 연구』, 월인, 2000, 318~324쪽.
39) 김기동, 『이조시대 소설론』, 앞의 책, 575쪽.
40) 김기동, 「필사본 <남뉸전(南允傳)> 해제」, 『고전소설전집』6권, 아세아문화사,
1980.
41) 김기동, 「非類型 古典小說 硏究 1」, 『한국문학연구』5집, 동국대학교 한국문학연
구소, 1984. 이처럼 <남윤전>의 소설 유형 찾기가 어렵다는 지적은 역설적으로 '포
로소설'의 유형 설정을 가능케 하는 요소이다.
42) 소재영(1977b), 40쪽과 42쪽, 「임병양란과 소설의 발달」, 앞의 논문, 169쪽.
43) 성현경, 『한국소설의 구조와 실상』, 영남대 출판부, 1989(2판).
44) 정금철, 「삼대담의 순접구조 연구」, 최현무 엮음, 『한국문학과 기호학』, 탑출판사,

설·일대기적 소설·애정소설[45] 관점에서 파악하였다. 이러한 논의는 〈남윤전〉이 갖고 있는 가족 이산과 재회의 구조와 의미가 독창적이고, 조선후기에 활발히 전개된 소설 하위 유형의 교섭 양상을 두루 인정한 결과이다. 그러면서도 논자들은 주로 애정소설에 우위를 두고 있다. 이것은 〈남윤전〉이 〈최척전〉처럼 애정소설의 문법인 남녀 간의 '만남→이별→만남'의 구조 유형을 따르고 있다는 데 이유가 있다. 그러나 애정소설과 변별되는 점은 첫째, 이들의 애정이 제 삼자의 개입으로 심각한 애정 갈등으로 발전하는 것이 아니라, 오히려 포로 모티프가 개입함으로써 다양한 인간과 사회의 관계를 통해 사랑의 의미가 확산되고, 둘째, 사건의 전개가 다른 포로소설처럼 '문제적 주요인물이 강제적으로 빼앗긴 자기 정체성을 찾아가는 여정'[46]이기 때문이다.

이상에서 살펴본 네 작품은 그 나름대로 연구 성과가 축적되어, 조선조 소설사에 족적을 남긴 작품들이다. 그러나 기존 연구에 나타났듯이 애정 문제에 집착한 선행 연구를 답습한 나머지 서사의 동력이며 작품의 전체적 의미를 아우를 수 있는 포로 모티프에 대해 상대적으로 소홀한 문제점을 안고 있다.

따라서, 본고의 목적은 위의 문제점을 해결하기 위해 포로소설의 형성 배경, 구조적 성격, 의미 지향, 소설사적 의의를 고구하여, 궁극적으로는 포로소설 유형의 독자성을 검증하기 위한 것이다. 이후 다른 포로소설이 더 발견된다 하더라도 이들 작품의 구조적 성격과 의미 지향을 크게 벗어나지 않으리라 생각된다.

1997(초판 3쇄), 372~374쪽.
45) 김연호, 「<남윤전>고」, 『어문논집』 제35집, 고려대 국어국문학연구회, 1996, 280쪽.
46) 이 말은 게오르그 루카치, 반성완 역, 『소설의 이론』, 심설당, 1985, 103쪽에 나와 있는 '소설의 진행은 문제적 개인이 자신을 찾아가는 여행이다.'라는 말을 원용한 것이다. 이 때 문제적 주요인물은 포로와 그 가족들을 함께 지칭하는 말이다.

2. 연구 범위와 방법

지금까지 발견된 포로소설은 〈최척전〉, 〈김영철전〉, 〈이한림전〉, 〈유록의 한〉, 〈남윤전〉 등 다섯 작품이다. 이 중 〈이한림전〉은 〈환춘전〉으로 이어지는 작품으로 작자 미상의 고소설이다. 정묘년에 필사되었다는 국문 유일본으로 박순호가 소장하고 있었는데, 지금은 그 줄거리만 알 수 있을 뿐이다.[47] 박순호는 이 작품을 고소설로는 드물게 우리 나라와 임란을 공간적·시간적 배경으로 하고 있는 비교적 사실성이 높은 작품으로, 왜적의 침입으로 인한 우리 민족의 수난을 이한림 일가의 고난을 통하여 보여주었다는 데 문학직 의의가 있다[48]고 하였다. 〈이한림져〉은 줄거리로 보아 임란 때 포로가 된 해룡의 탄생 과정(경상도 안동에 사는 이한림은 명산대천에 빌어 만득자 해룡을 얻는다.)만 고소설의 관습적인 특징을 공유하고, 나머지는 포로와 그 가족의 수난의 대응 방식이 현실원리의 우위로 처리되어 다른 포로소설과 그 궤를 같이 하고 있다. 그러나 〈이한림전〉의 본격적 연구는 불가능함에 따라, 본고의 구체적인 연구 대상은 〈최척전〉, 〈김영철전〉, 〈유록의 한〉, 〈남윤전〉 네 작품이다.

〈최척전〉은 5종의 이본[49]이 있다. 천리대본은 결말 부분에서 사실적 요소가 다소 떨어진다는 점에서, 김영복 소장본은 『천예록(天倪錄)』합사본이나 자료가 공개되지 않아 볼 수 없다는 점에서, 국문본은 최척과

---

47) 한국정신문화연구원 편, 『민족문화대백과사전』18, 1991. 334~335쪽. 소장자 박순호는 <李翰林傳>을 누군가에게 빌려 주었는데, 돌려받지 못했다고 한다(2000. 6.23. 전화 통지). 조선조 포로소설이 양산되지 못했거나 발굴되지 못한 상황에서 <李翰林傳>의 행방의 묘연함과 후술할 <柳綠傳>(한문본)의 분실은 필자 뿐 아니라, 우리 고소설사에 있어서도 아쉬운 점이 크다.

48) 한국정신문화연구원, 위의 사전, 355쪽.

49) 모두 필사본으로 서울대본, 고려대본, 천리대본, 김영복 소장본(이상 한문본), 연세대본(국문본)이다. 이 외 독후감격인 『各家雜記』所載 <崔陟傳>, 俞晩柱(1755~1788)의 『欽英』所載 <記崔陟事>, 任魯(1725~1828)의 『通園稿』所載 <記崔陟事>, 金鎭恒(1762~?)의 『藥山全集』所載 <崔陟傳> 등이 있다.

옥영이 안남에서 재회한 후 몽선을 낳는 데까지만 필사되어 있어서, 주
텍스트[50]는 부득이 서울대본을 중심으로 하되, 낙장된 부분은 고려대본
에서 보완하기로 한다.

〈김영철전〉은 2종의 이본[51]이 있다. 본고는 김영철의 군역의 괴로움
과 윤리적 고뇌가 〈김철전〉보다 핍진하게 형상화되어 있어 한문본 〈김
영철전〉을 주텍스트[52]로 한다.

〈유록의 한〉은 2종의 이본[53]이 있다. 이 중 한문본은 분실되어 부득
이 구활자본을 주텍스트[54]로 한다.

〈남윤전〉은 3종의 이본[55]이 있다. 세 이본은 내용상 큰 차이는 없으
나, 국립중앙도서관본에 비해 정신문화연구원본은 결말 부분이, 고려대

---

50) 인용할 때 서울대본은 김기동 편자, 〈崔陟傳〉, 『필사본 고전소설 전집』 제3권, 아
　　세아문화사, 1980, 171~198쪽의 '쪽수'를 밝히고, 고려대본은 '고려대본'임을 제시하
　　고 필사된 순서대로 쪽수를 매긴다. 이 외, 포로소설의 주텍스트를 인용할 때 밑줄,
　　문장 부호, 띄어쓰기 등은 필자의 것이다. 부호는 이 책 부록의 〈일러두기〉를 참고
　　하기 바란다.

51) 洪世泰, 『柳下集』 卷九, 『韓國文集叢刊』167, 민족문화추진회, 1996 및 필사본인
　　나손본 〈김텰전〉 (정신문화연구원 R35P-000019-5)이 있다. 〈김텰전〉은 소설의 제
　　목이 아니고, 작품 속 주인공의 이름인데, 편의상 붙인 이름이다. 이후 〈김텰전〉은
　　현대 맞춤법상 〈김철전〉으로 표기한다. 이 외 참고 자료로 홍세태의 〈讀金英哲遺
　　事〉, 『柳下集』, 위의 책과 〈김영철전〉의 독후감격인 安錫儆의 『霅橋集』 所載 〈後
　　金英哲傳〉 등이 있다.

52) 인용은 〈김영철전〉 위의 책 485~489쪽의 쪽수를 밝힌다.

53) 한문본, 국문본(新舊書林 刊 舊活字本 108면, 1914. 8). 김기동은 국문본 〈柳綠의
　　恨〉은 한문본 〈柳綠傳〉 사본(총 46면, 매면 10행, 평균 25자)을 그대로 번역한 작
　　품이라 하였다. (김기동, 『이조시대소설론』, 앞의 책, 409쪽). 그러나 김기동이 소장
　　하고 있던 한문본 〈柳綠傳〉은 6.25때 분실되어 (김기동, 『한국고전소설연구』, 교학
　　연구사, 1983, 159쪽) 그 내용을 확인할 길이 없다. 한문본의 창작 연대는 19세기 말
　　쯤으로 추정되는 〈남윤전〉보다 훨씬 앞선 것으로 보고, 본고의 논의는 〈최척전〉,
　　〈김영철전〉 다음으로 하였다.

54) 인용은 新舊書林 刊 〈柳綠의 恨〉을 민족문화사에서 재간행한 『구활자고소설총서』
　　7, 1983, 1~108쪽의 쪽수를 밝힌다.

55) 모두 필사본으로 국립중앙도서관본, 정신문화연구원본, 고려대 육당문고본이다.

육당문고본은 서두와 결말 부분이 부연되어 있다. 그리고 결말 구조에 있어서 차이가 나는데, 정신문화연구원본과 고려대 육당문고본은 작중 인물이 선계(仙界)로 승천하는 반면 국립중앙도서관본은 온 가족이 재회하는 것으로 끝이 난다. 따라서 다른 포로소설과 구조적 일관성을 보이는 국립중앙도서관본을 주텍스트56)로 한다.

본고의 구체적인 논지 전개 방향은 다음과 같다.

제2장에서는 포로소설의 형성 배경을 살핀다. 첫째, 포로의 의미가 역사적으로 어떻게 변화되었는가를 살피고, 이에 두루 통용될 수 있는 용어로 바로 잡는다. 둘째, 포로 모티프 서사문학57)의 개념과 범주를 역사적 갈래와 이론적 갈래를 통해 알아본다. 셋째, 포로 모티프 서사문학의 전개 양상을 임병양란 이전과 이후로 나누어 살핀다. 임병양란 이전은 『삼국사기(三國史記)』, 『삼국유사(三國遺事)』, 『고려사(高麗史)』에 각각 기사(記事), 설화(說話), 열전(列傳) 1편만 나타나지만, 포로 모티프의 양식사적 측면에서 중요한 점을 시사한다. 임병양란 이후는 일기(日記), 전(傳), 야담(野談)에 수용된 포로 모티프의 보편적 구조와 의미를 밝힌다. 이러한 점은 포로소설이 단지 전란 후의 후일담 소설이 아니라, 양식적 측면에서 오랜 서사적 전통을 가지고 있음을 알아보려는 의도이다.

제3장에서는 포로소설의 구조적 성격을 살핀다. 첫째 시퀀스 분석은 시간(스토리 시간, 서술 시간)·공간·행위 층위를 중심으로 분석하여 서사단락 짓고, 구조 간 상관 관계를 밝힌다. 둘째, 서사단락 간 구조 원리를 추출하여 논의를 전개한다.

---

56) 인용은 김기동 편자, <남흉전> 『필사본 고전소설전집』 제6권, 앞의 책, 1980, 553~638쪽의 쪽수를 밝힌다. 이 영인 자료는 596~609쪽 사이가 잘못 연결되어 있는데, 바로 잡으면 609, 608, 598, 599, 605, 604, 602, 603, 601, 600, 606, 607, 597, 596쪽 순이다. 이 책에서 바로 잡아 쪽수를 밝힌다.

57) 본고에서 다루는 '捕虜記事, 捕虜說話, 捕虜列傳, 捕虜日記, 捕虜傳, 捕虜野談, 捕虜小說,' 등의 갈래를 총칭해서 이른 말이다.

　제4장에서는 포로소설의 구조에 나타난 의미 지향을 밝힌다.

　제3장, 제4장은 본고의 핵심으로, 곧 포로와 그 가족의 삶을 핍진하게 보여주는 포로소설이 포로 전에는 어떠한 최초 상황이 있었고, 포로—귀환의 과정에서는 삶에 어떤 변화가 있었으며, 귀환 후의 삶은 어떤 양상이었는가를 면밀히 추적하는 부분이다. 여기서의 논의가 타당성을 가질 때, 포로소설의 유형적 독자성은 규명될 수 있으리라 여겨진다.

　제5장에서는 앞서 논의된 것을 바탕으로 포로소설의 소설사적 의의를 밝힌다.

　작품의 구조 분석과 의미 도출의 방법은 구조주의 방법과 사회·역사주의 방법을 원용한다. 구조주의 방법이 단락별 시퀀스를 분석하는 데 유용하다면, 사회·역사주의 방법은 소설 속 언어의 사회적·역사적 의미를 캐내는 데 적합[58]하기 때문이다.

---

58) 미하일 바흐찐, 「소설 속의 담론」, 전승희 외 역, 『장편소설과 민중언어』, 창작과비평사, 1998(6쇄), 151쪽 참조.

제2장 포로소설의 형성 배경

  포로 문제는 전란의 역사와 함께 각종 사서(史書)에 기록되기도 하고, 기사, 설화, 전, 일기, 야담, 소설 등의 서사문학에 모티프로 수용되었다. 이 점은 오랜 민족적 수난에 자신의 의지와는 상관없이 포로로 끌려간 사람들은 물론 그 가족[1]의 간난한 삶까지 잊지 않고 전하려는 서사 정신이었음을 반증한다. 따라서 이 장에서는 포로소설의 형성 배경을 첫째, 포로의 의미, 둘째, 포로 모티프 서사문학의 개념과 범주, 포로 모티프 서사문학의 전개 양상의 순으로 알아본다. 이러한 논지의 전개가 타당성이 있을 때, 포로소설은 오랜 양식적 특징을 공유하고 있음을 알 수 있을 것이다.

1. 포로의 의미

  '포로(捕虜)'의 사전적 의미는 '전투에서 사로잡힌 적의 군사 또는 적군의 권내에 들어간 전쟁 당사국 일방의 병력에 속하는 전투원이나 또는 비전투원'을 말한다.[2] 그러나 이것은 근대 이전 전쟁에서 피랍된 수

---

 1) 이 글에서 '가족'의 의미는 혈연 관계뿐만 아니라, 포로됨으로 結緣하지 못했던 사람까지 포함하는 포괄적인 의미로 사용한다.

많은 민간인 등은 포괄할 수 없기 때문에 오늘날의 개념보다는 포괄적
으로 접근해야 할 필요성이 있다.

고대 서양에서 전쟁 포로를 뜻하는 어휘는, '사로잡힌', '포로가 된'을
의미하는 라틴어 captus, captiuus, 그리스어 aikhmálōtos, '매인'자로 규정
하는 고대 이란어 banda(ka), 산스크리트어 bandhin, '노획물'로 규정하는
고대 슬라브어 plěnŭ, '이익, 이득'으로 규정하는 리투아니아어 peīnas
등이다. 이를 종합해 보면 고대 서양에서는 오랫동안 '자유인(elendheros)'
의 상대 개념인 '경제적 이익'으로서의 '노예(doûlos)'를 가리켰다.[3]

중국 고대의 경우는 전쟁 포로를 '노(奴)'라 부르며, 이 중 여자 노예
를 '첩(妾)', 남자 노예를 '신(臣), 민(民), 재(宰)'라 하여 매우 잔인하게 다
루었다[4]고 한다. 그러나 이후 당제(唐帝)의 중앙농업관료국가 질서에
위협이 되자, 701년 돌궐(突厥) 노비의 축적을 금하는 명령[5]과 821년 중
국 해적들이 신라 양민을 노비로 약탈하는 것을 금하는 명령[6]에서 보
듯, 중국 사회는 노예 제도가 지속적으로 이어진 것은 아니다.

우리 나라의 경우도 고조선 시대는 노예가 발생했지만, 삼국 시대까
지는 이어지지 않았다. 삼국 간의 전쟁은 각국의 영토 확장과 많은 농업
생산 인구의 확보가 중요한 국가적 전쟁 목표였기 때문에 전투원 포로
보다는 민간인 포로를 약탈한 기사가 압도적으로 많다. 따라서 포로의

---

2) 이희승 편저, 『국어대사전』, 민중서림, 1989(5쇄), 3994쪽.

3) E, 벤비니스트, 김현권 역, 『인도·유럽사회의 제도·문화 어휘연구』2, 대우학술
   총서 459, 아르케, 1999, 377쪽 및 415~418쪽 참조

4) 호기광, 이재석 역, 『중국소학사』, 동문선, 1997, 133~135쪽 참조.

5) '大足元年(701년) 五月三日勅, 西北綠, 邊州縣, 不得蓄突厥奴婢', <奴婢>, 『唐會
   要』卷86. (김종선, 『한국 고대국가의 노예와 농민』, 한림대학교 아세아문화연구소,
   1997, 108쪽에서 재인용)

6) '(長庚元年三月)平虜薛平秦, 海賊掠賣新羅人口於緣海郡縣, 請嚴加禁絶, 俾異俗
   懷不思, 從衆之. 三年正月丁巳朔, … 勅不得賣新羅人爲奴婢, 已在中國者卽放歸
   其國.' (『舊唐書』卷16, 本紀 16 穆宗, 김종선, 위의 책에서 재인용)

관리 차원에서 민간인 포로는 그 대부분을 농토에 분거(分居)·정착케
하고, 전투원 포로는 대부분 군사 전략상 참수하여 전공(戰功)의 과시로
강하게 부각시켰다는 점에서 노예 사회라고 보기 어렵다.[7] 이런 이유로
당시의 포로는 문학적 모티프로 수용되는 경우가 흔치 않았다.

반면 고려 시대는 이민족인 계단(契丹→거란), 몽고(蒙古), 왜(倭) 등과
의 전쟁이나, 그들의 약탈 행위에서 포로를 전리품으로 삼아 노예화하
는, 곧 포로를 경제적 가치의 개념으로 받아들였다.[8] 이것은 고려도 예
외가 아니었으나[9], 그 정도는 여몽 항쟁(麗蒙抗爭)에서 보듯 몽고가 가
장 심했다. 곧 몽고군은 엄청난 부의 수단으로 무고한 고려 양민을 포로
로 잡아가 노예화한 것이 다반사였다.

이 점은 민족의 수난에 대응하는 문학사적 관점에서 볼 때, 이들의
간난한 삶의 형상화가 많을 듯하지만, 핍진하게 형상화된 것은 〈김천(金
遷)〉 열전 1편뿐이고, 나머지는 포로로 끌려가면서 정조를 지키기 위해
자결하는, 곧 '열녀(烈女)'를 부각시키는 측면에서 서술되고 있다. 예컨
대 『고려사』 「열전」에 보이는 〈호수처유씨(胡壽妻兪氏)〉, 〈현문혁처(玄
文奕妻)〉, 〈강화삼녀(江華三女)〉, 〈정만처최씨(鄭滿妻崔氏)〉, 〈강호문처

---

7) 여기에 대해서는 김종선, 위의 책, 1997, 49~122쪽 참조. 예외로 삼국시대에 포로
를 전리품으로 삼은 기사가 『삼국사기』에 보인다. "王策功賜加羅人口三百 受已皆
放"(卷44 「列傳」 第4, 〈斯多含條〉, 이하 밑줄은 필자) 및 "二十 二年 秋八月 王
帥騎兵 … 遇靺鞨賊 一戰破之虜獲生口 分賜將士"(卷23 「百濟本紀」 第1, 〈始祖
溫祚王〉). 전자는 신라에 복속된 가라인 평민들이 모반을 일으켜 포로가 된 특수한
(민간인 포로) 경우이나 이내 모두 양인으로 석방되고, 후자는 백제 온조왕이 말갈
족 전투원 포로를 군사들에게 전리품으로 주었다는 간략한 기사이다. 이 외에 포로
모티프가 삽화의 기능을 하는 것이 『삼국사기』, 卷42 列傳 第2 〈金庾信 中〉에 삽
입된 〈租米坤〉 기사가 있는데, 이것은 제2장-3-(2)에서 후술한다.

8) '女眞來奔者 二千餘人 皆資給遣還 不意反潛師奄至 殺掠吾吏民 驅虜丁壯沒爲奴
隸'(『高麗史』 卷3, 世家. 成宗 4年 5月條)

9) '東北面兵馬使 獻俘女眞女二十人 分屬各司爲婢'(『高麗史』 卷39, 恭愍王 5年 9
月 己丑條)

문씨(康好文妻文氏)〉, 〈김언경처김씨(金彦卿妻金氏)〉, 〈경덕의처안씨(景德宜妻安氏)〉, 〈이덕인처이씨(李德仁妻李氏)〉[10] 등이 그것이다. 이것은 『고려사』의 열전 편찬 의도가 '후세에 부녀에 대한 교훈이 규방에 전달되지 못하여, 부녀 중에 의젓하게 스스로 서서, 난을 당하더라도 칼날을 무릅쓰며, 사생을 두려워하지 않고 정조를 지키는 것은, 아, 그야말로 어려운 일이다. 이에 열녀전을 짓는다.'[11]라고 하였다는 점에서도 잘 알 수 있다.

그러면 문헌에 나타난 '포로(捕虜)'[12]의 용례를 알아보자.

첫째, 중국의 문헌이다.

> 漢軍佐校捕虜言, 單于未昏而去 … 頗捕斬首虜萬餘級[13]
> 斬首捕虜七百餘級[14]
> 其衆又多 吾吏士心恐 而捕虜與吾相恃 兩軍不一[15]

위의 예문처럼 중국의 문헌 곳곳엔 '포로'의 용례가 많이 나타나는데,

---

10) 『高麗史』 卷121 列傳 第34, 「烈女」.

11) '後世婦訓不及於閨房, 其卓然自立, 至臨亂冒白刃, 不以死生易其操者, 嗚呼可謂難矣. 作烈女傳.' (『高麗史』 列傳 第34 「烈女」)

12) 의미상 다소 차이가 있지만 '捕虜'의 용례는 '係, 係虜, 係獲, 見執, 軍虜, 禽俘, 禽獲, 擒生, 擒人, 擒執, 擒捉, 虜, 虜得, 虜獲, 虜囚, 擄, 擄掠, 民口, 民虜, 俘馘, 俘口, 裒, 俘虜, 俘鹵, 俘人, 俘囚, 俘獲, 囚擒, 囚虜, 囚俘, 所擒, 所掠, 所虜, 所執, 所捕, 所獲, 生口, 生擒, 生虜, 生俘, 生執, 生捉, 生捕, 生獲, 人口, 戎俘, 戰虜, 止, 執俘, 就擒, 捕, 捕獲, 捕捉, 被擒, 被掠, 被虜, 被俘, 被執, 被捉, 獲' 등과 함께 쓰였다. 이 중 '裒', '止', '係'는 많이 쓰이지는 않지만, '裒'은 『詩經』 〈商頌·殷武〉에 '撻彼殷武, 奮伐荊楚. 罙入其阻, 裒荊之旅. 有截其所, 湯孫之緒.', '止'는 『左傳』에 '輅秦伯, 將止之', '係'는 『孟子』, 「梁惠王章句」下에 '係累其子弟'란 데서 그 용례가 보인다.

13) 『史記』, 〈衛靑傳〉

14) 『漢書』 〈匈奴傳〉

15) 『後漢書』, 〈王覇傳〉

당시 쓰였던 '부로(俘虜)'와 함께 주로 '전투원 포로'를 일컬었다.

둘째, 우리나라의 문헌이다.

먼저, 근대 이전이다.

> 漢攻城拔邑之衆, 斬首捕虜之多, 非功也.16)
> 將軍忽聽軍中語, 捕虜雖多賞太輕17)

'전투원 포로'를 일컫는 '포로'의 용례는 위의 예문 등에서만 산견될 뿐이고, 오히려 '포(捕)' 또는 '로(虜)'18) 단독으로 많이 쓰였다. 반면 전쟁 중 민간인이 강제로 피랍되어 포로가 되었을 경우는 '피로(被虜)' 또는 '인구(人口), 생구(生口), 민구(民口)' 등 '-구(-口)'자가 붙는 경우가 많았다. 이 중 '피로(被虜)'19)의 경우, 중국 문헌에는 발견되지 않고, 우리 나라 문헌에만 여러 곳에 보인다. 이 때 '-로(-虜)'는 명사로 '포로, 종, 노예' 등의 뜻을 나타내고, 동사로 '사로잡다'의 뜻으로 풀이된다. 여기에 피동의 의미 '피-(被-)'를 더해 '포로(종, 노예)로 사로잡히다'의 의미가 되었을 듯 싶다.

---

16) 姜沆, <倡義使金公行狀>, 『睡隱集』卷4 ; 安邦俊, 記事 <晉州敍事>, 『隱峯全書』 卷7 ; 金千鎰, 『健齋先生文集』附錄 卷4~5.

17) 金得臣, 七言絶句「塞下曲」, 『柏谷先祖詩集』冊2.

18) '捕'는 "於是庾信回軍, 欲渡浿江. 今日後渡者斬之. 軍士爭先半渡. 句麗兵來掠. 殺 其未渡者. 翌日信返追句麗兵. 捕殺數萬級." (『三國遺事』卷1, 紀異 第1, <太宗春 秋公>)에 보이고, '虜'는 "…麗濟二國, 侵凌我彊場, 敵害我人民, 或虜丁壯以斬戮 之…" (『三國史記』卷42, 앞의 열전)에 보인다. 한편, '捕虜'와 같은 의미인 '捕擄'의 용례는 '倭軍之諸將 … 八道悉征伐, 至于王子及諸臣捕擄之.' (趙慶男 『亂中雜錄』 3, 乙未 萬曆二十三年 宣祖二十八年)에 보인다. 이 외, 필자의 과문한 탓인지는 몰 라도 『高麗史』, 『朝鮮王朝實錄』, 『東國兵鑑』, 『國朝寶鑑』, 『東文選』, 『芝峯類說』, 『練藜室記述』, 『海行摠載』, 『燕行錄』 등에서는 '捕虜'의 용례를 더 이상 찾을 수 없었다.

19) 우리 나라 사전에 '被虜'의 정의는 '적에게 사로잡힘, 또는 그런 사람' 정도로만 간 략히 나와 있어 '포로'의 의미와 변별이 생기지 않는다.

그러나 이것도 명확한 구분없이 서로 넘나듦을 쉽게 찾아볼 수 있다. 곧 포로와 같은 의미로 통용되던 '부로(俘虜·俘擄)'가 민간인 포로일 때 쓰였는가 하면[20], 민간인 포로에 해당하는 '-口'자의 용례도 전투원 포로일 때 쓰였다.[21] 뿐만 아니라 〈김영철전〉의 국문 이본 〈김철전〉에 김철이 전투원 포로였는데 '피로', 이 외 전투원 포로를 '피로(被虜) 군인(軍人)'[22], 『조선왕조실록(朝鮮王朝實錄)』에 나타난 수많은 민간인, 전투원 포로를 구분없이 '피로(被虜)', 같은 민간인으로 포로가 되었는데도 〈김천〉 열전과 〈최척전〉은 '피로(被虜)', 〈남윤전〉은 '싱금(生擒-필자)', 〈유록의 한〉, 〈검기(劍技)〉는 각각 '포로'와 같은 의미인 '부로(俘虜)', '소로(所俘)'로 썼다.

한편, '포로'의 의미가 한글 창제 후 우리말로 바뀐 것을 보면 다음과 같다.

① 날 거슯 도ᅎᆞᆯ 好生之德이실씨 부러 저히샤 <u>살아 자ᄇᆞ시니</u>
   (拒我悍悍敵 我自好生德 故脇以生執)[23]
② 낭쟝으로써 몽병의 <u>사ᄅᆞ잡핀</u> 배 되어[24]
③ 뎡유왜란애 도적의 <u>사ᄅᆞ자븐</u> 배 되어 쟝촌 더러이고져 ᄒᆞ거늘[25]

위의 예문처럼 ①, ②는 전투원 포로, ③은 민간인 포로인데 밑줄친 것처럼 구분없이 쓰였다. 이를 한역(漢譯)한 것이 '생집(生執)'인데, 이것

---

20) 이것은 중국에서도 마찬가지이다. "百姓婦女, 曾經<u>俘擄</u>爲婢妾, 一任骨肉認識"(『舊五代史』, 〈唐莊宗紀〉)
21) 주7) 〈始祖 溫祚王〉에서 전투 중 얻은 포로를 '<u>虜獲生口</u>'라 한 것이 그것이다.
22) 五月初二日 據陪臣慶尙左道 兵馬節度使高彦伯馳啓 該東萊縣令金中敏飛報 四月十五日 據<u>被虜軍人</u>宋昌洗告稱 各屯留賊築城蓋房 (『西厓先生文集』 卷3 〈秦文〉)
23) 『龍飛御天歌』 115장.
24) 〈東新忠 1:21b〉, 한국정신문화연구원, 『17세기 국어사전 (下)』, 태학사, 1995에서 재인용.
25) 〈東新烈 8:68b〉, 위의 책에서 재인용.

은 널리 통용되지 않았다. 그리고 조선 중종 때 '捕 → 자블 보, 虜 → 사르자블 로'[26]란 글자로는 쓰였지만 '포(捕)'와 '로(虜)'가 결합하여 쓴 한글 용례는 찾을 수 없다.

따라서 근대 이전 '적에게 사로잡히다'의 뜻은 전투원, 민간인 구분없이 한문으로 쓸 경우에는 '포로(捕虜)'를 극히 제한적으로 썼으며, 관습적으론 '捕, 虜, -口, 被虜, 俘虜' 중 어느 하나를 선택하여 쓰고, 한글로 쓸 때는 위 예문의 밑줄 친 것처럼 쓰였음을 알 수 있다.

다음, 근대 이후이다.

'포로'의 어휘는 20세기 들어 빈번하게 나타나는데, 주로 전투원일 경우[27]나 '어떤 감정에 사로잡힌다'는 비유석 기법[28] 등으로 사용되었다. 그리고 일제 강점기 태평양 전쟁(1941.12.8.~1945.8.15.)에서 일본군에 의해 강제로 동원되었다가 미군의 포로가 되었던 수많은 조선인 노무자들의 명부를 만들면서 '포로'란 명칭을 쓰고 있다.[29]

이후 '포로의 대우에 관한 제네바 제3 협약'(1949.8.12.)에 의해 포로의 신분과 자격은 전투 중 사로잡은 적의 군사나 군대의 일부를 구성하는 비전투원으로 명확히 구분했는데, 이 말은 이듬해 일어난 한국전쟁 때 더욱 확산되어 일반화되었다. 그러나 전쟁의 혼돈 속에 전투원 포로와 민간인 포로의 구별이 어려울 경우나 미묘한 정치·군사적 의미가 얽힐 때 이들을 묶어 '포로'로 수용하기도 했다.

---

26) 『萬曆 新增類合』 下21, 下33. (남광우, 『萬曆 新增類合(寫本)』, 『국어국문학』 21집, 국어국문학회, 1959)

27) 波蘭軍은 露國 渦激派 戰線을 突破하고 捕虜 一萬을 得하엿다더라. (동아일보, 1920. 5.3.)

28) "감정의 노예가 되며 사물의 포로가 되어 날로 질투와 中傷과 비방으로써 能事를 삼는 자로서 오히려 능히 意氣揚揚하야…" (이돈화, 「진리의 체험」, 『개벽』 제27호 1922.9.1.)

29) 조동걸, 「<自由韓人報>와 <韓人捕虜名簿>」, 『한국학논총』 13, 국민대, 1990 참조.

이처럼 '포로'의 사전적 의미는 엄격히 군(軍)과 관련성이 있는 경우에
만 적용된다. 그러나 근대 이전엔 이러한 명확한 개념 정립이 없어 민간
인, 전투원, 비전투원 할 것 없이 모두 전공의 과시나 경제적 가치의 의
미인 '노예'로 통용되었다. 반면 근대 이후에는 이러한 의미는 사라지고,
대신 정치·군사·이념적 의미가 강한 '적(敵)'과 등가(等價)의 개념으로
사용되었다.

따라서 '포로'는 근대 전후의 맥락적 의미를 파악할 때 온전한 의미가
성립되는데, 본고는 오늘날까지 두루 통용될 수 있는 '포로'의 용어로 통
일하고자 한다. 이것은 현대 서사문학에 수용된 포로 모티프의 변모 양
상을 살피는 데도 유용한 용어가 될 것이다.

2. 포로 모티프 서사문학의 개념과 범주

삼국 시대의 민간인 포로는 주로 그 지역 농토에 자연스럽게 분거·
정착하였고, 전투원 포로는 각국마다 전공의 과시라는 측면에서 참수되
는 바람에 포로의 개인사적 서사는 이루어지기가 어려운 상황이었다.
반면, 고려 시대는 삼국 시대와 달리 이민족인 여진·거란·몽고, 왜구
등과의 전쟁이나, 그들의 약탈 행위에서 포로를 전리품으로 노예화하는,
곧 경제적 가치의 개념[30]이 부가되어 그들의 고난에 찬 삶이 편린적이

---

30) '是歲 蒙兵所虜 男女無慮 二十萬六千八百餘人 殺戮者不可勝計所 經州郡皆爲煨
燼自有蒙兵之亂 未有甚於此時也. … 壬戌以交河縣人所獲 蒙古馬匹分賜兩府宰
樞.'(『高麗史』卷24 世家, 高宗 41年 및 42年 4月). 고종 41년 당시 몽고군에게 포
로로 잡힌 숫자가 206,800명이라 하였고, 이듬해 이들을 쇄환하려는 국가적 노력은
재정 탓에 어려움에 처해 있는 기록으로 보아 麗蒙抗爭期 30여 년은 포로가 국가적
문제로 떠올랐음을 단적으로 보여준다. 이 외 郝經(1223~1275)의 『陵川集』10 「歌
詩」<高麗歎>에 보면, 고려 인민들의 被虜相, 被虜人이 몽고의 노예 시장에서 비참
하게 매매되고 있는 상황 등이 여실히 드러나고 있다. 여기에 대해서는 장동익, 『元
大麗史資料集錄』, 서울대학교출판부, 1997, 45~46쪽 참조.

나마 형상화되어 서사화의 길이 열렸다.

이어 조선 시대의 임병양란 기간은 일본과 후금(後金, 뒤에 청)의 정
치적 전략과 경제적 가치 개념이 맞물려 포로(노예) 사냥은 국가적 수준
에서 더욱 치밀하게 이루어져 수많은 사람들이 포로로 끌려가는 비운을
맞았다. 뿐만 아니라 전란 후 포로 쇄환과 속환 문제, 특히 여자들의 경
우는 속환 후의 정절(貞節)이 사회 문제가 되는 등 이루 말할 수 없는
이중 고통을 당하였다.

이처럼 포로의 처리 과정은 시대마다 달라도 전란의 부산물로서 무고
한 인명을 죽이거나 노예로 전락시키는 가장 비인도적인 행위로 귀결되
었다. 이러한 사실(史實) 속에서 포로 모티프 서사문학은 포로와 그 가
족의 삶을 미시적으로 포착하여 핍진하게 형상화하는 특징을 지닌다.
곧 포로 모티프 서사문학은 포로 획득국의 반인륜적 착취와 억압, 포로
의 강렬한 귀환의지, 포로와 아픔을 소통하며 유대의 정을 나누는 동아
시아인들, 사랑하는 사람을 잃은 부재의 고통 속에서 살아가는 포로 가
족 등 다양한 인간 군상과 관계를 맺으며 진정한 삶의 가치가 무엇인가
모색하면서 서사는 진행된다. 따라서 포로 모티프가 이처럼 역동적으로
서사의 핵 기능을 하는 것은 산문 정신이 발흥된 임병양란이 창작의 동
인이 되거나 아니면 이 시대가 작품 속에서 중요한 역사적 배경으로 자
리잡을 때이다.

포로 모티프 서사문학의 기원은 실제 포로(노예)의 삶의 형상화나 포
로의 삶을 인간 구원의 목적으로 형상화한 종교 문학에서 찾을 수 있다.
전자는 포로의 역동적인 삶 자체가 서사 동기로써 충분한 것이며, 후자
는『불경(佛經)』의「사분율(四分律)」에 나타난 우다야나왕의 7년간의 포
로 생활[31],『성경(聖經)』의「다니엘서」,「에스라서」,「느헤미야서」등에

---

31) 동국역경원,「四分律-Ⅱ-여러가지 법③」,『한글 대장경』94, 1969 참조.

기록된 바벨론 70년간의 간난한 포로 생활과 3차에 걸친 귀환 이야기[32)
등에 잘 나타나는데, 이는 종교적 가치를 구현하기 위해 형상화된 것이
다.[33)

이렇게 볼 때, 톰손이 세계의 설화를 모티프에 따라 나눈 23항목 중
16번째 항목인 'Captives and Fugitives'[34)은 절대적 힘을 가진 존재에게
납치된 공주 등을 구하기 위한 영웅적 주인공의 탐색의 여정과 그 마술
적 도주 등을 형상화[35)한 것이므로 본고에서 다루는 포로 모티프 개념
과는 차이가 난다.

본고에서 다루려는 포로는 억압적 상황에서 존재론적 자유를 갈망하
는 문제적 개인이며, 포로 모티프는 작품의 주제를 구축하고 통일감을
주는 중요 단위의 구실[36)을 하는 플롯(plot)의 핵이다. 따라서 포로 모티
프의 개념을 구체적으로 제시하면 다음과 같다.

---

32) 이상은 만나성경편찬위원회 편,『성경』, 성서교재간행사, 1992 참조.

33) 신화가 항상 이야기의 산출 요인이 아니고, 직접 종교로부터 나올 수도 있다는
의견은 이 점에서 시사하는 바가 크다. (V.Y 프로프, 최애리 역,『민담의 역사적
기원』, 문학과지성사, 1996(3쇄), 341쪽). 여기서 포로 모티프의 서사문학의 보편성을
부각시키는 의미로 우리 나라 서사문학에 직·간접적으로 영향을 주었을 중국 포로
모티프 서사문학을 소개한다. 곧『宋史』소재 <文天祥傳> ;『太平廣記』소재 <蠶
女> (宋·李昉 等編,『太平廣記』卷 479. (影印本) 계명문화사, 1982) ; <잠녀>를
국문으로 번역한『太平廣記諺解』소재 <잠녀뎐> (김일근 編校,『太平廣記諺解』
卷5, 박이정, 1998) ; 唐代 韓愈(768~824)의 <毛穎傳> (김창룡 편역,『중국 假傳
30選』, 태학사, 2000) ; 화본소설인 <馮玉梅團圓> (古本小說集成 編委會編,『京本
通俗小說』16卷, 上海古籍出版社) ; 白話小說인 <梁思溫燕山逢故人> (구양근 선
주,『중국역대백화소설선』, 중국어문화원, 2000) ; 明末 陸人龍의『型世言』(1632)
제17회 소재 <逃陰山運智南還 破石城抒忠靖賊> (侯忠義 主編,『明代小說集刊』
第1集, 巴蜀書社, 1993). 이를 번역한 <항신신뎐(項藎臣傳)> (박재연 校注,『형세
언』해제,『형세언』, 학고방, 1995) ; 瞿佑의『剪燈新話』소재 <翠翠傳> (이병혁
역주,『剪燈新話』, 태학사, 2002) 등이다.

34) Stith Thompson,『Motif Index of Literature』6 Vols, (1955~1958)

35) <地下國大賊除治>, <水路夫人> 등의 피랍 설화가 여기에 해당한다.

36) 이상섭,『문학용어사전』, 민음사, 1995(1판 15쇄), 69쪽.

① 적국과의 전란이나 대치 중, '포로됨'이 사건의 실마리이거나 극적 전
환 요소이며,

② 포로는 자력(自力)이나 도움을 통해 탈포로(脫捕虜)를 지향하다가
고국 귀환을 감행하며,

③ 포로 가족은 부재(不在)의 고통을 감내하거나 포로를 찾아 나서며,

④ ②와 ③의 구성 속에 다양한 인물 군상이 개입하여 서사 편폭을 확대
시키며,

⑤ 주로 가족 재회로 결말을 맺거나 후일담으로 이어지며,

⑥ 주제 구현에 도움을 주는 것이다.

위의 포로 모티프의 기능 중 ①, ②, ⑥을 공유한 작품은 일단 포로
모티프 서사문학이라고 정의할 수 있다. 이것은 포로 모티프 서사문학의
구조와 밀접한 관련을 가지는데, 이를 벗어난 작품은 논의에서 제외하였
다. 곧 〈지하국대적제치(地下國大賊除治)〉[37], 〈수로부인(水路夫人)〉[38]
등처럼 전란 결여 피랍 설화나, 고구려에 원병을 청하러 갔다가 오히려
억류된 김춘추가 왕의 총신 선도해(先道解)에게 뇌물을 주고 들은 〈구
토지설(龜兎之說)〉을 이용해 살아 돌아온다는 열전[39], 일본에 인질로 잡
혀간 왕자를 구하러 갔다가 절의 끝에 죽음을 맞이한 〈박(김)제상〉 열
전[40], 국가 간의 전란이 아닌 홍경래 난을 배경으로 한 〈박천군지인효
충(博川郡知印效忠)〉, 일화에 그치는 〈삼사성인명대의(三士成仁明大義)〉
등과 같은 야담, 소설에서 하나의 삽화로 나오는 〈이생규장전(李生窺墻
傳)〉, 〈임경업전(林慶業傳)〉, 〈유충렬전(劉忠烈傳)〉, 〈육미당기(六美堂
記)〉, 〈이윤구전(李允九傳)〉, 〈완월회맹연(玩月會盟宴)〉 등, 그리고 포로
모티프가 다소 역동성을 가지고 있으나 작품 전체의 의미를 아우를 수

37) 손진태, 『한국민족설화의 연구』, 을유문화사, 1991(5쇄), 106~132쪽.
38) 『三國遺事』 卷2 紀異2, 〈水路夫人〉
39) 『三國史記』 卷41 列傳1, 〈金庾信〉
40) 『三國史記』 卷6, 列傳5, 〈朴堤上〉 ; 『三國遺事』 紀異1, 〈奈勿王・金堤上〉

없고, 실제 역사적 전란을 배경으로 하지 않은 〈동선기(洞仙記)〉, 〈백학
선전(白鶴扇傳)〉 등이 그것이다. 그러나 포로 모티프가 삽화적 기능을
하되, 포로 모티프 서사문학의 형성 배경을 알려주는 『삼국사기』의 기
사나 『삼국유사』의 설화는 논의에 넣었다.

본고에서 고찰하는 포로 모티프 서사문학 범주는 크게 두 가지 기준
이다.

첫째, 역사적 갈래로 본 경우이다. 도표로 나타내면 다음과 같다.

(*표는 포로 모티프가 삽화로 기능하는 것을 나타냄.)

갈래명	작 품 명	작 가	출전 (이본)	작품 배경
記事	*租米坤	金富軾(1075~1151)	三國史記	羅濟戰爭
說話	*夫禮郎	一 然(1206~1289)	三國遺事	靺鞨捕虜
列傳	金遷	鄭麟趾(1396~1478) 等	高麗史	麗蒙戰爭
日記	看羊錄	姜 沆(1567~1618)	海行摠載	丁酉再亂
〃	錦溪日記	魯 認(1566~1622)	〃	〃
〃	萬死錄	鄭慶得(1569~1630)	〃	〃
〃	月峯海上錄	鄭希得(1573~1623)	〃	〃
〃	丁酉避亂記	鄭好仁(1579~ ?)	〃	〃
〃	虎口錄	權斗文(1543~1617)	南川先生文集 卷2	壬辰倭亂
傳	趙完璧傳	李睟光(1563~1628)	『芝峰先生集』, 鄭士信(1558~1619) 『梅窓先生集』, 安鼎福(1712~1791) 『木川縣志』	〃
〃	東萊嫗	許 穆(1595~1682)	眉叟記言	〃
〃	東萊梁敷河傳	任相元(1638~1697)	恬軒集	〃
〃	朴節士傳	申維翰(1681~ ?)	青泉集	壬丙兩亂
〃	白義士傳	蔡濟恭(1720~1799)	樊岩集	〃
〃	辛起金傳	〃	〃	壬辰倭亂
〃	姜沆傳	安錫儆(? ~ 1782)	雪橋文聚	〃

갈래명	작 품 명	작 가	출전 (이본)	작품 배경
傳	梨花庵老僧傳	鄭範祖(1723~1801)	海左集	丙子胡亂
小說	崔陟傳	趙緯韓(1567~1649)	서울대 (고려대, 천리대, 김영복 소장본, 연세대본)	壬亂·胡, 明侵入
〃	金英哲傳	洪世泰(1653~1735)	柳下集 (나손본 김철전)	胡,明侵入, 丙子胡亂
〃	李翰林傳	未 詳	박순호본-분실	〃
〃	柳綠의 恨	未 詳	舊活字本(한문본 분실)	丙子胡亂
〃	남윤전	未 詳	국립중앙도서관, (정신문화연구원본, 고려대 육당문고본)	壬辰倭亂
野談	南原鄭生者失其名	柳夢寅(1559~1623)	於于野談(10)	壬亂, 胡, 明侵入
〃	魯認柳汝宏皆湖南儒士也	〃	〃 (25)	壬辰倭亂
〃	平昌郡守權斗文	〃	〃 (26)	〃
〃	劍技	任 邁(1711~1779)	蘭室漫筆 卷上	〃
〃	劍僧傳	申光洙(1712~1775)	石北文集	〃
〃	李舒川滿枝	朴亮漢(숙종~영조)	梅翁閑錄(239)	丙子胡亂
〃	丙子胡亂松都商賈之妻	〃	〃 (240)	〃
〃	歷三國一家團聚	李源命(1869년 편찬)	東野彙輯(204)	壬辰倭亂
〃	南國接仙娥謀歸	〃	〃 (209)	〃
〃	京城有一朝士	未 詳	東稗洛誦(117)	〃
〃	伏園中舊妻授計	未 詳	靑邱野談(170)	丙子胡亂
〃	仁祖朝丙子一卿宰·子	徐有英(1873년 편찬)	錦溪筆談(96)	〃
〃	鄭生妻紅桃	張志淵(1864~1921)	매일신보연재(1916~1917) 및 단행본 逸士遺事(1922)	壬辰倭亂

갈래별로 보면 기사 1편, 설화 1편, 열전 1편, 일기 6편, 전 8편, 소설 5편, 야담 13편[41] 등 모두 35편이다. 이 중 〈조미곤(租米坤)〉, 〈부례랑 (夫禮郎)〉, 〈김천(金遷)〉을 제외하면 모두 임병양란을 배경으로 한 작품 이다. 이것은 16~17세기 민족의 수난사와 맞물려 발흥된 산문 정신으 로 이해된다. 이 작품들은 모두 포로 모티프가 작품 전반의 서사를 제어 하며 플롯을 주도한다.

둘째, 이론적 갈래로 본 경우이다. 이것은 포로 모티프의 성격을 보다 분명히 이해하기 위한 방편으로, 이들 작품을 작가의 체험 양상과 서사 지향에 따라, 서사의 초점, 서사적 갈등의 해결방식에 따라 나누어 보면 다음과 같다.

<1> 작가의 체험 양상과 서사 지향에 따라
　<1-1> 생체험(生體驗)
　<1-2> 추체험(追體驗)
　　<1-2-1> 전쟁세대와 전후세대
　　<1-2-2> 후세대
　<1-3> 사실 지향
　<1-4> 허구 지향

<2> 서사의 초점[42]에 따라
　<2-1> 자력(自力) 귀환서사가 강함.
　<2-2> 도움 귀환서사가 강함.

---

41) 柳夢寅의 <南原鄭生者失其名>, 李源命의 <歷三國一家團聚>, 張志淵의 <鄭生 妻紅桃>는 소설 <최척전>과 대비가 될 뿐 아니라, 작품 간 확대·부연 양상의 변 이가 있어 따로 넣었다. 야담집 옆의 번호는 서대석 편저, 『조선조 문헌설화 집요 Ⅰ·Ⅱ』, 집문당, 1991에 의거하였다.

42) 귀환은 自力 또는 가족이나 누군가의 도움을 얻어 이루어지는 경우가 있다. 전자 를 '自力 귀환서사', 후자를 '도움 귀환서사'로 명명한다. 이 중 '도움 귀환서사'는 敵 國의 사람이라도 도움을 주었을 경우 포함시켰다.

<2-3> 자력(自力), 도움 귀환서사의 혼합
<2-4> 자력(自力), 도움 귀환서사의 결여

<3> 서사적 갈등의 해결방식에 따라
<3-1> 존재방식과 해결방식이 현실적임.
<3-2> 존재방식과 해결방식이 낭만적임.
<3-3> 존재방식과 해결방식이 현실적 요소와 낭만적 요소가 혼합적
      이나, 현실적 요소의 비중이 강함.
<3-4> 존재방식과 해결방식이 현실적 요소와 낭만적 요소가 혼합적
      이나, 낭만적 요소의 비중이 강함.

이를 도표로 나타내면 다음과 같다. [1-2-1의 ( )는 진쟁세대를 따로 표시힘.]

갈래	작품명	1-1	1-2-1	1-2-2	1-3	1-4	2-1	2-2	2-3	2-4	3-1	3-2	3-3	3-4
記事	*租米坤			○	○		○				○			
說話	*夫禮郎			○		○	○							○
列傳	金遷			○	○		○				○			
日記	看羊錄	○			○				○		○			
〃	錦溪日記	○			○				○		○			
〃	萬死錄	○			○		○				○			
〃	月峯海上錄	○			○		○				○			
〃	丁酉避亂記	○			○		○				○			
〃	虎口錄	○			○		○				○			
傳	趙完璧傳		(○)		○			○						
〃	東萊嫗		○			○			○		○			
〃	東萊梁敷河傳		○			○			○				○	
〃	朴節士傳		○		○						○			
〃	白義士傳			○	○		○				○			

갈래	작품명	1					2				3			
		1-1	1-2		1-3	1-4	2-1	2-2	2-3	2-4	3-1	3-2	3-3	3-4
			1-2-1	1-2-2										
傳	辛起金傳			○		○	○				○			
〃	姜沆傳			○	○				○		○			
〃	梨花庵老僧傳			○	○				○		○			
小說	崔陟傳	(○)		○					○		○			
〃	金英哲傳	○		○					○		○			
〃	李翰林傳			○		○			○				○	
〃	柳綠의 恨			○		○			○				○	
〃	남윤전			○		○			○				○	
野談	南原鄭生者失其名	(○)				○			○		○			
〃	魯認柳汝宏皆湖南儒士也	(○)			○				○		○			
〃	平昌郡守權斗文	(○)			○		○				○			
〃	劍技			○	○				○			○		
〃	劍僧傳			○	○					○				○
〃	李舒川滿枝			○	○				○		○			
〃	丙子胡亂松都商賈之妻			○	○			○			○			
〃	歷三國一家團聚	○			○				○		○			
〃	南國接仙娥謀歸			○	○				○				○	
〃	京城有一朝士			○	○				○			○		
〃	伏園中舊妻授計			○	○			○			○			
〃	仁祖朝丙子一卿宰子			○	○		○				○			
〃	鄭生妻紅桃	○			○				○		○			
계	35편(*포함)	6	11	18	17	18	9	6	19	1	26	2	5	2
		35			35		35				35			

〈1〉의 분류 기준은 작가의 체험 양상과 서사 지향에 따른 분류로 작품의 창작 배경은 물론 서사 갈래가 결정되는 근거가 된다. 생체험자는

문학적 상상력보다 증언이나 고발 의식이 우세하기 때문에 일기의 양식이 선택된 경우이고, 추체험자는 당시 포로들의 전기적 자료, 증언, 고발, 견문을 바탕으로 하되, 작가의 주제 의식에 따라 창작하여 전, 야담, 소설 등의 갈래로 나타났다.

여기서 추체험은 서술 시기(창작 시점)에 따라 둘로 나누었다. 생체험자와 같은 전쟁세대와 전후세대를 한데 묶었고, 후세대를 따로 분류하였다.

전쟁세대와 전후세대는 포로에 대한 기억이 생생하게 살아 있는 것을 반영하듯, 주로 실존인물[43]을 형상화하여 서사도 사실을 지향한다. 이수광의 〈조완벽전(趙完璧傳)〉, 유몽인의 〈노인유여굉개호남유사야(魯認柳汝宏皆湖南儒士也)〉, 〈평창군수권두문(平昌郡守權斗文)〉, 조위한의 〈최척전〉, 홍세태의 〈김영철전〉 등이 그것이다. 그런데 실제 포로 체험을 바탕으로 한 〈동래구(東萊嫗)〉, 〈신기금전(辛起金傳)〉, 〈동래양부하전(東萊梁敷河傳)〉 등의 전은 그 내용은 빈약하지만, 포폄(褒貶)의 의지보다는 그 체험의 기이성에 초점을 맞추다 보니 허구적으로 경사되는 모습을 보인다. 특히 〈동래양부하전〉은 전의 '가치 추인적(價値追認的)'[44] 요소보다는 그들의 기이한 행적에 초점을 맞추어 허구적으로 경사되다 보니 소설의 '가치 모색적(價値摸索的)'[45]인 모습으로 변모되는 양상을 보인다.

후세대인이 창작한 〈이한림전〉, 〈유록의 한〉, 〈남윤전〉 등의 소설이

---

43) 다만 <최척전>과 연관성이 매우 높은 <南原鄭生者失其名>은 실존인물인 '최척' 대신 '정생'으로 바꾸었다. 이 점은 후세대에 가서도 그대로 답습했는데, <歷三國一家團聚>, <鄭生妻紅桃>가 그것이다. 그렇다고 서술 방식과 주제 의식이 같다는 의미는 아니다.

44) 박희병, 「한국한문학에 있어 傳과 소설의 관계양상」, 『한국한문학연구』 제12집, 한국한문학연구회, 1989, 35쪽.

45) 박희병, 위의 논문, 35쪽.

나 〈검승전(劍僧傳)〉, 〈복원중구처수계(伏園中舊妻授計)〉, 〈병자호란송
도상고지처(丙子胡亂松都商賈之妻)〉 등의 야담은 임병양란이라는 역사
적 사실과 허구적 인물의 사실적(寫實的) 행위와의 긴장 관계를 통해 서
사를 제어한다. 이것은 임병양란 때 끌려갔던 포로들의 신산(辛酸)한 삶
을 모델화하여 핍진하게 보여 주려는 작가 의식으로 보아야 할 것이다.

따라서 작가의 체험 양상은 생체험보다는 추체험이 많이 나타났고,
서사 지향은 사실과 허구의 작품이 대등하게 창작되었다. 물론 후자는
사실과 허구 중 어느 한 쪽으로 완전히 편향된 것으로 보기는 어렵다.

〈2〉의 분류 기준은 서사의 초점이 어디에 있느냐이다. 자력과 도움
귀환서사가 완전한 결여된 작품은 〈검승전〉 1편뿐이다. 〈검승전〉은 국
내에서 포로가 된 왜병을 형상화한 작품으로 자국(自國)으로 귀환하는
서사가 없는 것이 특징이다. 이 외는 도표에서 보듯 자력 또는 도움 귀
환서사만으로 된 작품도 있지만, 대부분은 모든 갈래에서 자력·도움
귀환서사가 혼합되어 나타난다. 이것은 임병양란 이후 각성된 민중의식
과 인간 존엄의 가치를 지향하는 포로 모티프 서사문학의 보편적 성격
을 여실히 보여주는 부분이다. 달리 말해 작품의 구조와 의미는 그 사회
의식과 무관하지 않음을 보여주는 좋은 예이다.[46]

〈3〉의 분류 기준은 서사적 갈등의 해결방식에 따라 분류한 것이다.
포로 모티프 서사문학의 갈등은 작중인물의 대인간적(對人間的), 대사회
적(對社會的), 대국가적(對國家的)인 직접적인 대결 양상보다는 주로 내
적 갈등의 정점에서 행위로 표출된다. 이러한 행위는 다양한 인간 군상
과 사회와의 관계를 맺으며 작품의 의미망을 구축한다. 도표에서 보듯

---

46) 작품 구조와 의미는 유기적 상관성을 가지는데, 곧 작품 구조는 사회 의식으로만
존재하고, 사회 의식은 작품 구조로만 존재하기 때문이다. (조동일, 「〈적도〉의 작품
구조와 사회의식」, 이선영 편, 『문학비평의 방법과 실제』, 삼지원, 1999(3판 10쇄),
237쪽 참조)

존재방식과 해결방식이 낭만적인 작품은 〈검기〉, 〈경성유일조사(京城有一朝士)〉 등 2편(3-2)이고, 현실적인 요소도 있으나 그 비중이 낭만적 요소로 편향된 작품도 〈부례랑〉, 〈검승전〉 등 2편(3-4)에 불과하다. 반면 존재방식과 해결방식이 현실적이거나, 그 비중이 강한 작품은 전 갈래에서 압도적으로 많이 나타난다. 특히 포로소설 중 〈최척전〉, 〈김영철전〉은 현실원리가 압도되어 있고, 〈이한림전〉, 〈유록의 한〉, 〈남윤전〉 등은 현실적 요소와 낭만적 요소가 혼합되어 있으나 현실적 요소의 비중이 강하다. 이 점은 포로 모티프 서사문학이 현실적 세계관에 의해 창작되었음을 반증함으로써, 조선 후기 서사문학사에 리얼리티의 한 영역을 개척한다.

이상에서 살펴본 것처럼 포로 모티프 서사문학은 전술한 포로 모티프 개념 '① 적국과의 전란이나 대치 중, '포로됨'이 사건의 실마리이거나 극적 전환 요소이며, ② 포로는 自力이나 도움을 통해 탈포로를 지향하다가 고국 귀환을 감행하며, ⑥ 주제 구현에 도움을 주는 것' 등을 공유한 작품이다. 그 범주로 볼 때 첫째, 역사적 갈래의 경우, 기사 1편, 설화 1편, 열전 1편, 일기 6편, 전 8편, 소설 5편, 야담 13편 등 모두 35편이다. 둘째, 이론적 갈래의 경우, 작가 체험의 양상에 따라 포로 생체험의 작품 6편은 일기의 양식에 담아 문학적으로 형상화하였고, 다른 갈래에서는 나타나지 않았다. 추체험의 작품 29편 중 전쟁세대 5편[전(1), 소설(1), 야담(3)], 전후세대 6편[전(3), 소설(1), 야담(2)]을 합하여 11편, 후세대인의 작품은 18편으로 기사(1), 설화(1), 열전(1), 전(4), 야담(8), 소설(3)의 갈래에서 나타났다. 서사의 지향은 사실 지향 17편과 허구 지향 18편으로 균형 있게 나타났고, 서사의 초점은 자력·도움 귀환서사 19편[47], 서사적 갈등의 해결방식은 현실적인 것이 26편으로 압도적으로 나타났다.

---

47) 이 중 도움 귀환서사가 강한 작품(2-2) 6편을 합하면 이 부분은 25편이 된다.

3. 포로 모티프 서사문학의 전개 양상

1) 임병양란 이전 : 기사(記事) · 설화(說話) · 열전(列傳)

문헌상 최초로 포로의 삶이 서사문학적 모티프로 구체화된 것은 〈김유신(金庾信)〉 열전에 삽입되어 있는 〈조미곤〉 기사[48]이다. 천산(天山) 현령 조미곤이 백제의 좌평(佐平) 임자(任子)의 포로가 되어 탈출했다가 김유신과 임자의 이중 첩자 노릇을 하여, 결국 신라 김유신 등이 백제를 급히 병탄(倂呑)할 것을 도모한다는 짧은 내용이다. 이 삽입 기사는 김유신이 무열왕에게 백제 정벌의 당위성을 주장하는 데 결정적 공헌을 한 정보이다.

김유신, 조미곤, 임자의 긴박한 대화로 엮어진 이 기사는 김유신의 비범한 인물상 이면에 치밀하게 준비하는 인간적 모습과 조미곤의 충성심을 부각시키고 있다. 이는 삼국의 적대적 대치 상황에서 신라인에게 '충(忠)'이라는 민족의식을 고취하려는 편자의 의도가 짙게 깔려 있어, 포로 조미곤의 개인사는 형상화되지 못한 결과를 낳았다.

포로 모티프가 불력의 상징으로 나타난 것은 「백률사(柏栗寺)」에 삽입되어 있는 〈부례랑〉 설화[49]이다. 이 설화는 백률사 대비상(大悲像)의 영험의 한 예로, 말갈족 대도구라(大都仇羅)의 포로(노예)가 된 국선(國仙) 부례랑을 구출하는 이야기이다. 전체 서사의 초점은 스님을 매개로 한 대비상의 영험에 있지만, 포로 부례랑을 둘러싼 개인사도 그에 못지 않게 형상화되어 있다.

홀연히 용모가 단정한 한 중이 손에 금과 적을 가지고 와서 말하기를 "고향을 그리워하느냐?" 하기에 내가 (부례랑-필자) 미처 깨닫지 못하고

---

48) 『三國史記』 卷42 列傳2, 〈金庾信〉 中.
49) 『三國遺事』 卷3 塔像 第4, 〈柏栗寺〉

그 앞에 꿇어앉아 말하기를 "임금과 어버이를 그리워함이 어찌 다함이 있 겠는가?"라고 말하였다.50)

위의 예문은 부례랑이 대조나니(大鳥羅尼) 들판에서 고된 방목 생활 을 하던 중, 뜻밖에 만난 스님과 나눈 대화이다. 전후 맥락을 통해 볼 때, 이 설화는 말갈족의 포로 노예화 의지와 비례하여 부례랑의 임금과 어버이에 대한 그리움으로 등가되는 귀환의지가 핍진하게 나타난다는 점에서 〈조미곤〉 기사와 차이가 난다. 물론 이 설화는 잃어버린 국보 금(琴)과 적(笛)을 되찾고, 포로 부례랑을 불력으로 귀환케 하는 초현실 적 구조로 되어 있으나, 아들의 무사귀환을 대비상(관음상)에 기원하는 양친과 고향의 그리움을 호소하는 부례랑의 모습은 불력의 서사 초점 이면에 펼쳐진 진지한 인간적 고뇌를 느낄 수 있다.

따라서 이 설화에 나타난 포로 모티프는 국보의 상실과 기이한 인연 을 이루며 함께 고국 귀환케 하는 서사구조로 이루어진 삽화의 기능이 라 하더라도, 이후 포로 모티프의 핵과 같은 기능에 근접한다는 의미에 서 시사하는 바가 크다.

이처럼 기사와 설화의 포로 모티프는 충과 불력의 상징을 위해 삽화 적 기능을 하고 있지만, 당시의 포로 개념이 전리품의 의미로만 인식된 것을 상기할 때, 부분적이나마 개인사적인 부각은 매우 소중한 것임에 틀림없다. 물론 편찬자의 의도가 '충'과 '불력'에 있다 보니 간난한 포로 의 삶은 뒷전에 밀려날 수밖에 없다 하더라도 독자는 얼마든지 공감하 며 삶의 의미를 유추할 수 있다. 곧 '의미의 재해석'이 가능하다는 점에 서 시사하는 바가 크다.

따라서 〈조미곤〉은 국가적 이념인 '충(忠)'의 구현에 충실한 서사라

---

50) 忽有一僧 容儀端正. 手携琴笛來慰曰. "憶桑梓乎". 予不覺跪于前曰. "眷戀君親. 何論其極?" (〈柏栗寺〉, 위의 설화)

면, 〈부례랑〉은 종교적(국가적) 이념인 불력의 구현이라는 차원을 신이
한 이적과 개인적 원망(願望)을 융합하여 교직(交織)한 설화이다.

『고려사』139권은 〈열전(列傳)〉만 50권에 달하는 서사문학의 보고이
지만, 이 시대 외적의 침략으로 양산된 포로에 대한 문학적 형상화는 너
무나 빈약한 편이다. 곧 포로 모티프가 서사의 핵인 작품이 「효우전(孝
友傳)」에 실린 〈김천〉51)뿐이란 점은, 이를 잘 반증한다. 그 외 포로 모
티프가 일화적으로 간략히 서술되어 있는 것은 전술한 「열녀전(烈女傳)」
에 입전된 12명 중 8명이다. 이들은 적지에 포로로 끌려가는 도중 순절
(殉節)의 해결방식을 택했기 때문에 포로로서의 존재방식인 과정 서사
는 볼 수 없다.

이것은 열전 대목을 편찬한 최항(崔恒), 박팽년(朴彭年), 신숙주(申叔
舟), 유성원(柳誠源), 이극감(李克堪) 등의 역사관·종교관과 관련되는
것으로 보이지만, 전체적으로 조선 전기의 유교적 분위기와 관련되어 있
다.52) 곧 조선 전기 지배계급의 이념이었던 '충효열우애(忠孝烈友愛)' 등
을 지나치게 정면에 부각시키기 위해 '효우'나 '열녀'에 관련된 포로만 일
화적으로 정표(旌表)했을 뿐, 그 외는 수치의 역사로 인식한 듯 입전하지
않고 폄(貶)해 버린 결과를 초래했다. 이처럼 경직된 시대 이념은 포로
모티프 서사문학이 양산될 수 없는 역사적·사회적 환경을 제공하였다.

그나마 〈김천〉은 「효우전」의 입전 동기처럼 '세교(世敎)를 위해 입전
한 것'53)인데, 역설적으로 포로 모티프가 서사의 핵으로 부상했다는 점
에서 매우 주목받는 작품이다.

---

51) 『高麗史』 卷121, 列傳 第34, 「孝友」
52) 김태준, 「고려사 열전의 서사문학적 전개」, 사재동 편, 『한국서사문학사의 연구』
    Ⅲ, 중앙문화사, 1995, 842쪽.
53) 孝友人之恒性也. 自世教衰民失其性者多矣. 然則有竭力於是者可不表而獎之乎?
    高麗五百年間, 以孝友書於史冊, 見於旌表者十餘人, 作孝友傳. (『高麗史』 卷121,
    列傳34 「孝友」)

몇 해 되지 않아 빌린 돈(어머니와 동생 덕린을 속신하기 위해-필자)을
다 갚고 동생 덕린과 함께 종신토록 효성을 다하였다.[54]

위의 결미 부분에서 보듯 이 열전은 김천의 효성과 우애를 포(襃)하
려는 의도에서 입전하였지만, 그 과정 서사는 고려 고종 때 몽고의 침략
으로 포로가 된 어머니와 동생을 속신키 위해 경성, 몽고를 유리하는 김
천의 도움 귀환서사가 초점이다.

요좌가 (속신을 요구하였으나) 듣지 않으므로 천이 애걸하여 백금 55냥
으로 속신한 후, (어머니를) 말에 태우고 (김천은) 도보로 따랐다. 덕린은
동경까지 따라와 울면서 말하기를 "편안히 돌아가십시오. 편안히 돌아가십
시오. 지금은 비록 같이 따라가지 못하지만 하늘의 복이 있으면 서로 만날
날이 있을 것입니다." 모자가 서로 안고 울며 말을 잇지 못했다.[55]

이 예문은 빈한한 김천이 어렵사리 포로로 끌려간 어머니를 만나 겨
우 속신을 하지만, 돈이 모자라 동생 덕린은 속신하지 못하고 헤어지는
부분으로 서사의 압권이다. 이 외에도 김천의 모친이 원나라에 온 고려

---

54) 未數歲盡償前後所貸白金, 與弟德麟終身盡孝. (<金遷>, 앞의 열전)
55) 要左不聽, 遷哀乞以白金五十五兩贖之騎以其馬徒步. 而從德麟送至東京泣曰, "好
歸好歸. 今雖不得從如天之福必有相見之期." 母子相掩泣不能語. (<金遷>, 위의
열전). 이와 유사한 이야기는 강화 선비 姜海壽란 사람의 안타까운 사연에서도 잘
나타난다. 그는 병란 때 포로로 끌려간 어머니, 동생, 아들을 속환하기 위해 속환
용 담배 봇짐을 들고 淸으로 갔지만, 담뱃값이 폭락해 한 사람의 속환값이 모자라
자, 결국 아들을 남겨둔 채 죽은 어머니의 신주와 동생을 데리고 돌아왔다고 한다.
(http://huam.interpia98.net/book/trip/1-2.htm ; KBS1, 『TV 조선왕조실록: 아! 잊
으랴 어찌 우리 이 날을-삼전도의 굴욕』, 1997년 11월 4일 방영). 한편, 이 사연은
훗날 <江華府志>에 '海壽, 子及異母之弟並爲丁丑虜獲. 海壽不忍其父母之思念也.
爲之竭力銀鈔自入藩請之. 銀鈔少藩人不許皆贖. 於是, 捨其自只贖其弟而歸事. 聞
旌㫌後官僉正云.'이라 하여 많은 사람들의 입에 회자될 수 있었다. (<江華府志> 卷
下 '人物 - 姜海壽' (1783년경) : 한국학문헌연구소 편, 『邑誌』11, 京畿道 2, 아세아
문화사, 1985, 460쪽에 영인)

인 백호(百戶) 습성(習成)을 통해 자신의 고된 포로 생활을 아들에게 전
해 달라는 편지를 전하는 장면, 이런 모친을 찾으러 몽고에 가겠다고 조
정에 신청했으나 두 번이나 거절을 당하는 장면, 같은 고을의 중인 효연
(孝緣)의 주선으로 어머니가 계신 북주(北州) 천로채(天老寨)에 들어가
는 장면, 누더기 옷과 쑥대머리로 고단한 삶을 지탱하고 있는 어머니를
요좌(要左)의 집에서 애걸하여 백금 55냥으로 19년 만에 겨우 속신하는
장면, 중찬(中贊) 김방경의 호의로 몽고(원)에서 다시 귀국하는 장면, 동
생 덕린을 어머니 속신 뒤 6년 뒤에 백금 86냥을 주고 기어코 속신하는
장면 등은 몽고병의 침략 전쟁이 노예 전쟁임을 여실히 보여준다. 이와
동시에 포로와 그 가족의 탈포로 지향과 노예주의 노예화 의지 사이에
얽힌 다양한 인물 군상의 협력과 갈등이 확산되는 등 〈김천〉은 포로소
설적 구성을 보여주고 있다.

이 점은 앞의 포로 모티프 개념에 대입해 보면 더욱더 잘 알 수 있다.
곧 ① 몽고의 침범으로 김천의 모친과 동생 덕린이 포로가 됨으로써 사
건의 실마리가 되고, ② 김천의 어머니는 원나라에 온 백호 습성을 통해
편지를 전하는 등 탈포로를 지향하다가 끝내 아들의 도움으로 속신되어
고국으로 돌아오게 되며, ③ 김천은 부재의 고통 속에 우여곡절을 겪으
며 끝까지 어머니와 동생을 찾아 나서며, ④ 우호적 인물 군상인 백호 습
성, 효연, 김방경 등과 적대적 인물 군상인 요좌, 고려 조정의 벼슬아치
등 서사의 인물 군상이 개입하여 서사 편폭을 확대시키며, ⑤ 가족 재회
로 결말을 맺으며, ⑥ 효우라는 삶의 진지성을 구현하는 것이 그것이다.

이처럼 〈김천〉은 포로 모티프가 서사의 핵으로, 사건보다는 인물 중
심의 서사가 되어 서사 편폭을 확대한다. 이것은 '충효열우애' 등 유교
이념을 부각시키려는『고려사』열전의 편찬 의도가 인물 중심으로 엮은
것도 있지만, 역설적으로 망각하기 쉬운 간난한 개인사의 진지성[56]을
보여 주었다는 점에서 의의가 있다.

한편,『동문선(東文選)』에 수록된 고려후기~선초 인물전 중, 정도전
의 〈정침전(鄭沉傳)〉은 예외적으로 족성 사녀(族姓士女)로서 왜구의 포
로가 되어 첩자 노릇을 한 것을 비판한 부분이 나온다.[57] 이것은 호장
(戶長)의 신분에 불과하지만 의(義)와 열(烈)을 위해 최선의 삶을 살았던
정침을 칭송하기 위해 취택된 하나의 일화이다. 곧 포로 자체의 삶을 형
상화한 것이 아니라, 당시 신흥사대부의 신유학의 이념을 계급을 초월
해 고취하려는 수단으로 포로 모티프가 부분적으로 원용되었을 뿐이다.

이상에서 볼 때, 임병양란 이전의 포로 모티프 중 삼국 시대는 민간
인 포로의 농토 분거와 전투원 포로의 전공 과시로 인한 참수로『삼국
사기』〈조미곤〉기사와『삼국유사』〈부례랑〉실화에만 보인다. 이깃은
비록 삽화의 기능을 하지만, 포로 모티프 서사문학의 원초적 모습을 보
여준다는 점에서 중요하다. 고려 시대와 조선 전기는 거란·여진·몽
고·왜구 등의 끊임없는 침략으로 많은 포로가 양산되었지만, 그들에
대한 문학적 형상화는『고려사』에 9편,『동문선』에 1편 정도만 산견될
뿐이다. 이것은 전술했듯 '효우'나 '열녀'에 관련된 포로만 일화적으로 정
표했을 뿐, 그 외는 수치의 역사로 인식한 듯 입전하지 않고 폄(貶)해 버
린 결과를 초래했다. 이처럼 경직된 시대 이념은 포로 모티프 서사문학
이 양산될 수 없는 역사적·사회적 환경이었다. 그나마 〈김천〉은 포로

---

56) 〈金遷〉에서 김천뿐만 아니라,『高麗史』열전의 포로 열부는 어떤 지배 계층에 있
   었던 사람이 아니고, 늘 우리 주변에서 볼 수 있는 민중이다. 이러한 민중들이 유교
   이념을 구현하는 데 필요하여 취택되었다 하더라도, 개인의 삶의 가치가 민중의식의
   확대로 이어질 수 있었다는 점에서 의미심장하다.

57) "지금으로 말한다면 왜구가 난을 일으켜 온 지 30년이 가까운 오늘날, 양반집의 남
   녀들이 많이 포로가 되었지만, 그들은 노예나 첩 노릇함을 달갑게 여기기를 사양하
   지 않았으며, 심한 자는 그들을 위하여 간첩 노릇을 하며 길을 인도하기도 한다. 그
   들이 하는 짓을 보면 개, 돼지만도 못한데도 오히려 스스로 부끄러워 할 줄을 모르
   는 것은 다름 아니라 죽음을 두려워하기 때문이다. 그것을 정침이 죽은 것과 비교해
   보면 과연 어떠한가."(〈정침전〉,『국역 동문선』101권, 민족문화추진회, 1976, 94쪽)

모티프가 서사의 핵이 되면서 민족의 수난에 희생된 개인과 가족사의 간난한 삶을 서사 초점으로 하여 그들의 다양한 삶의 존재방식과 해결방식을 핍진하게 형상화했다는 점에서 조선조 포로소설의 선구적인 작품이 되었다.

2) 임병양란 이후 : 일기(日記) · 전(傳) · 야담(野談)

포로 모티프가 집중적으로 다양한 갈래를 넘나들며 서사(플롯)의 핵으로 수용된 것은 임병양란부터이다. 이 때의 포로 문제는 국내외의 심각한 현실 문제로 부상하는데, 곧 포로 쇄환과 속가를 둘러싼 외교 문제, 포로가 되었다가 돌아온 환향녀 처리와 이혼 문제 등이 그것이다. 뿐만 아니라, 이 때는 지배계급에 대한 강한 불신과 신분제의 동요, 개인 의식의 발달과 상업주의의 발달 등 사회적 변화까지 급격하게 이루어지던 시기였다.

이러한 총체적인 현실 문제와 사회적 변화는 17세기 서사문학의 전환기를 마련한다. 이 중 포로 문제를 서사문학적으로 대응한 것이 포로 모티프 서사문학이다. 곧 포로로 끌려갔던 사람들이 남긴 생체험의 포로일기(捕虜日記), 포로들의 삶을 추체험하여 그들의 기이한 행적이나 품행을 남기려는 포로전(捕虜傳), 포로의 이야기가 입에서 입으로 전해지면서 각종 야담집에 채록 · 편찬된 포로야담(捕虜野談), 포로의 삶을 추체험하여 그들의 삶을 총체적으로 모델화하여 삶의 의미를 포착하려 했던 포로소설 등 갈래별로 작품이 창작되었다. 다만 이 절에서는 본고의 목적상 포로일기, 포로전, 포로야담 등에 수용된 포로 모티프의 보편적 구조와 의미만 알아보고, 포로소설은 제3장~제5장에서 본격적인 논의를 한다.

첫째, 구조이다. 포로일기, 포로전, 포로야담은 전술한 포로 모티프의 개념 ①, ②, ⑥을 공유하면서 주로 '전쟁(전투·피난)-포로-포로(이산) 생활-귀환-재회58)'의 공통 구조를 보인다. 이것을 자세히 살펴보면 다음과 같다.

먼저, 포로일기는 포로 생체험자의 진솔한 기록이 우세하기 때문에 체험 세계가 내면화되어 서사화되는 특징을 가진다. 곧 포로됨이 서사의 발단이고, 포로·탈출이 서사 과정이며 귀환이 결말에 해당되기 때문에 그 구조는 예외없이 '전쟁(전투·피난)-포로-탈출(고난)-귀환'에서 끝이 나고, 귀환 후 단락이 구체적으로 서술되지 않는다. 주로 전쟁 고발과 복수 의지, 이국(異國)에서의 우수와 고국에 대한 그리움(꿈의 삽입), 귀환할 때 들렀던 이국에 대한 기행석 요소, 문사석(文士的) 우월감과 유교 이념59) 등이 나르시시즘(narcissism)적으로 나타나는 것이 특징이다.

다음, 포로전은 전의 양식상 한 인물의 '인정기술-행적부-논찬'의 정제된 구조 속에 초점화되기 때문에 주로 혼사 장애 같은 최초 상황과 포로 가족의 고난 등은 거의 나타나지 않는다.60) 다만 입전자의 의도가 '포(襃)' 우위일 경우에는 사실 지향이, '기이한 사건' 우위일 경우에는 허구를 지향하는 것이 특징이다. 이처럼 포로전은 입전자의 의도에 따라

---

58) 가족 재회로 이루어지지 않는 작품은 야담 <李舒川滿枝>, <丙子胡亂松都商賈之妻>, <伏園中舊妻授計> 등 3편이 있다. <李舒川滿枝>는 이만지가 병란 때, 아내와 함께 포로가 되었다가 자신만 속신하고 귀환 후 다른 여자와 편히 살았다는 내용의 이야기이다. 참고로 『記文叢話』(435)엔 <李舒川萬技>로 되어 있다. <丙子胡亂松都商賈之妻>, <伏園中舊妻授計>는 비슷한 내용의 이야기인데, 병란 때 송도 상인의 처가 포로가 되자, 그의 남편이 속신하러 갔다가 다행히 탈출하였는데, 아내는 오랑캐 馬將軍의 총첩이 되어 훼절했다는 이유로 귀환 도중 자결하는 것으로 되어 있다.

59) 김진규, 「임란 포로일기 연구-<금계일기>를 중심으로」, 앞의 논문 참조.

60) 예외로 <東萊嫗>가 있다. 이 작품은 동래 노파가 포로가 되어 겨우 쇄환되었음에도 불구하고, 아직 송환되지 못한 어머니를 찾으러 왜국에 다시 들어가 오랜 고난 끝에 찾아온다는 이야기이다.

실존 인물의 '가치 추인적(價値追認的)'인 요소와 기이한 사건을 전하려는 '호사 추구적(好事追究的)' 사이를 넘나들며 형상화되었다. 이 중, 〈동래양부하전〉은 '전쟁-포로-포로 생활-귀환-후일담'의 구조를 가지는데, 포로소설처럼 귀환 때의 고난은 없다. 그러나 '포로 생활' 중, 일본 수뇌부의 정치 상황을 목격하는 장면 등이 허구로 경사되어 있기 때문에 소설로 접근하고 있음을 알 수 있다.

또, 포로야담은 주로 전처럼 첫부분에 인정기술을 간략히 다룬 뒤, '포로(고난)-귀환(극복)'의 구조로 되어 있다. 그러나 다른 갈래에 비해 구조의 일관성을 보이기보다는 작품마다 구조의 변화가 가장 심하다. 이것은 구연 양상에 따라 탄력적으로 채록했던 야담 특유의 갈래상 특징이다.

포로야담의 인물 형상화는 실존 인물과 허구적 인물을 혼용하지만, 주로 서사의 초점이 허구적으로 경사되어 복잡한 구조를 보이는 경우가 많다. 이것은 포로로 끌고 갔던 나라에 대한 호의적인 태도가 엿보이는 작품에서 두드러지게 나타나는 바, 〈검승전〉[61], 〈검기〉, 〈남국접선아모귀(南國接仙娥謀歸)〉 등이 그것이다. 〈검승전〉은 일본인이 국내에 포로가 되어 겪는 삶의 모습을, 〈검기〉는 조선인이 일본에 포로가 되어 겪는 삶의 모습을 호혜적인 관점에서 서술하고 있다. 〈남국접선아모귀〉도 왜공주와의 사랑을 바탕으로 한 호의적인 모습을 핍진하게 그리고 있는데, 위의 두 작품보다 서사의 초점이 더욱 허구화되어 소설로서의 가능

---

61) 정하영, 「〈劒僧傳〉의 人物型과 갈등양상」, 한국고전문학회 제220차 월례발표회 발표자료집, 한국방송통신대학교, 2002. 4.13 참조. 정하영은 위의 논문에서 〈劒僧傳〉의 성격을 인물전, 전쟁담, 회고담으로 보고 있고, 이가원은 '漢文小說'(李家源, 譯編, 『李朝漢文小說選』, 민중서관, 1975(3판), 115~120쪽)로 분류하고 있다. 그러나 〈劒僧傳〉은 한 인물을 입전 대상으로 하는 '傳'의 본래 성격보다는 제목은 劒僧, 논찬은 劒師, 사건 전개는 劒僧, 劒師, 劒倭 등의 관계 서사가 부각되어 있다. 따라서 〈劒僧傳〉은 포로 모티프가 서사의 핵이 되고, 그 구조가 야담의 '포로-귀환'의 변이 형태인 '포로-미귀환'으로 나타나 포로야담으로 보고자 한다. 한편 〈劒僧傳〉은 임란 당시의 일본인 포로도 기억해야 한다는 관점에서 서사문학적 의의를 가진다.

성을 보여준다. 이 또한 야담 갈래의 '구연의 현장성과 탄력성'에 기인한 요인이다.[62)

둘째, 전술한 구조의 특징을 바탕으로 하여 포로 모티프가 포로일기, 포로전, 포로야담에 수용되어 어떤 보편적 의미를 가지고 있는지 일별(一瞥)한다.

먼저, 가족 이산과 재회의 양상이다. 이것은 '가족 상실의 고통과 그 극복의지'에 대응한다. 전자는 포로 모티프 서사문학의 사건의 실마리이거나 극적 전환 요소이며, 후자는 사건 해결방식이다. 가족 상실은 사회적 존재인 인간이라면 누구나 느끼는 보편적인 고통이다. 따라서 주요 인물들은 가족 재회를 끊임없이 지향하는데, 그 원동력은 '충효열애(忠孝烈愛)'의 가치와 맞물려 있다.

포로일기에 나타난 전쟁 고발과 복수 의지, 임금과 부모에 대한 그리움 등은 충효의 의미로, 포로전 중 〈동래구〉에 나타난 노파의 기구한 운명은 효의 의미로 상승하여 재회를 지향한다. 포로야담은 작가의 주제의식에 따라 변주되는데, 열·애의 문제가 그것이다. 〈병자호란송도상고지처〉, 〈복원중구처수계〉 등이 '열'이라면, 〈검기〉, 〈남국접선아모귀〉 등은 '애'의 경우이다. 특히 '애'의 경우는 포로 체험의 먼 거리화로 인해 화해 지향의 단면을 보이기도 하나, 작가 의식의 선험적 적대감보다는 적대국 사람들과의 경험을 통해 우호적인 모습으로 변용된 결과이다.

다음, 인간적 유대와 반인륜적 억압이다. 이것은 '포로의 귀환의지와 적대국의 노예화 의지' 사이에 나타나는, 곧 다양한 인물 군상과의 존재방식에서 잘 드러난다. 인간적 유대는 연정·연민·우정·인류애로, 반인륜적 억압은 잔인성과 모순성으로 등가되어 나타난다.

---

62) 포로 모티프 서사문학 중 작중 인물 간 우호 관계로 나타나는 것은 야담뿐 아니라, 모든 갈래에서 나타나는 현상이다. 이것은 포로 자신과 敵國 사람들과의 '관계'를 통한 우호적 태도로, 일본이나 淸에 대한 선험적 적대감을 어느 정도 불식하고 있다.

포로일기는 포로생활 중 호의적인 왜인과의 교류도 곳곳에 드러나지만, 생체험자의 내면의식은 주로 왜의 잔인성 고발[63], 전쟁고발과 복수의지, 귀환의지가 일관되게 흐르고 있다.

포로전은 〈백의사전(白義士傳)〉에서 백수회의 절의에 감복해 풀어주는 왜인의 모습, 〈동래구〉에서 동래 노파의 고통을 이해하고 눈물을 흘리는 왜인들의 모습이나 그녀의 어머니와 함께 송환케 해 주는 왜 추장 등의 모습, 〈동래양부하전〉에서 대마도주의 호의 등 인간적 유대[64]가 드러나기도 하고, 〈강항전(姜沆傳)〉은 안석경의 '백세지분의(百世之憤矣 : 오랜 세월에 걸친 울분)'[65]이라는 서술에서 드러나듯 왜에 대한 반인륜적 억압으로 인한 강한 복수심도 나타난다.

포로야담 중 인간적 유대를 주로 형상화한 것은 〈남원정생처실기명(南原鄭生者失其名)〉, 〈역삼국일가단취(歷三國一家團聚)〉, 〈정생처홍도(鄭生妻紅桃)〉, 〈남국접선아모귀〉, 〈검기〉, 〈경성유일조사〉, 〈병자호란송도상고지처〉, 〈복원중구처수계〉 등에, 반인륜적 억압을 주로 형상화한 작품은 〈노인유여굉개호남유사야〉, 〈평창군수권두문〉, 〈인조조병자일경재자(仁祖朝丙子一卿宰子)〉 등에 주로 보인다. 한편 반인륜적 억압이 포로로 끌고간 적대국보다 오히려 남편 쪽에 초점을 둔 〈이서천만지(李舒川滿枝)〉는, 위의 작품과는 다른 특징을 가지고 있어 매우 흥미롭다.

또, 인간적 고뇌와 성찰을 통해 주제를 구현한다는 점이다. 포로 모티

---

63) 왜의 잔인성은 『錦溪集』, 「丁酉被俘」에 '老弱則剖鼻, 剖鼻多少, 賞功高下'라든가, 『看羊錄』, 「涉亂事迹」에 '秀吉之再寇我國也. 令諸將曰. 人各兩耳. 鼻則一也. 令一卒各割我國人鼻. 以代首級. 輪致倭京. 積成一丘陵. 埋之大佛寺前. 幾與愛陽山腰平. 血肉之慘 擧此可知' 하는 등에 여실히 드러난다.

64) 〈동래양부하전〉의 작가 임상원(任相元)도 결국 그가 가속으로 데리고 있던 양부하의 기이한 사적을 듣고 자기 나름대로 현학적 취미를 가해 적은 글이지만, 일본에 대한 강한 호기심과 지적 발동으로 인해 그의 현실 인식의 부각은 물론 인간의 존엄성에 대해서도 서술하고 있다.

65) 安錫儆, 〈姜沆傳〉, 『雪橋文聚』, 이우성 편, 『雪橋集』 3冊, 아세아문화사, 1986, 230쪽.

프 서사문학은 사실적 기록이나 단편적인 일화를 넘어 포로들의 간난한 삶을 서사 초점으로 하여 그들의 다양한 삶의 존재 방식을 보여 준다. 곧 포로로 인한 극한상황은 자기 존재의 본래적인 각성의 실마리가 되며[66], 나아가 정체성을 회복하기 위한 인간 의지의 지향을 보여준다는 점에서 존재론적 성격을 가진다. 우리가 포로 모티프 서사문학에 관심을 갖는 것은, 포로의 극한상황이 국가의 위난(危難) 속에서 개인이 희생되는 문제이고, 나아가 이러한 희생이 당시 전란에 휘말려든 민중 전체의 아픔을 상징적으로 보여주기 때문이다.

뿐만 아니라 포로일기에서 보여주는 삶에 대한 불안과 당대 이념의 구현 문제, 포로전에 나타난 기구한 인생 역정과 품행의 문세, 포로야담 중, 〈병자호란송도상고지처〉의 송도 상인의 처, 〈복원중구처수계〉의 장사꾼 처가 보여주는 포로됨과 정조의 의미, 〈남원정생자실기명〉, 〈역삼국일가단취〉, 〈정생처홍도〉 등에서 보여주는 홍도의 고행과 귀환의지 등도 포로 모티프 서사문학에 관심을 가질 수밖에 없는 문학적 요인이다.

이처럼 주요인물들의 인간적 고뇌와 성찰은 전술한 가족 이산과 재회, 인간적 유대와 반인륜적 억압의 교차점에서 주제로 구현되나, 이들 갈래는 소설과 달리 단선적 구조와 의미를 드러낸다. 이것은 삶의 총체성을 재현하는 소설과 달리 서사적 국면의 단조로움과 갈등의 미미함에 기인한 갈래상 특징이다. 그렇더라도 이들 갈래는 당시 포로소설과 아울러 포로 모티프 서사문학군을 이루며 상호 교섭할 수 있었다는 것은 서사문학적으로 의의를 갖는다.

---

66) 김병우, 『존재와 상황』, 한길사, 1990(8판), 66쪽.

제3장 포로소설의 구조적 성격

1. 시퀀스 분석

소설은 인간의 다양한 삶의 총체적 모습을 작가(서술자)의 시선을 통해 굴절적으로 재현하는 문학적 관습(literary convention)[1]을 가진 갈래이다. 그 하위 유형에 속하는 포로소설 또한 그러한 문학적 관습을 따르되, 인간의 보편적 본성을 전경화한 조선조의 창의적 소설 유형이다. 곧 포로소설은 포로와 그 가족의 삶을 양축으로 하여 다양한 인간 군상과의 '관계'를 중심으로 삶의 보편적 의미를 구현하는 소설이다. 따라서 포로소설은 포로 모티프 서사문학 중 가장 확대된 서사구조와 다양한 의미를 가진다. 서사적 텍스트는 이야기라는 내용과 담화라는 형식으로 구성된 유기적 존재이기 때문에 서사구조와 의미는 독립적 요소가 아니라 상호 보완적인 관계에 있다. 곧 서사구조가 텍스트의 의미를 생산하고, 의미가 텍스트의 서사구조를 구축한다.

따라서 이 절은 먼저, 작품 구조의 내재적 법칙을 밝히기 위해 각 작품의 전문을 시퀀스(sequence)별로 나누어 시간(스토리 시간, 서술 시간)[2] ·

---

1) Harry Levin, 「Literature as an Institution」 (이상섭, 『문학연구의 방법』, 탐구당, 1986, 49쪽 참조)

2) 스토리 시간은 이야기─사건 자체가 지속되는 시간이고, 서술 시간은 서사물을 해

공간·행위 층위로 분석한다. 다음, 사건과 사건 사이에 놓인 인과적 계기성을 중심으로 시퀀스를 서사단락3)으로 묶어 각 단락의 특징 및 연관 관계를 알아보는 것이 목적이다. 여기서 시퀀스란 연대 관계로 결합되어 있는 핵단위4)들의 논리적 연속이며, 그 관계들 가운데 하나가 연대적인 전항(前項)을 갖지 못한 경우에는 열리게 되고, 그 관계들 가운데 다른 하나가 어떤 논리적 결과를 갖지 못한 경우에는 닫힌다.5)

① 〈최척전〉 (이하 S : 시퀀스, * : 추정 시간, • : 서사축 전환)

구조		시간		공간	행위
단락	S	스토리시간	서술시간		
포로전	1-1	1593	약 1쪽 (2분)	남원	척은 남원에서 아버지와 살던 중, 기개가 있으나, 교유를 좋아하고 대수롭지 않는 예절에 거리끼지 않아 아버지로부터 훈계를 받고 성남 정상사 집에 수학하러 떠남.
	1-2	〃		성남	척은 몇 달 후, 시가와 문장이 날로 늘어나 마을 사람들이 감복함.
	1-3	〃	약 2.5쪽 (고려대본 1.5쪽 포함) (5분)	〃	옥영이 척에게 연정을 품고 〈표유매〉 졸장(卒章)을 창틈으로 던지자, 척이 보고 의리와 욕구 사이에 갈등함.
	1-4	〃		〃	척은 옥영의 여노(女奴) 춘생(春生)으로부터 옥영의 과거사를 들은 뒤, 옥영과 연서를 주고 받음.

독하는 데 걸리는 시간[可讀時間]을 가리킨다. 이들의 관계에서 나타나는 기능은 요약, 생략, 장면 제시, 연장, 휴지 등이 있다. (시모어 채트먼, 『영화와 소설의 서사구조』, 민음사, 1999, 75~93쪽)

3) 송성욱, 「혼사장애형 대하소설의 서사문법 연구」, 서울대 박사학위논문, 1997, 17쪽.

4) 채트먼은 핵단위를 '중핵(kernels)'이라 명명한다. 곧 서사적 사건들은 연관의 논리뿐 아니라 위계의 논리를 지니고, 사건들에 취해진 방향에서 중요한 문제들을 야기시키는 서사적인 순간들을 말한다. 따라서 중핵들이 생략되면 서사적 논리가 파괴되는 것이다. (시모어 채트먼, 『영화와 소설의 서사구조』, 앞의 책, 61~62쪽)

5) 롤랑 바르트, 「이야기의 구조적 분석 입문」, 『구조주의와 문학비평』, 홍성사, 1981(2쇄), 114쪽.

구조		시간		공간	행위
단락	S	스토리시간	서술시간		
포로전	1-5	1593	약 2쪽 (4분)	남원	척은 아버지에게 옥영과 혼사가 이루어질 수 있도록 간곡히 부탁하지만, 아버지는 가난의 이유를 들어 난색을 표함.
	1-6	〃		성남	척의 아버지는 아들의 간곡한 부탁에 못 이겨 정상사에게 아들의 혼사를 부탁하고, 척은 초조하게 기별이 오기를 기다림.
	1-7	〃		〃	옥영 모(玉英母) 심 씨가 척의 가난함을 들어 혼인을 거절하자, 옥영은 척의 어젊과 전란의 다급함을 들어 꼭 척과 혼인할 수 있기를 간절히 부탁함.
	1-8	〃		〃	딸의 간곡한 말을 들은 심 씨는 다시 정상사를 찾아가 척의 품행이 단정한 선비임을 내세워 9월 보름에 결혼하기로 정하자, 척은 그 날만 오기를 기다림.
	1-9	〃	약 1.5쪽 (3분)	영남	변사정 의병대에 뽑혀 영남 진중에 가 있던 척은 혼인날이 다가오자, 휴가를 청하지만 거절당함.
	1-10	〃		성남	심 씨는 척이 진중에서 돌아오지 않자, 이웃의 부자인 양 씨 집안과 10월에 혼인날을 정함. 옥영은 상심함.
	1-11	〃		〃	옥영이 어머니와 심하게 다툰 후 자살을 기도했다가 겨우 살아나자, 심 씨 등은 더 이상 양생과의 혼사에 대해 거론하지 않기로 함.
	1-12	1593. 11. 1.	약 2쪽 (4분)	영남→ 남원	척의 아버지가 척에게 그 간의 일을 편지로 알리자, 척은 병이 들어 위독함. 변사정이 척을 귀가 조치하자, 이후 병이 낫고, 11월 초하룻날 옥영과 혼인함.
	1-13	1593. 11. 1. 이후		남원	척 부부의 명성이 이웃에 널리 퍼짐.
	1-14	1594. 1		〃	옥영의 꿈에 만복사의 장육금신이 나타나 아들을 점지해 주었는데, 등에 붉은 점이 있는 몽석(夢釋)을 낳음.
	1-15	1595~ 1597. 7		〃	척과 옥영은 행복한 혼인 생활을 영위하다가, 옥영이 호사다마(好事多魔)의 삶을 생각하며 슬퍼하자, 척이 위로함. 이후 이들 부부는 '지음(知音)'이라 일컬으며 지냄.

구 조		시 간		공간	행위
단락	S	스토리시간	서술시간		
포로 · 귀환	2-1	1597. 8	약 3쪽 (6분)	남원, 지리산 연곡, 구례	정유년 8月, 왜적의 침략으로 남원성이 함락하자 척 일가는 지리산 연곡으로 피난감. 이후 척은 양식을 구하러 구례에 내려갔다가 적병을 만났으나 피함.
	2-2	〃		연곡	척이 양식을 구하러 온 사이 연곡은 왜적에게 노략질을 당해 척 일가가 뿔뿔이 흩어짐.
	2-3	〃		연곡→ 섬진강	척이 가족을 찾으러 섬진강을 뒤졌지만, 참상만 목격함.
	2-4	〃		섬진강 몇 리 밖	척은 섬진강가에서 죽어가는 춘생을 만나 그녀로부터 노략질당했던 당시 상황을 듣고 까무러침.
	2-5	〃		섬진강 →집	척은 섬진강에서 젊은 장정들이 모두 왜적에게 끌려갔다는 소리를 듣고, 자결하려다 주위 사람들의 만류로 그만두고, 폐허가 된 옛집으로 돌아옴.
	2-6	〃		금교, 명 요흥부	척은 명나라 장수 여유문(余有文)의 배려로 명나라 부대에 들어가 요흥부에서 삶.
	2-7	시간 역전 (1597. 8)	약 0.5쪽 (1분)	연곡사 →남원	척의 아버지와 장모는 연곡사로 숨었다가 혜정(慧正)이 보살피고 있던 몽석을 만나 데리고 옛집으로 돌아옴.
	2-8	1597. 8 이후	약 1쪽 (2분)	낭고야 (浪沽射) →민(閩) · 절(浙)	왜장 행장(行長)의 선주로 왔던 왜노 돈우(頓于)에게 낭고야로 사로잡혀간 옥영은 자살하려다가 꿈속에 나타난 장육금불의 계시와 돈우의 배려로 그만둠. 이후 돈우와 상선을 타고 민과 절 지방을 돌아다님.
	•2-9	〃	약 3.5쪽 (7분)	요흥부	척은 여유문과 의형제를 맺고 지내다가, 여유문이 자신의 누이동생을 아내로 맞이할 것을 권하지만, 자신만 편히 지낼 수 없다면서 거절함.
	2-10	그해 겨울~ 1599		•강회, 동정호, 악양루 등→항주	척은 여유문이 죽자, 의지할 곳이 없어 명승지를 구경하며, 장차 선술(仙術)을 배우러 촉(蜀) 땅으로 들어가려 하였으나 송우(宋佑)의 만류로 항주로 감.
	2-11	1600. 봄		안남 (安南)	척은 송우를 따라 상선을 타고 안남을 왕래하던 중, 일본배와 같이 안남에 정박함.
	2-12	1600. 4. 2.		〃	척의 통소 부는 소리와 옥영의 칠언절구 읊는 소리가 매개가 되어 둘은 극적으로 재회함.

구 조		시 간		공간	행위
단락	S	스토리시간	서술시간		
포로·귀환	2-13	1600. 4. 2.	약 2쪽 (4분)	안남→항주	송우가 옥영을 돈으로 속신하려 하자, 돈우는 오히려 노자까지 마련해주며 놓아줌. 척과 옥영은 이웃배에서 마련해 준 전별금을 받고 항주로 돌아오는데, 학천은 살림집까지 마련해 줌.
	2-14	1600. 4. 2. 이후		항주	척은 옥영을 만나 다행이었지만, 늙은 아버지와 어린 아들 걱정에 늘 고국으로 생환하기를 빎.
	2-15	1601		〃	장육불이 또 아들을 점지해 주어 등에 붉은 점이 있는 몽선(夢仙)을 낳음.
	2-16	1618		〃	척은 몽선이 장성하자, 조선으로 출정한 진위경(陳偉慶)의 딸 홍도의 애절한 사연을 듣고 며느리로 맞아들임.
	2-17	1619		〃	호족(胡族 : 후금) 노추(奴酋 : 누르하치)의 명나라 침입 때, 척이 교유격(喬遊擊) 부대의 백총인 오세영(吳世英)에게 서기로 뽑혀 북정(北征)하게 되자, 척 부부는 애절한 작별을 나눔.
	∧척·몽석∨포로·귀환	• 2-18	〃	약 2.5쪽 (5분)	요양→중모채→노정	척은 중모채에서 진을 치고 있다가 주장(主將)이 패하자, 조선 장졸들과 노정(虜庭)에 포로로 잡혀 감.
		2-19	〃		노정	척은 포로 수용소에서 조선군 무학(武學)으로 출전하여 포로가 된 몽석을 만나지만 서로 알아 보지 못하고 경계만 하다가, 며칠 후 몽석의 등 위에 있는 붉은 점을 보고 부자임을 확인하며 연일 욺.
		2-20	〃		〃	척과 몽석은 삭주 토병 출신 늙은 포로 감시병의 인간적 배려로 석방됨.
		2-21	〃		노정→은진→조선 옛집	척은 몽석과 집으로 돌아오던 중, 등창이나 죽을 뻔 하지만 화인(華人) 진위경의 도움으로 살아남. 이후 드디어 집으로 돌아와 가족과 극적인 재회의 기쁨을 누림.
	귀환후	3-(1)	〃	약 1.5쪽 (3분)	옛집	척은 진위경의 가족사와 이력을 듣던 중, 사돈임을 확인하고 매우 놀라워함. 이후 몽석은 진위경을 자신의 집에 옮겨와 살게 함.
		3-(2)	〃		〃	몽석은 어머니와 동생을 데리고 올 계획을 세우나 결단할 수 없어 울기만 함.

구조		시간		공간	행위
단락	S	스토리시간	서술시간	공간	행위
포로 · 귀환	• 2-22	1619		항주	옥영은 관군(官軍 : 명군)이 함몰했다는 소식을 듣고 죽으려 하나 꿈속에 나타난 장육불의 계시와 몽선의 만류로 그만둠.
	2-23	〃		〃	옥영은 몽선의 만류에도 불구하고, 조선으로 떠날 강한 의지를 내보이며, 몽선과 홍도에게 치밀한 준비를 하게 함.
	2-24	〃		〃	몽선이 어머니의 계획에 찬성하는 홍도를 책망하자, 홍도는 조선에 출정하여 생사를 알 수 없는 아버지에 대한 그리움을 토로하며 눈물을 흘림.
	2-25	1620. 2. 1.		항주→등주 · 내주→청주 · 제주	옥영 일행은 배에 모든 것을 갖추고 항해하여 순조롭게 등래(䒱萊) · 청제(淸齊)에 닿음.
	2-26	1620. 2. 1. 이후 어느 날	약 7.5쪽 (고려대본 약 2쪽 포함) (15분)	부지도 (不知島)	옥영은 천조의 순찰선과 왜선을 만나지만, 기지로 위험에서 벗어남.
	2-27	〃 (저녁)		무인도	심한 남풍에 배가 파손되고, 몽선과 홍도는 두려움에 떨고, 옥영은 염불만 욈.
	2-28	* (밤중)		소도 (小島)	옥영 일행은 배를 수리하기 위해 소도(小島)에 며칠간 머무는데, 해적선이 나타나 배를 빼앗고 가버림.
	2-29	〃		〃	해적에게 배를 빼앗긴 옥영은 자신의 무리한 계획 때문에 다 죽게 되었다고 한탄하며 욺.
	2-30	〃		〃	옥영이 절벽에 올라 떨어져 죽으려 하나 몽선이 겨우 만류함. 이어 절벽을 내려와 바위굴에서 하룻밤을 보냄.
	2-31	〃		〃	밤에 옥영의 꿈에 장육불이 또 나타나 계시를 하자, 옥영 일행은 염불을 외며 자신들을 돌보아 달라고 빎.
	2-32	이틀 후~ 1620. 4		소도→ 순천	옥영 일행의 기지와 조선 통제사(統制使) 소속의 배의 배려로 순천까지 무사히 도착함.
	2-33	1620 4월. 6일 후		순천→ 남원 만복사 →금교	옥영은 아들과 며느리를 데리고 6일 만에 남원, 만복사, 금교에 이름. 옥영은 완연한 성곽과 옛날과 같은 시골의 마을을 보며 감회에 젖음.
	2-34	〃		남원 옛집	꿈에 그리던 온 가족이 재회하자, 모두 놀라 부르짖으며 감격의 눈물을 흘림.

구조		시간		공간	행위
단락	S	스토리시간	서술시간		
귀환 후	3-1	* 재회 이후	약 0.5쪽 (1분)	남원 옛집	척의 가족사가 이웃에 알려지자, 구경꾼들이 감탄하면서 서로 다투어 이야기를 전함.
	3-2	〃		만복사	척 부부는 만복사에 올라가 그 동안 온 가족의 재회를 도와준 장육불께 정성껏 재를 올림.
	3-3	〃		남원 옛집	척 부부는 위로는 부모님을 받들고, 아래로는 자식과 며느리를 보살피면서 삶.
논찬 모방	·	·	약 0.5쪽 (1분)	분리 사국	척 부부의 기이한 이산과 재회는 하늘의 신과 땅의 신이 한 여자의 지극한 정성에 감동한 결과라고 함.
작가 후기	·	1621. 2		주포	내가 주포에 머물러 살 때, 척이 가끔 찾아와 자신이 겪은 일이 이러하다고 말하며, 그 전말이 인몰되지 않기 위해 기록해 달라 하여 부득이 그 경개만 간략히 들어 보인다고 함.

도표를 보면 시간과 공간의 층위가 매우 구체적으로 나와 있다. 전체 시간6) 중, 스토리 시간은 27년경(1593~1620)이고, 서술 시간은 약 31.5 쪽7)(63분)이다. 이것을 단락별로 살펴보면 다음과 같다.

포로 전(捕虜前) 단락의 공간은 조선, 스토리 시간은 약 4년경에 서술 시간은 9쪽(18분)[14.8% : 28.6%]이다. 이를 행위 층위로 요약하면 '최척과 옥영의 만남-혼사 장애(가난, 종군)-혼인 생활'이다. 이 중, 만남과 혼사 장애 서사는 스토리 시간이 1년경에 서술 시간이 6쪽이 넘을 정도로 집중되어 있다. 이렇게 볼 때, 이 단락은 남녀 간의 혼인을 두고 개인적 욕망이 대립하는 구조로 되어 있다.

포로·귀환(捕虜·歸還) 단락의 공간은 조선, 일본, 명나라, 안남, 후금

---

6) 전체 스토리 시간은 서사축 간 반복되어 더 늘어나지만, 본고는 백분율(%)을 매길 때 서사의 처음부터 끝까지 걸리는 시간에서 각 서사가 얼마의 스토리 시간을 차지하는가를 대략 밝힌 것이다. 또한 서술 시간도 전체 분량에서 각 서사가 차지하는 비율을 말한다.

7) 서울대본 28쪽, 서울대본에 누락된 것을 보완한 고려대본 3.5쪽을 더한 것이다.

등 광활하게 펼쳐진다. 스토리 시간은 약 23년경에 서술 시간은 21.5쪽 (43분)[85.2 : 68.3%]이다. 주로 최척과 옥영의 서사축이 결합했다가 다시 분리되는 구조이다. 단락 중 가장 긴 스토리 시간과 서술 시간을 가짐으로써 서사의 압권이다. 따라서 이 점을 나누어 살펴보면 다음과 같다.

첫째, 최척의 경우이다. ① 최척이 옥영과 생이별하고 명나라에서 살다가 안남에서 만나는 서사이다. 스토리 시간 약 3년경에 서술 시간은 6.5쪽(13분)[11.1% : 20.6%]이다. ② 최척이 옥영과 재회 후, 호족의 명나라 침입 때 척이 명군(明軍)으로 종군하여 포로가 되었다가 고국으로 귀환하는 서사이다. 스토리 시간 약 1년경에 서술 시간은 약 2.5쪽(5분)[3.7% : 7.9%]이다.

둘째, 옥영의 경우이다. ① 옥영이 포로가 된 후 안남에서 최척을 만나는 서사이다. 스토리 시간 약 3년경에 서술 시간은 3.5쪽(7분)[11.1% : 11.1%]이다. ② 옥영이 척의 종군 후, 고국으로 귀환하는 서사이다. 스토리 시간 약 2년경에 서술 시간은 7.5쪽(15분)[7.4% : 23.8%]으로 가장 감속된 부분이다.

셋째, 최척과 옥영이 재회하여 명나라에 거주한 경우이다. 스토리 시간 약 19년에 서술 시간은 2쪽(4분)[70.4% : 6.3%]이다. 따라서 시간이 가장 가속된 부분이다. 이를 행위 층위로 요약하면, '최척의 서사축(명나라 방랑생활, 포로·귀환 과정)과 옥영의 서사축(일본 포로생활, 고국 귀환 과정)'이 다양한 층위에서 서로 병렬되어 있는 구조이다.

귀환 후(歸還後) 단락의 공간은 조선 남원부이나, 최척과 옥영이 다른 시간대에 이루어진다. 최척의 귀환이 먼저 이루어졌는데, 스토리 시간은 약 1년경에 서술 시간은 1.5쪽(3분)[3.7% : 4.8%]이다. 옥영의 경우는 스토리 시간 약 1년경에 서술 시간은 0.5쪽(1분)[3.7% : 1.6%]이다. 이 외 작가의 논찬 모방과 후기의 서술 시간 0.5쪽(1분)이 있다. 이를 행위 층위로 요약하면, 최척의 서사축은 '척의 홍도 아버지 진위경에 대한 배려,

몽석의 어머니에 대한 고민'으로 되어 있고, 옥영의 서사축은 '부처님의 은덕에 대한 감사와 부모 봉양과 자식 돌봄'으로 되어 있다. 곧 이 단락은 재회의 기쁨 이면에 포로로 야기된 간난한 세월이 비극적으로 오버랩(overlap)되는 구조이다.

② 〈김영철전〉

구조		시 간		공간	행위
단락	S	스토리시간	서술시간		
포로 전	1-1	1600~1618	약 30초	영유현	영철은 건주위로 종군하면서 조부(祖父)에게 후사 잇기를 약속함.
포로 · 귀환	2-1	1618.8~ 1619 봄	약 5분	창성→경마전→우모령	영철은 후금군과의 전투에서 항복하고, 그들의 포로가 됨.
	2-2	1619 봄		건주	영철은 포로가 되었다가 구사일생하지만, 아라나의 종이 됨.
	2-3	1619 봄 이후		〃	영철은 아라나의 집에서 전유년 등과 고된 종살이를 하면서 두 번의 탈출을 시도하다가 실패하여 월형(刖刑)을 받음. 이후 아라나 제수와 강제로 결혼함.
	2-4	1621		〃	영철은 건주에서 두 아들을 낳음.
	2-5	1625. 5		〃	영철은 전유년 등과 고생하면서 말을 기름.
	•2-6	1625. 가을		〃	영철의 후금 처, 장차 영철과의 이별에 대한 불안과 동시에 그에 대해 정성을 다함.
	2-7	1625. 8. 15.		〃	영철은 전유년 등과 탈출을 결심함.
	2-8	〃 이후		건주 → 등주	영철은 전유년 등과 탈출을 감행함. 우여곡절을 겪다가 명나라 조정의 후의로 명나라 등주에 돌아와 안착함.
	2-9	1625~ 1630. 10	약 2분	등주	영철은 전유년의 누이와 결혼하여 두 아들을 낳음.
	2-10	1630. 10		〃	영철은 동향인 이연생을 만나 고향 소식 듣고 같이 귀환할 것을 약속받음. 명나라 처는 이를 눈치채고 불안에 휩싸임.
	2-11	1631. 봄		〃	영철은 명나라 처와 헤어지기 전날 밤에 깊은 고뇌에 빠짐.

구조		시간		공간	행위
단락	S	스토리시간	서술시간	공간	행위
포로 · 귀환	2-12	1631. 봄	약 2분	등주 → 평양	영철은 고국으로 귀환을 감행하고, 명나라 처는 영철을 집요하게 찾음.
	2-13	〃		영유현 → 소호	영철이 할아버지, 어머니와 재회함.
귀환 후	3-1	1631. 봄	약 30초	영유현	영철은 동향인 이군수의 딸과 결혼함.
	• 3-2	1636. 가을 ~1637	약 30초	등주	영철의 명나라 처가 이연생에게 간곡히 부탁하여 그간에 일어난 사정을 들음.
	3-3	1936. 겨울 이후	약 30초	영유현	영철은 아라나 조카에게 붙들려 다시 종으로 끌려갈 처지였으나, 영유현 현령의 도움으로 속신되지만, 이후 그 속신료[말값]를 받아감.
	3-4	1640	약 1분 50초	개주 경계	영철은 개주 전투에 재종군하여 밀사로서 공을 세움.
	3-5	〃		〃	영철은 개주 전투에 명군(明軍)으로 종군한 전유년과 만나 처자식의 소식을 듣고는 명나라 장수에게 받은 하사품을 전함.
	3-6	〃		〃	임경업 부대는 명나라와의 통모가 발각되어 곤욕을 치름.
	3-7	〃		〃	임경업 부대는 천병과 거짓으로 전투함.
	3-8	〃		영유현	영철이 고국으로 돌아옴.
	3-9	1641	약 2분 20초	금주	영철은 금주 전투에 재종군하였다가 아라나에게 붙들려 죽을 처지에 놓이지만, 유림의 도움으로 살아남.
	3-10	〃		〃	영철은 후금인 아들 득북과 재회함.
	3-11	* 1642		〃	영철은 다시 아라나에게 붙들려 청태종에게 끌려가나 오히려 청태종에게 비단과 청노새를 하사 받음.
	3-12	〃		건주	영철은 건주에 있는 득건에게 가서 몇 달을 지낸 뒤 돌아옴.
	3-13	〃	약 1분 20초	영유현	속신료[세남초 2백 근]를 돌려받기 위해 유림과 호조가 독촉하자, 영철이 겨우 갚음.
	3-14	* 1642 이후		안주	영철은 아버지의 초혼과 어머니의 장례를 치름.
	3-15	〃		영유현	영철은 군역의 괴로움을 하소연함.
	3-16	1658~1683		자모산성	영철은 자모산성의 수졸로 면역됨. 감회[이국 처자식에 대한 애끓는 그리움 등의 회한] 죽음.
	3-17	1618~1683	약 30초	·	논찬 : 김영철의 사적에 대해 평가함.

도표를 보면 〈김영철전〉도 시간과 공간의 층위가 매우 구체적으로 나와 있다. 전체 시간 중, 스토리 시간은 84년경(1600~1683)이고, 서술 시간은 약 15분이다. 이것을 단락별로 살펴보면 다음과 같다.

포로 전 단락의 공간은 조선, 스토리 시간은 약 19년경에 서술 시간은 약 30초 (22.6% : 3.3%)이다. 이를 행위 층위로 요약하면, '영철의 건주위 종군과 임별시 할아버지에게 말한 후사(後嗣) 약속'이다. 곧 충과 효의 개인적 욕망이 대립하는 구조이다.

포로·귀환 단락의 공간은 명나라, 후금, 명나라로 펼쳐진다. 전체 스토리 시간은 약 13년경에 서술 시간은 약 7분(15.5% : 46.7%)이다. 이를 두 부분으로 나누면, 먼저 영철의 후금(건주) 생활은 스토리 시간 약 7년경에 서술 시간 약 5분 (8.3% : 33.3%)이다. 다음, 명나라(등주) 생활은 스토리 시간 약 6년경에 서술 시간은 약 2분 (7.1% : 13.3%)이다. 이를 행위 층위로 요약하면, '영철의 건주 포로생활—명나라 등주로의 탈출—등주의 생활' 등이다. 이 단락은 이국인 처자에 대한 서술은 간략하지만, 상대적으로는 영철과 심리적으로 '쫓고 쫓기는 서사'가 병렬되어 있다.

귀환 후 단락의 공간은 조선, 명나라, 건주로 펼쳐진다. 이 부분은 다른 포로소설과 달리 가장 오랜 스토리 시간과 서술 시간을 가진다. 곧 스토리 시간 약 52년경에 서술 시간은 약 9분 30초(61.9% : 63.3%)로 텍스트 전체 분량의 반을 넘는다. 이를 행위 층위로 요약하면, '영철의 귀환과 재종군—아라나와 그의 조카에게 받는 반인륜적 착취와 억압—이국인 처자에 대한 윤리적 고뇌—수졸로서의 죽음' 등이다. 이것은 재회의 기쁨 이면에 17세기 동아시아 전란에 휘말려든 한 민중의 고단을 삶을 비극적으로 보여주는 구조이다.

③ 〈유록의 한〉

구조		시간		공간	행위
단락	S	스토리시간	서술시간		
서(序)		.	약 2.5쪽 (4분)	.	남자의 본분은 효행이 으뜸이고, 여자의 행실은 절개가 제일임.
프롤로그					사람이 살아가면서 깊이 경계해야 할 것은 남녀 간의 정근(情根)에 부딪치지 않는 것임.
포로전	1-1	조선 인조	약 31쪽 (46.5분)	숭례문 밖 연화봉	몽세(夢世)는 명사(名士)로 정근을 멀리하고 공명을 부운같이 여기며 나날이 시주금서(詩酒琴書)로 보냄.
	1-2	1636. 3월 그믐		탕춘대 (蕩春臺)	몽세는 중인(衆人)의 후의를 못 이겨 전춘회(餞春會)에 나가 좌랑들과 시구를 교환함. 모든 좌랑이 찬탄하며 기생 유록의 짝이라 일컬으며, 다만 이별이 아쉽다고 말함.
	1-3	〃		〃	몽세가 절대가인 유록을 보았지만 심신만 산란할 뿐, 그녀가 누구인지 감히 묻지 못함.
	1-4	〃		〃	몽세를 본 유록(柳綠)도 10여 년 청루 생활에 이러한 기남자(奇男子)를 만날 줄 몰랐다고 말함.
	1-5	〃		〃	몽세와 정의가 투터운 김 선전관(金宣傳官)이 중간에 들어 두 사람을 이어주니, 유록은 몽세의 금수 문장(錦繡文章)에 경탄함.
	1-6	〃		〃	모든 사람이 몽세의 문장과 유록의 묘곡(妙曲)을 두고 일쌍가우(一雙佳偶)라 경탄함.
	1-7	〃		연화봉	몽세는 유록의 용모와 문장에 연연함을 감추지 못함.
	1-8	일일 (一日)		〃	몽세는 유록이 자신에 대한 연정을 가지고 있다는 김 선전관의 말을 듣고, 연서(戀書)를 써서 김 선전관 편으로 유록에게 보냄.
	1-9	〃		탕춘대	유록은 몽세의 심지(心地)와 지조를 모르던 중, 그의 애틋한 연서를 읽고, 창두(蒼頭) 편으로 회서(回書)를 보냄.
	1-10	〃		연화봉→ 탕춘대	유록의 회서를 받은 몽세는 만심 환희하고, 김선전관과 함께 유록의 집을 찾아감.
	1-11 (下回)	〃		보은단동	몽세는 유록의 경국지색(傾國之色)에 경탄함.

구 조		시 간		공간	행위
단락	S	스토리시간	서술시간		
포로 전	1-12	일일(一日)		보은단동	유록은 몽세가 군자의 지개(志槪)를 가진 사람이라 여기고, 몽세와 김 선전관은 유록의 총명 재예(聰明才藝)에 감탄함.
	1-13	〃		〃	유록과 몽세는 백년가약을 맺음. 이어 유록은 자신의 기구한 과거사를 말하고, 몽세는 위로하되, 병으로 운우지락(雲雨之樂)을 맺지 못한 것을 아쉬워하며 아침에 돌아옴.
	1-14	수일 후		〃	몽세는 유록의 집을 다시 찾아와 시를 주고받으며 사랑을 확인함.
	1-15	* 불분명		〃	몽세는 병조 참의를 제수받았으나 환로에 뜻이 없어 상소사직함. 그러나 윤허를 받지 못해 결국 황해도 곡산 부사로 부임하면서 유록과 작별 인사를 나눔.
	1-16	〃	약 10쪽 (15분)	곡산→ 충주	몽세는 곡산 부사로 부임하여 난민을 효유하고 인정을 베푸니, 일경이 대치(大治)됨.
	1-17	* 여름 가고 가을이 옴		보은단동	유록은 몽세와 이별한 후 병을 얻고, 급기야 창두 편으로 몽세에게 편지를 보냄.
	1-18	* 불분명		곡산	몽세는 유록을 잊지 못해 조정에 벼슬을 사양하는 상소를 올렸으나, 치적으로 인해 윤허를 받지 못하자, 주야로 옮.
	1-19	〃		〃	몽세는 유록의 애틋한 그리움의 시가 들어있는 편지를 보고난 뒤, 창두 편으로 회서를 보냄.
	1-20	일일(一日)		보은단동	유록은 몽세의 그리움의 시가 있는 회서를 보고 깊이 서러워하며 눈물로 세월을 보냄.
포로 · 귀환	• 2-1	1636. 12. 14.		숭례문	청나라 병사가 병란을 일으켜, 그 참혹함은 기록할 수 없는 경지임.
	2-2	〃		보은단동→ 동별영	유록은 몽세의 꿈을 꾸고 난 뒤, 여러 부녀자와 함께 청나라 군사에게 잡혀가지만 다행히 초췌한 모습 때문에 정절은 지킴. 이후 동별영에 갇힘.
	2-3	1637. 1		동별영→ 청국(淸國) 향함	조정과 화친한 청국(淸國)은 사로잡힌 여러 부녀자 중, 속전하지 못한 사람은 청국으로 포로로 끌고 감.
	2-4	1637. 2. 1.		한성(漢城) → 송도(松都)	유록은 속전하지 못한 수삼백 명의 부녀자와 함께 한성, 송도로 끌려와 청국 병사의 가혹한 감시를 받음. 유파(劉婆)는 늙은이라 석방되어 친척의 집에 찾아감.

구조		시간		공간	행위
단락	S	스토리시간	서술시간	공간	행위
포로 · 귀환	2-5	* 한 밤을 넘김	약26쪽 (39분)	평양	유록은 평양 주점에 도착하자, 방 벽에 일수시(一首詩)를 남기고 기절하지만, 반나절 만에 겨우 정신을 차림.
	2-6	1637. 춘 2월 망간~ 16일 오경		의주 압록강 통군정	유록은 압록강 통군정(統軍亭)에 이르자, 자신의 죽음(정조)을 알리는 오운일수 시를 통군정 벽에 남기고, 압록강에 뛰어듦.
	2-7 하회 (下回)	2. 16. 오경		압록강→ 계월향 사당	유록은 임란 때 순사한 기생 계월향(桂月香) 신령의 도움으로 살아나고, 그녀로부터 자신과 몽세의 정체(적강한 인물)와 앞날의 일을 계시 받음.
	2-8	날이 밝음에 ~ 날이 느짐에		통군정→ 도강	유록이 죽은 줄로만 안 조선 부녀들은 도강하면서 하늘을 부르짖으며 통곡함.
	2-9	밤이 깊은 후		계월향 사당→동북 향함	유록이 계월향의 계시에 따라 동북을 향하여 가지만, 오히려 압록강에 빠져 죽지 못한 자신의 처지를 한탄하며 눈물을 흘림.
	2-10	동방이 밝음		의주 대하산 환신동→묘법암	유록이 산 속에서 묘법암(妙法庵)의 여승 월정(月淨)을 만나는데, 그녀는 아직도 청인과 몽고병이 부녀자를 노략한다는 말을 듣고 묘법암에 들어감. 제승(諸僧)이 유록을 환영함.
	2-11	* 지난밤		묘법암	유록이 그 동안 겪은 일을 말하자, 월정은 지난 밤의 꿈 이야기를 하며, 유록을 구한 일은 불문(佛門)의 인연이라고 함.
	2-12	날이 밝음		〃	유록은 유발승이 되어 불경도 외고, 수를 놓아 팔며 세상사를 잊으려 했으나, 몽세 생각에 늘 눈물만 흘림.
	2-13	1638. 3 어느 날		〃	유록이 몽세를 생각하며 자신의 신세를 한탄하자, 월정은 이를 위로함.
	2-14	1638. 여름 어느 날		〃	유록이 묘법암에서 보낸 지 1년 후 몽세를 만나기 위해 남복을 하고 경성으로 떠남.
	2-15	1638. 4월 염간(念間)		박천 진두 주점	유록이 박천(博川) 진두(津頭) 주점에 들러 잠을 청하던 중, 파락호가 자신을 겁박하려 하자 놀라 도망감. 그러나 그들이 끝까지 쫓아오자, 청천강(淸川江)에 뛰어듦.
	2-16 하회 (下回)	〃		청천강	파락호들은 청천강에 투신한 유록이 여자인 것을 알아채고, 번설(煩設)하지 않도록 입단속을 약속하고 헤어짐.

구조		시간		공간	행위
단락	S	스토리시간	서술시간		
포로·귀환	• 2-17	시간 역전 병란(丙亂)	약 22쪽 (33분)	곡산	몽세는 유록에게 보낸 편지가 병란으로 전달되지 못한 것을 알고, 백성을 안무하는 가운데서도 밤낮으로 경성을 바라보며 옮.
	2-18	수월이 지남		〃	몽세는 화친 소식을 들은 뒤, 조정에서 예조참의를 제수했으니, 승일 상래(乘馹上來)하라는 명을 받고 경성으로 떠남.
	2-19	여러 날 지남		경성→북궐 (北闕)→ 보은단동	몽세는 북궐한 후, 폐허가 된 보은동 유록의 집을 찾아 갔으나, 한 노파로부터 병란 당시의 참상만 들음.
	2-20	〃		남문→소광통교→ 사자청동 (도홍의 집)	몽세는 탕춘대에서 만난 기녀 도홍(桃紅)을 만나 병란의 참상과 자신은 부모의 속신으로 돌아오고 유록은 죽었을 것이런 밀을 듣자, 이 모든 것이 자신 때문이라며 비탄에 빠짐.
	2-21	〃		도홍의 집	유록과 같이 포로가 되었다가 송도에서 돌아온 유파가 그 동안의 일을 다시 이야기하며 슬퍼하자, 몽세는 자신의 옛집을 수리하여 살게 하는 등 온정을 베풂.
	2-22	날이 밝은 후		남문→ 연화봉 고택	몽세는 연화봉 고택을 찾아가 보았지만, 비복은 사라지고, 쓸쓸한 흔적만 남아 있는 모습에 슬픈 마음을 이기지 못함.
	2-23	추 칠월 망간(望間)		보은단동	몽세는 유록을 생각하며 가사를 읊은 뒤, 이 같은 불행은 자신의 공명 때문이라며 벼슬을 사양하여 끝내 윤허를 받음.
	2-24	추 칠월 망간 이후~이듬해(* 1639. 봄)		충주	몽세는 유파와 작별하고 고향 충주에 내려가자, 일문(一門)이 반김. 그러나 몽세는 그 동안의 상심으로 병을 얻었다가 나음.
	2-25	일일은		충주→ 경성 보은단동 (유파집)	몽세는 유록과의 언약을 생각하며 뼈라도 거두어 오리라 마음먹고, 처자에게 관서 풍경을 완상하겠다고 거짓으로 알리고, 경성 유파집에 올라옴.
	2-26	〃		보은단동	몽세는 유파에게 유록의 지조로 보아 호지(胡地)에는 투족하지 않았으니, 그녀의 종적을 탐문하다가 죽었으면 백골이라도 거두어 오겠다고 함.
	2-27	여러 날		송도→ 평양 주점	몽세는 송도, 평양을 수소문하지만, 유록의 종적은 알 길이 없고, 주위 경관만 수회(愁懷)를 돕는 중, 주점 벽상에 유록이 쓴 글을 보고 놀라며 잠을 이루지 못함.

구조		시간		공간	행위
단락	S	스토리시간	서술시간		
포로·귀환	2-28	날이 밝은 후		평양 주점	몽세는 주점 주인에게 시의 출처를 묻지만, 그도 난리 때 피난을 갔다 왔다면서 모든 사람이 절륜(絕倫)의 글이라 찬탄하여 보관하고 있다고 함. 몽세가 은자(銀子)를 주며 사례함.
	2-29	하 사월 망간~ 명일 효두		의주 압록강 통군정	몽세는 통군정 난간에 기대어 호지를 바라보며 장탄하던 중, 유록이 익수하면서 쓴 절명시를 발견하고는 제문을 지어 제사를 지내며 오열하다 혼절함.
	2-30	효두 이후		계월향 사당	몽세는 계월향 사당에서 계월향이 유록을 구하는 방법을 계시해 주는 현몽(現夢)을 꾼 뒤, 날이 밝자 박천 묘련암(妙蓮菴)으로 찾아감.
	2-31	하 사월 이십일		박천 묘련암 → 청천강 중류	묘련암에 찾아온 몽세는 여승 월혜(月慧)의 도움으로 배를 구한 뒤, 달을 보며 유록을 생각하며 한탄함.
	2-32	하 사월 이십일 삼경		청천강 상류	몽세는 청천강 상류에 투신한 유록을 발견하고 환약(丸藥)을 먹여 살려내고 극적으로 재회한 후 탄식함.
	• 2-33	삼경 이후	약 11쪽 (16.5분)	묘련암	몽세와 유록은 묘련암에 돌아와 그 동안의 일을 낱낱이 말하며 혹소혹읍함.
	2-34	〃		〃	제승이 유록과 몽세의 겪은 일을 듣고 경탄하던 중, 월혜 스님이 유록을 도와준 월정 스님과 사형지간(師兄之間)의 인연을 말하자, 유록이 그 대은(大恩)에 감사함.
	2-35	수일 후 어느 날		〃	몽세와 유록은 절의 구경차 묘련암에 들린 박천 군수가 된 김 선전관을 만남.
	2-36	〃		〃	유록이 지난 일을 말하자, 김 선전관이 경탄함.
	2-37	수일 후 어느 날		〃	김 선전관이 두 사람을 아중(衙中)에 편히 쉬라고 권하지만, 몽세는 돌아갈 마음이 급해 사양함.
	2-38	날이 저묾		박천 아중	김 선전관은 아중에 들어와 파락호배의 종적을 탐지하라고 명함.
	2-39	익일		묘련암	김 선전관은 묘련암에 다시 들러 대연을 배설함.
	2-40	수일 후		〃→청천강	유록과 몽세는 그동안 따뜻한 배려를 해주었던 김 선전관과 묘련암 제승의 전송을 받으며 발행(發行)함.
	2-41	〃		평양 객점	유록과 몽세는 평양 객점에 들러 점 주인(店主人)과 파자(婆子)의 환대와 그 동안의 배려에 대해 치사함.

구조		시간		공간	행위
단락	S	스토리시간	서술시간		
	2-42	날이 밝은 후		경성→보은단동	유록과 몽세는 경성 보은단동 옛집에 찾아가 유파(劉婆), 도홍(桃紅), 월중선(月中仙) 등과 재회하고, 일소일읍함.
귀환후	3-1	6월		조정(대궐)→보은단동	몽세는 의주 부윤(府尹)으로 몽점되자, 상소 사직하려다가 유록의 권유로 부임하고, 유록은 충주 가권, 여러 기녀를 청하여 대연을 베푸니 모두 칭송함.
	3-2	여러 날		평양	몽세가 유록과 함께 부임하러 갈 때, 많은 사람이 칭찬함. 두 사람은 평양에 다시 들러 점 주인과 파자를 치사함.
	3-3	익일~수일		청천강 강두, 중류	몽세와 유록이 청천강에 이르러 김 선전관의 환대를 받으며 지난 일을 회상하던 중, 김 선전관으로부터 유록의 정렬과 몽세의 지성을 치하함.
	3-4	옥토(沃土) 동령(東嶺)에 오르고		묘련암	몽세와 유록은 묘련암에 들러 제승의 극진한 환대를 받음.
	3-5	익일		〃	몽세가 김 선전관, 제승을 모아놓고 대연을 배풀고, 제승에겐 은자로 정을 표함.
	3-6	수일~ • 어느 날		박천 아중	몽세와 유록은 제승과 작별하고 박천 아중에서 수일을 머물며 잔치를 벌이며 즐기다가 김 선전관의 전송을 받으며 의주로 떠남.
	3-7	• 이후	약 6쪽 (9분)	의주	몽세가 의주에 부임하여 어진 정사로 백성을 무휼하니 일경(一境)이 대치됨.
	3-8	일일은		묘법암	유록과 몽세는 묘법암에 들러 대연을 베풀고, 특히 유록이 월정과 서로 그 동안 지낸 일을 말하자, 모두 신기하게 여김.
	3-9	익일		〃	유록이 불전에 나아가 재를 올리며, 옛날 자신들을 도와준 부처님의 자비한 덕에 사례하고, 몽세는 은자를 월정 등에게 주어 정을 표한 뒤 이별의 정을 나눔
	3-10	• 이후		계랑묘	유록과 몽세는 계랑묘에 들러 제사를 지내고, 천금을 드려 묘를 중수하자, 모든 인민이 몽세의 덕과 유록의 절행(節行)을 칭찬함.
	3-11	〃		황해도	옛날 전춘회에 참석했던 이 참의(李參議)가 관서 부사(關西御使)가 되어 암행함. 그 결과 김 군수(김 선전관)와 정 부윤(정몽세)의 치적이 제일이고, 아울러 유록의 절행이 뛰어난 점을 조정에 주달하자, 조정에선 몽세를 공조 참판에 제수하고, 유록을 정렬부인에 직첩(職牒)함.
	3-12	〃		경성→충주	몽세는 경성에 돌아온 후 벼슬을 상소 하직하고, 유록을 데리고 고향으로 내려가 다자다손 하며 영화롭게 삶.

도표를 보면 스토리 시간은 유록과 몽세가 전춘회에서 만나는 시점 (1-2)[8]과 병란 후 유록이 포로로 끌려가는 장면(2-1~2-5), 평양 주점 벽과 압록강 통군정 벽상에 증언의 시를 남기는 장면(2-6~2-7) 등 유록의 서사에 구체적으로 나타난 반면, 몽세의 서사에는 '일일, 수일 후, 여러 날 만에' 등 추상적으로 제시되어 있다. 그리고 공간 층위는 다른 포로소설과 달리 유록이 포로로 끌려가지만, 호지까지 가는 도중에 탈출하기 때문에 이국의 공간은 설정되지 않은 것이 특징이다. 이 점을 고려해 문맥에 따라 전체 시간을 재구성하면 스토리 시간은 대략 1636년 3월 그믐~1639년 6월 이후로 3년 3개월 여이고, 서술 시간은 109.5쪽(163분)이다. 이것은 다른 포로소설에 비해 스토리 시간은 짧은 반면, 서술 시간은 상대적으로 긴 편이다. 공간은 몽세의 고향이 있는 충청도 충주를 제외하곤 한양을 중심으로 한 한강 이북에 국한되어 있다.

이를 〈서〉와 〈프롤로그〉를 제외한 약 107쪽(159분)의 서술 시간과 3년 3개월 여의 스토리 시간을 기준으로 단락별 살펴보면 다음과 같다.

첫째, 포로 전 단락의 공간은 경성과 곡산이다. 스토리 시간은 8.5개월 여로 서술 시간은 41쪽(61.5분)[21.8% : 38.3%)]이다. 이를 행위 층위로 요약하면, '유록과 몽세의 만남—백년가약—몽세의 곡산 부사 부임으로 인한 이별'로 개인적인 '애(愛)'의 욕망(1-15~1-20)이 표면상 원치 않는 '환로(宦路)'[9)]에 좌절되는 구조이다.

둘째, 포로·귀환 단락의 공간은 경성↔의주의 반복 경로이다. 유록의 경우 스토리 시간은 16.5개월 여에 서술 시간은 26쪽(39분)[42.3% : 24.3%)]이며, 몽세의 경우는 약 28개월에 22쪽(33분)[71.8% : 20.6%)]이다. 그리고 극적으로 재회한 후 유록과 몽세가 경성으로 귀환하는 경우는 약 2개월에 6쪽(9분)[5.1% : 5.6%)]이다. 이를 행위 층위로 요약하면, '유록의 고난 서

---

8) 시퀀스 기호는 따로 인용문을 밝히지 않을 때 부여한다. 이하 동일하다.
9) 몽세의 환로의 성격에 대해서는 다음 절에서 후술한다.

사축(2-1~2-16 : 유록의 정절 고수)과 유록을 찾는 몽세의 서사축(2-17~2-32 : 몽세의 언약 지키기)'이 서로 병렬되어 있는 구조이다.

셋째, 귀환 후 단락은 약 1개월 만에 6쪽(9분)[2.6% : 5.6%]이다. 이를 행위 층위로 요약하면, '몽세가 유록과 함께 의주 부윤으로 부임하면서 그들이 이별한 후 재회까지 도움을 주었던 사람들을 일일이 찾아 보은하는 것'이 주를 이룬다. 이것은 재회의 기쁨 이면에 드러나는 그들의 삶에 대한 비극성을 보상하려는 구조이다.

④ 〈남윤전〉

구조		시간		공간	행위
단락	S	스토리시간	서술시간		
포로전	1-1	*1591년경	약 7쪽 (10.5분)	함경도	남두성이 함경도 안찰사로 부임, 백성을 진휼함.
	1-2				남두성과 이경희가 사돈 맺기를 약속함.
	1-3	1592. 10. 15. ~1592. 10. 16.			남윤은 이미 옥경선과 백년가약을 맺었지만, 부모가 정해 준 전안일(奠雁日)을 맞아 경성으로 올라감.
	1-4			경성	남윤은 전안 때 괴변을 목격하고, 이어 화촉지례 후 임란 발발을 앎.
	1-5				남윤은 부모를 찾기 위해 떠나면서 이씨 부인과 징표인 혈서를 주고 받으며 헤어짐.
포로 · 귀환	2-1	1592. 10. 16 후	약 2쪽 (3분)	경성 북쪽	남윤은 왜장 왕굴충에게 포로로 잡혀 일본으로 끌려감.
	2-2			의주	선조의 의주 몽진 뒤, 김응서, 이여송의 활약으로 왜군이 회군함.
	• 2-3	1593.4	약 1쪽 (1.5분)	왜국	남윤은 왜국 풍속의 괴이(怪異)함에 죽고자 하나 틈을 얻지 못하고 간장만 사름.
	2-4	1593. 8	약 24쪽 (36분)	경성	남두성이 이조판서로 승직되어 경성에 올라가나, 아들 무소식에 혼절함.
	2-5				이씨 부인은 양가 어른을 봉양하는 가운데 고행을 낳음.
	2-6			함경도	옥경선은 절행을 앞세워 함경감사 이원익의 수청을 거절하고, 남·이 양가는 옥경선의 수절에 감복 그녀를 데리고 오려함.

구 조		시 간		공간	행위
단락	S	스토리시간	서술시간		
포로·귀환	2-7	1594. 4. 8	약 24쪽 (36분)	경성	승상 남두성, 병조판서 이경회가 죽자, 선조가 매우 슬퍼함.
	2-8	1595. 2. 19			이씨 부인은 양가 모친도 죽자, 고행을 의지하며 삶.
	2-9	1598		함경도	옥경선은 이원익의 재수청을 피해 남복하고 지리산으로 도망가다가, 복자(卜者)의 예언을 듣고 다시 평안도로 감.
	2-10			황해도 수안	옥경선은 황해도 수안 유리촌 유진사 댁 양녀가 되어서 그들을 친모같이 섬김.
	2-11			경성	이씨 부인은 옥경선을 찾지 못하자, 이원익을 원망함.
	2-12				고행은 병조판서 박성휘 딸과 혼례를 치름.
	2-13	*1611		황해도 수안	고행이 장원급제 후, 모친을 잘 모시기 위해 수안 군수를 자청하여 부임함.
	2-14			황해도 유리촌	옥경선은 신관 수안 군수 행차를 구경하던 중, 극적으로 고행과 이씨 부인을 만남.
	• 2-15	1593. 4	약 27쪽 (40.5분)	왜국 (궁궐, 태자궁)	왜왕은 부마(駙馬) 제의를 거절한 남윤을 죽이려 하나, 왜공주의 도움으로 위기를 모면함.
	2-16				왜왕이 남윤의 개유(開諭)에 실패하자, 그를 운봉섬에 가두려 함. 결국 왜공주의 도움으로 위기를 벗어나고, 이후 태자를 강론함.
	2-17	1594. 4. 8.			남윤은 왜공주로부터 아버지의 부음(訃音) 소식과 자신들이(남윤, 이씨 부인, 왜공주, 옥경선) 이승에 적강한 인물임을 들어 알게 됨.
	2-18	1595. 2. 19.			남윤은 왜공주로부터 어머니의 부음 소식과 앞날의 예언을 듣고 왜공주를 천정배필로 앎.
	2-19	1595. 2. 19 후			왜왕이 관백 황자명의 장자를 부마로 삼으려 하자, 왜공주는 절행을 앞세우며 죽기로 거절함. 결국 남윤 모상(母喪) 후 남윤과 왜공주는 결혼하기로 함.
	2-20	1597. 7. 7.		요지연	남윤은 옥황상제로부터 숙명담을 들음.
	2-21	1597. 7. 7 후~1607. 7. 15 전		청천궁	남윤과 왜공주는 결혼했지만 수태가 없자, 왜왕과 왕비가 근심함.

구조		시간		공간	행위
단락	S	스토리시간	서술시간		
포로 · 귀환	2-22	1607. 7. 15 전	약 6쪽 (9분)	청천궁	남윤과 왜공주는 지상에서의 10년 인연이 끝났음을 알고 서로 통곡함.
	2-23	1607. 7. 15			왜왕이 태자에게 전위하자, 남윤은 신변의 위협을 느껴 왜공주와 함께 보검, 구슬, 혈서를 갖고 천리마를 타고 왜국을 떠남.
	2-24	1607. 8. 15.		영주→성도→삼신산	왜공주는 남윤에게 남경에 도달하면 5년을 채우고 고국에 돌아가라는 금기를 남긴 뒤 하늘로 올라가고, 남윤은 왜공주를 허장한 후, 제문(祭文)을 짓고 슬퍼함.
	2-25	1607. 10		무인도	남윤은 광풍에 배를 잃어버림.
	• 2-26	*1607. 7. 15 후	약1쪽 (1.5분)	왜궁	왜왕이 상을 걸고 남윤, 왜공주를 잡아 들이라고 함.
	• 2-27	*1611 경		황해도 수안 (요지연)	이씨 부인, 옥경선은 같은 꿈을 꾼 뒤, 남윤이 반드시 살아 있음을 믿고 만날 수 있기를 기원함.
	2-28	1607. 10 후	약 9쪽 (13.5분)	무인도	남윤은 화식(火食)을 못해 인형(人形)의 모습을 잃고 탄식하던 중, 잃었던 배를 다시 찾음.
	2-29	1607. 10 후 ~1608 초		제→오, 한수→강동→황하수→남경	남윤은 한수에서 곡식과 어선을 도둑질하자, 해적으로 오인받아 장사 수십 인에게 생명의 위협을 받지만 보검으로 물리침. 황하수에서도 배를 훔쳐 타고 남경에 도착했으나, 이 곳 사람들이 짐승, 생귀신(生鬼神)이라고 경계함.
	2-30	1608 초 ~1611. 8 전		황성	남윤은 황주 자사의 도움으로 황성에 도달함. 이어 황제로부터 문사의 기질을 인정받고 태자와 더불어 시서(詩書)를 강론함.
	2-31	1611. 8~12		홍경관	남윤은 중국 경개(景槪)를 구경하던 중, 조선 사신을 만나 부모 별세와 수안 군수로 있는 아들 고행의 소식 들음.
	2-32			증산현	남윤은 천자로부터 문사(文士)와 군자의 칭송을 받은 뒤 작별하고, 몇 달 만에 고국 증산현에 도달함.
	2-33	1612		금천부	본국 태수가 남윤의 사연을 장문에 계달(啓達), 남윤은 의탁할 길 없는 자신의 신세를 한탄함.
	2-34			경성	상이 인견하여 남윤의 행적에 대해 자초지종을 듣고 불쌍히 여기며 글을 지어 올리게 하고, 보신 후에 급제를 내려 동부승지, 이조판서를 제수함.
	• 2-35			황해도 수안	고행은 동지사의 보고서에 있는 남윤이 혹 자신의 부친이 아닐까 하며 놀라고 의심함.

구조		시간		공간	행위
단락	S	스토리시간	서술시간		
포로·귀환	2-36		약 8.9쪽 (13.4분)	경성	상이 지난날 수안 군수의 일을 깨닫고, 부자, 부부의 재회를 위해 남윤을 황해 감사로 제수함.
	• 2-37			황해도 수안	고행은 조부, 부친의 부재를 서러워하여 벼슬을 버리고 죽고자 함.
	2-38				이씨 부인, 고행에게 들려온 월중선(왜공주)의 예언, 옥경선에게 나타난 남윤의 꿈, 고행의 불꿈, 새벽 까치 우는 소리 등 길조가 일어남.
	• 2-39			황해 감사 감영	고행은 모친으로부터 받은 혈서의 징표로 남윤과 부자 관계임을 확인함.
귀환 후	3-1		약 0.1쪽 (0.1분)	수안집	온 가족이 재회하여 호사로 잘 지냄.

　도표를 보면 공간의 층위는 매우 구체적인 데 비해 시간 층위는 추상적으로 제시되어 있다. 간지(干支)는 갑오(甲午 : 1594), 을미(乙未 : 1595), 정유(丁酉 : 1597), 신해(辛亥 : 1611) 등 4군데만 제시되어 있고, 나머지는 주로 문맥에 의해 유추할 수밖에 없다. 뿐만 아니라 시간 설정이 애매하거나 잘못된 경우도 있다. 곧 고행이 장원급제 한 나이가 15세인지 19세인지 문면마다 불투명하게 되어 있는 점10), 남윤이 귀환 후 만난 임금이 선조 등으로 잘못 설정된 점11) 등이 그것이다. 이 점을 고려해

___

10) '고힝의 ᄂ회 십오 세의 일으이 문즈과 【문장과】 필법이 당세의 웃듬이라. 쟝안 지ᄉ 뉘 ᄋ이 다토와 보고져 흐리요? 츠시는 계춘 쵸팔일이라. 션죠디왕이 디연을 비셜흐시고 과거을 뵈실시 고힝이 과쟝의 드러가 글을 지여 밧치이, 샹이 보시고 쟝원으로 샌이시고⋯' (<남윤전>, 580쪽)에서는 십오 세 이후 이 때는 늦은 봄이라 하여 애매모호하다가 남윤이 모친을 잘 모시기 위해 임금께 자처하여 수안 군수로 내려오던 날, '디제 슌안은 {수안은} 유리촌으로 관힝ᄎ 단이는 노변이라. 신관 오시믈 듯고 유리촌 빅셩더리 남여노쇼 읍(*시) 길가의 ᄂ와 구경할시, 유진ᄉ 일가 샹ᄒ 노복이 다 ᄂ와 버들 그늘의 의지흐야 구경흐더이, 옥경션이 신관의 년광 십구 셰란 말 듯고 가쟝 고이 여겨 ᄌ셔이 본즉⋯' (<남윤전>, 583쪽)을 보면 19세이고, 또 '일일은 샹니 슈온 군슈의 일을 끼다르시고 눈을 명흐여 갈오스디, "경의 ᄋ둘이 쇼년 등과흐야 황힉도 슈온 군슈흐여더이 경은 ᄋ지 못흐는다.'" (<남윤전>, 631∼632쪽)에서 소년 등과로 보면 15세로도 볼 수 있다.

문맥에 따라 전체 시간을 재구성하면 스토리 시간은 21년경이고 서술 시간은 86쪽(129분)이다. 이것을 단락별로 살펴보면 다음과 같다.

첫째, 포로 전 단락의 공간은 조선, 스토리 시간은 2년경에 서술 시간 7쪽(10.5분)[9.5% : 8.1%]이다. 이를 행위 층위로 요약하면, '남윤의 효(孝)와 애(愛)가 대립'하는 구조이다.

둘째, 포로·귀환 단락은 포로소설 중 가장 많은 부분을 차지하는 것이 특징이다. 따라서 포로 부분과 귀환 부분을 따로 떼어 보면 다음과 같다.

① 포로 부분의 공간은 조선, 일본이다. 스토리 시간은 15년경에 54쪽(약 81분)[71.4% : 62.8%]이다. 이를 행위 층위로 요약하면, '부(父)·낭군(郎君)·부(夫)를 찾는 소선의 서사축(2-4~2-14)[13년(61.9%) : 24쪽−36분(27.9%)]과 남윤의 고국 귀환의지 중 왜공주를 둘러싼 애정담이 섞인 일본의 서사축(2-15~2-21)[4년(19%) : 27쪽−40.5분(31.4%)]' 등이 서로 병렬되어 있는 구조이다.

② 귀환 부분의 공간은 중국, 조선이다. 스토리 시간은 5년경에 24.9쪽(약 37.4분)[23.8% : 29%]이다. 이를 행위 층위로 요약하면, '공주와의 사별(死別)−남윤의 극한상황과 극복의지'가 핍진하게 나타나는 구조이다.

셋째, 귀환 후 단락은 포로소설 중 가장 짧다. 스토리 시간 1일에 서술 시간 0.1쪽(약 0.1분) [0.01% : 0.1%]이다. 따라서 이 부분은 앞 단락의 문면과 이본을 종합하여 논의할 요소이다.

이상의 시퀀스 분석에서 보면 포로소설의 구조는 포로 전−포로·귀환−귀환 후 단락[12]으로 짜여 있다.

---

11) '상이 젼일의 왜난을 만느 의쥬로 분쥰허신은 말슴이며 빅셩이 마니 니산흔 {이산한} 말슴과 남두셩의 일을 싱각ᄒ시고 옥음 오열ᄒ시다가 죽시 젼교ᄒᄉ…' (<남윤전>, 630쪽)이다. 이 때는 1612년이기 때문에 光海君 4년이다.

12) 포로소설 또한 일반적으로 시간적 진행에 따르는 고소설의 導入部(introduction : 背景, 家系, 胎生)→展開部(development, 悲運, 逆境, 回運)→終結部(conclusion, 幸運)처럼 세 가지 큰 틀은 유사하나 그 세부 요소는 차이가 난다. (정주동, 앞의 책,

포로 전 단락은 주요인물의 가장 소중한 체험이 최초 상황으로 설정되어 있다. 주로 혼사 문제[13]를 두고 개인의 욕망이 전경화되어 있다. 이것은 당대의 왜곡된 유교 이념과 대립하는 구조이다. 이 중 〈최척전〉이 가장 핍진하게 형상화되어 있고, 〈김영철전〉은 종군으로 말미암아 후사 문제가 가장 큰 문제로 설정되어 있다.

포로·귀환 단락은 포로소설의 사건의 극적 전환점, 사건 전개의 핵심, 주요인물의 존재방식과 갈등의 해결방식이 제시되는 단락이다. 포로소설 중 가장 오랜 스토리 시간과 서술 시간을 가지고, 가장 넓은 공간 이동을 한다. 다만 〈김영철전〉은 귀환 후 단락이 여기에 해당하지만, 이 부분은 독립된 단락이 아니라 포로·귀환 단락과 인과적으로 연결되어 있다. 그리고 이 단락은 포로와 그 가족의 고난과 극복 과정이 거의 대등하게 병렬되어 있다.

귀환 후 단락은 〈김영철전〉을 제외하곤 주로 가족 재회 후 후일담이 나타나지만, 그 결말 구조가 모두 이중적으로 되어 있다. 곧 주요인물들은 오랜 가족 이산 끝에 결국 재회의 기쁨으로 결구되나, 삶의 불가역성 때문에 본질적으로 비극적 성격을 가진다. 이 점은 그들의 이산의 삶이 기적적으로 재회했다 하더라도 잃어버린 시간에 대한 보상은 어떤 것으로도 대신할 수 없기 때문이다. 따라서 이 단락은 포로·귀환 단락의 인간적 열정과 비교할 때 구조상 아이러니(irony)이다.

이처럼 포로소설의 시퀀스를 통해 볼 때, 각 단락의 구조는 부분이 전체를, 전체가 부분에 의해 서사가 제어되며 긴장 관계를 유지한다. 곧

181쪽). 곧 포로소설은 도입부에 최초 상황인 '혼사 문제'가 삽입되어 있는 점, 전개부에 포로와 그 가족의 '고난과 극복'의 서사가 병렬적으로 대등하게 구성되어 있다는 점, 종결부에 가족 재회가 이루어져 표면적으로는 행운이지만, 그 이면에는 비극적 삶이 내재해 있다는 점이 그것이다.

13) 〈김영철전〉은 후사 잇기 장애가 간략히 서술되어 있는데, 이 또한 넓은 의미의 혼사 장애에 포함할 수 있다.

포로 전 단락의 개인적 욕망이 포로·귀환 단락에서 삶의 열정적 에너
지로 승화하고, 귀환 후엔 재회의 기쁨을 누리나 삶의 불가역성으로 인
해, 결국 비극적 속성을 가지는 역설적 구조이다. 그러나 작가는 당대
독자의 기대 지평을 저버릴 수 없어 보상형으로 변용된 작품도 있다.

이상의 구조는 독자의 시선을 균형 있게 잡는 서사적 기능과 함께 삶
의 의미의 본질을 끊임없이 되묻는 성격을 가진다. 지금까지 시퀀스 분
석을 통해 추출된 서사구조를 도표로 나타내면 다음과 같다.

서사단락	서사축	구조적 특징	전개 양상
포로 전	주요인물	욕망의 대립 구조	최초 상황(주로 혼사 상애)-전쟁(전투·피난)-포로
포로 · 귀환	포로 축	고난-극복의 병렬 구조	포로(이산)생활-탈출(고난)-귀환
	포로가족 축		이산(부재)생활-찾기(고난)-찾음
귀환 후	주요인물	이중적 결말 구조	가족 재회-후일담

2. 구조 원리

1) 욕망의 대립 원리

포로소설의 포로 전 단락에 삽입된 최초 상황은 주로 혼사 문제를 둘
러싼 욕망의 대립이다. 혼사 문제는 조선조 소설에 주로 나타나는 문학
적 관습이나, 포로소설은 임병양란 때 많은 젊은이들이 포로로 끌려가
노예가 되었다는 역사적 사실과 관련이 깊다. 따라서 주요인물들에게
있어서 포로 전 상황의 가장 소중했던 문제는 혼사 문제였을 것이고, 작
가 또한 소설적 긴장과 흥미를 더하려는 서사적 욕망으로 이를 적극 활
용했을 것이다.

〈최척전〉은 부모혼(父母婚)과 자매혼(自媒婚)[14]의 대립이 주축을 이룬다. 최척은 편부, 옥영은 편모로 인간의 보편적인 가족 집단을 이루지 못하고 결핍의 존재로 등장한다. 옥영은 최척보다 그 강도가 더해, 일찍 아버지를 여의고 전란을 피해 전전하다 정상사 집에 의탁하고 있는 절박한 심정이다. 그러기에 옥영과 옥영 모(玉英母) 심 씨는 이런 결핍을 충족시키기 위해 자신의 존재방식대로 욕구와 욕망[15]을 분출하다 보니, 혼사 문제로 심한 대립과 갈등을 빚는다. 옥영은 혼란스러운 전란 중에 어진 남편을 만나는 것이 몸을 더럽히지 않고 사는 길이란 의식적 욕망을 가지고 최척에게 자유롭게 접근하였다면, 심 씨는 옥영과 같은 생각을 가지면서도 당시 유교 이념인 '효'의 가치를 내세운 본능적인 욕구, 곧 '경제적 부'를 실현하기 위해 이중적으로 대응한다. 이런 욕망과 욕구의 대립은 시대를 초월하여 존재하는 보편적 현상으로 이해될 요소이다.

최척과 옥영의 혼사 장애는 최척의 가난과 의병 활동, 부잣집 아들인 양생의 개입과 그에 동조하는 정상사의 처 등이 대립의 축을 이룬다. 이 중 옥영과 옥영 모 심 씨의 대립은 극에 달한다.

"최랑은 의병의 진영에 종사하고 행동거지가 주장(主將 : 의병장)에 매여 있기 때문에 일부러 약속을 저버린 것이 아닌데도, 어머니께서는 최랑의 말을 기다리지 않고 바로 약속을 깨뜨리시니 누가 옳은 일이라 하겠습니까? 만약 제 뜻을 빼앗으려 하신다면 죽어도 딴 곳에 시집을 가지 않겠습

---

14) 부모혼은 혼인 당사자의 의사가 전혀 반영되지 않은 채 오직 부모의 뜻에 따라 이루어진 것이라면, 자매혼은 남녀 주인공의 자유로운 만남으로 인해서 이루어지는 결연 방식을 말한다. (안기수, 「영웅소설 연구-유형과 서사성을 중심으로」, 중앙대 박사학위논문, 1995, 210쪽)

15) 욕구(need)가 물리적인 삶을 유지하기 위한 본능적인 의지라면, 욕망(desire)은 목적 수행을 위해 어떠한 가치를 실행하려고 하는 지향 의지이다. (김중신, 『소설감상 방법론연구』, 서울대학교출판부, 1996(초판 2쇄), 41쪽). 따라서 욕구가 卽自的이라면, 욕망은 對自的 개념에 대응된다.

니다. 어머님은 하늘 같은 분인신데, 어찌 제 마음을 헤아려 주시지 않으십니까?" 어머니가 말했다. "너는 어찌 이처럼 고집이 세느냐? 당연히 집안 어른의 처분에 복종할 것이거늘 아녀자(兒女子)가 무얼 알겠느냐?"16)

위의 예문은 심 씨가 딸의 진취적인 결혼관에 밀려 최척과의 혼인을 허락해 놓고선, 최척이 의병에 나가 결혼 날짜에 돌아오지 않자, 결혼 허락을 번복하는 데 대한 옥영의 적극적인 대응과 심 씨의 책망이다. 혼인 반대의 명분이 생긴 심 씨는 조선조 사회를 지배했던 유교 이념적 질서를 내세워 자신의 본능적 욕구인 부(富)를 좇는, 곧 수직적 의식 이동이 결여된 즉자적 존재(卽自的存在)라면, 옥영은 당시 공론만 강조하는, 곧 현실성이 결여된 유교 이념을 개선하려는 대자적 존재(對自的存在)17)이다. 부당한 세계의 횡포와 싸워 그것이 관철되지 않을 때, 자살까지 감행하는 옥영의 강한 의지는 유교 이념을 올바른 가치관으로 재정립하고, 마침내 최척과 혼인을 이룬다. 이러한 옥영의 대자적 의식은 앞으로 일어날 간난한 삶의 상황을 적극적 행위로 대응하는 심리적 기저(基底)가 된다.

---

16) "崔從義陣, 行止係於主將, 非故負約, (而)不俟其言, 而徑自破約, 不義孰甚? 若奪兒志, (之)死而靡他. 母也天只, 不諒人只?" 母曰 : "汝何執迷如此? 當從家長之處分爾, 兒女何知?"(<崔陟傳>, 175〜1766쪽)

17) 박희병은 <최척전>을 '대자적 입장'에서 논했다. "예술적 농축과 개괄 방식, 상황과 디테일 묘사, 주인공의 성격 창조, 매개적 인물의 배치와 형상화 등 작가의 반성적 자기 의식이 배어 있지 않은 곳은 한 군데도 없다. 불교적 요소의 삽입과 같은 것도 이 반성적, 대자적 자기 의식이 개입한 결과"라고 본 연구는 설득력이 있다. (박희병, 「최척전 ─ 16·7세기 동아시아의 전란과 가족이산」, 김진세 편, 『한국고전소설작품론』, 1997(1판 2쇄), 98〜100쪽). 한편, 사르트르의 분석에 의하면 모든 존재는 즉자(卽自, en-soi)와 대자(對自, pour-soi) 둘 중의 하나로 분류된다. 전자는 그냥 있는 것으로 인간 아닌 모든 존재를 지칭하며, 후자는 의식적인 존재로서의 인간을 가리킨다. 의식은 無·결핍·욕망·자유로 묘사되는데 바로 이런 성질을 갖고 있는 인간은 자신의 행동에 책임을 져야 하고, 불안을 벗어날 수 없다고 하였다. (박이문, 『예술철학』, 문학과 지성사, 1983, 181쪽)

〈김영철전〉은 효(후사 잇기)와 충(종군)의 이면적 대립이다. 영철은 대대로 무과에 급제한 무인 집안으로, 나라의 부름이 있을 때 누구보다 앞장섰던 가계(家系) 전통[18]이 있다. 1618년 건주위 종군도 예외가 아니어서 영철과 종조(從祖) 영화는 김응하의 부대에 예속되어 선봉이 되었다. 문제는 효와 충이 서로 대립하지 않고 양립할 수 있어야 하는데, 그리 간단한 문제는 아니다. 물론 스토리 시간 약 19년에 30초의 서술 시간이 보여 주듯, 영철이 19세 되기까지의 가계 기술이 매우 간략해, 표면적으로는 욕망의 대립이 잘 나타나지 않는다. 그러나 행간의 의미를 유추할 때, 2대 독자인 영철과 조부 영가는 가문의 지속을 위해 종족을 보존해야 하는 인간의 보편적인 욕구와 무인으로서 가계 전통을 이어야 하는 욕망 사이에서 내면적인 대립을 보인다.

따라서 〈최척전〉처럼 혼사 장애로 인한 주요인물들의 직접적인 대립은 나타나지 않는다. 이러한 욕구와 욕망의 이면적 대립은 영철과 조부 간 맺어진 '후사를 위한 귀환' 약속으로 일단 봉합된다. 곧 영철이 명나라 구원병으로 떠나려고 할 때, "네가 돌아오지 않으면 우리 집안에 대가 끊긴다."[19]는 조부의 간곡한 부탁과 "반드시 돌아오겠습니다."[20]라는 영철의 다짐이 그것이다. 이러한 부탁과 다짐은 비장감마저 느끼게 하며, 작품 전체의 비극적 분위기[21]를 지배하는 서사적 복선[22]이다.

---

18) 김영철의 가계는 從祖 金永和의 건주위 종군 후 포로가 되었다가 죽임을 당하고 (2-2), 아버지 金汝灌도 안주 전투에 참가하여 戰死(3-15)하는 등 나라의 부름에 누구보다 앞장 선 무인 집안임을 알 수 있다.

19) 臨行, 祖永可泣而送之曰 : "汝不歸, 則吾世絶矣。"(<金英哲傳>, 485쪽)

20) 英哲曰 : "必歸也。"(<金英哲傳>, 485쪽)

21) 이러한 상황은 영철의 의식 속에서 '항상' 할아버지의 말을 떠올리는 중첩적 반복(每語道其祖臨別之語, 則必涕泣.<金英哲傳>, 486쪽)에서도 잘 알 수 있듯, <김영철전>의 비극적 구조를 결정짓는다. 비극적 결정론에 대해서는 Clifford Leech, 『Tragedy』, 문상득 역, 서울대출판부, 1985(개정판), 47~66쪽 참조.

22) <김영철전>의 욕망 실현 의지는 포로 · 귀환 단락에서 또 다른 가족 이산의 고통

〈유록의 한〉은 자유 연애와 환로의 이중적 대립이다. 엄격히 말해 몽세와 유록의 혼사 장애는 취첩 장애이나, 작품 전반이 애정의 진지성을 담보하기 때문에 넓은 의미의 범주에 이를 넣을 수 있다. 유록은 사족(士族) 출신이었으나 집안이 몰락하여 기생으로 전락한 존재23)로 가문의 영달까지는 아니더라도 옛 가문을 되찾으려는 욕망이 문면에 깔려 있다. 그러나 기녀의 신분이 사족으로 신분 상승되는 길은 당대의 사회적 상황으로 보아 어림도 없는 일이다.

따라서 유록이 자신의 욕망을 이루기 위해서는 중개자의 모색이 불가피하다. 이 때 나타난 사람이 전춘회에서 만난 양반 출신인 정몽세이다. 몽세는 '음관(蔭官)으로 례죠(禮曹) 좌랑(佐郎)을 비(拜)ᄒ얏더니, 즉시(卽是) 벼살 {벼슬} 을 바리고 {버리고} 24) 만, 당대 권력에서 소외된 인물이다. 그런 그는 정근(情根)을 멀리하고, 동서 당쟁에 대한 정치적 환멸로 공명을 부운같이 여기며 시서금주(詩書琴酒)로 세월을 보낸다. 그러던 중 중인(衆人)의 권유에 못 이겨 전춘회에 참석했다가 우연히 절대가인 유록을 만나 결정적 삶의 자세를 바꾼다. 이처럼 유록과 몽세의 욕망은 자유 연애이지만, 그 이면에는 각각 신분 상승 의지와 우회적인 정치적 야망25)이 깃들어 있어 소설의 흥미를 더한다.

을 낳는다는 점에서 그렇다. 이것은 서사의 낯섦과 의미의 전복까지 예비한다는 점에서 <김영철전>이 단선적 구성이 아니라 多聲的 구성임을 알 수 있다.

23) "첩(妾)은 본디 젼(前) 판셔(判書) 오뎡방(吳定邦)의 후예(後裔)요, 뎨쳔(堤川) 군슈(郡守) 모(某)의 손녀(孫女)ㅣ러니 명도(命途)ㅣ 긔구(崎嶇)ᄒ와 칠세(七歲)에 쌍친(雙親)을 여희ᄋᆞᆸ고 다만 조부(祖父)와 셔조모(庶祖母)를 의지ᄒ와 지내더니, 조부(祖父)ㅣ 년긔(年紀) 칠슌(七旬)에 로혼(老昏)ᄒ와 셰ᄉ(世事)를 모로ᄋᆞᆸ고 가셰(家勢) 빈곤(貧困)ᄒᆫ 즁(中) 셔조모(庶祖母)ㅣ 첩(妾)이 어려셔붓터 약간(若干) ᄌᆞ식(姿色)이 잇다 ᄒ와 나히 구세(九歲)에 이 집 쥬인(主人) 류파(劉婆)에게 쳔금(千金)을 밧고 팔매…" (<柳綠의 恨>, 24쪽)

24) <柳綠의 恨>, 2쪽.

25) 정몽세가 벼슬과 관련하여 상소 사직하는 시퀀스는 포로 전 단락 2곳(1-15, 1-18), 포로·귀환 단락 1곳(2-23), 귀환 후 단락 2곳(3-1, 3-12) 등 모두 5군데에 나타나지

이 중, 유록과 몽세의 애정 욕망은 몽세의 곡산 부사 부임이라는 환로로 장애를 받는다. 그러나 환로의 장애는 역설적(逆說的)으로 유록의 신분 상승을 보장하고, 몽세의 정치적 야망을 함께 실현할 수 있는 것이기 때문에, 결국 애정 욕망과 환로가 이중적으로 대립하는 형태이다.

> 좌랑이 더옥 환로(宦路)에 무심(無心)ᄒ야 샹소 ᄉ직(上疏辭職)ᄒ엿더니, 이 ᄰᅢ 마참【마침】황ᄒᆡ도(黃海道) 곡산(谷山) 부ᄉ(府使)ㅣ 탐학(貪虐)ᄒᆞᆷ을 인(因)ᄒ야 민요(民擾)ㅣ 니러나 부ᄉ(府使)를 좃치니 인심【인심】(人心)이 흉흉(洶洶)ᄒ지라. 죠뎡(朝廷)이 크게 근심ᄒ야, 이에 좌랑으로 곡산(谷山) 부ᄉ(府使)를 ᄇᆡ(拜)ᄒ시고 불일ᄂᆡ(不日內)로 등졍(登程)ᄒ야 란민(亂民)을 진뎡(鎭定)ᄒ라 ᄒ시니, 부ᄉ(府使)ㅣ ᄯᅩ 샹소(上疏)ᄒ야 벼슬을 ᄉ양(辭讓)ᄒ온디, 죠졍(朝廷)이 엄지(嚴旨)를 ᄂᆞ리샤 불윤(不允)ᄒ시고 밧비 발ᄒᆡᆼ(發行)ᄒ라ᄒ시니, 부(府)ᄉㅣ 홀일업셔 이에 ᄒᆡᆼ장(行裝)을 ᄎᆞ려 떠날 시26)

위의 예문처럼 표면상 환로에 무심한 몽세에게 곡산 부사의 부임은 유록과 몽세의 애정을 막는 세계의 횡포이지만, 이면적으로는 두 사람의 애정 욕망 지연이 오히려 애정 실현의 정당성과 그것을 통한 자신들 각자의 욕망을 확보하기 위한 작품 내적 필연성을 부여하는 서사적 장

만, 유록을 찾기 위한 구실(2-23)과 落鄕하기 위한 구실(3-12) 외에는 윤허를 받지 못했다. 벼슬과 관련된 서사는 매우 간략히 서술되어 있지만, 문면대로 몽세가 功名을 싫어한다는 말을 그대로 믿을 독자는 없다. 그 이유는 몽세가 벼슬 상소 사직을 했으나 조정에서 不允했을 때 소극적으로 대응한 점, 유록의 고난이 자신의 공명 때문이라고 깊이 후회한 점(2-23), 부임하는 곳마다 大治로 인한 치적(1-16)이 커 급기야 공조참판에 제수(3-11)되는 모습 등이다. 따라서 이 부분은 '신뢰할 수 없는 서술자(unreliable narrator)'의 서술이다. 작가는 독자의 혼란을 막기 위해 결말 부분에 몽세가 또 벼슬을 상소 사직하고 낙향하는 것으로 설정하여 서사의 긴장과 이완을 제어한다. 신뢰할 수 없는 서술자에 대해서는 웨인 C. 부스, 김병욱 편, 최상규 역, 「거리와 시점」, 『현대소설의 이론』, 1997, 461~467쪽 참조.

26) <柳綠의 恨>, 28쪽.

치[27]이다.

〈남윤전〉은 효와 애의 이면적 대립이다. 남윤은 영비(營婢)인 옥경선과 백년가약을 이미 맺은 상태지만, 부모가 정한 혼처에 장가를 들 수밖에 없는 처지이다. 따라서 남윤은 전안일을 맞아 경성으로 가기 전, 옥경선에게 "공즈 취쳐 후예 부모게 고ᄒ고 동침ᄒ물"[28] 약속하고, 모친께는 "쇼즈의 마음이 슬ᄒ의 다시 뫼셔시지 못ᄒ올 듯ᄒ와"[29] 하며 이별을 슬퍼한다. 남윤의 이런 행위는 부모와 대립이 없기 때문에 효 우위에 있는 듯 하지만, 내면적으로는 옥경선의 낮은 신분 탓에 자매혼하지 못하는 남윤의 현실적 아픔이 깔려 있다. 나아가 혼사 장애는 정혼녀(定婚女) 이석랑과의 전안 때의 괴변은 물론 혼례 직후에도 임란이라는 민족 최대의 전란 상황을 제시하여, 그 의미를 극대화하고 있다.

　　문득 일진광풍이 이러ᄂ {일어나} 신부의 화관과 신낭의 스모을 벗겨 공즁의 올ᄂ가 남북으로 홋터지되, 화관은 ᄂ려지고 스모은 남으로 향ᄒ여 증쳐읍시 가ᄂ지라. ⋯ 이 날 밤의 화쵹지예을 이르고 바야흐로 줌을 드이, 문득 계명셩이 들이며 화광이 츙쳔ᄒ고 샤별ᄒᄂ 쇼리 진동ᄒᄂ지리【진동ᄒᄂ지라】. 경희 크게 놀ᄂ 옷슬 입고 황망이 ᄂ가 보이, 화병 디치ᄒ여 도셩인의 곡셩이 쳔지 진동ᄒ밍【진동ᄒ이】 피ᄂᄒᄂ 지 길이 미여거늘 {메웠거늘} , 경희 ᄋ모리 할 줄을 모로고, 일변 노복으로 ᄒ여금 부인과 여셔을 뫼셔 광희로 피란ᄒ라 ᄒ거눌[30]

---

27) 포로 전 단락에 정몽세는 환로에 관심이 없고, 자유 연애의 가치를 실현하려는 인물로 그려지고 있지만, 그의 행로는 항상 벼슬 주변에 있다. 유록 또한 기녀(몰락 양반 자제)로서 정몽세를 통해 신분 상승을 실현하려는 의지가 내면에 깔려 있다. 그러나 이런 점은 포로 모티프의 개입으로 오히려 서사 욕망이 몽세의 언약 지키기와 유록의 절행으로 전경화된다. 이 또한 유록의 신분 상승 의지와 몽세의 정치적 야망이 상승 작용을 일으킨 것으로, 결국 두 사람의 적절치 못한 애정을 합리화한다.

28) 〈남윤전〉, 556쪽.

29) 〈남윤전〉, 557쪽.

30) 〈남윤전〉, 557~558쪽.

위의 예문처럼 표면적인 효와 애의 화해는 전란으로 인해 다시 깨어짐으로써 이면적인 대립적 요소를 부각시킨다. 따라서 이러한 개인적 욕망의 이면적 대립은 표면상 유교이념(효)으로 수렴[31]되어 어떤 대립 양상도 나타나지 않지만, 이후 단락에선 오히려 이 유교이념이 서사의 전면에 부각된다.

2) 고난―극복의 서사 경쟁 원리

포로소설에서 포로는 강제로 끌려갔던 곳으로부터 다시 거슬러 집으로 돌아오기 위해 고뇌하고 행동한다면, 포로 가족은 포로가 된 가족을 찾기 위해 집을 떠나거나 지극한 상실감으로 부재의 시간을 고통으로 보내는 사람들이다. 이들은 포로소설의 주요인물로 그 행위는 각각 '찾아오기'와 '찾아가기'로 점철된다. 포로·귀환 단락이 여기에 해당하는데, 포로소설에서 가장 긴 스토리 시간과 서술 시간, 넓은 공간의 이동을 갖는다. 따라서 이 단락의 구조 원리는 주요 인물들의 고난―극복의 가능성을 서사 경쟁을 통해 보여준다.

서사 경쟁[32] 원리는 단락의 의미를 결정짓고, 작품 전체의 주제를 통합하는 의미 생성의 중요한 분석틀이라 여겨진다. 이것은 포로와 그 가

---

31) 여기서 유교이념은 그것으로 인해 억압되거나 왜곡된 현실 그 자체를 가리키기보다는 작중인물들의 존재방식인 현실원리를 부각시키기 위한 개념으로 사용하였다.

32) 예컨대 "聲動四隣。觀者(*如)堵, (初)且怪且異, 及聞玉英紅桃終始之事, 莫不擊節歎差, 爭相傳說." (이 소문이 사방의 이웃들에 퍼져갔다. 구경하는 사람들이 모여들어 담같이 죽 늘어섰는데, 이들은 처음엔 괴상한 소문인가, 또는 이상한 이야기인가 여기다가 옥영과 홍도가 겪은 일을 처음부터 끝까지 듣고는 무릎을 치면서 감탄하지 않은 이가 없었으며, 서로 다투어 이 이야기를 전했다.) (<崔陟(傳, 197~198쪽), '이 쇼식(消息)을 듯고 모다 신긔(神奇)히 녁여 다토와 니르러 류낭과 서로 반기며 치하(致賀)ㅣ 분분(紛紛)ㅎ더라.' (<柳綠의 恨>, 103쪽), "군ᄌ 연전에 첩의 부왕으로 더부려 언쟝할 제 {언쟁할 때} 첩이 병풍 뒤에셔 잠간 보오이" (<남윤전, 604쪽>) 등은 서사 경쟁에 대해 시사하는 바가 크다.

족들이 각각 다른 서사축에서 가족 재회를 향한 내면화된 고뇌가 급기야 인간적 의지의 행위로 상승되는 병렬 구조[33]를 가졌기 때문이다. 따라서 작가는 포로와 그 가족의 서사축에 나타난 고난과 극복의 서사를 집약적으로 선택하여 형상화하고, 그것의 서사 경쟁의 우위를 통해 삶의 의미를 구현하려 한다.

'경쟁(競爭)'의 의미는 '동일한 목적에 관하여 서로 남보다 우월한 자리를 차지하려는 다툼'[34]이다. 그러나 경쟁은 이런 대립적 요소 외에 다른 의미도 내포한다. 첫째, '경(競)'은 '앞을 다투어 나아가다, 나란하다'[35], '쟁(爭)'은 '하소연하다'[36]의 뜻이 있다. 둘째, '경쟁'의 의미로 쓰이는 'agon'의 어근은 'struggle', 곧 '싸우다, 열심히 노력하다, 밀어젖히고 나아가다' 등의 의미[37]로도 쓰인다. 셋째, 영어 'competition'도 어의적(語義的)으로 '함께 추구하다(함께 애쓰다), 함께 증언하다'의 뜻도 가지고 있다. 넷째, 경제적 의미로 생산과 분배 중 '독점'에 상대되는 말이다. 다섯째, 음악 용어로 협주곡(協奏曲)은 2개의 음향체(音響體) 간의 대립·경합을 특징으로 한 기악곡이지만, 본질상 대립이 아니라 협연이다. 이것은 그것의 원어인 'concerto'도 경합(競合)의 뜻인 라틴어의 동사 'concertare'에서 나온 말이지만, 이탈리아어는 '서로 협조하다'라는 정반대의 뜻도 있다.[38] 여섯째, 미술 작품의 구도도 부분과 전체의 경쟁 구

---

33) 소설이 '자아와 세계의 상호 우위적 대결'(조동일, 『한국소설의 이론』, 지식산업사, 1994(초판11쇄), 66~136쪽 참조)이라고 볼 때, 포로소설은 포로와 그 가족의 서사축에서 주요인물이 억압적인 세계에 대해 물리적인 대결을 하는 것이 아니라, 인간 본성을 기저로 한 다양한 인간 군상과의 '관계'를 통해 간난한 운명의 세계를 극복하는 인물들로 형상화되어 있다.
34) 이희승 편저, 앞의 사전, 200쪽.
35) '天下皆競'(『呂氏春秋』), '衆皆競進以貪婪兮'(『楚辭』)
36) '守約而爭'(『漢書』)
37) 동아출판사편집부, 『신 콘사이스 英英韓 사전』, 1980, 1142쪽.
38) 『동아원색세계대백과사전』 30, 동아출판사, 1989(9판), 217쪽.

도를 통해 작품의 미의식을 드러낸다는 점에서, 본질상 대립이 아니라
상호보완적이다.

따라서 '경쟁'은 위에 제시한 다양한 의미를 논의 초점에 맞게 원용한
다. 그리고 이 절에서 다루는 고난-극복의 서사 경쟁 요소는 적대와
우호, 현실원리와 초현실원리, 극한상황과 극복의지 등 세 가지[39]이다.

(1) 적대와 우호

적대와 우호의 서사 경쟁은 작중인물들의 인간 관계에서 핍진하게 나
타난다. 소설에서 인물 창조는 가장 훌륭한 소설가의 주목할 만한 성취
물로, 소설을 읽고 나서 얼마쯤 지난 후면 그 세부적인 플롯을 기억할
수 있는 사람은 거의 없지만, 대부분의 독자들은 여러 인물들에 대해서
만은 기억할 수 있다.[40] 이 말을 부연하면 인물 간의 '관계 서사'를 통해
새로운 인간형의 창조에 작가의 임무가 있으며, 독자는 이러한 인간형
을 통해 삶의 의미를 유추하고 재해석하는 심미적 체험을 할 수 있다.
적대가 반동인물이 주동인물[41]에 대해 가하는 배타적 행위, 곧 반인륜

---

39) 동물우화소설의 쟁송, 쟁담 등은 극적인 사건 전개를 위해 諸人物이 '가하는 자'와
'당하는 자'의 대립적인 위치로 성격화되어 있다. (김재환, 『한국 동물우화소설 연구』,
집문당, 1994, 142쪽 참조). 그러나 포로소설은 인물 간 '적대와 우호'의 관계가 있으나
이것이 심각한 대결 양상으로 발전하지 않기 때문에 본고의 敍事 競爭은 서사 내용
이라기보다는 그것을 바탕으로 한 서사 형식의 개념이다. 다시 말해서 본고에서 서사
경쟁을 나누는 기준은 이야기(story)를 통해 드러나는 담론(discourse)의 서사 형식이
다. 채트먼은 이야기는 서사물에서 묘사되는 무엇(전달 내용-필자)이고, 담화는 어
떻게(전달 방식-필자)이다. 그는 서사적 텍스트를 이야기와 담화로 나누고, 이야기
에는 사건들(행위 actions, 사고 happenings)과 존재물들(인물들, 배경)을 포함시켜
논의했다. (시모어 채트먼, 앞의 책, 21쪽)
40) 매조리 볼튼, 김영민 역, 『소설의 분석』, 동천사, 1984, 89쪽.
41) 小說은 작중인물 사이의 대립·갈등구조로 나타나는 게 보통인데, 善惡의 윤리학
적 관점에 따라 프로타고니스트(protagonist)와 안티고니스트(antagonist)로 나뉜다.
이 중 전자는 작가 자신이 긍정하려는, 또 그 긍정의 감정을 독자들에게 전하려고
하는 그런 인물(주동인물-필자)인 반면, 후자는 작가나 독자가 끝에 가서는 부정하

적 착취 등 억압 관계라면, 우호는 주동인물과 주변인물의 협력 행위, 곧 연정·연민·우정·인류애를 포괄하는 유대 관계이다.

〈최척전〉은 옥영, 최척, 몽석 등 일가족 셋이 포로가 되는 복합적 구성이란 점에서 다른 작품과 변별된다. 그 만큼 동아시아 전란 중, 사회적 약자로서 당한 고난의 강도가 심함을 상징적으로 보여준다. 이 중 옥영의 포로 상황이 서사의 핵이지만, 최척 부자의 포로 상황도 작중 인물 간 서사적 정보를 제공[42]한다.

첫째, 적대 서사이다.

이것은 최척과 옥영의 서사축에서 각 한 번씩 나온다. 최척의 정유년 참상에 대한 분개(2-1)와 옥영이 부인도로 귀환할 때 나타난 해적 행위(2-28)가 그것이다.

> ① 정유년(1597년) 8월에 왜적이 쳐들어와 남원을 함락하자, 사람들이 모두 달아나 숨었으며, 척의 집안도 지리산(智異山) 연곡(燕谷)으로 피난을 갔다. … 이날 왜적들은 연곡으로 쳐들어 와 산과 계곡을 두루 돌며 남김없이 노략질했다. 척 일행은 길이 막혀 꼼짝도 못하다가 3일이 지난 뒤 왜적들이 물러가자, 바로 연곡으로 들어왔다. 돌아와서 보니 가로 길게 뻗친 길엔 시체가 널리 쌓여 있고, 유혈(流血)은 내를 이루고 있었다. … 노약자 몇 무리가 온 몸에 왜적의 병기에 상처를 입고 있었는데, 척을 보자 울며 말했다. "적병이 산에 쳐들어와서 3일 동안 재화(財貨)를 약탈(掠奪)하고 백성들을 풀베듯 죽였으며, 아들과 딸들은 다 몰고 어제 섬진강(蟾津江)으로 물러나 진을 쳤다네. 집안 사람들을 찾으려거든 물가에 가서 물어 보

는, 또 부정해야 할 대상(반동인물―필자)으로 설명된다. (조남현,『소설원론』, 고려원, 1983(중판), 130∼131쪽). 따라서 본고는 주동인물 중 포로와 그 가족을 주요인물, 그 외 우호 관계에 있는 인물을 주변인물, 심각한 적대 관계에 있는 인물을 반동인물로 지칭한다. 그 외 중간자 인물도 있는데, 이것은 후술한다.

42) 소설 속의 인물들은 타자와 대면하여 보여주는 존재방식과 행동방식을 통해서 독자에게 자기 자신 및 타자에 대한 정보를 제공한다. (롤랑 부르뇌프·레알 웰레, 김화영 편역,『현대소설론』, 현대문학, 1999(초판 3쇄), 327쪽)

세." 척은 하늘을 우러러 부르짖으며 통곡하고 땅을 치며 피를 토하고는 바로 섬진강으로 달려갔다.[43]

② 말소리와 의복이 다 조선이나 왜의 것이 아니었으며 얼추 명나라 사람들과 비슷했다. 그들은 손에 무기는 없었으나 다만 흰 몽둥이로 마구 때리면서 재물(財物)을 뒤졌다. / 옥영이 명나라말로 대답했다. "우리는 명나라 사람으로 고기잡이 하러 바다에 나왔다가 이 곳에 표류하던 중 정박하고 있기 때문에 본디 재물이 없습니다." 옥영이 슬피 울면서 살려 달라고 애원하자, 그들은 죽이지는 않고 다만 옥영이 타고 있던 배를 빼앗아 자신들 배의 뒤쪽에 매달고 가버렸다.[44]

위의 예문 ①은 정유난의 참상을 고발한 부분이다. 왜적이 남원을 쳐들어 와 자행한 약탈과 살육 행위는 그야말로 전란의 참상을 비극적으로 보여준다. 그러나 참상의 고발은 생체험자의 포로일기처럼 적대감이나 복수의지[45]와 같은 대응은 보이지 않고, 다만 민중들의 입을 통하여

---

43) 至丁酉八月, 賊陷南原, 人皆逃竄. 陟之一家, 避于智異山燕谷. … 是日, 賊入燕谷, 彌山遍谷, 搶掠無遺. 而陟路梗, 不得進退, 過三日賊退後, 還入燕谷. 則但見積屍遍橫(路), 流血成川. … 老弱數輩, 瘡痍遍身, 見陟而哭曰: "賊兵入山三日, 奪掠財貨, 芟刈人民, 盡驅子女, 昨已退屯蟾江. 欲求一家, 問諸水濱." 陟號天痛哭, 擗地嘔血, 卽走蟾江.(<崔陟傳>, 178쪽)

44) 語音衣服, 俱非鮮倭, 而略與華人相似. 手無兵器, 惟以白梃毆打, 索 / 其貨物. 玉英以華語對曰: "我以天朝人, 漁採于海, 漂泊於此, 本無貨物." 涕泣求生, 卽不殺, 只取玉英所乘舡, 繫其舡尾而去.(<崔陟傳>, 고려대본 19쪽 / 195쪽)

45) "대체로 그의 몹시 바라는 것은 우리들과 배를 같이 타고 중국으로 건너가서 탐지한 왜놈의 사정을 천조에 고하고 포로되어 일본에 있는 자들을 모두 쇄환한 뒤 뒷날 복수할 기회를 만드는 것이라 하니, 그의 원통한 회포는 하늘에 사무치고 그 성의가 장합니다."(魯認, <錦溪日記>, 3.15. 인용은 『국역 해행총재』, 민족문화추진회, 1977, 20쪽). 이것은 진병산과 이원형이 노인의 일본 탈출을 도와 주는 과정에서 그들의 상관인 임병혁에게 노인 일행의 탈출 당위성을 이야기하는 부분이다. 일본의 포악한 실정을 천조께 고하고 자신과 같은 처지에 있는 포로들을 쇄환하고, 후일에 복수할 계획이란 것을 말하고 있다. 여기에 대해서는 김진규, 「임란 포로일기 연구 -<금계일기>를 중심으로」, 앞의 논문 101~105쪽 참조

그 비극성만 드러난다. 이것은 최척이 '땅을 치고 피를 토하'는 분개라 하더라도 지속적이지 않고, 서사 초점은 이내 최척과 옥영의 생존 전략만 부각된다. 작가(서술자)는 전란의 참상에 대한 객관적 거리만 유지하고, 다만 작중인물들의 말이나 최척의 심리를 요약적으로 제시하며 서사를 이끌며, 독자는 이런 객관적 시각을 통해 사실과 허구의 긴장을 늦추지 못한다.

②는 옥영이 명나라에서 고국으로 귀환할 때 무인도에서 맞닥뜨린 해적들의 적대 행위이다. 이것도 옥영의 고난의 강도를 높게 보여주기 위해 삽입된 서사적 장치이다.

둘째, 우호 서사이나.

먼저, 최척의 서사축이다. 정유난의 충격으로 심리적 공황 상태에 빠진 최척을 자신의 집 요흥부에 데리고 가서 같이 살게 해 준 여유문(2-6), 여유문이 죽자 살 의욕을 잃은 나머지 청성산(靑城山)에 들어가 은둔 생활을 하려던 최척을 달래며 살길을 마련해 준 송우(2-9~2-12), 안남에서 위험을 무릅쓰고 최척과 옥영을 만나게 하려고 애쓰는 두홍(2-11), 최척 부자의 탈출을 도와 주었던 삭주의 토병(2-20), 등창난 최척을 치료해 준 진위경(2-21), 유랑민이나 다름없는 진위경을 자신의 집에까지 데리고 오는 최척〈3-(1)〉[46] 등의 서사가 여기에 해당한다.

다음, 옥영의 서사축이다. 옥영은 정유년 참상 때, 어머니와 시아버지는 물론 어린 몽석마저 생이별하며 왜병 돈우에게 포로로 끌려간다. 다행히 돈우는 자비가 있는 사람으로 옥영을 데리고 가서 '사우(沙于)'라는 이름까지 지어주며 친자식처럼 보살펴 준다. 뿐만 아니라 옥영이 안남에서 꿈에도 그리던 남편을 만나자, 그들의 슬픈 사연을 이해하고 노자까지 주며 자유인이 되게 해 준다(2-13). 이 외 옥영이 무인도에서 해적

---

46) 3-(1)은 최척 자신으로 볼 때, 귀환 후 단락이 된다.

에게 배를 빼앗기고 절망할 때, 그들을 구해준 조선 통제사 배에 있던 사람들(2-32)도 여기에 해당한다.

또, 옥영·최척의 서사축이다. 최척 부부가 안남에서 우여곡절 끝에 재회했을 때 보여주는 동아시아인의 곡진한 배려는 주목된다.

> 척이 여러 번 감사하고 옥영을 데리고 머무르고 있는 배에 돌아오자, 이 웃배에서 보러 오는 사람들이 연일 끊이지 않았다. 어떤 사람은 위로의 전 송(餞送) 선물로 금은(金銀)과 비단과 피륙을 서로 보내와, 척이 모두 받 으며 사례했다.[47]

위의 예문처럼 이름도 제시되지 않은 이러한 인물들은 사소한 주변인 물이나, 최척 부부가 앞으로 명나라에서 살아갈 수 있도록 삶의 동기를 부여한다. 이것은 최척 부부가 명나라인 홍도에게 베푸는 인간적 우호 와 비견할 만하다.

> 홍도는, 이역에서 전몰한 아버지에 대해 늘 마음 아파했으며, 태어나서 아버지의 얼굴조차 알지 못하던 터라, 항상 아버지가 돌아가신 나라에 한번 가서 초혼(招魂)이라도 하고 돌아오기를 바랐다. 홍도는 이처럼 잊히지 않 고 늘 걱정이 되는 억울한 한을 마음에 새겼으나 여자의 몸이라 조선에 갈 엄두를 내지 못했다. 마침 몽선이 아내를 구한다는 이야기를 듣고 이모에게 의논하며 말했다. "최가의 며느리가 되어 한번 조선에 갈 수 있기를 바랍니 다." 홍도의 이모는 본디 홍도의 뜻을 알고 있어서 바로 척에게 가서 찾아 온 까닭을 말했다. 척 부부는 기뻐하며 말했다. "여자가 이 같으니, 그 뜻이 갸륵합니다." 마침내 척 부부는 홍도를 며느리로 맞아 들였다.[48]

---

47) 陟亦再三稱謝, 携玉英歸寓其舡。隣舡之來觀者, 連日不絶。或以金銀綵繪相遺, 以爲賀餞, 陟皆受而謝之。(<崔陟傳>, 185쪽)

48) 常痛其父歿於異域, 而生不知其面目也, 願一至父死之國, 復哭而來。耿耿冤恨, 銘于心腑, 身爲女子, 計不知所出。及聞夢仙求婦, 議於其姨曰 : "願得爲崔家婦, 而冀一至於東國也。" 其姨素知其志, 卽詣陟, 語其故。陟與其妻歎曰 : "女而如是,

위의 예문처럼 최척 부부는 조선에 출정한 아버지의 생사를 몰라 애태우는 명나라 처녀 홍도의 딱한 처지를 받아들여 자신의 며느리로 삼는다. 이것은 최척도 그렇겠지만, 특히 옥영의 개방적 자세에서 나온 인간에 대한 우호적 자세이다.

따라서 〈최척전〉은 작중인물 간 억압이나 배타적 행위, 일본에 대한 적대감 등은 약화되어 있고, 우호 관계가 많이 전경화되어 있다. 곧 적대와 우호의 서사 경쟁보다 많은 장면에서 우호적 서사가 서로 경쟁49) 한다. 이런 점은 최척 부부의 불확실한 미래의 삶을 개척하고, 나아가 온 가족이 재회하는 데 결정적인 역할을 한다.

〈김영철진〉50)은 직대 서사와 우호 서사가 내등하게 경생하며 의미를 구현한다. 이 둘의 서사는 요약적 서술이나 장면적 묘사51)에서 균형 있게 드러나지만, 주동인물의 내면적 의식 속에서도 읽힌다는 점에서 소설 미학을 구현한다. 이런 점은 포로소설이 획일적으로 빠지기 쉬운 강한 주제의식을 불식하고, 독자로 하여금 긴장을 통해 삶의 의미를 재해석할 수 있는 기회를 제공한다.

其志嘉." 遂取而爲婦。(<崔陟傳>, 186쪽)

49) 이것을 우호적 서사 경쟁이라 명명한다. 이 때 경쟁의 의미는 가족 재회를 위해 각각 다른 서사축에서 다양한 인물 군상의 도움을 받아 '함께 노력하다'의 의미이다.

50) <김영철전>의 시퀀스 분석에서는 이국인 처자와 생이별을 하고 고국으로 귀환하는 것까지를 포로·귀환 단락으로 나누었다. 그러나 이 작품은 다른 포로소설과 달리 귀환 후 단락이지만 영철이 완전히 포로에서 벗어나지 못하고, 재종군과 재포로가 되는 상황으로 이어지기 때문에 본고의 논의 목적상 귀환 후 과정도 이 단락에 직접적 영향을 미친다는 점에서 함께 언급한다.

51) 산문의 서술은 설명, 논증, 묘사, 서술의 네 가지 형태로 나타난다. (조남현, 앞의 책, 207쪽). 이 중, 설명과 논증은 프리드만의 용어로 '말하기'이며, 묘사와 서술은 '보여주기'이다. (Norman Friedman, 「point of view in fiction」, 『The theory of the Fiction』, by Philip Stevick, The free press, 1967, 118~119쪽). 또한 슈탄젤의 용어로 '말하기'는 '요약적 서술', '보여주기'는 '장면적 묘사'란 용어에 대응된다. (슈탄젤, 안삼환 역, 『소설형식의 기본유형』, 탐구당, 1982, 26쪽)

첫째, 적대 서사이다.

김영철은 1618년 건주위 공격에 참전하여 강홍립·항왜인(降倭人) 등
과 후금의 포로가 된다. 이 때, 후금의 적대 행위는 포로에 대한 잔인성
과 착취로 나타난다.

먼저, 후금군의 가장 잔인한 행위는 학살의 형태로 나타난다. 곧 노주
살해 모의를 했다고 하여 항왜인 300명을 잔인하게 살해하는 장면52),
변란이 두려워 조선 양반, 장관으로 보이는 400여 명을 잔인하게 살해하
는 장면53) 등이 그것이다. 이 때, 영철의 종조(從祖)도 양반 계급으로 간
주되어 살해되고, 김영철도 죽을 위기에 처한다. 그러나 후금 장수 아라
나(阿羅那)가 "제 아우가 전쟁터에서 죽었는데, 이 자의 모습이 제 아우
와 닮았습니다. 청하옵건대 살려서 제가 부리게 해 주십시오."54)라고 하
여 가까스로 죽음을 면한다. 이후 후금군의 잔인성은 영철이 탈출을 시
도했다 하여 두 번이나 월형을 가하는 장면55), 개주 전투에서 임경업의

---

52) 다음날 점호 때를 기약하여 왜병들은 함께 노주를 죽이고, 홍립을 옹위하여 우리
나라로 돌아가고자 했다. 그러나 이 날 밤에 그 모의가 누설되어 모두 죽임을 당했
다. (期明日點閱, 倭因相與謀殺虜主, 擁弘立東歸。是夜謀泄, 盡被殺死。) (<金英
哲傳>, 485쪽)

53) 오랑캐는 변란을 일으킬 것을 염려하여, 우리 아군을 아울러 죽이고자 하였으나 뜻
대로 되지 않았다. 마침 아군의 한 장수가 전투시 오랑캐의 머리를 베어 담았던 식
기(食器)를 떨어뜨린 바람에 이 일이 발각되었다. 노주는 크게 성내며 아군을 모두
모이도록 명령했다. 그리고는 용모와 복장이 수려한 사백여 명을 가려낸 뒤 말했다.
"이들은 조선의 양반, 장관들이다. 우리에겐 쓸모가 없으니 모두 죽여라!" (虜恐變
作, 欲幷殺而難之。會我一將官, 戰斬虜首, 盛之食器, 及降見發。虜主大怒, 命悉
聚我軍, 別其美容服者四百餘人, 曰 : "此朝鮮兩班將官也。不爲我用, 盡屠之!")
(<金英哲傳>, 485쪽)

54) 英哲當斬, 虜將阿羅那執英哲, 前言虜主曰 : "吾弟死於戰, 此人貌, 類吾弟。請免
而役之。(<金英哲傳>, 485쪽)

55) 반 년을 지낸 후, 밤에 도주하다가 잡혀 왼쪽 발꿈치를 베이는 형벌 {월형(刖刑)}
을 받았다. 뒤에 또 도주하다가 잡혀 오른쪽 발꿈치를 베이는 형벌을 받았다. 오랑캐
법에는 도주한 포로가 세 번 월형을 받으면 죽이게 되어 있었다. (居半年, 夜亡走得
刖左跟。後又亡刖右跟。虜法, 降逃者, 刖三而戮之。)(<金英哲傳>, 486쪽)

명나라와의 통모가 발각되자, 잔인하게 위협하는 장면56) 등에서 여실히
드러난다.

다음, 아라나와 그의 조카의 잔인성은 포로들에게 고된 종살이를 시
켜 노동력을 착취하는 것57)은 물론 도망친 종을 끝까지 추적하여 변제
케 하는 악랄함이다. 곧 영철은 포로 생활에서 등주로 탈출에 성공하고,
다시 고국으로 귀환하지만, 병란 이후 가도(椵島) 둔영에 주둔한 청군을
치하하러 갔을 때, 아라나의 조카에게 잡혀 청(淸)으로 송환될 위기에 처
한다. 마침 영유현 현령의 도움으로 겨우 그 위기를 모면하지만(3-3), 얼
마 안 가 금주 종군시 또 아라나에게 잡히는 비운을 겪는다. 이 때는 유
림의 도움으로 겨우 목숨을 건진다(3-9). 두 번이나 속신료를 내고도 영
철은 자유롭지 못한 상황에 처해, 급기야는 아라나가 조선의 일개 민중
에 불과한 영철을 청태종에게까지 죄를 고하는 상황까지 이른다(3-11).

이처럼 후금의 노예화 전략으로 빚어진 후금군의 잔인성과 아라나를
비롯한 포로(노예) 주인의 착취 등 악랄한 적대 서사는 〈김영철전〉에서
복잡한 현실적 계기성을 만들고 나아가 유대 서사와 경쟁하는 결과를
낳는다.

둘째, 우호 서사이다.

먼저, 포로가 되었을 때 전유년을 비롯한 명나라 포로들과의 관계이

---

56) 오랑캐 군사는 경업을 위협하며 구두와 옷을 벗기고, 선졸(船卒)들의 의장(衣裝)까
지도 샅샅이 뒤졌으나, 아무 것도 나오지 않았다. 오랑캐 군사가 배에 있는 두 병졸
을 발견하고는 잡아다가 캐어 따져 물으니, 그들이 말했다. "저희들은 물을 길으러
갔다 왔습니다." 오랑캐 군사는 노하여 경업에게 그들의 목을 베라고 했다. (魯慶業
脫靴服, 及船卒衣裝, 窮搜無所得。虜見二卒在船, 乃執詰之, 日 : "汲水往。" 怒使
慶業斬之。) (<金英哲傳>, 488쪽)

57) 영철과 유년은 이른 아침부터 늦은 밤까지 천한 일을 했다. … 영철은 유년 등 두
사람, 그리고 다른 명나라 포로 7명과 함께 고생하면서 말을 길렀다. (英哲與有年,
夙夜厮役。… 英哲與有年等二人, 及他華人降者七人, 同牧勤苦。) (<金英哲傳>,
486쪽)

다. 그들은 조·명 연합군으로 건주위 정벌에 같이 참전하여 포로가 되고, 같은 날 아라나의 노예가 되어 고된 종살이에 시달린다. 서로 동병상련의 연민 의식으로 가족 상실감을 달래던 중, 8월 15일 휘영청 밝은 보름달을 쳐다보며 부모 생각에 통곡한다. 이 때 형성된 이들의 유대감은 연대 탈출을 계획하는 계기가 된다. 이들의 연대는 그들의 정신적 힘을 강하게 하여 온갖 위험을 무릅쓰고 탈출을 감행하여, 급기야 등주로 귀환하는 성공의 원동력이 된다. 물론 이러한 인류애적 유대와 연대는 동양적 귀소본능(歸巢本能)의 보편적 가치와 맞물려 새로운 삶의 가능성을 연다(2-3, 2-7, 2-8).

다음, 전유년과의 관계이다. 그는 등주 생활에서 자신의 누이를 영철의 아내로 삼겠다던 탈출 전의 약속을 끝까지 지킨다(2-9). 그리고 자신의 여동생을 뒤돌아보지 않고 매몰차게 떠나버린 영철을 원망하기는커녕 오히려 "영철은 정말 대장부로구나! 기필코 그 뜻을 이루었으니."58)라며 그의 열정적 삶을 찬탄한다. 이상에서 보듯 그들의 유대감은 또한 뜨거운 우정으로 승화된다.

또, 영철과 이국인 처자에 대한 관계인데, 이것은 강한 연정으로 등가되어 나타난다. 후금 처(後金妻)와는 아라나의 강제성이 섞인 결혼이라 하더라도 후금 처의 다정다감한 모습(2-6), 영철이 귀환 후에 건주의 득건에게 직접 찾아가는 모습(3-12)이나 고국에서의 애끓는 그리움(3-16)으로 볼 때, 그들의 국경과 민족을 초월한 사랑은 이런 강한 유대에서 비롯되었다.

명나라 처와의 유대 관계도 많은 장면에 나타난다. 명나라 처가 영철과 결혼할 때, 그의 부모님에 대한 예의(2-9)는 물론이고, 이연생의 도움으로 떠나기 전날 밤의 고뇌(2-11)는 시간적으로 감속되면서 대부분 혼

---

58) 有年歡曰 : "英哲, 大丈夫哉! 必遂其志." (<金英哲傳>, 487쪽)

돈에 쌓이며 처리되어 있다. 곧 영철의 속마음을 알아차린 영철처와 '이 기회를 한번 놓치면 고국에 돌아갈 날은 없을 것이다.'라고 생각하는 장면과 처자식을 버리고 떠나는 것도 차마 할 짓이 못된다는 이율배반(二律背反) 속에서 고뇌하는 영철의 윤리적 갈등은, 어려운 시절에 도와준 그들에 대한 강한 유대요 처자식에 대한 책임감의 발로이다. 이러한 책임감은 영철이 개주 전투에서 밀사로서의 공을 세우고 받은 하사품을 뜻밖에 만난 전유년에게 처자식의 소식을 묻고, 그것을 전해 달라고 부탁하는 장면(3-5) 등 훗날 평생을 따라 다니는 영철의 존재의 괴로움인 것이다. 명나라 처 또한 영철이 떠난 사실을 알고는 그를 집요하게 찾는 모습(2-12)과 이연생에게 영철의 소식을 끈질기게 묻는 장면(3-2) 또한 강한 연정에서 나온 유대감이다.

이 외에도 유대 관계는 인류애라는 포괄적 개념으로 다양한 인물들의 행위 층위에서 나타난다. 곧 등주로 귀환하기 전 명나라 조정의 호의, 등주 생활에서 베풀어 주던 명나라인의 호의, 영철의 귀환을 적극적으로 돕는 이연생, 귀환 후 살아갈 방도가 없던 영철에게 자신의 딸을 출가시켜 새 삶을 개척하게끔 도와준 이군수, 명나라 생활에서의 영철의 기구한 운명의 슬픔을 이해하고, 정서적으로 전염되어 눈물을 흘리거나 불쌍히 여기는 사람들, 속신료를 못내 고민하던 영철을 위해 선뜻 돈을 내놓은 영철의 친척들의 행위 등이 그것이다.

따라서 〈김영철전〉은 작중인물 간 잔인성과 반인륜적 착취의 적대 서사와 연정·연민·우정·인류애를 포괄하는 우호 서사끼리 대등하게 서사 경쟁하면서 삶의 의미의 본질을 집요하게 묻는 성격을 가진다.

〈유록의 한〉은 유록과 정몽세의 서사축이 병렬적으로 짜여 서사 경쟁한다.

첫째, 유록의 서사축이다.

먼저, 적대 서사이다. 적대 인물로 형상화된 반동인물은 병란 때 유록

등 수많은 부녀자를 강제로 끌고간 청인(淸人) 병사와 유록이 탈포로(脫
捕虜) 후 경성으로 돌아올 때 그녀를 겁탈하려 했던 파락호들이다. 이
들은 대부분 플롯의 전개와 밀접한 연관을 맺고 있는 인물로 유록의 고
난의 장에서 절행을 시험하는 서사적 장치로서의 반동인물이다.

> 류낭이 이 째를 당(當)ㅎ야 어이 버셔나리오? 쓸을녀 문(門) 밧긔 나서
> 며 보니 길히 잡히여 가는 부녀(婦女)를 능(能)히 그 수(數)를 아지 못ᄒ지
> 라. 혹(或) 머리도 풀고 혹(或) 발도 벗고 호곡(號哭)ᄒᄂᆫ 소리 창텬(蒼天)
> 에 스못치니, 그 창황(倉皇)ᄒᆫ 모양(模樣)과 참담(慘憺)ᄒᆫ 긔쉭(氣色)은
> 사ᄅᆷ으로 ᄒ여곰 참아 보지 못ᄒᄂᆞ라. 금인(金人) {청인(淸人)} 이 여러
> 부녀(婦女)를 몰아 동별영(東別營)과 각 쳐(各處) 져의 유진(留陣)ᄒᆫ 곳
> 에 가도고, 그 즁(中) 졀은 쟈(者)와 얼골이 아름다온 쟈(者)ᄂᆫ 무수(無數)
> 히 겁박(劫迫)ᄒᄂᆫ지라.59)

위의 예문은 유록과 많은 부녀자들이 병란 때, 청(淸)의 포로가 되어
끌려가는 모습의 서술이다. 포로로 끌려가는 사람의 수를 알 수 없을 정
도로 많은 사람이 청의 군사에게 핍박을 받으며 끌려가는 모습은 차마
보지 못할 광경이라고 서술하고 있다. 자신의 의지와는 관계없이 세계
의 잔인한 폭력과 횡포에 유록이 노출된 것이다. 청병(淸兵)의 잔인한
행위는 유록이 포로가 되어 동별영에 가두어졌다가 수삼백 명의 부녀자
포로와 함께 송도에 이르렀을 때 더욱 심해진다(2-4).
한편, 유록이 파락호들에 당하는 가혹 행위가 있다. 이를 보면 다음과
같다.

> 무수(無數)ᄒᆫ 파락호(破落戶)ㅣ 니웃 {이웃} 쥬뎜(酒店)에 모혀 안자
> 술을 마시며 … 그 한ᄌ(漢子)ㅣ 왈, "그 소년(少年)의 옥모(玉貌)를 보니

---

59) <柳綠의 恨>, 45~46쪽.

셰상(世上)에 어이 이러흔 남ᄌ(男子)ㅣ 잇스리오? 이는 반다시 녀화위남 (女化爲男)함이니, 우리 이졔 그 소년(少年)을 겁박(劫迫)ᄒ야, 만일 남ᄌ (男子)ㅣ 어든 다만 그 힝장(行裝)을 탈취(奪取)흔 후(後) 노하 보내고, 졍 녕(丁寧) 녀ᄌ(女子)ㅣ 어든 내 환거(鰥居)흔 지 여러 히이니 맛당히 취 (取)ᄒ야 안히를 {아내를} 삼으리니 너희는 나를 도와 일을 힝(行)함이 엇 더ᄒ뇨?" … 이에 라귀와 힝장(行裝)을 모다 ᄇ리고 ᄀ만히 뎜문(店門)을 열고 나와 북(北)을 ᄇ라고 급(急)히 힝(行)ᄒ더니, 얼마 못 가셔 믄득 후 면(後面)에 함셩(喊聲)이 대진(大震)ᄒ거늘, 류랑이 놀내 도라보니 홰불이 {횃불이} 죠요(照耀)ᄒ며 수십(數十) 명(名) 한ᄌ(漢子)ㅣ 풍우(風雨) 갓치 좃ᄎ오며 소리를 벽력(霹靂)ᄀ치 질너 왈, "압희 가는 긱인(客人)은 닷지 말라. 우리 임의 너의 종젹(踪跡)을 알앗거늘, 네 어디로 닷고져 ᄒ는 다?" ᄒ는지라.[60]

위의 예문은 유록이 탈포로 후 묘법암 들어와 지낸 지 1년이 지나, 남 복을 하고 경성으로 돌아오던 중 박천 진두 주점에 들렀을 때 겪는 고 난이다. 파락호의 끈질긴 추격과 유록의 도주는 서사의 긴장과 흥미를 제공하며, 서사의 편폭을 늘인다. 결국 유록은 청천강에 투신(2-15)하여 그녀의 훼절(毁節)을 미연에 방지하고, 이후 몽세와 재회(2-32)하는 서사 의 극적 필연성을 제공한다.

다음, 우호 서사이다.

유록의 고난 상황에서 처음으로 보여준 우호적 인물은 유파(劉婆)[61]

---

60) <柳綠의 恨>, 66~67쪽.
61) 劉婆는 비록 유록을 천금에 사와 창기로 부리는 사람이지만, 그녀의 인간미는 유 록의 말을 통해 알 수 있다. "류파(劉婆)는 비록 늠의 녀ᄌ(女子)를 사 챵기(娼妓)를 ᄆᄃ라 싱애(生涯)를 ᄒ오나 ᄆ음이 어질고, ᄯᄒ흔 첩(妾)의 신셰(身勢)를 가긍(可矜) 히 넉여 빅반(百般)으로 첩(妾)을 위로ᄒ오며, ᄯ 첩(妾)의 소원(所願)을 조ᄎ {좃 아} 빅년가우(百年佳耦)를 엇게 ᄒ며, 첩이 여간(如干) 셔화(書畵)를 아옵기로 그 룰 팔아 싱계(生計)는 군졸(窘拙)치 아니ᄒ오며, 청루(靑樓)에 쳔명(擅名)ᄒ옵기는 십륙 셰(十六歲)로븟허 지금(至今)ᄭ지 ᄉ 년(四年)이 되와 비록 가무연셕(歌舞宴 席)에 참예(參預)ᄒ옴은 잇샤오나, 흔번도 허신(許身)흔 곳은 업숩고 지긔(知己)를

이다. 이를 보면 다음과 같다.

> "낭즈(娘子)는 아지 못ㅎ는도다. 지금(至今) 금(金)나라 {청나라} 군亽
> (軍士)ㅣ 셩중(城中)에 드러와 만민(萬民)이 어육(魚肉)이 될 지경(地境)
> 이오. 亽쳐(四處)로 허여져 {헤어져} 빅셩(百姓)의 지산(財産)을 탈췌(奪
> 取)ㅎ며 부녀(婦女)를 겁박(劫迫)ㅎ느니, 낭즈는 뎌 포셩(砲聲)을 듯지 못
> ㅎ는다?"62)

위의 예문처럼 병란이 일어난 직후, 유파가 청나라 군사의 약탈을 목
격하고, 가장 먼저 달려와 유록을 걱정하는 대목이다. 그리고 같이 포로
로 끌려 갔다가 자신만 살아돌아 올 때, 유록을 붙들고 우는 장면(2-4)이
나, 훗날 몽세를 만나 전후수말을 다 말하고, '더옥 류랑(柳娘)을 싱각ㅎ
여 슬허ㅎ'63)는 모습에서 그의 유록에 대한 애정과 관심은 친자식을 염
려하는 것과 같이 각별한 것이다.

이어 유록의 고난의 삶에 결정적 도움을 준 것은 계월향64)과 묘법암
의 월정 스님을 비롯한 제승(諸僧)이다. 전자는 현재 살아 있는 인물이
아니라, 임란 때 평양 의기(義妓)였던 계월향 신령의 도움(2-7)이며, 후자
는 현세(現世)의 인물(2-10)이다.

> "쳡【첩】(妾)은 다른 사롬이 아니라 평양(平壤) 쳥루(青樓) 중(中)에
> 잇던 계월향(桂月香)이러니, 쳡이 죽은 후 평안일도(平安一道) 사롬이 쳡
> 을 위(爲)ㅎ야 왕왕(往往)히 亽당(祠堂)을 세워 쳡의 원혼(冤魂)을 위(慰)
> 로홈으로 이 곳에도 쏘혼 수간(數間) 뎐각(殿閣)에 향회【향화】(香火)를

맛나기를 원(願)ㅎㅇ더니…" (<柳綠의 恨>, 24~25쪽)
62) <柳綠의 恨>, 45쪽.
63) <柳綠의 恨>, 75쪽.
64) 계월향은 유록뿐만 아니라, 이후 몽세의 서사축에서도 그를 돕는 존재로 설정되어
    있다. <최척전>에서 장육불의 존재가 옥영에게만 나타난 것과는 대비된다.

꼿치지 아니홈애 유유 혼령(悠悠魂靈)이 왕리무졍(往來無定)ᄒ더니, 오늘 마츰 그더의 위틱(危殆)홈을 알고 구(救)코져 ᄒ야 쳥(請)홈이니, 바라건대 그더ᄂᆞᆫ 나의 젹은 졍셩을 허믈치 말지어다."65)

위의 예문은 유록이 압록강에 투신한 직후, 한 여동(女童)의 안내로 계월향의 사당에 들어가 계월향 신령으로부터 죽음의 구함을 듣는 이야 기이다. 비록 이 예문 앞 부분에 신뢰할 수 없는 화자의 서술66)이 나오 긴 하지만, 이러한 계월향 신령의 도움이 없었다면 서사는 여기서 종결 해야 되는 국면에 빠져든다. 따라서 작가는 서사 종결을 지연하기 위해 죽음에 직면한 유록을 구해 줄 존재를 설정하는데, 그가 바로 임란 때 순사(殉死)한 계월향 신령이다. 뿐만 아니라 계월향 신령의 도움은 훗날 유록이 정몽세를 잘 만날 수 있도록 도와주는 월정 스님67)을 만나는 계 기도 된다. 이들의 도움은 유록과 월정 스님의 꿈의 유기적 상관성68)을

---

65) <柳綠의 恨>, 53쪽.
66) 유록이 압록강에 투신한 직후의 서술은 ① '슯호다! 졀디가인(絶代佳人)과 쳔고슉 녀(千古淑女)ㅣ 슈즁 원혼(水中冤魂)이 되단 말가? ② 그 ᄉᆞ성(死生)을 하회(下回) 를 보와 알지어다. ③ 화셜(話說). 류낭(柳娘)이 압록강변(鴨綠江邊) 【鴨綠江邊】 에 니르러 하늘을 우러러 무수(無數)히 탄식(歎息)ᄒ고 이호(哀號) 일셩(一聲)에 몸 을 소소와 강심(江心)을 ᄇᆞ라고 쒸여들다가 믄득 업더져 긔졀(氣絶)ᄒ엿더니' (<柳 綠의 恨>, 51쪽)로 나타난다. 이로 볼 때 ①의 화자는 신뢰할 수 없는 화자이다. 왜 냐하면 ①의 '水中冤魂'과 ③의 '氣絶'은 상반된 서술이기 때문이다. 이러한 신뢰할 수 없는 화자의 전략은 ②로 보아 당시 독자의 호기심 유발과 흥미 자극을 위한 서 사적 장치로 구활자본의 상업성과 무관하지 않다.
67) 월정 스님의 履歷에 대해서는 묘련암의 月慧 스님의 말을 통해 알 수 있다. 류낭을 向ᄒ야 왈, "묘법암(妙法菴)에 잇ᄂᆞᆫ 월졍(月淨)은 곳 빈승(貧僧)의 ᄉᆞ형(師兄)이라. 당초에 월졍(月淨)과 빈승(貧僧)은 경셩(京城)의 량가(良家) 녀ᄌᆞ(女子)로셔 일즉 가군(家君)을 여희옵고 의지홀 곳이 바이 업셔 홈ᄭᅴ 홍인문(興仁門) 밧 탑동(塔洞) 승방(僧房)에 나아가 삭발위승(削髮爲僧)ᄒ엿숩더니…" (<柳綠의 恨>, 94~95쪽)
68) 계낭(桂娘)이 (유록에게-필자) 위로 왈, "졍 군(鄭君)은 젼싱(前生)에 옥데(玉帝) 향안젼(香案前)에 근시(近侍)ᄒ던 션관(仙官)이오, 그더ᄂᆞᆫ 셔왕모(西王母)의 시녀 (侍女)ㅣ러니, 요지(瑤池) 반도연(蟠桃宴)에 졍 군(鄭君)이 졍에 【참여】 (叅與)ᄒ 려 왓다가 그더를 보고 잠간(暫間) 희통 【희롱】 (戲弄)ᄒᆞᆫ 죄(罪)로 인간(人間)에

통해 상승됨으로써 독자의 흥미 유발과 긴장감은 물론 서사 내적 필연성까지 부여한다.

프로이드에 의하면 꿈은 무의식적 욕망 충족의 정신 현상이며, 이것은 현재몽과 잠재몽으로 나누어진다. 다시 말하면 주로 어린이의 꿈은 꿈의 내용이 왜곡되지 않고 나타나기 때문에 꿈의 작업이 필요하지 않는 현재몽이라면, 어른들의 꿈은 꿈의 내용이 왜곡 · 변장되어 나타나기 때문에 꿈의 작업이 필요하다[69]는 것이다.

이렇게 볼 때 포로소설에 나오는 꿈은 잠재몽으로, 존재자로서의 불안한 심리가 극에 달할 때 나타나기 때문에 환상성[70]이나 몽환적 느낌은 약하다. 곧 꿈은 〈유록의 한〉의 전체 서사를 움직이는 추동력이라기보다는 현실적 고난을 극복하기 위한 정신적 신념의 성격이 강하다는 점이다. 이 점은 다음 절에서 충분히 밝힌다.

격강(謫降)ㅎ엿스니, 비록 일시(一時) 익운(厄運)이 잇스나 수년(數年)을 지내면 다시 서로 맛나 가연(佳緣)을 니어 {이어} 평싱(平生) 혁락【화락】(和樂)ㅎ리니, 어이 옥보방신(玉寶芳身)을 가바야이 어복(魚腹)에 장(葬)ㅎ야 텬명(天命)을 거역(拒逆)ㅎ리오? 이제 이 곳에 왓슴애 일야(一夜)를 날과 홈끠 지내고 여긔셔 동북【동북】(東北)으로 수십 리(數十里)만 가면 ᄌ연(自然) 구(救)홀 사름이 잇슬 것이니 그 곳에 머므러 길시(吉時)를 기드리라." (〈柳綠의 恨〉, 54쪽)

월정이 경탄(驚歎)ㅎ읆을 마지 아니ㅎ고 다시 닐오디, "거야(去夜)에 빈승(貧僧)이 일몽(一夢)을 엇사오니 관셰음보살(觀世音菩薩)이 명명(明明)히 닐ᄋ샤디, '요지(瑤池) 션싱【션아】(仙娥) {션녀} ᅵ 인간(人間)에 격강(謫降)ㅎ엿다가 지금(至今) 익운(厄運)을 맛나 이 산중(山中)에 니르럿스니, 너는 쌜니 가 구(救)ㅎ라.' ㅎ시기로 빈승(貧僧)이 일죽이 니러나 산문(山門)에 나갓습더니 과연(果然) 랑자(娘子)를 만낫스오니, 이는 랑자ᅵ 불문(佛門)에 인연(因緣)이 중(重)ㅎ와 보살(菩薩)이 지시(指示)ㅎ심이니, 엇지 긔이(奇異)치 아니ㅎ오며, 이 곳이 ᄯᅩ혼 극히 종용(從容)ㅎ와 외간 남자(外間男子)의 종젹(踪跡)이 니르지 아니ㅎ오니, 랑자는 방심(放心)ㅎ시고 편(便)히 머무샤 경셩(京城) 쇼식(消息)이며, 정상공(鄭相公)의 안후(安候)를 ᄎᄎ(次次) 참문【탐문】(探問)ㅎ와 거취(去就)를 졍(定)ㅎ소셔." 류랑이 월정의 말을 듯고 ᄯᅩ혼 신긔(神奇)히 넉이더라. (〈柳綠의 恨〉, 59쪽)

69) 프로이드,『정신분석 입문』, 김성태 역, 삼성출판사, 1982, 106~140쪽 참조.

70) '환상성'에 대해서는 황병하,『환상문학과 한국문학』,『세계의 문학』1997 여름 및 로즈메리 잭슨, 서강여성문학연구회 옮김,『환상성』, 문학동네, 2001 참조.

계월향의 계시에 따라 움직이던 유록은 묘법암의 월정 스님과 제승을 만나 그들의 곡진한 인간적 배려를 받고 지낸다. 이를 보면 다음과 같다.

> "이 곳은 의쥬(義州) 짜 대하산(大蝦山) 환신동(幻蜃洞)이옵고, 빈승(貧僧)은 묘법암(紗法菴)【妙法菴】에 잇는 월졍(月淨)이오며, 여긔셔 경셩(京城)이 일쳔여 리(一千餘里) 뿐 아니라, 지금(至今) 금(金)나라 {청나라} 사롬과 몽고병(蒙古兵)이 도로(道路)에 련락(連絡)ㅎ야 힝인(行人)을 겁박(劫迫)ㅎ며 부녀(婦女)를 로략(虜略)ㅎ눈지다, 리즈【낭자】(娘子) ㅣ 엇지 힝(行)ㅎ시리오? 빈승(貧僧)의 절이 머지 아니ㅎ오니 랑즈는 모롬이 빈승과 홈끠 가아, 즉 머므러 스긔(事機)를 보와 힝(行)홈이 엇더ㅎ니잇고?" … 암 즁(菴中)에 드러가니 십여 명(十餘名) 녀승(女僧)이 마져 례(禮)홈에 모다 동지(動止) 안상(安詳)ㅎ고 말슴이 온공(溫恭)ㅎ더라. 방쟝(方丈)에 드러가 좌졍(座定)ㅎ고 죠반(朝飯)을 나아와 권(勸)ㅎ니, 그 졍의(情誼)의 은근(慇懃)홈이 친쳑(親戚)에셔 더ㅎ며 밤이 됨에 일간(一間) 졍(精)혼 방샤(房舍)를 졍(定)ㅎ야 편(便)히 쉬게 ㅎ눈지라. 류랑이 그 후디(厚待)홈을 못리 {못내} 감격(感激)ㅎ야 월졍(月淨)을 디ㅎ야 젼후(前後) 지낸 바 일을 셰셰(細細)히 말슴ㅎ니 월졍이 경탄(驚歎)홈을 마지 아니ㅎ고[71]

위의 예문처럼 유록은 묘법암의 월정 스님, 제승들의 보살핌 아래 유발승이 되어 경제활동[72]을 하는 등 삶의 평온함을 찾는다. 그러나 유록은 몽세를 잊지 못해 결국 1년 후 남복을 하고 경성으로 향하는데, 이런 일련의 행동은 작중인물 간 우호 관계를 통해 가능한 것이다.

둘째, 정몽세의 서사축이다.

먼저, 적대 서사이다. 그런데 몽세와의 적대 서사는 작중인물 간에는 직접 드러나지 않는다.

---

71) <柳綠의 恨>, 58~59쪽.

72) 博川郡은 예로부터 명주와 누에고치 산지로 알려져 있다는 점에서 수를 놓아 파는 일은 작가가 이 지역에 대해 상당히 잘 아는 사람임을 유추할 수 있다.

날이 붉은 후 류파와 도홍을 잠간(暫間) 작별(作別)ᄒ고 남문(南門)을 나 련화봉(蓮花峯) 고턱(故宅)에 다다르니 문뎡(門庭)이 쇼슬(蕭瑟)ᄒ고, 집을 직희엿던 비복(婢僕) 등(等)이 다 허여져 그 간 곳을 아지 못ᄒᆞᆯ지라. 참의(叅議) 초창(怊悵)홈을 이긔지 못ᄒ야 망연(惘然)히 셧다가 다시 물을 도로혀 보은단동(報恩緞洞)에 드러오니, 류파(劉婆)ㅣ 반겨 나와 마자 방 중(房中)에 드러가니, 물식(物色)은 녜와 ᄀᆞᆺᄒ나 다만 가인(佳人)의 자최 묘연(杳然)ᄒ지라.[73]

위의 예문은 몽세가 병란 후 예조참의를 제수받고 북궐한 후, 황량한 옛집의 모습을 보고 초창(怊悵)함을 이기지 못하는 장면이다. 여기서 몽세는 포로 전 단락과는 달리 유록을 만나기 위한 명목으로 벼슬 승직(昇職)에 대한 어떤 대립도 없이 경성으로 올라와, 유파와 전춘회에서 만났던 도홍으로부터 그간의 사정을 듣고 망연자실한다. 따라서 몽세의 서사축에서는 작중인물보다는 병란이라는 거대한 세계의 횡포에만 탄식할 뿐이다.

다음, 우호 서사이다.

몽세는 유록이 포로로 끌려갔던 길[74]을 향하여 갈 때, 만나는 사람마다 우호 관계를 맺는 덕분에 유록을 찾는데 일조를 한다. 곧 몽세가 평양 주점에 들렀을 때, 주점 벽에 적혀 있는 유록의 절륜(絶倫)의 글을 보존하는 주인이 그 중 하나다. 그 자신도 병란 때 피난 갔다 온 사람이지만, 이런 민중의 고난을 기억하려는 우호적 자세에서 몽세는 희망을 읽는다. 그러나 몽세는 통군정에 적혀 있는 유록의 절명시(絶命詩)를 보고

---

73) <柳綠의 恨>, 75~76쪽.
74) 유록이 포로가 되어 이동한 공간은 '한성(동별영·염초정)→고양→송도→평양주점→통군정→계월향 사당→묘법암→박천진두 주점→청천강'이고, 몽세가 유록을 찾아간 공간은 '송도→평양주점→통군정→객점→계월향 사당→박천 묘련암→청천강'이다. 두 사람의 재회 공간인 청천강을 제외하고는 그 시간 층위가 엇갈려 서사적 긴장을 더한다.

는, 이젠 모든 것이 일장춘몽이 되었다며 오열하며 혼절(昏絶)한다. 이
때도 서동(書僮)의 도움으로 살아났다가 계월향의 절의(絶義)를 찬탄하
는 시를 지은 뒤, 문득 현몽(現夢)한다. 이를 보면 다음과 같다.

　　계낭(桂娘)이 손샤(連謝)【遜謝】 왈, "첩(妾)이 원흔(冤恨)을 품습고
　　도라간 지 하마 삼십여 년(三十餘年)【사십여 년(四十餘年)】에 능(能)
　　히 흔마디 말숨으로 첩(妾)의 심스(心事)롤 위로(慰勞)홀쟈ㅣ 업더니, 이
　　제 샹공(相公)이 금슈 문쟝(錦繡文章)으로 첩(妾)을 찬양(讚揚)ㅎ시니, 첩
　　(妾)의 영화(榮華)로움이 비(比)홀 디 업스오며, 샹공(相公)의 대은(大恩)
　　을 쟝춧 무엇으로써 갑스올 바롤 아지 못ㅎ올지라. 이제 첩이 특별(特別)
　　히 이에 니룸은 흔 말숨으로 샹공(相公)의 은혜(恩惠)롤 갑고져 홈이오니,
　　브라건대 샹공(相公)은 이 곳에셔 일시(一時)라도 지체(遲滯)【遲滯】치
　　말으시고, 밧비 박쳔(博川) 묘련암(妙蓮菴)을 차자 가시샤 일척(一隻) 쇼
　　션(小船)을 쥰비(準備)ㅎ시와 금월(今月) 이십일 야(二十日夜)에 쳥쳔강
　　(淸川江) 하류(上流)【下流】에 다혓다가 샹공(相公)의 빅연가우(百然
　　佳耦)【百年佳耦】의 급(急)홈을 구(救)ㅎ시며, 부디 첩(妾)의 말숨을 허
　　소(虛疎)히 넉이지 말으쇼셔?"[75]

　이처럼 몽세도 유록처럼 계월향의 계시를 따라 박천 땅 묘련암 월혜
스님의 인간적 배려[76]로 급기야 유록을 극적으로 만나는 계기가 된다.
　셋째, 유록과 몽세의 재회 후의 축이다. 이 부분은 유록과 몽세의 고
난 극복 때 도와 준 인물에 대한 보은담의 성격이 강하기 때문에 우호
서사로 장식되어 있다. 묘법암과 묘련암의 제승은 물론, 김 선전관, 이

---

75) <柳綠의 恨>, 86~87쪽.

76) 박쳔(博川) 짜에 니르러 묘련암(妙蓮庵)을 차자 가니, 조고마흔 암즈(庵子)ㅣ 산
　　(山)을 등지고 물을 림(臨)ㅎ엿거놀, ᄉ문(寺門)에 다다르니 십여 명(十餘名) 녀승
　　(女僧)이 나와 합장 비례(合掌拜禮)ㅎ고 마자 방쟝(方丈)에 드러가 다괴(茶果)롤
　　나아와 디졉(待接)ㅎ니, 그 례모(禮貌)의 공손(恭遜)홈과 의졍【졍의】(情意)의 은
　　근(慇懃)홈이 비(比)홀디 업더라. (<柳綠의 恨>, 87~88쪽)

참의 등의 인물77)이 그것이다. 〈유록의 한〉은 〈최척전〉처럼 각 서사축에서 다양한 인간 군상과 맺는 우호적 서사 경쟁 외에 유록과 몽세의 '찾아오기-찾아가기' 서사가 동시에 우호적으로 서사 경쟁한다는 점에서 차이를 보인다. 이것은 두 사람이 이국에 끌려가 고국으로 귀환하는 구조가 아니고, 국내에서 탈출하여 두 사람이 극적으로 '찾아 나서는 구조'이기 때문에 가능하다.

이상에서 볼 때 〈유록의 한〉의 적대 서사는 작중인물 간의 직접적인 대결 양상보다는 전란의 비인간적인 형태와 전란 후 흉흉한 사회 구조의 부산물인 파락호들의 가학 행위로 나타난다. 반면 우호 서사는 작중인물 간의 직접적인 대면을 통해 고난을 극복할 수 있는 심적·물리적 도움까지 제공한다.

따라서 적대와 우호의 서사 경쟁은 우호 서사의 우위로 수렴되어 고난을 극복하는데, 이는 적대 서사보다 우호 서사가 많은 문면과 시·공간을 차지하는 것과 무관하지 않다.

〈남윤전〉은 남윤의 일본·중국의 서사축과 옥경선, 이씨 부인의 조선의 서사축을 중심으로 우호와 적대가 서사 경쟁을 한다. 이 작품은 다른 포로소설과 달리 적대와 우호 인물이 많이 나타나는데, 이를 도표로 나타내면 다음과 같다.

---

77) 이들 인물은 중간자형 인물의 위치를 차지한다. 중간자형 인물은 주인공과 적대자라고 하는 중심인물들 사이에서 그들과 직접 또는 간접으로 관련을 맺고 있으면서, 사건 전개에 긍정적이거나 또는 부정적으로 개입하여 그들의 상호 관계를 조정하고 재정립하는 데 주역이 되는 인물형이다. (곽정식, 「작중인물을 통해 본 〈裵裨將傳〉의 兩面性」, 『한국고전소설연구』, 형설출판사, 1997, 200쪽). 특히 포로 전 단락에서 전춘회에 참석했던 이 참의가 귀환 후 단락에 이르러 베푸는 인간적 배려는 이 작품의 결말 구조의 의미를 구현하는 데 결정적인 역할을 한다.

조선(°)·일본·중국 서사축(*)		조선 서사축	
남윤		옥경선·이씨 부인	
우호	적대	우호	적대
왜공주 범달 왜태자 회경안 선계(仙界) 인물 황주 자사(*) 명 황제(*) 조선 사신들(*)	왜왕 왕굴충(°) 왜병(°) 오나라 사람들(*) 남경 사람들(*)	선조 복자(卜 者) 선계 인물 유리촌 과부 5인 이도회 고행 태수 조선 사신들	이원익

여기서 포로 남윤, 포로 가족 옥경선, 이씨 부인과 '관계'를 이루며 초점화되는 인물은 왜왕, 왜공주, 선계 인물, 이원익 등이다. 나머지 인물도 남윤 가족이 재회하는 데 도움이 되거나 방해가 되는 인물로 서사 과정에서 없어서는 안 될 유기적 인물군이다. 이를 자세히 살펴보면 다음과 같다.

첫째, 남윤의 서사축이다.

남윤은 화촉을 밝힌 다음날 새벽, 임란이 일어난 것을 알고 부인 이석랑과 혈서를 주고받은 뒤, 부모를 찾아 북으로 가던 중 왜병에게 사로잡힌다. 다음 예문은 이 때, 그들을 향해 외친 말이다.

> 왜병이 남눈을 싱금ᄒᆞ여 쥐기고져 {죽이고자} ᄒᆞ거눌, 눈이 슬피 울며 일걸 왈, "느는 본디 무죄ᄒᆞᆫ 스람이라. 그디 등은 디병을 거느려 지물과 쌍을 위허미여눌, 무슴 일로 남의 ᄌᆞ식을 무단이 살히코져 홈은 어인 일이요? 무죄ᄒᆞᆫ 느을 죽일진디 웃지 천힝 읍시리요?"[78]

이처럼 남윤은 죽음 앞에서도 조금도 굴하지 않고, 왜병의 죄를 조목

---

78) <남윤전>, 560~561쪽.

조목 들추며 항거한다. 포로소설 중 포로로 잡아간 상대국에 대한 작중
인물의 직접적 적대감 표출은 이 부분이 유일하다. 남윤이 왜병을 향해
이렇게 단호히 단죄할 수 있었던 것은 그의 비범하면서도 강직한 인물
됨[79]을 부각시키기 위한 것이다. 그리고 이 외에도 남윤의 일본에 대한
적대감은 시간이 갈수록 노골화되는데, 이를 보면 다음과 같다.

> "느는 본디 부모의 독즈라, 본국에 일야 동침흔 비필이 내느지라. 비록
> 너 느라의 줍혀왓시들 마음죠츠 반할쇼야? 흐믈며 결친흐는 날 밤의 난을
> 만느 이리 줍혀왓시이, 니는 다 너의 연고라. 니 이제 네 느라의 드러와 본
> 즉 쌍이 부죡흐야? 빅셩이 부죡흐(*고) 신흐가 부죡흐냐? 무슴 부죡하미
> 잇셔 무죄흔 장졸을 만리타국의 보니여 함몰흐게 흐이, 너 갓튼 위인이 웃
> 지 왕위의 거흐며 천앙이 쏘흔 두럽지도 으이흐야? 디장부 죽을지라도 웃
> 지 기 갓튼 유의 즈식으로 결혼흐여 몸을 드레이며 [더럽히며] 너 갓튼 거
> 슬 임군으로 셤기료? 장부 죽을지라도 웃지 그러흔 마음이 잇스리요? 네
> 즈식의 모양이 셔시의 짝이오 양귀비의 유라도 싱각이 전혀 읍고, 천금과
> 만호후을 봉할지라도 마춤니 니 굽히지 으이흐리라. 너은 이런 말로 니 귀
> 을 드레지 말고 빨이 느을 죽이면, 니 혼빅이느 고국의 도라가 모부 쳐즈을
> 츠즈리라."[80]

위의 예문은 왜왕이, 상자(相者)로부터 남윤이 충효가 가득한 인물이
라는 말을 듣고, 그를 부마로 간택(揀擇)하려 하자, 남윤이 거절하며 왜
왕 앞에 호통을 친 말이다. 과연 16세의 나이로 왜왕 앞에서 '기 갓튼 유

---

79) 이 쩍의 순스의 아들이 잇스되 일홈은 윤이오, 즈은 아형이라. 쏘흔 인물이 비범흐
   여 세상 스람이 다 일호되 [말하되], '짝이 읍다.' 흐는지라. 흔번 일으미 [이르
   면] 모를 거시 읍고, 나이 십오 세의 문장이 니티빅이요, 글씨은 왕희지라. 뉘 으이
   칭춘흐며 스람만다 흔번 보기을 원흐이 너러흐무로, 열읍 슈령이 순스을 먼젼 보고
   눈을 쳥흐여 구경흐더이 (<남윤전> 553~554쪽). 남윤의 인물됨이 비범하다 하여
   일반 고소설에 나오는 기자정성에 의한 신이한 탄생, 초월적 능력의 부여 등이 있는
   것은 아니다.
80) <남윤전>, 588~589쪽.

의 ᄌᆞ식' 등의 말로 적대 표출이 가능한가? 하는 문제는 다소 현실감이 떨어지지만, 왜에 대한 선험적 적대감을 경험적 적대감81)으로 확인하기 위한 작가의 전략이 아닌가 생각된다. 이런 그의 강직한 성품은 급기야 무인절도 운봉섬에 가두어질 운명에 처해지나, 왜공주가 오히려 남윤의 '충효'를 내세워 태자궁에 머물게 되는 계기가 된다. 이처럼 남윤의 서사 축에서의 적대는 '충효'82)의 가치에 의해 우호 관계로 변화한다.

이 외 남윤과 적대 관계를 맺는 인물은 귀환 때 그를 해적으로 오인 하는 오나라 사람들과 인형(人形)의 모습을 잃은 생귀신이라고 경계하 는 남경 사람들(2-29)이 있다. 반면 우호적 인물은 선계 인물, 황주 자사, 명 황제, 조선 사신들 등이 있는데, 이들은 남윤이 고국으로 귀환하는데 중요한 역할을 하는 인물이다.

둘째, 옥경선과 이씨 부인을 중심으로 한 서사축이다.

먼저, 적대 서사에서 가장 두드러지게 부각되는 인물은 옥경선과 이 원익의 관계이다. 이를 보면 다음과 같다.

'쇼비ᄂᆞᆫ 비녹 쳔흔 챵기ᄂᆞ 여려셔붓터 쇼학을 비와 졍졀을 승ᄒᆞ며 반의치 을 효측ᄒᆞ며 무후와 양귀비을 침밧타 {침뱉어} 쑤지져더이, 거년 남 판셔 노ᄋᆞ 본도의 안찰ᄉᆞ ᄒᆞ올 씨 남눈으로 더부러 외람이 빅년긔약 월ᄒᆞ의 밍 셔ᄒᆞ여 금셕 갓치 미진 후의 공ᄌᆞ 이르시되, '취실 후에 부모게 고ᄒᆞ고 빅 년히노ᄒᆞ리라.' ᄒᆞ시며 경셩으로 올ᄂᆞ가 이 승지되 여겨 되여습더이, 국운 이 불힝ᄒᆞ여 난즁의 분춘ᄒᆞ여습기에 지금 ᄉᆞ싱죤망을 모로오이, 이 안이

---

81) 남윤이 일본으로 끌려오며, '이러구러 힝흔 지 육슌 만의 왜국을 지경의 일으이 … 다만 풍쇽이 고이ᄒᆞ여{괴이하고} 예범니 웁셔 골육지친을 분간치 못헐너라.'(<남윤 전>, 562쪽)로 보아 그의 일본에 대한 선험적 적대감은 일본에서의 경험을 통해 확 인되었다가 행위로 표출된다.
82) 남윤과 적대 관계에 있는 인물인 왜왕과 왕굴충은 '忠孝'의 가치로 남윤를 재단하 면서도 남윤의 고국에 대한 '反忠孝'를 강요한다는 점에서 아이로니컬(ironical)한 반동인물로 형상화되어 있다.

{아니} 가련호온잇가? 쇼비 이련 원졍을 판셔 디감게 알외고져 ᄒ오ᄂᆞ, 쳔 니 장졍의 산쳔이 젹막ᄒ고 동셔난부【동셔난분】 ᄒ온지라. 쇼비 날기 읍ᄉ오이 웃지 득달ᄒ오리요? 쇼비 평싱 원ᄒᄂ 비ᄂ 쳔힝으로 쳔덕을 더 오면 {더하면} 젼젼걸식ᄒ여 경셩 남 판셔딕을 ᄎᄌ 가셔 비녹 죽을지라 도 그 딕 귀신이 되고져 ᄒ오이 쇼비 웃지 다룻 뜻지 잇스리요?'[83]

위의 예문은 신임 함경감사로 온 이원익이 옥경선더러 강제 수청을 들라 할 때, 옥경선이 올린 원정의 글이다. 옥경선은 이미 남윤과 백년 가약을 맺었기 때문에 함경감사의 수청을 들 수 없다는 것을 절절히 아 뢰며, 끝내는 남복을 하고 고된 유랑 생활을 한다.

다음, 우호 서사는 옥경선이 유리(遊離)하던 중, 도움을 주는 복자(卜 者)의 예언과 황해도 수안 유리촌 과부 5인의 도움, 옥경선과 이씨 부인 의 꿈에 나타난 선계 인물의 예언 등이 있다. 이들과의 우호 관계는 옥경 선과 이씨 부인이 극적으로 만나(2-14)는 계기가 되고, 또한 남윤을 반드 시 만날 수 있다는 신념으로 승화되어, 결국 재회하는 기쁨을 맞이한다.

따라서 〈남윤전〉에 나타난 작중인물의 적대와 우호의 서사 경쟁은 각 서사축에서 다양하게 나타난다. 곧 남윤의 서사축에서는 전반부에 왜왕과의 적대 관계가 대등적 병렬 관계를 이루나 지속적이지 않고, 오 히려 후반부에서 초현실원리의 개입을 통해 등장한 선계(仙界) 인물들 과 우호적으로 서사 경쟁한다. 옥경선·이씨 부인의 서사축에서는 적대 와 우호의 서사 경쟁이 우호의 우위로 수렴되어, 결국 온 가족이 재회하 는 원동력이 된다.

(2) 현실원리와 초현실원리

현실원리와 초현실원리의 서사 경쟁은 사건 전개에 있어서 작가(서술

---

83) 〈남윤전〉, 566~567쪽.

자)와 작중인물이 현실을 대하는 태도이다. 그러나 이것은 비단 작가(서술자)와 작중인물뿐만 아니라, 독자가 의미를 재해석할 수 있는 여백까지 살펴볼 때 온전한 논의가 가능할 것이다.

〈최척전〉의 사건 전개는 옥영의 서사축과 최척의 서사축에서 각각 현실원리와 초현실원리 사이의 서사 경쟁을 통해 이루어진다. 현실원리가 순전히 고난을 극복하려는 주요인물의 인간적 의지력을 문제 삼는다면, 초현실원리는 옥영의 꿈에 나타난 장육불의 계시와 최척의 도교(道敎)에의 편승 문제로 요약된다. 따라서 이 단락의 현실원리와 초현실원리와의 서사 경쟁을 옥영의 서사축과 최척의 서사축을 중심으로 살핀다.

첫째, 옥영의 서사축이다.

현실원리는 옥영이 포로가 된 후 자유를 향한 인간 의지력을 보여주는 장면에 잘 나타난다. 이를 보면 다음과 같다.

> 돈우는 옥영의 재치와 총명함을 사랑했지만, 옥영은 오직 두려움에 떨며 기어서라도 몰래 달아나려 했다. 그래서 돈우는 좋은 옷과 맛있는 음식을 주며, 옥영의 마음을 위로하여 안심시켰다. 그래도 옥영은 두세 번 배를 타고 나갔을 때 물에 몸을 던져 죽으려 했다. 그러던 중 문득 깨달은 바가 있어 그만 두었다.[84]

이처럼 옥영은 자신을 아껴 주며 좋은 옷과 맛있는 음식을 주면서 환심을 사려 했던 늙은 왜병을 뿌리치면서까지 자살하려는 극단적 행동을 보인다. 자살 의지는 삶에의 강한 욕구를 성취하려는 가능성의 한 방법이라고 볼 때, 불안·자유·가능성은 같은 맥락에서 이해할 수 있다.[85]

---

84) 頓于愛玉英機警, 惟恐見逋。 給以善衣美食, 慰安其心。 玉英欲投水溺死, 再三出舡。 輒有所覺(而止)。 (〈崔陟傳〉, 181쪽)

85) 불안은 자유의 가능성이므로, 이 의미에서의 불안만이 신앙의 힘에 의해 절대로 육성적(育成的)인 것이다. 이 불안은 모든 유한성을 파괴하고, 유한성의 모든 기만을 폭로한다. (키에르케고르, 이명성 옮김, 『불안의 개념』, 홍신문화사, 1996(2판1쇄),

이러한 옥영의 삶에의 강한 욕구는 꿈속의 장육불의 등장, 곧 초현실원리가 개입하여 그녀의 굳센 인간적 신념은 물론 대자적인 삶의 행위로까지 연결된다. 이를 보면 다음과 같다.

① '나는 만복사의 부처이니라. 삼가 죽지 말지어다! 뒷날에 꼭 기쁜 일이 있으리로다.' 옥영이 깨어나 그 꿈을 깊이 생각하고는 전혀 희망이 없는 것은 아니라고 생각하고 마침내 억지로라도 밥을 먹으며 죽으려던 마음을 고쳐 먹었다.[86]

② 마침내 옥영은 죽기로 단단히 결심하고 물과 미음을 입에도 대지 않았다. 그런데 어느 날 저녁에 갑자기 장육불이 꿈에 나타나 머리를 어루만지며 말했다. '삼가 죽지 말지어다! 뒷날에 꼭 기쁜 일이 있으리라.'[87]

③ "내가 사로잡혀 가 지내면서 물에 빠져 죽으려는 데, 남원 만복사의 장육금불이 꿈속에 나타나 '죽지 말지어다! 뒷날에 꼭 기쁜 일이 있으리라.'고 말했단다. 그러고 나서 채 3년도 못되어 안남(安南) 바다 한가운데서 네 아버지를 만났단다. 이번에도 내가 죽기로 마음먹었는데, 또 이 같은 꿈을 꾸었으니 네 아버지가 어쩌면 전쟁에서 벗어났을지도 모르지 않는가? 네 아버지가 만약 살아 계신다면 내가 죽어도 오히려 산 것이니 도리어 무슨 한이 있겠느냐?"[88]

④ "내가 기운이 노곤하고 정신이 나른할쯤, 어렴풋이 장육불이 또 나타나 그 때 하셨던 말씀을 운운하시니 지극히 기이하구나."[89]

148쪽)

86) 丈六金佛夢玉英而告曰 : '我萬福(寺)佛也。愼無死! 後必有喜.' 玉英覺而諗其夢, 不能無萬一之冀, 遂强食不死。(<崔陟傳>, 181쪽)

87) 期於必死, 水醬不入(於)口【水漿不入(於)口】。忽於一夕, 夢見丈六佛, 撫頂而言曰, '愼無死! 後必有喜.' (<崔陟傳>, 191쪽)

88) "吾於被擄之日, 投水欲死, 南原萬福寺丈六金佛, 夢余而言曰, '無死! 後必有喜'。後四年【未滿三年】, 得見爾父於安南海中。今吾欲死, 而又夢如是, 汝父豈或免於鋒鏑歟? 汝父若存, 吾死猶生, 顧何恨焉? (<崔陟傳>, 191~192쪽)

위의 예문 ①은 옥영이 포로로 잡혀가서 자결하려다가 깨달은 바가 있은 뒤, 어느 날 밤에, ②는 최척이 전쟁터에서 횡사했음이 틀림없다고 생각하여 옥영이 죽기로 결심하고, 물 한 모금도 입에 대지 않을 때에, ③은 ②의 자결의지 뒤에 옥영이 장육불의 영험을 믿고, 죽는 한이 있더라도 고국으로 돌아가기 위해 몽선에게 그 의지를 밝힐 때에, ④는 옥영 일행이 고국으로 귀환하던 중 무인도에서 해적을 만나 배를 빼앗기는 등 실의에 찬 나머지 절벽에 올라가 투신 자결하려는 순간에 뜻을 이루지 못하고 잠깐 조는 사이에 꾼 꿈이다. 이러한 장육불의 꿈의 계시는 위의 예문처럼 현실의 극도의 불안감에 시달릴 때, 곧 미래에 대한 가능성이 전혀 보이지 않아 죽으려 할 경우에 나타나 이후 고난을 극복하는 가능성의 신념으로 전환된다. 곧 장육불의 등장은 옥영의 고난적 상황을 인간적 의지로 헤쳐 나가는 데 상승 작용을 하는 서사의 필연적 복선이다.

따라서 옥영의 의지력과 장육불의 계시는, 옥영이 포로의 현실적 불안을 운명적으로 받아들이지 않고[90] 끊임없는 미래의 가능성을 향해 행동한다는 점에서, 두 요소의 서사 경쟁은 우호적으로 '함께 추구하다(애쓰다)'가 결국 현실원리로 수렴된다. 다음 예문이 이를 반증한다.

① "노추의 소굴이 조선의 국경과 겨우 4, 5일 정도 걸을 거리밖에 떨어져 있지 않다. 네 아버지가 만약 살아 계신다면 그 형편으로 보아 반드시 조선으로 달아났을 것이다. 그러니 어찌 수만 리 길 풍파를 무릅쓰고 처자

---

89) "我氣困神疲彷彿之間, 丈六佛又見, 其言云云, 極可異也." (<崔陟傳>, 196쪽)

90) 이동근은 <최척전>을 "전쟁을 단순히 운명적인 것으로 파악하고 있으며, 전시 부부가 취해야 할 행동 윤리를 은밀히 강조하고 있다."는 점과 "전쟁으로 이산된 일가족이 기구한 역경을 거쳐서 재회하는 과정을 통하여 인간존재의 무상함을 다루고 있다."고 하였다. (이동근, 「임진왜란과 문학적 대응」, 관악어문연구 제20집, 1995, 139쪽). 그러나 이런 논지는 옥영의 대자적 삶의 의지를 과소 평가한 결과로, 본고의 견해와 상반된다.

식을 찾으러 올 수 있겠느냐? 내가 마땅히 조선으로 찾아 가야겠다. 네 아
버지가 진실로 돌아가셨더라도 몸소 창주(昌州) 국경에 가, 객지에서 죽은
네 아버지의 넋을 불러들여 선영(先塋)의 곁에 장사 지내면 넓은 모래 벌
판 밖에서 오랫동안 썩어 문드러지는 것은 면하게 할 수 있으니, 내 할 일
은 조금이나마 한 것이 될 것이다.[91]

② 하루는 명나라의 순찰선을 만났는데, 그들이 다가와서 물었다. "어디
에서 온 배며, 어디로 향하고 있소?" 옥영이 응답했다. "항주 사람인데, 산
동(山東)에 차를 팔러 가고 있습니다." 그러자 순찰선은 바로 지나가 버렸
다. 또 하루를 보내자, 이 번엔 왜선이 닻을 내리고 머물고 있었다. 옥영은
바로 일본옷으로 갈아입고 그들을 기다렸다. 왜인(倭人)이 물었다. "어디서
오는 중이요?" 옥영이 왜어(倭語)로 말했다. "고기잡이하러 바다에 들어
왔다가 회오리바람을 만나 배를 다 버리게 되었습니다. 그래서 항주에서 배
를 사서 돌아가고 있습니다."[92]

위의 예문 ①은 옥영이 몽선의 강한 반대에도 불구하고 조선 해협을
건너 가족과 재회하겠다는 의지를 나타낸 부분이다. 물론 앞의 예문 ③
에서 제시한 장육불의 꿈의 계시도 작용하였지만, 무엇보다도 옥영의
치밀한 준비가 선행하고 있음은 위의 예문 ②의 결과에서 잘 나타난다.
옥영의 치밀한 준비는 귀환시 닥칠 장애 요소를 극복하기 위하여 조선
옷과 일본옷을 준비하고, 홍도에게 양국의 언어를 배우도록 하고, 몽선
으로 하여금 배를 만들 때 노와 닻을 튼튼히 만들고, 지남철도 준비하라
는[93] 것 등에서 잘 알 수 있다. 이처럼 장육불의 반복적 등장은 부처에

---

91) "奴酋窟穴, 距朝鮮地界, 纔四五日(程)。 汝父雖生, 其勢必走本國。 安能冒涉數萬
里程, 來尋妻孥哉? 我當(往)求於本國。 苟死矣, 親往昌州境上, 招得旅魂, 葬於先
塋之側, 免使長餒 【使免長餒】 於沙漠之外, 則吾責塞矣。 (<崔陟傳>, 192쪽)

92) 一日遇天朝邏舡, 來問曰 : "何處舡, 向何方?" 玉英應聲曰 : "杭州人, 將往山東賣
茶耳。" 卽過去。 又過一日, 有倭舡來泊。 玉英卽變着日本服而待之。 倭人問, "從何
來?" 玉英作倭語曰 : "以漁採入海, 爲風所飄, 盡棄舟楫。 雇得杭州舡而來矣。"
(<崔陟傳>, 고려대본 19쪽)

게 아부[94]하거나 고난의 낭만적인 극복이라기보다는 인간의 의지적 귀
환을 효과적으로 구성하려는 의미 있는 패턴[95]이다. 이것은 옥영의 성
격 창조와 주제 표출을 원만하게 이루는 기술상의 문제[96]이기도 하다.

둘째, 최척의 서사축이다.

최척은 여유문이 죽자 의지할 데가 없어 속세의 길을 떠나고자 당시
유행하던 도술을 배우기 위해 청성산으로 가려고 한다. 이 때 경사(經
史)에 밝은 송우로부터 "사람이 이 세상을 살면서 누군들 영혼이 불멸하
면서 오래도록 살려고 하지 않겠는가? 하지만 고금천하(古今天下)에 어
찌 이와 같은 이치가 있겠는가? 앞으로 남은 인생이 얼마라고, 선약(仙
藥)을 복용하기 위해 어찌 배고픔을 참는 고통을 자초하여 산의 귀신과
이웃하려 하는가?"[97]라는 설득으로 깨달은 바가 있어 현실 도피적 성격

---

93) 옥영은 바로 조선과 왜(倭) 두 나라의 옷을 짓고, 나날이 아들과 며느리에게 두 나
라의 말을 가르쳐 익히게 했다. 그리고 옥영은 몽선에게 거듭 주의를 주며 말했다.
"배의 나아감은 오로지 돛대와 노에 달려 있으니, 반드시 단단하고 치밀해야 하고,
더욱이 없어서는 안될 것은 지남철이다. 배 떠날 날은 점을 쳐서 좋은 날을 받을 것
이니, 내 뜻을 어기지 말아라." (卽裁縫鮮倭兩國服色, 日令子婦敎習兩國譯音。 因
戒夢仙曰 : "舡行專依於檣楫, 必須堅緻, 而尤不可無者, 指南鐵。 卜日開舡, 無違
我志。") (<崔陟傳>, 194쪽)

94) 觀其入傳意, 乃在於倭佛。 (李民宬, 『敬亭集』 卷4, <題崔陟傳>)

95) 兪晩柱의 <記崔陟事>에는 장육불의 기능이 거의 약화되어 있고, 金鑢恒의 <최척
전> 논찬은 장육불의 영험보다 오히려 인간적 정숙함과 頓天의 신령스러움을 강조
함으로써, 불교 자체를 신랄하게 비판하고 있다. '外史氏曰 … 是盖出於李氏(玉英-
필자)之一心貞淑頓天之靈, 而或者以爲萬福佛默佑而能致此。 此直欲驅一世而入異
敎, 良可慨惋也已.' (金鑢恒, <崔陟傳>, 『藥山全集』, 李朝後期閭巷文學叢書 제7
책, 여강출판사, 1991, 57~58쪽). 반면 <최척전>에 나타난 옥영의 말과 작가의 論
贊 모방에서는 각각 장육불의 영험과 인간적 의지력을 함께 높이 평가하고 있다.
(옥영이 척에게 말했다. "저희들이 오늘 만나게 된 것은 진실로 장육불의 음덕(陰
德)이옵니다만…" … 한 여자가 정성을 다하면 하늘 또한 멀리하지 않으니, 정성스
러움은 이처럼 가릴 수 없도다! '玉英謂陟曰 : "吾等之得有今日, 寔賴丈六佛之陰
隲…" … 匹婦有誠, 天且不違, 誠之不可掩如是夫!') (<崔陟傳>, 198쪽)

96) 정한숙, 『소설기술론』, 고려대출판부, 1981(9판), 179쪽.

97) "人生斯世, 孰不欲長生而久視? 古今天下, 寧有是理? 餘生幾何, 而何乃服食忍飢,

의 도교에 무조건 편승하지 않는다. 이후 송우와 함께 안남 등지로 장사
하는 배에 오른다. 그의 현실에 대한 도피적 이상이 송우의 설득으로 참
여적인 현실(경제활동)로 돌아온다.

따라서 최척의 현실원리와 초현실원리의 서사 경쟁은 '함께 추구하다'
의 의미가 아니라, 일방적인 현실원리의 우위이다. 이후 최척의 행동 방
식은 철저히 자신의 관점에 따른 현실원리로 귀결된다. 예컨대 최척이
호족의 명나라 침입 때, 비록 재용(才勇)이 뛰어나 오세영(吳世英)의 군
대에 뽑혀 진중으로 간다지만(2-17), 그의 적지 않은 나이와 유랑적 삶의
처지에서 이러한 장면 설정은 명(明)에 대한 대의명분에 사로잡혀 있는
모습이며, 포로 수용소에서 몽석을 만나 고향으로 귀환할 때 명의 처자
식에 대한 어떤 갈등도 없이 고국행을 감행하는 것 등이 그것이다.

〈김영철전〉은 다른 포로소설과 달리 초현실원리가 개입할 틈이 없을
정도로 현실원리로 형상화된 작품이다. 물론 〈김영철전〉이 사실주의 소
설98)이라도 그 사실은 작가의 전략이나, 언어의 비유성에 의해 굴절될
수밖에 없기 때문에 해석의 다양함99)은 존재한다. 그렇더라도 〈김영철
전〉은 현실원리와 초현실원리의 서사 경쟁보다는 이국 처자 사이에서
고뇌하는 영철의 현실적 관점에서 펼쳐지는 고난-극복의 서사 경쟁이
우위를 차지한다.

첫째, 영철과 후금 처와의 관계이다.

아라나 집으로 끌려온 영철은 전유년 및 화인 포로들과 이른 아침부

自苦如此, 而與山鬼爲隣乎?"(〈崔陟傳〉, 182쪽)

98) 풀 브란켄 부르크는 '소설이란 … 현실 세계의 가능한 인간을 보여준다. 곧 가능한
    인간과 현실 세계 사이의 긴장으로부터 그들은 독자들이 긴장하면서 해결을 기다리
    는 일련의 복잡한 문제의 인과관계를 전개시켜 나가는 것이 사실주의 소설의 기본
    도식이다.'라고 하였다. (한스 디터 겔 페르트, 정인모 · 허영재 역, 『소설 어떻게 해
    석할 것인가』, 새문사, 2002, 213쪽)

99) 권택영, 『소설을 어떻게 볼 것인가』, 문예출판사, 1999(1판 4쇄), 308쪽.

터 밤늦도록 온갖 궂은 일을 하며 지낸다. 그러던 중 영철이 도주하다가 잡혀 두 번이나 월형을 받자, 아라나는 영철이 더 이상 도망가지 않도록 그의 제수를 영철의 처로 삼게 한다. 영철의 의사라기보다는 아라나가 강제 억류하기 위한 처사이다. 이후 요양과 심양은 함락되고, 후금이 도읍을 심양으로 옮겼을 때, 아라나도 가족을 데리고 이사를 가나 영철은 건주위에 남아 아라나의 논밭 일을 맡으며 고단한 삶을 이어간다.

> 아내는 술과 고기를 차려주면서 먹게 했다. 날이 저물자, 아내는 문밖에 나와 그를 배웅하면서 손을 잡고 울면서 말했다. "전쟁이 멀지 않았는데, 장차 당신과 헤어져야겠군요." 또 돌이기서 같이 있는 사람들과 함께 나누어 먹으라고 술과 고기를 영철에게 싸 주었다.100)

위의 예문은 후금 처가 직접 등장하는 것으로는 유일한 곳101)이다. 작가(서술자)는 후금 처가 '전쟁으로 영철과 헤어질지 모를 미래에 대한 불안한 마음'을 드러내게 함으로써 장차 일어날 비극적인 복선을 깐다. 후금 처도 영철과는 강제적 결혼을 한 셈이지만, 그녀 또한 전쟁 미망인으로 동아시아 전란의 질곡적 삶을 비껴 갈 수 없었던 여인이다. 그래서인지 이 여인은 위의 예문에서 보듯 매우 정감 있는 여인으로 형상화되어 있다. 그러나 영철은 이러한 아내에 대한 연의보다 고국 귀환의 의지가 압도되어 있다. 이를 보면 다음과 같다.

---

100) 自夏及秋, 歸見其妻。妻具酒肉, 與英哲飲。及暮, 出門而送之, 執手泣曰 : "戰日不遠, 將與君別矣。" 又以酒肉與英哲, 往與衆共之。(<金英哲傳>, 486쪽)

101) 물론 후금 처가 직접 등장하지는 않지만, 그녀를 만났으리라 짐작되는 부분은 나온다. (영철은 자신이 타던 말을 득북에게 주고, 건주로 돌아가 득건과 몇 달을 지냈다. 이어 우리 진영에 교대군이 이르자, 영철은 봉황성(鳳凰城)으로 돌아왔다. '英哲以其所乘馬付得北, 歸與得建數月。我遞軍至, 英哲歸到鳳凰城。') (<金英哲傳>, 489쪽)

"짐승도 죽을 때는 머리를 자기가 태어난 곳으로 향한다는데, 어찌 이국(異國)의 처자식 때문에 부모님을 잊겠는가? 고국에 살아 돌아가 한번만이라도 부모님을 뵐 수 있다면, 죽어도 한이 없겠네. 다만 앞서 두 번이나 월형을 받았는데, 지금 또 도망치다 발각되면 반드시 죽을 것이니 어찌하겠는가?"[102]

위의 예문은 전유년이 명나라로 탈출하기 전, 영철에게 그의 후금 처에 대한 걱정을 말하자, 영철이 말한 부분이다. 이처럼 영철은 후금의 처자식에 대한 어떤 걱정보다 부모와의 간절한 재회와 실패의 불안감만 표출하고 있다. 영철의 탈출은 가족 재회를 위해 또다른 처자식과 생이별해야 하는 삶의 아이러니이지만, 영철의 현실관은 철저히 '효'의 우위에 있다. 그러나 이러한 영철의 탈출에 대한 후금 처의 대응은 자세히 서술되어 있지 않지만, 문면 이면에 영철의 의지를 이해하는 쪽으로 수렴된다. 따라서 이 부분은 영철의 '효'와 후금 처의 '이타적(利他的) 이해'가 서사 경쟁하여 영철의 '효'의 우위로 수렴되지만, 이후 영철의 윤리적 고뇌의 서사로 이어진다.

둘째, 영철과 명나라 처와의 관계이다.

영철은 유년 등과 죽을 고생 끝에 등주로의 탈출에 성공한다. 이후 유년의 집에 살면서 그의 여동생과 결혼도 하고, 두 아들까지 두며 산다. 그러나 귀환의지로 늘 답답하고 우울하게 지낸다. 그것은 조부와의 후사 잇기 약속[103], 인간적 귀소 본능 등이 복합적으로 상승 작용하여

---

102) "獸猶首丘, 豈以異國妻子, 而忘其父母乎? 生還故國, 一見父母, 則死不恨。顧前再辱, 今若亡而見覺, 必死奈何?" (<金英哲傳>, 486쪽)

103) 후금 처와 명나라 처 사이에서 태어난 자식으로 후사 잇기 장애는 일단 해소된다는 점에서 조부와의 약속은 실행되었다. 그러나 <최척전>에서 홍도와 몽선이 국제결혼을 하고, 홍도가 아버지 진위경을 찾아 조선으로 넘어오는 상황을 긍정적으로 형상화한 서술자의 태도와는 달리, <김영철전>에서는 김영철이 이국의 처자식을 조선으로 함께 데리고 가는 해결방식을 취하지 않고, 다만 버리고 가야만 하는 자신의 처지만 고뇌하고 있다. 이것은 <김영철전>에 나타난 영철의 결혼관이, <최척

오직 고국행을 감행하려 한다. 마침 진하사를 실은 동향인 뱃사공 이연생을 만나 평양 석다산의 고향으로 돌아오게 되는 과정 또한 떠나려는 자와 붙잡으려는 자의 심리적 서사 경쟁104)은 극적 긴장감을 자아낸다. 이를 보면 다음과 같다.

> 이듬해 [1631년] 봄, 사행선이 북경에서 돌아와 등주에 도착했다. 영철은 배가 떠나는 새벽이 되기만을 기다렸다. 이날 밤에 아내가 등촉(燈燭)을 켜 놓고, 영철과 함께 앉아 말을 나누면서, 그의 동정(動靜)을 살폈다. 영철은 스스로 '이 기회를 한번 놓치면 고국에 돌아갈 날은 없을 것이다.'라고 생각하며, 곁에 있는 처자식을 돌아보았다. 그러나 이들을 버리고 가는 것도 차마 못할 짓이었다. 마음이 자꾸 흔들려 결정할 수가 없었다. 술을 찾아 몇 잔 마시고, 아내에게도 마시기를 권했다. 아내가 취기가 올라 잠이 들자, 영철은 곧 몰래 빠져나와 연생이 있는 배로 들어갔다. 연생은 배의 칸막이 널판자를 뜯어서 영철을 그 밑에 숨기고는 거기에 못을 쳤다. 해 뜰 무렵, 아내는 10여 명을 데리고 와서 배 안을 샅샅이 뒤졌으나 찾지 못했다. 뱃사람들도 역시 영철이 있는 곳을 알지 못했다. 이튿날 아침 영철이 널판자 밑에서 크게 소리쳤다. 뱃사람들이 놀라 그를 꺼내어 먹고 마실 것을 주고, 의복도 바꿔 입혔다. 배는 3일 만에 평양(平壤) 석다산(石多山)에 돌아와서 정박했다.105)

전>의 최척이 보여준 일부일처제 고수와는 차이가 난다. 이것은 <김영철전>이 그만큼 사실적으로 형상화된 것임을 반증한다.

104) 이본인 나손본 <김철전>은 이국인 처자의 김영철에 대한 원망이 초점화되어 그녀의 桎梏스런 삶이 심리적 대립으로 극화되어 부연·확대된다. (<김철전>, 7~17쪽 참조). 여기에 대해서는 권혁래, 「나손본 <김철전>의 史實性과 여성적 시각의 변모-<金英哲傳>과 대비하여」, 앞의 논문 참조.

105) 及明年春, 使還到登州. 待明發船. 是夜, 妻張燈燭, 與英哲坐語, 察動靜. 英哲自念 : '此機一失則故國無還日矣.' 顧見妻子在傍, 亦不忍捨去. 心搖搖靡定. 索酒飮數杯, 且勸妻飮. 乘其醉睡, 卽潛出走, 入連生船. 連生拆船障板, 匿英哲板底而釘之. 平明, 妻率十餘人來, 窮索舟中, 不得. 舟中人, 亦不知英哲之所在也. 翌朝, 英哲從板底大呼. 舟中人乃驚出之, 與之食飮, 易其衣服. 越三日, 回泊于平壤石多山. (<金英哲傳>, 487쪽)

이처럼 영철은 후금 처와는 달리 윤리적 고뇌 속에 명나라의 처자식을 버리고 고국행을 선택함으로써 비극은 극대화된다. 따라서 이 부분도 행간의 맥락으로 볼 때, 영철의 '효'와 명나라 처의 '가족 화합'의 지향이 서사 경쟁하여, 결국 영철의 '효' 우위로 수렴된다. 물론 후금 처와 마찬가지로 이후 서사는 인간 실존의 윤리적 문제[106]까지 정면으로 부각함으로써, 고난 극복은 또다른 고난을 낳는 역설적인 비극이다.

〈유록의 한〉은 유록과 몽세의 서사축에서 각각 고난 극복을 위해 현실원리와 초현실원리가 서사 경쟁한다. 현실원리는 유록과 몽세의 재회를 향한 인간적 의지이고, 초현실원리는 관서 의기 계월향 신령의 도움이다.

첫째, 유록의 서사축이다.

유록은 청병의 학대를 받으며 압록강 통군정까지 끌려왔을 때 훼절에 대한 심한 불안감에 사로잡혀 급기야 압록강에 투신한다. 유록은 현실원리에 따르면 죽을 수밖에 없는 상황이다. 그러나 유록은 임란 때 순사한 관서 의기 계월향의 도움으로 재생한다. 이를 보면 다음과 같다.

계낭(桂娘)이 위로 왈, "정 군(鄭君)은 젼싱(前生)에 옥뎨(玉帝) 향안젼(香案前)에 근시(近侍)ᄒ던 션관(仙官)이오, 그디는 셔왕모(西王母)의 시녀(侍女)ㅣ러니, 요지(瑤池) 반도연(蟠桃宴)에 졍 군(鄭君)이 졍예【참여】(叅與)ᄒ려 왓다가 그디를 보고 잠간(暫間) 희롱【희롱】(戲弄)ᄒ 죄(罪)로 인간(人間)에 격강(謫降)ᄒ엿스니, 비록 일시(一時) 익운(厄運)이 잇스나 수년(數年)을 지내면 다시 서로 맛나 가연(佳緣)을 니어 {이어}

106) 베르그송은 윤리를 크게 '열린 윤리'와 '닫힌 윤리'로 나누고, '열린 윤리'는 이미 존재하는 윤리의 법칙 혹은 원칙을 부정함으로써만 가능하고, '닫힌 윤리'는 전통적 윤리 기준을 재검토 비판할 생각없이 기성 윤리 원칙에서만 판단하려는 것으로 파악하였다. (박이문, 「윤리 판단의 기준」, 『문학 속의 철학』, 일조각, 1996(중판), 44쪽에서 재인용). 영철의 선택 윤리 또한 행동의 결과로 보아서는 '닫힌 윤리'라고 볼 수 있지만, 그의 고뇌의 과정을 통해서는 꼭 '닫힌 윤리'라고만 볼 수 없고, '제한적 열린 윤리'라고 명명할 수 있다.

평성(平生) 혁락【화락】(和樂)ᄒ리니, 어이 옥보방신(玉寶芳身)을 가바
야이 어복(魚腹)에 장(葬)ᄒ야 텬명(天命)을 거역(拒逆)ᄒ리오? 이제 이
곳에 왓슴애 일야(一夜)를 날과 흠ᄭᅴ 지내고 여긔셔 동븍【동북】(東北)
으로 수십 리(數十里)만 가면 ᄌ연(自然) 구(救)홀 사름이 잇슬 것이니 그
곳에 머므러 길시(吉時)를 기드리라.” ᄒ고, 이에 옥비(玉杯)에 향온(香醞)
을 ᄀ득 부어 권(勸)ᄒ거늘, 류낭이 비샤(拜謝)ᄒ고 밧아 마시니 긔이(奇
異)ᄒ 향(香)내 촉비(觸鼻)ᄒ며 정신(精神)이 상연(爽然)ᄒ지라.107)

이처럼 계월향 신령의 등장은 적강(謫降) 모티프를 통한 초현실원리
[천정원리(天定原理)]108)를 동반한다. 그러나 이것은 사건 전개에서 현실
원리를 압도하지는 않는다. 다음 예문이 이를 반승한다.

  류낭이 왈정【월정】(月淨) 다려 왈, “… 지금(至今)은 셰상(世上)이
태평(太平)ᄒ야 도로(道略)【道路】ㅣ 막힐 것이 업ᄉ오리니, 첩이 경성
(京城)으로 도라 가고져 ᄒ노라.” … “내 임의 혜아림이 잇서 일습(一襲)
남복(男服)을 지어둔 배 잇스니 션ᄉ(禪師)ᄂᆞᆫ 나를 위(爲)ᄒ야 ᄒ 라귀를
사옴이 엇더ᄒᆞᆸ뇨?”109)

이처럼 유록은 정몽세를 만나기 위해 치밀하게 남복을 준비함은 물론
장차 경성으로 떠나기 위해 나귀를 준비해 두려는 마음은, 그녀가 철저
히 현실원리에 의해 행동함을 알 수 있다.
  둘째, 몽세의 서사축이다.
  몽세는 병란이 일어난 것을 모르고 있다가, 유록에게 전하는 편지 심
부름을 갔던 창두가 “그 사이 병란(兵亂)이 니러나 도로(道路)ㅣ 통(通)
치 못ᄒᆞᆸ기로 감(敢)히 경성(京城)에 나아가지 못ᄒ고 도라왓ᄂᆞ이다

107) <柳綠의 恨>, 54~55쪽.
108) <柳綠의 恨>과 <남윤전>의 초현실원리는 天定原理와 등가의 개념이다.
109) <柳綠의 恨>, 63~64쪽.

."110) 라는 말을 듣고 알게 된다.

부ᄉᆡ 이 말을 듯고 대경ᄒᆞ야 다시 사ᄅᆞᆷ을 부려 그 ᄌᆞ셰(仔細)ᄒᆞᆫ 소식(消息)을 탐지(探知)ᄒᆞ며, 일변(一邊) 각쳐(各處)에 방(搒)【榜】을 븟쳐 인민(人民)을 안무(安撫)【按撫】ᄒᆞ야 경동(驚動)치 말게 ᄒᆞ나, 쳔ᄌᆞ(擅恣)히 디방(地方)을 ᄯᅥ나지 못ᄒᆞ고, 다만 일야(日夜)로 경셩(京城)을 바라고 호읍(號泣)ᄒᆞ더니, 수월(數月)이 지낸 후(後) 죠졍(朝廷)에셔 금인(金人) {쳥인(淸人)} 과 화친(和親)ᄒᆞ엿다 ᄒᆞᄂᆞᆫ 긔별이 ᄂᆞ려오고, ᄯᅩ 부ᄉᆞ의 치젹(治績)이 특이(特異)ᄒᆞ다 ᄒᆞ야 레조(禮曹) 참의(叅議)를 졔슈(除授)ᄒᆞ고, 승일(乘馹) 샹리(上來)ᄒᆞ라 ᄒᆞ엿거ᄂᆞᆯ111)

위의 예문처럼 몽세가 병란의 발발은 물론, 청(淸)과 화친한 것도 수월 뒤에 조정으로부터 연락을 받았다는 설정은 비록 청군의 이동 경로가 '평양→황주→남한산성'으로 이어져 곡산과는 다소 떨어져 있고, 곡산 부사112)가 외직이라 하더라도 이렇게 정보가 늦은 것은 작가의 역사의식의 결여보다는 서사 전개의 지연을 통해 유록의 고난을 더욱 핍진하게 형상화하려는 서사 전략이다.

이후 몽세는 예조참의를 제수받아 경성으로 돌아와 유파와 도홍으로부터 병란의 참상과 유록이 포로로 끌려갔다는 사실을 알게 된다. 몽세는 이 모든 것이 자신의 공명 때문이라 여기며 벼슬을 사양하여 끝내 윤허를 받는다(2-23). 이것은 그가 유록을 찾아 나서는 서사적 필연성을 제공한다. 고향 충주로 내려간 몽세는 유록과의 사랑의 언약을 지키지

---

110) <柳綠의 恨>, 69쪽.

111) <柳綠의 恨>, 69쪽.

112) 김기동이 한문본 <柳綠傳>의 줄거리를 말할 때는 '谷山 府使'가 아니라, '海州 府使'라 하였다. (김기동, 「이조시대 소설론」, 앞의 책, 410쪽). 병란 때 淸의 침략로는 곡산보다는 해주가 가까운 거리이다. 이것은 구활자본에서 바뀐 것으로 추정되는데, 곧 몽세의 병란 정보에 대한 無知를 지리적 거리의 멂을 통해 합리화하려는 서사적 장치가 아닐까 생각된다.

못한 죄책감에 사로잡혀 병을 얻는다. 몽세는 생각 끝에 유록이 죽었다면 뼈라도 거두어 오리라 마음 먹고, 처자에게는 관서 풍경을 완상하고 돌아오겠노라고 거짓 알리고 경성으로 다시 올라 온다(2-25). 몽세의 처자식에 대한 얘기는 이 부분과 유록이 경성으로 돌아온 후 충주 가권을 청하여 대연을 베푸는 장면(3-1)에 걸쳐 나오는데, 작중인물 간 어떤 대립이나 갈등은 차치하더라도 대사 한마디 없이 일방적으로 존재하는 서사 정보만 잠깐 언급한 채 서사가 진행된다. 물론 몽세가 유록을 찾기 위해 처자식에게 거짓 알리는 장면은 이면적인 대립 요소가 없지 않으니, 이렇게 철저히 배제한 이유가 무엇일까? 그것도 이 작품의 결말에서는 유록과 몽세가 다자다손하여 부귀영화를 누린다(3-12)는 것으로 종결된다. 이런 점은 유록과 몽세에 '사랑의 언약'에 서사의 초점을 맞춘 작가 의식으로 볼 수 있으나, 분명 서사적 현실성은 떨어진다.

이런 결여된 서사적 현실성을 오히려 보완해 주는 요소가 몽세의 천정원리로 나아가는 계월향 신령의 현몽이다. 곧 몽세는 유록을 찾기 위해 송도, 평양을 수소문하던 중 평양 주점 벽상에 쓰인 유록의 증언시(2-27)와 통군정에 쓰인 절명시를 확인하고 오열하다 혼절한 뒤, 현몽한다.(2-29~2-30). 그러나 계월향 신령의 계시가 유록의 꿈에는 두 사람이 천상에서 득죄하여 지상에 내려온 존재로 이야기하지만, 몽세의 꿈에는 이러한 적강 모티프가 없다. 다만 계월향은 자신이 순사한 지 40여 년이 지났지만 자신의 행적을 위로해 주는 이가 없어 서운했는데, 이제야 몽세가 자신을 찬탄하니 그 보은의 차원에서 유록을 구하라고 계시할 뿐이다. 이처럼 계월향의 신령이 유록과 몽세의 꿈에 시차113)를 두고 나타난 것은 그들의 고난을 구하려는 초월적 행위임에는 틀림없다. 이것은 유록과 같은 기녀의 신분인 의기 계월향을 등장시켜 유록의 신분 상

---

113) 유록의 꿈은 1637. 2.16 五更이고, 몽세의 꿈은 1639. 4.16 曉頭이다.

승의 합리화, 또는 독자의 홍미를 자극하는 서사적 기능을 한다. 그러나
문제는 이러한 계월향 신령의 계시가 유록과 몽세의 서사축에서 현실원
리와 어떻게 서사 경쟁하여 무엇으로 수렴되느냐의 문제이다.

먼저, 유록의 경우이다.

> "복유(伏惟) 존령(尊靈)은 살아셔 국가(國家)를 위(爲)ᄒ고 죽음애 쏫다
> 온 일홈이 후셰(後世)에 유젼(流傳)ᄒ지라. 이졔 쳡(妾)을 어엿비 넉이샤
> 명명(明明)히 ᄀᄅ치시니 쳡이 일로 인(因)ᄒ와 일루 잔쳔(一縷殘喘)을 구
> 구(苟苟)히 보존(保存)ᄒ려 ᄒ오니, 복유(伏惟) 존령(尊靈)은 길이 묵우(默
> 祐)ᄒᆞᆸ소셔." … 이 씨, 류낭이 계랑묘(桂娘廟)에서 일일(一日)을 지내고·
> 홀로 싱각ᄒ되, '신령(神靈)이 분명(分明)히 동븍【동북】(東北)으로 가면
> 구(救)ᄒᆯ 사ᄅᆷ이 잇스리라 ᄒ엿고, 이 곳에 쏘ᄒᆫ 오리 머므지 못ᄒ리라' ᄒ
> 고, 밤이 깁흔 후(後) 월식(月色)을 씌여 동븍【동북】(東北)을 향(向)ᄒ야
> 수삼십 리(數三十里)를 힝(行)ᄒ니, … 류낭이 갈 바를 아지 못ᄒ야 졍(正)
> 히 쥬져(躊躇)ᄒ더니, 홀연(忽然) 반슨(半山) 즁(中)으로셔 죽쟝(竹杖) 쯔
> 으는 소리나며, ᄒᆞᆫ낫 늙은 녀승(女僧)이 ᄂᆞ려 오다가 류낭을 보고… "이 곳
> 은 의쥬(義州) 짜 대하슨(大蝦山) 환신동(幻蜃洞)이옵고, 빈승(貧僧)은 묘
> 법암(紗法菴)【妙法菴】에 잇는 월졍(月淨)이오며…"[114]

위의 예문은 유록이 죽을 고비에서 계월향 신령의 도움을 받아 목숨
을 건지고, 그녀가 시킨 대로 동북쪽으로 가다가 장차 자신을 도와줄 묘
법암 월정 스님을 만나는 장면이다. 그러나 이후 유록은 천정원리에 따
라 사는 지상적 삶이 아니라, 철저히 현실원리에 따라 인간으로서 고뇌
하며 살아간다.[115] 그렇다고 천정원리가 지상의 삶에서 무관한 것이 아

---

114) <柳綠의 恨>, 55~58쪽.

115) '내 비록 호혈(虎穴)을 버셔 낫스나 혈혈단신(子子單身)이 쟝ᄎᆞᆺ 어디로 향(向)ᄒ
며, 리두(來頭)에 무슴 욕(辱)이 내 몸에 밋칠 줄 알니오? 찰하리 그 씨 압록강 슈
(鴨綠江水)에 몸을 더져 만ᄉ(萬事)를 니즈리만 ᄌᆞ지 못ᄒ닷다.' ᄒ고, 이처로 싱각
홈애 두슈【루슈】(淚水)ㅣ ᄂᆞ리옴을 씨닷지 못ᄒ더니 (<柳綠의 恨>, 56~57쪽).

니라, 오히려 유록이 처한 현실적 고난에 대한 방어기제(防禦機制)로 훗날 몽세를 만날 수 있다는 인간적 신념으로 승화한다.

다음, 몽세의 경우이다.

> 참의 제승(諸僧)을 향ᄒ야 무수(無數)히 샤례ᄒ고 이에 문(問) 왈, "이 곳에서 가히 비룰 엇어 청천강(淸川江) 하류(下流)로 갈 방편(方便)이 잇ᄂ뇨?" 그 중(中) 늙은 녀승(女僧)이 법호(法號)ᄂᆫ 월혜(月慧)라 ᄒᆞᄂᆫ 쟈(者)ㅣ 디(對) 왈, "빈승(貧僧)의 졀이 졍(正)히 청천강(淸川江) 하류(下流)룰 림(臨)ᄒ엿ᄉ오며, 미양 오륙월(五六月) 림우(霖雨)룰 당(當)ᄒ오면, 힝긱(行客)이 모다 상류(上流)의 파도(波濤)가 쥰급(峻急)흠을 피(避)ᄒ야 이 곳에 와 강(江)을 건너 안쥬(安州)로 가옵기로, 흔 쳑(隻) 비룰 쥰비(準備)ᄒ와 두던 밋히 잇ᄉ오니, 상공(相公)이 힝(行)코져 ᄒ시면 빈승(貧僧)이 맛당히 두엇낫 상좌(上座)룰 다리고 상공(相公)을 뫼셔 가리이다."[116]

위의 예문은 계월향 신령의 계시를 받은 몽세가 행장을 차리고 바로 박천 묘련암에 찾아가 계월향이 일러 준대로 청천강 하류로 갈 방편을 묻는 장면이다. 위의 예문도 전후 맥락을 따져볼 때, 계월향의 계시가 현실원리를 압도하지 않는다는 것을 알 수 있다.

그 이유를 들면 다음과 같다. ① 텍스트에서 계월향 신령의 계시는 청천강의 위치가 한문은 '上流'이고, 국문은 '하류'로 표기되어 있는 점이다. 그런데 몽세는 중류에 있고, 유록이 청천강에 떨어진 것은 상류이고 구해진 곳은 하류[117]이다. 이것은 지엽적인 것으로 보여도 계월향

이처럼 유록은 계월향의 계시를 받고 동북으로 향하여 가지만, 그녀는 현실원리에 따라 고뇌하는 현실적 인간으로 형상화되어 있다. 또한 유록이 묘법암에서 1년을 지내고 경성으로 돌아갈 때에도 월정의 인간적 배려로 마련해 준 靑驢를 타고 경성으로 향하는 점(2-14) 등은 그저 천정원리에 따라 서사가 전개되는 것이 아니라, 현실원리에 따름을 알 수 있다.

116) <柳綠의 恨>, 88쪽.
117) <柳綠의 恨>, 88~90쪽 참조.

신령의 계시가 한문, 국문으로 볼 때 강의 상류, 하류인데 몽세가 구한 곳은 중류란 점이다. ② 몽세가 유록을 구할 때 환약을 먹여 살려내는 데, 그 환약의 정체는 불분명하지만 계월향 신령에게 받은 것이 아니란 점이다. 물론 이것은 죽어가는 주요인물을 살리는 방편으로써 일반적인 고소설의 관습으로 이해할 수 있다. 주요인물이 서사의 중간에 죽어 완전히 사라질 수는 없는 노릇이기 때문이다. ③ 유록이 파락호를 피해 청천강에 뛰어 들었을 때 완전히 익사했다는 문면은 찾을 수 없다는 점이다. ④ 계월향은 한 척 배를 준비하라고 했지만, 그 배는 이미 묘련암에 있다는 점 등이다.

따라서 계월향의 현몽은 초현실원리도 현실이요, 현실도 초현실원리로 읽히는 장자의 '호접몽(胡蝶夢)'[118]으로 이해할 수 있다. 이 또한 문면에서도 '일장호접(一場蝴蝶)'[119]이라고 표기하고 있다.

또, 유록과 몽세의 같은 서사축이다.

유록과 몽세가 청천강에서 극적으로 만난 뒤, '묘련암→박천아중(박천 군수가 된 김 선전관을 만나 회포를 푸는 서사가 삽입됨)→묘련암→청천강→평양주점'을 거치며 그동안 자신들에게 베풀어 주었던 사람들에게 사례를 하고 경성으로 돌아오는 장면 또한 천정원리가 아니라, 현실원리임을 여실히 보여준다.

이렇게 볼 때, 초현실원리(천정원리)는 〈최척전〉의 장육불의 계시처럼 유록과 몽세의 고난을 극복하는 신념으로 현실화된다. 따라서 이 작품의 현실원리와 초현실원리와의 서사 경쟁은 고난-극복을 '함께 추구하다(애쓰다)'가 끝내 자신들의 질곡적 운명을 벗어나 재회하는 결과인 현

---

118) 昔者莊周夢爲胡蝶, 栩栩然胡蝶也, 自喩適志與! 不知周也. 俄然覺, 則蘧蘧然周也. 不知周之夢爲胡蝶與? 胡蝶之夢爲周與? 周與胡蝶, 則必有分矣. 此之謂物化(『莊子』內篇 <齊物論>)

119) <柳綠의 恨>, 87쪽.

실원리로 수렴된다.

〈남윤전〉은 남윤의 포로담 전반부와 조선에 남은 가족들의 고행담은 현실원리에 의해, 남윤과 왜공주의 애정담은 현실원리와 초현실원리(천정원리)와의 서사 경쟁을 중심으로 사건이 펼쳐진다. 천정원리도 옥경선, 이씨 부인, 고행의 꿈에 부분적으로 제시되나(2-27, 2-38) 사건 전개상 지속적으로 발전하지 않는다. 따라서 이 부분에서는 남윤의 포로 후반기에 나타난 왜공주와의 애정담에 나타난 서사 경쟁을 중심으로 논의하되, 논지를 강화하기 위해 먼저 포로 전반기에 나타난 남윤의 현실원리를 살핀다.

첫째, 포로 전반기다. 남윤은 '충효열'의 유교 이념이 그의 삶의 존재방식이다. 남윤의 효는 부모의 정혼을 거역하지 못하는 장면(1-3)이나 임란 직후, 부모를 찾기 위해 신부 이석랑을 두고 북으로 향하다가 포로가 되는 장면(1-5, 2-1)에서 보듯 그의 효관(孝觀)은 결정론적인 것이다. 포로가 되어 일본에 끌려온 이후도 그는 절대적 유교윤리의 가치관을 가지고 있다. 왜왕과 달변자 범달의 개유도 일언지하에 물리치는(2-15, 2-16), 달리 말해 그 어떤 감언이설(甘言利說)에도 일본과는 화해할 수 없다는 입장이다. 이같은 입장은 일본의 이중적 충효관(忠孝觀)에서도 반증된다. 곧 조선에서 왜장 왕굴충이 남윤을 잡아가려는 의도도 "읏지 츙효을 겸젼흔 스룸을 죽기리요? 이 스룸은 본국의 다려가면 치국안민ᄒᆞ고 반다시 죵용ᄒᆞ리이 ᄯᅩᄒᆞᆫ 우리도 공이 잇스리라."[120]에서 보듯 충효가 그들에게 있어서도 중요한 가치임을 알 수 있다. 또한 왜왕이 남윤의 상(相)과 문사적 재주를 보고 부마를 시키려는 것도, 그 근원은 충효이다. 그러나 왜왕은 자신의 말을 듣지 않자, 오히려 그를 죽이려 한다. 충효의 가치가 오히려 충효를 훼절시키려는 모순이다. 그러나 이런 모

---

120) 〈남윤전〉, 561쪽.

순은 남윤의 살해 위협과 무인절도 운봉섬 유배의 위기를 충효의 가치
를 앞세운 왜공주를 통해 새롭게 정립되어, 결국 남윤은 태자궁에 머무
는 계기가 된다.

따라서 그의 왜에 대한 적대감이나 고향에 대한 그리움(귀환의지), 조
선은 예의의 나라라는 우월의식 등은 작품 문면(2-15~2-18)에 흐르면서
조선에 있는 가족들의 고행담과 우호적 서사 경쟁[121]을 벌인다. 이것은
독자의 시선을 붙잡고 나아가 자신과 동일시하여 연민을 자아내게 하는
서사적 기능을 한다.

둘째, 포로 후반기다. 이 부분은 포로 전반기와 달리 남윤의 현실원리
가 시험대에 오르며 서사의 긴장감과 박진감을 더한다. 천정원리, 곧 새
로운 왜공주와의 애(愛)의 상황이다. 물론 천정원리[122]가 아니더라도
남윤과 왜공주의 인간적 교류는 각별한 것이었다. 곧 포로 신분에서 죽
음의 위기를 넘어 일약 태자궁에 머물 수 있는 계기는 물론 포로의 불
안한 심리적 상황을 이겨낼 수 있는 근원적인 힘-비록 초현실적인 요
소가 가미되어 작품 내적 동기가 결여된 듯 하지만, 남윤은 자신의 부모
상(父母喪)을 일러 준 왜공주의 신묘한 예언술 및 남윤이 내민 이씨 부
인의 혈서를 보고, 왜공주가 자신의 사주와 같다면서 저들은 모두 하늘
에서 적강한 사람이란 것을 알려주는 일련의 과정에서, 남윤은 왜공주
를 천정배필로 생각하기에 이른다(2-17~2-19). -도 공주의 도움으로 가
능한 것이다. 따라서 남윤의 공주에 대한 연정은 자연스럽게 싹틀 수 있
는 것이지만, 그토록 적대 관계[123]에 놓여 있던 왜공주와의 결연은 당시

---

121) 엄격히 말해 조선의 포로 가족 서사축과 일본의 남윤 서사축에 나타난 유교 이념
의 현실원리는 서사 형식상 고난-극복의 우호적 서사 경쟁(유교 이념)의 원리로
전개된다. 그러나 사건 전개상 이러한 현실원리에 모순되는 천정원리가 이 작품의
핵심으로 부각된 것은 유교이념의 변증법적 구현이라는 주제의식과 밀접한 연관성
이 있다. 여기에 대해서는 김진규, 「<남윤전>의 포로소설적 성격」, 앞의 논문 참조.
122) 佛敎의 전세 인정과 道敎(仙)의 옥황상제의 개입을 말한다.

포로 상황에서 견지하던 자신의 정체성이 모두 무너져야만 하는 댓가를
치러야 가능한 것이다. 그래서 작가는 남윤을 훼절시키지 않고, 왜공주
와의 혼인의 당위성을 부여하기 위해 정유년(丁酉年) 추(秋) 칠월 칠일
날 요지연의 꿈의 숙명담과 구슬의 징표를 제시하는 치밀함을 보여 서
사 내적 필연성을 이끌어낸다. 이를 보면 다음과 같다.

상제 전지ᄒᆞᄉᆞ 각각 ᄎᆞ래로 부르라 ᄒᆞ시이, 흔 노승이 육환장을 집고 장
삼을 입고 염쥬을 목의 걸고 읍혜 ᄂᆞ와 명을 듯줍고 셤의 ᄂᆞ려 쳥의 션ᄋᆞ을
명ᄒᆞ여 남뉸을 부르라 ᄒᆞ디, 션ᄋᆞ 승명ᄒᆞ여 눈을 인도ᄒᆞ여 계ᄒᆞ의 세우고
상제개 명을 전ᄒᆞ여 왈, "츄셩으로 말미옴ᄋᆞ 삼 션여 투긔ᄒᆞ여 남방의 화별
{화변} 이 ᄌᆞ심ᄒᆞ기로 인간의 격강ᄒᆞ엿더이 인간의 쳐거흔 【적거ᄒᆞᆫ】
년ᄒᆞ이 지ᄂᆞ거든 다 모화 질기다가 {즐기다가} 칠십 ᄎᆞ거든 올ᄂᆞ오되, 월
중션은 그 중의 죄가 경ᄒᆞ니 십 년 후에 먼져 불너 올니리라. 너희는 ᄌᆞ세
이 쳥염ᄒᆞ라." ᄒᆞ시이, 눈의 뒤의셔 각각 승명ᄒᆞᄂᆞ지라. 눈이 놀ᄂᆞ 도라보니
ᄒᆞᄂᆞ흔 일본국 공쥬요, ᄒᆞᄂᆞ흔 함경도 함흥부 옥경션이요, ᄒᆞᄂᆞ흔 슈면이로
되 옷고름의 혈셔을 ᄎᆞ시이 반다시 니 씨 셕낭이라. … 쇼미로셔 푸른 구슬
네 기을 너여 각각 ᄒᆞ낙식 {하나씩} 쥬며 왈, "일노쎠 일후 표을 숨ᄋᆞ 쳔
상 비필인 줄 알고 인간의 ᄂᆞ려 월중션을 만ᄂᆞ 십년 동낙ᄒᆞ다가 먼져 올
ᄂᆞ 보니고, 본국에 도라가 셕낭과 옥경션을 ᄎᆞ자 동낙ᄒᆞ다가 칠십이 ᄎᆞ거든
올ᄂᆞ 오라."[124]

이처럼 남윤을 둘러싼 세 여인은 이승의 인물이 아니라, 원래는 천상
(天上)의 인물이라는 꿈의 계시를 통해, 남윤은 왜공주와의 사이에서 지

---

123) "그디 등은 디병을 거느려 지물과 쌍을 위허미여눌" (<남윤전>, 560쪽), '도적의
쌍의 졈졈 각가이 오이… 다만 풍속이 고이ᄒᆞ여 예범니 읍셔 골육지친을 분간치 못
헐너라.' (<남윤전>, 562쪽), "디장부 죽을지라도 웃지 긔 갓튼 유의 ᄌᆞ식으로 결혼
ᄒᆞ여 몸을 드레이며 {더럽히며} 너 갓튼 거슬 임군으로 셤기리요?" (<남윤전>,
589쪽) 등에 잘 나타나 있다. 이것은 노인의 <錦溪日記>에 나타난 적대 감정 못지
않게 흥분투로 노골화되어 있다.
124) <남윤전>, 610~612쪽.

금까지 고뇌하던 현실상황을 긍정적으로 받아들인다. 곧 남윤의 유교이
념적 정체성의 훼절이라는 윤리적 고뇌를 합리적으로 승화하는 결정적
계기[125]가 된다. 이처럼 〈남윤전〉의 독서 방식이 초경험적 세계도 현실
을 읽는 한 방법으로 제시되고 있다. 다시 말하면 천정원리가 현실원리
에 개입하여 서사를 압도하는 것이 아니라, 그 경쟁을 통해 태자궁에 안
주하고 있던 남윤의 인식을 변화시켜 서사의 다층적인 의미를 가능케
한다. 이것은 삶 전체의 해결방식만 제시한 천상계 질서와 삶의 과정을
핍진하게 그려나갈 지상계의 존재방식을 경쟁시키는, 다시 말해서 현실
자아와 천정자아의 서사 경쟁이다.

　이것을 입몽 전(入夢前)과 입몽(入夢)·각몽 후(覺夢後)로 나누어 검
증하면 다음과 같다.

　첫째, 입몽 전의 시점과 상황이다.

　① 정유년 칠월 칠석이 갖는 의미이다. 정유년은 역사적으로 보아 일
본의 제2차 침략인 정유재란이 일어났던 해이다. 정유재란은 남원성이
함락되고, 많은 사람들이 포로로 끌려가는 등 그야말로 일본의 잔인함
이 극에 달했던 시기이다. 비록 그가 꿈을 꾸기 전 공주의 신묘한 예언
술이나 절행에 감탄하여 모상(母喪) 후 결혼하기로 하였지만(2-19), 그
언약은 불확실한 것이었다. 따라서 그 이면에는 귀환의지가 강한 현실
자아를 가지고 있었기 때문에 꿈을 꾼 날은 칠월 칠석의 상황을 제시하
고 있다. 칠월 칠석은 단지 절기가 칠석임을 알려주는 것[126]을 넘어 상

---

125) 초현실적 세계의 개입은 남윤이 현실에서 결핍된 애정 욕망을 실현하는 계기로
　　볼 수도 있지만, 그 의미는 약화되어 있다. 그리고 남윤의 사랑의 대상이 왜공주라
　　해서 국가 전체적인 화해의 개념으로 알레고리(allegory)화하는 것은 무리가 있어
　　보인다. 곧 〈최척전〉에서 옥영을 인간적으로 대했던 돈우가 倭兵이라서, 왜병 모두
　　가 우호적 인간일 것이다 하는 것은 유비추리의 오류이다. 따라서 〈남윤전〉의 작가
　　는 이런 오해의 소지를 없애기 위해 현실원리와 초현실원리를 서사 경쟁하게끔 치
　　밀하게 그린다.

126) 김연호, 앞의 논문, 282쪽.

징성을 부여하고 있다. 곧 옥황상제(玉皇上帝)의 노여움을 산 부마 견우(牽牛)와 공주 직녀(織女)가 오작교에서 1년에 한번 만나는 비극적 사랑의 이야기[127]로 이별·슬픔과 동시에 행운·기원·소망 등을 상징[128]한다. 이것은 남윤의 마음 속에 늘 간직하고 있는 이산의 슬픔과 재회의 소망을 드러내는 현실자아인 것이다. 그러나 이러한 자아는 견우와 직녀가 동서(東西)로 이산하여 은하수를 두고 현실의 '벽'[129]에 절규하듯이 남윤 또한 포로라는 불안한 벽 앞에 절망하지 않을 수 없는 처지의 복합적인 현실자아이다.

② 남윤이 입몽 전에 읽었던 『시경(詩經)』〈빈풍(豳風)〉의 '칠월편(七月篇)'이 갖는 의미이다. 이것은 단순한 농가의 세시풍속을 읊은 노래라기보다는 고향을 떠나온 사람이 그곳을 그리워하며 지은 노래라고 볼 때[130], 남윤 또한 태자궁에 머물면서 안주했다기보다는 늘 고향을 그리워하는 현실자아가 우위에 있음을 상징한다.

둘째, 입몽·각몽 후이다. 위에서 보듯 남윤의 현실자아의 지향은 탈포로이다. 이런 원망(願望)은 천정원리의 개입, 곧 왜공주와의 혼인을 통해 이루어진다(2-21). 이 점은 〈최척전〉에 나오는 옥영의 자력 귀환의

---

127) 견우와 직녀 이야기는 『詩經』〈小雅〉'大東篇'에도 나온다. '…維天有漢, 監亦有光, 跂彼織女, 終日七襄, 不成報章, 睆彼牽牛, 不以服箱…'. 이것은 周나라에 멸망한 殷나라 遺民들이 주나라 백성의 삶과 대조하여 그들의 아픔을 노래한 것으로 보아, 〈남윤전〉에서 꿈을 꾼 시점이 칠월칠석이란 점은 예사롭지 않다.

128) 한국문화상징사전편찬위원회 편, 『한국문화상징사전 2』, 두산동아, 1996(초판 2쇄), 569, 582쪽.

129) 은하수는 사랑하는 사람의 만남을 가로막는 의미이다. (한국문화상징사전편찬위원회 편, 위의 책, 570쪽)

130) 〈毛詩序〉에는 管叔과 蔡叔의 모함을 피해 東都로 나온 周公의 王業을 노래했다는 설도 있고, 屈萬里에 따르면 周公이 東征할 때, 豳나라 옛땅 사람들이 많이 따라갔다는 것으로 보아 이 작품이 豳나라 사람들이 鄕土를 생각하며 지은 것이라고 했다. (『詩經』 김학주 역, 명문당, 1997(증보중판), 245~246쪽 참조). 따라서 남윤의 상황으로 보아 남윤은 후자의 의미로 읽었을 것이라고 짐작할 수 있다.

지와는 다르다.[131] 그런데 이것이 ①처럼 가장 잔인했던 역사적 시기에
왜공주와의 혼인이라는, 곧 극명(克明)한 대조를 보인 것은 작가의 역사
의식의 결여라기보다는 서사 경쟁의 의미를 강화하기 위한 서사적 장치
이다. 이것을 두고 전적으로 일본과의 화해의 지향으로 보기는 어렵다.
왜냐하면 ②에서 보듯 남윤과 공주의 결연 상황은 지상에 같이 있는 시
간이 10년으로 늘어져 있다 해도, 항상 은하수라는 벽을 사이에 두고 존
재한다. 그리고 귀환 단락에서 보듯 남윤은 일본에서의 안락함으로 나
아가지 않고, 내적 자기 통제를 통한 귀환의지가 강한 인물로 나타나는
데서도 알 수 있다. 이것은 일본과의 화해 의식의 이중성을 상징적으로
보여주는 작가의 전략으로 볼 수 있다.

따라서 남윤은 입몽 전과 입몽·각몽 후의 존재방식은 '충효열'의 정
체성과 새로운 '애'의 우호적 경쟁을 통해 주제를 구현한다.

한편, 이들의 숙명담은 귀환 단락의 필연성을 이끌어 내기 위한 서사
적 장치로도 읽을 수 있다. 곧 꿈의 내용은 천상으로 올라가는 날의 시
기나 현실적 삶의 추상적인 시간만 나열되었지, 구체적인 삶의 상황은
결여되어 있다. 이를 보면 다음과 같다.

> 노승 왈, "셕낭은 옥경과 일심이 되어 월중션을 모히ᄒᆞ는 고로 삼 인은
> 됴션으로 적강ᄒᆞ여 고싱으로 지너게 ᄒᆞ고 월중션은 그 즁의 죄가 젹은 고
> 로 일본국 공쥬 되여 안낙ᄒᆞ게 ᄒᆞ미라. 스 인 각각 적강홀 찌의 월중션은
> 일본으로 보니고 숨 인은 됴션 안변 셔화ᄉᆞ로 부탁ᄒᆞ여 츄셩은 남두셩의
> 독즈 되고 셕낭은 니경희에 여식 되고 옥경션 그 즁의 죄가 더 즁ᄒᆞ여 함흥
> 충여 되여 고싱ᄒᆞ게 ᄒᆞ엿ᄂᆞ이, ᄂᆞ는 안변 셔화ᄉᆞ 부쳐라. 그ᄃᆡ 등이 웃지
> ᄂᆞ을 모르ᄂᆞ뇨?"[132]

---

131) 김진규, 「임란 포로소설 연구─<崔陟傳>을 중심으로」, 앞의 논문, 335~362쪽 참조.
132) <남윤전>, 611~612쪽.

이처럼 남윤을 둘러싼 애정의 4각 관계는 차등 죗값을 치르게 되어 있지만, 왜공주 또한 포로로 끌려온 남윤 때문에 안락하게만 지내는 인물이 못되고, 늘 남윤 주위에서 불안을 감수하며 그를 돕는 인물로 설정되어 있다. 이것은 결정론적인 적강의 천정원리와 자유의지적인 지상계 현실원리와의 경쟁을 구체적으로 보여주려는 작가 의식의 결과이다.

여기서 천정원리 중 '적강 모티프'의 초현실적 기능은 환상이나 비현실적 요소로만 볼 것이 아니라, 현실원리와의 우호적 서사 경쟁을 통해 결국 일본과의 화해 지향의 이중성[133], 남윤 애정의 합리성 지향, 흥미 유발, 불안한 상황에서 귀환의지로의 동인 등 현실적 의미 영역을 넓히는 중요한 구실을 한다. 이것은 남윤이 각몽 후 현실인식이 행동으로 급격히 변화하는 모습에서도 잘 반증한다. 반면 현실원리는 위와 같은 천정원리을 통해 신분(옥경선)과 국가(왜공주)를 초월하는 자유 연애의 실현을 유교 이념 속에 고양(高揚)하는 효과를 거두고 있다.[134] 다시 말해서 현실원리를 초월함으로써 천정원리(꿈)는 현실화되고, 천정원리를 초월함으로써 현실원리가 삶의 의지로 귀결되는 것이다. 이것은 또한 작

---

133) 공쥬 급히 말여 왈, "군니 이제 다른 스름을 알게 ᄒ여 셩복을 ᄒ실진디 후환이 읍ᄉ리요? 우리 ᄂ라ᄂ (일본—필자) 본디 간스ᄒ 신ᄒ 마ᄂ지라. 군애 거상ᄒᄆ를 알면 스름 다 고이ᄒ게 알 거시요, ᄯᄒ 부왕게 춤쇼ᄒ여 맛춤니 희을 입을 거시이 심상 지녀쇼셔." (<남윤전>, 598쪽), 공쥬 간졀이 위로 왈, "웃지 쇽졀읍시 몸을 바려 말리타국의 윌로온 혼이 되고져 ᄒ시ᄂ잇가? 쳡은 그윽키 군ᄌ을 위ᄒ여 혐의치 ᄋ이ᄒᄂ니, 군ᄌᄂ 쳔만 보즁ᄒ와 고국의 도라가실 묘칙을 성각ᄒ실 거여날 웃지 이럿틋 ᄒ시ᄂ요?" (<남윤전>, 603쪽). 위의 예문은 부모상을 당하고 시름에 빠져 있는 남윤을 위로하는 공주의 말인데, 한결같이 일본과는 대등한 입장에서 화해하기가 어렵다는 의미로 해석된다. 따라서 천정원리로 왜공주와 결혼을 했다 해서 양국 간의 화해 지향으로 읽기는 어렵다.

134) 김장동은 <남윤전>을 '이데아가 소재를 압도하여 민중의식과 대중의식의 승화인 民族意識을 유감없이 고취하였다'고 했다. (김장동, 『조선조소설의 작품논고』, 형설출판사, 1986, 69쪽). 이러한 점은 현실원리와 초현실원리의 우호적 경쟁을 통해 현실원리인 유교이념이 변증법적으로 止揚되어 당시 이념을 공고히 하고자 하는 작가의 의도와 맥을 같이 한다.

품 내적 리얼리티[135] 및 미학적 효과를 높이는 기능을 한다.

이상에서 볼 때, 〈남윤전〉의 현실원리(충효열)와 초현실원리(왜공주와의 애)의 서사 경쟁은 고난-극복을 '함께 추구하다(애쓰다)'가 결국 귀환의지를 사르는 현실원리로 수렴하는 모습이다.

(3) 극한상황과 극복의지

극한상황과 극복의지의 서사 경쟁은 작중인물의 극한상황에 대한 대응 의지로 파악할 수 있다. 곧 이 부분은 포로들이 탈주하거나 고국 귀환할 때 일어나는 극한적인 상황에 맞서는 인간의 의지가 어떻게 형상화되어 있는지를 살핀다.

〈최척전〉의 극한상황은 최척이 후금의 포로 수용소에 감금되었을 때의 불안한 심리와 감시병의 호의로 방송(放送)되어 고국으로 귀환할 때, 은진(恩津)에서 등창으로 죽을 고비를 넘기는 장면이다. 그러나 이러한 극한상황의 긴박감에 비해 최척의 극복의지는 약화되어 있고, 우연히 영남쪽으로 가던 홍도의 아버지 진위경의 침술로 살아나는 것으로 되어 있다.

반면 이 작품은 〈옥영전(玉英傳)〉이라 할 만큼 옥영의 귀환 과정(명→무인도→조선)에 극한상황과 극복의지가 집약되어 있다. 최척 부부는 안남에서 극적으로 재회하여 명나라에서 몽선도 낳고 살아가지만, 인간의 보편적 심성인 고향에 대한 그리움만 표출할 뿐[136], 어떤 계획도 세우지

---

135) 小說의 리얼리티는 文體(方法)에 있다. …文體는 체험 內容을 想像의 世界로 轉置시키는 작업이다. (이어령, 「한국소설의 맹점-리얼리티의 문제를 중심으로」, 사상계, 1962, 268쪽)

136) 척은 이제 아내를 만나 걱정없이 편안하고 즐겁게 살기를 바랐지만, 먼 이국(異國)에 의탁하고 있는 터라 사방을 돌아봐도 친척이라곤 없는 외로운 처지였다. 그래서 늙은 아버지와 어린 아들이 마음에 걸려 밤낮 상심하면서, 오직 살아서 돌아가기만을 마음 속으로 빌었다. (陟旣得妻, 庶有安樂之心, 而遠托異國, 四顧無親。係念老父稚子, 日夜傷心, 默禱生還而已。) (<崔陟傳>, 185쪽)

못한다. 이후 최척이 호족의 명나라 침입 때, 명나라 오세영의 군대에
뽑혀 가서 돌아오지 않자, 옥영의 고국에 대한 그리움137)은 강한 귀환의
지로 탈바꿈된다. 옥영은 몽선의 완강한 만류(2-23)에도 불구하고, "비록
네 아버지와 할아버지가 이역에서 돌아가셔서 뼈가 들판에 버려져 있다
하더라도 선조의 무덤은 누가 다시 보살피겠느냐?"138)며 20년에 가까운
명나라 생활(1600. 4.2 이후~1620.2)을 청산하고 고국 귀환을 감행한다.
이것은 몽석이 호족 포로 수용소에서 극적으로 만난 아버지 최척으로부
터 어머니의 소식을 듣고 모셔올 일을 계획하나 실행에 옮기지 못하고
눈물만 흘리는 모습139)이나, 최척이 명에 있는 처자식에 대해 어떤 갈등
도 없이 고국행을 감행하는 모습(2-21)과는 퍽 대조적이다.

　그러나 옥영의 귀환 과정은 한마디로 고난의 연속이다. 인간 의지의
열정과 투혼을 발휘하지 않고서는 도저히 성공할 수 없는 것이다. 먼저
옥영 일행은 명나라의 순찰선과 왜선을 기지로 따돌리지만(2-26) 이내
자연 재앙이 그들을 막는다. 이를 보면 다음과 같다.

　　이날 저녁 남풍이 매우 사납게 불어 파도가 하늘에 닿을 듯 했으며, 사방
　이 구름과 안개에 둘러싸여 막히는 바람에 지척(咫尺)을 분간할 수 없었다.
　돛대는 부러지고 돛은 찢어져 어디에 다다랐는지 알 수가 없었다. 몽선과
　홍도는 두려움에 떨면서 뱃바닥을 엉금엉금 기더니 뱃멀미로 고생했다. 옥

---

137) "하물며 월(越)나라 새는 다른 나라에 있으면 남쪽에 있는 고국을 그리워하며 남
　　쪽 가지에 둥지를 틀고, 오랑캐 말은 남쪽에 와서 북풍을 만나면 머리를 들어 북쪽
　　을 바라본다는 데, 이제 죽을 날이 문득 다가온다고 생각하니 더욱 고향에 대한 그
　　리움으로 견딜 수가 없구나." ("況越鳥巢南(枝), 胡馬倚北(風), 今且死日將迫, 尤不
　　堪首丘之戀。") (<崔陟傳>, 192쪽)

138) "汝父汝祖, 雖皆暴骨於異域, 而先祖丘墓, 誰復看護?" (<崔陟傳>, 193쪽)

139) 몽석은 어머니가 살아 있다는 말을 듣고 밤낮으로 고민하면서 장차 천조에 들어
　　가 어머니를 데리고 올 일을 계획하였으나, 스스로 결단할 수 없어 다만 절박하게
　　부르짖으며 울 뿐이었다. (夢釋自聞其母之生存, 日夜腐心, 將有入天朝將母之計,
　　而無以自達, 徒切號泣而已。) (<崔陟傳>, 191쪽)

영은 홀로 앉아 염불(念佛)을 외며 하늘에 빌 뿐이었다.[140]

배는 옥영 일행을 귀환할 수 있게 해주는 유일한 수단인데, 자연 재앙 앞에 손쓸 겨를 없이 파손된다. 더욱이 수리도 하기 전에 배를 해적들에게 빼앗겨 옥영 일행은 최대의 난관에 봉착한다. 이러한 절대절명의 극한상황 속에서 옥영의 극복의지는 시험을 받는다. 이를 보면 다음과 같다.

　　옥영은 곧 아들과 며느리를 붙들고 슬프게 울부짖으니, 그 소리가 바위 언덕을 뒤흔들었고, 쌓였던 한이 겹겹이 밀려오는 물결에 맺혀, 바다의 신이 오그라들어 펴지지 않고, 산의 귀신은 얼굴을 찡그리고 신음했다. 옥영이 절벽에 올라 밑을 내려다 보며 죽으려 몸을 던지려 했다. 이 때 아들과 며느리가 함께 만류하여 바다에 몸을 던질 수 없었다. 옥영이 몽선을 돌아보며 말했다. "너는 내 죽는 것을 막지 마라. 장차 무엇을 바라겠느냐? 자루 속에 남은 식량은 겨우 3일만 지탱할 수 있을 터인 데, 앉아서 식량이 떨어지기만을 기다리며 죽지 않는들 무엇을 할 수 있겠느냐?"[141]

이처럼 모든 것을 잃은 뒤에 남는 것은 절망뿐이다. 곧 배도 잃고, 모든 의지력마저 잃어버린 상황은 그야말로 진퇴양난이며 초강도 고난이다. 그러나 옥영은 몽선의 만류와 결정적인 장육불의 계시로 또 한번 의식을 재무장하여 삶을 이어간다. 헤밍웨이의 『노인과 바다』에서 '인간은 죽을 수는 있어도 패배하지 않는다'[142]는 산티아고 같은 의지력, 곧 강

---

140) 是夕, 南風甚惡, 波濤接天, 雲霧四塞, 咫尺不辨. 檣楫帆裂【檣摧帆裂】, 不知所屆. 夢仙與紅桃, 惶怖葡伏【惶怖匍伏】, 困於水疾. 玉英獨坐祝天念佛而已. (<崔陟傳>, 고려대본, 19쪽)

141) 卽與子婦, 相扶哀號, 聲震岩岸, 恨結層波, 海若瑟縮, 山鬼嚬呻. 玉英登臨絶岸, 將欲投身, 子婦共挽, 不得投. 顧謂夢仙曰 : "爾止吾死. 將欲何俟? 橐中餘糧, 僅支三日, 坐待食盡, 不死何爲?" (<崔陟傳>, 195쪽)

142) 헤밍웨이, <노인과 바다>, 함희준 역, 『세계문학전집』 21, 평범사, 1979, 446쪽.

인한 생명력의 미학을 구현한다.

따라서 〈최척전〉의 극한상황과 극복의지의 서사 경쟁은 극복의지의 우위로 수렴되어 결국 가족 재회할 수 있는 원동력이 된다.

〈김영철전〉은 다른 포로소설과 달리 극한상황과 극복의지는 귀환 전과 귀환 후로 나누어진다. 이것은 영철의 귀환 후가 완전한 고난의 극복이 아니기 때문이다. 귀환 전은 건주~등주의 공간 층위에서, 귀환 후는 조선의 공간 층위에서 서사 경쟁하며 서술되어 있다.

첫째, 귀환 전이다.

먼저, 영철에게 닥친 최초의 극한상황은 후금의 포로가 되었다가, 조선 양반, 장관으로 오인되어 죽을 위기에 놓이는 순간이다. 영철의 내면 심리는 문면에 나타나 있지 않지만, 그의 종조(從祖)의 피살을 목격하는 상황으로 보아 그의 공포감은 극에 달했음을 상상할 수 있다. 이러한 영철의 극한상황은 돌연 노예주(奴隸主) 아라나의 개입으로 목숨은 건지지만, 그만 그의 종이 되고 만다. 이후 영철은 아라나의 집에 끌려가 고된 노동의 착취를 당하면서도 자유인이 되기 위한 탈주를 실행하다가 실패하여 월형이라는 엄한 벌을 받는다. 그러나 영철은 이에 굴하지 않고, 명나라인 포로 전유년 등과 함께 명나라 등주로의 탈출을 또다시 결심한다.

따라서 여기에 나타난 영철의 극한상황과 극복의지의 서사 경쟁은 결국 등주로 탈출할 결심으로 수렴되어 후금 처와의 관계를 복잡하게 하는 요인이 된다.

다음, 영철이 명나라 등주로 탈출할 때 일어나는 극한상황과 극복의지이다. 이 부분은 위기 국면도 많고, 서술 시간도 감속되어 사건의 긴박감과 서사적 긴장을 더한다. 곧 영철 등 10명이 탈출을 결행했지만, 이내 강여울에서 수자(守者)를 만나 탈출자 4명과 3마리의 말이 못에 빠져 죽는 장면, 들판에 펄럭이는 오랑캐의 휘장을 피해 산기슭으로 피해

숨는 장면, 쌀을 씹고 물을 마시는 장면, 양식이 떨어지자 말을 죽여서 먹고, 남은 고기는 말에 매달고 이틀 밤낮을 달리는 장면, 명의 후졸(候卒)에게 노구(虜寇)로 오인돼 죽을 고비를 맞는 장면(2-8) 등이 그것이다.

이처럼 탈출 서사에 나타난 극한상황과 극복의지의 서사 경쟁도 결국 등주로 탈출에 성공하는 것으로 수렴되어 복잡한 서사적 국면을 예비한다.

둘째, 귀환 후이다.

영철은 꿈에도 그리던 고국으로 귀환했지만 재종군(再從軍)과 이국인 처자에 대한 윤리적 고뇌로 자유로울 수 없는 극한상황에 빠진다. 영철이 병란 후 청나라 군사 진영에 치하하러 갔다가 아라나 조카에게 붙들려 또다시 종으로 끌려갈 처지에 놓이는 장면은 차치하더라도, 1641년 유림의 부대에 재종군했을 때 아라나에게 붙들려 죽을 위기에 처하는 장면은 극한상황의 압권이다. 이를 보면 다음과 같다.

> "나는 너에게 세 가지 큰 은혜를 베풀었다. 너는 마땅히 죽임을 당했어야 했는데, 내가 살려준 것이 첫 번째 은혜요, 네가 두 번이나 도망쳤어도, 죽이지 않고 풀어준 것이 두 번째 은혜요, 내 제수를 너의 처로 삼게 하고, 건주의 가계를 맡긴 것이 세 번째 은혜다. 그런데도 너에게는 용서받기 어려운 죄도 세 가지 있다. 곧 목숨을 살려준 덕과 보살펴 준 은혜를 생각하지 않고, 재차 도망친 것이 첫 번째 죄요, 말을 기르게 할 때 진심으로 부탁했건만, 너는 되놈과 함께 짜고 나를 배신한 것이 두 번째 죄요, 도망치면서 내 천리마를 도둑질한 것이 세 번째 죄다. 나는 네가 도망친 것이 한이 아니라, 내 천리마를 잃은 것이 한이다. 지금도 몹시 원통하니 반드시 너를 목베어 죽일 것이다."[143]

---

143) "我有三大恩於汝。汝當斬, 吾免汝死, 一也, 汝再亡, 而釋不殺, 二也, 吾以弟妻妻汝, 而委建州家計, 三也。汝則有難赦之罪者三。汝不念活命之德撫畜之恩而再亡, 罪一也, 使汝牧馬時, 我誠以囑汝, 而汝反與蠻子同謀背我, 罪二也, 汝亡且盜我千里馬, 罪三也。吾不恨亡汝, 而恨失我千里馬。至今痛心, 吾必斬汝。"(<金英哲傳>, 488쪽)

이처럼 아라나는 분에 차 자신의 관점에서 영철의 죄를 낱낱이 밝히며, 그를 죽이려 한다. 영철은 겁에 질려 "말을 훔쳐 도망간 죄는 제게 없습니다. 이것은 진실로 되놈이 한 짓입니다. 당시 그 계책을 따르지 않았다면, 저 아홉 사람이 이 영철을 칼로 베기는 한번 손바닥 뒤집기와 같았을 것입니다. 부디 주인 어르신께서는 살펴 주시기를 바라옵니다."[144]라며 큰소리로 호소한다. 죽음의 극한상황에 맞선 영철의 극복의지는 거짓말의 방법을 동원하지만, 일개 민중의 입장에서 얼마든지 이해할 수 있는 부분이다.

이처럼 귀환 후의 영철의 극한상황과 극복의지의 서사 경쟁은 극복의지의 우위이지만 결국 자모산성의 수졸 및 이국인 처자에 대한 윤리적 고뇌로 수렴된다.

〈유록의 한〉의 극한상황과 극복의지의 서사 경쟁은 포로·귀환 단락 전체로 볼 때, 몽세와 유록이 고난을 무릅쓰고 서로 찾아 나서는 모습에서 잘 나타난다. 몽세는 포로가 된 유록을 찾기 위해 유록이 끌려갔던 곳을 수소문하며 곧 '송도→평양 주점→압록강 통군정→계월향 사당→박천 모련암→청천강' 등을 헤매던 중, 유록 또한 자신이 끌려왔던 길을 되짚어 가던 중, 청천강에서 두 사람은 극적인 재회를 한다.[145] 따라서 유록과 몽세의 극한상황과 극복의지의 서사 경쟁은 결국 두 사람의 재회로 수렴된다.

물론 이 작품의 극한상황과 극복의지는 제목이 시사하듯 유록의 서사에 더 강하게 나타난다. 유록의 극한상황은 훼절의 불안과 공포이고, 그

---

144) 甚急, 英哲大呼曰 : "竊馬亡逃, 罪不在我。此實蠻子爲之。當時不從其計, 則彼九人乃英哲, 一反手耳。幸主公察之。(<金英哲傳>, 488쪽)

145) 몽세는 유록이 포로로 끌려간 길로 찾아가고, 유록은 자신이 끌려왔던 길을 되짚어 귀환하는 과정, 곧 캐논 인버스(canon inverse, 악보를 앞에서부터 연주하는 사람과 마지막에서 연주하는 사람이 중간 지점에서 만나 절정의 하모니를 이룬다는 음악 용어)식 서사 경쟁을 함으로써 다른 포로소설과는 다른 독특한 구조를 가진다.

극복의지는 자신의 내면적 대응과 물리적 행위로 나눌 수 있다.

첫째, 훼절의 불안에 대한 유록의 내면적 대응인데, 주로 증언시(證言
詩)로 나타난다. 곧 평양의 주점에 끌려온 모든 부녀자 포로들이 훼절의
불안에 떨며 통곡하고 있을 때, 유록이 방의 벽상(壁上)에 쓴 시[146]가
좋은 예이다. 이를 보면 다음과 같다.

> 풍진남북(風塵南北)에 각분리(各分離)ᄒ니
> (바람과 틔ㅅ끌에 남북에 각각 논호이고 쩌낫스니)
> 독야긔셩(獨夜箕城)에 엄루시(淹淚時)라
> (혼자 밤 긔셩에 눈물을 쑤릴 째로다)
> 천고아만(千古阿瞞)이 일거후(一去後)에
> (천고에 아만이 흔번 간 뒤에)
> 깅무인쇽치문희(更無人續蔡文姬)라
> (다시 치문희를 쇽량홀 사롬이 업도다)
> 랑지샹산첩패셩(郞在象山妾浿城)ᄒ되 원문 주) 象山은 谷山의 舊號라.
> (랑은 산샹【샹산】에 계시고 첩은 패셩에 잇ᄂᆞᆫ되)
> 랑하지쳡ᄎᆞ시졍(郞何知妾此時情)고
> (랑이 어이 쳡의 이 째 뜻을 알니오)
> 약무ᄉᆞ셰(若無斯世)에 즁봉일(重逢日)이면
> (만일 이 셰샹에 거듭 만날 날이 업스면)
> 지원가연(只願佳緣)을 결후싱(結後生)을
> (다만 아릿다온 인연을 후싱에 밋기를 원ᄒ노라)[147]

---

146) <유록의 한>에 삽입된 시가는 포로 전 단락에 14수(간략한 노래 2수 포함), 포
로·귀환 단락에 5수로 전체 19수이다. 이 중, 포로 전 단락은 몽세의 시 9수, 유록
의 시 5수로, 주로 유록과 몽세의 만남·사랑·이별 등 욕망의 정조를 나타낸 시이
다. 포로·귀환 단락은 유록의 시 3수와 몽세의 시 2수인데, 전자는 유록의 내면화
된 절행을 강조하는 증언시라면, 후자는 몽세가 병란 뒤 폐허가 된 연화동 고택에서
자신의 비회를 억제하지 못해 지은 시와 계월향 사당에서 그녀의 절행을 찬탄한 시
이다.

147) <柳綠의 恨>, 47~48쪽.

위의 예문처럼 유록은 속신할 처지는 고사하고, 몽세를 만날 기약도 없는 자신을 화자로 내세워 몽세와 후생(後生)에서라도 인연을 맺었으면 하는 바람이 강하게 나타나 있다. 이것은 시로서의 독립적인 기능보다는 앞 뒤 과정 서사와 유기적으로 대응한다. 곧 돈이 없어 속신할 수 없는 자신[148]이 어떻게 몽세와의 만남을 기약할 수 있느냐 하는 현실적 슬픔의 인식이며 동시에 내세적(來世的) 삶에의 소망이다. 이런 현실 인식과 염원의 시는 후일 몽세가 유록을 찾는 단서가 된다. 서정적 표현이면서도 중요한 '서사적 장면화'의 한 요소로 치환되며 복선 역할을 한다.

한편, 증언시는 극한상황의 강도에 따라 더 절절한 절명시로 급전하는데, 다음 예문이 그것이다.

> 여러 날 만에 의쥬(義州) 압록강(鴨綠江)가에 니르러 금병(金兵) {청병} 이 여러 녀᾿(女子)를 몰아 통군정(統軍亭)에 머므르게 ᄒ니… '내 만일 젹막(寂寞)히 죽으면 뉘라셔 류록【류록】(柳綠)이 졍 츄랑(鄭秋郞)을 위(爲)ᄒ야 압록강슈(鴨綠江水)에 더진 줄 알니오? 맛당히 죽음을 명빅(明白)히 ᄒ리라.' ᄒ고, 이에 평양(平壤) 쥬졈(酒店)에서 가지고 오던 필묵(筆墨)을 취(取)ᄒ야 통군정(統軍亭) 벽샹(壁上)에 오운(五韻) 일슈시(一首詩)를 쓰니[149]

이처럼 훼절의 불안에 대한 극한상황은 유록의 내면적 대응인 증언시와 절명시를 통해 극복하려 했기에, 결국 그녀의 절행으로 수렴된다.

둘째, 훼절의 공포에 대한 물리적 행위이다. 이것은 유록에게 닥친 두 번의 겁탈 위기에서 나타난다.

먼저, 유록이 통군정 벽상에 절명시를 쓰고 난 뒤에 바로 압록강에

---

148) 사로잡힌 부녀(婦女) 중(中)에 그 부모(父母)이나 친척(親戚)이 후(厚)이 속젼(贖錢)을 주면 노하 {놓아} 보내는 쟈(者)ㅣ 만ᄒ나, 그러치 아니ᄒ는 쟈(者)는 모다 거느려 금국(金國) {청국} 으로 향(向)홀 시 (<柳綠의 恨>, 46쪽)

149) <柳綠의 恨>, 48~49쪽.

투신하는 행위이다. 이러한 극단적인 행위는 유록이 당장 청병에게 겁탈을 당할 위협 때문에 일어난 것이 아니라, 압록강을 건너면 다시는 고국땅에 돌아올 수 없을 뿐 아니라, 훼절할 것임이 분명하다는 유록의 벼랑 의식에서 나온 것이다. 이 또한 유록의 극한상황으로 볼 수 있는데, 그녀의 극복의지는 '찰하리 {차라리} 몸을 창파(蒼波)에 더져 조결(操潔)흔 귀신(鬼神)이 되리라.'150)는 자결 의지로 귀납된다. 이 같은 압록강의 투신은 〈최척전〉의 옥영처럼 삶에 대한 강한 욕망을 내포하고 있다. 따라서 유록의 행위는 그 결과보다는 행위의 과정이 더 의미를 가지며 사건은 전개된다.

다음, 유록이 파락호에 쫓겨 청천강에 투신하는 행위이다. 유록이 고난 끝에 묘범암에서 1년을 보내고 몽세를 찾으려 떠나지만 그 의지는 파락호들에 의해 여지없이 무너진다. 이를 보면 다음과 같다.

> 류랑이 하늘을 우러러 길이 탄식(嘆息) 왈, "첩(妾)이 만스여싱(萬死餘生)으로 녀화위남(女化爲男)ᄒ야 발섭(跋涉) 도로(道路)함은 힝(幸)혀 경셩(京城)에 득달(得達)ᄒ야 정랑(鄭郎)을 다시 맛날가 ᄒ엿습더니, 창텬(蒼天)이 돕지 아니시고 괴신【귀신】(鬼神)이 희(戲)를 지어 쏘 이러흔 변(變)을 맛낫스오니, 첩이 어이 다시 살기를 바라리오? 이졔 흔번 죽어 졍랑(鄭郎)의 스랑ᄒ던 은혜(恩惠)를 갑흐리이다." ᄒ고, 이에 츄슈량안(秋水兩眼)에 두어줄 눈물이 ᄂ림을 찌둣지 못ᄒ며 오열 비읍(嗚咽悲泣) 왈, "첩이 젼일(前日)에 압록강슈(鴨綠江水)에 싸젓더면 혹쟈(或者) 졍랑(鄭郎)이 첩의 죽음을 알앗스려니와, 오늘날 이 곳에서 죽은들 졍랑이 후일(後日)에 어이 알음이 잇스리오?" ᄒ며, 이처로 슬허ᄒ더니 함셩(喊聲)이 졈졈(漸漸) 갓가오며 좃차 오는 쟈(者)ㅣ 거의 등 뒤히 다다랏는지라. 류낭이 이를 보고 익호(哀呼) 일셩(一聲)에 몸을 눌녀 강심(江心)을 향(向)ᄒ야 쒸여드니, 믄득 수운(愁雲)이 니러나며 월식(月色)이 무광(無光)ᄒ고 슮흔 바람이 강샹(江上)을 두루며 산쳔초목(山川草木)이 위(爲)ᄒ야 슬허

---

150) <柳綠의 恨>, 49쪽.

흐는 듯흔지라.151)

이처럼 유록은 파락호가 자신을 겁탈하려 쫓아오자, 죽음을 각오하고 도망친다. 유록이 청천강가에 이르렀을 때는 파락호가 거의 자신의 등 뒤까지 쫓아온, 그야말로 절대절명의 극한상황이다. 유록은 이러한 극한상황을 벗어나기 위해 앞서 압록강에 빠져 죽지 못한 것을 한탄하며 주저없이 압록강에 투신한다. 엄밀히 말해 앞서 압록강가의 투신이 청병의 겁탈에 대한 불안 의식이라면, 이것은 바로 눈 앞에서 겁탈당할 수 있는 파락호들에 대한 공포감이다. 정조를 목숨보다 더 가치있게 생각하고 절행을 실천했던 유록으로서는 청천강의 투신은 선택의 여지가 없는 것이다. 이러한 유록의 극한상황에 대한 극복의지는 투신 서사로 감속되며 독자로 하여금 긴장을 더한다.

이처럼 훼절의 공포에 대한 극한상황은 유록의 적극적인 행위를 통해 극복하려 했기에, 결국 그녀의 절행은 만고에 빛을 더한다.

따라서 〈유록의 한〉의 극한상황과 극복의지의 서사 경쟁은 극복의지의 우위로 수렴되어 결국 유록과 몽세가 재회하여 그들의 애정을 실현하는 것으로 짜여 있다.

〈남윤전〉의 극한상황과 극복의지는 조선과 일본의 서사축에서 각각 일어난다. 조선의 서사축에서는 남윤의 부재가 극한상황이고, 옥경선의 낭군(郎君), 고행의 친부(親父), 이씨 부인의 부(夫) 찾기가 극복의지이다. 이들은 자신들의 위치에서 존재론적 고뇌를 가지며 남윤과 재회하기를 갈망한다. 그리고 일본의 남윤 서사축에서 극한상황과 극복의지는 남윤의 귀환담에 잘 나타난다. 따라서 이 부분의 극한상황과 극복의지의 서사 경쟁은 앞서 살폈던 초현실원리(천정원리)가 어떻게 변용되어 서사적 기능을 하는지 살피면 잘 알 수 있다.

---

151) 〈柳綠의 恨〉, 67~68쪽.

첫째, 천정원리 기능의 약화이다.

먼저, 월중선이 일러 준 탈출 경로와 남윤의 실제 탈출 경로가 다른
점이다. 곧 월중선은 영주→나주→성도→봉래산·영주산·방장산→
초·오·가달의 땅·제→해주→황주→산동→황하수→남경 웅천부이고,
남윤의 실제 탈출 경로는 강동→영주→성도→봉래산→제나라→오나라
→한수→강동→황하수→남경→황주→황성인 점이 그것이다. 남윤은 남
경(南京)에 도착하여 "공쥬 읏지 텬ㅎ 디도 [지도] 을 이러틋시 ㅇ던고
?"152)하면서 감탄했지만, 실제 경로는 서로 다름을 알 수 있다. 이처럼
서로 다른 경로는 공주가 '첩이 오 세부터 지도를 익이 보안는 고로 아
ㄴ이다.'153)라고 말했듯이 이것은 천정원리로 이루어진 것이 아니라, 철
저히 현실원리가 작용한 예이다.

다음, 공주가 보신용(保身用)으로 준 보검(寶劍)의 사용 용도이다.

일쳑 단금 [단검] 을 쥬며 왈, "이 칼이 비록 즈그ㄴ [작으나] 흔번 두
루면 십이 박의 잇는 스룸이 다 슘더 쓰러지 듯 ㅎ는 거시오이, 우리 부왕
의 팔더됴 이 칼을 으더 지금거지 유젼ㅎ는 비라. 낭군이 칼 가진 후은 본
국을 무스이 득달ㅎ리이, 만일 이 칼을 일으면 몸을 보젼치 못ㅎ리이다. 슘
가 간슈ㅎ쇼셔."154)

위의 예문처럼 공주가 부왕(父王)의 팔대를 내세우며 꼭 간수하라고
일러주는 장면은 천정원리로 보기 어렵다. 또한 보검의 사용도 현실원
리가 천정원리를 압도한다. 남윤이 오나라 땅 한수가에서 밤이면 마을
에 들어가 곡식을 도둑질하고 어선을 훔쳐 타고 가자, 오나라 사람들이
해적인가 하여 장사 수십 명이 달려들 때, 이 보검을 휘둘러 일시에 삼

---

152) <남윤전>, 623~624쪽.
153) <남윤전>, 615쪽.
154) <남윤전>, 615~616쪽.

단 쓰러지듯 죽이는데 사용한다(2-29). 이러한 남윤의 행위는 원인으로
볼 때 비도덕적임은 물론, 행위 결과도 비현실적인 것[155]으로 보인다.
그래서 고려대 육당문고본은 이 보검의 사용을 남윤 부부를 쫓는 왜왕
의 하수인을 물리치는 것으로 되어 있어 더욱 현실원리가 작용한다. 어
떻든 국립중앙도서관본에 나타난 도둑질이 옳은 행위라고 할 수는 없지
만, 인간의 배고픔과 목마름을 참을 수 없었던 극한상황에서 그것은 일
어남직한 상황이고, 하물며 자신을 죽이려고 달려든 사람들을 향해 보
검을 휘두르는 것은 극한상황에 대한 인간의 생존 본능의 의지로도 읽
을 수 있다.

또, 월중선이 남윤에게 일러준 5년의 금기 시간이다.

공쥬 문득 갈오디, "쳡이 니제 낭군을 쩌ᄂᆞ면 다시 만ᄂᆞᆫ 날 날이【만ᄂᆞᆫ
날이】 멀거이와 낭군니 이제 오 년을 지니면 (*본)국의 도라가 쳐즈을 다
시 만ᄂᆞ리이 슬으 마르쇼셔. 만일 오 년 ᄎᆞ지 못ᄒᆞ여서 고향의 도리가면
【도라가면】 이ᄂᆞᆫ 쳔명을 거역ᄒᆞ시미(*라). 이룹지 ᄋᆞ이 ᄒᆞ시리니 슴가
힝ᄒᆞ시고 남경 득달ᄒᆞ시거든 오 년을 기다려 본국에 도라 가쇼셔."[156]

위의 예문은 공주가 남윤과 사별하기에 앞서 남윤에게 '무사히 탈출
하여 남경에 도달하면 그 곳에서 5년의 시간을 채우고 돌아가라'는 천명
(天命)을 전하면서, 그것을 거역하면 이롭지 않다고 간곡히 부탁하는 장
면이다. 그러나 남윤이 남경에 도달한 시간을 유추해 보면 1608년 초이
다. 그리고 남윤이 조선 사신을 따라 고국에 귀환한 것은 늦게 잡아도
1612년이다. 이로 보면 1년이라는 시간이 차이가 난다. 이렇다면 공주의

155) 그러나 고소설은 과장법을 많이 쓰되 현실적 의의를 담고 있는 것이 보통이다. 이
것은 단순히 주인공의 개인적인 능력을 과장하는 데서 그치지 않고, 세계와 맞서는
자아의 의지나 저층의 잠재된 능력을 강조함으로써 현실의 진면목을 드러내기도 한
다. (김광순, 앞의 책, 81쪽)
156) <남윤전>, 617~618쪽.

말대로 5년의 시간, 곧 천명을 어긴 남윤은 어떤 형태라도 해로운 일이 나타나야 옳다. 작가의 시간 계산 착오로도 볼 수 있지만, 그렇지 않다면 포로 단락에서 보여줬던 절실한 천정원리가 귀환 단락에는 크게 작용하지 않는다는 것이다.

이 밖에도 이씨 부인, 옥경선, 고행의 꿈에 나타나는 단편적인 재회의 징조가 있다. 이 또한 천정원리가 이들의 행동을 지배한다기보다는 남윤에 대한 현실적 재회의 희망을 잃지 않기 위한 신념으로 상승 작용을 한다.

둘째, 현실원리 기능의 강화이다.

먼저, 남윤의 중국까지의 귀환 고행담이다. 남윤이 공주와 사별한 뒤 무인절도(無人絶島)에서 화식(火食)을 못해 인형의 모습을 잃고 탄식하는 장면(2-28), 우여곡절 끝에 남경에 도착했지만 그 곳 사람들로부터 생귀신으로 취급 받아 경계를 당하는 장면(2-29) 등은 이 작품이 '왜국에 대한 호의적인 가치 판단에 대한 작품 내적인 검열 장치 혹은 통과제의'[157]라기보다는 인간 의지의 열정적 도전으로 읽을 수 있다. 왜냐하면 천정원리는 사라지고 오로지 남윤이 처한 인간적 극한상황과 극복의지의 대결만 남아 있기 때문이다.

다음, 주요인물들의 고뇌 양상이다. 남윤은 황주 자사의 도움으로 중국 황성에 도달하여 천자와 함께 시서(詩書)를 강론하며 지내다가(2-30) 귀국하나, 의탁할 길 없는 자신의 처지에 대해 고뇌한다(2-33). 조선의

---

157) 김연호, 앞의 논문, 287쪽. 그는, 남윤이 명나라에서 조선으로 귀국하기 위해 조선 사신을 5년 동안이나 기다렸다가 귀국하게 한 장치는 왜국에서 호의호식한 남윤이 무사하게 귀환할 수 있도록 하는 통과의례적인 장치(김연호, 위의 논문, 288쪽)라고 하였지만, 포로 생체험자 노인도 1599. 3.17에 일본에서 중국으로 탈출하여 1601년 정월에 고국으로 돌아온 점 (정연탁, <금계일기> 해제, 고전국역총서 86, 민족문화추진회, 1977)을 감안하면 실제 남윤의 약 4년간의 중국 체류 기간은 꼭 사실성을 잃었다고 볼 수 없다.

가족들 또한 남윤을 찾기 위해 믿음을 버리지 않는 장면(2-27)이나 고행의 조부와 부친의 부재를 깨달으며 자결(自決)하려는 의지(2-37)는 자기 정체성의 상실로 인한 존재론적 고뇌인 것이다.

또, 현실적 결말158) 처리이다. 일반적으로 고소설에서 선연(仙緣)을 가진 주인공은 적강 인세(謫降人世)하여 가혹한 고난을 겪다가 수직적으로 승화하여 선계로 귀환한다.159) 그러나 국립중앙도서관본 〈남윤전〉은 '일노 줄 맛느셔 호스로 지니더라.'160)라는 가족의 극적인 재회라는 간략한 결말 처리로 되어 있어 현실원리를 강조한다.

이처럼 〈남윤전〉의 극한상황과 극복의지의 서사 경쟁은 남윤과 그 가족의 서사축에서 철저한 현실원리에 바탕을 두고 전개되다가 각각 극복의지의 우위로 귀결되어, 결국 가족 재회로 수렴된다.

이상에서 볼 때 포로소설의 포로·귀환 단락은 적대와 우호, 현실원리와 초현실원리, 극한상황과 극복의지의 층위에서 주요인물의 고난-극복의 서사 경쟁 원리로 짜여 있다. 이러한 점은 포로소설의 다성적(多聲的) 성격161)을 보여주며, 나아가 포로소설이 갖는 강한 주제 의식의 접근을 미리 차단하여 소설적 긴장감과 흥미를 독자에게 부여하려는 작가의 서사적 전략으로 볼 수 있다.

---

158) 정신문화연구원본과 고려대 육당문고본은 남윤, 이씨 부인, 옥경선의 승천과 자녀의 후일담 등이 부연되어 있다. 따라서 남윤 가족의 이산과 재회를 결말로 처리한 국립중앙도서관본이 현실원리를 강조하는 포로소설의 유형적 성격에 부합된다.

159) 박용식, 「한국 서사문학의 전개와 신앙사상」, 사재동 편, 『한국서사문학사의 전개』 I, 중앙문화사, 1995), 147쪽.

160) 〈남윤전〉, 638쪽.

161) 다성(多聲, polyphony)은 단순히 다양성을 의미하는 것이 아니라 요소들끼리 서로 경쟁하고 갈등의 관계에 있음을 지시하는 용어이다. (피터 플래허티, 여홍상 역, 「바흐친과 대중문화비평」, 여홍상 엮음, 『바흐친과 문화 이론』, 문학과지성사, 2000(3쇄), 323쪽)

3) 삶의 불가역성(不可逆性) 원리

소설에서 결말의 의미는 작품 내적 의미와 작품 외적 의미로 나누어 볼 수 있다. 전자는 결말이 작품의 전체와의 관련 속에서 어떤 의미를 갖는다는 것이고, 후자는 이러한 결말이 한 작품을 뛰어넘어 다른 작품과 함께 사회적·역사적 관련성을 맺을 때의 의미이다.[162]

포로소설의 결말은 귀환 후 단락이다. 포로소설은 포로뿐만 아니라 그 가족들이 온갖 고난과 시련을 극복하고 마침내 재회하는 기쁨으로 끝을 맺고 있다. 그러나 재회의 기쁨은 삶의 불가역성이라는 운명과 가족 이산의 간난한 삶을 반추(反芻)할 때 본질적으로 비극성을 내포한다. 이 점이 포로소설이 갖는 결말 구조의 이중성이다. 포로소설 중 작품 내·외적으로 비극적인 작품은 〈최척전〉, 〈김영철전〉이고, 〈유록의 한〉, 〈남윤전〉은 작품 외적 요소인 당대인(當代人)의 보상심리와 기대 지평이 투영된 바람에 그 비극성을 초월한다.

(1) 비극형(悲劇型) : 〈최척전〉, 〈김영철전〉

본고의 텍스트인 서울대본·고려대본 〈최척전〉의 결말은 사국(四國)에서 유리하며 지내던 온 가족이 온전히 재회한 이후로 '척과 옥영은 위로는 부모님을 받들고, 아래로는 자식과 며느리를 돌보면서 남원부 서쪽 옛집에서 살았다.'[163]는 것으로 간략히 처리되어 있다. 곧 최척의 부자(父子)·장모(丈母)와의 재회, 옥영의 모(母)·구(舅)와의 재회, 홍도의 부(父)·구(舅)와의 재회 등은 표면적으로 더할 나위없는 행복한 결말 구조이지만, 20여 년의 그들의 간난한 삶을 반추할 때 어디에서도 보상

---

162) 이창헌, 「고전소설의 결말구조와 그 세계관-홍길동전·구운몽·군담소설을 중심으로」, 국문학연구 66, 서울대학교 국문학연구회, 1984, 13쪽.
163) 陟與玉英, 上奉父母, 下育子婦, 居于(南原)府西舊家。(<崔陟傳>, 198쪽)

받을 수 없다는 삶의 불가역성의 측면에서 가혹한 현실적 비극이다.

그러나 〈천리대본(天理大本)〉은,

> 전주부 부윤이 최척 일가의 기구한 일을 장계(狀啓)하자, 조정에서는 척
> 에게 특별히 정헌대부로 간자(間資)하고, 그의 처 옥영에게는 정렬부인에
> 봉했다. 2년 후인 신유년엔 석(釋), 선(禪) 형제가 다 무과에 급제하였다.
> 이후 석은 호남 병마절도사에, 선은 해남 현감에 올랐다. 이 때도 척 부부
> 는 살아 있으면서 아들로부터 영화로운 봉양을 많이 받았으니, 가히 희한한
> 일이로다!"164)

라고 함으로써 최척 부부의 잃어버린 세월에 대한 보상을 톡톡히 해 주
고 있다. 이것은 작품 내적 유기성에 의한 결말구조라기보다는 수용자
측의 기대 지평이 작품 결말에 투영된 요소이다.

이처럼 〈최척전〉의 결말 구조는 이본마다 달리 나타나나 작품 내적으
로 작가(서술자)의 작중인물에 대한 따뜻한 시선이 일관되게 흐르고 있
는 것과 작품 외적으로 임란이 끝난 지 30년도 안 되어 창작된 것임에도
불구하고 적국과의 화해의 모습을 정치적인 면보다는 민간 교류 차원에
서 보여 주었다는 것은, 이 작품의 이면적 비극성을 상쇄(相殺)한다.

〈김영철전〉의 결말은 다른 포로소설과 달리 가장 많은 스토리 시간과
서술 시간을 가진다. 곧 52년이라는 스토리 시간에 텍스트 전체 분량의
반을 넘는 서술 시간이다. 이 중 영철이 귀환 후 이군수의 딸과 결혼하
는 과정은 간략히 요약되어 가속되고, 병란까지는 생략되었다. 그리고
금주 전투 직후부터 영철이 수졸로 면역되기까지의 과정 또한 생략되어
있다. 반면 두 번의 종군과 아라나와 그의 조카에게 당하는 수모, 이국의

---

164) 自官狀聞, 朝家以陟, 特資正憲大夫, 其妻玉英, 封貞烈婦人。後二年辛酉, 釋禪
兄弟, 俱登武科。而釋官至湖南兵馬節度使, 禪官至海南縣監。是時, 陟夫妻俱存,
多受榮養, 可稀事夫! (〈崔陟傳〉 天理大本 41쪽)

처자식에 대한 애틋한 연정, 자모산성 수졸로 면역, 감회 등의 부분 등은 장면 제시되어 있다. 이후 죽음까지는 생략되지만, 20여 년 수졸로 성을 지키다 쓸쓸히 죽었다는 짤막한 정보는 재종군을 통해 공을 세운 것과 잘 대비된다.

영철은 1618년 열아홉 살에 출정하여 13년이 지난 1631년 봄, 서른 두살에 동향인(同鄕人) 이연생의 도움으로 꿈에도 그리던 고국으로 귀환한다. 그러나 고국은 전란으로 황폐화되어 그가 그리던 옛 그대로의 모습이 아니다. 아버지는 안주 전투에 종군하여 전사하고, 어머니마저 5촌 당숙집에서 기숙(寄宿)하는, 한마디로 가족이 뿔뿔이 흩어져 가업마저 꾸려갈 수 없는 비참한 상황에 직면한다. 포로가 되어 떠돌던 13년의 세월을 다시 되돌릴 수 없는 삶의 불가역성, 그 어디에서도 보상받을 수 없는 비극적 상황은 이웃 사람들로 하여금 눈물을 자아내게 한다.[165] 마침 영철은 이군수라는 사람의 도움으로 그의 딸과 결혼도 하지만, 또 다시 종군이라는 현실의 굴레 앞에 옥죄인다. 뿐만 아니라 영철이 재종 군하여 개주 전투에서 밀사로서 공을 세우고도 어느 것 하나 보상받지 못한다. 오히려 이러한 상황을 아라나와 그의 조카에게 당하는 곤욕과 호조로부터 노예 속신료 대납에 대한 보상 독촉 등 고통 받는 상황을 대비시킴으로써, 당시 민중의 삶이 얼마나 고단한 삶이었는가를 여실히 보여준다. 이것은 비단 영철에게만 국한된 것이 아니라, 명나라 전유년 의 개주 전투 재종군과 만주인 아들 득북의 종군, 영철 자신의 조선인 아들 네 명이 자신의 처지와 같이 되지 않을까 걱정하는 모습 등에서 당시 동아시아 민중이 처한 '군역의 가혹함'이라는 비극성을 확대하여 보여준다.

---

165) 영철의 비극적 상황에 대한 이웃 사람들의 정서적 반응은 '눈물' 그 자체이다. 이 는 작가(서술자)가 사건을 객관적으로 제시하면서도 독자의 반응을 자신의 관점으 로 유도하는 서사적 장치이다.

한편, 영철은 재종군의 괴로움뿐만 아니라, 포로·귀환단락에서 이국인 처자식을 버린 윤리적 책임감과도 맞물려 삶의 비극성은 더욱 고조된다. 앞서 영철의 행방을 쫓는 명나라 처의 절박함이 반증하듯, 영철의 귀환 후 생활은 매몰차게 버리고 온 이국의 처자식에 대한 무거운 마음의 빚은 자신을 평생 따라 다니며 괴롭힌다. 그래서 영철은 마음이 평안하지 않을 때마다 후금 쪽과 명나라 쪽을 바라보며 그들을 애타게 그리워하며 눈물을 흘린다.[166] 나라를 위해 출정하여 포로가 되고, 나라를 위해 재종군하여 공을 세웠건만, 상은커녕 전쟁이 낳은 또다른 가족 이산의 암울한 기억에 시달리는 상황과 늘그막까지 수졸로서 살아야 하는 모습은 영철 개인의 삶의 차원을 넘어선 당시 민중들의 삶을 상징한다는 점에서 단연 비극적이다. 이 점을 '논찬(論贊)'은 '이래서야 어찌 천하의 충성스럽고 뜻있는 무인(武人)이 되라고 권면하겠는가?'[167]라고 한탄한다. 독자는 이러한 영철의 실존적 고뇌를 통해 공분(公憤)과 카타르시스(catharsis)는 물론 진정한 삶의 의미[168]가 무엇인가를 되물으며 성찰하

---

166) 每意不平, 輒登城, 北望建州, 西望登州。黯然懷思, 淚下霑襟。(<金英哲傳>, 489쪽)

167) 此何以勸天下忠志之士也? (<金英哲傳>, 489쪽). <김영철전>은 '논찬'을 제외하곤 작가나 서술자의 감정이 절제되어 있다. 이것은 영철의 기구한 삶을 밀착해서 보여주되, 비극적 상황을 객관적으로 제시함으로써 독자의 '해독 행위'의 여백을 준다는 점에서 소설 미학을 획득한다.

168) 벤야민은 '삶의 의미, 이는 진정 소설이 그 주변을 영원히 맴돌고 있는 중심점이다.'라고 하였다. (페터 V 지마, 서영상·김창주 옮김,『소설과 이데올로기』한국어판 서문, 문예출판사, 1996, 8쪽에서 재인용). 이런 점에서 '문학 텍스트는 일어난 사건의 투명한 서술이 아니라, 이데올로기의 날실과 씨실로 짜여진 이데올로기적인 구조물이다.'라는 견해(김종갑,「서술이론과 문학연구」, 석경징 외 편,『서술이론과 문학비평』, 서울대출판부, 1999, 23쪽)나 '서사는 국가의 힘과 그 권력에 의해 생겨난 것이며, 자유롭거나 자발적인 것이 아니다.'라는 견해(제레미 탬블링, 이호 옮김,『서사학과 이데올로기』, 예림기획, 2000. 218쪽)는 서사 상황에 따라 달리 적용될 문제이다. 특히 포로소설의 이데올로기 문제는 그 초월성을 내포한다는 점에서 제고되어야 할 상황이며, 이는 앞으로의 확대 논의되어야 할 점이다.

는 계기가 된다.

따라서 〈김영철전〉의 결말 구조는 '군역의 가혹함'과 '효의 실천과 이국인 처자식에 대한 윤리적 고뇌' 등이 교차하여 민중적 삶의 비극성[169]을 드러낸다.

(2) 보상형(補償型) : 〈유록의 한〉, 〈남윤전〉

〈유록의 한〉은 한문본이 분실되고 그것을 국문으로 번역한 구활자본만 남아 있다. 김기동은 구활자본이 한문본을 그대로 번역했다지만, 국문소설의 문학적 관습상 여러 부분에서 변개(變改)된 흔적[170]이 보인다. 결말 구조 또한 예외가 아니다.

구활자본의 결말 구조는 삶의 불가역성에 따른 비극성보다는 철저한 보상으로 이루어져 있다. 예컨대 유록이 충주 가권과 여러 기녀를 청하여 대연(大宴)을 베푸는 장면, 몽세가 의주 부윤으로 부임하여 백성들을 무휼(撫恤)하는 장면, 관서 어사 이 참의의 주달로 몽세가 공조참판에, 유록이 정렬부인에 직첩(職牒)되는 장면, 여러 시퀀스에서 그동안 보살펴 준 점 주인(店主人), 파자(婆子), 묘련암, 묘법암 제승, 김 선전관 등에게 후사(厚謝)하거나 대연을 베푸는 장면, 계량묘 중수 등이 그것이다. 이러한 보상적 삶은 유록과 몽세의 '애정 실현' 뿐만 아니라, 그것을 매개로 하여 이면적으로 지향하던 신분 상승과 정치적 야망까지 동시에 이루는 계기가 된다. 더욱이 유록과 몽세는 자신들의 의지대로 벼슬을 버리고 '부윤(府尹)이 … 향뎨(鄕第)에 ᄂᆞ려가 구름 아래 밧〔밭〕 갈고

---

169) 〈김영철전〉은 비극의 발단→비극적 인물(주인공)의 비극적 인식→주인공의 고통→주인공의 고통에 대한 투쟁·행동→좌절→연민→비극적 초월(독자가 갖는 깊은 깨달음이나 배움) 등 대체로 비극적 구조를 가진다. 비극적 구조에 대해서는 김명순,『고전소설의 비극성 연구』, 창학사, 1986, 7~19쪽 참조.

170) 여기에 대해서는 제4장-1에서 후술한다.

둘 아래 고기 낙가 청한(淸閑)훈 사룸이 되고, 류낭은 다ᄌ 다손(多子多孫)호야 영화(榮華)롤 누리더라.'[171]는 유유자적(悠悠自適)한 삶의 방식을 지향하는 여유까지 부린다.

이처럼 〈유록의 한〉은 포로로 야기된 간난한 삶에 대한 보상만 길게 부각시켜 삶의 불가역성에 대한 비극성을 상쇄해 버린다. 더구나 이 참의를 등장시켜 이 작품의 결말 구조가 필연적으로 보상형이 되게 한다. 물론 이것은 작품 내적 필연성을 이끌어 내기 위한 서사적 장치이나 작품 내·외적 상황과 대비할 때 모순적 구조임은 분명하다.

국립중앙도서관본 〈남윤전〉은 전술했듯 왜공주만 제외하고 모두 인간 세계에 남아 '호스로 지니더라.'라는 행복한 결말로 처리하고 있다. 가족이 극적으로 만나 잘 지냈다는 간략한 결말 처리는 이 작품이 삶의 불가역성에 따른 비극적 의미가 감쇄(減殺)되어 있음을 말한다. 물론 결과론적으로 볼 때 이씨 부인이 혼자서 아들 고행을 훌륭하게 키우는 장면, 절의를 지키기 위해 남복을 하고 고난을 마다 않는 옥경선, 지속적이지 않지만 아버지의 부재로 인한 정체성 상실에 자결까지 시도하려는 고행의 존재론적 고뇌 등은 20여 년간 남윤의 부재가 만들어낸 비극성이다. 그러나 이러한 비극성은 작품 내적으로 볼 때, 남윤의 왜공주와의 애정 실현, 작품 전체를 관류하는 남윤의 삼대에 걸친 고귀한 가계, 남윤이 귀환 후 높은 벼슬을 제수받는 장면, 이면적으로나마 옥경선의 절행을 통한 남윤과의 언약 실현 등은 이러한 비극성을 넘어 이 작품이 보상형[172)이 되게 하는 요인이다.

한편, 정신문화연구원본의 결말 구조는 국립중앙도서관본과 별 차이가 없다. 그러나 고려대 육당문고본은 주요인물이 현실적 보상을 받고 지상에서 천상원리에 의해 살다가 선계(仙界)로 올라간다는 설정이다.

---

171) 〈柳綠의 恨〉, 108쪽.
172) 여기에 대해서는 제4장-5에서 후술한다.

이 또한 〈유록의 한〉처럼 작품 내적 의미로 보기는 어렵다. 이러한 양상은 고려대 육당문고본의 필사자가 당대 독자의 기대 지평을 수용하여 주요인물의 삶의 불가역성에 따른 세월의 아픔을 보상하려는 심리가 강하게 투영된 결과이다.

  이상에서 볼 때, 포로소설의 귀환 후 단락은 삶의 불가역성의 원리로 짜여 있다. 곧 탈포로되어 온 가족이 재회하는 기쁨 이면에 삶의 불가역성에 따른 비극적 구조와 그것을 그대로 받아들일 수 없는 당대 독자층의 꿈과 이상을 통한 보상 심리가 투영된 이중적 구조이다.

제4장 포로소설의 의미 지향

전술했듯 포로소설의 구조적 성격은 포로 전 단락에 주로 혼사 문제라는 최초 상황을 삽입하여 개인의 욕망의 문제를 대립적으로 제시한다. 이 욕망은 포로·귀환 단락에서 포로와 그 가족의 열정적인 삶으로 변모되어 고난—극복의 가능성을 서사 경쟁의 원리를 통해 모색한다. 귀환 후 단락은 이러한 열정적 삶의 결과로 가족 재회의 기쁨을 누리지만, 삶의 불가역성이라는 원리 때문에 본질적으로 비극적 상황이 된다. 그러나 당대 수용자층의 기대 지평이 반영되어 보상형으로 변용되기도 하였다. 따라서 이 장에서는 앞서 논의된 포로소설의 구조적 성격에 드러난 의미 지향을 살핀다.

1. 사실과 허구의 긴장을 통한 삶의 진지성 모색

포로소설은 사실과 허구의 긴장 관계를 통해 삶의 진지성을 모색한다. 이 점은 포로일기와의 대비, 포로소설의 창작 동기나 창작 배경을 살펴볼 때 확연히 드러난다.

첫째, 포로일기는 적국에 대한 강한 적대감과 복수의지가 표면적으로 노골화되어 있지만, 포로소설은 그러한 점이 매우 약화되어 있다. 물론

왜에 대한 강한 적대감이 부분적으로 나타난 〈남윤전〉도 있으나, 그 감
정이 작품 전체를 관류하지 않기 때문에 포로일기와는 다르다. 뿐만 아
니라, 포로소설은 전란에 대한 직접적인 도덕적 메시지(message)도 찾기
어렵다. 다만 '보여주기'를 통해 독자가 느끼고 재해석할 뿐이다. 따라서
포로일기가 생체험자와 독자가 정서적 동일성을 통해 고통을 소통하는
양식이라면, 포로소설은 작가가 포로의 삶을 추체험하여 독자에게 '보여
주기' 때문에 서사 세계는 일정한 '거리'를 유지하면서 사실과 허구의 긴
장 관계를 낳는다.

둘째, 포로소설의 창작 동기나 창작 배경은 순전히 작가의 창작 의도
에 국한된 문제이지만, 그 작품을 만들 수밖에 없었던 외적 요인도 많이
작용했으리라 여겨진다. 그것은 문헌, 구술 혹은 문헌과 구술의 영향을
동시에 받은 것을 생각할 수 있다. 문헌의 영향은 〈김영철유사(金英哲遺
事)〉를 읽고 창작하였다는 〈김영철전〉에 분명히 드러나고, 구술의 영향
은 〈최척전〉에서 분명히 나타난다. 이 외, 문헌과 구술의 영향도 있음직
하지만 확인된 바는 없다.[1] 구술의 경우는 다른 갈래에도 나타나지만,
특히 〈최척전〉은 최척의 기구한 사연을 듣고 창작한 것임을 작가 후기
에서 밝히고 있다. 그 외 작품은 포로들이 하나 둘 귀환하면서 체험이
사실 이상으로 꾸며져 널리 유행했을 것이고, 호사가(好事家)들은 그들
이 들은 이야기를 토대로 〈유록의 한〉, 〈남윤전〉 등과 같은 수준 높은
작품을 창작했다는 견해[2]가 여전히 유효하다.

---

1) 포로소설 중 문헌과 구술을 동시에 영향을 받았다는 기록은 찾지 못했다. 참고로
捕虜傳 중 <동래양부하전>은 양부하의 구술을 바탕으로 쓰고 있지만, 불분명한 것
은 <간양록>을 참고하였음을 알 수 있다. 한 예로 '수길에겐 총애하는 다섯 첩이 있
었으나 자식이 없었다. 그러다가 군사를 일으킨 해에 아들 하나를 낳았는데, 이름은
수뢰였다. 강항의 <간양록>에 이르길, '수길의 폐신과 수길의 첩이 통정하여 낳은
아들이다.'라고 했다. '秀吉有姬五人, 無子. 擧兵之歲, 得一子, 名曰秀賴. 姜沆看羊
錄曰, '秀吉嬖臣, 與姬通而生焉者也.' (任相元, <東萊梁敷河傳>, 『韓國文集叢刊』
148, 민족문화추진회, 1995, 471쪽)

〈최척전〉의 창작 동기는 작가 후기에 잘 나타나 있다. 이를 보면 다음과 같다.

내가 떠돌다 남원의 주포(周浦)에 머물러 살 때, 척이 가끔 나를 찾아와 자신이 겪은 일이 이러하다고 말하며, 인몰(湮沒)되지 않도록 그 전말(顚末)을 기록해 달라고 요청해 부득이 그 줄거리만 간략히 들어 보였다. 천계(天啓) 원년(元年) 신유년(1621년) 윤 이월 일(閏二月日). 소옹(素翁)이 쓰다[3]

이처럼 작가는 조위한이고, 창작 연대는 광해군 13년(1621)이다. 그러나 최척이 비록 실존인물[4]이지만, 이후 포로생활에 대한 기록은 알 수 없다. 그리고 옥영이 실존인물인지에 대해서도 알 길이 없다. 따라서 작가 후기만 가지고 논의한다면 허구적 요소는 배제되어야 하지만, 최척과 옥영의 개인사를 완전히 복원할 수 없는 상황에서 문면만 의지할 수 없는 상황이다. 임상원이 양부하의 구술을 통해 〈동래양부하전〉을 쓸 때 양부하의 체험 이상의 세계를 의도적으로 굴절하여 써서 '전(傳)'이 '소설'로 경사되는 결과를 낳았다.

〈최척전〉도 조위한이 최척의 기억을 통한 구술 청취의 글쓰기이지만, 그의 개인사를 자신의 관점에서 의식적으로 재구조화하여 창작했다.[5]

2) 민영대, 『조위한과 최척전』, 앞의 책, 165쪽. 여기서 민영대는 〈유록의 한〉은 밝히지 않고, 〈최척전〉을 거론하였다.

3) 余流寓南原之周浦, 陟時來訪余, 道其事如此, 請記其顚末, 無使湮沒, 不獲已, 略擧其槩. 天啓元年, 辛酉閏二月日, 素翁題. (〈崔陟傳〉, 198쪽)

4) 최척이 실존인물임은 邊士貞(1529~1596)의 『桃灘集』 「연보」 〈임진년조〉에 '幼學房元震・金定・崔陟・崔淮・朴猗・崔潤・吳瑞翼 等, 俱以名望・勤幹・文筆・義氣・男兒爲佐幕, 或參謀, 或軍正, 或書記, 或犒餉, 隨才各任.'이란 기록에 잘 나타난다. 그리고 鄭泰齊(1612~1669)의 『菊堂排語』에 '崔陟落葉會序, "佳人唱流連之詞, 今日今日又今日, 醉客續慇懃之意, 一盃一盃又一盃", 皆膾炙人口.'에서도 알 수 있다. (양승민, 앞의 논문, 69~77쪽에서 재인용)

5) 월터 J. 옹은 구술문화에 입각한 사고와 표현의 특징들을 '1. 종속적이라기보다는 첨가적이다. 2. 분석적이라기보다는 집합적이다. 3. 장황하거나 다변적이다. 4. 보수

따라서 작가 후기에 나타난 창작 동기로 볼 때, 이 작품을 '가탁(假托)'으로 보기 어렵고6) 최척 일가의 기구한 사연을 모델로 하여 강한 현실 비판 정신과 인간의 보편적 가치관인 '선(善)'의 삶의 양식이 혼용되어 있다. 이것은 궁극적으로 사실과 허구의 긴장 관계를 동반한다. 곧 〈최척전〉은 작가가 16~17세기 동아시아 전란 중 겪었던 수많은 포로들의 삶을 인몰(湮沒)하지 않으려는 생각과 당시 여성적 삶의 주체적 가치를 높이 사려는 의도가 짙게 깔려 있는 작품이다.

이런 점은 작가의 생애7)와 무관하지 않다. 조위한은 임란 때 당한 자신의 간난한 가족사는 물론 광해군 때의 정치적 실의 등이 복합적으로 가미되어 어려운 나날을 보냈다. 그래서 그는 현실을 직시하면서 또한 자신의 처지와 다를 바 없는 민중의 수난을 자신의 아픔처럼 내면화8)하여 〈최척전〉을 창작했으리라 여겨진다. 이러한 작가 의식은 포로 여성을 주체적 인물로 형상화하되, '여성의 영웅성'을 부각시키려는 것이 아

적이거나 전통적이다. 5. 인간의 생활세계에 밀착된다. 6. 논쟁적인 어조가 강하다. 7. 객관적 거리 유지보다는 감정이입적 혹은 참여적이다. 8. 항상성이 있다. 9. 추상적이라기보다는 상황 의존적이다.'라고 들었다. 그리고 텍스트 속에 말이 놓여져 있는 조건은 말하는 담론(spoken discourse) 속에 말이 놓여지는 조건과는 전혀 다르며, … 자기를 향해 씌어진 사적인 일기에서조차 내 자신은 수신자에게 허구로 말할 수밖에 없다.'라고 하였다. (월터 J. 옹, 이기우·임명진 옮김,『구술문화와 문자문화』, 문예출판사, 2000(5쇄), 60~92, 156~158쪽 참조)

6) 소재영은 現實에 대한 諷刺性을 糊塗하기 위해 假托의 방법으로 창작한 작품이라 하였다. (소재영,『임병양란과 문학의식』, 앞의 논문, 276쪽). 한편, 민영대는 조위한이 당시 <流民歎>을 지어 유행시킨 것으로 보아 가탁이 아니라고 하였다. (민영대,『조위한의 삶과 문학』, 국학자료원, 152쪽). 조위한의 강한 현실 비판 정신은 '昏朝의 번거로운 정치와 列邑의 혹독한 賦稅를 개탄하여 그 정경을 자세히 엮어놓은 <流民歎>' (홍만종,『旬五志』, 이민수 역, 을유문화사, 1971, 268쪽)에 대한 평가에서나 <최척전> 문면에서 삭주 토병의 현실 비판, 이민환을 보는 비판적 시각에서도 여실히 드러난다.

7) 민영대,『조위한의 삶과 문학』, 위의 책, 38~107쪽 참조.

8) 인조 때도 조위한은 불쌍한 백성의 처지를 자신의 일처럼 통감하며 그들을 구제하기 위해 노력하는 모습이 보인다. (『仁祖實錄』17年 1月 乙酉 참조)

니라, 옥영과 홍도의 경우처럼 고난을 의지적으로 극복하려는 '여인상
(女人像)', 나아가 진정한 '인간상(人間像)'을 보여 주려는 작가의 미학적
의도로 해석된다.

〈김영철전〉의 창작 동기는 홍세태가 현재 전하지 않는 〈김영철유
사〉(1600~1683)를 읽고, 그의 감정을 토로한 〈독김영철유사(讀金英哲遺
事)〉라는 시의 세주(細注)에 잘 나타나 있다. 이를 보면 다음과 같다.

> 김영철은 평안도 영유현 사람이다. 무오년 심하(深河) 전쟁에 종군하여
> 오랑캐의 포로로 있는 동안 처자식을 두었다. 도망쳐 명나라에 들어가 등주
> 에 살며 또한 처자식을 두었다. 훗날 우리 나라 사행선을 몰래 타고 고향으
> 로 돌아왔다. 가업은 텅 비어 아무 것도 없었으며, 자모산성의 수졸로 지내
> 다가 죽었다. 나이가 80여 살이었다. 나는 그것이 너무 슬퍼서 입전했다.[9]

이처럼 김영철의 기구하고 간난한 삶에 대한 연민의 시각은 다음의
논찬에서 더욱 구체적으로 나타난다.

> 외사씨(外史氏)가 말했다. "영철은 오랑캐를 치러 종군하여 포로가 되었
> 다가, 도망쳐 중국(中國)에 들어갔다. 처자식을 두었지만, 모두 버려두고
> 마침내 고국에 돌아올 수 있었다. 그 뜻이 얼마나 굳센가! 그 사적 또한 기
> 이하도다! 더구나 가도의 전쟁에서 사지(死地)를 넘나들며 지극히 힘써 일
> 한 그 공은, 기록할 만한 것이었지만, 일찍이 조그마한 상도 없었다. 도리어
> 영유 현령은 말의 값을 돌려 받았고, 호조는 또 남초값을 은으로 독촉했다.
> 늙어서는 성(城)을 지키게 하여 끝내 곤궁(困窮)하고 억울(抑鬱)하게 죽
> 었다. 이래서야 어찌 천하의 충성스럽고 뜻있는 무인(武人)이 되라고 권면
> 하겠는가? 나는 그 사적(事迹)이 흔적없이 사라지고 세상에 드러나지 않는
> 것을 슬퍼한다. 그래서 이 전을 지어 후세 사람에게 보임으로써, 우리 나라

---

9) 金永哲【金英哲】, 平安道永柔縣人。戊午, 深河之戰從軍, 陷虜中有妻子。逃入
皇朝, 居登州, 亦有妻子。後潛附我使船東還。則家業一空, 爲慈母山城守卒而死。
年八十餘矣。余甚悲之, 爲立傳。(〈讀金英哲遺事〉, 『柳下集』, 앞의 책, 537쪽)

에 김영철이 존재했었다는 것을 알리고자 한다."10)

영철이 국가를 위해 세운 공이 기록할 만한 것이었지만, 곤궁억울하게 죽을 수밖에 없었던 안타까운 사연을 후세에 전하여 세교(世敎)하겠다는 의도이다. 이것으로 보면 허구적 요소가 끼어들 틈이 없다. 그러나 〈김영철전〉이 〈김영철유사〉를 읽고 사실주의적 원리에 입각해 쓴 작품이라 하더라도 허구성을 배제할 수 없는 것은, 구술을 통한 창작뿐만 아니라 문자를 통한 창작도 작가의 문학적 상상력을 통해 의미 있는 국면을 부여11)하기 때문이다. 그리고 재현된 세계가 아무리 사실적이고 진실에 충실하다고 해도 작품의 작가가 존재하는, 재현하는 실제 세계와 크로노토프상(chronotope : 시·공간)으로 동일할 수 없기12) 때문이다.

따라서 〈김영철전〉은 〈김영철유사〉의 사실성과 홍세태의 평등주의적 문학사상인 '천기론(天機論)'13)과 현실 비판적·인본주의적 시각14) 등의

---

10) 外史氏曰 : "英哲從征陷虜, 逃入中國。有妻子, 皆棄去不顧, 卒能返故國。何其志之烈也! 其事亦可謂奇矣! 及椵島之役, 出入死地, 勤勞至甚, 其功可紀, 曾無尺寸之賞。而縣令索馬價, 戶曹又督南草銀, 使之老爲守城, 卒困窮抑鬱而死。此何以勸天下忠志之士也? 余悲其事迹湮沒, 不顯於世。故爲此傳, 以示後人, 使知東國有金英哲云"。(<金英哲傳>, 489쪽)

11) 월터 J. 옹, 이기우·임명진 옮김, 앞의 책, 194~196쪽 참조.

12) 미하일 바흐찐, 「소설 속의 시간과 크로노토프의 형식」, 전승희 외 역, 앞의 책, 1998(6쇄), 466쪽.

13) 시는 하나의 소기이다. 그러나 명리를 소홀히 하지 않고, 마음에 닿지 않은 사람은 잘 할 수 없다. 장자가 말하기를 "좋아하고 즐기려는 욕심이 많은 사람은 천기가 얇다."고 했다. 두루 살펴보면 예로부터 시를 잘 짓는 사람은 산림이나 초택에서 많이 배출되었으며, 부귀하고 세력과 권리 있는 사람이라고 해서 꼭 잘 하는 것은 아니다. 이로 보면 시는 진실로 작은 것이 아니고, 사람도 알아 볼 수 있는 것이다. '詩者, 一小技也。然而非脫略名利, 無所累於心者, 不能也。蒙莊氏有言曰 : "嗜欲深者, 其天機淺。" 歷觀自古以來, 工詩之士, 多出於山林, 草澤之下, 而富貴勢利者未必能焉。以此觀之, 詩固不可小, 而其人亦可以知矣。'(<雪蕉詩集序>, 『柳下集』卷9, 앞의 책, 472쪽)

14) 홍세태는 평생 동안 여행을 통해 백성들의 비참한 생활을 직접 목격하고 얻은 치

관점에서 재구성된, 곧 사실과 허구의 긴장 관계를 맺으며 김영철의 삶의 비극성을 진지하게 모색하는 결과를 낳았다.

〈유록의 한〉은 선본(先本)인 한문본이 없어 작품의 실상을 정확히 파악하기 어렵다. 다만, 구활자본으로 작품의 창작 동기를 알 수 있는 것은 작품 내에 있는 〈서(序)〉와 〈프롤로그(prologue)〉이다. 그런데 이것으로 보면 작가의 창작 동기가 포로와 그 가족의 삶에 있는 것이 아니고, 남녀 간의 애정에 서술 초점이 있다.

① 남ᄌ(男子)되는 쟈(者)의 본분(本分)은 효힝(孝行)이 웃듬이오, 녀ᄌ(女子)의 힝(行)실은 졀기(節介) 뎨일(第一)이라. … 이 류록(柳綠)은 몸이 비록 창기(娼妓)이나 능(能)히 졀힝(節行)을 직히여 몸을 졍(精)히 ᄒ야 곳다온 일홈이 {이름이} 후셰(後世)에 젼(傳)ᄒ얏스니 엇지 아름답지 아니리오? 바라건디 이 칙 보시는 니는 류의(留意)홀지어다.

② 사롬이 셰샹(世上)에 삼김이 칠졍(七情)이 잇고 칠졍(七情)이 잇슴이 그 쑤리 잇셔 이 쑤리에 ᄒ번 부듸치면 놀닌 칼도 능(能)히 ᄭᆫ치 못ᄒ고 밍렬(猛烈)ᄒ 불도 살오지 못ᄒ야 셰셰싱싱(世世生生)토록 억쳔만겁(億千萬劫)에 그 륜회(輪廻) 보응(報應)을 능(能)히 면(免)ᄒᄂ 쟈(者) 뭇노라 그 몃몃인고? 이에 ᄒ 일을 좌(左)에 긔록(記錄)ᄒ야 십방셰계 【시방셰계】 (十方世界) 다졍(多情)ᄒ 쟈(者)에게 젼(傳)ᄒ야 깁히 경계(警戒)ᄒ야써곰 졍근(情根)의 부듸치지 말게 ᄒ노라.

위의 예문 ①이 '서'이고 ②가 '프롤로그'이다. ①은 창기였지만, 절행을 지킨 유록의 행실을 본받아야 한다는 것이고, ②는 남녀가 정근(情根)에 빠져 고통의 삶을 살지 않도록 서로 경계하자는 것인데, 모두 교훈적 의미이다. 이것이 한문본에 있는 내용을 그대로 번역한 것인지, 아

열한 현실인식과 인본주의적 시각으로 시를 형상화하였다. (〈抄丁行〉, 『柳下集』卷4, 372쪽, 〈移居〉『柳下集』卷6, 423쪽)

니면 구활자본을 찍을 때, 출판사에서 첨가한 내용인지는 알 수 없다.

그런데 작가의 이 같은 창작 동기가 전체 작품의 구조와는 서로 모순된다는 점이 지적되었다. 곧 '서'는 소설 무용론에 구애된 작가들이 의식적으로 내세우던, 소설의 세교적(世敎的) 가치를 빙자한 관습적인 말이며, '프로롤그'의 논리는 헤어짐의 고통이 따르지 않는 만남과 사랑에의 강한 욕망과 기대 심리가 역설적으로 표현된 것15)이란 점이 그것이다. 이 점은 상당히 설득력을 가지나 작품의 줄거리 전개가 유록의 정절 문제보다는 정몽세의 삶의 변모의 궤적에 따라 전개되어 훼절형 세태소설에 근접한다16)는 결론은 이해할 수 없다. 물론 〈서〉의 서술에서 남자의 본분이 '효행'이라 했는데, 몽세의 효행에 관한 이야기는 전혀 없는 점, 유부남으로서 어떤 죄의식도 없이 유록과의 애정의 언약을 지키기 위해 가족은 제쳐놓고 유록을 찾아 나서는 몽세의 행위 등으로 보아 몽세의 훼절에 대해 논의할 수도 있다. 그러나 후술하겠지만, 이 작품은 스토리 시간, 서술 시간, 행위 층위 등 모든 면에서 유록의 '정절 서사'가 전경화되어 있어, 오히려 정몽세의 훼절 서사를 압도한다.

또한 〈프롤로그〉에서 인간의 '칠정(七情)'17) 중, '애(愛)'의 경계를 역설하고 있지만, 주요인물은 오히려 '칠정'을 바탕으로 하여 고난의 문제

---

15) 여세주, 앞의 논문, 222쪽.

16) 여세주는 정몽세의 삶의 자세의 변화를 서두에서는 愛慾과 벼슬살이를 외면한 채, 世俗에 얽매이지 않으려는 삶을 살고자 했으나, 중간에서는 애정의 성취를 삶의 가장 큰 보람으로 삼으면서 뜻하지 않게 벼슬길에도 나가게 되는 삶의 변화를 겪게 되었고, 결말에서는 결국 애정의 성취를 통한 보편적인 인간으로서의 삶을 살면서 벼슬을 청산하고 산림처사로서 머물러 살고자 하는 쪽으로 귀착하게 된다는 것을 들었다. (여세주, 위의 논문, 214~220, 225쪽 참조). 그러나 <유록의 한>의 작가 의식과 독자의 대화 관계는 각 층위에서 보듯 정몽세의 훼절보다는 오히려 유록의 절행에 더 서사 초점이 맞추어져 있다.

17) 七情은 인간의 일곱 가지 감정, 곧 '喜·怒·哀·樂·愛·惡·欲'이라 일컫고, 불교에서는 '喜·怒·憂·懼·愛·憎·欲'을 가리킨다. 따라서 <유록의 한>에서는 '喜怒哀樂愛惡辱'으로 되어 있는데 '辱'은 '欲'의 誤字이다.

를 해결하고 있다. 유록이 탈포로 후 월정 스님의 도움으로 묘법암에서
지낼 때 한 말[18]이나 유록의 참상을 듣고 벼슬까지 사직하며 유록을 찾
아 나서기로 마음 먹었을 때의 몽세의 회한[19] 등은 이를 반증한다.

그러면 왜 이런 유록의 정절 서사가 압도적으로 나타났는가 하는 문
제를 풀기 위해서는 한문본 〈유록전〉의 창작 시기를 작품 내적 구성과
시대사적 배경을 통해 추론해야 봐야 할 것이다. 그래야만 사실과 허구
의 긴장 관계를 온전히 파악할 수 있기 때문이다. 결론적으로 필자는
〈유록전〉의 창작 시기를 1650년~1750년으로 잠정 추정한다. 그 이유는
다음과 같다.

첫째, 작품 내적 근거이다.

① 유록과 정몽세의 '만남→헤어짐→만남'의 기간이 1636년. 3월 그
믐~1639년이기 때문에 가장 빨라도 1640년 이전은 될 수 없다. 그리고
병란을 '인조죠(仁祖朝) 시절(時節)의 병ᄌ년(丙子年) 금(金)나라 {청(淸)
나라} 사롬의 란리이라.'[20]라는 서술자의 말에서 보듯, '시절'은 지나간
과거이다. 그렇다면 인조의 재위 기간이 1623년~1649년이기 때문에
1650년 이전도 성립되기 어렵다.

② 1636년 4월 후금(後金)은 국호를 청(淸)이라 고치고, 그 해 12월에
병란을 일으켰는데, 〈유록의 한〉엔 '청(淸)'의 국호를 쓰지 않고, '금(金)
나라'(1회), '금인(金人)'(10회), '호지(胡地)'(3회), '호풍(胡風)'(1회) 등의

---

18) "비록 공부ᄌ(孔夫子)의 문도(門徒)【門徒】라도 희로이락이오욕(喜怒哀樂愛惡
辱)【喜怒哀樂愛惡欲】의 칠졍(七情)의 발(發)홈을 면(免)치 못ᄒᄂ니… 산쳔물식
(山川物色)도 오히려 졍근(情根)을 머므러 싱각나거든 더고나 친쳑 붕우(親戚朋友)
와 지긔(知己)를 원별(遠別)홈이리오?" (〈柳綠의 恨〉, 63쪽)
19) "셰상(世上)에 날 ᄀᆺ치 무졍(無情)흔 남ᄌ(男子)ㅣ ᄯ 어디 잇스리오? 니 류낭을
리별(離別)흔 지 발셔 삼 년(三年)이라. 그 ᄉ셩 존망(死生存亡)을 아지 못ᄒ거늘
나는 오히려 이 ᄶ신지 편(便)히 집에 잇서 그 쇼식(消息)을 듯보려 아니ᄒ니 이 어
이 고인(故人)을 져바림이 아니며…" (〈柳綠의 恨〉, 78쪽)
20) 〈柳綠의 恨〉, 43쪽.

어휘를 사용하고 있다. 이것은 작가의 후금에 대한 적개심과 저항 의식의 반영으로 볼 수 있다. 그러나 조선 후기 실학의 영향으로 청(淸)과 활발히 교류한 점으로 미루어 보아 이러한 감정이 18세기 중반 이후까지, '청(淸)'을 '금(金)'으로 쓰는 이유는 되지 않을 것 같아, 늦어도 1750년까지 하한선으로 잡았다.[21)]

③ 여전히 남는 문제는, 구활자본 〈유록의 한〉은 한문본 〈유록전〉을 그대로 옮겼다는 견해[22)]이다. 그러나 이것은 액면 그대로 받아들이기 어렵고, 다만 그 줄거리가 거의 같다는 것으로 사료된다. 왜냐하면 〈유록의 한〉이 한문본 〈유록전〉을 국역하면서 중요한 장면 전환점에 상업 목적상 '하회(下回)를 보라'는 것이 세 번[23)] 나오는 것과 적강 모티프가 한문소설엔 거의 나타나지 않는데, 〈유록의 한〉에는 보이기[24)] 때문이다.

둘째, 작품 외적 근거이다. 이것은 작품 내적 세계와 긴밀히 연관되는 요소이다. 이를테면 〈유록의 한〉은 유록의 '정절'의 시험대라 할 만큼 '정절'의 문제는 서사 과정에서 핍진하게 보여줄 뿐만 아니라, 그 '절행의 과정'을 다시 몽세와 확인하는 서사까지 이어진다. 사실 병란 이후, 청나라에 포로로 끌려가 돌아온 소위 '환향녀'들의 정절 문제는 조야(朝

---

21) 최소자는 "18세기에 들어오면서 양국 관계는 안정되고 조선의 지식인들도 淸朝를 현실적으로 인정하기 시작했다."고 했다. (최소자, 「조선후기 대청관계와 도입된 서학의 성격」, 『이대사원』제33 · 34합집, 2001, 15쪽)

22) 김기동, 『이조시대소설론』, 앞의 책, 409쪽.

23) 좌랑(佐郎)이 류낭(柳娘)을 맛나 빅년가약(百年佳約)을 일운가 밧비 하회(下回)를 불지어다. (<柳綠의 恨>, 17쪽) ; 류낭이 하늘을 우러러 길리 {길이} 흔숨지며… 라상(羅裳)을 흔 손으로 거두쳐 안고 초혜(草鞋)를 벗고 몸을 놀녀 강심(江心)을 향(向)호야 쒸녀드니… 그 스싱(死生)을 하회(下回)를 보와 알지어다. (<柳綠의 恨>, 50~51쪽) ; 차(嗟)홉다! 류랑의 경렬(貞烈)로 천신만고(千辛萬苦)를 다 격그고 {겪고} 다정랑(多情郎)을 다시 만나 보지 못ㅎ고, 속절업시 슈중(水中) 원혼(冤魂)이 되단 말가? 쌜니 하회(下回)를 보아 그 스싱(死生)을 알지어다. (<柳綠의 恨>, 68쪽)

24) 성현경이 적강소설로 분류한 46편 중 한문본은 1편도 없는 것이 이를 입증한다. (성현경, 『한국소설의 구조와 실상』, 영남대출판부, 1989(2판), 10~22쪽 참조)

野)를 막론하고 현종(1660~1674) 말년까지 이혼 문제 등으로 불거져 심각한 사회적 논쟁거리[25]였음은 주지하는 바다. 그러나 여전히 남는 문제는 유록이 몽세의 첩으로 설정되어 있는 것이다. 이것은 구활자본이 나올 당시의 자유 연애 요소를 반영하여 독자를 사로잡으려는 쪽으로의 변개 가능성, 아니면 진보적 작가 의식[26]과 여성 독자의 보상 심리를 투영하지 않았나 여겨진다.

이처럼 〈유록의 한〉은 작품 내·외적 구조로 볼 때, 병란이라는 역사적 사실과 그 시기에 질곡적인 삶을 살면서도 끝까지 정절을 지킬 수 있었던 수많은 여성들의 삶의 모습을 모델화하여 삶의 진지성을 상징적으로 보여준 작품이다.

〈남윤전〉의 창작 배경도 문면에 직접 언급된 곳이 없기 때문에 작품 문맥이나 작품 외적 요소에서 찾아야 한다. 이동근은 〈남윤전〉의 창작 배경을, 포로가 되어 기구한 역경을 거쳐 귀국했던 이야기와 이들이 일본에 정착, 상당한 사회적 신분을 확보하여 통신사의 귀국 종용에도 선뜻 일본을 떠나올 수 없었던 이야기를 교직하여 만들어진 것[27]이라고 하여 의미 지향의 이중성을 인식했다는 점에서 수긍이 간다.

그런데 이 작품은 유교 이념인 '충효열'을 강조하되, 적대국 왜공주와의 애정과 신분을 초월한 옥경선과의 애정을 통해 변증법적으로 지양(止揚)한다는 점에서 창작 당시의 사회 분위기와 밀접한 연관성을 가진

---

25) 여기에 대해서는『仁祖實錄』16年 3月 甲戌, 5月 癸亥, 6月 甲辰 ; 국방부전사편찬위원회 편,「병자호란사」,『민족전란사』, 1996 ; <속잡록> 4, 무인년 6월 5일,『국역 대동야승』34권, 민족문화추진회, 1982(재판), 515쪽 등 참조.

26) 유록이 몽세와 재회 후 충주 가권을 청하여 大宴을 베풀 때, 모든 이가 칭송하는 것과 몽세가 의주 부윤으로 부임하러 갈 때, 유록이 따라가 그녀의 정절을 곳곳에서 확인하는 장면, 기생의 신분으로 정렬부인을 직첩 받은 뒤, 몽세와 고향에 내려가 다자다손하며 영화롭게 사는 장면 등은 몽세의 정실 등 가권과는 아무런 갈등도 없이 유록의 합리적인 행위로만 서술되어 있는 점이 그것이다.

27) 이동근,「임진왜란과 문학적 대응」, 앞의 논문, 140쪽.

다. 따라서 창작 시기의 추정은 불가피한 실정이다.

세 이본 중 국립중앙도서관본 〈남윤전〉 첫 장에 '경즛년월십칠일시죵'
이란 필사 기록으로 보아 경자년은 '…1660년(현종 1년), 1720년(숙종 46
년), 1780년(정조 4년), 1840년(헌종 6년), 1900년(고종 4년)…'인데, 필자는
1840년~1900년으로 잠정 추정한다. 그 이유는 다음과 같다.

첫째, 임란 이후의 일본에 대한 적개심의 변화 양상이다. 예컨대 포로
일기인 〈금계일기(錦溪日記)〉, 〈월봉해상록(月峯海上錄)〉, 〈간양록(看羊
錄)〉, 〈만사록(萬死錄)〉, 〈정유피란기(丁酉避亂記)〉[28]나 〈임진록〉 계열
의 소설은 물론 신유한(申維翰)의 『해유록(海遊錄)』에도 '왜놈, 왜적' 등
그 적개심이 극대화되다가, 〈검기〉, 〈남국접선아모귀〉 등 후대로 갈수
록 일본에 대한 적개심이 완화되어 나타난다는 점이다. 물론 일본에 대
한 이런 민족적 적대 감정의 완화는 임란 참상이 시간적으로 '거리화'되
어 객관적으로 바라보려는 시각의 변화이지만, 그 이면에는 항상 일본
에 대한 불신이 자리잡고 있다는 사실도 간과할 수 없다. 〈남윤전〉도
그 예외가 아님은 물론이다.

둘째, 〈남윤전〉의 '조선→일본→중국→조선'의 왕환 구조(往還構造)의
변화 양상이다. 〈남윤전〉은 〈금계일기〉, 〈최척전〉, 〈남원정생자실기명〉,
〈노인유여굉개호남유사야〉, 〈역삼국일가단취〉, 〈남국접선아모귀〉, 〈정
생처홍도〉의 구조와 유사하다. 이 중, 〈금계일기〉는 문사적 우월감 및
이국에서의 우수와 고국에 대한 그리움, 중국 임금으로부터의 칭송, 기
행적 요소, 중국인과 조선 사신의 도움으로 귀환하는 등 그 구조가 〈남
윤전〉과 유사하나, 생체험자의 전쟁고발과 복수의지가 일관되게 흐르고

---

28) 〈錦溪日記〉는 1823년 간행된 『錦溪集』에 수록되었고, 〈月峯海上錄〉은 今西龍
本이 정조 10년(1786)에 간행되었다. 〈간양록〉의 필사본은 정확한 연대를 알 수 없
고, 목판본은 효종 9년(1658)에 간행된 『睡隱集』에 일부가 있다. 〈萬死錄〉은 1610
년에 정리하여 놓은 것을 후손들이 1904년 목활자로 간행했고, 〈丁酉避亂記〉는
1613년에 정리된 것으로 추정된다.

있다는 점29)에서 차이가 난다. 그 외 〈남국접선아모귀〉를 제외한 여타 작품도 작품별 첨삭·부연 양상으로 그 구조와 의미가 〈남윤전〉과 다소 차이가 난다.30) 이것은 창작 시기, 작가 의도, 양식 차이에 기인한 결과 이다.

이와 달리 〈남국접선아모귀〉는 작품 내적 구조와 의미로 볼 때, 〈남 윤전〉과 매우 유사하다. 이 작품은 조선 명종조 판서 신희복(愼希復)의 이야기인데, 그 유사점은 이렇다. 신희복이 신혼 첫날밤을 지낸 후 왜병 이 쳐들어 오자, 처와 헤어지면서 서로 신표(信標)를 교환하는 점, 왜병 의 포로가 되어 대판(大坂)으로 끌려가 왜장의 총애를 받았으나 탈출한 섬, 운남국(雲南國)에서 돌아오다가 풍랑을 만나 유구국(琉球國)에 도착 한 점(〈남윤전〉은 무인도에서 풍랑을 만나 제·오·가달 등의 나라에 도착 함), 유구왕의 사랑을 받고 적강한 선녀인 공주와 결혼한 점, 이후 강한 귀환의지를 가지고 있는 점, 중국까지 무사히 이르게 도와주는 공주의 행위, 고국 귀환 후 자신의 유복자가 임실(任實) 현감(縣監)으로 있다는 말을 듣고 찾아가 처자와 만나는 점31) 등이 그것이다.

이처럼 포로 이야기는 시대 상황에 따라 달리 해석되며 많은 사람들 로부터 면면히 회자되고 창착되었으리라 생각된다. 〈남윤전〉 또한 구조 와 의미로 볼 때, 앞서 창작된 〈최척전〉, 〈이한림전〉, 〈김영철전〉, 〈유 록의 한〉과는 변이 양상을 보이고, 〈남국접선아모귀〉와 유사한 점으로 보아 창작 시기도 『동야휘집(東野彙輯)』이 발간되던 1869년(철종 20년)

---

29) 김진규, 「임란 포로일기 연구-〈금계일기〉를 중심으로」, 앞의 논문 참조.

30) 신해진이 〈南原鄭生者失其名〉, 〈歷三國一家團聚〉, 〈鄭生妻紅桃〉 등 세 작품 의 수용 敷衍 양상과 그 의미를 논한 바 있으나, 그 대상을 넓혀 對比할 과제를 안 고 있다. (신해진, 「〈紅桃이야기〉의 수용 敷衍양상과 그 의미-題名과 評決을 중심 으로」, 『한국고소설사의 시각』, 국학자료원, 1996 참조)

31) 정명기 편, 原本 『東野彙集』 (下) 所載 〈南國接仙娥謀歸〉, 보고사, 1992. 526~ 532쪽.

전후(前後)로 볼 수 있으며, 필사 첫장의 '경ㅈ년'을 따른다면 1840년을 기점으로 하여 1900년까지 늦춰 잡을 수 있다.[32] 이 시기는 쇄국(鎖國)과 개항(開港), 척사 운동(斥邪運動)과 개화 운동(開化運動) 등의 사회적 격동기로써 '새로운 변화에서 오는 민족의 자기 상실을 막으려는 사회 존재론으로서 의미가 있는'[33] 사대부의 보수적 가치를 옹호하려는 작가의 의도가 있지 않았나 여겨진다. 작가는 어떠한 사회·역사적 배경을 가지고 소설을 쓰더라도 자신이 처한 현실을 무시할 수 없기 때문에 임란의 역사적 사실과 허구의 긴장 관계를 통해 삶의 진지성을 물을 수밖에 없는 것이다.

따라서 포로 체험은 강제적 인신(人身) 구속이지만, 소설적으로는 오히려 값진 소재가 되어 서사 세계를 확대한다. 따라서 포로소설의 서사적 전략은 포로 추체험이나 허구적 상상력을 통해 당대 포로와 그 가족의 간난한 삶의 행적을 복원하거나 모델화하는 데 있다. 이것은 실제 포로의 삶을 바탕으로 했건 안 했건 간에 핍진성[34]이 전제되는데, 자칫 사실을 강조하면 소설의 미학이 약화될 우려가 있다. 곧 포로소설의 문학성이 의심받을 소지가 있기 때문에 사실과 허구의 긴장 관계는 소설의 객관성을 확보하는 데 매우 중요한 요소이다.

---

32) 이상 창작 연대 추정은 표기 체계, 이본 간의 세밀한 비교 연구를 통해 더욱 근사치에 도달할 것이다.

33) 유영렬, 「斥邪運動과 開化運動」, 한국사연구회편, 『한국사연구입문』, 지식산업사, 1987(초판2쇄), 414쪽.

34) 핍진성은 실제 세계나 내면의 심리적 진실성을 닮는 것이며, 史實性도 핍진성의 또 다른 형태일 뿐이다. (루샤오펑, 조미원 외 옮김, 『역사에서 허구로─중국의 서사학』, 길, 2001, 212쪽)

2. 개인 의식의 각성과 기투적(企投的) 삶의 행위 강조

임병양란은 포로 전쟁이라 할 만큼 많은 사람들이 포로로 끌려가 노예가 된, 민족적 수치의 역사이다. 이것은 백성들로 하여금 지금까지 믿어왔던 시대적 가치관에 심각한 문제를 제기하여 개인 의식의 각성을 동반한다. 포로 전 단락에 삽입된 혼사 장애에 대응하는 주요인물의 욕망이 이를 잘 대변하는데, 이 욕망은 이후 포로라는 거대한 세계의 횡포에 가족들이 뿔뿔이 이산했을 때, 그들의 삶의 존재방식을 규정하고 가족 재회를 향한 열정으로 승화한다. 또한 이런 열정은 주요 인물들의 기투적(企投的) 삶[35]의 행위로 나타나 독자로 하여금 감동을 자아낸다.

〈최척전〉은 임란 이후 대두된 개인 의식의 각성이 먼저, 최척과 옥영의 자유 연애관에 잘 나타난다. 이를 보면 다음과 같다.

① '아침에 받은 옥음(玉音)은 진실로 제 마음을 사로잡았습니다. 곧 청조(靑鳥)를 만났으니 환희를 억제하기 어렵습니다. … 뜻밖에 오늘 양대의 비가 갑자기 꿈속에 들어오고 왕모(王母)의 편지가 갑자기 그대로부터 와서, 진진지호(秦晉之好)를 이루고 월하노인의 끈을 맺게 되었습니다. 이로써 바라던 삼생지원(三生之願)을 이루었으니, 동혈지맹(同穴之盟)을 가볍게 여기지 마십시오. 글로도 할 말을 다 못하는데, 어찌 말로 제 뜻을 다 드러내겠습니까?'[36]

② '가까이 낭군을 뵈오니, 말투와 얼굴빛이 조용하고 화락하며 행동거지

35) 하이데거의 현존재란 '내던져진 기투(被投된 企投 : thrown project)'이다. 이는 곧 시간과 세계 속에 일정한 방식으로 '던져져' 있다는 의미에서 과거를 지향하며, 동시에 아직 실현되지 않은 가능성을 파악하려고 오지 않은 시간 속으로 뛰어든다는 의미에서 미래를 지향한다는 뜻이다. (리차드 E. 팔머, 『해석학이란 무엇인가』, 이한우 역, 문예출판사, 1993(초판 7쇄), 263~264쪽)

36) "朝承玉音, 寀獲我心。卽逢靑鳥, 歡喜難勝。… 不意今者, 陽臺之雨, 忽然入夢, 王母之書, 遽爾來報, 倘成秦晉之好, 以結月老之繩。則庶遂三生之願, 不像同穴之盟, 書不盡言, 言豈悉意。"(<崔陟傳>, 고려대본 3쪽)

가 정숙하고 우아하며, 참되고 성실한 마음이 얼굴에 넘쳐 흘러 만약 제가
어진 남편을 구한다면 낭군을 버리고 누굴 찾겠습니까? 저는 거짓된 사람
의 아내가 되기보다는 차라리 노자(老子)의 첩이 되겠습니다.'37)

위의 예문 ①, ②는 옥영과 최척이 『시경(詩經)』의 〈표유매(標有梅)〉
란 시의 매개로 시작된 연정이 편지까지 주고 받으며 혼인까지 결심하
는 부분으로, 개인 의식의 각성이 잘 드러난 부분이다. 부모에게는 한
마디 고함도 없이 자신들이 스스로 만나 혼인을 결정한 것은 당시 유교
이념으로 볼 때 분명히 ·정도(正道)에 벗어난 것이다.

"어머니께서 저를 위해 사윗감을 고르신다면서, 반드시 부자만을 찾고
있으니 그 욕망이 걱정됩니다. … 하물며 가난한 것은 선비로서 떳떳함이
며, 의롭지 않으면서 부(富)를 누리는 것은 몹시 원치 않으니, 청컨대 최생
에게 시집갈 수 있도록 결정해 주십시오. … 하물며 지금 제 신세(身世)는
다른 사람과 달라 집에는 엄한 아버지가 없고, 적(賊)은 이웃의 경계에 있
습니다. 진실로 충성스럽고 신의가 없는 사람이라면 누구에게 우리 모녀의
몸을 의지하겠습니까?"38)

위의 예문은 옥영 모(玉英母) 심 씨가 최척이 가난하다는 이유를 들
어 옥영의 결혼을 단호히 거부한 직후 나온 옥영의 대응이다. 곧 옥영의
결혼관은 외적 세계의 횡포에 대한 심리적 불안을 극복할 수 있는 길은,
오직 충성스럽고 신의가 있는 인물이 남편이 되어야 하는데, 그 인물이
바로 최척이라고 자신의 욕망을 강하게 부각시킨다. 심 씨로 볼 때, 부
모혼을 거부하는 딸의 말에 충격을 받았음직 하지만, 자신의 왜곡된 유

---

37) '近觀郎君, 辭氣雍容, 擧止閑雅, 誠信之色, 藹然於面目, 若求賢夫, 捨子伊誰? 與
爲人妻, 寧爲老子之妾.'(〈崔陟傳〉, 고려대본 3쪽)

38) "母親爲我擇婿, 必欲求富, 其情則憾矣。 … 況貧者, 士之常, 不義而富, 吾甚不願,
請決嫁之。 …況今兒身, 異於他人, 家無嚴父, 賊在隣境, 苟非忠信之人, 何以仗母
子之身乎【何以仗母女之身乎】?"(〈崔陟傳〉, 173~174쪽)

교 윤리나 관념적 욕구로는 딸의 진취적 결혼관인 자매혼(自媒昏)의 욕
망을 배척할 수 없는 실정이다. 그리고 자신의 남편을 고르는데 어머니
가 오직 '부(富)'의 기준에서만 사위를 택하려고 강권한 것도 중세적 이
념으로 보아 비판받아야 할 요소이다.[39] 이처럼 명분상 딸에게 밀린 심
씨는 하나의 구실을 찾는데, 그게 바로 의병으로 나갔던 최척이 혼인날
이 되어도 돌아오지 않는다는 것이다. 때를 같이 하여 부잣집 양생의 개
입과 정상사 부부의 집요한 부추김으로 혼사 장애의 대립은 극에 달하
나, 옥영의 목숨을 건 대자적(對自的) 투쟁으로 혼사 장애는 극복된다.

이러한 개인 의식의 각성을 통한 옥영의 대자적 투쟁은 그녀가 포로
가 되었을 때는 기투적 삶의 행위로 구체화된다. 옥영은 포로가 된 직후
부터 왜병 돈우의 귀애(貴愛)와 보살핌을 받지만, 오직 가족 재회를 위
해 죽음도 불사하는 실존적 여성[40]으로 부각되어 있다. 옥영이 이처럼
강인한 여성으로 거듭날 수 있었던 것은, '나는 만복사의 부처이니라.
삼가 죽지 말지어다! 뒷날에 꼭 기쁜 일이 있으리로다.'[41]라는 장육불의
계시를 철저히 믿는 종교적 신념도 큰 몫을 한다.

그래서인지 장육불의 등장을 두고 기존 연구는 〈최척전〉의 사실적
측면 외에 낭만적 구성이라 하면서, 이것은 현실적 고통을 초월적인 힘

---

39) 부모혼과 자매혼의 가치 우열의 기준은 없다. 그것은 가치가 아니라, 선택의 개념
이기 때문이다. 부모가 자식을 부잣집에 시집보내려는 것은 인지상정일 터, 부모혼
의 강요가 무조건 중세의 왜곡된 유교 이념으로 볼 수 없다. 다만 심 씨가 인간을
평가하는 기준이 '富'라는 물질적 요소에만 국한되어 있고, 자신의 집요한 욕구를 관
철하기 위한 수단으로 당대 유교 이념을 내세웠다는 점에서 비판 받아야 할 것으로
본다.

40) 實存은 현실적이며 구체적인 진실하고 하나뿐인 개별적인 존재인 '제 각각의 나
자신'을 의미한다. 그리고 그것은 그저 있는 '나'가 아니라 되어 가는 '나'이며, 창조
하는 '나', 志向하는 직접적인 존재로서의 '나'이다. (장양수, 「실존주의소설 – 장용학
〈요한詩集〉」, 『한국의 문제소설』, 집문당, 1994, 178~179쪽)

41) '我萬福(寺)佛也。愼無死! 後必有喜。' (〈崔陟傳〉, 181쪽)

에 의해 극복하려는 민중의 운명론적 세계관에 바탕을 둔 것[42], 〈최척
전〉이 철저히 현실적이라 하면서도 장육불의 등장을 들어 리얼리즘의
한계, 또는 주제구현 방식의 한계[43]로 인식하고 있다. 그러나 신해진의
적절한 지적처럼 현실주의는 낭만적 성격을 구유하고, 또한 이러한 낭
만적 성격은 현실주의의 토대가 될 개연성이 높다는 의견[44]이 더 설득
력이 있다. 곧 장육불의 꿈의 계시는 재회의 신념으로 환치(換置)하여
옥영의 생사(生死)를 압도하는 기투적 삶으로 상승 작용하는 효과를 가
진다. 이것은 임란 이후 급성장한 여성의 주체적 · 실존적 삶을 부각시
키려는 작가의 서사적 욕망이 투영된 결과로, 흔히 고소설에 나타나는
꿈의 구조, 곧 자신의 처지로서는 어찌할 수 없는 한계와 무능력을 해결
하는 기능[45]과는 다른 양상을 보임으로써, 기존의 운명관을 극복할 수
있었다.[46]

---

42) 박일용, 「장르론적 관점에서 본 〈崔陟傳〉의 사회적 성격」, 『조선시대의 애정소설
   -사실과 낭만의 소설사적 전개양상』, 집문당, 2000, 161~162쪽.

43) 박희병, 〈崔陟傳-16, 7세기 동아시아의 전란과 가족이산〉, 앞의 책, 96쪽. 여기서
   그는 주제구현 방식의 한계가 주제 자체의 규정과는 다른 차원의 문제라고 말한다.
   또 소설사의 내적 연관에서 볼 때 후대의 영웅소설 등은 〈최척전〉이 갖고 있는 초
   현실적 요소를 계승하여 확대시켰다고 하였다. (위의 논문, 103쪽). 그러나 필자는
   초현실원리에 대한 주요인물의 인간적 대응 의지로 볼 때, 영웅소설이 이상주의에
   경도되었다면, 포로소설은 초현실원리가 현실원리에 통합되는 양상이다.

44) 신해진, 「〈崔陟傳〉에서의 丈六佛의 기능과 의미」, 어문논집 제35집, 고려대 국어
   국문학연구회, 1996, 371쪽.

45) 오종근, 「고전소설에서의 꿈의 서사구조」, 『한국서사문학의 연구』, 1995, 형설출판
   사, 88쪽.

46) 몽석과 몽선의 탄생담, 곧 '我萬福寺之佛也。我嘉爾誠, 錫以奇男子, 生必有異相.'
   (〈崔陟傳〉, 177쪽), 居一歲, 又生一子, 産兒之前夕, 丈六佛又見于夢曰 : '兒生, 亦
   有背痣.' (〈崔陟傳〉, 185쪽)에 나타난 장육불의 서사적 기능도 이후 고소설에 빈번
   하게 나타나는 초월적 존재의 탄생을 예고하는 것이 아니라, 서사 내 · 외적 필연성
   을 부여한다. 서사 내적으로는 몽석이 이후 胡族 포로 수용소에서 아버지와 극적으
   로 만날 때의 징표가 되고, 몽선의 경우는 홍도와 국제 결혼하는 계기가 된다. 서사
   외적으로는 조위한의 불교적 체험이 반영된 것인데, 그의 불교적 체험은 '天朝臨行

이상에서 볼 때 심 씨의 당대 효(孝) 이념과 부(富)의 욕구로 변증(辨證)되는 왜곡된 부모혼과 절의를 앞세운 옥영의 자매혼의 대립[47]에서 옥영의 의견으로 수렴된 것은, 결국 왜곡된 전통적 윤리관을 대자적 관점에서 비판하려는 임란 이후의 개인 의식의 각성이다. 이것은 이후 옥영이 포로가 되었을 때 자신의 삶을 책임지고 경영하는, 곧 기투적 삶의 행위로 이어진다는 점에서 의미심장하다.

〈김영철전〉에서 영철의 후사 잇기 문제는 개인 의식의 각성이라기보다 매우 보편적인 인간 본성이다. 영철이 충(忠)과의 충돌을 막기 위해 건주위로 종군할 때, 조부와 한 후사 잇기 약속은 영철의 존재방식을 규정한나는 섬에서 고도로 각인된 개인 의식이다. 이 점은 이후 영철의 삶을 기투적 행위로 전환하는 결정적 동인(動因)이 된다. 이러한 예는 영철의 탈출 서사(2-3, 2-8)에서도 잘 나타나지만, 특히 명나라 처의 행위에서 더욱 핍진하게 나타난다. 이를 보면 다음과 같다.

① 영철은 곧 몰래 빠져나와 연생이 있는 배로 들어갔다. 연생은 배의 칸막이 널판자를 뜯어서 영철을 그 밑에 숨기고는 거기에 못을 쳤다. 해 뜰 무렵, 아내는 10여 명을 데리고 와서 배 안을 샅샅이 뒤졌으나 찾지 못했다.[48]
② 병자년(1636년) 가을, 연생은 또다시 사행선을 따라 등주에 갔다. 영철처는 두 아들을 데리고 유년과 같이 와서 영철의 소식을 물었다. 연생은 알지 못한다고 거절했다. 이듬해 {1637년} 사행선이 돌아가려 할 때, 영철

指汝母腹而別曰, 必生男子, 以待吾還也。長路關心, 冀其生男, 叢柯佛宇, 無不默禱'에서 보듯 특별한 것이었다. (趙緯韓,「祭亡子倚文」,『玄谷集』卷13,『韓國文集叢刊』73, 민족문화추진회, 1991, 306쪽)
47) 참고로 최척이 혼인날이 다가와 변사정에게 휴가를 청하지만 거절 당하는 장면은 '愛'와 '忠'의 대립 관계로도 볼 수 있다. (陟在陣中, 憂念成疾。及其約婚之日, 呈狀乞暇。則義將怒曰:"此何等時, 而敢求婚娶乎? 君父蒙塵, 越在草莽, 臣子當枕戈之不暇, 而況汝未及有室之年, 滅賊而圖婚, 亦未晩也。" 竟不許。) (〈崔陟傳〉, 175쪽)
48) 卽潛出走, 入連生船。連生拆船障板, 匿英哲板底而釘之。平明, 妻率十餘人來, 窮索舟中, 不得。舟中人, 亦不知英哲之所在也。(〈金英哲傳〉, 487쪽)

처는 또 와서 영철의 소식을 물으며 말했다. "조선은 이미 오랑캐에게 항복했다고 들었습니다. 이 뱃길도 이것으로 끊어져 버릴 것입니다. 제발 당신의 한 마디 말로 제 마음의 한을 풀어 주십시오." 연생은 할 수 없이 그 간의 사정을 모두 말했다.49)

위의 예문 ①은 영철이 고국 귀환을 강행한 것을 알아차린 명나라 처가 찾아 나섰을 때, 영철이 몰래 숨는 장면이다. 떠나려는 자와 붙잡으려는 자의 기막힌 운명은 모두 자신의 관점에서 신념에 찬 삶의 기투적 행위이다. ②는 명나라 처가 영철과 헤어진 지 5년이 지난 뒤, 사행선을 타고 다시 등주에 온 이연생을 만나 영철의 소식을 간곡히 묻는 장면이다. 여기서 명나라 처는 '영철처'로 초점 화자가 되어 영철의 행방을 쫓는 절박한 상황을 나타낸다. 매우 절제되어 있지만, 서사 행간에 그녀가 가족 화합을 위해 얼마나 기투적인 삶을 살고 있는가를 상징적으로 보여주는 '비극의 진정성'50)이다.

이같은 주요인물의 기투적 삶의 행위는 영철의 입장에서는 자신의 고뇌 속에 실현되는 욕망이지만, 이국(異國) 처자식의 관점에서 보면 자신들의 욕망적 삶을 훼손하는 결과로 나타난다. 이것은 17세기 동아시아 전란의 역학적 구조 속에서 빚어진 삶의 아이러니이다.

〈유록의 한〉에서 개인 의식의 각성은 유록과 몽세의 애정 실현 이면에 보이는 유록의 신분 상승 의지와 몽세의 정치적 야망에 깔려 있다. 그런데 이들의 이러한 개인 의식의 각성은 '지조(志操)'의 코드를 통해 기투적 삶의 행위로 이어짐이 특징이다. '지조'의 부각은 뒤에 후술할

---

49) 丙子秋, 連生又隨使船往登州。英哲妻, 携二子, 與有年來, 問英哲。連生辭不知。及明年, 使還, 英哲妻又來問曰: "朝鮮聞已降虜。此船路從此絶矣。願子一言以釋我心。" 連生乃具言之。(<金英哲傳>, 487쪽)

50) 로렌스 리너, 「정신분석학과 문학비평」, 마광수 편저, 『심리주의 비평의 이해』, 청하, 1995, 34쪽.

'윤상(倫常)'의 의미와 입체적으로 연결되며 서사를 압도한다.

① '정랑(鄭郎)의 옥모 영풍(玉貌英風)과 문쟝 지화(文章才華)는 진실로 내 보던 바 쳐음이라. 그러나 그 심디(心地)와 지조(志操)를 알지 못ᄒ니 가히 긔회(機會)를 엇어 {얻어} 만일 군즈지풍(君子之風)과 유졍랑(有情郎)의 심ᄉ(心事)ㅣ 잇슬진댄 나의 죵신 대ᄉ(終身大事)를 의탁(依託)ᄒ리라.'51)

② "십륙 셰(十六歲)로붓허 지금(至今)ᄭ지 ᄉ 년(四年)이 되와 비록 가무연셕(歌舞宴席)에 참예(參預)ᄒ옴은 잇샤오나, 흔번도 허신(許身)흔 곳은 업습고 지긔(知己)를 맛나기를 원(願)ᄒᆞ옵더니, 하늘이 어엿비 넉이시고 신명(神明)이 도으샤 오늘날 샹공(相公)을 뵈오니, 쳡(妾)이 금셕(今夕) 슈ᄉ(雖死)ㅣ나 무흔(無恨)이로소이다." … 좌랑이 쳥파(聽罷)에 개탄(慨歎)홈을 마지 아니코 다시 위로ᄒ며 즈긔(自己) ᄯᅩ흔 평씽 【평싱】(平生)에 아름다온 녀ᄌ(女子)를 만히 보앗스나 ᄒ나도 갓가히 아니타가 밋 류낭을 보고 ᄆᆞ음에 닛지 못ᄒ던 젼후슈말(前後首末)을 닐아고52)

위의 예문 ①은 유록이 몽세를 만난 뒤의 개인적 소감과 앞으로의 다짐을 독백적으로 서술한 부분이다. ②는 김 선전관의 중매로 가까워진 몽세와 유록이 급기야 백년가약을 맺을 때 한 말이다. 이처럼 이들의 애정의 핵심 조건은 문장이나 외모의 탁월함이 아니라, '지조'이다. 그러나 이들의 자유 연애는 몽세의 환로라는 벽에 부딪친다. 몽세는 당쟁으로 인한 당시의 정치 상황에 환멸을 느껴 공명을 부운(浮雲)같이 여기고 시주금서(詩酒琴書)로 지내던 터라, 환로는 서사 전략상 세계의 횡포이다. 몽세는 환로를 극구 사양하지만, 끝내 윤허를 받지 못하고 유록과 이별하는 아픔을 겪는다. 뿐만 아니라 병란이라는 민족적 수난 앞에 두 사람

---

51) <柳綠의 恨>, 12쪽.
52) <柳綠의 恨>, 25쪽.

의 이별의 강도는 증폭된다. 이들은 이별 후 편지를 주고받다가 병란 이
후에는 서로 직접 찾아 나서며 '지조'를 확인한다. 이것은 그들의 개인
의식의 각성이 기투적 삶의 행위로 전환된 것을 보여준다. 곧 몽세가 유
록과의 언약을 지키기 위해 유록을 찾아나서는 행위도 그렇지만, 특히
유록의 서사축에서 이러한 기투적 삶이 더욱 핍진하게 형상화되어 있
다. 이를 보면 다음과 같다.

① 날이 붉음애 류랑이 목욕지계(沐浴齋戒)ᄒ고 불젼(佛前)에 나아가
향(香)을 살오고 マ만히 빌어 왈, "뎨자(弟子) 오유록(吳柳綠)은 … 다힝
히 의기(義妓) 계낭(桂娘)의 령혼(靈魂)의 구(救)ᄒ옴을 닙습고, ᄯᅩ 대ᄌ
대비(大慈大悲)ᄒ온신 덕틱(德澤)을 드리오샤 몸이 이 곳에 편안(便安)이
잇스오니 ᄯᅩ 무엇을 도라 오리잇가마는, 구구(區區)ᄒ 일편심(一片心)은
다시 가군(家君)을 살아 맛나 부쳐의 대은(大恩)을 말슴ᄒᆞ옵고, 길이 공문
(空門)에 의탁(依托)ᄒᆞ와 경문(經文)을 외오며, ᄆᆞ음을 닥가 여싱(餘生)을
맛고져 ᄒᆞ오니, ᄇᆞ라건대 더욱 자비지심(慈悲之心)을 드리오샤 뎨자(弟子)
의 원(願)을 일우게 ᄒᆞ옵쇼셔."[53]

② 빌기를 다ᄒ고 다시 지비(再拜) 분향(焚香) 후(後) 방(房)에 도라와
날마다 불경(佛經)을 외오며 슈(繡)를 노화 녀승(女僧)을 주어 일월(一月)
일ᄎᆞ식(一次式) 의쥬(義州) 셩닉(城內)에 가 팔아오니, 원릭(原來) 류낭이
소약란(蘇若蘭)의 직금(織錦)ᄒᆞᄂᆞᆫ 지조ㅣ 잇는지라. 이럼으로 후리(厚利)
를 엇더 의식지자(衣食之資)에도 쓰며 ᄯᅩᄒ 亽즁(寺中) 용도(用度)에 보
급(補給)ᄒ니, 졔승(諸僧)이 대열(大悅)ᄒ야 공경 례디(恭敬禮待)홈애 일
신(一身)이 안한(安閒)ᄒ야 산즁(山中)에 유발승(有髮僧)이 되야 셰亽(世
事)를 니젓스나, 다만 쥬야(晝夜)로 부亽(府使)를 싱각ᄒ야 눈물 ᄆᆞ를 날
이 업스며, 째째로 불젼(佛前)에 축원(祝願)ᄒᆞ야 속(速)히 서로 맛나기를
ᄇᆞ라니 그 졍셩의 지극(至極)홈을 가히 알너라.[54]

---

53) <柳綠의 恨>, 59~60쪽.
54) <柳綠의 恨>, 61쪽.

위의 예문 ①은 유록의 말이고, ②는 서술자의 개입이다. 모두 유록이 몽세를 만나기 위해 얼마나 정성을 다하는가를 대화와 요약을 통해 밝힌다. 그런데 ①은 가군(家君)을 만날 수만 있다면 여생을 공문(空門)에 의탁한다는 조건부 불교적 세계관을, ②는 경제활동[55]을 부각시키고 있다. ①, ②는 언뜻 가치관의 대립을 보이는 듯하지만, 둘 다 '현실적 세계관'을 지향한다는 점에서 상호보완적이다. 예컨대, 묘법암의 월정이 몽세 때문에 시름에 빠진 유록을 위로하기 위해 '극락(極樂)' 운운하자, 유록이 "므룻 {무릇} 샤룸이 이 셰상(世上)에 나매 반드에 칠졍(七情)을 품슈(稟受)ᄒᆞ엿고, 임의 칠졍(七情)이 잇슴애 ᄯᅩ흔 졍근(情根)이 ᄌᆞ연(自然)히 ᄯᅡ라 싱(生)기ᄂᆞ니, 그 졍근(情根)이 흔번 부디침애 그 견고(堅固)흠이 돌과 ᄀᆞᆺ흐여… 일로 볼진딘 산쳔물식(山川物色)도 오히려 졍근(情根)을 머므러 싱각나거든 더고나 친쳑 붕우(親戚朋友)와 지긔(知己)를 원별(遠別)흠이리오?"[56]라고 한 말이나 몽세와 유록이 재회 후, 그들을 도와준 사람들에게 일일이 물질적으로 사례하는 모습 등이 그것이다.

이처럼 유록과 몽세의 현실을 바탕으로 한 '지조' 행위의 확인은 임병양란 이후 대두된 개인 의식의 각성이며, 동시에 기투적 삶의 행위의 원동력인 것이다.

〈남윤전〉에서 남윤과 관비인 옥경선의 백년가약은 당시 신분 구조로 볼 때, 개인 의식의 각성이다. 그러나 남윤은 부모의 정혼(定婚)에 따를 수밖에 없는 상황이었기 때문에 자신의 욕망은 좌절된다. 문제는 이런 남윤의 좌절된 욕망이 갈등으로 발전하지 않고, 오히려 주요인물의 존

---

55) 이것은 유록이 묘법암에 들어와 불경만 외고 있는 상황보다는 자신 나름대로의 경제활동을 통해 諸僧들에게 피해를 주지 않고, 오히려 도움을 주려는 행위이다. 이런 경제활동의 반영은 임병양란 이후의 상업주의의 발달을 반영한 것이라 여겨진다. 이런 점은 墨子의 현세적 세계관과도 맥을 같이 한다. '故子墨子曰, 去無用之, 聖王之道, 天下之大利也.'(『墨子』〈節用篇〉上)

56) 〈柳綠의 恨〉, 62~63쪽.

재 방식을 우호적으로 규정한다는 점이다. 물론 이것은 서사적 복선이다. 곧 옥경선과의 백년가약, 이씨 부인과의 혈서의 징표는 이후 옥경선의 절의를 지키기 위한 적극적 고행담(2-6, 2-9~2-10), 남윤의 절행과 귀환의지(2-15~2-16), 남윤의 극한상황에서 극복의지를 사를 수 있는 버팀목이 된다(2-25, 2-28~2-29).

이 중, 조선의 서사축에서 옥경선, 이씨 부인, 고행 등이 남윤의 부재로 겪는 존재론적 고뇌를 통해 남윤과의 재회를 지향하지만, 다소 수동적으로 형상화되어 있다. 옥경선의 경우를 보면 다음과 같다.

> 함경도 감스 니원익이 … 옥경선을 불너 슈청 거힝ᄒ리【거힝ᄒ라】 ᄒ이, 옥경선이 … 이 날 밤의 도망할시 남복을 곳쳐 입【입고】 '졀ᄂ도〔전라도〕 지리산 빅운암의 여승이 만타 ᄒ니 이제 곳즐【그 곳즐】 ᄎ져가 샥발위승ᄒ엿ᄒ엿다가【샥발위승ᄒ엿다가】 니원익 쳬직ᄒ거던 니 부인을 ᄎ져기【ᄎ져가】 스싱을 가치 ᄒ리라'[57]

위의 예문처럼 옥경선이 이원익의 수청을 피해 남복을 하고 지리산으로 고행(苦行)하는 것은 적극적인 행위이지만, 남윤을 직접 찾아 나서지 않는다는 점에서는 소극적이다. 이후 옥경선의 삶도 복자(卜者)가 "그디 낭군은 만리타국의 가 잇ᄂ이 니별ᄒ 지 이십 년만의 다시 만ᄂ 빅년히 노할"[58] 것이라는 예언을 따르는 인물로만 형상화되어 있다. 따라서 옥경선의 남윤과의 재회 신념은 열(烈)의 기투적 삶으로 우회되어 있다.

이에 비해 남윤의 삶은 비록 왜공주와 천정원리에 의해 혼인했지만, 이것으로 남윤의 재회 지향과 기투적 삶이 약화되는 것이 아니라 오히려 강화됨은 전술한 바다. 이 점은 이 작품이 창작된 것으로 보이는 19세기 말의 가부장적 성격, 곧 유교 이념을 변증법적으로 지양(止揚)하려

---

57) <남윤전>, 571~572쪽.
58) <남윤전>, 573쪽.

는 서사 전략이다.

이상에서 볼 때, 포로소설에 나타난 개인 의식의 각성은 주요인물의 기투적 삶의 행위로 이어진다는 점에서 의미심장하다.

〈최척전〉에서 최척과 옥영의 지음 같은 부부 생활의 희구, 〈김영철전〉에서 김영철과 조부와의 후사 잇기 약속, 〈유록의 한〉에서 정몽세와 유록의 사랑의 언약, 〈남윤전〉에서 남윤과 옥경선의 백년가약, 남윤과 이씨 부인과의 신물(信物) 교환 등 욕망이 미완성으로 남아 있더라도 한결같이 포로·귀환 단락에서 보여주는 열정적 삶의 깊이와 부피는 엇비슷하다. 이처럼 개인 의식의 각성은 자신들의 현실적 결핍을 채우려는 인간의 주체적 행위로도 이해할 수 있다. 애정소설의 욕망이 주로 남녀 주인공의 결핍을 충족하려는 상호 독점적 관계라면, 포로소설은 그것을 초월하여 다양한 인간 군상과의 관계로 확대되는 점59)이 특징이다.

그러면 이러한 개인 의식의 각성과 기투적 삶의 행위가 포로소설에 집중된 이유는 무엇일까?

첫째, 전술했듯 임병양란 이후 높아진 개인 의식의 각성과 왜곡된 중세 이념의 퇴조가 길항(拮抗)했기 때문이다.

둘째, 임병양란 이후 크게 자각된 여성이 독서의 전면에 나타났기 때문이다. 옥영, 유록 등 개인 의식의 각성과 기투적 삶의 전형을 보여 주는 것도 이것과 무관하지 않다. 사실 15, 16세기부터 전사 유통(轉寫流通)이 성행했고, 17세기에 사대부의 여성 독자들이 다량으로 등장하여

---

59) 개인의 욕망 문제는 비단 포로소설뿐만 아니라, 다른 소설 유형에도 일반적으로 나타난다. 그러나 포로소설의 최초 상황에 삽입된 욕망은 처음에는 개인적인 동기에서 일어나지만, 포로 모티프가 개입하면 그 동기가 사회, 국가, 동아시아인까지 확대된다. 곧 포로소설에 나타난 욕망은 다양한 인간 군상과의 '관계'를 통해 '삶의 열정', '人間愛' 등으로 승화하는 상승 효과를 가진다는 점에서 다른 소설 유형과 변별된다. 따라서 포로소설의 욕망은 '결핍에 대한 경험'이면서 진정한 '자기 자신이 되는 것'(말렉 슈벨, 서민원 옮김, 『욕망에 대하여』, 동문선, 2001, 96~97쪽)이다.

한문본 · 한글본 가릴 것 없이 읽혔다는 점[60]이 이를 반증한다.

셋째, 임병양란 이후 민중들의 현실비판 정신이 강해졌기 때문이다. 포로의 극한상황은 국가적 위난 속에서 개인이 희생되는 문제이고, 나아가 민중 전체의 아픔으로 상징되기 때문에 무능력한 지배 계급에 대한 현실 비판은 너무나 당연한 것이다. 곧 〈최척전〉에서 옥영의 왜곡된 유교이념 비판, 삭주 토병 출신인 후금 포로 감시병의 현실 비판, 호족의 명나라 침입 때 화친 편에 섰던 이민환에 대한 비판[61], 〈김영철전〉에서 호조(戶曹)의 간접적 비판, 〈유록의 한〉에서 당쟁만 일삼는 당대 지배 계층에 대한 환멸, 병란의 참상 이면에 드러나는 국가의 무능에 대한 비판, 〈남윤전〉의 신임 함경 감사가 자행하는 국가적인 억압 구조에 의한 폭력 등이 그것이다.

넷째, 포로소설은 현실주의 세계관[62]을 창작의 기저(基底)로 하기 때문이다. 현실주의(realism)는 '현실적인 것을 제일 중시하는 입장'으로 『시경(詩經)』[63], 『논어(論語)』[64] 등에서 줄곧 강조된 사상이다. 실제 '포

---

60) 류탁일, 「유통매체로서의 고소설의 문헌성과 변화」, 『고소설사의 제문제』, 성오 소재영 교수 환력기념논총, 집문당, 1993, 90~91쪽.

61) 이민환은 패전병 명나라 장수를 조선옷을 입혀 보호해 주는 강홍립의 행동에 불안을 느끼고, 오히려 그들을 적진으로 보낸다. (奴酋殺天兵無遺類, 譏發朝鮮, 無數殺傷. 喬遊擊領敗卒十餘人, 投入鮮營, 乞着衣服. 元帥姜弘立給其餘衣, 將免死焉. 從事官李民宴【從事官李民宴】, 惧其見忤於奴酋, 還奪其服, 執送賊陣.) (＜崔陟傳＞, 187쪽). 이러한 서술을 본 이민환의 형인 이민성이 『題崔陟傳』(앞의 책)에서 조위한과 〈최척전〉을 신랄하게 비판한 것으로 보아 조위한 또한 당시 지배 계급의 종사관이었던 이민환의 행동을 비판적으로 보았을 의도가 짙다. 그 근거의 하나로 조위한은 李民宴의 '宴'을 바로 쓰지 않고, 교묘히 '宴'의 윗부분, 곧 '大'를 제외한 부분과 '大'대신에 '女'를 합성하여 쓴 점(서울대본)이 이를 반증한다. 참고로 고려대본은 '李敏宴'으로 쓰고, 천리대본은 '李民寊'으로 썼다. 이런 점으로 보아 함축과 생략을 통해 문학적 의미를 더하고 있는 서울대본이 고려대본, 천리대본에 비해 先本이라 여겨진다.

62) 다만 ＜李翰林傳＞에서 이한림이 명산대천에 빌어 만득자 해룡을 얻는 과정은 다른 포로소설과 달리 일반적인 고소설의 관습을 그대로 답습하고 있다. 그러나 고난 극복의 과정 서사는 주로 현실적인 세계관을 통해 전개된다. (＜李翰林傳＞, 앞의 사전 참조)

로'의 현실적 삶의 대응은 임란 때는, 고국에 돌아올 기회를 얻지 못하
고 일본에 뿌리를 내리고 살 수밖에 없었던 경우, 일본 상인들이 조선인
을 노예로 팔기 위한 목적으로 강제로 납치하여 매매한 경우, 포로 쇄환
사들에 의해서나 탈출에 의해 조선으로 귀환하게 된 경우65)이다. 정묘,
병자호란 때는 돈으로 속환한 경우, 속환할 돈이 없어 돌아오지 못한 경
우66), 탈출67)을 통해 조선으로 귀환한 경우이다. 그러나 포로소설에 형
상화된 '포로'의 삶은 자신들의 정체성을 찾기 위해 모든 수단과 방법을
동원하여 귀환하려는 의지를 가진 인물로, 주로 '보여주기'를 통해 현실
의 삶을 재구성한다.

따라서 포로소설의 포로와 그 가족은 한결같이 '내부로부터의' 속박을
포함하여 매우 다양한 속박으로부터의 자유68)를 갈구할 뿐만 아니라,
존재론적 자유까지 지향하는 현실적 세계관에 기초하고 있다.

물론 여기서 논의하고 있는 현실적 세계관은 경험적 현실을 문학적
현실에 그대로 일치시킨다는 의미가 아니라, 작중인물의 행위가 삶에
관한 진실(truth about life)을 현실원리로 핍진하게 보여준다는 의미이다.

---

63) 『詩經』, <周南·召南> 참조.
64) 季路問事鬼神, 子曰, "未能事人, 焉能事鬼?" 敢問事. 曰, "未知生, 焉知死"(『論
語』, 「先進」) ; 樊遲問知, 子曰, "務民之義, 敬鬼神而遠之, 可謂知矣.". (『論語』, 「擁
也」) ; 子不語怪力亂神. (『論語』, 「述而」)
65) 이채연, 앞의 책, 28~48쪽 참조.
66) "사로잡힌 사람을 속환하는 일은 날마다 성 밖에 모아서 贖하기를 바라는 사람이
각자 찾아서 사게 되는데, 요구하는 값이 비싸기 그지없고, 士族과 各人의 부모처자
등은 값을 말하는 것이 많으면 수백 또는 수천 냥이나 되어 이 값으로는 속하여 내
가기가 매우 어려우므로 사람들이 다 희망을 잃고 울부짖는 것이 도로에 가득찼으며,
그 중에서 외롭고 친척이 없는 사람은 조만간 公家에서 속하여 돌아가기만을 기다리
며 날마다 館所 밖에서 울며 호소하니, 참혹하여 차마 못 보겠습니다." (『국역 심양
장계』 제1집, 정축년 (인조 15년, 1637) 5월 24일, 세종대왕기념사업회, 1999, 30쪽)
67) 박용옥, 앞의 논문 참조.
68) 모리스 크랜스텐, 황문수 역, 『자유란 무엇인가』, 문예출판사, 1992, 38쪽.

달리 말해 경험 내용보다는 경험 구조의 동일성을 강조하는 것이다.[69]

따라서 포로소설에서 말하는 현실적 세계관이란 포로 모티프가 역사적인 실제 전란에서 생긴 포로 상황을 문학적으로 원용하여 인간과 사회와의 관계를 통해 '구조적 현실'[70]을 핍진하게 보여 주려는 것이다.

그렇다고 포로소설이 현실의 모순을 치열하게 재현하고, 모순의 극복을 현실적 차원에서 미학적으로 제시했다[71]는 것은 아니다. 다만, 현실의 선택적 묘사 및 현실의 재구성, 혹은 간접적인 서술을 통해 현실의 표면 깊이 작용하고 있는 현실의 인과적 지배 법칙을 명백히 하여[72] 간접적으로 비판하려는 현실주의임에는 틀림없다.

---

69) 여기에 대해서는 스테판 코올, 여균동 편역, 「리얼리즘과 현실」, 『리얼리즘의 역사와 이론』, 한밭출판사, 1982, 189~197쪽 참조.

70) 현실주의와 이상주의는 작자의 세계관과 관련된 용어이다. 작자가 역사적 시공에서 전개되는 대결 양상을 통해 구조적 현실을 보여주고자 하는 경향이 일정하게 나타난다면 현실주의라 할 수 있고, 작자가 현실의 질곡 너머에 존재하는 이상을 찾아내고 미래에 대한 낙관적 전망을 제시하고자 하는 경향이 일정하게 나타난다면 이상주의라고 할 수 있다. (신태수, 『하층영웅소설의 역사적 성격』, 아세아문화사, 1995, 458~459쪽)

71) 장효현, 「형성기 고전소설의 현실성과 낭만성」, 『민족문학사연구』 제10호, 창작과비평사, 1997, 122쪽.

72) 송동준, 「브레히트에 있어서 휴머니즘 개념」, 서울대학교인문학연구소 편, 『휴머니즘 연구』, 1996(초판 2쇄), 118쪽. 이것을 브레이트는 '소외 효과'로 설명하는데, 곧 무대 인물의 감정과 관객의 감정이 일치하지 않게 나타나는 효과로 무대상의 서술된 현실을 관객이 통찰하도록 하는 기능을 한다. (위의 책, 116쪽). 이 점은 김성탄이 『수호지』를 비평하면서 말한 '冷眼', '冷筆'의 개념과 유사하다. 곧 냉안은 작가의 객관적 태도가 있어야 한다는 것을 가리키고, 냉필은 작가의 객관적 묘사를 가리킨다. 독자로 하여금 '차가운 눈'과 '차가운 붓' 속에서 작가의 애증과 포폄을 체득하게 하려고 한 것이다. (장소강·이홍진 옮김, 『중국고전소설창작론』, 법인문화사, 2000, 185쪽)

3. 고난을 압도한 윤상(倫常)의 증언

포로소설의 최초 상황은 주요인물의 애정 욕망이 주를 이루고, 이러한 애정 욕망은 포로·귀환 단락에 이르러 열정적 삶의 에너지가 되는 삶의 존재 방식을 규정한다. 그러나 포로로 야기된 삶의 고난은 나약한 인간이기에 어쩔 수 없이 윤상을 저버릴 위기까지 내포한다. 따라서 주요 인물들의 윤상 훼손 유무는 포로소설에서 서사적 긴장감을 자아내는 요소다.

〈최척전〉에서 최척은 정유난 참상 이후 여유문과 의형제를 맺고 명(明)에 들어가 산다. 여유문은 자신의 여동생을 처척에게 소개하며 재혼을 권하지만, 척은 "저는 온 집안이 왜적에게 함몰(陷沒)되어 늙으신 아버지와 약한 아내의 생사마저 아직 알지 못합니다. 비록 발상(發喪)이나 최복(衰服)은 하지 못하더라도 어찌 감히 태연하게 아내를 맞아 혼자 편안함을 꾀할 수 있겠습니까?"[73]라며 이를 단호히 거절한다. 옥영 또한 돈우에게 사로잡혀 일본 낭고야(浪沽射, '나고야'의 음역)에서 지낼 때, "저는 본래 형체(形體)가 작은 어린 사내라 약골이며 병이 잦습니다. 우리 나라에 있을 때에 장정들이 의무로 하는 병역(兵役)이나 부역(負役)을 치를 수 없어, 단지 바느질과 밥 짓는 일만 했을 뿐, 그 밖의 일은 진실로 할 수가 없습니다."[74]라며 앞으로 닥칠지도 모를 훼절에 대한 대비책을 치밀히 마련함으로써, 포로 전 단락에 '지음(知音)'과도 같은 부부의 믿음을 고수한다. 이처럼 이 작품은 철저히 일부일처제를 고수함으로써 윤상을 증언한다. 이것은 전기적(傳奇的) 인물의 성격의 영향이라고 볼 수 있지만, 그 내포적 의미는 다르다.

---

73) "我以全家陷賊, 老父弱妻, 至今未知生死。縱不得發喪服衰, 豈敢晏然婚娶以爲自逸之計乎?" (〈崔陟傳〉, 181~182쪽)

74) "我本菽少男子, 弱骨多病。在本國, 不能服役于丁壯之事, 只以裁縫炊飯爲業, 餘事固不能也。" (〈崔陟傳〉, 181쪽)

〈김영철전〉은 윤상의 의미를 두 부분에서 역설적(逆說的)으로 증언한다. 첫째, 영철이 후금 처를 버리고 탈출을 결심할 때의 동기와 정황(情況)을, 장황하지만 '달'의 상징적 의미를 밝히기 위해 인용한다.

이 날 밤은 8월 보름이었다. 하늘엔 구름 한 점 없고, 달빛은 땅에 가득했다. 유년은 달을 우러러보며 탄식하다가 무리를 돌아보며 말했다. "저 달은 우리 부모님과 처자식을 비추고 있겠지. 우리 부모, 처자식도 저 달을 바라보며 내 생각을 할거야." 무리들도 따라 달을 쳐다보며 통곡했다. 유년이 말했다. "영철! 너는 조선에 부모님이 계시지만, 이 곳에 이미 처자식이 있으니 돌아가고픈 생각이 우리들과는 다르겠지?" 영철이 말했다. "짐승도 죽을 때는 머리를 자기가 태어난 곳으로 향한다는데, 어찌 이국(異國)의 처자식 때문에 부모님을 잊겠는가? 고국에 살아 돌아가 한번만이라도 부모님을 뵐 수 있다면, 죽어도 한이 없겠네. 다만 앞서 두 번이나 월형을 받았는데, 지금 또 도망치다 발각되면 반드시 죽을 것이니 어찌하겠는가?" 유년이 말했다. "요동길은 이미 막혔다. 소문에 듣기를 너의 나라 사신이 뱃길로 등주(登州)를 지나 북경(北京)에 도착한다 하니, 지금 네가 우리와 함께 도망쳐 등주에 이르면, 우리도 고향으로 돌아가고, 너 또한 고향으로 돌아갈 수 있을 것이다. 어떤가?" 영철이 말했다. "장차 어찌할 계획인가?" 유년이 말했다. "나는 종군한 지 오래되어서 오랑캐 땅의 산천형세(山川形勢)를 잘 알고 있다. 이 말은 천리마(千里馬)라, 불과 4, 5일이면 반드시 등주에 이를 수 있을 것이다." 무리 모두가 말했다. "좋습니다!" 유년은 행여 영철이가 처자식에 대해 연연(戀戀)해 할까봐 걱정하여 말했다. "나에게는 미귀(美歸)와 일장(日長)이란 누이가 있는데, 돌아가면 꼭 너에게 소실(小室)로 주겠다." 이에 유년과 영철은 손가락을 깨물고 피를 내어 술에 타 함께 마시고는, 달을 향해 절하고 명세했다.75)

---

75) 是時, 藩胡之來牧馬者亦多。英哲與有年等二人, 及他華人降者七人, 同牧勤苦。自夏及秋, 歸見其妻。妻具酒肉, 與英哲飲。及暮, 出門而送之, 執手泣曰 : "戰日不遠, 將與君別矣。" 又以酒肉與英哲, 往與衆共之。衆見英哲將酒肉至, 大喜, 相與列坐而飲, 歌呼爲樂。是夜八月十五日。天無雲, 月色滿地。有年仰月而歎, 顧語衆曰 : "此月應照我父母妻子【彼月應照我父母妻子】。而我父母妻子對此月【而我父母

위의 예문에서 보듯 영철은 고향에 계시는 부모님에 대한 그리움이 8
월 보름달이라는 서사 정보와 겹치면서, 전유년 등 다른 포로들과 탈출
을 결심한다. '달'은 영철과 유년이 탈출하는 동기 부여 외에, 유년이 탈
출에 성공하면 자신의 누이를 영철의 아내로 삼겠다며 맹세할 때, 탈출
중 산기슭에서 성공을 기원할 때, 탈출 후 유년이 영철에게 한 맹세 실
행의 당위성을 부모님께 말할 때도 나타난다.

'달'은 위에 제시한 표면적 의미 외에 '소멸과 재생'이라는 중요한 소
설 미학적 효과를 표출한다. 곧 달은 소멸하되 다시 살아나는 본질적 속
성을 가진다는 점에서, 달의 소멸이란—그의 존재가 사라지는 것, 그래
서 그의 죽음이란—되살아나기 위한 전제에 지나지 않는 것이다. 따라
서 영생을 의미한다.[76] 영철 또한 후금의 처자식과의 이별을 통한 가족
이산과 부모와의 재회라는 선택의 기로에서 냉정하게 후자를 택한다.
이것은 한 쪽을 버림으로써 다른 한 쪽을 얻는다는 단선적인 의미가 아
니라, 한 쪽을 버림으로써 두 쪽을 다 얻을 수 있다는 가능성으로도 읽
을 수 있다. 곧 후금의 처자식과는 지금은 헤어지지만 언젠가는 만날 수
있다[77]는 희망을 가지고 탈출을 결심하는 것으로 이해할 수 있다. 결과
론적으로 영철의 탈출은 윤리적 고뇌를 낳지만, '달'의 서사적 장치를 통

妻子對彼月】, 亦必念我。"衆相向慟哭。有年曰 : "英哲! 爾有父母在朝鮮, 然此旣
有妻子, 思歸之念, 必與吾徒殊。"英哲曰 : "獸猶首丘, 豈以異國妻子, 而忘其父母
乎? 生還故國, 一見父母, 則死不恨。顧前再辱, 今若亡而見覺, 必死奈何?"有年曰
: "遼路旣阻。聞爾國之使, 航海由登州達于皇都, 今我與爾, 亡抵登州, 則我歸爾亦
歸。豈有意乎?"英哲曰 : "計將奈何?"有年曰 : "吾從征久, 習知虜中山川形勢。
此馬千里馬, 行不過四五日, 必至矣。"衆皆曰 : "善!"有年恐英哲有顧戀意, 謂英哲
曰 : "吾有二妹美歸日長者, 行則必以小室汝。"於是有年與英哲, 嚙指出血, 和酒共
飮, 拜月爲誓。(<金英哲傳>, 486쪽)

76) 김열규, 『한국의 신화』, 일조각, 1981(중판), 10~11쪽.

77) 실제로 김영철은 후금의 자식 득건을 만난 것으로 보아 후금 처도 만났으리라 짐
작되는 부분을 지적하였다. 제3장의 주)101 참조

해 후금의 처자식에 대한 연연한 심정을 완화하려는 작가의 의도를 파악할 수 있다.

둘째, 명나라 처자식을 두고 고국으로 귀환하려는 영철은, 후금 처와 이별할 때와는 달리 '달'의 서사적 장치도 없이 본능적인 귀환을 감행한다. 때문에 '이들을 버리고 가는 것도 차마 못할 짓'[78]이라는 영철의 윤상을 저버린 자책감은, 그의 귀환 후의 비극적 삶을 스스로 '재앙(災殃)'[79]으로 규정하며 한탄한다.

〈유록의 한〉은 윤상의 증언이 가장 극명하게 나타난다. 이것은 유록의 절의와 몽세의 사랑의 언약을 증언하기 위해 두 사람이 서로 고난을 마다 않고 찾아 나서기 때문이다.

첫째, 유록의 서사축이다.

유록은 병란 때 청병의 포로가 되어 심한 학대와 감시를 받으며 북쪽으로 끌려간다. 이 때 유록은 청병에 의해 절개를 잃을지 모른다는 심한 불안감에 휩싸인다. 왜냐하면 훼절은 몽세와의 백년가약이 무화(無化)될 수 있는, 모든 것으로부터의 절망이기 때문이다. 다행히 유록은 포로로 끌려갈 때, 몽세를 향한 애끊는 그리움이 빚은 초췌한 행색에 '금병(金兵)[청병]에게 욕(辱)은 면(免)ᄒ'[80]여 일단 정조를 지킨다. 이후 유록의 삶의 존재방식도 몽세를 만나기까지 이 정조를 온전히 지키기 위한 투쟁이다. 이러한 점은 자신의 절행을 알리는 압록강 통군정 벽상에 쓴 다음의 절명시에 절절히 형상화되어 있다.

　　동풍삼월(東風三月)에 우츄랑(遇秋郎)ᄒ니

---

78) 顧見妻子在傍, 亦不忍捨去。 (〈金英哲傳〉, 487쪽)

79) 豈非殃歟? (〈金英哲傳〉, 489쪽). 안석경도 이런 점을 두고 '양국에 처자식만 두지 않았으면, 바라건대 인륜을 상하게 하는 한은 없었을 것'이라며 안타까워 한다. '則所之兩邦, 不取妻生子, 庶幾無傷倫之恨矣.' (安錫儆, 앞의 책, 237쪽)

80) 〈柳綠의 恨〉, 46쪽.

(동풍삼월에 츄랑을 맛나니)
셕란히고졍불망(石爛海枯情不忘)을
(돌이 녹고 바다이 무를지라도 졍을 닛지 못히리로다)
죵고리수(從古離愁)는 동아쇼(同我少)ㅣ오
(녜로붓허 리별흔 시름은 날 ᄀᆞᆺ흐니 젹고)
지금심흔(至今深恨)은 여텬쟝(與天長)을
(이제 니ᄅᆞ도록 깁흔 흔은 하늘로 더브러 길도다)
상산운슈(象山雲樹)에 도로몽(徒勞夢)이오
(상산의 구름과 나무에 흔갓 꿈을 슈고로히 ᄒᆞ고)
한슈연진(漢水烟塵)은 암단쟝(暗斷腸)을
(한슈의 연긔와 틔ㅅ끌은 가만히 이를 ᄃᆞᆫ는도다)
함쇼(含笑)코 일슈이비젹(一隨二妃跡)ᄒᆞ니
(우음을 {웃음을} 먹음고 흔번 이비의 자최를 짜로니)
유유원빅(悠悠冤魄)이 거쇼상(去瀟湘)을
(길고 긴 원통흔 넉이 쇼상강으로 가ᄂᆞᆫ도다)[81]

이처럼 유록은 압록강 통군정까지 끌려오자, 이젠 영영 만날 길 없는
몽세, 바라다 보이는 이국 땅, 훼절의 우려 등 심한 절망감에 빠진다. 이
러한 절망감은 '강수(江水)ᄂᆞᆫ 곤곤(滾滾)ᄒᆞ야 쥬야(晝夜) 동(東)으로 흘너
가ᄂᆞᆫ 소리 슯흔 사ᄅᆞᆷ의 오열 비읍(嗚咽悲泣)ᄒᆞᄂᆞᆫ 소리를 돕고, 월식(月
色)은 쳐량(凄涼)ᄒᆞ야 시름ᄒᆞᄂᆞᆫ 사ᄅᆞᆷ의 회포(懷抱)를 요동(搖動)ᄒᆞ'[82]ᄂᆞᆫ
등 심리적 공황 상태에까지 빠진다. 그리하여 유록은 자신의 절명시를
남기며 윤상을 증언[83]한다. 이러한 증언시는 극한상황에 대응하는 사회
적 약자의 가장 강한 삶의 대응이자, 역사적 폭력 앞에 삶의 진실성을

81) <柳綠의 恨>, 49~50쪽.
82) <柳綠의 恨>, 48쪽.
83) '내 만일 젹막(寂寞)히 죽으면 뉘라서 류록【류록】(柳綠)이 졍 츄랑(鄭秋郎)을
위(爲)ᄒᆞ야 압록강슈(鴨綠江水)에 더진 줄 알니오? 맛당히 죽음을 명빅(明白)히 ᄒᆞ
리라.' (<柳綠의 恨>, 49쪽)

드러내는 하나의 저항이기도 하다. 뿐만 아니라 파락호들의 겁탈 위기에 쫓긴 유록이 끝내 청천강으로 투신하는 행위도 이러한 윤상의 증언이다.

한편, 유록이 압록강과 청천강에 투신하는 행위의 상징적 의미이다. 당시 호지(胡地)에 끌려갔던 여인들 중 많은 사람들은 훼절이라는 사대부의 왜곡된 유교이념의 횡포로 고향에 돌아오지 못한 경우가 많았다. 이들은 '고려보(高麗堡)'란 정착촌에 모여 살았는데, 사신이 이 곳을 지나가며 조상을 물어보면 부끄러워 대답을 하지 않았다[84]고 한다. 포로의 삶이 그들의 잘못이 아닌데도 이중 처벌을 받아야 하는 비극이다. 작가는 이러한 여성의 수난사를 소설적으로 대응하며, 청병에 포로로 끌려갔으나 끝까지 정조를 지킨 유록을 윤상의 증인으로 모델화하여 형상화하지 않았나 여겨진다. 따라서 유록의 두 강 투신은 표면적으로는 자신의 정조를 지키기 위한 불가피한 최후의 선택이었지만, 이면적으로는 강의 상징성, 곧 '재생, 정화'[85]의 성격을 내포한다.

둘째, 몽세의 서사축이다.

다음 예문은 몽세가 경성에 올라와 유록을 찾겠다는 동기를 구체적으로 보여주는 부분이다.

> 참의 류프다려 왈, "니 싱각건대 류낭의 지죠(志操)로 반다시 호디(胡地)에 투죡(投足)지 아니 ᄒ엿스리니, 니 이제 의쥬(義州)ᄭ지 가 그 종젹(踪跡)을 참문【탐문】(探問)ᄒ야 만일 죽엇스면 그 빅골(白骨)이라도 거두어 도라오리니, 로낭(老娘)은 그 ᄉ이 몸을 보즁(保重)ᄒ라."[86]

이처럼 몽세도 그의 존재와 행동 방식은 포로 전 단락에서 보았듯,

---

84) 저자 미상, <薊山紀程> 卷2, 『국역 연행록선집』 Ⅷ, 민족문화추진회, 1976, 154~155쪽 참조.
85) 한국문화상징사전 편찬위원회, 『한국문화상징사전』, 동아출판사, 1992, 22쪽.
86) <柳綠의 恨>, 79쪽.

사랑의 언약, 곧 '지조'라는 코드로 통합된다. 곧 몽세와 유록은 지고(至高)의 가치를 '절행'으로 상징되는 윤상에 두고 있다.

한편, 윤상의 증언은 계월향 신령의 상징적 의미에서도 잘 드러난다. 계월향은 유록과 몽세의 서사축에 같이 나타나나 상징적 요소는 몽세의 서사축에 그 의미가 잘 드러난다. 계월향은 임란 때 평안도 방어사 김응서(金應瑞)의 애첩이면서 평양 명기(名妓)였다. 그녀는 평양성을 침범한 왜장 소서행장(小西行長, 고니시유키나가)의 부장(副將) 소서비(小西飛, 고니시)를 속여 김응서로 하여금 목을 베게한 뒤, 자결하였다.[87] 계월향은 비록 기녀의 신분이었지만 나라가 위기에 처했을 때 의연히 목숨을 바친 설의 화신이다. 그러나 국가를 위해 목숨까지 바쳤지만, 40여 년이 지나는 동안 자신의 존재를 알아 주지 않는 데 대한 서운한 감정을 토로하고 있다. 사실 계월향에 대한 존재가 알려진 것은 한문본 〈유록전〉이 쓰여졌을 것이라고 추정한 17세기에는 물론 이후 야담집에도 많이 거론되지 않은 현상[88]이 있다. 따라서 계월향의 존재는 한문본 〈유록전〉에는 없고, 구활자본 간행 당시 새로 첨가된 내용이 아닌가 추정된다.

〈남윤전〉은 주요인물들의 '충효열'의 가치에 의해 윤상의 의미가 구현된다.

첫째, 조선의 서사축이다.

먼저, 옥경선의 열(烈)이다. 그녀는 비록 천한 신분의 영비(營婢)이지만, 오직 남윤과의 약속을 지키기 위해 함경 감사 이원익의 수청을 두 번씩이나 거부하고 스스로 남복을 하고 고된 유랑생활을 자처하면서까

---

87) 전설에는 김응서가 고니시를 죽인 다음, 계월향이 자신의 훼절을 한탄하며 죽여 달라고 하자, 할 수 없이 목을 베었다는 내용이 있다. (북한관광요람 편찬위원회 편저, 『북한관광요람』I, 한국문원, 1998, 50~51쪽)
88) 이 점은 임란 때, 의기로 알려진 논개와 비교할 때 확연히 드러난다. 논개는 『於于野談』〈論介者晉州官妓也〉9, 『靑邱野談』〈晉陽城義妓捨生〉252, 『記聞叢話』〈論介者〉64, 『錦溪筆談』〈壬辰倭亂〉108 등에 있다. (서대석, 앞의 책 참조)

지 자신의 정조를 지킨다. 이것은 옥경선의 열(烈)에 의해 규정된 그녀
의 존재방식이다.

그런데 주목할 것은 이원익(李元翼, 1547~1634)이라는 작중인물이다.
그는 청백리로 녹선될 정도로 인망이 높았던 역사적 인물인데, 여기서
는 부정적인 인물로 그리고 있다. 스토리 시간은 이 때가 1593.8~1598
년으로 실제 이원익은 우의정, 영의정이 된 시기[89]이다. 텍스트의 인물
은 아마도 그가 아니거나 작가의 역사 의식의 결여, 또는 당시 지배계급
에 대한 무의식적인 비판으로 읽을 수 있다. 정신문화연구원본은 '李源
益', 고려대 육당문고본은 '신임 함경감사'로 필사되어 오해의 소지를 없
애고 있지만, 작가가 이원익을 실제 인물로 그렸든, 허구적 인물로 그렸
든, 작중인물은 당시 신임 함경감사로서 지배계급임에는 틀림없다. 이
렇게 볼 때 작가는 옥경선의 열을 부각시키려는 의도로, 임란 중에도 지
배계급에 의해 민중을 괴롭히는 국가의 묵인적 억압장치[90]가 상존하고
있음을 비판적 시각으로 본 것이 아닌가 추정된다.

이처럼 옥경선의 절행은 유록과 조금도 다를 바 없다. 이것은 조선
후기 변동된 신분 계급의 일단을 볼 수 있다. 곧 정절 의식은 사대부 여
자만 중요시 하는 덕목이 아니라, 기녀는 물론 하층의 신분이라도 꼭 지
켜야 할 윤상의 의미로 읽혀진다. 뿐만 아니라 이런 하층인의 윤상의 증
언은 합리성을 가장한 국가 폭력을 행사하려는 당대 지배계급의 횡포를
고발하려는 작가의 의도[91]가 작품 속에 짙게 반영되어 있다.

---

89) 유홍렬 감수, 『한국사대사전』, 한영출판사, 1978, 1090쪽.

90) 제레미 탬블링, 이호 옮김, 앞의 책, 218쪽.

91) 경성 이 부인이 부모의 숨상을 맛치미 시로리 슬허ᄒ며 옥경션을 츠고져 ᄒ여 오
촌 니도회라 ᄒᄂ는 스람으로 ᄒ여금 은즈 빅 양 〔냥〕 쥬여 옥경션을 쳥ᄒ여 오리
【오라】 ᄒ디, 함흥의 일르러 옥경션을 탐문ᄒ니, 순스 니원익의 겹측ᄒ믈 피ᄒ여
도망ᄒ 지 슴 년이라 ᄒ거놀, 도회 허일웁셔 도라와 이 씨더러 슈말을 ᄌ셔이 고ᄒ
이, 니 씨 쳑연 탄 왈, "세상의 무상ᄒ 삼롭도 잇도디【잇도다】. 처음의ᄂ 다려가라

다음, 이씨 부인의 부덕(婦德)과 고행의 효다. 이씨 부인이 양가 부모를 극진히 모시는 모습(2-5)이나 옥경선에 대한 호의(2-6, 2-11, 2-14), 아들 고행을 훌륭하게 키운 장면(2-12~2-13) 등은 이씨 부인의 부덕을 칭송하기에 충분한 부분이다. 고행 또한 장원급제 후 혼자 계시는 어머니를 잘 모시기 위해 수안 군수를 자처하는 장면(2-13) 등은 단편적이나마 유교 이념을 고수하는 인물로 형상화되어 있다.

또, 남윤의 부친 남두성과 이석랑의 부친 이경희의 충의 형상화이다. 특히 남두성은 함경도 안찰사로 부임하여 백성을 진휼하는 장면(1-1)이 작품의 첫머리에 나올 정도로 충의 화신으로 서술하고 있다. 이들은 포로 전 단락과 포로 단락 앞 부분에 난편석으로 나오지만, 그늘의 숙음을 깊이 슬퍼하는 선조의 모습(2-7)에서 그들이 얼마만큼 충을 위해 전력을 다했는가를 여실히 보여주고 있다.

둘째, 남윤의 서사축이다.

남윤은 포로 전반기에 강한 '충효열'을 견지하다가 포로 후반기에 천정원리에 의해 왜공주와 혼인을 한다. 전술했던 바 이것은 남윤의 훼절이라기보다는 고국으로 귀환할 수 있는 삶의 열정적 에너지로 승화하는 동인(動因)이다. 따라서 남윤의 윤상의 증언은 인형(人形)의 모습을 잃으면서까지 투혼으로 고국 귀환하는 서사가 역설적(力說的)으로 대변한다.

이상에서 포로소설의 주요인물들은 모두 고난을 압도하는 윤상을 증언하되, 〈김영철전〉은 윤리적 고뇌를 동반하고, 〈남윤전〉은 남윤의 서사축에서 초현실원리를 동반하여 변증법적으로 구현된다는 점이 〈최척전〉, 〈유록의 한〉과 차이가 난다.

ᄒ고 이제 양친이 기셰ᄒ시무로 무세ᄒ물 알고 져런 어즐지 못ᄒ 일을 ᄒ엿도디 【하엿도다】."ᄒ고, 방셩 디곡 왈… (〈남윤전〉, 577~578쪽)

4. 반인륜적 행위의 고발과 인도주의 구현

포로는 자신의 의지와는 상관없이 적대국에 강제로 끌려간 상황이므로 주로 반인륜적 행위에 노출될 수밖에 없다. 이런 점은 포로 생체험자들의 포로일기에 거의 공통적으로 절절히 기록되어 있다. 그러나 포로소설은 전란이 어느 정도 지났거나 몇 세기를 지나 창작되었기 때문에 이러한 반인륜적 행위에 대한 고발이 희석(稀釋)되거나 '객관적 거리'를 두고 간접적으로 고발함으로써, 상대적으로 모든 작품에서 강한 인도주의를 구현한다.

〈최척전〉에서 반인륜적 행위의 고발은 정유년의 참상을 야기시킨 왜적의 잔인한 노략질(2-1~2-5)에만 집중되어 있고, 그 밖엔 모두 인도주의를 구현하고 있다. 이 중, 노예주(奴隷主) 돈우와 포로 감시병의 인간적 배려는 인도주의 구현의 압권이다. 이를 보면 다음과 같다.

> 돈우는 곧 전대 속에서 은돈 10냥을 꺼내어 노자(路資)로 주면서 말했다. "4년을 같이 살다가 하루아침에 이별하니 슬프고 멍하기만 하오. 비록 가슴이 미어져도 죽을 고생 끝에 소중한 배우자를 만났으니, 이러한 일은 인간 세상에는 없는 일일세. 내가 그대를 막는다면 하늘이 반드시 나를 죽일 것이네. 사우, 잘 가게나. 몸을 잘 보중하세나, 몸을 잘 보중하세나!" 옥영이 손을 들어 사례하며 말했다. "주인 영감님의 보호를 받아 죽지 않고 지내다가 마침내 낭군을 만났으니, 많은 은혜를 받았습니다. 하물며 기꺼이 노자까지 주시니 이 은혜를 어찌 다 갚겠습니까?"[92]

위의 예문은 옥영이 안남(安南)에서 최척을 만난 뒤, 돈우와 이별하는

---

92) 便於橐中出十兩銀, 贐之曰 : "同居四載, 一朝而別, 悵惘之懷。雖切於中, 而重逢配耦於萬死之餘, 此人世所無之事。我若隱之, 天必殛之。好去沙于。珍重珍重!" 玉英擧手謝曰 : "賴主翁保護, 得不死, 卒遇良人, 受惠多矣。矧此嘉貺, 何以報塞?" (〈崔陟傳〉, 185쪽)

장면이다. 돈우는 옥영을 데리고 있던 노예주였지만, 여기서 베푸는 인
간미는 특별하다. 곧 돈우는 옥영을 돈으로 환산하여 속환시켜 줄 수 있
는 상황이었지만, 오히려 노자까지 주며 보내주는 것은 자신의 종교적
가치[불교(佛敎)][93]를 실현하기 위해 개인적 가치[재화(財貨)]를 여지없이
희생하는 참다운 인간으로 형상화되어 있다.

　늙은 오랑캐가 말했다. "두려워하지 마시오! 나도 삭주(朔州)의 토병(土
兵) 출신이오. 부사(府使)의 포학(暴虐)함으로 편안할 날이 없고, 급기야
그 고통을 참지 못해 가족을 데리고 오랑캐 땅으로 들어와 산 지가 이미 10
년이 지났소. 오랑캐 사람들은 품성이 정직하고 학정(虐政)이란 게 없소.
인생은 아침 이슬과 같은데, 하필 학정만 있는 고향에서 구차히 살 생각이
있겠소? 노추는 나에게 정예 군사 80명을 거느리게 하여 조선 포로들이 도
망가지 못하도록 감독하라 하였소. 오늘 당신들의 말을 들어보니 대단히 기
이한 사연인 듯하이, 내가 비록 노추에게 문책(問責)을 받더라도 어찌 모진
마음을 먹고 당신들을 돌려 보내지 않겠소?" 이튿날 늙은 오랑캐는 말린
밥을 마련해 주고, 아들을 시켜 샛길까지 가리켜 주면서, 척과 몽석을 보내
주었다.[94]

---

93) 포로소설은 가족 재회를 지향하는 가운데, 초개인적 가치를 실현한다. 가치를 분류
　하면 다음과 같다. (백기수, 『미학』, 서울대학교출판부, 1984(7판), 117~127쪽 참조)

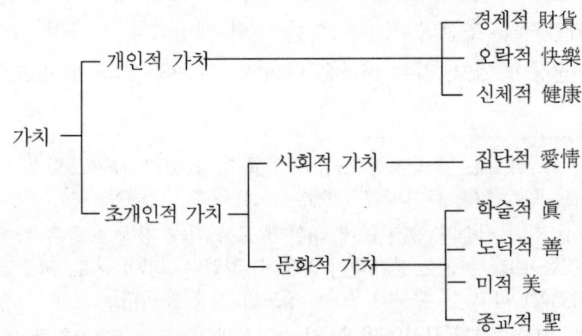

94) 老胡曰 : "無怖! 我亦朔州土兵也. 以府使侵虐無厭, 不勝其苦, 擧家入胡, 已經十
　年。(胡人)性直, 且無苛政. 人生如朝露, 何必苟趣於捶楚鄕乎? 奴酋使我領八十精

위의 예문은 최척 부자가 포로 감시병의 배려로 호족의 포로 수용소에서 방송(放送)될 때의 장면이다. 조선 삭주의 토병(土兵) 출신인 늙은 포로 감시병은 조선의 정치 상황과 위정자의 학정(虐政)을 비판하면서, 최척 부자에게 말린 밥을 마련해 줌은 물론 자식을 시켜 샛길까지 가리켜 주면서 무사히 탈출시키는 행위는, 자신을 희생하면서 이타적 동포애를 실현하는, 곧 윤리적 가치를 실현하는 인물이다.

〈김영철전〉에서 반인륜적 행위의 고발은 작중 인물이나 작가(서술자)의 직접적 서술95)보다는 '보여주기' 기법을 통해 독자로 하여금 공분(公憤)을 느끼게 한다. 후금의 노예화 전략96)은 아라나와 그의 조카의 영철에 대한 끝없는 억압의 층위에서 잘 드러난다. 이것은 조선군이 병란 이후 청군을 위해 참전하고 있는 상황 속에서도 영철의 목숨을 좌지우지할 만큼 자행(恣行)하는 그들의 횡포는 반인륜적 행위의 극치를 보여준다.

이 중, 주목할 부분은 아라나가 영철의 죄목을 청태종에게 고할 때, 오히려 청태종이 베푸는 영철의 죄에 대한 용서와 비단 10필과 말의 하사(下賜)이다.

오랑캐 왕은 곧 손을 들어 남쪽을 가리키며 말했다. "영철은 본래 조선 사람이면서 8년은 나의 백성, 6년은 등주의 백성, 지금은 돌아와 다시 조선의 백성이 되었거늘, 조선의 백성은 또한 나의 백성이다. 하물며 그의 큰 아들은 나의 군중에 있고, 작은 아들은 나의 땅 건주에 있다. 부자 모두 내

兵, 管押本國人, 以備逃逋。今聞爾輩之言, 大是異事, 我雖得責於奴酋, 安得忍心而不送乎?" 明日, 備給饑糧, 使其子指送間路。(〈崔陟傳〉, 189쪽)

95) 〈김영철전〉에서 작가(서술자)의 敵國에 대한 직접적 적대 감정 표출은 항왜병이 죽임을 당하는 것을 보고 '아군은 분개하지 않을 수 없었다.'(我軍見之, 無不憤慨。) (〈金英哲傳〉, 485쪽) 라고 한 부분과 '논찬' 정도만 있을 뿐이다.

96) 이 같은 사실은 이미 증명된 사실(박용옥, 앞의 논문과 이장희, 「병자호란」, 『한국사』 29, 국사편찬위원회, 1995, 298~300쪽)로 〈김영철전〉의 텍스트에서도 여실히 드러난다.

백성이 되었는데, 저 등주만 홀로 나의 백성이 되지 않겠는가? 이제부터 내가 천하(天下)를 얻을 수 있게 될 것이니, 이 사람이 온 것이 어찌 하늘의 뜻이 아니겠는가?" 이리하여 오랑캐 왕은 영철에게 비단 10필과 매우 빠른 말 한 마리를 하사했다.[97]

위의 예문처럼 작가(서술자)는 청태종에 대해 매우 긍정적으로 그리고 있지만, 당시 민중들의 청에 대한 적개심, 지배 계급의 존주대의(尊周大義), 홍세태의 유자(儒者)로서의 인식과 그 나름대로의 군자의 도[98]에 비추어 볼 때, 매우 모순적이다. 이 점을 들어 박희병은 사실주의 창작원리에 입각한 리얼리즘의 승리[99]라고 평가했다. 그러나 청태종이 영철의 기구한 운명을 두고, '부자 모두 내 백성이 되었는데, 저 등주만 홀로 나의 백성이 되지 않겠는가? 이제부터 내가 천하를 얻을 수 있게 될 것이니, 이 사람이 온 것이 어찌 하늘의 뜻이 아니겠는가?'라고 한 부분을 자세히 들여다 보면, 청태종이 당시 명나라와의 전투에서 승승장구하는 것과 맞물려 개인적 자기 도취를 집단적 도취로 이끌려는 현상[100]임을 알 수 있다. 곧 청과 조선을 주인과 종이라는 착취구조로 합리화하는 청태종의 환원적 사고를 홍세태는 은근히 비판하고 있다.

그 이유는 후금(청)과 명의 국호 사용에서 잘 나타난다.

---

97) 虜主卽擧手南指曰 : "英哲本朝鮮人, 八年爲我民, 六年爲登州民, 今還爲朝鮮民, 朝鮮民亦我民也. 況其大男在我軍中, 小子在我建州. 父子皆爲我民, 則彼登州, 獨不爲我民乎? 吾得天下自此始, 此人之來, 豈非天乎?" 乃賜英哲帛十匹豵馬一. (<金英哲傳>, 488~489쪽)

98) 홍세태는 당시 중인의 신분이었지만, 스스로 유자라고 인식하며, '군자의 도'를 내세웠다. (이상진, 「유하 홍세태 연구」, 성균관대 석사학위논문, 1984, 91~92쪽)

99) 박희병, 「17세기 동아시아의 전란과 민중의 삶―<金英哲傳>의 분석」, 앞의 책, 27쪽. 그러나 사실주의는 작가가 당면한 문학적·사회적 상황에서 창조되는 것이며, 있는 그대로의 현실을 비판하고 극복하려는 경향이라고 하는 관점에서 논의되어야 할 것이다. (조동일, 「<적도>의 작품 구조와 사회의식」, 앞의 책, 1999(3판 10쇄), 225쪽 주)22 및 236쪽 주33))

100) 에리히 프롬, 황문수 옮김, 『인간의 마음』, 1996(2판 10쇄), 96쪽.

먼저, 후금(後金)·청(淸)의 명칭은 '건주로(建州虜), 로(虜), 노주(虜主), 노진(虜陳), 노수(虜首), 노지(虜地), 노장(虜將), 노공(虜功), 노영(虜營), 노중(虜中), 노침(虜侵), 노구(虜寇), 노장(虜帳), 노법(虜法), 노군(虜軍)' 등 '오랑캐'의 의미인 '로(虜)' 자를 반드시 넣음으로써, 그들의 존재를 부정적으로 인식하는 서술태도를 보인다. 텍스트에서 '로(虜)'자가 포로의 의미로 쓰인 예는 강홍립이 항복할 때, 노주에게 바친 '로(虜)'[101] 외에는 무려 40번이나 후금(後金)·청(淸)을 '오랑캐'로 격하하고 있다.

다음, 명에 대한 호칭은 '황조(皇朝), 천조(天朝), 천장(天將), 화인(華人)' 등의 사대적 명칭을 쓰고 있다. 물론 아라나에게 붙들린 영철이 '이것은 진실로 되놈이 한 짓'(此實蠻子爲之)[102]이라고 변명할 때, 명나라인을 '되놈[蠻子]'이라고 한 것은 당시 억압적 상황에서 어찌할 수 없는 한 민중의 나약함을 보여주는 좋은 예이다. 따라서 청태종에 대한 묘사[103]는 긍정적이라기보다는 문맥상 부정적으로 읽을 수밖에 없다.

한편, 반인륜적 행위라기보다는 부도덕함이 영유현 현령, 유림과 호조의 행위에서 드러난다. 물론 재노예와 죽음의 위기에서 영철을 구해 준 이들의 인도적인 면도 간과할 수 없다. 그러나 영유현 현령이 아라나 조카에게 붙들린 영철의 속신료로 지불한 말값을 뒷날 끝내 받아내는 점, 아라나에게 붙들린 영철의 속신료로 지불한 세남초 2백근 값을 유림이 갚을 것을 독촉하고, 급기야 호조에서 끝까지 받아낸 점은 분명 부도덕한 행위이다.

이것은 당시 지배계급의 이중성과 억압적 국가 장치[104]의 전형적인

---

101) 弘立之出師也, 選降倭三百以從, 至是獻虜。 (<金英哲傳>, 485쪽)

102) <金英哲傳>, 488쪽.

103) 이 부분은 명나라왕이 조서(詔書)를 내려 영철에게 의식(衣食)과 많은 돈을 하사해서 집도 사고 아내도 맞도록 한 장면과는 큰 대조를 보인다. '事聞, 詔賜英哲衣食及百金, 令買宅娶妻.' (<金英哲傳>, 486쪽)

104) 억압적 국가 장치란 경찰, 군대, 정부의 행정기구, 형법 등과 같은 국가가 기존의

예이다. 국가를 위해 종군하여 포로가 되고 나아가 재종군하여 밀사로
서의 큰 공을 세웠지만, 조그마한 상은커녕 속신의 대가를 고스란히 자
신이 떠맡아야 하는 제도적 모순 속에서 이 시대에 '민중이란 무엇인가,
군역이란 무엇인가'라는 존재론적 삶의 의미를 성찰케 한다.

반면 인도주의 실현은 영철이 포로가 되어 등주로 탈출할 때 유년 등
과 연대하는 점, 이국인 처자에 대한 연정, 유년이 개주 전투에서 영철
을 다시 만났을 때, '대장부로서 기어이 뜻을 이루었다'며 칭찬하는 장면
등에서 잘 나타난다. 물론 유년의 행위는 자신의 누이동생을 매몰차게
버리고 고국으로 귀환한 영철이기에 호혜 정신으로 볼 때 위배된다. 그
러나 이것은 인간의 보편적 욕구의 삶의 양식을 이해하는 유년의 연민
어린 따뜻한 시선이 있기에 가능하다.

따라서 이 작품은 다른 포로소설에 비해 인도주의 구현이 다소 약화
된 듯하지만, 영철의 귀환 후의 삶이 윤리적 고뇌로 점철된다는 점에서
역설적으로 인도주의를 지향한다.

〈유록의 한〉에서 반인륜적 행위의 고발은 병란의 참상을 핍진하게
그리는 데서부터 시작된다. 작가(서술자)는 병란의 참상을 '철갑(鐵甲)
닙은 군ᄾᅵ 숭례문(崇禮門)으로 물미듯 드러오며 시면(四面)에 불을 지
르고 지믈(財物)을 겁탈(劫奪)ᄒᆞ며 부녀(婦女)를 로략(擄掠)ᄒᆞ니, 만셩(滿
城) 인민(人民)이 불우지변(不虞之變)을 당(當)ᄒᆞ야 늙은니를 붓들고 어
린니를 잇ᄭᅳ러 시면(四面)으로 도망(逃亡)ᄒᆞᆯ 시, 도로에셔 셔로 실산(失
散)ᄒᆞ야 어버이를 부르며 ᄌᆞ식(子息)을 ᄎᆞ자 서로 짓밟으며 호곡(號哭)
ᄒᆞ야 황황망조(慌慌罔措)ᄒᆞ니, 그 경ᄉᆞᆨ(景色)의 참혹(慘酷)홈을 이로 긔
록(紀錄)지 못ᄒᆞᆯ너라.'[105]라고 서술한다. 이어 청병들이 송도에서 부녀

제도화된 수단을 통해 직접적으로 국민들을 통제하는 방법을 말한다. (제레미 탬블
링, 이호 옮김, 앞의 책, 218쪽 역주 9) 참조)
105) 〈柳綠의 恨〉, 43쪽.

자 포로들을 가혹하게 감시함은 물론 속전(贖錢)하지는 않았으나 호송
할 부담이 있다고 판단된 유파(劉婆)를 석방하는 과정에서,

> 류파(劉婆)ㅣ 더욱 망극(罔極)ᄒ야 류낭을 붓들고 호읍(呼泣)ᄒᆫ대 금인
> (金人) {청인(淸人)} 이 쇠채로 두드리며 ᄯ로지 못ᄒ게 ᄒ니[106]

처럼 그들의 학대는 매우 반인륜적이다. 이 예문은 청나라가 병란을 종
결짓고, 조선과 화친한 뒤에 일어난 일이다. 그럼에도 불구하고 이처럼
포로를 끌고 다니며 학대하는 반인륜적 행위는 평양에 이르러 '금인(金
人) {청인(淸人)} 이 뷘 {빈} 쥬뎜(酒店)에 여러 졈은 부녀(婦女)를 몰아
넛코 방슈(防守)를 엄(嚴)히 홈애'[107]처럼 강도를 더한다. 이런 점은 병란
이 그들의 반인륜적 포로(노예) 전쟁임을 단적으로 보여주는 대목이다.

반면 인도주의 구현은 유파(2-21), 포로 부녀자(2-8), 계월향의 신령(2-7,
2-30), 묘법암의 월정과 제승(2-10~2-11), 묘련암의 월혜와 제승(2-31), 평
양 객점의 주인과 파자(婆子)(2-28), 김 선전관(3-6), 이 참의(3-11) 등 우호
인물과 유대 관계를 가지는 곳에서 나타난다. 이 중, 작가(서술자)는 유
록과 함께 포로로 끌려갔던 부녀자들의 슬픔의 전염[108]과 평양 객점의
주인의 행위에 나타난 고통의 소통[109]까지 세밀히 보여줌으로써 사회적

---

106) <柳綠의 恨>, 46쪽.

107) <柳綠의 恨>, 47쪽.

108) 모든 부녀(婦女)ㅣ 날이 붉음애 비로소 류낭의 업슴을 알고 서로 경아(驚訝)ᄒ며,
금인(金人) {청인(淸人)} 이 ᄯᅩᄒᆫ 대경(大驚)ᄒ야 두로 찻다가 벽상(壁上)의 쓴 글
을 보고, ᄯᅩ 강변(江邊)에 버셔 노흔 초혜(草鞋)를 봄애, 이에 그 익슈(溺水)ᄒᆫ 줄
알고 통히(痛駭)히 넉이며 죠션(朝鮮) 부녀(婦女)들은 위(爲)ᄒ여 슬허ᄒ더라. (<柳
綠의 恨>, 56쪽)

109) 졈 쥬인(店主人) 왈, "쇼디(小的) 【쇼인(小人)】 ᄂᆫ 본디 이 곳 빅셩(百姓)으로 싱
애(生涯)을 졈막(店幕)에 붓치엿습더니, 병ᄌ년(丙子年) 란(亂)리을 {란리(亂離)
을} 당(當)ᄒ옴애 쳐ᄌ(妻子)를 다리고 집을 바리고 멀니 도망(逃亡)ᄒ엿다가 세상
(世上)이 안정(安靜)ᄒᆫ 후(後) 도라옴애 이 글이 벽상(壁上)의 쓰엿ᄉ오며, 모다 닐

약자에 대한 따뜻한 시선이 핍진하게 형상화되어 있다.

〈남윤전〉에서 반인륜적 행위의 고발은 포로·귀환 단락의 전반부에 왜병, 왕굴충, 왜왕, 이원익 등과의 관계에서 남윤과 옥경선이 각각 직접적으로 저항하나, 그 적대감이 작품 전반에 일관되게 흐르지 않고 있다. 반면 인도주의 구현은 왜공주, 범달, 왜태자, 회경안, 선계 인물, 황주 자사, 명 황제, 조선 사신들, 선조, 복자, 유리촌 과부 5인, 이도희, 고행 등의 우호 인물의 관계를 통해 나타난다. 이것은 주요 인물들의 서사에서 반전도 기대되지 않는 극한상황을 이길 수 있는 원동력이 된다. 물론 이 작품은 다른 포로소설에 비해 남윤과 왜공주와의 애정 요소가 전성화되어 인도적 관점이 다소 떨어진 감도 없지 않다.

이상에서 포로소설은 반인륜적 행위의 고발과 국경을 초월하는 인도주의 구현이 교차하여 결국 텍스트의 지향은 후자로 통합된다. 이 점은 포로와 그 가족들이 재회하는 원동력일 뿐만 아니라, 전란으로 인해 불행했던 사람들과의 동병상련의 유대감을 부각시켜 나 자신과 가족은 물론, 이웃을 위한, 세계를 위한 사랑으로 확대되어야 한다는 반전 의식(反戰意識)으로도 읽힌다. 그러나 이러한 도덕적 메시지는 작가 의식의 굴절적 투영[110]이기도 하지만, 수난의 역사에 대한 반인륜적 행위를 인

오디 '이는 반다시 란리에 사로잡히여 가는 녀즈(女子)의 글'이라 ㅎ오며, '그 문쟝(文章)과 필법(筆法)이 졀륜(絕倫)ㅎ다.' ㅎ오며 쇼디(小的) 【쇼인(小人)】 다려 닐오디, '이는 인간(人間)에 지극(至極)ㅎ 보비라.' ㅎ오며, 보나 니마다 차탄(嗟嘆)함을 마지 아니 ㅎ오며, 혹 눈물을 쑤려 왈 '셰상(世上)에 어이 이러탓ㅎ 슯흔 일이 잇는고?' ㅎ옵기로 쇼디(小的) 【쇼인(小人)】 비록 무져 【무지】 (無知)ㅎ오나, 춤아 업시치 못ㅎ와 숩거니와 실(實)로 그 녀즈(女子)는 보지 못ㅎ엿ᄂ이다." (〈柳綠의 恨〉, 80~81쪽)

110) 임란이 끝난 지 100여 년이 지난 뒤에도 일본에 대한 적개심은 여전하여 '왜적, 왜놈'이란 욕으로 내면화되어 있다. (申維翰의『海遊錄』, 12월 22일조 참조). 또한 임란 때, 명나라 군사가 조선 민간인에게 입힌 피해도 엄청난 것이었는데, 곧 "명장 劉綎의 많은 군사들이 왜적을 색출하는 과정에서 마을에 들어가 재산을 약탈하고 부녀자를 겁탈하고 어린 여아를 강간하는 등 온갖 작폐를 범했다." (『宣祖實錄』 宣祖

도주의로 통합하는 과정을 객관적으로 제시하여 결국 '기억의 건전성'111)이라는 소설적 미학을 획득한다.

이렇게 볼 때, 포로소설은 인도주의(humanism) 사상을 배경으로 하여 창작된 소설 유형이다. 인도주의 사상은 시대를 초월하여 존재112)한 것이지만, 특히 16~17세기 전란 속에 드러난 지배계급의 무능력과 부조리, 동서 당쟁, 신분 구조의 모순, 기존의 관념적·사변적인 유교 이념, 적국의 반인륜적 행위 등 총체적인 현실의 문제점에 대한 대안으로 나온 것이다.

물론 포로소설만이 인도주의 사상에 직접 영향을 받아 창작되었다고 보기는 어려우나 작품 문면에 이런 가치관이 면면히 흐르고 있다. 달리 말해 포로소설의 인도주의는 작가가 일방적으로 전달하려는 교훈적 메시지가 아니라, 작중인물의 객관적 행위의 사실적 묘사를 통해 추출(抽

31年 戊戌 8월 甲寅)는 기록이 그것이다. (유구성, 「임란시 명병의 내원고-조선의 피해를 중심으로」, 『사총』 7, 고려대학교 사학회, 1988 참조). 이처럼 양국에 대한 깊은 피해 의식에도 불구하고, 특히 명에 대한 작가의 동경심은 일반적으로 나타났는데, 이것을 직접 드러내지 않고 곧잘 작중인물의 행위를 통해 굴절하여 투영한 것이 당시 서사문학적 관습이었다.

111) '記憶의 健全性'이란 부르크네르(Bruckner)의 '기억의 타락'이란 말에서 시사 받았다. '기억의 타락'이란 과거의 탄압과 상처를 반복적으로 되새김질해서 분노와 원한으로써 자신의 고통을 갚으려는 자세를 말한다. (김동춘, 「기억의 타락과 평화의 길」, 『황해문화』, 35, 2002 여름, 5쪽)

112) 중국의 경우 『論語』, 「顔淵」, 『墨子』, 「兼愛篇 中」, 『孟子』 「梁惠王章句」 上, 『老子』 第67章 「三寶」 등에 잘 나타나 있다. 우리 나라의 경우도 <단군신화>의 '弘益人間', 세종의 '愛民思想'은 물론 李珥의 '氣發理乘一途說'(『栗谷集』, 「答成浩原」)을 바탕으로 한 民本·爲民的 人權意識(『栗谷集』, 「人心道心圖說」·「東湖問答」·「擊蒙要訣」 第9章 <接人>) 등에도 잘 나타난다. 한편, 소설과는 달리 漢詩에서의 인도주의 사상은 중국의 『詩經』은 물론 우리나라에서도 李奎報, 李齊賢, 李穀, 李荇, 李達, 權鞸, 趙緯韓, 洪世泰, 丁若鏞, 趙秀三, 金笠 등으로 맥을 이으며 한국 문학사에서 하나의 전통과 특색을 이루었다. 여기에 대해서는 韋旭昇, 이해산·우쾌제 공역, 『한국문학에 끼친 중국문학의 영향』, 아세아문화사, 1994, 153~174쪽 참조. 이 중 趙緯韓, 洪世泰는 필자가 첨가하였다.

出)된 의미이다.

한편, 포로소설의 인도주의는 작가 의식을 통해서도 잘 알 수 있다. 인조반정(仁祖反正, 1623년) 이전엔 실세한 서인이었던 조위한이 고향 주포에 은거하며 최척의 실사(實事)를 〈최척전〉이란 제목으로 소설화 한 것이나, 당시의 억압적 정치 현실을 비판한 〈유민탄(流民歎)〉을 지은 것으로 보아 당대에는 강도 높은 비판적 지식인이었다. 〈김영철전〉의 작가 홍세태 또한 중인(中人) 계급으로, 실력은 있으나 등용되지 못한 설움과 한을 방대한 시[113]와 〈유술부전(庾述夫傳)〉[114], 〈김장군전(金將軍傳)〉을 통해 표출한 당대의 비판적 지식인이었다. 이러한 비판적 지 식인의 현실인식은 억압받는 민중의 고통을 따뜻한 시선으로 직시할 수 있는 계기가 되었으며, 나아가 그 삶을 인도적 관점에서 소설로 형상화 하는 데 기폭제가 되었을 것이다.

작가에 따라 인도주의 반영 또한 다소 차이가 나는데, 〈최척전〉, 〈유 록의 한〉이 불교적 세계관을, 〈김영철전〉이 윤리적 가치관을, 〈남윤전〉 이 변증법적으로 유교적 세계관을 표방하고 있다.[115] 따라서 포로소설 의 인도주의적 접근은 문학 연구가 문학의 구체화된 경험을 추상적인 논리로 파악해야 하기 때문에 철학의 도움이 반드시 필요하다는 의 견[116]과 그 궤를 같이 한다.

---

113) 이종태, 「홍세태 시세계의 변모와 그 의미」, 『복현한문학』 제9집, 복현한문학회, 1993, 97쪽.

114) 홍세태가 '才藝는 가졌으나 세상에 펴지도 못한 채, 술과 바둑에 의탁하다가 끝내 죽었으니 슬프다'고 애석해 한, 곧 庾繼弘의 인간됨을 입전한 <庾述夫傳>의 논찬 '抱才藝無所發施, 其磊魂壹鬱不平之氣. 一皆托於基酒, 坎軻落魄, 以終其身. 或者 謂妄人, 然其才實奇, 智慮明悟, 卽用之當世. 何擧不若人. 而貧賤阨窮, 竟不振以 死. 悲夫.'(『柳下集』卷9, 앞의 책, 483쪽)에서도 잘 알 수 있다.

115) 이것을 다른 관점에서 보면 <최척전>, <김영철전>이 비판적 안목의 轉向的인 가치관, <유록의 한>이 中道的 가치관, <남윤전>이 保守的 가치관을 지향한다.

116) 조동일, 『한국의 문학사와 철학사』, 지식산업사, 1997(초판 3쇄), 3쪽.

5. 민중적 삶의 비극성과 보상적(補償的) 삶의 소망 투영

포로소설의 결말 구조는 비극형과 보상형으로 나타남을 전술했다. 이런 구조에 나타난 의미 지향은 민중적 삶의 비극성과 보상적 삶의 소망이 투영되어 있다. 전자는 한문본인 〈최척전〉, 〈김영철전〉에, 후자는 국문본인 〈유록의 한〉, 〈남윤전〉에 잘 형상화되어 있다.

〈최척전〉은 옥영, 최척, 몽석 등 한 가족 셋이 16~17세기 동아시아 전란 속에 포로가 되는, 그야말로 온몸으로 고난을 헤쳐 나온 가족사의 비극을 다룬 작품이다. 물론 관점에 따라 그들의 인간적 의지를 통한 온 가족의 재회를 작가의 보상적 차원에서 볼 수도 있지만, 20여 년의 잃어버린 가족사는 독자로 하여금 삶의 연민과 비애를 자아낸다.

> 아! 부자, 부부, 형제, 구고(舅姑 : 시아버지와 장모)가 여러 나라에 흩어져 있다가 시름없이 24년을 보냈다. 적소(賊所)에서 생활할 때는 사지(死地)를 넘나들었지만, 마침내 죽은 사람이 한 사람도 없이 온 가족이 원만하게 모였으니, 이 어찌 사람의 힘으로 될 수 있단 말인가? 하늘의 신과 땅의 신이 틀림없이 지극한 정성에 감동하여 이 기이한 일을 이루었도다! 한 여자가 정성을 다하면 하늘 또한 멀리하지 않으니, 정성스러움은 이처럼 가릴 수 없도다!117)

위의 예문처럼 작가의 논찬 모방은, 온 가족이 이산하여 죽을 고생 끝에 모두 재회할 수 있었음을 보상의 차원으로 쓴 듯하지만, 최척 일가의 신산한 삶의 과정을 반추할 때, 그것은 참으로 비극적인 것이다. 이것은 한국전쟁으로 이산된 사람들의 50여 년만의 만남의 현장을 볼 때,

---

117) 噫! 父母夫妻兄弟舅姑, 分離四國, 悵望三紀【悵望二紀】。經營賊所, 出沒死地, 畢竟團會, 無一零落, 此豈人力之所致? 皇天后土, 必感於至誠, 而能致此奇異之事! 匹婦有誠, 天且不違, 誠之不可掩如是夫! (〈崔陟傳〉, 198쪽). 여기서 '紀'는 12년, 곧 三紀는 36년을 가리키기 때문에 〈최척전〉의 실제 시간 설정과 맞지 않는다. 전술한 제2장-1 참조.

재회의 기쁨을 넘어 차라리 비극적인 점은 이를 잘 반증한다.

〈김영철전〉은 포로소설 중 민중적 삶의 비극성이 가장 여실하게 나타난다. 물론 영철의 집안이 대대로 무과를 지낸 점, 건주위 출정시 강홍립 휘하의 선봉이 된 점, 포로가 되어 양반 계급으로 간주된 점, 번어(番語)와 한어(漢語)를 두루 안다는 점 등을 보면 민중으로 보기 어렵다. 그러나 임란 이후 급격한 사회 변동과 더불어 격하된 무학(武學)의 지위[118]와 뱃사공 이연생과 친구인 점, 늙어서까지 수졸(守卒)로 지냈다는 점을 보면 넓은 의미의 하층인[119]으로 봄이 타당하다.

이러한 평범한 민중에 불과한 영철은 포로가 되었다가 탈출하여 등주에서 삶을 꾸려 나가지만, 그것은 온전한 삶이 아니다. 그러기에 영철은 고국 귀환의지와 비례하여 이국인 처자를 버려야 하는 삶의 아이러니를 겪는다. 따라서 그의 귀환 후의 삶은 그야말로 이러한 윤리적 고뇌 속에 하루도 편안할 날이 없음을 다음 예문은 잘 증언한다.

> 마음이 평안하지 않을 때마다 성에 올라 북쪽으로 건주를, 서쪽으로 등주를 바라보았다. 슬프고 애처로운 생각이 들어 눈물이 옷깃을 적셨다. 영철은 일찍이 사람들에게 말했다. "처자식은 나를 저버리지 않았지만, 나는 매몰차게 그들을 저버렸다. 두 곳의 처자식은 죽을 때까지 슬퍼하고 원망할 것이다. 지금 나의 곤궁함이 이 지경에 이른 것이 어찌 재앙이 아니겠는가? 그러나 이 몸은 이국에 빠졌다가 마침내 부모의 나라에 돌아왔으니, 또한 무슨 한이 있겠는가?"[120]

---

118) 武學은 선조 28년에 별설되어 39년에 직역화되었다. 처음에는 양반 자제들로 구성되었다가 차츰 신분제의 동요로 인해 광해군 때에 이르러서는 중인의 직역으로 격하되는 양상을 보였다. (이준구, 「무학과 그 지위변동」, 『조선후기 신분직역변동연구』, 일조각, 1993, 62~92쪽 참조)

119) 정병호, 앞의 논문, 23쪽. 박희병도 良人으로서 무과에 급제했다고 하더라도 西道 출신으로서의 제약 때문에 武職으로 發身하는 데까지는 이르지 못하고 西關의 土兵으로 종사했던 듯하다고 하였다. (박희병, 「17세기 동아시아의 전란과 민중의 삶 —〈金英哲傳〉의 분석」, 앞의 논문, 17쪽)

무인(武人)의 가계를 가진 김영철이 국가를 위해 바친 땀과 눈물이 오롯이 삶의 비극으로 남을 수밖에 없었던 현실적 삶은 어디에도 보상 받을 길이 없다. 아니, 보상은커녕 그에게 가해지는 현실의 질곡적 삶만 부과되어 '20여 년 동안 성을 지키다가 84세에 한 많은 생을 마감하 는'[121] 민중적 삶의 비극성을 여실히 드러낸다.

〈유록의 한〉은 다른 포로소설과 달리 유록의 포로 생활이 가장 짧은 소설이다. 그리고 유록과 몽세가 비록 연인 사이지만 유부남과 기녀의 애정 관계란 점에서 적절한 관계가 아니다. 그래서 작가(서술자)는 이 점 을 의식한 듯 주요인물의 고난 상황과 극복의지를 강도 높여 형상화한 다. 그래야만 이들의 애정 실현의 합리화는 물론, 보상적 삶에 대한 서사 의 내적 필연성을 부여할 수 있기 때문이다. 이를 보면 다음과 같다.

> 부윤과 류낭이 도라와 제젼(祭奠)을 굿초와 계낭묘(桂娘廟)에 나아가 치제(致祭)ㅎ고, 천금(千金)을 드려 그 묘(廟)롤 즁슈(重修)ㅎ니, 모든 인 민(人民)이 부윤의 덕(德)과 류낭의 졀힝(節行)을 칭찬(稱讚)ㅎ더라. 이 찌 관셔(關西) 어ᄉ(御史)ㅣ ᄂ려오니, 이눈 셕일(昔日) 탕츈디(蕩春臺) 의 젼츈회(餞春會)에 참예(參與)【叅預】ㅎ엿던 리 참의(李叅議)라. 렬 읍(列邑)에 암힝(暗行)ㅎ야 민졍(民政)을 ᄌ셰(仔細)히 ᄉ힌 후 도라가 김 군슈(金郡守)와 졍 부윤(鄭府尹)의 치젹(治蹟)이 일도(一道)에 뎨일 (第一)임과 류낭(柳娘)의 졀힝(節行)을 셰셰(細細)히 죠뎡(朝廷)에 주달 (奏達)ㅎ대, 죠뎡(朝廷)이 크게 아름다이 넉여 부윤(府尹)을 공조(工曹) 참판(參判)을 졔슈(除授)ㅎ시고, 류낭을 졍렬부인(貞烈夫人) 직첩(職牒) 을 ᄂ리오시고, 김 군슈롤 가ᄌ(加資)롤 도도시니 {돈우시니}, 부윤(府 尹)과 류낭(柳娘)의 영화(榮華)ㅣ 셰상(世上)에 드믈더라.[122]

---

120) 每意不平, 輒登城, 北望建州, 西望登州。黯然悽思, 淚下霑襟。嘗謂人曰 : "妻子 無負於我, 而我實負之。使兩地妻子沒身悲恨。今吾之困窮至此, 豈非殃歟? 然身 陷異國, 終歸父母之邦, 亦何恨焉?"(〈金英哲傳〉, 489쪽)

121) 英哲守城二十餘年, 年八十四而死。(〈金英哲傳〉, 489쪽)

위의 예문은 관서어사 이 참의의 암행에 의해 몽세의 치적과 유록의 절행이 나타나 보상을 받는 부분이다. 과연 기생의 신분으로 정렬부인의 직첩(職牒)을 받을 수 있을까 하는 의문123)도 있지만, 무엇보다 이 부분은 그들의 간난한 삶에 대한 당대 독자의 보상적 삶의 소망이 투영된 결과이다.

〈남윤전〉의 이본 중, 정신문화연구원본과 고려대 육당문고본은 적강한 인물이 다시 천상계로 올라가는 곧 '천상-지상-천상'이라는 순환구조를 가졌기 때문에 자신들의 죗값을 다 치르고 온전한 삶의 위치를 차지하는 것으로 처리되어 있다. 반면 국립중앙도서관본은 가족이 재회 후 호사(好事)로 살 지냈다는 것으로 간략히 처리되어 있다. 이것으로 이 작품을 보상형으로 처리하기는 곤란하다. 왜냐하면 남윤의 귀환 때의 고행(苦行), 아들 고행의 부친의 부재로 인한 자기 정체성 상실, 옥경선과 이씨 부인의 간난한 삶 등 비극적 요소가 있기 때문이다. 그러나 전체적 문맥의 흐름을 살피면 작가(서술자)의 의도가 비극형보다는 보상형으로 기울고 있다. 그 이유는 다음과 같다.

첫째, 남윤의 고귀한 가계이다.

① 션죠디왕 시졀에 죠션의 흔 명ᄉ 잇스되, 승은 남이요 일홈은 두성이니, 일즉 {일찍} 등과ᄒ어 벼슬리 {벼슬이} 춤판의 일으믹, 명망이 죠션의 웃듬이라.124)

② 이 씨의 슌ᄉ의 아들이 잇스되 일홈은 윤이오, ᄌ은 아형이라. 쏘흔 인물이 비범ᄒ여 세상 ᄉ람이 다 일호되 {말하되} , '짝이 읍다.' ᄒᄂ지라.

---

122) 〈柳綠의 恨〉, 107~108쪽.
123) 『記聞叢話』〈論介者〉 64에는 평결의 형식을 빌어 '여기에는 기생을 貞烈이라고 칭할 수는 없으나, 죽음을 가벼이 여기고 적에게 욕을 당하지 않았으니 아름다운 일이다.'라고 하였다.
124) 〈남윤전〉, 553쪽.

혼번 일으미 {이르면} 모를 거시 읍고, 나이 십오 세의 문장이 니터빅이요, 글씨은 왕희지라. 뉘 ㅇ이 칭춘ㅎ며 ㅅ람ㅁ다 혼번 보기을 원ㅎ이 니러ㅎ무로, 열읍 슈령이 순ㅅ을 먼전 보고 눈을 쳥ㅎ여 구경ㅎ더이[125]

③ 고힝의 ㄴ회 십오 세의 일으이 문ㅈ과 【문장과】 필법이 당세의 웃듬이라. 장안 지ㅅ 뉘 ㅇ이 다토와 보고져 ㅎ리요? 추시는 게츈 쵸팔일이라. 션죠디왕이 디연을 비셜ㅎ시고 과거을 뵈실ㅅ 고힝이 과장의 드러가 글을 지여 밧치이, 샹이 보시고 장원으로 쌘이시고[126]

위의 예문처럼 남윤의 가계는 남두성, 남윤, 남고행으로 이어지는 삼대에 걸친 비범한 혈통의 집안으로, 포로소설의 주요인물 중 가장 가문이 뛰어나다. 그러나 이것은 영웅소설의 구조[127]와는 다르다. 고귀한 혈통이라도 비정상적인 출생도 아니고, 그들의 고난 뒤에 이어지는 삶이 국가에 대공(大功)을 세워 개인의 영달이나 가문의 회복을 찾기 위한 것이 아니다. 오직 그들의 삶의 목표는 포로 상황을 벗어나 가족과 재회하여 결핍된 삶을 온전하게 하는 것이다.

둘째, 남윤이 귀환 후 벼슬을 제수 받는 점이다.

샹이 쳥파의 부샹이 【불샹이】 여기ㅅ 슬푼 눈물이 용포의 쩌러지니 좌우 졔신이 뉘 ㅇ니 비감ㅎ리요? 샹이 젼일의 왜난을 만ㄴ 의쥬로 분춘허신은 말ㅅ음이며 빅셩이 마니 니샨혼 {이산한} 말ㅅ음과 남두셩의 일을 싱각ㅎ시고 옥읍 오열ㅎ시다가 죽시 젼교ㅎㅅ '남눈으로 그을 지여 올니라.'ㅎㅅ

---

125) <남윤전>, 553~554쪽.

126) <남윤전>, 580쪽.

127) 영웅소설의 구조는 (가) 고귀한 혈통을 타고 태어남, (나) 비정상적으로 孕胎되었거나 출생함, (다) 범인과는 다른 탁월한 능력을 타고남, (라) 어려서 棄兒가 되어 죽을 고비에 이름, (마) 救出·養育者를 만나서 죽을 고비에서 벗어남, (바) 자라서 다시 위기에 부딪힘, (사) 위기를 투쟁으로 극복해서 승리자가 되는 것이다. (조동일, 「영웅소설 작품구조의 시대적 성격」, 『한국소설의 이론』, 앞의 책, 1994(초판 11쇄), 288~289쪽)

보신 후에 급제을 쥬시고 바로 동부승지을 졔슈허시며 당샹을 흐이시고 잇튼날 판셔을 졔슈ㅎ시니, 남눈이 일죠의 벼술이 이러툿 놉흐미 복이 손샹헐가 두려워 하직 샹쇼하니, 샹이 남윤의 샹쇼을 보시고 젼교ㅎ시되, "ᄌ금 이후로 눈의 샹쇼을 밧(*지) 말ᄂ." ㅎ시더라.128)

위의 예문은 남윤이 귀환 후 임금과 만나 지난 일을 아뢰며 임란 때의 고통을 서로 소통하는 장면이다. 남윤은 비록 글 재주가 뛰어나 급제를 했지만, 벼슬이 하루 사이에 동부승지→판서로 승직(昇職)되는 설정은 보상적 성격이 강하다.

이처럼 남윤의 고귀한 가계와 남윤이 귀환 후 벼슬을 제수 받는 점은 〈유록의 한〉처럼 당대 독자의 보상적 삶의 소망이 투영된 것으로 생각된다. 그러나 옥경선이나 이씨 부인은 〈유록의 한〉의 유록처럼 어떤 벼슬도 직첩 받지 못한 것은 이 작품이 남성주의적 작가 의식에 경도된 것이 아닌가 생각된다.

이상에서 볼 때, 민중적 삶의 비극성을 여실히 드러낸 한문본이 사실적(寫實的) 미학을, 당시 민중들의 삶의 소망을 투영한 국문본이 이상적(理想的) 미학을 획득한다.

---

128) 〈남윤전〉, 630~631쪽.

제5장 포로소설의 소설사적 의의

조선조 포로소설은, 특히 임병양란 이후 나타난 소설 유형으로 포로 문제를 소설의 모티프로 취택하여 그들의 간난한 삶의 여정을 형상화하였다는 점에서 역사적으로 의미심장하고 진실하다.[1] 곧 주요인물의 인간적 고뇌와 열정을 통해 당대의 독자는 물론 오늘날의 독자들에게도 과연 삶의 의미가 무엇인가를 성찰케 한다. 따라서 포로소설은 작가와 작중인물, 작가와 독자, 작중인물과 독자를 막론하고, 임병양란기에 살았던 간난한 포로와 그 가족들의 삶에 대한 특수성을 통해, 시대를 초월하는 삶의 보편성을 동시에 이해하는 하나의 규약(Code)[2]이다. 이 점은 포로소설의 형성 배경이 가장 현실적이면서 인도적인 문제를 서사의 본질로 삼고 있기 때문이다. 이를 바탕으로 포로소설의 소설사적 의의를 살펴보면 다음과 같다.

첫째, 포로 모티프가 서사의 핵이라는 특수한 서사적 기능으로 말미암아 타 소설 유형과 변별되는, 곧 서사의 지평을 확장하였다는 점이다. 이러한 요소는 포로소설의 공간의 확대는 차치하더라도 포로 모티프를

---

1) Rosalic L Colie, *The Resources of kind*, University of California Press, 1973, p.2 (김준오, 「문학사와 장르변화」, 『문학사와 장르』, 문학과지성사, 2000, 2쪽에서 재인용)
2) 한용환, 『서사이론과 그 쟁점들』, 문예출판사, 2002, 39~42쪽 참조.

하나의 삽화로 취급하고 있는 전기소설(傳奇小說), 역사군담(歷史軍
談)・몽유록(夢遊錄), 군담소설(軍談小說)・영웅소설(英雄小說)과의 대
비를 통해서 잘 알 수 있다.

먼저, 전기소설(傳奇小說)과의 대비이다. 포로소설은 포로 모티프가
실제 역사적 전란을 배경으로 하여 사건의 극적 전환점이 됨은 물론 서
사의 핵이 되기 때문에, 기존의 문학적 관습인 전기성(傳奇性)이나 신이
성(神異性)으로 형상화하기에는 독자에게 서사의 사실성(寫實性)과 핍진
성(逼眞性)을 부여할 수 없는 한계를 가진다.

물론 새로운 소설 유형도 기존의 문학적 관습을 완전히 탈피할 수 없
는 속성이 있기 때문에 이전의 전기소설과 대화 관계를 가지며 소설사
적 전환을 시도한다. 이를테면 변려문의 문체나 만남→이별→만남의 전
기적(傳奇的) 구조, 서사와 서정의 결합, 고독감・내면성・감상성・낭만
성・소극성・강한 문예 취향 등의 전기적 인물의 미적 특질3) 등을 공유
하고 있다.

그렇다고 <최척전>을 애정전기소설(愛情傳奇小說)로 분류할 수 있는
가 하는 문제가 발생한다.4) 전술했듯 <최척전>은 오랜 문학적 관습이었
던 전기적(傳奇的) 요소를 일부 차용했을 뿐, 구성, 애정의 관점, 인물의
유형적 성격 등에서 전기소설과 많은 차이를 보인다. 예컨대, 포로소설
의 구성은 전기소설처럼 주요 인물의 젊은 한때가 집약된 것이 아니라,
군담소설, 영웅소설처럼 전기성(傳記性)을 취하고, 남녀 간의 애정은 상
호 독점적 관계라기보다 초개인적인 것으로 확대되어 있고, 인물의 성

---

3) 박희병, 『韓國傳奇小說의 美學』, 돌베개, 1997, 32~55쪽 참조.
4) <최척전>을 애정전기소설로 본 논자는 박희병과 이상구다. 박희병은 <최치원>,
　<萬福寺樗蒲記>, <李生窺墻傳>, <周生傳>, <崔陟傳>, <雲英傳>, <英英傳>,
　<王慶龍傳> 등을 (박희병, 위의 책, 36쪽), 이상구는 <周生傳>, <韋敬天傳>, <雲
　英傳>, <想思洞記>, <崔陟傳> 등을 들었다. (이상구, 『17세기 애정전기소설』, 앞
　의 책 참조)

격도 적극성, 내면적 의지형, 현실성, 이타성 등으로 집약되어 있는 것이 그것이다.

오히려 〈최척전〉의 경우는 구우(瞿佑)의 『전등신화(剪燈新話)』 〈취취전(翠翠傳)〉에 맥락이 닿아 있다. 〈취취전〉은 포로 모티프가 서사의 동력인 작품인데, 그 구조가 '혼사담－포로담－귀환담[인귀교환(人鬼交歡), 꿈]'으로 되어 있다. 이 중 인귀교환담만 빼면 〈최척전〉의 구조와 유사하다. 물론 옥영의 절의와 취취의 훼절이 상반되어 나타나긴 하지만, 이후 그들의 가족 재회를 향한 삶의 존재방식은 거의 유사하다.

이렇게 볼 때 〈최척전〉은 조위한이 최척의 실사(實事)를 듣고, 『전등신화』와 그 작품의 영향을 받은 『금오신화(金鰲新話)』 등의 독서 경험을 바탕으로 하여 문예적으로 창작한 것임을 엿볼 수 있다.

다음, 역사군담(歷史軍談)[5] · 몽유록(夢遊錄)[6]과의 대비이다. 이들도 포로소설처럼 임병양란을 문학적 배경으로 하여 당대의 현실 문제를 다루지만 인물의 형상화나 플롯, 주제의식 면에서 포로소설과 차이가 난다.

역사군담은 임병양란 때 활약했던 실재 인물들을 주인공으로 설정하여 그들의 영웅적인 활동을 통해 이민족에 대한 강한 적개심, 역사적인 패배를 보상받으려는 정신적인 승리의식, 지배계층들의 무능에 대한 신랄한 비판, 국난을 극복할 수 없는 영웅들에 대한 기대, 영웅들의 활약을 통해 조국에 대한 충성심과 민족애 등의 주제를 구현하고 있는데[7], 주지하듯 주인공의 영웅화를 부각하기 위해 현실적인 서사원리보다 서사의 위기 국면에 천명관이나 초현실적 기법 등이 우위에 있음을 알 수 있다.

---

5) 임란 배경의 〈임진록〉, 병란 배경의 〈임경업전〉 〈박씨전〉 등이 있다.

6) 임란 배경은 尹繼善(1577~1604)의 〈達川夢遊錄〉, 黃中允(1577~1648)의 〈撻川夢遊錄〉, 작가 미상의 〈皮生夢遊錄〉, 愼諿(1581~?)의 〈龍門夢遊錄〉 등이 있고, 병란 배경은 작가 미상의 〈江都夢遊錄〉이 있다.

7) 임철호, 「역사군담론」, 한국고전소설편찬위원회편, 『한국고전소설론』, 1997(5쇄), 188~200쪽.

몽유록 또한 임병 양란 이후에 드러난 당대 현실의 모순과 부조리를 몽유 액자를 통해 강하게 비판하고 있어, 그 문제의식은 매우 현실적이다. 그러나 그 세계는 현실에서 실제로 경험할 수 없는 허구적 이야기[8]이다. 작가(서술자)의 시선 또한 작중인물에 대한 인도적 시각보다는 영웅의 찬양이나 피지배계층의 비분(悲憤)을 통해 위정자를 신랄하게 비판하는 것으로 형상화되어 있다. 이처럼 역사군담·몽유록 등도 임병양란의 참상을 다양한 관점에서 핍진하게 형상화했다는 점에서 소설사적 의의는 여전히 유효하지만, 철저한 현실적 세계관과 인도주의로 형상화된 포로소설과는 유형상 변별된다.

또, 군담소설(軍談小說)·영웅소설(英雄小說)과의 대비이다. 이들 소설 유형에는 전기소설(傳奇小說), 역사군담(歷史軍談), 몽유록(夢遊錄)과는 달리 포로 모티프를 관습적으로 취택한다. 그러나 이것은 서사의 핵이 아니라, 사랑하는 사람과의 이별의 원인, 입신양명(立身揚名)·출장입상(出將入相)을 위한 삽화적 기능을 하는 것이 대부분이다. 따라서 포로로 인한 시련이나 고난의 극복의지가 전체 서사를 압도하지는 않는다.

물론 포로소설과 이들 유형과의 친근한 교섭 관계는 〈유록의 한〉, 〈남윤전〉에 나타난 적강 모티프이다. 그러나 포로소설의 적강 모티프는 전술했듯 현실원리에 통합됨으로써 서사적 흥미와 긴장, 주요인물이 고난을 타개하는 강한 신념의 우회적 기법이나 전환점이 되는 서사의 전략이지, 포로소설의 문법적 요소는 아니다. 포로소설은 전술했듯 역사적 전란 속에 포로와 그 가족을 주요인물로 하고, 그들의 삶을 핍진하게 보여 주려는 서사적 욕망이 있기 때문에 초현실원리의 우위로 전개할 수 없다. 만약 초현실원리를 강하게 부각한다면 오히려 포로의 역사적·사회적 성격이 감쇄되는, 그리하여 독자로부터 외면당하기 쉬운 맹

---

8) 장효현, 「夢遊錄의 역사적 성격」, 위의 책, 146~147쪽.

점을 가지기 때문이다. 이런 점은 포로소설의 포로 모티프의 성격에 기인한 것이다.

따라서 포로소설의 적강 모티프는, 초현실원리가 군담소설, 영웅소설에서 서사의 필연적 인과 관계의 원리로 작용하지 않는 것9)과 같은 이치이다.

이처럼 군담소설, 영웅소설에 삽입된 포로 모티프는 그 나름대로의 서사적 기능을 하지만, 포로소설처럼 포로 모티프가 인물의 형상화, 플롯, 주제구현의 기법에 결정적 영향을 주지 않는다는 점에서 차이가 난다.

둘째, 이데올로기적 관점보다 인간 본연의 '선(善)'에 호소하는, 곧 범인류의 보편적 가치 실현을 지향한다는 점에서 근대성을 전망하고 있다. 포로소설은 작가(서술자)의 주요인물에 대한 따뜻한 연민적 시선과 고통의 이해라는 메시지를 동아시아의 우호적 인물을 통해 객관적으로 형상화한다. 이것은 16~17세기의 동아시아 전란은 한·중·일 등의 민중들에겐 현실적으로 고단한 삶의 현장이며, 더불어 이들의 삶에 대한 관심과 애정은 포로소설 창작자의 '작가 정신'이다.

물론 이런 점이 포로소설의 독자적 요소는 아니라 하더라도, 다른 소설 유형에 비해 작가(서술자)와 작중인물 간, 작가와 독자 간, 작중인물 간, 작중인물과 독자 간에 대화적 관계를 이루어 서로 공감할 수 있기 때문이다.

---

9) 영웅소설은 질서와 가치가 무너지는 위기를 위기 자체의 논리에 따라서 표현하는 寫實主義와 天理에 따라서 위기를 극복하려는 理想主義을 보여 주고 있다. 곧 영웅소설은 자아와 세계 대결의 현실적인 모습을 구체화하는 점에서는 主氣論的 또는 寫實主義的인 성격을 지니고, 자아와 세계의 대결이 도덕적 당위로서의 理에 의해 해결된다고 하는 점에서는 이원론적 또는 이상주의적 성격을 지닌다. (조동일, 「英雄小說 作品構造의 時代的 性格 」, 앞의 책, 374, 451쪽). 따라서 군담소설은 물론 영웅소설에 반영된 삽화적 포로 모티프는 주요인물의 고난 상황과 극복의지를 전개하는 動因이 아니라, 立身揚名과 出將入相, 가문회복 등의 합리화를 위한 계기로만 기능할 뿐이다.

따라서 포로소설은 임병양란 이후 각성된 개인(민중) 의식이 반영되어 당대 모순되고 부조리한 사회 구조를 비판적인 시각으로 바라보면서 개선하려는, 혹은 평등한 인간 이해의 방식을 제시하려는 소설적 객관성과 진실성, 나아가 근대성을 전망하는 소설 유형[10]임을 알 수 있다.

셋째, 근대 의식을 지향했던 포로 모티프가 근·현대에 와서도 서사의 핵으로 이어져 포로소설의 유형이 연속되고 있다는 점이다. 이런 점에서 포로소설은 열린 소설 유형이다. 전쟁은 인류가 시작된 이래 지금까지 일어나고 있고, 전쟁이 있는 한 포로는 발생할 수밖에 없다. 따라서 포로 문제는 전쟁이 사라지지 않는 한 소멸되지 않는 현재 진행형인 것이며, '포로 문제'가 있는 곳에 그들의 삶에 대한 형상화는 멈출 수 없는 것이다. 이것은 작가의 의무이며, 시대적 소명이기도 하다.

현대 소설에서 포로 모티프가 서사의 핵이 된 첫 작품은 20세기 초에 창작된 이광수의 〈가실(嘉實)〉[11]이다. 〈가실〉은 가실의 고구려 포로 체험을 형상화한 소설로 『삼국사기』 권48 「열전(列傳)」에 전하는 〈설씨녀(薛氏女)〉의 구조와 내용이 유사하다. 이를테면 구조로 볼 때, 가실과 설씨녀의 결혼 약속과 가실의 출정이라는 욕망의 대립, 가실이 포로가 된 뒤 주요인물들의 고난–극복의 서사 병렬 구조[설씨녀와 가실의 절의와 신(信)의 가치를 위해 분투하는 모습]등이 그것이다. 다만 결말 구조가 조선조 포로소설은 반드시 재회로 이루어지지만, 〈가실〉은 가실이 우리 나라로 돌아온다는 것으로 끝을 맺어 열린 결말 구조의 모습을 보

10) 조동일은 소설이 중세에서 근대로의 이행기에 이루어져 그 시대의 총체적인 성격을 작품의 다면구조를 통해 나타난다 하였다. 그것을 요약하면 소설이 첫째, 우호적 인물과 적대적 인물 간의 대결 양상을 통해 사회 모순을 문제 삼고, 둘째, 대화와 서술의 기법으로 가치관 논란을 벌이고, 셋째, 의식과 상황의 관계를 문제 삼아 심리 문제가 복잡하게 얽혀 있다는 점이다. 소설은 이 세 가지 특징이 합쳐져서 소설의 총체성을 이룬다고 하였다. (조동일, 『소설의 사회사 비교론』1, 지식산업사, 2001, 186~189쪽 참조)

11) 〈嘉實〉은 동아일보 1923. 2.12~2.23에 연재된 소설이다.

여준다. 이것은 고소설과 현대소설의 창작 기법의 차이이다. 내용도 다만 설씨녀보다 가실에 초점을 둔 점, 가실과 설씨녀의 혼사 장애가 〈설씨녀〉에서는 가실과 교대할 군인을 보내 주지 않아 일어나지만, 〈가실〉은 가실이 포로가 됨으로써 일어나는 점 등이 상이(相異)하다.

따라서 〈가실〉은 〈설씨녀〉의 구조와 내용을 원용하되, 포로 모티프를 넣어 변주한 작품으로 포로소설이 조선조에서 현대로 이어주는 중요한 교량 역할을 한다는 점에서 소설사적 의의를 가진다.

이후 한국전쟁 포로 체험을 형상화한 오상원의 〈유예(猶豫)〉, 강용준의 〈철조망(鐵條網)〉 등 포로 모티프가 서사의 핵이 되는 일련의 포로소설이 창작된다. 이들 소설은 조선조 포로소설이나 〈가실〉이 보여준 서사구조의 틀에서 주로 '포로' 단락만 부각시켜 인간 내면의 심리적 갈등과 휴머니즘을 바탕으로 형상화한 소설이다. 곧 포로 전 단락의 최초 상황, 포로 가족의 핍진한 삶의 모습, 귀환 단락은 약화되어 있고, 다만 포로 모티프를 통해 사회적 모순과 부조리함으로 인식된 실존적(實存的) 의식과 행동을 전경화하여 독자에게 보여주는 현대소설이다. 이런 현대 포로소설의 포로 모티프는 냉전 이데올로기와 등가되어 창작되었기 때문에 조선조 포로소설과는 창작 동기나 서술 기법 등에서 많은 차이가 나지만, 조선조 포로소설의 연장선상에서 논의가 가능할 것이다.[12]

한편, 현대 전쟁소설의 하위 유형으로 '포로소설'을 명명한 논자는 이기윤이다. 그는 '포로소설'을 '포로를 주인공으로 설정하고 있는 전쟁 소설이다.'라고 간략히 언급하고, 관련 작품으로 김장수의 〈태양(太陽)은 내일(來日) 또 뜬다〉(『자유문학』, 1958.3) 〈반공애국포로(反共愛國捕虜)〉(『자유문학』, 1958.10), 이병구의 〈마음의 지점(地點)〉(『자유문학』, 1959.4),

[12] 최근 한수산(〈400년의 약속〉, 나남출판, 1999)와 정동주(〈쾌이강의 다리〉, 한길사, 1999) 등 오늘의 작가들에게도 포로 모티프는 창작의 중요한 동기가 되어 삶의 진지성을 모색하고 있다.

김중희의 〈목숨〉(『자유문학』, 1959.11) 등을 들었다.[13) 새로운 소설 유형을 설정하면서 자세한 언급이 없는 것은 아쉽지만, '포로소설'에 대한 인식은 높이 살 만하다. 이은자는, 자신의 저서 『1950년대 한국지식인소설연구』에서 '포로 체험과 지식인의 실존인식'이란 항목을 넣고, 포로와 관계되는 소설을 다루었다. 작품은 강용준의 〈철조망〉(『사상계』, 1960.7), 장용학의 〈요한시집〉(『현대문학』, 1955.7), 김중희의 〈목숨〉, 박영준의 〈용초도 근해〉(『조선문학』, 1953.12), 오상원의 〈유예〉(『문학예술』, 1956.1), 〈죽음에의 훈련〉(『사상계』, 1955.12), 곽학송의 〈녹염〉(『현대문학』, 1955.2), 이호철의 〈나상〉(『문학예술』, 1956.1), 한남철의 〈강설〉(『사상계』, 1959.10) 등이 포함되었다. 이은자는, 이런 작품들은 '포로들이 당했던 참혹한 사건들의 증언, 고발이나 극한상황을 통해 인간 조건의 실존적 의미를 캐고 있다'[14)고 했다.

이렇게 볼 때, 현대 포로소설에 등장한 포로의 삶은 주로 포로 자체의 인간적 실존적 의미를 되묻는 구조로 되어 있기 때문에 조선조 포로소설처럼 그 가족에 대한 삶의 서술은 약화되어 있다. 따라서 고난-극복의 서사 경쟁 원리는 부조리한 외적 상황에 대한 자신의 내면적 대응과 행위 의지가 심각하게 대결하는 쪽으로 변모한 모습을 알 수 있다.

이상에서 논의된 바와 같이 조선조 포로소설은 포로 모티프가 서사의 핵이라는 특수한 서사적 기능으로 인한 서사의 지평 확장, 범인류의 보편적 가치 실현의 주제 의식으로 인해 타 소설 유형과 변별되는, 그 나름의 양식적 독자성을 유지하면서 현대 포로소설로 이어졌음을 알 수 있다.

---

13) 이기윤, 「한국 전쟁소설의 유형 분류와 주제의식에 관한 연구」, 『軍史』 제28호, 국방군사연구소, 1994, 272~283쪽 참조.
14) 이은자, 『1950년대 한국지식인소설연구』, 태학사, 1995, 97~114쪽 참조.

제6장 결론

지금까지 본론에서 논의한 것을 결론저으로 요약·정리하면 다음과 같다.

첫째, '포로(捕虜)'의 사전적 의미는 엄격히 군과 관련성이 있는 경우에만 적용된다. 그러나 근대 이전엔 이러한 명확한 개념 정립이 없어 민간인, 전투원, 비전투원 할 것 없이 모두 전공(戰功)의 과시나 경제적 가치의 의미인 '노예'로 통용되었다. 반면 근대 이후에는 이러한 의미는 사라지고 대신 정치·군사·이념적 의미가 강한 '적(敵)'과 등가(等價)의 개념으로 사용되었다. 따라서 '포로'는 근대 전후의 맥락적 의미를 파악할 때 온전한 의미가 성립되는데, 본고는 오늘날까지 두루 통용될 수 있는 '포로(捕虜)'의 용어로 통일하자고 제안했다. 이것은 현대 서사문학에 수용된 포로 모티프의 변모 양상을 살피는 데도 유용한 용어가 될 수 있을 것이다.

둘째, 포로 모티프는 작품의 주제를 구축하고 통일감을 주는 중요 단위의 구실을 하는 플롯(plot)의 핵이다. 곧 ① 적국과의 전란이나 대치 중, '포로됨'이 사건의 실마리이거나 극적 전환 요소이며, ② 포로는 자력(自力)이나 도움을 통해 탈포로를 지향하다가 고국 귀환을 감행하며, ③ 포로 가족은 부재의 고통을 감내하거나 포로를 찾아 나서며, ④ ②와

③의 구성 속에 다양한 인물 군상이 개입하여 서사 편폭을 확대시키며, ⑤ 주로 가족 재회로 결말을 맺거나 후일담으로 이어지며, ⑥ 주제 구현에 도움을 주는 것이다. 이 중, ①, ②, ⑥을 공유한 작품을 포로 모티프 서사문학이라고 정의하였다.

셋째, 포로 모티프 서사문학의 범주는 역사적 갈래와 이론적 갈래의 경우를 들어 밝혔다. 역사적 갈래의 경우는 기사(記事) 1편, 설화(說話) 1편, 열전(列傳) 1편, 일기(日記) 6편, 전(傳) 8편, 소설(小說) 5편, 야담(野談) 13편 등 모두 35편이었다. 이론적 갈래의 경우는 작가의 체험의 양상에 따라 포로 생체험의 작품 6편은 일기의 양식에 담아 문학적으로 형상화하였고, 다른 갈래에선 나타나지 않았다. 추체험의 작품 29편 중 전쟁세대 5편[전(1), 소설(1), 야담(3)], 전후세대 6편[전(3), 소설(1), 야담(2)]을 합하여 11편, 후세대인의 작품은 18편으로 기사(1), 설화(1), 열전(1), 전(4), 야담(8), 소설(3)의 갈래에서 나타났다. 서사의 지향은 사실 지향 17편과 허구 지향 18편으로 균형 있게 나타났고, 서사의 초점은 自力·도움 귀환서사 19편, 서사적 갈등의 해결방식은 현실적인 것이 26편으로 압도적으로 나타났음을 밝혔다.

넷째, 포로 모티프 서사문학의 전개 양상은 임병양란을 기준으로 하여 밝혔다. 먼저, 임병양란 이전의 포로 모티프는 『삼국사기』〈조미곤〉 기사와 『삼국유사』〈부례랑〉 설화에 삽화적 기능을 하지만, 포로 모티프 서사문학의 원초적 모습을 보여준다는 점에서 중요하다. 이후 『고려사』 소재 〈김천〉은 포로 모티프가 서사의 핵이 되면서 민족의 수난에 희생되는 개인과 가족사의 간난한 삶을 서사 초점으로 하여 그들의 다양한 삶의 존재방식과 해결방식을 핍진하게 형상화했다는 점에서 조선조 포로소설의 선구적인 작품이 되었다. 다음, 임병양란 이후는 포로 모티프가 일기·전·야담 등에 구체적으로 나타났다. 전반적인 구조는 '전쟁(전투·피난)-포로-포로(이산)생활-귀환-재회'이다. 여기에 형상화된 주요인물들의 인간적 고뇌와 성찰은 가족 이산과 재회, 인간적 유대와 반인륜적 억압의 교차점에서 주제로 구현된다. 이들 갈래는 소설과 달리 단선적 구조와 의미를 드러낸다. 이것은 삶의 총체성을 재현하는 소설과 달리 서사적 국면의 단조로움과 갈등의 미미함에 기인한 갈래상 특징이다. 그렇더라도 이들 갈래는 당시 포로소설과 아울러 포로 모티프 서사문학군을 이루며 상호 교섭할 수 있었다는 것은 서사문학사적으로 의의를 가진다.

다섯째, 포로소설의 구조적 성격을 밝히기 위해 각 작품의 전문을 시퀀스(sequence)별로 나누어 시간(스토리 시간·서술 시간)·공간·행위 층위로 분석하였다. 그 결과, 포로 전 단락은 욕망의 대립 구조, 포로·귀환 단락은 고난-극복의 서사 병렬 구조, 귀환 후는 이중적 결말구조로 되어 있었다.

여섯째, 포로소설의 구조원리를 밝혔다. 포로 전은 욕망의 대립 원리이다. 〈최척전〉은 부모혼과 자매혼의 대립, 〈김영철전〉은 효와 충의 이면적 대립, 〈유록의 한〉은 자유 연애와 환로의 이중적 대립, 〈남윤전〉은 효와 애의 이면적 대립으로 나타남을 밝혔다. 포로·귀환 단락은 고난-극복의 서사 경쟁 원리이다. 서사 경쟁 원리는 단락의 의미를 결정짓고, 작품 전체의 주제로 통합되는 통합되는 의미 생성의 중요한 분석틀임을 밝혔다. 이것은 포로와 그 가족들이 각각 다른 서사축에서 가족 재회를 향한 내면화된 고뇌가 급기야 인간적 의지의 행위로 상승되는 구조를 가졌기 때문이다. 따라서 작가는 포로와 그 가족의 서사축에 나타난 고난과 극복의 서사를 집약적으로 선택하여 형상화하고, 그것의 서사 경쟁의 우위를 통해 삶의 의미를 구현 한다. 따라서 고난-극복의 서사 경쟁 요소는 ① 적대와 우호, ② 현실원리와 초현실원리, ③ 극한 상황과 극복의지 등 세 가지로 나누어 살폈다. 〈최척전〉, 〈유록의 한〉은 우호의 우위, 현실원리의 초현실원리 통합, 극복의지의 우위로 수렴되었다. 〈김영철전〉은 적대와 우호의 대등적 병렬, 현실원리의 우위, 극복의지의 우위로 수렴되나 영철의 윤리적 고뇌를 낳는다는 점이 다른 작품과 변별된다. 〈남윤전〉은 전반부에 적대와 우호의 대등적 병렬, 후반부에 우호의 우위, 현실원리의 초현실원리 통합, 극복의지의 우위로 수렴되는 양상을 밝혔다. 귀환 후는 삶의 불가역성의 원리이다. 포로소설은 온 가족이 재회하는 기쁨으로 끝을 맺고 있지만, 삶의 불가역성이라는 관점에서 보면 본질적으로 비극성을 내포한다. 그러나 당대인의 보상심리와 기대 지평이 투영된 바람에 이 비극성을 초월하는 작품도 있다. 전자가 한문본인 〈최척전〉, 〈김영철전〉이고, 후자가 국문본인 〈유록의 한〉, 〈남윤전〉임을 밝혔다.

일곱째, 포로소설의 의미 지향을 살폈다. ① 사실과 허구의 긴장을 통한 삶의 진지성 모색 ② 개인 의식의 각성과 기투적(企投的) 삶의 행위 강조 ③ 고난을 압도한 윤상(倫常)의 증언 ④ 반인륜적 행위의 고발과 인도주의 구현 ⑤ 민중적 삶의 비극성과 보상적 삶의 소망 투영 등 다섯 가지 관점에서 밝혔다.

여덟째, 포로소설의 소설사적 의의를 밝혔다. 먼저, 포로 모티프가 서사의 핵이라는 특수한 서사적 기능으로 말미암아 타 소설 유형과 변별되는, 곧 서사의 지평을 확장하였다는 점이다. 이러한 요소는 포로소설의 공간의 확대는 차치하더라도 포로 모티프를 하나의 삽화로 취급하고 있는 전기소설(傳奇小說), 역사군담(歷史軍談)·몽유록(夢遊錄), 군담소설(軍談小說)·영웅소설(英雄小說)과의 대비를 통해 살폈다. 다음, 포로소설은 이데올로기적 관점보다 인간 본연의 '선(善)'에 호소하는, 곧 범인류의 보편적 가치 실현을 지향한다는 점에서, 근대성을 전망하고 있음을 살폈다. 또, 이러한 근대 의식을 지향했던 포로 모티프가 근·현대에 와서도 서사의 핵으로 이어져 포로소설의 유형이 오늘날까지 연속되고 있다는 점을 살폈다.

그러나 본고는 포로 모티프가 서사의 핵이 되는 또다른 작품의 지속적인 발굴[15], 포로소설과 다른 소설 유형과의 면밀한 상호 대비를 통한 포로소설의 문법 확립 등 숱한 문제점을 안고 있다. 이러한 문제점을 해결하기 위해서는 폭넓고 치밀한 연구와 그 결과물에 대한 활발한 논의가 있을 때, 포로소설은 하나의 소설 유형에서 벗어나 독자적인 갈래로 이어질 수 있으리라 여겨진다. 여기에 대한 천착은 필자의 다음 연구 과제이다.

---

15) 본고에서 다루지 못한『朝鮮王朝實錄 : 태조, 태종, 세종』소재 李藝(1373~1445)의 포로 쇄환 행적(이병직,『蔚山의 父子通信使』, 충숙공 선양회, 2004 및 이명훈,『2005. 2월의 문화 인물-이예』, 문화관광부, 2005 참조), 李德泂(1566~1645)의『竹窓閑話』소재 <李謹>의 포로 행적(이강옥,「<죽창한화>와 <송도기이>의 비교연구」,『어문학』74집, 한국어문학회, 2001 참조), 趙絅(1586-1669)의『龍州遺稿』권 12 '說條' 소재 <丙子亂溫陽有校生救母說>의 작품, <최척전>과 <김영철전>의 새로운 이본의 발굴을 통한 논의(간호윤, <최척전>,『先賢遺音』이회, 2003 및 양승민,「<金英哲傳>의 형상화 방식과 그 작가의식」,『국어국문학』138집, 국어국문학회, 2004 참조), <최척전>과 <김영철전> 등의 정본화 작업(박희병,『韓國漢文小說 校合句解』, 소명출판, 2005 참조) 등은 이 점에서 시사하는 바가 크다.

참고문헌

□ 자료편

〈포로소설〉

〈金英哲傳〉,『柳下集』卷九,『韓國文集叢刊』167, 민족문화추진회, 1996. (나손본
　　〈김텰젼〉 (정신문화연구원 R35P-000019-5))
〈남눈전〉 (국립중앙도서관본, 정신문화연구원본, 고려대 육당문고본)
〈柳綠의 恨〉,『구활자고소설총서』7, 민족문화사, 1983.
〈李翰林傳〉, 한국정신문화연구원 편,『민족문화대백과사전』18, 1991.
〈崔陟傳〉 (서울대본, 고려대본, 천리대본, 연세대본)

이 외 포로 모티프 서사문학은 본문 32~33쪽에 있는 도표 참조.

〈기타 1〉

『各家雜記』,『健齋先生文集』,『京畿邑誌』,『敬亭集』,『高麗史』,『舊唐書』,『舊
五代史』,『國朝寶鑑』,『國朝人物考』,『錦溪集』,『亂中雜錄』,『南川先生文集』,
『恬軒集』,『老子』,『論語』,『大東野乘』,『桃灘集』,『東國兵鑑』,『東文選』,『梅
窓先生集』,『孟子』,『木川縣志』,『墨子』,『樂山全集』,『眉叟記言』,『柏谷先祖
詩集』,『樊岩集』,『丙子錄』,『史記』,『三國史記』,『三國遺事』,『雪橋集』,『西
厓先生文集』,『先賢遺音』,『聖經』,『宋史』,『睡隱集』,『旬五志』,『詩經』,『瀋陽
狀啓』,『呂氏春秋』,『練藜室記述』,『龍飛御天歌』,『龍州遺稿』,『栗谷集』,『隱
峯全書』,『莊子』,『朝鮮王朝實錄』,『左傳』,『竹窓閑話』,『芝峰先生集』,『芝峯
類說』,『靑泉集』,『楚辭』,『通園稿』,『漢書』,『海遊錄』,『海左集』,『海行摠載』,
『玄谷集』,『後漢書』,『欽英』.

〈기타 2〉

古本小說集成 編委會編, 〈馮玉梅團圓〉, 『京本通俗小說』, 上海古籍出版社

강용준, 〈철조망〉

곽학송, 〈녹염〉

구양근 선주, 『중국역대백화소설선』, 중국어문화원, 2000.

국방부전사편찬위원회 편, 「병자호란사」, 『민족전란사』, 1996.

김일근 編校, 『太平廣記諺解』 卷5, 박이정, 1998.

김장수, 〈태양(太陽)은 내일(來日) 또 뜬다〉, 〈반공애국포로(反共愛國捕虜)〉

김중희, 〈목숨〉

김창룡 편역, 『중국 假傳 30選』, 태학사, 2000.

남광우, 『萬曆 新增類合(寫本)』, 『국어국문학』 21집, 국어국문학회, 1959.

동국역경원, 「四分律-Ⅱ-여러가지 법③」, 『한글 대장경』 94, 1969.

동아원색세계대백과사전 30, 동아출판사, 1989(9판).

동아출판사편집부, 『新 콘사이스 英英韓 사전』, 1980.

박영준, 〈용초도 근해〉

박재연 校注, 『형세언』, 학고방, 1995.

북한관광요람 편찬위원회 편저, 『북한관광요람』 Ⅰ, 한국문원, 1998.

서대석 편저, 『조선조 문헌설화 집요 Ⅰ·Ⅱ』, 집문당, 1991.

신 착, 〈龍門夢遊錄〉

오상원, 〈유예〉, 〈죽음에의 훈련〉

유홍렬 감수, 『한국사대사전』, 한영출판사, 1978.

윤계선, 〈達川夢遊錄〉

이가원 역편, 『李朝漢文小說選』, 민중서관, 1975.

이광수, 〈가실(嘉實)〉

이돈화, 「진리의 체험」, 『개벽』 제27호 1922.9.1.

이방 등 편, 『太平廣記』 卷479 (影印本) 계명문화사, 1982.

이병구, 〈마음의 지점(地點)〉

이병혁 역주, 『剪燈新話』, 태학사, 2002.

이상구, 『17세기 애정전기 소설』, 월인, 1999.

이호철, 〈나상〉

이희승 편저, 『국어대사전』, 민중서림, 1989.

작가 미상, 〈江都夢遊錄〉

작가 미상, 〈皮生夢遊錄〉

장용학, 〈요한시집〉

저자 미상, 〈薊山紀程〉 卷2, 『국역 연행록선집』 Ⅷ, 민족문화추진회, 1976.

정동주, 〈쾌이강의 다리〉

정명기 편, 原本 『東野彙集』 (下) 所載 〈南國接仙娥謀歸〉, 보고사, 1992.

진단학회, 『한국사』, 근세전기 편, 을유문화사, 1978.

한국문화상징사전 편찬위원회 편, 『한국문화상징사전 2』, 두산동아, 1996.

────────────, 『한국문화상징사전』, 동아출판사, 1992.

한국정신문화연구원, 『17세기 국어사전 (下)』, 태학사, 1995.

한국학문헌연구소 편, 『邑誌』11, 京畿道 2, 아세아문화사, 1985.

한남철, 〈강설〉

한수산, 〈400년의 약속〉

헤밍웨이, 〈노인과 바다〉, 함희준 역, 『세계문학전집』 21, 평범사, 1979.

호기광, 이재석 역, 『중국소학사』, 동문선, 1997.

황중윤, 〈撻川夢遊錄〉

후충의 주편, 『明代小說集刊』 第1集, 巴蜀書社, 1993.

〈기타 3〉

http://huam.interpia98.net/book/trip/1-2.htm.

KBS1, 『TV 조선왕조실록 : 아! 잊으랴 어찌 우리 이 날을－삼전도의 굴욕』, 1997. 11월 4일 방영.

동아일보 '임란 400년 : 「한민족혼」 일본서 숨쉰다', 1992.

──── '波蘭軍은 露國 渦激派 戰線을 突破하고 捕虜 一萬을 得하엿다더라', 1920.

부산일보 '임란 400돌 그 역사의 거울' 1992.

조선일보 '400년 전의 동북아', 1992.

중앙일보 '임란 400년 : 한·중·일 관계사 재조명', 1992.

한국일보 '임란 400년 : 「한－일관계」 역사의 현장을 가다', 1992.

□ 단행본

권택영,『소설을 어떻게 볼 것인가』, 문예출판사, 1999.

권혁래,『조선후기 역사소설의 성격』, 박이정, 2000.

_____,『조선후기 역사소설의 연구』, 월인, 2001.

김광순,『天君小說硏究』, 형설출판사, 1982.

_____,『韓國古小說史』, 국학자료원, 2001.

_____,『韓國擬人小說硏究』, 새문사, 1987.

김기동,『이조시대소설론』, 정연사, 1969.

_____,『한국고전소설연구』, 교학연구사, 1983.

김명순,『고전소설의 비극성 연구』, 창학사, 1986.

김병우,『존재와 상황』, 한길사, 1990,

김열규,『한국의 신화』, 일조각, 1981.

김장동,『조선조 역사소설 연구』, 이우출판사, 1986.

_____,『조선조소설의 작품논고』, 형설출판사, 1986.

김재환,『우화소설의 세계』, 박이정, 1999.

_____,『한국 동물우화소설 연구』, 집문당, 1994.

김종선,『한국 고대국가의 노예와 농민』, 한림대학교 아세아문화연구소, 1997.

김중신,『소설감상방법론연구』, 서울대출판부, 1996.

김태준 외,『임진왜란과 한국문학』, 민음사, 1992.

민영대,『조선조 사실계소설 연구』, 한남대 출판부, 1991.

_____,『조위한과 최척전』, 아세아문화사, 1993.

_____,『조위한의 삶과 문학』, 국학자료원, 2000.

박이문,『예술철학』, 문학과지성사, 1983.

박희병,『韓國傳奇小說의 美學』, 돌베개, 1997.

_____,『韓國漢文小說 校合句解』, 소명출판, 2005.

백기수,『미학』, 서울대출판부, 1984.

성현경,『한국소설의 구조와 실상』, 영남대출판부, 1989.

소재영,『임병양란과 문학의식』, 한국연구원, 1980.

손진태,『한국민족설화의 연구』, 을유문화사, 1991.

신태수,『하층영웅소설의 역사적 성격』, 아세아문화사, 1995.

위욱승, 이해산·우쾌제 공역, 『한국문학에 끼친 중국문학의 영향』, 아세아문화사, 1994.

윤채근, 『소설적 주체, 그 탄생과 저변 ― 한국전기소설사』, 월인, 1999.

이명선, 『조선문학사』, 범우문고, 1992.

이명훈, 『2005. 2월의 문화 인물-이예』, 문화관광부, 2005.

이병직, 『蔚山의 父子通信使』, 충숙공 선양회, 2004.

이상섭, 『문학연구의 방법』, 탐구당, 1986.

_____, 『문학용어사전』, 민음사, 1995.

이은자, 『1950년대 한국지식인소설연구』, 태학사, 1995.

이채연, 『임란왜란 포로실기 연구』, 박이정, 1995.

장동익, 『元大麗史資料集錄』, 서울대출판부, 1997.

정연선, 『미국의 전쟁소설 ― 남북전쟁으로부터 월남전까지』, 서울대출판부, 2002.

정종대, 『염정소설구조연구』, 계명문화사, 1990.

정주동, 『고대소설론』, 형설출판사, 1982.

정한숙, 『소설기술론』, 고려대출판부, 1981.

조광국, 『기녀담 등장소설 연구』, 월인, 2000.

조남현, 『소설원론』, 고려원, 1983.

조동일, 『소설의 사회사 비교론』 1, 지식산업사, 2001.

_____, 『한국문학통사』3(제3판), 지식산업사, 1999.

_____, 『한국소설의 이론』, 지식산업사, 1994.

_____, 『한국의 문학사와 철학사』, 지식산업사, 1997.

한용환, 『서사이론과 그 쟁점들』, 문예출판사, 2002.

황병하, 『환상문학과 한국문학』, 『세계의 문학』 1997.

황패강, 『임진왜란과 실기문학』, 일지사, 1992.

□ 논문

간호윤, 〈최척전〉, 『先賢遺音』, 이회, 2003.

강진옥, 「〈崔陟傳〉에 나타난 고난과 구원의 문제」, 『이화어문논집』 제8집, 1986.

곽정식, 「작중인물을 통해 본 〈裵神將傳〉의 兩面性」, 『한국고전소설연구』, 형설출판사, 1997.

권혁래, 「나손본 〈김철전〉의 史實性과 여성적 시각의 변모-〈金英哲傳〉과 대비
　　　하여」, 『고전문학연구』 제15집, 1999.

김경현, 「서양 고대세계의 노예제」, 『노비・농노・노예-예속민의 비교사』, 일조
　　　각, 1998.

김기동, 「불교소설 최척전 소고」, 『불교학보』 11집, 동국대 불교문화연구소,
　　　1974.

_____, 「非類型 古典小說 硏究 1」, 『한국문학연구』 5집, 동국대학교 한국문학
　　　연구소, 1984.

_____, 「필사본 〈남뉸전〉(南允傳) 해제」, 『필사본 고전소설전집』 6권, 아세아문
　　　화사, 1980.

김동춘, 「기억의 타락과 평화의 길」, 『황해문화』, 35, 2002 여름.

김연호, 「〈남유전〉고」, 『어문누집』 제35집, 고려대 국어국문학연구회, 1996.

김종갑, 「서술이론과 문학연구」, 석경징 외 편, 『서술이론과 문학비평』, 서울대출
　　　판부, 1999.

김준오, 「문학사와 장르변화」, 『문학사와 장르』, 문학과지성사, 2000.

김진규, 「〈金英哲傳〉 역해」, 『새얼어문논집』 제12집, 새얼어문학회, 1999.

_____, 「임란 포로일기 연구-〈금계일기〉를 중심으로」, 『동의어문논집』 제10집,
　　　동의대 국어국문학회, 1997.

_____, 「〈金英哲傳〉의 포로소설적 성격」, 『새얼어문논집』 제13집, 새얼어문학
　　　회, 2000.

_____, 「〈남윤전〉의 포로소설적 성격」, 『동양한문학연구』 제15집, 동양한문학
　　　회, 2001.

_____, 「국역 〈김영철전〉」, 흔뿌리동인문학회 편, 『흔뿌리』 2집, 2000.

_____, 「임란 포로소설 연구-〈최척전〉을 중심으로」, 『동의어문논집』 제11집,
　　　동의대 국어국문학회, 1998.

_____, 「임란 포로 체험의 문학적 형상화 연구」, 동의대 석사학위논문, 1997,

_____, 「조선후기 포로소설의 구조와 의미」, 『17세기 소설사의 제문제』, 한국고
　　　소설학회 제56차 발표자료집, 2001.1.30.

_____, 「포로 모티프의 서사적 전개 양상」, 『새얼어문논집』 제 14집, 새얼어문학
　　　회, 2001.

김태준, 「고려사 열전의 서사문학적 전개」, 사재동 편, 『한국서사문학사의 연구』
　　　Ⅲ, 중앙문화사, 1995.

김 현, 「소설의 구조」, 『책읽기의 괴로움―살아있는 시들』, 김현문학전집 5, 문학과지성사, 1992.

류탁일, 「유통매체로서의 고소설의 문헌성과 변화」, 『고소설사의 제문제』, 성오 소재영교수 환력기념논총, 집문당, 1993.

민영대, 「실기류 소설로서의 최척전」, 사재동 편, 『한국서사문학사의 전개』 Ⅰ, 중앙문화사, 1995.

박명순, 「고소설에 나타난 전쟁의 구현 양상」, 조선대 박사학위논문, 1998.

박용식, 「한국 서사문학의 전개와 신앙사상」, 사재동 편, 『한국서사문학사의 전개』 Ⅰ, 중앙문화사, 1995.

박용옥, 「병자난 피로인 속환고」, 『사총』 제9집, 고대사학회, 1964.

_____, 「정묘란 조선피로인 쇄·속환고」, 『사학연구』 제18호, 한국사학회, 1964.

박이문, 「윤리 판단의 기준」, 『문학 속의 철학』, 일조각, 1996.

박일용, 「애정소설의 사적 전개 과정」, 사재동 편, 『한국서사문학사의 전개』 Ⅳ, 중앙문화사, 1995.

_____, 「장르론적 관점에서 본 〈최척전〉의 사회적 성격」, 『조선시대의 애정소설 ―사실과 낭만의 소설사적 전개양상』, 집문당, 2000.

박태상, 「〈崔陟傳〉에 나타난 애정담과 전쟁담 연구」, 『조선조 애정소설 연구』, 태학사, 1997.

박희병, 「17세기 동아시아의 전란과 민중의 삶―〈金英哲傳〉의 분석」, 김학성 외, 『한국근대문학사의 쟁점』, 창작과 비평사, 1990.

_____, 「최척전―16·7세기 동아시아의 전란과 가족이산」, 김진세 편, 『한국고 전소설작품론』, 1997(1판2쇄).

_____, 「한국한문학에 있어 傳과 소설의 관계양상」, 『한국한문학연구』 제12집, 한국한문학연구회, 1989.

소재영, 「〈기우록〉 논고―피로문학의 가능성 시론」, 『성봉김성배박사 화갑기념 논문집』, 형설출판사, 1977.

_____, 「남윤전 논고」, 『숭전어문학』, 제6집, 1977.

_____, 「임란피로들의 해외체험―〈금계일기〉·〈간양록〉·〈해상일록〉을 중심으로」, 소재영·김태준 편, 『여행과 체험의 문학(일본편)』, 민족문화추진위원회, 1985.

_____, 「임병양란과 소설의 발달」, 『고전소설연구』, 화경고전문학연구회, 일지사, 1993.

_____, 「임병양란의 충격과 문학적 대응」, 황패강 외, 『한국문학연구입문』, 지식산업사, 1982.

송동준, 「브레히트에 있어서 휴머니즘 개념」, 서울대 인문학연구소 편, 『휴머니즘 연구』, 1996.

송성욱, 「혼사장애형 대하소설의 서사문법 연구」, 서울대 박사학위논문, 1997.

신해진, 「〈崔陟傳〉에서의 丈六佛의 기능과 의미」, 어문논집 제35집, 고려대 국어국문학연구회, 1996.

_____, 「〈紅桃이야기〉의 수용 敷衍양상과 그 의미-題名과 評決을 중심으로」, 『한국고소설사의 시각』, 국학자료원, 1996.

안기수, 「영웅소설 연구-유형과 서사성을 중심으로」, 중앙대 박사학위논문, 1995.

안영훈, 『김유신전 연구』, 민속원, 2004.

양승민, 「최척전의 창작동인과 소통과정」, 『고소설연구』 제9집, 한국고소설학회, 2000.

_____, 「〈김영철전〉의 형상화 방식과 그 작가의식」, 『국어국문학』, 138, 2004.

여세주, 「〈柳綠傳〉의 구성논리와 소설사적 위상」, 『영남어문학』 14집, 영남어문학회, 1987.

오종근, 「고전소설에서의 꿈의 서사구조」, 『한국서사문학의 연구』, 형설출판사, 1995.

유구성, 「임란시 명병의 내원고-조선의 피해를 중심으로」, 『사총』 7, 고려대학교 사학회, 1988.

유영렬, 「斥邪運動과 開化運動」, 한국사연구회 편, 『한국사연구입문』, 지식산업사, 1987.

윤사순, 「栗谷思想의 實學的 性格」, 『朝鮮時代의 儒學論究』, 현암사, 1985.

이강옥, 「〈죽창한화〉와 〈송도기이〉의 비교연구」, 『어문학』 74집, 한국어문학회, 2001.

이기상, 「인간 자유의 본질에 대한 현상학적 고찰」, 『세계의 문학』, 1989 봄호.

이기윤, 「한국 전쟁소설의 유형 분류와 주제의식에 관한 연구」, 『軍史』 제28호, 국방군사연구소, 1994.

이동근, 「임란전쟁문학연구」, 서울대 석사학위논문, 1983.

_____, 「임진왜란과 문학적 대응」, 관악어문연구 제20집, 1995.

이상진, 「유하 홍세태 연구」, 성균관대 석사학위논문, 1984.

이어령, 「한국소설의 맹점－리얼리티의 문제를 중심으로」, 사상계, 1962.

이원순, 「임진·정유재란시의 조선부로노예문제」, 『조선시대사론집』, 느티나무, 1993.

이장희, 「병자호란」, 『한국사』 29, 국사편찬위원회, 1995.

이종태, 「홍세태 시세계의 변모와 그 의미」, 『복현한문학』 제9집, 복현한문학회, 1993.

이준구, 「무학과 그 지위변동」, 『조선후기 신분직역변동 연구』, 일조각, 1993.

이창헌, 「고전소설의 결말구조와 그 세계관－홍길동전·구운몽·군담소설을 중심으로」, 국문학연구 66, 서울대학교 국문학연구회, 1984.

이채연, 「간양록의 실기문학적 특징」, 『한국문학논총』 13집, 한국문학회, 1992.

임철호, 「역사군담론」, 한국고전소설편찬위원회 편, 『한국고전소설론』, 1997.

장경남, 「임진왜란 실기문학 연구」, 숭실대 박사학위논문, 1997.

장덕순, 「설화 문학에 나타난 대일 감정」, 『한국설화문학연구』, 서울대출판부, 1993.

장양수, 「실존주의소설－장용학 〈요한詩集〉」, 『한국의 문제소설』, 집문당, 1994.

장효현, 「夢遊錄의 역사적 성격」, 한국고전소설편찬위원회 편, 『한국고전소설론』, 1997.

_____, 「형성기 고전소설의 현실성과 낭만성」, 『민족문학사연구』 제10호, 창작과비평사, 1997.

정금철, 「삼대담의 순접구조 연구」, 최현무 엮음, 『한국문학과 기호학』, 탑출판사, 1997.

정병호, 「홍세태의 전과 소설」, 『복현한문학』 제9집, 복현한문학회, 1993.

정연탁, 「〈금계일기〉 해제, 고전국역총서 86, 민족문화추진회, 1977.

정출헌, 「초기 한문소설에서의 현실주의 논의와 그 전망－15세기 〈금오신화〉에서 18세기 초 〈김영철전〉까지」, 『고전소설사의 구도와 시각』, 소명출판, 1999.

정하영, 「〈劒僧傳〉의 人物型과 갈등양상」, 한국고전문학회 제220차 월례발표회 발표자료집, 한국방송통신대학교, 2002. 4.13.

조동걸, 「〈自由韓人報〉와 〈韓人捕虜名簿〉」, 『한국학논총』 13, 국민대, 1990.

조동일, 「〈적도〉의 작품 구조와 사회의식」, 이선영편, 『문학비평의 방법과 실제』, 삼지원, 1999.

_____, 「英雄小說 作品構造의 時代的 性格」,「한국소설의 이론』, 지식산업사, 1994.

최소자, 「조선후기 대청관계와 도입된 서학의 성격」,『이대사원』 제33·34합집, 2001.

최영희, 「일본의 침략」,『한국사』 12, 탐구당, 1981.

최호균, 「壬辰·丁酉倭亂期 人命 被害에 대한 계량적 연구」,『국사관논총』 제89집, 국사편찬위원회, 2000.

□ 외국 번역 논저

Clifford Leech,『Tragedy』, 문상득 역, 서울대출판부, 1985.

E.벤비니스트, 김현권 역,『인도·유럽사회의 제도·문화 어휘연구』 2, 대우학술총서 459, 아르케, 1999.

Joseph Vogt, 송문현 역, 「희랍 奴隷制와 人間의 理想」, 고려대대학원 서양고대사 연구실 편저,『서양 고전 고대 경제와 노예제』, 법문사, 1981.

_____, 이원근 역, 「忠直한 奴隷」, 고려대대학원 서양고대사 연구실 편저,『서양 고전 고대 경제와 노예제』, 법문사, 1981.

M.I. 핀리 편, 「희랍문명은 노예노동을 기초로 하고 있었던가」, M.I. 핀리 편, 김진경 역,『고대노예제』, 탐구당, 1985.

V.Y 프로프, 최애리 역,『민담의 역사적 기원』, 문학과지성사, 1996.

Victoria Cuffel, 조남진 역, 「희랍 노예제의 개념」, 고려대대학원 서양고대사 연구실 편저,『서양 고전 고대 경제와 노예제』, 법문사, 1981.

Wilhelm Dilthey,『poerty and experience』, 김병욱 외 옮김, 「문학과 체험」, 우리문학, 1991.

게오르그 루카치, 반성완 역,『소설의 이론』, 심설당, 1985.

겔페르트, 정인모·허영재 역,『소설 어떻게 해석할 것인가』, 새문사, 2002.

키에르케고르, 이명성 옮김,『불안의 개념』, 홍신문화사, 1996(2판1쇄).

로렌스 리너, 「정신분석학과 문학비평」, 마광수 편저,『심리주의 비평의 이해』, 청하, 1995.

로즈메리 잭슨, 서강여성문학연구회 옮김,『환상성』, 문학동네, 2001.

롤랑 바르트, 「롤랑바르트의 기호학적 구조분석」, 김치수 편저,『구조주의와 문학비평』, 홍성사, 1981.

_____, 「이야기의 구조적 분석 입문」, 『구조주의와 문학비평』, 홍성사, 1981.

롤랑 부르뇌프・레알 웰레, 김화영 편역, 『현대소설론』, 현대문학, 1999.

루샤오펑, 조미원 외 옮김, 『역사에서 허구로-중국의 서사학』, 길, 2001.

리차드 E. 팔머, 『해석학이란 무엇인가』, 이한우 역, 문예출판사, 1993.

마이클 J 툴란, 김병욱・오연희 공역, 『서사론』, 형설출판사, 1995.

말렉 슈벨, 서민원 옮김, 『욕망에 대하여』, 동문선, 2001.

매조리 볼튼, 김영민 역, 『소설의 분석』, 동천사, 1984.

모리스 크랜스텐, 황문수 역, 『자유란 무엇인가』, 문예출판사, 1992.

미하일 바흐찐, 「소설 속의 담론」, 전승희 외 역, 『장편소설과 민중 언어』, 창작
    과비평사, 1998.

_____, 「소설 속의 시간과 크로노토프의 형식」, 전승희 외 역, 『장편소설
    과 민중 언어』, 창작과비평사, 1998.

슈탄젤, 안삼환 역, 『소설형식의 기본유형』, 탐구당, 1982.

스테판 코올, 여균동 편역, 「리얼리즘과 현실」, 『리얼리즘의 역사와 이론』, 한밭
    출판사, 1982.

시모어 채트먼, 김경수 옮김, 『영화와 소설의 서사구조』, 민음사, 1999.

에리히 프롬, 황문수 옮김, 『인간의 마음』, 1996.

피터 플래허티, 여홍상 역, 「바흐친과 대중문화비평」, 여홍상 엮음, 『바흐친과 문
    화 이론』, 문학과지성사, 2000(3쇄).

월터 J. 옹, 이기우・임명진 옮김, 『구술문화와 문자문화』, 문예출판사, 2000.

웨인 C. 부스, 「거리와 시점」, 김병욱편, 최상규 역, 『현대소설의 이론』, 1997.

장소강, 이홍진 옮김, 『중국고전소설창작론』, 법인문화사, 2000.

제레미 탬블링, 이호 옮김, 『서사학과 이데올로기』, 예림기획, 2000.

페터 V 지마, 서영상・김창주 옮김, 『소설과 이데올로기』, 문예출판사, 1996.

프로이드, 『정신분석 입문』, 김성태 역, 삼성출판사, 1982.

□ 외국 논저

Norman Friedman, 「point of view in fiction」, 『The theory of the Fiction』, by Philip
    Stevick, The free press, 1967.

Stith Thompson, 『Motif Index of Literature』 6 Vols. (1955~1958)

부 록

포로소설

■ 일러두기

여기에 실은 포로소설은, 이 책에서 주텍스트로 삼은 대본을 그대로 옮기되, 이본과 사전류 등을 참고하여 오자(誤字)나 어색한 부분 등을 바로 잡았다. 이는 당시의 필사본이나 활자본을 감상할 수 있을 뿐만 아니라, 필자 나름대로 정본(定本)을 만들어 보려는 시도였다. 그리고 연구자들의 편의를 위해 대본으로 삼은 주텍스트의 서지사항을 작품 앞에 제시하고 쪽수(영인·활자화되어 책으로 묶어진 것은 그 책의 쪽수를 따르고, 그렇지 않은 경우는 1면부터 시작함.)를 달았다. 또, 현대 맞춤법에 맞추어 띄어쓰기와 구두(句讀)[온점(.), 물음표(?), 느낌표(!), 반점(,), 가운뎃점(·), 쌍점(:) 등]를 달고, 다음과 같은 여러 문장부호를 사용함으로써 가독성(可讀性)을 높였다.

1) " " : 직접적인 대화를 나타냄.
2) ' ' : 혼잣말 또는 생각, 간단한 인용, 강조, 줄글에서의 곡조, 간접 화법, 제문, 꿈의 내용 등을 나타냄.
3) ( ) : 탈자(脫字)를 보충함.
4) { } : 현대적 의미를 보충함.
5) 【 】 : 오자(誤字)의 교정이나 어색한 부분을 바로 잡음.
6) (*) : 글자가 매우 희미하거나, 글자는 있되 떨어져 나가 판독이 애매한 경우 추정함.
7) □ : 글자가 빠져 판독이 불가능한 경우, 그 글자만큼의 수효를 나타냄.
8) 。 : 한문소설 원문의 마침표를 나타냄.
9) 〈 〉 : 쪽수를 나타냄.

崔陟傳 *

趙緯韓 **

⟨171⟩

崔陟, 字伯昇, 南原人也。早喪母, 獨與其父淑, 居于(南原)府西門外萬
福寺之東。自少倜儻, 喜交遊, 重然諾, 不拘齪齪小節。其父嘗誡之曰 :
"汝不學無賴, 畢竟做何等人乎? 況今國家興戎 州縣方徵武士,(汝)無以
射獵爲事, 以貽老父憂。屈首受書, 從事於擧子業, 雖未得策名登第, 亦
可免負羽從軍。城南有鄭上舍者, 余少時友也, 力學能文, 可以開導初

---

* 텍스트는 <서울대본>을 주텍스트로 하고, 탈락된 부분은 <고려대본>으로 보충했
다. 물론 <천리대본>이 가장 완벽한 선본(善本)으로 보이지만, 이 또한 선본(先本)
을 참고로 하여 필사한 이본으로, 필사 시기도 맨 뒤에 나온 것으로 사료된다. 따라
서 <서울대본>과 <고려대본>이 타본(他本)에 비해 선본(先本)이라는 생각과 함축
과 생략을 통한 문학적 의미를 더한다는 필자의 신념에 따라, 이것을 대본으로 삼았
다. 필요한 경우 <천리대본>을 참고하여 자구(字句)의 오류를 바로 잡았다. 편의상
<고려대본>은 <고본>으로 약칭했다. <서울대본> <최척전>은 김기동 편자, 『필사
본 고전소설 전집』 제3권, 아세아문화사, 1980, 171~198쪽을, <고려대본>과 <천리
대본>은 원광대 정명기 교수께서 보내주신 복사본을 활용했다. 이 자리를 빌어, 귀
한 자료를 복사하여 보내주신 정명기 교수께 감사의 말씀을 드린다.

** 趙緯韓(조위한, 1567~1649) : 조선 광해군·인조 때의 문신. 호는 현곡(玄谷)·소
옹(素翁). 임진왜란 때 김덕령을 따라 종군함. 1609년 증광문과(增廣文科)에 갑과로
급제한 뒤 지평(持平)·수찬(修撰)을 지냄. 1613년 계축옥사(癸丑獄事) 때 파직되
었으나, 1623년 인조반정으로 사성(司成)에 기용된 뒤, 장령(掌令)·집의(執義) 등
을 지냄. 1627년 정묘호란 때 관군과 의병을 이끌고 항전했으며, 동부승지·직제학
을 거쳐 공조참판에 이름. 문집에 『현곡집(玄谷集)』이 있고, <유민탄(流民嘆)>이라
는 국문가사가 있다고 하나 전하지 않음.

學, 汝往師之."

陟卽日挾冊及門, 請業不輟。浹數月, 詞藻日富, 沛然如決江河, 鄕人
咸服其聰敏。每講學之時, 輒有丫鬟。年可十七八? 眉眼如畵, 髮黑如漆,
隱伏于窓壁間, 潛聽

〈172〉

焉. 一日, 上舍方食, 不出, 陟獨坐誦書, 忽然窓隙中, 投一小紙, 取而
視之, 乃書標有梅末章。陟心魂飛越, 不能定情。思欲昏夜唐突以竊而旋,
旣而悔之, 以金台鉉之事自警。沉吟思量, 義欲交戰。俄見上舍出來, 遽
藏其詩於袖中。卒業而退, 門外有一靑衣, 尾陟而來曰:

"願有所白."

陟旣見詩, 心動之, 及聞靑衣之言, 甚怪之。頷首呼來, 引至其家, 詳聞
之, 對曰:

"兒是李娘子女奴春生也. 娘子使我請郞君和詩而來." 陟訝曰:

"爾非鄭家兒耶? 何以曰李娘子也?" 對曰:

"主家本在京城崇禮門外靑坡里, 主父李景新早歿, 寡母沈氏獨與處子
居。處子名玉英氏, 投詩者是也。上年避亂, 自江華乘船, 來泊于羅州
會津, 及秋自會津,

〈고본 2〉

轉來于此, 此家主人, 與兒主母家族, 待之甚厚。將欲娘子求婚, 而

〈고본 3〉

未得其佳婿耳."

陟曰:

"爾娘子, 以寡母之女, 何以能解文字也? 豈因天得而然耶?"

曰:

“娘子有兄, 曰得英氏, 甚有文章, 年十九, 未娶而夭。娘子嘗掇拾於口耳, 故尙粗記姓名耳。”

陟饋酒食慰喩, 因以赫蹏報曰:

“朝承玉音, 宲獲我心。卽逢靑鳥, 歡喜難勝。每憑鏡裡之影, 難喚畵中之眞。非不知琴心可挑, 篋香可偸。而宲未側蓬山幾重, 弱水幾里, 經營計較之際, 鬂已黃而項已枯矣。不意今者, 陽臺之雨, 忽然入夢, 王母之書, 遽爾來報, 倘成秦晉之好, 以結月老之繩。則庶遂三生之願, 不偸同穴之盟, 書不盡言, 言豈悉意。”

玉英得書, 喜甚. 翌日又以春生報書曰:

‘妾生長韋轂之下, 粗識貞靜之行, 而不幸早失嚴父。生丁亂離, 獨奉偏慈, 終鮮兄弟, 漂淪南土, 僑寄宗黨。年垂及笄, 尙未移天。常恐一朝兵戈搶攘, 盜賊橫行, 則難保珠玉之沉碎, 不無強暴之所汚。以此老母傷心, 以我爲念。然而猶所患者, 絲蘿所托, 必在喬木, 百年苦樂, 宲有他人, 苟非其人, 豈可仰望而終身? 近觀郎君, 辭氣雍容, 擧止閑雅, 誠信之色, 藹然於面目, 若求賢夫, 捨子伊誰? 與爲人妻, 寧爲老子之妾。而薄命崎嶇, 恐不得當也。昨者投書, 非爲其誨淫之意也, 只欲試郎君之俯仰也。

〈고본 4〉

妾雖無狀, 初非依市之徒, 寧有鑽穴之逃? 必告父母, 終成委禽之禮, 則貞信自守, 敢懈擧案之敬 【敢追擧案之敬】。投詩先瀆, 已犯自媒之醜行, 欲往復私書, 尤失幽閑之貞操, 今旣肝膽相照, 不須書札浪傳。自此以後, 必以媒妁相通, 而毋令妾, 重貽行路之譏, 千萬幸甚。’

陟得書喜悅, 請問於其父曰:

“聞有

〈173〉

寡母自京城, 來寓鄭家者, 有一處子。年貌俱妙, 試爲不肖求於上舍。

必不爲疾足者之先得."

父曰:

"彼以華族, 千里浮寄萍, 其志必欲求富. 吾家素貧, 彼必不肯."

陟反復申告曰:

"第往言之. 其成與否天也."

明日, 父往問之, 鄭曰:

"吾有表妹, 自京潛亂, 窮來歸我. 其女姿行, 秀出閨闈, 我方求婿, 欲作門楣. 固知令子才俊, 不負東床之望, 而所患者, 寒儉耳. 吾當與妹商議更通."

淑歸語其子, 陟惱燥數日, 苦待其報. 上舍入言于沈(氏), 沈(氏)亦難之曰:

"我以盡室流離, 孤危無托. 只有一女 欲嫁富人. 貧家者, 雖賢不願(興)也."

是夜, 玉英乃就其母, 口欲有言, 而囁嚅不發. 母曰:

"爾有所懷, 無隱乎我也."

玉英, 椒然遲疑, 强而後言曰:

"母親爲我擇婿, 必欲求富, 其情則慽矣. 第惟家富而婿賢, 則何幸? 而如或家雖足食, 婿甚不賢, 則難保其家業, 人之無良, 我以爲夫, 而雖有粟, 其得

〈174〉

而食諸? 竊瞯崔生, 日日來學於阿叔, 忠厚誠信, 決非輕薄宕子. 得此爲配, 死無恨矣. 況貧者, 士之常, 不義而富, 吾甚不願, 請決嫁之. 此非處子所當自言之事, 而機關甚重, 豈嫌於處子羞澁之態. 潛默不言, 而竟致嫁得庸奴, 壞了一生(乎)? 則已破之甌, 難以再完. 旣染之絲, 不可復素, 啜泣何及, 噬臍莫追. 況今兒身, 異於他人, 家無嚴父, 賊在隣境, 苟非忠信之人, 何以仗母子之身乎【何以仗母女之身乎】? 寧從顏氏之請嫁, 不避徐妹之自擇, 豈可隱匿深房, 但望人口, 而置(之)於相忘

之地乎?"

其母不得已, 明日告諸鄭曰:

"我夜者更思之, 崔郎雖貧, 我顧其人, 自是佳士。貧富在天, 難可力致, 與其圖婚於所不知之何人, 寧欲得此(而)爲壻。"

鄭曰:

"阿妹欲之, 我必勸成。崔雖寒士, 其人如玉, 求之京洛, 鮮有此輩。若志遂業成, 終非池中物(也)。"

卽日送媒定約, (乃)以九月(之)望, 將行醮禮。 陟大喜,

〈175〉

屈指計日而待。

居無何, (南原)府人前僉奉邊士貞, 起義兵赴嶺南, 以陟有弓馬才, 遂興同行。陟在陣中, 憂念成疾。及其約婚之日, 呈狀乞暇. 則義將怒曰:

"此何等時, 而敢求婚娶乎? 君父蒙塵, 越在草莽, 臣子當枕戈之不暇, 而況汝未及有室之年, 滅賊而圖婚 亦未晚也。"

竟不許。

玉英亦以崔生從軍不返, 虛度約日, 減食不寐, 日漸愁惱。隣有梁姓者, 家甚殷富。聞其玉英之賢哲, 與其崔生之不來, 乘間求婚, 潛以貨賂啗諸鄭妻。逐日董成。【鄭妻言於沈氏】曰:

"崔生貧困, 朝不謀夕。一父難養, 常貸於人, 將何以畜此家累, 以保無患? 況從軍未返, 生死難期。而梁氏殷富, 素稱多財, 其子之賢, 不下於崔。"

夫妻合辭, 交口薦之, 沈意頗惑, 約以十月涓吉, 牢不可破. 玉英夜訴其母曰:

"崔從義陣, 行止係於主將, 非故負約, (而)不俟其言, 而徑自破約, 不義孰甚?

〈176〉

若奪兒志, (之)死而靡他。母也天只, 不諒人只?"

母曰:

"汝何執迷如此? 當從家長之處分爾, 兒女何知?"

就寢而睡。夜深夢間, 忽聞喘息汩汩之聲。覺而撫其女, 不在焉。驚起索之, (則)玉英(乃)於窓壁下, 以手巾結項而伏。手足皆冷。喉嚨間汩汩之聲, 漸微且絶。驚呼解結。蹴春生點火而來, 抱持痛哭, 以勺水入口。少頃而甦。主家亦驚動來救。自後絶不言梁家之事。

崔淑以書抵其子, (具)道所以。陟方患病篤, 聞此驚感, 轉成危革。義將聞之, 卽令出送。還家數日, 沉痾忽痊。遂以仲冬初吉, 合卺于鄭上舍之家, 兩美相合, (其)喜可知也。

陟載妻與沈氏, 歸于其家。入門而僕隷懽悅, 上堂而親戚稱賀, 慶溢一家。譽洽四隣。攝袵抱機, 躬親井臼, 養舅事夫, 誠孝甚至。奉上御下, 情禮俱稱。遠近聞之, 皆以爲梁鴻之妻, 鮑宣之婦, 殆不能過也。

陟娶婦之後,

〈177〉

所求如意, 家業稍足, 而常患繼嗣之尙遲, 每以月朔, 夫妻往禱於萬福寺。明年甲午元月, 又往禱之。其夜, 丈六金身, 見於玉英之夢曰:

'我萬福寺之佛也。我嘉爾誠, 錫以奇男子, 生必有異相。'

及期而果生男子, 背上有赤痣, 如小兒掌。遂名(之)曰夢釋。

陟(素)善吹簫, 每(於)月夕花朝, 相對而吹。時當暮春, 淸夜將半, 微風乍動, 素月揚輝, 飛花撲衣, 暗香侵鼻。開缸漉酒, 引滿而飮, 據案三弄, 餘音嫋嫋。玉英沈吟良久曰:

"妾素惡婦人之吟詩者, 而到此情境, 不能自已。"

遂詠一絶曰:

王子吹簫月欲低, 碧天如海露凄凄。

會須共御靑鸞去, 蓬島烟霞路不迷。

陟初不知其藻詞之如此, 聞詩大驚, 一唱三嘆, 卽以一絶和之曰:

　　瑤臺繚緲【縹緲】曉雲紅,　吹澈鸞簫曲未終.
　　餘響滿空山月落,　一庭花影動香風.

吟罷, 玉英歡意央未【玉英歡意未央】, 興盡悲來, (握手)涕泣, 悄然而
謂曰:
　"人間多故, 好事有魔, 百年之內, 離合難常, 以此忽忽, 不能無感."
陟揮袖雪涕, 慰解而言曰:
　"屈伸盈虛, 天道之常理, 吉凶悔

〈178〉

吝, 人事之當然. 設或不幸, 當付諸數, 豈可居易, 浪自爲悲? '無(*憂)而
戚', 古人所戒, '言吉不言凶', 諺亦有之, 不須憂惱, 以阻歡意."
自此情愛尤篤, 夫婦自謂 '知音', 未嘗一日相離也.

至丁酉八月, 賊陷南原, 人皆逃竄. 陟之一家, 避于智異山燕谷. 陟令
玉英着男服, 雜錯於廣衆之中, 人之見之者, 皆不知其爲女子也. 入山累
日, 糧盡將饑. 陟與丁壯數三, 出山求食. 且覘賊勢. 行到求禮, 猝遇賊
兵, 潛身於岩藪而避之.
是日, 賊入燕谷, 彌山遍谷, 搶掠無遺. 而陟路梗, 不得進退, 過三日賊
退後, 還入燕谷. 則但見積屍遍橫(路), 流血成川. 林叢間, 隱隱有號咷之
聲. 陟就訪之, 老弱數輩, 瘡痍遍身, 見陟而哭曰:
　"賊兵入山三日, 奪掠財貨, 芟刈人民, 盡驅子女, 昨已退屯蟾江. 欲求
　一家, 問諸水濱."
陟號天痛哭, 擗地嘔血, 卽走蟾江. 未行【行未】

〈179〉

數里許, 見於亂屍中, 呻吟斷續. 若存若無, 而流血被面, 不知其爲何
人也. 察其衣裳, 甚似春生之所着, 大聲呼之曰:

"爾莫是春生乎?"

春生張目視之, 喉中作語曰,

"郎君, 郎君! 主家皆爲賊兵所掠而去, 吾負阿釋, 不能趁走, 賊引兵斫
殺而去. 吾僵地卽死, 半日而甦, 不知背上之兒生死去留."

言訖而氣盡, 不復生矣. 陟搥胸頓足, 悶絶而仆. 旣已復生, 無可奈何,
起向蟾江. 則岸上有老弱創殘數十【則岸上有創殘老弱數十】, 相聚而
哭, 往問之, 則曰:

"俺等隱於山中, 爲賊所驅. 及舡, 賊抽丁壯同載, 推下罷鋒老羸者如此."

陟大慟. 無意獨全, 將欲自裁, 被傍人救止. 踐踐江頭去, 而去無所之.
還尋歸路, 三晝夜, 生於其近家【達於近其家】. 頹垣破瓦, 餘燼未息, 積
骸成丘, 無地着足.

遂憩于金橋之側. 不食累日, 奔走力盡, 昏倒不起. 忽有唐將, 率十餘
騎, 自城中出來, 浴馬於金橋之下. 陟在義陣時, 與天兵應接

〈180〉

酬酢之久, 稍解華語. 因道其全家之見敗, 且訴一身之無托, 欲與同入
天朝, 以爲長往之計. 唐將聞之愴然, 且憐其志曰:

"吾是吳摠兵之千摠余有文也. 家在浙江姚興府, 雖貧, 足以自食. 人
生貴相知心. 遊息適意, 無論遠近, 爾旣無家累之戀, 何必塊守一方,
蹴蹴靡所聘乎?"

遂以一馬, 載歸于陣. 陟容貌俊爽, 計慮深遠, 便於弓馬, 瞷於文字. 余
公愛之, 共牢而食, 同衾而寢. 未幾摠兵撤歸, 以陟隷戰軍亡簿【以陟隷
戰亡軍簿】, 而過關至姚興居焉.

初陟家被擄至江, 賊以陟之父與姑老病, 不甚看護. 二人伺賊怠, 潛逸

于蘆中。賊去, 行乞村閭, 轉入燕谷寺。聞僧房有孩兒啼哭之聲。沈氏泣
謂崔淑曰：

"是何兒聲之【是何兒之聲】, 一似吾兒也?"

淑遽推戶視之, 果夢釋也。遂取置懷中撫哭, 移時因問(曰)：

"此兒何處得來?"

僧有慧正者, 進曰：

"吾於路傍屍中, 聞啼聲, 恐

〈181〉

然收來, 以待其父母, 今果是也, 豈非天耶?"

淑旣得孫兒, 與沈氏遞負而歸, 收集奴僕, 經紀家事。

時玉英, 則見執於倭奴頓于。頓于老倭卒, 不戈殺生, 慈悲念佛, 以商
販爲業, 習御舟楫, 倭將行長, 以爲舡主而來。頓于愛玉英機警, 惟恐見
逋。給以善衣美食, 慰安其心。玉英欲投水溺死, 再三出舡。輒有所覺(而
止)。一夕, 丈六金佛夢玉英而告曰：

'我萬福(寺)佛也。愼無死! 後必有喜。'

玉英覺而諗其夢, 不能無萬一之冀, 遂强食不死。頓于家在狼姑射, 妻
老女幼, 無他子男【無他男子】。使玉英居家, 不得出入。玉英謬曰：

"我本藐少男子, 弱骨多病。在本國, 不能服役于丁壯之事, 只以裁縫炊
飯爲業, 餘事固不能也。"

頓于尤憐之, 名之曰沙于, 每乘舟行販, 以火長置舟中, 往來于閩浙之間。

是時, 陟在姚興, 與余公結爲兄弟, 欲以其妹妻之。陟固辭曰：

"我以全家陷賊, 老父弱妻, 至今未

〈182〉

知生死。縱不得發喪服衰, 豈敢晏然婚娶以爲自逸之計乎?"

余公義而止之。其冬, 余公病死。陟尤無所歸, 落拓江淮, 周遊名勝, 窺龍門, 深禹穴, 窮沅湘, 航洞庭, 上岳陽, 登姑蘇。吟咏於湖山之上, 婆娑於雲水之間, 有飄飄遺世之志。聞海蟾居士王用, 隱居靑城山, 燒金煉丹, 有白日飛昇之術, 將欲入蜀而學焉。適有宋佑者, 號鶴川, 家在抗州【家在杭州】湧金門內。博通經史, 不屑功名, 以著書爲業, 喜施與, 有義氣。與陟許以知己, 聞其入蜀, 載酒而來。飮至半酣, 字陟而謂曰:

"伯昇! 人生斯世, 孰不欲長生而久視? 古今天下, 寧有是理? 餘生幾何, 而何乃服食忍飢, 自苦如此, 而與山鬼爲隣乎? 子須從我而歸。浮扁舟適吳越, 販繒賣茶, 以娛餘年, 不亦達人之事乎?"

陟洒然而悟, 遂與同歸。

歲庚子春。陟隨佑, 與同里商舡, 往來於安南【往於安南】。時有日本舡十餘艘, 亦泊于浦口, 留十餘日。固値四月旁死魄。天無寸雲, 水光如練, 風息波恬, 聲沉

〈183〉

影絶。舟人牢睡, 渚禽時鳴, 但聞日本舟中念佛之聲, 聲甚悽惋。陟獨倚蓬窓【陟獨倚篷窓】, 感念身世, 卽出裝中洞簫, 吹界面調一曲, 以舒胸中哀怨之氣。時海天慘色, 雲烟變態。舟中驚起, 莫不愀然。日本舡念佛(之)聲, 闋然而止。旋以朝鮮音, 詠七言絶句曰:

王子吹簫月欲低, 碧天如海露凄凄。
會須共御靑鸞去, 蓬島烟霞路不迷。

吟罷, 有嘻噓唧唧之聲。陟聞詩驚動, 惝怳如失, 不覺擲簫。嗒然如死人形。鶴川曰,
"何爲其然耶? 何爲其然耶?"
再問再不答。三問之, 陟欲語而哽塞, 淚籟籟下。移時定氣而後言曰:

“此詩乃吾荊布所自製也。平日絶無他人聞知者。且其聲音, 酷似吾妻, 豈其來在彼舡耶? 此必無之事也。”

因述其陷賊事甚悉, 一舟(之)人, 咸驚怪之。座有杜洪者, 年少勇敢士也。聞陟之言, 義形於色, 以手擊楫, 奮然而起曰:

“吾欲往探之。”

鶴川止之曰:

“深夜作亂, 恐致生變, 不如朝日從容處之。”

左右皆曰:

“然。”

陟坐而待朝。東方作矣, 卽下岸至日本舡。陟以鮮語

〈184〉

問之曰,

“夜問詠詩者【夜間詠詩者】, 必是朝鮮人也。吾亦鮮人, 倘一得見【倘得一見】, 則奚啻越之流人, 見(人)之相似者而有喜者也?”

玉英, 夜於舡中, 聞其簫聲, 乃是朝鮮之曲調, 而一似疇昔慣聆之調, 竊疑其夫之或來于其舡, 試詠其詩而探之, 及聞此言, 惶忙失措, 顚倒下舡。二人相見, 驚呼抱持, 宛轉沙中。聲絶氣塞, 口不能言, 淚盡繼血, 目無所覩。 兩國舡人, 聚觀如堵, 初不知其親戚歟交遊歟, 久然後, 聞知其爲夫婦也。人人咋咋, 相顧而言曰:

“異哉異哉! 此其天祐而神助, 古未嘗有也。”

陟問父母消息於玉英, 玉英曰:

“自山驅至江上, 父母固無恙。日暮上舡, 蒼黃相失。”

二人相對痛哭。聞者莫不酸鼻。鶴川請於頓于, 欲以白金三錠買歸. 頓于怫然曰:

“我得此人, 四年于玆, 愛其端慤, 視同己出。寢食未嘗小離。而終不知其是婦人也。今而目覩此事【今以目覩此事】, 天也鬼神猶且感動【天地鬼神猶且感動】。

〈185〉

我雖頑蠢, 異於木石。何忍貨此而爲食乎?"

便於橐中出十兩銀, 贐之曰:

"同居四載, 一朝而別, 悵惘之懷。雖切於中, 而重逢配耦於萬死之餘, 此人世所無之事。我若隘之, 天必殛之。好去沙于。珍重珍重!"

玉英擧手謝曰:

"賴主翁保護, 得不死, 卒遇良人, 受惠多矣。矧此嘉貺, 何以報塞?"

陟亦再三稱謝, 携玉英歸寓其舡。隣舡之來觀者, 連日不絶。或以金銀綵繪相遺, 以爲賀餞, 陟皆受而謝之。鶴川還家, 別掃一室, 舘陟夫妻, 使之安頓。

陟既得妻, 庶有安樂之心, 而遠托異國, 四顧無親。係念老父稚子, 日夜傷心, 默禱生還而已。

居一歲, 又生一子, 産兒之前夕, 丈六佛又見于夢曰:

'兒生, 亦有背痣。'

夫妻咸以爲夢釋再來, 遂名之曰夢仙。夢仙既長, 父母欲求賢婦。隣有陳家女, 名曰紅桃。生未晬, 其父偉慶, 隨劉摠兵東征, 不及長而其母繼歿。紅桃養於其

〈186〉

姨家。常痛其父歿於異域, 而生不知其面目也, 願一至父死之國, 復哭而來。耿耿冤恨, 銘于心腑, 身爲女子, 計不知所出。及聞夢仙求婦, 議於其姨曰:

"願得爲崔家婦, 而冀一至於東國也。"

其姨素知其志, 卽詣陟, 語其故。陟與其妻歎曰:

"女而如是, 其志嘉。"

遂取而爲婦。

明年己未, 奴酋入寇遼陽, 連陷數鎭, 多殺將卒。天子震怒, 動天下之
兵以討之。蘇州人吳世英, 喬遊擊之百摠, 曾因有文, 素知陟之才勇, 引
而爲書記, 俱詣軍中。將行, 玉英執手涕泣而訣曰:

"妾身險釁, 早罹憫凶, 千辛萬苦, 十生九死, 賴天之靈, 邂逅郎君。斷絃
再續, 分鏡重圓, 旣結已絶之緣。幸得托祀之兒, 合歡同居, 二紀于玆。顧
念疇昔, 死亦足矣。常欲身先溘然, 以答郎君之恩, 不意垂老之年, 又作
參商之別。此去遼陽數萬里, 生還未易, 後會何期? 願以不賞之身, 自裁

〈187〉

於離席之下, 一以斷君閨房之戀, 一以免妾夜朝之苦志矣。郎君! 千萬
永訣, 千萬永訣。"

言訖痛哭, 抽刀擬頸。陟奪刀慰諭曰:

"蕞爾小酋, 敢拒螳臂? 王師濯征, 勢同壓卵。從軍往來, 只費時月之勤
苦, 無如是妄生煩惱。待吾成功而還, 置酒相慶可也。況仙兒壯健, 足
以爲倚, 努力加飱, 勿貽行路之憂也。"

遂趣裝而行, 至於遼陽。

涉胡地數百里, 與朝鮮軍馬, 連營于中毛寨【連營于牛毛寨】。主將輕
敵, 全師致衄。奴酋殺天兵無遺類, 諉贅朝鮮, 無數殺傷。喬遊擊領敗卒
十餘人, 投入鮮營, 乞着衣服。元帥姜弘立給其餘衣, 將免死焉。從事官
李民寏【從事官李民寏】, 懼其見忤於奴酋, 還奪其服, 執送賊陣。而陟
本鮮人, 遑亂之中, 匿編行間, 獨漏免殺。及弘立輩納降, 陟與本國將士,
就擒於虜庭。

是時, 夢釋亦自南原, 以武學赴西役, 在元帥陣中。奴酋分置降卒之時, 陟

〈188〉

實與夢釋同囚於一處, 父子相對, 莫知其爲誰謀也。夢釋疑其陟之言語

硬澀, 意謂天兵之解鮮語者, 懼其見殺, 冒以爲鮮人也, 詰其居住。陟亦疑
其胡人之詗得實狀也, 權辭詭說, 或稱全羅, 或稱忠淸。夢釋心怪而不測。

已過數日, 情意甚親, 同病相憐, 小無猜訝。陟吐實歷陳平生。夢釋色
動心驚, 且信且疑, 卒然問(曰) :

"所亡之兒年歲多小, 身體貌樣?"

陟曰 :

"生於甲午十月, 亡於丁酉八月, 背上有赤痣, 如小兒掌。"

夢釋失聲驚倒, 袒而示其背曰 :

"兒實大人之遺體也。"

陟始認其爲己子也。 因各問其父母俱存【因各聞其父母俱存】, 相持
而泣, 累日不止。

主家老胡, 頻頻來視, 若有解聽其言, 而有矜憫色者焉。一日, 群胡皆
出, 老胡潛來陟所, 同席而坐, 作鮮語而問曰 :

"汝輩哭泣, 異於前初, 豈

〈189〉

有別事耶? 願聞之。"

陟等恐生變, 不直說。老胡曰 :

"無怖! 我亦朔州土兵也。以府使侵虐無厭, 不勝其苦, 擧家入胡, 已經
十年。(胡人)性直, 且無苛政。人生如朝露, 何必苟趣於捶楚鄕乎? 奴
酋使我領八十精兵, 管押本國人, 以備逃遁。今聞爾輩之言, 大是異事,
我雖得責於奴酋, 安得忍心而不送乎?"

明日, 備給餱糧, 使其子指送間路。

於是, 陟率其子, 生還故國於二十年之後【生還故國於二十餘年之
後】, 急於省父, 兼程南下。適患背疽, 不遑調治。行到恩津, 腫勢轉劇。
委頓旅次, 喘喘將死。夢釋奔遑憂悶, 鍼藥難求。適有華人逃匿者, 自湖
右向嶺左, 見陟而驚曰 :

"危哉! 若過今日, 不可救也。"

拔其囊中鍼, 決其癰, 卽日而愈。纔經二日, 扶杖而還家, 渾舍驚痛, 如見死人。父子

〈190〉

相抱嗚咽, 似夢非眞(也)。

沈氏, 一自失女之後, 喪心如癡, 只依夢釋, 而釋又戰歿, 沈綿床席, 不起者累月。及見夢釋與父偕來, 且聞玉英之生存, 狂呼顚倒, 全不省其悲與喜也。

夢釋感華人之活其父死命, 與之偕來, 思有以重報之。陟問,

"爾是天朝人, 家在何處, (姓名云何?)"

答曰:

"(姓陳名偉慶), (家)在於抗州湧金門內【在於杭州湧金門內】。萬曆二十五年, 從軍于劉提督, 來陣于順天。一日, 以偵探賊勢, 忤主將旨, 用軍法。夜半潛逃, 仍留至此。"

陟聞言大驚曰:

"爾家有父母妻子乎?"

曰:

"家有一妻, 來時産得一女, 纔數月矣。"

陟又問,

"女名云何?"

曰:

"兒生之日, 適有隣人, 饋以桃實, 因名曰紅桃。"

陟遽執偉慶(之)手曰:

"怪心【怪哉】, 怪心【怪哉】! 吾在抗州【吾在杭州】, 與爾家作隣而住。爾妻辛亥九月病

〈191〉

死, 獨紅桃見養於其姨吳鳳林家, 我娶以爲兒子婦, 不圖今日値爾於此

(也)。"

偉慶驚痛嘆唶, 不怡者良久, 旣而曰 :

"唉! 吾托大丘地朴姓人家, 得一老婆, 以鍼術糊口。 今聞子言, 如在鄕里, 吾欲移來于此地。"

夢釋曰 :

"公非但有活父之恩, 吾母及弟, 托在於令女, 旣爲一家之人, 有何難事?"

卽令移來。

夢釋自聞其母之生存, 日夜腐心, 將有入天朝將母之計, 而無以自達, 徒切號泣而已。

當是時, 玉英在抗州【玉英在杭州】, 聞官軍陷沒, 以爲陟橫屍戰場無疑也【以爲陟橫死戰場無疑也】, 晝夜哭不絶聲。 期於必死, 水醬不入(於)口【水漿不入(於)口】。 忽於一夕, 夢見丈六佛, 撫頂而言曰,

'愼無死! 後必有喜。'

覺而語夢仙曰 :

"吾於被擄之日, 投水欲死,

〈192〉

南原萬福寺丈六金佛, 夢余而言曰, '無死! 後必有喜'。 後四年【未滿三年】, 得見爾父於安南海中。 今吾欲死, 而又夢如是, 汝父豈或免於鋒鏑歟? 汝父若存, 吾死猶生, 顧何恨焉?"

夢仙哭曰 :

"近聞奴酋, 盡殺天兵, 而鮮人皆脫云, 父親本自鮮人, 獲生必矣。 金佛之夢, 豈虛應哉? 母親須臾無死, 以待父親之來也。"

玉英幡然曰 :

"奴酋窟穴, 距朝鮮地界, 纔四五日(程)。 汝父雖生, 其勢必走本國。 安能冒涉數萬里程, 來尋妻孥哉? 我當(往)求於本國。 苟死矣, 親往昌州

境上, 招得旅魂, 葬於先壟之側, 免使長餒【使免長餒】於沙漠之外, 則吾責塞矣。況越鳥巢南(枝), 胡馬倚北(風), 今且死日將迫, 尤不堪首丘之戀。獨舅偏母及弱孩, 俱失於陷賊之

〈193〉

日, 其生其死, 雖莫聞知, 頃因(日本)賈人聞之, 則鮮人被擄者, 連續出送。斯言果信, 亦豈無一人之生還乎? 汝父汝祖, 雖皆暴骨於異域, 而先祖丘墓, 誰復看護? 內外親屬, 亦豈盡歿於亂離? 苟得相見, 是亦一幸, 汝其偏舡春糧。此去朝鮮, 水路僅二三千里。天地顧佑, 倘得便風, 不滿旬朔【未滿旬朔】, 當到彼岸。吾計決矣。"

夢仙泣訴曰:

"母親何爲出此言也? 若能得達, 豈非大善? 而萬里滄波, 非一葦可航之地。風濤蛟鼉, 爲禍不測, 海寇邏舡, 到處生梗。母子俱葬魚腹, 何益於死父乎? 子雖愚駭, 當此大事, 非敢爲推托之說也。"

紅桃在傍, 謂夢仙曰:

"無阻, 無阻! 親計自熟, 外患不暇論也。雖在(平地)水火盜賊, 其可免乎?"

玉

〈194〉

英又曰:

"水路艱難, 我多備嘗。昔在日本, 以舟爲家, 春商閩廣, 秋販琉球。出沒於鯨波駭浪之中, 占星候潮, 涉歷已慣。風濤險易, 我自當之, 舟楫安危, 我自御之。脫有不幸之患, 豈無方便之道?"

卽裁縫鮮倭兩國服色, 日令子婦敎習兩國譯音。因戒夢仙曰:

"舡行專依於檣楫, 必須堅緻, 而尤不可無者, 指南鐵。卜日開舡, 無違我志。"

夢仙悶默而退, 私責紅桃曰:

"母親出萬死不顧一生之計【母親不顧一生, 出萬死之計】, 冒危而行。
死父已矣, 置母於何地, 而汝且贊成? 何不思之甚也!"
紅桃答曰：
"母親以至誠出此大計, 固不可以言語爭也。今若止之, 以其所必不止。
慮有難追之悔, 不如順適之爲愈也. 妾之私情, 遑恤言乎? 生纔數

〈고본 18〉

月, 慈父戰歿, 暴骨殊方, 魂繼野草【魂纏野草】, 擧顔宇宙, 何以爲人?
近則道路之言【近聞道路之言】, 則戰敗之卒, 或有遺脫而留落於本國
者, 多矣。人子至情, 不能無徼倖。若以郎君之力, 得抵同土【東土】,
彷徨於沙虫之場, 小洩其終天之怨。則朝以入夕而死, 寔所甘心。"
因嗚咽泣數行下。夢仙知母妻之志不可撓奪。結束治行, 以庚申二月
朔, 發舡。
玉英謂夢仙曰：
"朝鮮當在東南【朝鮮當在東北】, 必待西北風【必待西南風】。汝堅
坐執櫓, 聽吾指揮。"
遂懸

〈고본 19〉

羽於旗竿, 置指南石於前頭, 点檢舟中, 無一不具。低而豚漁出戲【俄
而豚漁出戲】, 旗羽指巽累然【旗羽指艮累然】。三人齊力擧帆, 疾馳橫
截, 毋分昏晝, 臂箭入浪, 飛雷讓路, 一瞬登萊。半餉青齊, 滄茫島嶼, 轉
眄已失。
一日遇天朝邏舡, 來問曰：
"何處舡, 向何方?"
玉英應聲曰：
"杭州人, 將往山東賣茶耳。"
卽過去。又過一日, 有倭舡來泊。玉英卽變着日本服而待之。倭人問,

"從何來?"

玉英作倭語曰:

"以漁採入海, 爲風所飄, 盡棄舟楫。雇得杭州舡而來矣。"

倭曰:

"良苦! 此路去日本差枉, 向南方向去【向南方而去】。"

是夕, 南風甚惡, 波濤接天, 雲霧四塞, 咫尺不辨。檣槐帆裂【檣摧帆裂】, 不知所屆。夢仙與紅桃, 惶怖葡伏【惶怖匍伏】, 困於水疾。玉英獨坐祝天念佛而已。

夜半, 風浪少息, 轉泊小島。修葺舡且留, 數日不發, 望洋中, 有舡看看漸近。令夢仙取舡中裝, 臟橐于岩竇低。而舡人叫噪而下。語音衣服, 俱非鮮倭, 而略與華人相似。手無兵器, 惟以白梃毆打, 索

〈195〉

其貨物。玉英以華語對曰:

"我以天朝人, 漁採于海, 漂泊於此, 本無貨物。"

涕泣求生, 卽不殺, 只取玉英所乘舡, 繫其舡尾而去。

玉英曰:

"此必是海浪賊也。吾聞海浪賊, 在華鮮之間, 出沒搶掠, 不喜殺人, 此必是也。我不聽兒言, 而强作此行, 昊天不助, 終致狼狽。旣失舟楫, 夫何爲哉? 接天溟海, 不可飛越, 枯槎難信, 竹葉無憑, 但有一死。吾死晚矣, 可憐吾兒, 因我而死。"

卽與子婦, 相扶哀號, 聲震岩岸, 恨結層波, 海若瑟縮, 山鬼嚬呻。玉英登臨絶岸, 將欲投身, 子婦共挽, 不得投。顧謂夢仙曰:

"爾止吾死。將欲何俟? 橐中餘糧, 僅支三日, 坐待食盡, 不死何爲?"

夢仙對曰:

"糧盡而死, 亦

〈196〉

未晩也。其間萬一有可圖(生)之路, 則悔無及矣。"

遂扶下來。夜伏于岩穴。天且曉矣, 玉英謂子婦曰：

"我氣困神疲彷彿之間, 丈六佛又見, 其言云云, 極可異也。"

三人相對念佛而祝曰：

"世尊！世尊！其念我哉！其念我哉！"

過二日, 忽風帆自杳中出來。夢仙驚告曰：

"此舡【彼舡】曾前未覩之舡, 甚可憂也。"

玉英見而喜曰：

"我生矣！此是朝鮮舡也。"

乃着朝鮮衣。使夢仙登岸, 以衣揮之。舡人停帆而問曰：

"汝是何人, 住此絶島？"

玉英以朝鮮語應曰：

"我本京城士族, 將下羅州, 猝遇風波。舟覆人死, 獨吾三人, 攀抱風席, 漂轉至此。"

船人聞而憐之, 下碇載去曰：

"此乃統制使之貿販舡也。官程有限, 不可遑往。"

至順天, 到泊下舡, 時庚申四月也。

玉英率子婦, 間關跋涉五

〈197〉

六日, 方到南原。意謂,

'一家皆爲陷歿。'

但欲求見夫家舊基, 尋萬福寺而去。至金橋望見, 城郭宛然, 村閭依舊。顧謂夢仙, 指點而泣曰：

"此是【彼是】汝父樊廬。今不知誰人入居, 第往寄宿, 以圖後計。"

到其門。門外見陟方對客, 坐於柳樹之下。近前熟視, 乃是其夫也。母子一時號哭。陟始知其妻與子, 一聲大號曰：

"夢釋之母來矣! 此天耶, 人耶, 神耶, 夢耶?"

夢釋聞此, 跣足顚倒而出, 母子逢場, 景光可知。 相扶入室, 沈氏於病淹之中, 聞其女來, 驚仆氣塞, 已無人色。 玉英抱救得蘇,【玉英抱救得蘇】久而獲安。 陟呼偉慶曰:

"令【令女】亦至矣!"

命紅桃語其事。 一家之人, 各抱子女, 生死重逢, 驚號相哭。 古今天下, 復豈有如此? 神異絶奇事也! 聲動四隣。 觀者(*如)

〈198〉

堵, (初)且怪且異, 及聞玉英紅桃終始之事, 莫不擊節歎差, 爭相傳說。

玉英謂陟曰:

"吾等之得有今日, 寔賴丈六佛之陰隲, 而今聞金像亦皆毁滅, 無所憑禱, 而神靈之在天, 容有不泯者存, 吾等豈不知所以報乎?"

乃供具詣廢寺, 潔齋修享。 陟與玉英, 上奉父母, 下育子婦, 居于(南原)府西舊家。

噫! 父母夫妻兄弟舅姑, 分離四國, 悵望三紀【悵望二紀】。 經營賊所, 出沒死地, 畢竟團會, 無一零落, 此豈人力之所致? 皇天后土, 必感於至誠, 而能致此奇異之事! 匹婦有誠, 天且不違, 誠之不可掩如是夫!

余流寓南原之周浦, 陟時來訪余, 道其事如此, 請記其顚末, 無使湮沒, 不獲已, 略擧其槩。 天啓元年, 辛酉閏二月日, 素翁題。

金英哲傳[*]

洪世泰[**]

〈485〉

金英哲, 平安道永柔縣中宗里人也。 其家世武科。 英哲自幼好馳馬善射, 爲本縣武學。 戊午, 皇朝大發兵, 討建州虜, 徵兵于我。 我以姜弘立爲都元帥, 金景瑞爲副, 領二萬兵赴之。 英哲與其從祖永和, 隷左營將金應河, 爲前鋒。 時英哲年十九未娶, 父汝灌及英哲, 皆獨身無兄弟。 臨行, 祖永可泣而送之曰:

"汝不歸, 則吾世絶矣。"

英哲曰:

"必歸也。"

八月, 我軍會昌城, 天兵會遼東。 經略楊鎬, 以虜地早寒, 南方人馬不能冬, 奏請待春乃擧。 己未春二月, 弘立率兵渡江, 與天兵會于景馬田。 進踰牛毛嶺, 擊破十餘堡, 乘勝而進。 天兵前, 我左營次之, 中營又次之, 右營殿。 虜悉精銳數萬。 遣其子貴永可擊敗天兵, 遂薄我左營戰。 應河急

---

* 텍스트는 『한국문집총간(韓國文集叢刊)』 167, 민족문화추진회, 1996, 485～489쪽을 활용했다. 이 외 김균태 편, 『문집소재전자료집(文集所在傳資料集)』3, 계명문화사, 1986, 516～533쪽에도 실려 있다. 한편, 독자의 이해를 돕기 위해 <독김영철유사(讀金英哲遺事)>도 함께 실었다.

** 洪世泰(홍세태, 1653～1725): 조선 후기 중인 출신의 문인. 호는 유하(柳下)·창랑(滄浪). 경사(經史)에 밝고 시(詩)에 능함. 1682년(숙종 8) 통신사(通信使)를 따라 일본에 갔을 때 여러 사람들로부터 뛰어난 시묵(詩墨)으로 칭송을 받음. 이문학관(吏文學官)·승문원(承文院)·제술관(製述官) 등을 지냄. 문집으로 『유하집(柳下集)』이 있고, 중인들의 시를 모아 엮은 『해동유주(海東遺珠)』가 있음.

呼弘立救, 弘立不應。景瑞獨進戰, 還謂弘立曰:

"虜衆疲劇, 抱鞍睡, 往往墮馬。我以大兵夾攻, 破虜必矣。"

弘立出囊中密旨以示景瑞。景瑞氣沮不敢言。應河戰死, 弘立景瑞降。

弘立之出師也, 選降倭三百以從, 至是獻虜。虜主大喜。期明日點閱, 倭因相與謀殺虜主, 擁弘立東歸。是夜謀泄, 盡被殺死。我軍見之, 無不憤慨。虜恐變作, 欲幷殺而難之。會我一將官, 戰斬虜首, 盛之食器, 及降見發。虜主大怒, 命悉聚我軍, 別其美容服者四百餘人, 曰:

"此朝鮮兩班將官也。不爲我用, 盡屠之!"

永和亦死。英哲當斬, 虜將阿羅那執英哲, 前言虜主曰:

"吾弟死於戰, 此人貌, 類吾弟。請免而役之。"

虜主許之, 又以華人降者五人賜之。

阿羅那挈英哲歸家。其家人見英哲大驚, 以爲死者復生。有田有年者, 皇朝登州人也, 有智略。同降者皆敬服, 稱之曰田百

〈486〉

摠。英哲與有年, 夙夜厮役。每語道其祖臨別之語, 則必涕泣。居半年, 夜亡走得刖左跟。後又亡刖右跟。虜法, 降逃者, 刖三而戮之。阿羅那意英哲竟亡, 以其弟妻妻之。

辛酉, 虜攻陷遼瀋, 移都瀋陽。阿羅那舉家從徙, 而留英哲建州, 屬以田事。是歲生子, 名之曰得北。又生子曰得建。

乙丑五月, 阿羅那與英哲戰馬三, 同有年等二人, 往牧建州江邊, 曰:

"善牧馬。秋高馬肥, 我往寧遠戰, 汝亦從。"

又陰囑英哲曰:

"若今爲吾一家耳, 誠信不疑。彼二蠻子, 將必亡, 汝可用心防守。"

是時, 瀋胡之來牧馬者亦多。英哲與有年等二人, 及他華人降者七人, 同牧勤苦。自夏及秋, 歸見其妻。妻具酒肉, 與英哲飮。及暮, 出門而送

之, 執手泣曰:

"戰日不遠, 將與君別矣."

又以酒肉與英哲, 往與衆共之. 衆見英哲將酒肉至, 大喜, 相與列坐而
飲, 歌呼爲樂. 是夜八月十五日. 天無雲, 月色滿地. 有年仰月而歎, 顧
語衆曰:

"此月應照我父母妻子【彼月應照我父母妻子】. 而我父母妻子對此月
【而我父母妻子對彼月】, 亦必念我."

衆相向慟哭.

有年曰:

"英哲! 爾有父母在朝鮮, 然此旣有妻子, 思歸之念, 必與吾徒殊."

英哲曰:

"獸猶首丘, 豈以異國妻子, 而忘其父母乎? 生還故國, 一見父母, 則死
不恨. 顧前再辱, 今若亡而見覺, 必死奈何?"

有年曰:

"遼路旣阻. 聞爾國之使, 航海由登州達于皇都, 今我與爾, 亡抵登州,
則我歸爾亦歸. 豈有意乎?"

英哲曰:

"計將奈何?"

有年曰:

"吾從征久, 習知虜中山川形勢. 此馬千里馬, 行不過四五日, 必至矣."

衆皆曰:

"善!"

有年恐英哲有顧戀意, 謂英哲曰:

"吾有二妹美歸日長者, 行則必以小室汝."

於是有年與英哲, 嚙指出血, 和酒共飲, 拜月爲誓.

十人人齎五日粮, 一時上馬. 時夜將半, 牧馬者皆睡. 四顧無人. 直過
江灘. 向北疾馳. 又值深灘, 策馬亂流而渡, 爲守者所覺. 大呼追逐, 陷

大澤中。六騎得出去，四騎沒。人俱死，獨一馬出，追及六騎。遂疾馳百餘里則月落矣。登高望遠。野多虜帳，輒避匿大麓中，下馬嚼米飲水。終日泣祝天。月上，卽復騎疾馳百餘里，行沙漠無人地。歷古戰場，得一破爐，止炊飽食。又行馳去。達曙，有年顧見山川喜曰：

"此已背遼瀋矣。"

當陷澤中，六人所齎粮，遺失者半，及是粮盡。乃殺無主馬食之，分其肉，各懸馬首。行經二晝夜，抵寧遠。候卒見六人胡騎服，以爲虜寇，數十騎合圍而進，欲殺之。會六人中，其兄有爲候卒將者。見其兄大呼，兄驚止之。於是，六人得不死。事聞，詔賜英哲衣食及百金，令買宅娶妻。

英哲與有年，歸登州，寓有年

〈487〉

家。日久，意鬱鬱不樂。時有年小妹未婚。有年乃大供具，請諸親戚故舊歡飲。及夜酒酣，有年與英哲，共說虜中事，相視泣下。四座皆泣。有年手執卮，仰視月而語其父母曰：

"兒沒虜中，非英哲無以生還。嘗許吾妹，指月爲誓。今此月猶在【今彼月猶在】，可奈何？"

乃以女妻之。女謂英哲曰：

"人皆謁舅姑，我獨未。"

乃請畫工，畫其像而拜之。隣有宴飲，必請英哲作朝鮮歌舞，坐客無不稱歡。各賜匹帛而去。以此英哲家稍裕。生二子。得達得吉。

庚午冬十月，我進賀使船，泊登州。梢工李連生，英哲同縣人也。英哲往見連生，在舟上呼之。連生初不識也，熟視知其爲英哲，大驚。英哲聞其言，父戰死安州，祖投依永和子爾龍，母歸蘇湖外家寄食。痛哭謂連生曰：

"吾自虜中亡逃，萬死一生。隱忍至此者，冀得東歸也。今天幸見故人，願故人還我。"

遂與之約, 英哲歸家。妻見其有淚容, 心異之。

及明年春, 使還到登州。待明發船。是夜, 妻張燈燭, 與英哲坐語, 察動靜。英哲自念:

'此機一失則故國無還日矣。'

顧見妻子在傍, 亦不忍捨去。心搖搖靡定。索酒飲數杯, 且勸妻飲。乘其醉睡, 卽潛出走, 入連生船。連生拆船障板, 匿英哲板底而釘之。平明, 妻率十餘人來, 窮索舟中, 不得。舟中人, 亦不知英哲之所在也。翌朝, 英哲從板底大呼。舟中人乃驚出之, 與之食飲, 易其衣服。越三日, 回泊于平壤石多山。

遂歸其故居, 則他人入矣。乃往爾龍家。永可出門, 扶杖而立。不意見英哲, 瞪噤不能言, 良久曰:

"英哲耶?"

於是, 祖孫相持哭。爾龍家聞永和死, 亦哭。隣里觀者, 無不流涕。永可携英哲, 往蘇湖母居, 先入呼曰:

"英哲來。"

祖孫母, 又相持痛哭。英哲旣歸喜幸。然兵火之後, 閭井蕭然, 骨肉漂散, 家業蕩盡, 無以自資, 行哭於途。同縣有李羣秀者, 家頗饒財, 謂英哲孝子, 歸其女焉。

丙子秋, 連生又隨使船往登州。英哲妻, 携二子, 與有年來, 問英哲。連生辭不知。及明年, 使還, 英哲妻又來問曰:

"朝鮮聞已降虜。此船路從此絕矣。願子一言以釋我心。"

連生乃具言之。有年歎曰:

"英哲, 大丈夫哉! 必遂其志。"

丙子冬, 虜東搶, 及是撤還, 留孔有德等, 帥舟師。將攻椵島, 屯永柔。縣令使英哲詣虜營致辭。有一虜將, 見英哲執之曰:

"此吾叔家奴也。竊馬亡去，吾叔常憤甚，我今以此奴去。"

縣令憫之，以其乘，使還阿羅那。又與其人他物。英哲乃得免。後縣令竟取其馬直。

庚申【庚辰】，虜將犯盖州，請兵於我。上將林慶業，聞英哲解蕃漢語，通知兩國事情，召與語大悅。四月，領水

〈488〉

軍五千，泛海到盖州界。三國戰艦相望。慶業陰使英哲，夜與汲水二卒乘小船，往遺天將書，曰：

'虜侵我。强弱不敵，至有此擧。然天朝其敢忘乎？ 明日之戰，我軍銃去丸，天兵亦去矢鏃。合戰良久，我故受圍而降。合力破虜，使片甲不還。'

天將得書大喜，賜英哲銀三十兩靑布二十匹，作報書與英哲。歸，火光中，有一人出，執英哲手曰：

"故人何來此？"

英哲視之，乃田有年也。倉黃驚喜，立問妻子。以二十布付有年曰：

"以此歸遺我妻子也。"

及還泊天明矣。英哲以書與慶業。未及開，忽見二虜走馬來。慶業卽秘其書。二虜上船，扼慶業喉，曰：

"見爾小船，自敵中來，此必通謀也。"

脅慶業脫靴服，及船卒衣裝，窮搜無所得。虜見二卒在船，乃執詰之，曰：

"汲水往。"

怒使慶業斬之。慶業目小校，往別島行斬。小校卽反劍擊之若斬狀，扑其鼻血劍。返以示虜，虜乃去。是日中與天兵合戰。天兵進圍我軍。我軍去丸，天兵去鏃。戰良久進退者三。天兵以鐵鉤，鉤我船且薄，我軍之未及知

其謀者, 見事急, 實放銃丸. 天兵有死者, 乃解圍而去. 七月, 兩軍罷. 虜又令慶業選精銳, 進住金州, 經冬乃歸.

辛巳, 又遣柳琳領兵赴金州, 英哲從. 虜遣阿羅那來陣中議事. 見英哲責之曰:

"我有三大恩於汝. 汝當斬, 吾免汝死, 一也, 汝再亡, 而釋不殺, 二也, 吾以弟妻妻汝, 而委建州家計, 三也. 汝則有難赦之罪者三. 汝不念活命之德撫畜之恩而再亡, 罪一也, 使汝牧馬時, 我誠以囑汝, 而汝反與蠻子同謀背我, 罪二也, 汝亡且盜我千里馬, 罪三也. 吾不恨亡汝, 而恨失我千里馬. 至今痛心, 吾必斬汝."

麾其從騎縛英哲. 甚急, 英哲大呼曰:

"竊馬亡逃, 罪不在我. 此實蠻子爲之. 當時不從其計, 則彼九人亦英哲, 一反手耳. 幸主公察之."

阿羅那不聽. 琳乃說阿羅那曰:

"英哲有罪. 然公旣活之而今殺之, 則爲德不卒. 我重贖英哲, 以全公好生之德."

乃以細南草二百斤贖之.

時得北在虜軍中. 阿羅那謂英哲曰:

"汝豈欲見而子乎?"

卽召得北至. 父子相見泣. 一軍見者, 莫不悲歎. 自此得北, 日具酒食茱果來餉. 英哲卽先以美果獻主將, 退與衆食.

方是時, 虜圍金州. 天朝發兵十萬來援, 與虜戰大敗. 琳遣英哲往賀虜主. 阿羅那告英哲前事, 請罪之, 虜主卽擧手南指曰:

"英哲本朝鮮人, 八年爲我民, 六年爲登州民, 今還爲朝鮮民, 朝鮮民亦我民也. 況其大男在我軍中, 小子在我建州. 父子皆爲我民, 則彼登州, 獨不爲我民乎? 吾得天下自此始,

〈489〉

此人之來, 豈非天乎?"

乃賜英哲帛十匹猛馬一。英哲拜謝曰:

"願以此馬與阿羅那。以報其免死之恩, 且贖竊馬之罪。"

虜主曰:

"英哲可謂知過而不忘恩者也。"

乃以其馬與阿羅那, 又賜英哲一青驟。英哲以其所乘馬付得北, 歸與得建數月。我遞軍至, 英哲歸到鳳凰城。琳謂英哲曰:

"金州贖汝南草, 戶曹軍需物也。汝其還之。"

英哲還家數月, 戶曹牒管餉使, 督英哲銀二百兩。英哲鬻青驟, 傾其家藏, 僅納其半。而餘無以辦, 賴親族力助, 以足其數。聞者憐之。

先是, 英哲父死於安州之戰, 母以衣招魂而留其衣。及英哲東還, 與其母持衣往安州。登城四周, 號哭而招之。母曰:

"我死, 必以此衣同葬。"

至是母死, 乃以其衣葬之。

英哲有子四人, 宜尙得尙得發起發。英哲每念從軍苦甚, 恐其子亦然。

戊戌, 朝廷命修慈母山城, 募守卒免役。英哲卽與四子者, 入居城中, 年已六十餘矣。窮老無聊。每意不平, 輒登城, 北望建州, 西望登州。黯然悽思, 淚下霑襟。嘗謂人曰:

"妻子無負於我, 而我實負之。使兩地妻子沒身悲恨。今吾之困窮至此, 豈非殃歟? 然身陷異國, 終歸父母之邦, 亦何恨焉?"

英哲守城二十餘年, 年八十四而死。

外史氏曰:

"英哲從征陷虜, 逃入中國。有妻子, 皆棄去不顧, 卒能返故國。何其志之烈也! 其事亦可謂奇矣! 及椵島之役, 出入死地, 勤勞至甚, 其功可紀, 曾無尺寸之賞。而縣令索馬價, 戶曹又督南草銀, 使之老爲守城, 卒困窮抑鬱而死。此何以勸天下忠志之士也? 余悲其事迹湮沒, 不顯於 世。故爲此傳, 以示後人, 使知東國有金英哲云"。

讀金英哲遺事*

〈537〉

金永哲【金英哲】, 平安道永柔縣人。戊午, 深河之戰從軍, 陷虜中有
妻子。逃入皇朝, 居登州, 亦有妻子。後潛附我使船東還。則家業一空,
爲慈母山城守卒而死。年八十餘矣。余甚悲之, 爲立傳。

鐵石金英哲
千秋事可悲

一心唯父母
兩國亦妻兒

竊馬穿山險
潛船越海危

生還反爲客
老死守殘陴

* 遺事(유사)는 후세에 전하는 사적(事跡). 곧 죽은 이가 생전에 남긴 일을 요약한 것
이다. 텍스트는 『한국문집총간』167, 민족문화추진회, 1996, 537쪽을 활용했다.

柳綠의 恨*

작자 미상

류록의 흔 셔(柳綠의 恨 序)

〈1〉

대뎌(大抵) 스룸이 텬디 음양지긔(天地陰陽之氣)를 품슈(稟受)ᄒ야 삼겨 남애 남녀(男女)의 분별(分別)이 잇슴은 ᄌ연(自然)흔 리(理)치오, 남ᄌ(男子)되는 쟈(者)의 본분(本分)은 효힝(孝行)이 읏듬이오, 녀ᄌ(女子)의 힝(行)실은 졀기(節介) 뎨일(第一)이라. 녀ᄌ(女子) | 비록 남위(南威)의 식(色)과 소혜(蘇蕙)에 고흠이 잇슬지라도 그 힝실이 온젼치 못ᄒ면 반다시 눔의 춤밧하 {침뱉어} 쑤지짐을 면(免)치 못ᄒ느니 엇지 경계(儆戒)홀 배 아니리오? 뎌 궁항(窮巷) 벽촌(僻村)의 빈한(貧寒)흔 려염(閭閻) 녀ᄌ(女子) | 람루(襤縷)흔 의상(衣裳)과 써 뭇은 얼골이 {얼굴이} 그 츄비(醜鄙)홈이 비(比)홀더 업셔 스룸이 갓가히 가면 코를 가리와 졉어(接語)ᄒ기를 슬히 넉이되 이러흔 녀ᄌ(女子) | 구름 갓흔 쏜 머리에 금봉차은죽졀(金鳳釵銀竹節)은 광치 휘황(光彩輝煌)ᄒ며 젼신(全身)이 모다 금슈릉라(錦繡綾羅)이며 도화(桃花) 갓흔 얼골에 츈광(春光)이 무르록으며 호치단순(晧齒丹脣)에 향(香)그로온 말숨이 스룸으로 ᄒ여곰 흠션(欽羨)홈을 이긔지 못홀 만흔 챵기비(娼妓輩)를 보면 도로혀 {도리여} 더럽다 ᄒ야 인류(人類)로 넉이지 아니 ᄒ느니 이【이】 어인 연고(緣故)인고? 뎌 녀ᄌ(女

---

* 텍스트는 1914년 8월 신구서림간 〈柳綠의 恨〉을 재간행한 민족문화사, 『구활자고소설총서』7, 1983, 1∼108쪽을 활용했다.

子)는 비록 츄루(醜陋)호나 스스로 그 몸이 졍(精)혼 고(故)로 뎌 의복(衣服)과 슈

〈2〉

식(首飾)이 화려(華麗)호나 그 몸이 졍(精)치 못혼 창녀(娼女)를 업수힘이니 일로 볼진더 녀ᄌ(女子)의 근본(根本)은 다만 그 몸이 졍(精)홈이 잇슴을 알지라. 이 류록(柳綠)은 몸이 비록 창기(娼妓)이나 능(能)히 졀힝(節行)을 직히여 몸을 졍(精)히 ᄒ야 꼿다온 일홈이 {이름이} 후셰(後世)에 젼(傳)ᄒ얏스니 엇지 아름답지 아니리오? 바라건더 이 칙 보시는 니는 류의(留意)홀지어다.

류록의 흔(柳綠의 恨)

〈1〉

차홉다! {아, 슬프도다!} 고왕금러(古往今來)에 문장 지ᄌ(文章才子)와 풍류가인(風流佳人)이 셔로 맛남애 ᄌ연(自然)히 스랑ᄒ고, 스랑홈이 친(親)홈이 잇고, 친(親)홈이 잇슴이 졍(情)이 깁고, 졍(情)이 깁홈이 리별(離別) 업슴을 원(願)ᄒ나 조물(造物)이 싀긔(猜忌)ᄒ고 호ᄉ(好事) ㅣ다마(多魔)ᄒ야 ᄌ연(自然)히 리별(離別)이 삼기느니, 혼번 리별(離別)혼즉 텬이디각(天涯地角)과 화조월셕(花朝月夕)에 셔로 이 끈허지며 혼(魂)이 살아지고 흔숨지며 눈물 ᄲ림이 그 몃 번이리오? 대뎌(大抵) 이러홈은 그 어디로조차 말미암음이뇨? 사롬이 셰상(世上)에 삼김이 칠졍(七情)이 잇고 칠졍(七情)이 잇슴이 그 ᄲ리 잇셔 이 ᄲ리에 혼번 부듸치면 눌닌 칼도 능(能)히 끈치 못ᄒ고 밍렬(猛烈)혼 불도 살오지 못ᄒ야 셰셰싱싱(世世生生)토록 억쳔만겁(億千萬刧)에 그 륜회(輪廻) 보응(報應)을 능(能)히 면(免)ᄒ는 쟈(者) 뭇노라 그 몃몃인고? 이에 혼 일을 좌(左)에 긔록(記錄)ᄒ야 십방셰계【시방세계】(十方世界) 다졍(多情)혼 쟈(者)에게 젼(傳)ᄒ야 깁히 경계(警戒)ᄒ야써곰 졍근(情根)의 부듸치지 말게 ᄒ노라.

화셜(話說) 죠션(朝鮮) 인조죠(仁祖朝) 쎄에 슝례문(崇禮門)밧 쳥파(靑坡) 련화봉【련화봉】(蓮花峯) 아래 일위 명ᄉ(一位名士)ㅣ 잇스니, 셩(姓)은 졍(鄭)이

〈2〉

오 일홈은 몽셰(夢世)라. 위인(爲人)이 단아 졍직(端雅正直)ᄒ고 얼골이 아름답고 풍치(風彩)【風采】ㅣ 슈려(秀麗)ᄒ며 겸(兼)ᄒ야 문쟝(文章)이 탁월(卓越)ᄒ 즁(中) 미양 {늘} 강기(慷慨)ᄒ 회포(懷抱)를 이기지 못ᄒ야 가을을 당(當)ᄒ면 시(詩)를 읇허 인구(人口)에 회자(膾炙)ᄒ니 이럼으로 눕이 부르기를 츄랑(秋郎)이라 ᄒ고, ᄯ흔 일단(一段) 풍졍(風情)이 업지 아니ᄒ나 흥샹 졍근(情根)에 부듸칠가 져허ᄒ야 {두려워하여} 비록 셔ᄌ(西子)와 태진(太眞)의 식(色)을 디(對)ᄒ올지라도 그 랭담(冷淡)홈이 비(比)홀디 업스니, 사롬이 혹(或)은 과벽【괴벽】(怪僻)【乖僻】 다 ᄒ며, 혹은 비인졍(非人情)이라 ᄒ고, ᄯ오 마옴이 쳥고(淸高)ᄒ야 공명(功名)을 부운(浮雲)갓치 아눈 고(故)로 권문셰가(權門勢家)에 흔번도 투죡(投足)홈이 업고, ᄯ오 과업(科業)을 폐(廢)ᄒ얏더니 년긔(年紀) {나이} 삼십(三十)이 넘은 후(後)에 비로소 음관(蔭官)으로 례죠(禮曹) 좌랑(佐郎)을 비(拜)ᄒ얏더니, 즉시(卽是) 벼살 {벼슬} 을 바리고 {버리고} 시쥬금셔(詩酒琴書)로 셰월(歲月)을 보내더니, 차시(此時)는 {이 때는} 삼월 삼십일(三月三十日)을 당(當)ᄒ지라. 여러 쇼년 지ᄌ(少年才子)ㅣ 기악(妓樂)을 잇글고 탕츈디(蕩春臺)에 모혀 젼츈회(餞春會)를 비셜(排設)홀 시 좌랑(佐郎)을 쳥(請)ᄒ니 좌랑(佐郎)이 본디 기악(妓樂)을 질기지 아니ᄒ나 즁인(衆人)의 후의(厚意)를 져바리지 못ᄒ야 연셕(宴席)에 나아가니, 이 쎄에 한셩(漢城) 명기(名妓) 월즁션(月中仙), 산월(山月), 도홍(桃紅), 류록(柳綠) 등(等)이 다 모혓

〈3〉

더라. 즁인(衆人)이 몸을 니러 좌랑(佐郎)을 마자 좌졍(座定) 후(後) 슐
을 나와 권(勸)ᄒ며 왈,

"형(兄)이 어이 늣게야 오시ᄂᆞ뇨? 아등(我等)이 당돌(唐突)히 몬져 ᄉᆞ구
(詞句)를 지엇스니 형(兄)은 근졍(斤正)ᄒ라."

ᄒ고, 여러 쟝ᄉᆞ(張詞)를 가져다가 좌랑(佐郎)을 뵈이거ᄂᆞᆯ, 좌랑(佐郎)이
눈을 들어 살펴보니 모다 됴격(調格)이 용쇽(庸俗)ᄒ고 의ᄉᆞ(意思)ㅣ 협익
【협이】(狹隘)ᄒ야 별(別)로히 경인구(驚人句)ㅣ 업ᄂᆞᆫ지라. 좌랑(佐郎)이
보기를 다ᄒᆞᆷᄋᆡ 좌상(座上) 졔긱(諸客)이 모다 좌랑을 향(向)ᄒ야 닐오ᄃᆡ,

"아등(我等)은 본ᄃᆡ 로둔(魯鈍)ᄒᆞᆫ 직조로 금일(今日) 셩회(盛會)에 그져
잇기 무미(無味)ᄒ야 졸(拙)ᄒᆞᆫ 슈단(手段)으로 이처로 지엇스나, 졍 형
(鄭兄)의 놉흔 안목(眼目)에 ᄎᆞ지 못ᄒ리니 도로혀 붓그림을 {부끄러움
을} 이긔지 못ᄒ리로다."

좌랑이 미소(微笑) 왈,

"모든 형(兄)의 지으신 바는 다 아름다온지라. 진실로 쇼뎨(少弟)의 밋
칠 비 아니어늘, 이제 이러틋시 과겸(過謙)ᄒ시니, 이ᄂᆞᆫ 실졍(實情)이
아니오. 도로혀 쇼뎨(少弟)를 외대(外待)ᄒ심이로다."

졔인(諸人)이 ᄯᅩ흔 우어 {웃어} 왈,

"어이 그러홀 리(理) 잇스리오?"

ᄒ고, 이에 슐을 다시 권(勸)ᄒᆞ며 서로 즐길 시, 이 ᄯᅢ 좌랑이 대빅(大白)
을 여러 잔(盞) 거우름ᄋᆡ, 홍됴(紅潮)ㅣ 면상(面上)에 오르며 시흥(詩興)이
도도(陶陶)ᄒᆞᆫ지라. 이에 화젼(花箋)을 펼치고 치필(彩筆)

〈4〉

을 ᄲᅡ혀 {빼내어} ᄉᆞ오 장ᄉᆞ(四五章詞)를 지어 좌샹(座上)에 노ᄒ며
왈,

"쇼뎨(少弟)ㅣ 용렬(庸劣)ᄒᆞᆫ ᄉᆞ구(詞句)로 졔형(諸兄)의 지으신 바를 감

(敢)히 차운(次韻)호와 흔번 우으심을 돕고져 하노니, 바라건대 졔형(諸兄)은 허물치 말르쇼셔."

　모다 보니 그 됴격(調格)이 쳥신(淸新)하고 의스(意思)ㅣ 호탕(浩蕩)하며, 지면(紙面)에 풍운(風雲)이 니러나고 룡샤(龍蛇)ㅣ 비등(飛騰)하야, 스룸의 안목(眼目)을 놀니더라. 원닉(原來) 중인(衆人)의 몬져 {먼져} 지은 ㅂ 스(詞)는 모다 좌샹(座上) 졔기(諸妓)를 두고 지은 고(故)로 좌랑이 쏘흔 그를 츳운(次韻)홈이니 그 즁(中) 류록(柳綠)을 두고 지은 스(詞)에 호얏스되,

　　쟝디반(章臺畔)의 류록(柳綠)인가
　　(쟝디가의 버들이 푸르럿나)
　　위셩외(渭城外)의 류록(柳綠)인가
　　(위셩 밧긔 버들이 푸르럿나)
　　구십쇼광(九十韶光)을 도부쇽(都付屬)인디
　　(구십일 봄빗을 모다 붓쳣는디)
　　셰화촉(歲華促)일셰 류록(柳綠)이로다
　　(셰월은 지촉호네 류록이로다)
　　히슈곡(解羞曲)도 류록(柳綠)이오
　　(붓그리는 곡됴 알기도 류록이오)

　　　　　　　　〈5〉
　　암졍쵹(暗情囑)도 류록(柳綠)인디
　　(7만히 졍을 부탁호기도 류록인디)
　　탕즈【탕조】황금(蕩子黃金)으로 란위쇽(難爲贖)호니
　　(방탕호 조뎨의 황금으로는 쇽량호기 어려오니)
　　별리족(別離足)이로셰 류록(柳綠)이로다
　　(리별과 리별이 넉넉호리로다 류록이로다)

ᄒᆞ엿더라.

좌상(座上) 졔인(諸人)이 보고 모다 대찬(大讚) 왈,
"졍 형(鄭兄)의 ᄉᆞ구(詞句)는 녯날 강빅가(康伯可)와 류기경(柳耆卿)의
슈단(手段)이라도 이에 지내지 못ᄒᆞ리로다."
좌랑(佐郎)이 손샤(遜謝)홈을 마지 아니ᄒᆞ더니 기중(其中)에 리 참의(李
叅議), 좌랑(佐郎)의 ᄉᆞ(詞)를 이윽이 보다가 대쇼(大笑) 왈,
"아등(我等)이 젼일(前日)에는 졍 형(鄭兄)에 셩픔(性品)이 괴벽(怪僻)
【乖僻】ᄒᆞ야 송옥(宋玉)의 삼 년(三年)을 동쟝(東墻)을 엿보지 아니홈
에 지낸 줄로 알앗더니 우리 그 속음이 되얏도다."
좌중(座中)이 문(問) 왈,
"그 어이 닐음이뇨?"
리 참의(李叅議) 다시 우어 왈,
"졔형(諸兄)은 보지 못혼다. 이 즁에 류낭(柳娘)을 향(向)ᄒᆞ야 지은 ᄉᆞ
구(詞句)에 '암졍촉(暗情囑)'이란 말과 '탕ᄌᆞ황금란위쇽(蕩子黃金難爲
贖)'이란 말이 벌셔 뜻이 깁고 졍(情)을 미졋고, '지어란위쇽(至於難爲
贖)'이란 말은 힝혀 류낭(柳娘)과 아릿다온 인연(因緣)을 밋지 못홀가
근심ᄒᆞ는 뜻이 현져(顯著)ᄒᆞ얏스니 졍 형(鄭兄)이 이계야 문쟝 지ᄌᆞ(文
章才子)에 풍류(風流)

〈6〉

랑(郎)을 겸(兼)ᄒᆞ얏도다."
모다 대쇼(大笑) 왈,
"리 형(李兄)의 말슴이 과연(果然) 그러ᄒᆞ도다."
좌샹(座上)의 일인(一人)이 그 ᄉᆞ(詞)를 다시 보다가 믄득 {문득} 눈섭
을 찡기며 왈,
"이제 졍 영【졍 형】(鄭兄)의 풍류 문쟝(風流文章)과 류낭(柳娘)의 옥

모지긔(玉貌才氣) 진실로 그 짝이나 다만 리별(離別)이 쉬오리로다."
호니, 모다 말이 업더라. 원리(原來) 좌랑(佐郎)이 다만 졔인(諸人)의 ᄉ
(詞)를 ᄎ운(次韻)홀 ᄯ름이오, 그 뉘 월즁션(月中仙)이며 류록(柳綠)임을
아지 못ᄒ고 무심(無心)히 지은 바이어늘, 졔인(諸人)이 이러타시 말ᄒ더
라. 이 ᄯ 좌랑(佐郎)이 봉안(鳳眼)을 흘녀 좌상(座上) 졔기(諸妓)를 잠간
슯혀보니, 모다 얼골이 아름답고 웅장셩식(凝粧盛飾)에 공교(工巧)로온
우음 {웃음} 과 아릿다온 말슴으로 티도(態度)를 ᄌ랑ᄒ되, 홀로 ᄒ 기녀
(妓女)ㅣ 씯무든 의상(衣裳)에 운빈(雲鬢)이 삼사(鬖髿)ᄒ며, 지분(脂粉)
을 다ᄉ리지 아니ᄒ고, 불언불쇼(不言不笑)ᄒ고, 쵸연(悄然)히 안졋ᄂᆞᆫᄃᆡ,
얼골은 형산빅옥(荊山白玉)을 ᄭ른 듯, 파리ᄒ 량협(兩頰)은 ᄒᆡ당회(海棠
花)【海棠花】ㅣ 아춤 이슬을 먹음은 듯, 량안(兩眼)은 가을 물결이 그 ᄆᆞᆰ
음을 싀긔(猜忌)ᄒ고 가는 허리는 삼월 셰류(三月細柳)ㅣ 동풍(東風)을
못 이긔ᄂᆞᆫ 듯, 붉은 입시울은 셔쵹(西蜀) 단사(丹砂)를 찍은 듯, 팔ᄌ춘산
(八字春山)을 씽긔엿스니 {찡그렸으니} 침향뎡상(沈香亭上)에 조으ᄂᆞᆫ

〈7〉

태진(太眞)이 아니면, 쟝신궁즁(長信宮中)에 단션(團扇)을 슯허ᄒᆞᆫ 반
쳡여(班婕妤)ㅣ라. 흔번 봄애 안목(眼目)이 미란(迷亂)ᄒ고 두 번 봄애 혼
빅(魂魄)이 비월(飛越)ᄒᆞᆫ지라. 좌랑(佐郎)이 반향(半晌) 후(後) 정신(精神)
을 진뎡(鎭定)ᄒ야 심즁(心中)에 혜오ᄃᆡ,
　'내 비록 널니 보지 못ᄒ얏스나 이러ᄒ 졀ᄃᆡ가인(絶代佳人)은 평싱(平
　生)에 본 바 처음이라.'
ᄒ고, 심신(心神)이 산란(散亂)ᄒ나 그 누구임을 아지 못ᄒ야【못ᄒ야】
더옥 {더욱} 민망(憫惘)ᄒ나 감(敢)히 뭇지 못ᄒ고 안졋더니, 이 ᄯ 그 미
(美)인이 여러 사롬이 좌랑(佐郎)을 칭찬(稱讚)ᄒᆞᄂᆞᆫ 말을 듯고 잠간(暫間)
츄슈(秋水) 량안(兩眼)을 흘녀 좌랑(佐郎)을 보니, 슈려(秀麗)ᄒ 면목(面
目)과 쥰일(俊逸)ᄒ 풍치(風彩)【風采】 락양 대도(洛陽大道)에 쳑과(擲

果)ᄒ던 반악(潘岳)이 아니면, 양쥬 로샹(楊洲路上)에 투귤(投橘)ᄒ던 두
목(杜牧)이라. ᄀ만히 싱각ᄒ되,

'닌 십 년(十年) 쳥루(靑樓)에 허다(許多) {한} 인물(人物)을 열력(閱
歷)ᄒ얏스나 엇지 이 ᄀ흔 긔남ᄌ(奇男子)를 이 셰샹(世上)에 맛날 쥴
ᄯᆺ하얏스리오?'

하더니, 츠시(此時) 좌즁(座中)의 김션젼(金宣傳)이라 ᄒᄂᆫ 사룸은 본더
회히(詼諧)를 됴아ᄒᄂᆫ {좋아하는} 쟈(者)ㅣ오, ᄯᅩ흔 좌랑【좌랑】(佐郎)
으로 더브러 {더불어} 졍의(情誼) 교칠(膠漆) ᄀ흔지라. 이에 좌랑(佐郎)
의 지은 바 ᄉ(詞)를 들고 그 미인(美人) 압헤 나아가 우으며 왈,

"류낭(柳娘)은 이를 볼지어다. 뎌 샹공(相公)이 낭(娘)을 향(向)ᄒ야 졍
(情)이 발셔 깁헛스니

〈8〉

낭(娘)이 만일 그 ᄯᅳᆺ을 밧을 의향(意向)이 잇서 월하가연(月下佳緣)을
허락(許諾)ᄒᆯ진대 내 맛당히 월로(月姥)【月老】의 소임(所任)을 ᄉ양
(辭讓)치 아니리라."

ᄒ고, 언파(言罷)에 대쇼(大笑)ᄒ니 그 미인(美人)이 이 말을 듯고 믄득 도
화 량협(桃花兩頰)에 홍훈(紅暈)이 닐며 옥면(玉面)에 랭락(冷落)흔 긔식
(氣色)이 나타나고 쵸연(悄然)히 답(答)지 아니ᄒ니, 김션젼(金宣傳)이 무
언【무연】(憮然)홈을 이긔지 못ᄒ야 믈너나ᄂᆫ지라. 좌랑(佐郎)은 그제야
헤오디,

'이ᄂᆫ 이에 류록(柳綠)이로다.'

ᄒ고, 류륙【류록】(柳綠)은 좌랑(佐郎)의 문쟝(文章)을 ᄌ셰(仔細)히 알
고져 ᄒ야 잠간(暫間) 츄파(秋波)를 흘녀 녑헤 {옆에} 노힌 치젼(彩牋)을
슯혀보니 이 진짓 {과연} 금슈 문쟝(錦繡文章)이라, 심즁(心中)에 경탄
(驚歎)홈을 마지 아니 ᄒ더라. 이 ᄣᅢ 좌즁(座中)이 비로소 젼츈시(餞春詩)
운ᄌ(韻字)를 내니 김션젼(金宣傳)이 닐오디,

"좌즁(座中) 졔낭(諸娘)에 오직 류낭(柳娘)의 시감(詩鑑)이 과인(過人)
ᄒ니 오날 {오늘} 갑을(甲乙)은 맛당히 류낭(柳娘)의 노래로 뎡(定)ᄒ
야 녯날 {옛날} 긔뎡(旗亭)의 일을 본밧음이 엇더ᄒ뇨?"

모다 가(可)타 ᄒ더라. 아이오 {이윽고} 모든 글을 다 류록(柳綠)의 압
헤 노ᄒ니, 원러(原來) 류록(柳綠)의 문쟝(文章)이 쵸월(超越)ᄒ지라. 쏘ᄒ
ᄉ양(辭讓)치 아니ᄒ고 모든 글을 열람(閱覽)ᄒ나 별(別)로 신긔(神奇)ᄒ
배 업ᄂ지라. 쌍미(雙眉)를 씽그리고 말이 업더니, 믄득 ᄒ 쟝(張) 글을 보
니 의ᄉ(意思) ᅵ 쳥(淸)

〈9〉

신(新)ᄒ고 됴격(調格)이 긔졀(奇絶)ᄒ지라. 그 글에 ᄒ얏스되,

동군(東君)이 하쳐거(何處去)오
(동군이 어ᄂ 곳으로 가ᄂ고)
운슈(雲水)에 로창망(路蒼茫)을
(구름과 물에 길이 창망하도다)
로뎝(老蝶)은 션텬몽(先天夢)이오
(늙은 나븨ᄂ 션텬의 꿈이오)
락화(落花)ᄂ 긱디향(客地香)을
(쩌러진 쏫은 긱디에서 향긔롭도다)
시인(詩人)은 응통곡(應痛哭)이오
(시ᄒᄂ 스롬은 응당 통곡홀 것이오)
탕ᄌ(蕩子)도 역방황(亦彷徨)을
(방탕ᄒ ᄌ뎨도 쏘ᄒ 방황하리로다)
삼월(三月)이 여금일(餘今日)인디
(삼월이 오늘날만 ᄂ맛ᄂ디)
쳥산(靑山)에 우셕양(又夕陽)이로다

(청산에 쏘 젼녁 볏이로다)

호얏더라.

류록이 보기를 다홈애 이에 머리에 쏘졋던 금차(金釵)를 싸혀 옥호(玉
壺)를 치며, 아미(蛾眉)를 슉이고 쥬슌(朱脣)을 열어, 그 글을 가곡(歌曲)
으로 불으니, 그 소리 청아 요량(淸雅寥亮)호야 셰류춘(細柳春)

〈10〉
풍(風)에 잉셩(鶯聲)이 력력(嚦嚦)【歷歷】 혼 듯, 운쇼 명월(雲霄明月)
에 청학(淸鶴)【靑鶴】이 우짓ᄂᆞᆫ 듯, 졔국 역려(濟國逆旅)에 량진(樑塵)
을 불동(拂動)ᄒᆞ던 조아(曹娥)의 쇼리 아니면, 고츄 명월(高秋明月)에 신
셩(新聲)을 능변(能變)ᄒᆞ던 허ᄌᆞ화(許子和)의 슈단(手段)이라. 일좌(一座)
ㅣ 경탄(驚歎)홈을 마지 아니ᄒᆞ야 왈,
"졍 형(鄭兄)의 문쟝(文章)과 류낭(柳娘)의 묘곡(妙曲)은 진짓 일쌍 가
우(一雙佳耦)ㅣ로다."
ᄒᆞ며, 인(因)ᄒᆞ야 좌랑(佐郎)의 글로 읏듬을 뎡(定)ᄒᆞ고 다시 비반(杯盤)을
나오며 졔기(諸妓)로 풍악을 알외여 {아뢰어} 종일(終日) 즐기다가 날이
져믈거늘 각(各)각 취흥(醉興)을 씌여 도라 오니라.
이 ᄣᅢ 좌랑(佐郎)이 집에 도라와 류록(柳綠)을 닛지 {잊지} 못ᄒᆞ야 심
즁(心中)에 혜오디,
'청루(靑樓) 즁(中)에 엇지 이러혼 용모(容貌)와 문쟝(文章)이 겸비(兼
備)혼 쟈(者)ㅣ 잇슬 쥴 ᄯᅳᆺᄒᆞ얏스리오?'
ᄒᆞ며, 련련(戀戀)홈을 마지 아니ᄒᆞ더니, 일일(一日)은 김션젼(金宣傳)이
니르럿거늘 좌랑(佐郎)이 반겨 마자 좌뎡(座定) 후(後) 한훤(寒喧)을 필
(畢)ᄒᆞ고 쥬비(酒杯)를 나와 한담(閑談)홀 시 션젼(宣傳) 왈,
"쇼뎨(少弟) 형(兄)을 차자 오ᄂᆞᆫ 길에 잠간(暫間) 류낭(柳娘)을 심방(尋

訪)ᄒ얏더니 류낭(柳娘)이 형(兄)의 평부(平否)를 뭇자오니 이는 진실로 회한(稀罕)ᄒᆞᆫ 일이러이다."

좌랑(佐郎)이 쇼(笑)왈,

"이 엇지 닐옴이뇨?"

션젼(宣傳) 왈,

"류낭(柳娘)이 비록 쳥루(靑樓)에 쳐(處)ᄒ얏스나 그 지조(志操)ㅣ 놉하 스스로 닐라더 지긔(知己) 아니면 비록 반(潘)

〈11〉

악(岳)의 풍치(風彩)【風采】와 셕슝(石崇)의 부호(富豪)를 겸(兼)ᄒ얏슬지라도 가ᄇᆡ야히 몸을 허(許)치 아니리라 홈애, 공ᄌ왕손(公子王孫)과 풍류 호긱(風流豪客)이 흔번 아릿다온 인연(姻緣)을 믻고져 ᄒ나, 일졀(一切) 거졀(拒絶)홈으로 쳥루(靑樓) 즁(中)에 괴벽(怪僻)【乖僻】홈으로 유명(有名)ᄒ더니, 향일(向日) 탕츈더(蕩春臺)에셔 형(兄)의 글을 노래ᄒ고 오늘 형(兄)의 평부(平否)를 무르니, 이는 심샹(尋常)치 아니ᄒᆞᆫ 일이니 형(兄)은 모름이 {모름지기} 류완(劉阮)의 텬티가약(天台佳約)을 흔번 차즘이 엇지 아름답지 아니리오?"

좌랑(佐郎)이 이 말을 듯고 경탄(驚歎) 왈,

"이는 진짓 쳔고(千古)의 회한(稀罕)ᄒᆞᆫ 일이로다. 쇼뎨(少弟) 비록 비항(裵航)의 지조ㅣ 업스나 류낭(柳娘)의 옥모 문쟝(玉貌文章)은 이 곳 번부인(樊夫人)을 압두(壓頭)홀지라. 쇼뎨(少弟) 흔번 도원(桃源)의 나로를 뭇고져 ᄒ나 그 깁흔 뜻을 아지 못홈애 시험(試驗)ᄒ야 일쟝(一張) 글월을 붓쳐 그 ᄆᆞ음을 더듬고져 ᄒ노니, 형(兄)은 수고를 ᄉᆞ양(辭讓)치 말고 월로(月姥)【月老】의 소임(所任)을 당(當)ᄒ시랴."

션젼(宣傳)이 흔연(欣然) 쾌락(快諾)ᄒ거늘 좌랑(佐郎)이 대희(大喜)ᄒ야 다시 쥬비(酒杯)를 나와 량인(兩人)이 진취(盡醉)ᄒ고 일모 셔산(日暮西山)홈애 션젼(宣傳)이 도라갈 시, 좌랑(佐郎)이 일봉셔(一封書)를 주니

션젼(宣傳)이 밧아 {받아} 소미에 넛코 다시 류록(柳綠)의 집에 니르러
류록을 보고 젼(傳)ᄒ니라.

　이 째 류록이 탕(蕩)

〈12〉

　츈디(春臺)에셔 흔번 좌랑을 맛난 후 집에 도라가 싱각ᄒ되,
'졍랑(鄭郎)의 옥모 영풍(玉貌英風)과 문쟝 지화(文章才華)는 진실로
내 보던 바 쳐음이라. 그러나 그 심디(心地)와 지조(志操)를 알지 못ᄒ
니 가히 긔회(機會)를 엇어 {얻어} 만일 군ᄌ지풍(君子之風)과 유졍랑
(有情郎)의 심ᄉ(心事) l 잇슬진댄 나의 죵신 대ᄉ(終身大事)를 의탁(依
託)ᄒ리라.'
ᄒ더니, 마춤 김션젼(金宣傳)의 심방(尋訪)홈을 인(因)ᄒ야 좌랑(佐郎)의
평부(平否)를 무름이 잇스니 이는 평싱(平生)의 쳐음 잇는 일이라. 이럼으
로 션젼이 쏘흔 희귀(稀貴)히 넉여 {여겨} 이 말ᄉᆷ을 좌랑에게 젼(傳)ᄒ엿
더니, 션젼이 회로(回路)에 좌랑의 글월을 류록에게 젼(傳)ᄒ고 가거늘 쩌
혀보니 ᄒ엿스되,
　'탕츈디(蕩春臺) 봄바람에 동군(東君)의 즁미(中媒)홈을 인(因)ᄒ야 낭
(娘)의 옥모화용(玉貌花容)을 디(對)ᄒ니 황연(怳然)히 몸이 진루(秦樓)
에 오른 듯 락포(洛浦)를 꿈꾼 듯 ᄒ더니, 의외(意外)에 나의 비졸(鄙拙)
흔 글구를 향(香)긔로온 입의 묽은 노래로 쳔양(闡揚)ᄒ야 왕지환(王之
渙)의 령예(令譽)를 엇게 ᄒ니 이 몸의 영화(榮華)로옴이 극(極)홀 ᄯᅮᆫ아
니라, 이는 필싱(平生) 【畢生】의 지긔(知巳) 【知己】라, 엇지 반갑고
감격(感激)지 아니리오? 수연(雖然)이나 {비록 그러하나} 요지(瑤池)

〈13〉

의 쳥됴(靑鳥) l 머러 잇고 {멀리 있고} 은하(銀河)의 작교(鵲橋)를 일
우지 못홈애 어이 송셩(宋城) 효월(曉月)의 젹승(赤繩)을 미져 람교(藍

橋) 량쇼(良宵)의 가연(佳緣)을 ᄇ라리오? 다만 다시 ᄭ곳 ᄀᆺ흔 용광(容光)을 ᄃᆡ(對)ᄒ야 옥(玉) ᄀᆺ흔 어음(語音)을 드르면, 이 몸이 비록 죽을지라도 풍류(風流)로온 귀신(鬼神)이 될가 ᄒᆞᄂᆞ니, 낭(娘)은 깁히 싱각ᄒ야 두어 줄 회답(回答)을 앗기지 말지어다.'

ᄒ얏고, 그 ᄭᆺ히 칠언삼운(七言三韻) 이수(二首)와 노래 이편(二篇)이 잇스니 그 시(詩)에 왈,

보은동리셕교셔(報恩洞裏石橋西)에
(보은동 속과 돌ᄃ리 셔편에)
눈류ᄉᄉ록싴뎌(嫩柳絲絲綠色低)로다
(고흔 버들이 줄줄이 푸른 빗이 ᄂᄌ막ᄒ도다)
계득츄랑(繫得秋郎)의 심일편(心一片)ᄒ니
(츄랑의 ᄆᆞ음 ᄒᆫ 조각을 믜엿스니)
샹ᄉ죠모(相思朝暮)에 독쳐쳐((獨悽悽)ㅣ로다
(서로 싱각흠애 아참과 【아침과】 져녁에 홀로 슬허ᄒᄂᆞᆫ도다)

ᄒ얏고, 그 노래에ᄂᆞᆫ 갈왓스되,

쟝ᄃᆡ(章臺)의 푸른 버들 구십츈광(九十春光) ᄌᆞ랑ᄒ다. 풍류랑(風流郎) 문쟝 ᄌᆡᄌ(文章才子) 누구누구 지내던고 그

〈14〉
즁(中)에 ᄉ랑ᄒᄀ기ᄂᆞᆫ 츄랑(秋郎)인가 ᄒ노라.

ᄯ또 ᄒ얏스되,

탕츈ᄃᆡ(蕩春臺) 가기 슬타 님 맛나던 곳이로다. 그 문젼(門前) 다다르면

깁흔 시름 시로왜라. 그러나 님 오시던 곳이니 다시 갈가 ᄒᆞ노라.

ᄒᆞ얏더라.

　류랑(娘)이 ᄌᆡ삼(再三) 봄애 그 풍류(風流)롭고 다졍(多情)흠을 가(可)히 알지라. 심즁(心中)에 대희(大喜)ᄒᆞ야 즉시(卽時) 회셔(回書)를 닥가 창두(蒼頭)를 명(命)ᄒᆞ야 련화봉하(蓮花峯下)로 보내니라.

　이 ᄯᆡ 좌랑이 류랑에게 셔찰(書札)을 보내고 홀로 안잣ᄂᆞᆫ디, 져녁의 지ᄂᆞᆫ 희빗은 발 ᄉᆞ이에 물너가고 가ᄇᆞ야온 바람은 대수플을 움작이며【움직이며】근촌(近村)의 푸른 연긔ᄂᆞᆫ 자아지고 원수(遠樹)의 잘신ᄂᆞᆫ 우지즈니, 좌랑이 이 ᄯᆡ를 당(當)ᄒᆞ야 심ᄉᆞ(心事)ㅣ 더욱 쳐량(凄凉)ᄒᆞ야 쵸연(悄然) 무어(無語)ᄒᆞ고 ᄒᆞᆫ 손으로 턱을 괴오고 셔안(書案)을 의지ᄒᆞ얏더니, 믄득 ᄒᆞᆫ 창두(蒼頭)ㅣ 드러와 계하(階下)에서 비알(拜謁)ᄒᆞ고 일봉셔(一封書)를 쌍수(雙手)로 밧들어 올니거ᄂᆞᆯ 좌랑이 밧아보니 피봉(皮封)에 셧스되 {썼으되},

〈15〉

　'뎡 츄랑(鄭秋郞) 샹공(相公) 시하인(侍下人) 기탁(開坼)'이라 ᄒᆞ엿고, 그 엽희 '보은단동(報恩緞洞) 류록(柳綠)은 샹답셔(上答書)ㅣ라.' ᄒᆞ엿거ᄂᆞᆯ, 좌랑이 황망(慌忙)히 ᄯᅥ혀보니 갈왓스되,

　'모년(某年) 월일(月日)에 쳔쳡(賤妾) 류록(柳綠)은 돈수ᄌᆡ비(頓首再拜)ᄒᆞ옵고 수힝(數行) 회셔(回書)를 뎡 츄랑(鄭秋郞) 샹공(相公) 좌하(座下)에 올니옵ᄂᆞ니, 쳔쳡(賤妾)의 명도(命途)ㅣ 긔박(奇薄)ᄒᆞ와 어려셔 부모(父母)를 여희옵고 조부(祖父)를 의지ᄒᆞ와 셰월(歲月)을 보내더니, 가운(家運)이 불힝(不幸)ᄒᆞ와 쳔(賤)ᄒᆞᆫ 몸이 그릇 쳥루(靑樓)에 ᄲᅡ지온 지 하마 {벌써} ᄉᆞ 년(四年)이라. 눔이 ᄀᆞ라쳐 산계야목(山鷄野鶩)【山鷄野鶩】이라 ᄒᆞ니 군ᄌᆞ(君子)의 ᄇᆞ린 배오, 스스로 싱각흠애 로류쟝화

(路柳墻花)ㅣ니 인류(人類)의 버셔는지라. 이를 혜아림애 셰샹(世上)에 머믈 무음이 업샤오나 완명(頑命)이 구지(苟支)ᄒ와 오늘ᄭ지 니르럿숩더니 하늘이 어엿쎄 넉이샤 탕츈디(蕩春臺) 젼츈셕(餞春席)에 샹공(相公)이 금심슈두(錦心繡肚)로 쳡(妾)의 쳔(賤)ᄒᆫ 일홈을 찬양(讚揚)ᄒ시고, ᄯᅩ 이졔 만지(滿紙) 쥬옥(珠玉)으로 쳡(妾)의 심ᄉ(心事)를 위로(慰勞)ᄒ시니 쳡(妾)이 금셕(今夕) 슈ᄉ(雖死)ㅣ나 무ᄒᆫ(無限)이오며, 지어 람교가연(至於藍橋佳緣)이란 말숨ᄒ야ᄂᆞᆫ 샹공(相公)이 만일 쳔쳡(賤妾)을 길이 ᄇᆞ리지 아니시면 쳡(妾)이 비록 홍불기(紅拂妓)의 리위공(李衛公)

〈16〉

을 찻는 일을 효측(效則)지 못홀지라도 맛당히 하즁(河中) 최휘(崔徽)의 비경즁(裴敬中)을 싱각(ᄒ)ᄂᆞᆫ {생각하는} 뜻을 ᄯ로고져 ᄒᄂ니, 복유(伏惟) 샹공(相公)은 굽어 슯히쇼셔.'

ᄒ엿고, 그 ᄭᅳᆾ히 칠언 일슈 시(七言一首詩)를 화답(和答)ᄒ엿스니 왈(曰),

가무동풍(歌舞東風)에 디슈인(對繡茵)ᄒ니
(노래와 춤추는 동풍에 비단 자리를 디ᄒ엿스니)
평싱초견의즁인(平生初見意中人)을
(평싱에 쳐음 뜻 가온디 사롬을 보앗도다)
다졍일어(多情一語)를 은근긔(慇懃寄)ᄒ노니
(다졍ᄒᆫ ᄒᆫ 말숨을 은근히 붓치노니)
막부ᄉᄉ류록츈(莫負絲絲柳綠春)ᄒ쇼
(졸줄히 버들 푸른 봄을 져ᄇᆞ리지 마쇼)

ᄒ엿고, ᄯᅩ 노래 ᄒᆫ 곡됴(曲調)를 썻스니 왈,

아희야, 창(窓) 여지 {열지} 말아, 만정 월식(滿庭月色) 보기 슬타. 뎌 둘 곳 {곧} 볼 양이면 님 싱각이 시로왜라. 그러나 님 보시는 둘이니 나도 볼가 ᄒ노라.

ᄒ엿더라.

좌랑(佐郎)이 보기를 다홈애 만심환희(滿心歡喜)ᄒ야 그 창두(蒼頭)를 후샹(厚賞)ᄒ야 보내고, 일일(一日)

〈17〉

은 김션전(金宣傳)을 쳥(請)ᄒ야 ᄒᆞᆫ 가지로 류록(柳綠)의 집을 차자가니 아지못게라! 좌랑(佐郎)이 류낭(柳娘)을 맛나 빅년가약(百年佳約)을 일운가 밧비 하회(下回)를 불지어다.

화셜(話說) 좌랑(佐郎)이 김션전(金宣傳)으로 더브러 월식(月色)을 ᄯᅴ여 류랑(柳娘)의 집을 차자 보은단동(報恩緞洞)에 니르니, 셕교변(石橋邊)에 수삼간(數三間) 초당(草堂)이 죽림(竹林)을 의지ᄒ야 죽비(竹扉)를 닷앗거늘 동ᄌᆞ(童子)로 ᄒ여곰 문(門)을 두드리니 일기(一箇) 차환(叉鬟)이 나와 그 누구임을 뭇고 드러 가더니, 즉시(卽時) 나와 드러옴을 쳥(請)ᄒ거늘 ᄎ환(叉鬟)을 ᄯᆞ라 일각문(一角門)으로 드러가니 쳥송록죽(靑松綠竹)은 울울 일윗고 모란작약(牧丹芍藥)은 계하(階下)에 버렷는디 {벌여 놓았는데} ᄯᅴ {띠} 쳠하와 {처마와} 대 란간(欄干)이 쇼연(蕭然)이 그림 속 ᄀᆞᆺ더라. 당샹(堂上)을 ᄇᆞ라보니 류랑이 월하(月下)에 표연(飄然)히 란간(欄干)을 의지ᄒ야 안잣스니, ᄒᆞᆫ 뎜(點) 틔끌이 업고 아담(雅談)【雅淡·雅澹】ᄒᆞᆫ 단장은 월광(月光)을 다토고 표요(飄颻)ᄒᆞᆫ 라군(羅裙)은 쳥풍(淸風)에 ᄂᆞᆺ붓겨 좌랑과 션전을 보고 반기며 오름을 쳥(請)ᄒ거늘, 량인(兩人)이 당(堂)에 올나 좌정(座定) 후(後) 좌랑(佐郎)이 눈을 들어 류랑을 숣혀보니, 정슉(靜淑)혼 미우(眉宇)와 빅련(白蓮) ᄀ혼 귀밋치며 싹근 엇기와 ᄀ는 허리 일만(一萬) 가지 고혼 것

<18>

을 씌여 동뎡(洞庭) 츄월(秋月)은 샹광(爽光)을 ᄉ양(辭讓)ᄒ고 수호(隋湖) 야광(夜光)은 셔치(瑞彩)를 붓그리며 쳐음 봄애 셔일(瑞日)이 동령(東嶺)에 솟는 듯 두 번 봄애 경운(慶雲)이 츄공(秋空)에 니는 듯 편편(翩翩)혼 거동(擧動)은 옥경 션녀(玉京仙女)ㅣ 구름을 멍에ᄒ며, 표표(飄飄)혼 긔샹(氣象)은 옥남기 바람 압히 셧는 듯 진실로 슉녀(淑女)의 령슈(領袖)ㅣ오, 진염(眞艶)의 뎨일(第一)이니, 이 닐온 바 경셩(傾城)·경군지식【경국지식】(傾國之色)이라. 좌랑이 ᄆ옴에 경탄(驚歎)홈을 마지 아니ᄒ고, 이 째 류랑이 쏘혼 츄파(秋波)를 흘녀 좌랑을 ᄌ셰(仔細)히 보니 관옥(冠玉) ᄀ혼 풍치(風彩)【風采】와 쳥수(清秀)혼 긔샹(氣象)이 봄뫼에 비갓 기여 샹셔(祥瑞)의 안기 쳐음으로 닐며 쏘족혼 봉만(峯巒)이 소슴 ᄀ고 만 리(萬里) 히학(海鶴)이 장춧 눌고져 ᄒ야 기살 썰치는 듯 구츄(九秋) 상풍(霜風)에 응쥰(鷹隼)이 ᄂ래를 펼치고 광야(廣野)에 ᄂ린 듯 츈풍(春風)의 화려(華麗)홈은 호걸(豪傑)의 풍류(風流)ㅣ오, 츄월(秋月)의 쳥신(清新)홈은 군ᄌ(君子)의 지개(志槪)라. 류랑이 심즁(心中)에 놀내여 초연(悄然) 무어(無語)ᄒ고 ᄎ환(叉鬟)을 명(命)ᄒ야 쥬찬(酒饌)을 나아와 술이 두어 슌(巡)이 지낸 후(後) 좌랑이 믄득 셔안(書案) 우희 거문고를 ᄀ라치며 류랑을 향(向)ᄒ야 왈,

"랑(娘)의 총명ᄌ예(聰明才藝)로 응당(應當) 금리(琴理) 졍통(精通)ᄒ리니 여ᄎ(如此) 량야(良夜)에 가히 일곡(一曲)을 어더 드

<19>

를쇼냐?"

류랑이 ᄉ양(辭讓)치 아니코 즉시(卽時) 거문고를 무릅 우희 언고 옥수

(玉手)로 쥬헌【쥬현】(朱絃)을 골나 일곡(一曲)을 알외니, 그 소리 이원
쳐졀(哀怨凄切)ᄒ야 무한(無限)ᄒ 심ᄉ(心事)ㅣ 잇는지라. 좌랑이 탄 왈
(歎曰),

　"묘지(妙哉)라, ᄎ곡(此曲)이여! 곳이 측즁(厠中)에 쩌러지고 옥(玉)이
　진토(塵土)에 뭇쳣스니 ᄎ소위(此所謂) {이야말로} 왕쇼군(王昭君)의
　츌ᄉ곡(出塞曲)이 아니냐?"

　류랑이 미쇼(微笑)ᄒ고 쥬현(朱絃)을 다시 골나 ᄒ 곡됴(曲調)를 타니,
그 소리 딜탕 강개(跌宕慷慨)ᄒ야 물외(物外)에 고샹(高尙)ᄒ 뜻이 잇거
늘, 좌랑 왈,

　"미지(美哉)라, ᄎ곡(此曲)이여! 고산(高山)은 아아(峨峨)ᄒ고 류수(流
　水)는 양양(洋洋)ᄒ디 지고 샹봉(知己相逢)【知己相逢】ᄒ야 얼창일화
　【일창일화】(一唱一和)ᄒ니, 이 닐온 바 죵ᄌ긔(鍾子期)의 아양곡(峨
　洋曲)이 아니냐?"

　류랑이 렴용(斂容) 디(對) 왈,

　"쳡(妾)이 비록 빅아(伯牙)의 지조ㅣ 업샤오나 미양 죵ᄌ긔(鍾子期)를
　맛나지 못홈을 흔(恨)ᄒᄂ이다."

ᄒ고, 다시 궁셩(宮聲)을 도도고 치셩(徵聲)을 늣초와 일곡(一曲)을 알외
니 쳐음은 이원(哀怨)ᄒ야 원망ᄒ며 슬허ᄒ는 듯, 포텬 어룡(浦天魚龍)이
무리를 부르지져 외로온 어부(漁父)의 심회(心懷)를 도도는 듯, 여음(餘
音)은 요요(嫋嫋)ᄒ야 츄텬 홍안(秋天鴻鴈)이 짝을 불너 텬애긱ᄌ(天涯客
子)의 회포(懷抱)를 동(動)ᄒ는 듯 ᄒ더니, 이윽고 손이 곳쳐 올므며 곡됴
(曲調)ㅣ 다시 변(變)ᄒ니 묽고 한가(閑暇)ᄒ야

〈20〉

　만ᄉ(萬事)ㅣ 유유(悠悠)ᄒ야 꿈 가온디 옹산(甕算)이오, 빅 년(百年)은
훌훌(倏焂)【슉홀(倏忽)】ᄒ야 근심가의 부평(浮萍)이라. 일쇽(一粟)은 참
히【창히】(滄海)에 묘연(渺然)ᄒ고 부유(蜉蝣)는 텬디(天地)에 붓칠 곳이

업셔 곳쳐 싱각홈애 일쳔 념례【일쳔 념려】(一千念慮) l 모다 뷔는지라.
듯는 니 므옴이 살아지고 톳는 니 손을 니졋는디, 그 곡됴(曲調)에 갈왓스되,
'차(嗟)홉다! 사룸이 세샹(世上)에 남이여 오힝(五行)을 픔슈(稟受)흐야
혼 가지로 삼겨는디 어이흐여 남녀분별(男女分別) 무슴일고? 긔왕(旣
往)에 녀즈(女子) l 됨애 귀쳔영욕(貴賤榮辱) 어이 그리 현슈(顯殊)
【懸殊】흐고? 그 중(中)에 어이흐야 이 내 몸이 쳥루 창기(靑樓娼妓)
되단 말가? 이 보쇼? 오늘날에 고리(古來) 쳥기【창기】(娼妓) 의론(議
論)흐세. 쌍각산하(雙角山下) 뎌 록쥬(綠珠)는 일셰 부긱(一世富客) 셕
슝(石崇) 만나 금곡 번화(金谷繁華) 누리다가 락화유스타루인(落花猶
似墮樓人)은 쳔고(千古)의 유흔(遺恨)이오, 젼당(錢塘) 명기(名妓) 소
간간(蘇簡簡)은 부용화모류엽안(芙蓉花貌柳葉眼)이 지금(至今)토록 유
명(有名)흐고, 유벽거샹(油壁車上) 뎌 쇼쇼(小小)는 양류 츈풍(楊柳春
風) 츔 잘추기 짝흐리 바이 업고, 방비 미모(芳菲美貌) 뎌 동동(東東)은
미도춘잔이츄홍(未到春殘已墜紅)이 그 아니 불샹흔가? 연즈루샹(燕子
樓上) 관혜혜(關盼盼)는 빅락텬(白樂天)의 '일

〈21〉

죠신거불샹슈(一朝身去不相隨)'란 혼 글구에 쟝샹셔(張尙書)롤 좃츠스
니 그 아니 쟝(壯)홀손가? 금릉교방(金陵敎坊) 뎌 금우【금운】(錦雲)
은 부츈(傅春)을 리별(離別)홀 졔 원쟝쌍루뎨위우(願將雙淚啼爲雨)에
명일류군불츌셩(明日留君不出聲)이 슯흐고도 가련(可憐)흐다. 양양(襄
陽) 싸의 뎌 경화(瓊華)는 황잉구쥬혼샹식(黃鶯久住渾常識)흐야 욕별
빈뎨스오셩(欲別頻啼四五聲)이란 다졍흔(多情) 혼 로릭에 융스군(戎使
君)을 다시 맛나 젼(前) 인연(因緣)을 니엇스니 그아니 신긔(神奇)흔가?
동릉(東綾) 미인(美人) 뎌 쳔도(蒨桃)【倩桃】는 인간만스하슈문(人間
萬事何須問)고 챠파준젼쳥염가(且把樽前聽艶歌)는 구리공(寇萊公)과
힝락(行樂)이오, 협셔(陝西)싸 뎌 익경(愛卿)은 귀리불원봉후인(歸來不

願封侯印)이오, '지향군왕멱익경(只向君王覓愛卿)'이란 유정(有情)흔 흔 글구에 리스즁(李師中)을 만나 잇고, 쟝사(長沙) 짜 뎌 의챵(義昌)은 진학스(秦學士)룰 꿈을 꾸고 거상 닙고 쓰랏스니 그 아니 의(義)로온가? 원탁교목(願托喬木) 홍불기(紅拂妓)는 지인지감(知人之鑑) 쟝(壯)ᄒ도다! 리졍(李靖) 쏘라 태원(太原)으로 가단 말가? 이달을 손 뎌 류기(柳妓)【류지(柳枝)】는 한퇴지(韓退之)룰 마다 ᄒ고 담을 넘어 어듸 간고? 쵹즁(蜀中) 명거【명기】(名妓) 뎌 셜도(薛濤)는 얼골도 곱거니와 문쟝(文章)인들 범연(泛然)ᄒ가? '지영남북됴(枝迎南北鳥)'와 '엽송왕리풍(葉送往來風)'이라 ᄒ는 두 글구는 쳔루(賤陋)【淺陋】ᄒ기 긔지업다. 그놈아 누구누구 로류쟝화(路柳墻花) 그 아닌가? 이내 몸

〈22〉

을 말슴ᄒ면 이 쏘흔 쳔기(賤妓)이나 일편지심(一片之心) 굿게 직혀 지긔(知己)룰 기드련지 하마 스 년(四年)이 되야셰라. 만일에 못 만나면 쳥산록슈(靑山綠水) 깁흔 곳에 셔가여리【셕가여리】(釋迦如來) 뎨자(弟子)되여 평싱(平生)을 보내리라.'

ᄒ엿더라.

튼기룰 다흠애 뎡반(庭畔)의 작약(芍藥)은 일시(一時)에 붉은 빗을 토(吐)ᄒ고 송하(松下)의 잠든 빅학(白鶴)은 느리룰 펼쳐 춤을 추니, 좌랑과 션젼이 크게 신긔(神奇)히 넉이더니, 류랑이 거문고룰 밀치고 손샤(遜謝) 왈,

"쳡이 황잡(荒雜)흔 음률(音律)로 량위(兩位) 상공(相公)의 귀룰 어즈럽게 ᄒ엿샤오니 죄(罪)룰 용셔(容恕)ᄒ쇼셔."

량인(兩人)이 대찬(大讚) 왈,

"랑(娘)은 진짓 쳔고 긔지(千古奇才)로다."

ᄒ고, 다시 술을 쳥(請)ᄒ야 취(醉)토록 먹은 후(後)에 션젼은 도라가고, 유랑이 츠룰 나와 좌랑을 권(勸)ᄒ며 서로 담쇼(談笑)ㅣ 즈약(自若)홀 시,

좌랑 왈,

"내 일작(日昨)에 낭의 회셔(回書)를 보고 감격(感激)홈을 이긔지 못ㅎ
야 오늘날 랑을 ᄎᆞ자옴은 실(實)로 풍졍(風情)을 탐(貪)홈이 아니라, 몸
소 랑의 옥(玉) ᄀᆞᄐᆞᆫ 일언(一言)을 드러 ᄇᆡ년가약(百年佳約)을 뎡(定)코
져 홈이러니, 이졔 랑의 거문고 시 곡됴(曲調)를 드르니 더욱 랑의 강개
(慷慨)ᄒᆞᆫ 지

⟨23⟩

긔(志槪)를 알지라. 내 비록 호탕(豪蕩)ᄒᆞᆫ 남ᄌᆞ(男子)이나 고셔(古書)를
넑고 {읽고} 신이(信義)를 드럿ᄉᆞ니, 어이 탐화광뎝(貪花狂蝶)의 무졍
(無情)ᄒᆞᆫ 틱도(態度)를 본밧아 오월 비상(五月飛霜)의 함원(含寃)ᄒᆞᄂᆞᆫ
ᄯᅳᆺ을 싱각지 아니ᄒᆞ리오?"

류낭이 샤(謝) 왈,

"쳡(妾)은 본ᄃᆡ 쳥루(靑樓) 쳔죵(賤踪)이라. 군ᄌᆞ(君子)의 용졉(容接)ᄒᆞ
실 바이 아니로ᄃᆡ 구구소회(區區所懷)ᄂᆞᆫ 미친 바람의 ᄂᆞᆫ 곳이 측즁
(厠中)에 ᄯᅥ러지나 틔끌의 뭇친 옥(玉)이 광치(光彩)를 일치 아니ᄒᆞ와
희셔산밍(海誓山盟)을 일인(一人)에게 의탁(依托)【依託】ᄒᆞ고, 죵고
금슬(鐘鼓琴瑟)노 ᄇᆡᆨ 년(百年)을 긔약(期約)고져 ᄒᆞ엿더니, 이졔 샹공
(相公)이 만일 쳔쳡(賤妾)을 ᄇᆞ리지 아니시면, 쳡(妾)이 ᄯᅩᄒᆞᆫ 십 년(十
年) 쳥루(靑樓)의 고심(苦心)을 변역(變易)지 아니ᄒᆞ와 평싱(平生) 소원
(所願)을 일울가 ᄒᆞᄂᆞ이다."

좌랑이 대희ᄒᆞ야 그 옥슈(玉手)를 잡아 왈,

"우리 량인(兩人)의 심ᄉᆞ(心事)ᄂᆞᆫ 창텬(蒼天)이 지(在)샹ᄒᆞ시고 귀신(鬼
神)이 지방(在傍)ᄒᆞ니 엇지 이심(異心)이 잇스리오?

ᄒᆞ고, 이에 다시 문(問) 왈,

"내 비록 당거(唐擧)의 상인지슐(相人之術)이 업스나 낭(娘)의 옥모(玉
貌)를 ᄌᆞ셰(仔細)히 보니 결단(決斷)코 쳔인(賤人)이 아니니 아지못게

라. 엇더흔 명가(名家)의 주손(子孫)으로 어이흐여 옥보방신(玉寶芳身)
이 그릇 청루(靑樓)에 써러진고? 낭은 이에 오늘날로붓허 나의 빅년가
우(百年佳耦)이니 그 실졍(實情)을 실진무은(悉陳無隱)흐야 나

〈24〉

의 의심(疑心)을 풀게 홀지어다."

류낭이 듯기를 다 못흐야 홀연(忽然) 도화 량협(桃花兩頰)에 홍훈(紅
暈)이 니러나며 츄슈량안(秋水兩眼)에 옥루(玉淚)ㅣ 방방(傍滂)【滂滂】
흐야 라건(羅巾)을 들어 옥면(玉面)을 그리오고 진진(津津)히 늑기며 디
(對) 왈,

"샹공(相公)이 이에 천첩(賤妾)을 더럽다 아니시고 평싱(平生)을 거두시
기로 뎡(定)흐오시며 첩(妾)의 본식(本色)을 짐작(斟酌)흐시고 신근(辛
勤)히 무르시니, 첩(妾)이 엇지 실졍(實情)을 일호(一毫)나 긔망(欺罔)
흐와 샹공(相公)의 깁히 스랑흐시는 후의(厚意)를 져보리리잇고? 첩(妾)
은 본디 젼(前) 판셔(判書) 오뎡방(吳定邦)의 후예(後裔)요, 뎨천(堤川)
군슈(郡守) 모(某)의 손녀(孫女)ㅣ러니 명도(命途)ㅣ 긔구(崎嶇)흐와 칠
셰(七歲)에 쌍친(雙親)을 여희옵고 다만 조부(祖父)와 셔조모(庶祖母)
를 의지흐와 지내더니, 조부(祖父)ㅣ 년긔(年紀) 칠슌(七旬)에 로혼(老
昏)흐와 셰스(世事)를 모로옵고 가셰(家勢) 빈곤(貧困)흔 즁(中) 셔조모
(庶祖母)ㅣ 첩(妾)이 어려셔붓터 약간(若干) 주식(姿色)이 잇다 흐와 나
히 구셰(九歲)에 이 집 쥬인(主人) 류파(劉婆)에게 천금(千金)을 밧고
팔매, 첩(妾)이 처음에는 아모란 줄 모로다가 일 년(一年)이 됨애 비로
소 쟝춧 챵기(娼妓)될 줄 찌듯고 살고져 아니홈애, 이 류파(劉婆)는 비
록 늠의 녀주(女子)를 사 챵기(娼妓)를 믄드라 싱애(生涯)를 흐오나 므
음이 어질고, 또흔 첩(妾)의 신셰(身勢)를 가긍(可矜)히 넉여 빅반(百般)

〈25〉

으로 첩(妾)을 위로ᄒ오며, ᄯᅩ 첩(妾)의 소원(所願)을 조차 {조ᄎ아} 빅년가우(百年佳耦)를 엇게 ᄒ며, 첩이 여간(如干) 셔화(書畫)를 아옵기로 그롤 팔아 싱계(生計)ᄂᆞ 군졸(窘拙)치 아니ᄒ오며, 청루(靑樓)에 쳔명(擅名)ᄒᆞ옵기ᄂᆞ 십륙 셰(十六歲)로붓허 지금(至今)ᄭᅡ지 ᄉᆞ 년(四年)이 되와 비록 가무연셕(歌舞宴席)에 참예(參預)ᄒᆞ옴은 잇샤오나, 흔번도 허신(許身)흔 곳은 업습고 지긔(知己)를 맛나기를 원(願)ᄒ옵더니, 하늘이 어엿비 넉이시고 신명(神明)이 도ᄋᆞ샤 오늘날 샹공(相公)을 뵈오니, 첩(妾)이 금셕(今夕) 슈ᄉᆞ(雖死)ㅣ나 무흔(無恨)이로소이다."

ᄒ고 인(因)ᄒ야 울기를 마지 아니커ᄂᆞᆯ, 좌랑이 쳥파(聽罷)에 기탄(慨歎)홈을 마지 아니코 다시 위로ᄒ며 ᄌᆞ긔(自己) ᄯᅩ흔 평싱【평셩】(平生)에 아름다온 녀ᄌᆞ(女子)를 만히 보앗스나 ᄒ나도 갓가히 아니타가 밋 류낭을 보고 ᄆᆞ음에 닛지 못ᄒ던 젼후슈말(前後首末)을 닐아고 다시 술을 나와 서로 권(勸)ᄒ며 졍화(情話)ㅣ 무궁(無窮)ᄒ더니, 셰월(歲月)이 사롬을 빌니지 아니ᄒ야 금계(金鷄) 시벽을 보(報)ᄒᄂᆞᆫ지라. 좌랑이 금금(錦衾)을 의지ᄒ야 시(詩)를 지어 류낭을 주니 갈왓스되,

홀디뎌두(忽地低頭)코 루만건(淚滿巾)ᄒ고
(믄득 머리를 슉이고 눈물이 슈건에 ᄀᆞ득ᄒ고)

〈26〉

홍안사훈ᄎᆔ미빈(紅顏乍暈翠眉嚬)을
(붉은 얼골이 잠간 홍훈이 돌며 푸른 눈셥을 찝흐리며)
첩신(妾身)이 본시량가녀(本是良家女)로
(첩의 몸이 본디 이량가의 녀ᄌᆞ로)
오락쳥루ᄉᆞ도츈(誤落靑樓四度春)이라
(그릇 쳥루에 ᄯᅥ러져 네 번 봄을 지내도다)

ᄒ엿스니, 이는 류낭의 일을 말ᄉᆞᆷ 홈이오, ᄯᅩ 한 수(首)에는 닐너스되,

옥루뎡동(玉漏丁東)코 효식지(曉色遲)ᄒ되
(옥 ᄀᆞᆺᄒᆞᆫ 루수는 뎡동ᄒᆞ고 시박빗은【시벽빗은】 더딘되)
금금향난엄라위(錦衾香暖掩羅幃)라
(비단 니불에 향긔는 더웁고 깁휘쟝을 ᄀᆞ리왓도다)
종연불입양ᄃᆡ몽(縱然不入陽臺夢)이나
(비록 양ᄃᆡ의 ᄭᅮᆷ에 드러가지 못ᄒᆞ엿스나)
유승샹ᄉᆞ독수시(猶勝相思獨睡時)라
(오히려 서로 싱강ᄒᆞ야【싱각ᄒᆞ야】 홀로 잘 ᄯᅢ보다 낫도다)

ᄒᆞ엿스니, 이는 좌랑이 마참【마침】 병후(病後)로 인(因)ᄒᆞ야 능(能)히 류낭으로 운우지락(雲雨之樂)을 일우지 못홈을 말홈이러라. 날이 붉음애 좌랑이 류낭을 작별(作別)ᄒᆞ고 집에 도라 왓더니, 수일(數日) 후(後)에 다시 류낭을 차자 가니 류낭이 반겨마자 서로 손을 잇글고 당(堂)에 올나 좌뎡(座定) 후(後) 쥬비(酒杯)를

〈27〉

나와 서로 권(勸)ᄒᆞ며 졍화(情話)ㅣ 미미(娓娓)ᄒᆞ더니 오경(五更) 경뎜(更點) 소리 들니거늘 좌랑이 이에 류낭의 옥수(玉手)를 잇글어 금리(衾裏)에 나아가니, 류낭(柳娘)은 졀ᄃᆡ가인(絶代佳人)이오, 좌량(佐郎)은 풍류직ᄌᆞ(風流才子)ㅣ라. 서로 ᄉᆞ랑ᄒᆞ며 즐거옴이 리삼랑(李三郎)의 륙경(六更)이 져름을 흔(恨)ᄒᆞ더라. 침샹(枕上)에셔 좌랑이 류낭ᄃᆞ려 ᄀᆞᆯ,

"낭에 직모(才貌)의 졀륜(絶倫)홈과 지조(志操)의 탁월(卓越)홈으로 범부(凡夫)에게 허신(許身)치 아니 ᄒᆞ엿다가 이제 날로 더브러 빅년가약(百年佳約)을 일웟스니, 이는 삼싱(三生)의 힝(幸)이라. 내 이제 밧비 낭을 속신(贖身)ᄒᆞ야 평싱(平生)을 쾌락(快樂)코져 ᄒᆞ노라."

류낭이 손샤(遜謝)홈을 마지 아니ᄒ거늘, 좌랑이 이에 ᄯ 일수 시(一首 詩)를 지으니 ᄒ엿스되,

병견닐침량무면(幷肩眠枕兩無眠)ᄒ디
(엇기를 아올으고 벼기를 갓가히 ᄒ야 둘이 잠이 업ᄂ디)
쳔쇼(淺笑)와 잠빈(暫嚬)이 진가련(眞可憐)을
(넛흔 우음과 잠간 씽굄이 참가히 어엿브도다)
무한심졍(無限深情)과 무한ᄉ(無恨事)를
(한이 업ᄂ 깁흔 졍과 한이 업ᄂ 일을)
경경셜두ᄒ계텬(輕輕說到曉鷄天)이라
(가ᄇ얇고 가ᄇ야히 싀벽닭의 하늘ᄭ지 말슴ᄒᄂ도다)

〈28〉

ᄒ엿더라.

좌랑이 류낭ᄃ려 화답(和答)홈을 쳥(請)ᄒ니 류낭 왈,
"시구(詩句)ᄂ 녀ᄌ(女子)의 일삼을 바이 아니옴애 쳡이 비록 약간(若 干) 알음이 잇샤오나 즐기여 ᄒ지 아니 ᄒ오니, 샹공(相公)은 굿ᄒ야 {구태여} 강박(强迫)지 말으쇼셔."
좌랑이 더옥 그 말을 긔특(奇特)이 넉이더라. 호ᄉ(好事)ㅣ 다마(多魔)ᄒ 고 가긔이죠(佳期易阻)홈은 인간 샹ᄉ(人間常事)ㅣ라.

이 ᄯ 죠뎡(朝廷)이 좌랑의 강명 졍직(剛明正直)홈을 알으시고 병조(兵 曹) 참의(叅議)를 졔수(除授)ᄒ시니, 좌랑이 본디 공명(功名)에 뜻이 업고, ᄯᅩ흔 ᄎ시(此時)에 죠신(朝臣)이 당파(黨派)를 ᄂ호와 {나누어} 혹(或) 동 인(東人)이라 ᄒ며 혹(或) 셔인(西人)이라 ᄒ야 셔로 공격(攻擊)ᄒ야 효샹 (爻象)이 극(極)히 아름답지 못ᄒ지라. 좌랑이 더옥 환로(宦路)에 무심(無

心)ㅎ야 샹소 ᄉ직(上疏辭職)ㅎ엿더니, 이 째 마참【마침】 황희도(黃海
道) 곡산(谷山) 부ᄉ(府使) ㅣ 탐학(貪虐)홈을 인(因)ㅎ야 민요(民擾) ㅣ 니
러나 부ᄉ(府使)를 좃치니 인십【인심】(人心)이 흉흉(洶洶)ㅎ지라. 죠뎡
(朝廷)이 크게 근심ㅎ야, 이에 좌랑으로 곡산(谷山) 부ᄉ(府使)를 비(拜)ㅎ
시고 불일닉(不日內)로 등졍(登程)ㅎ야 란민(亂民)을 진뎡(鎭定)ㅎ라 ㅎ
시니, 부ᄉ(府使) ㅣ ᄯ 상소(上疏)ㅎ야 벼술을 ᄉ양(辭讓)ㅎ온더, 죠졍(朝
廷)이 엄지(嚴旨)를 ᄂ리샤 불윤(不允)ㅎ시고 밧비 발힝(發行)ㅎ라ㅎ시니,
부(府)ᄉ ㅣ 홀일업셔 이에 힝장(行裝)을 ᄎ려 떠날 시 류낭의 집에 니르러

〈29〉

작별(作別) 왈,

"내 이제 ᄉ셰(事勢) 마지 못ㅎ야 낭(娘)을 잠간(暫間) 리별(離別)ㅎᄂ
니, 낭은 별회(別懷)를 관억(寬抑)ㅎ야 옥모 츈광(玉貌春光)을 이울게
말아 나의 도라옴을 기다리라."

류낭이 쳐연(凄然) 디(對) 왈,

"샹공(相公)이 임의 {이미} 몸을 국가(國家)에 허(許)ㅎ엿샤옴애 태평
지시(太平之時)에는 츌입(出入) 경악(經幄)ㅎ와 셩총(聖總)【聖聰】을
보도(輔導)ㅎ옵고, 유ᄉ지시(有事之時)에는 갈셩 탄력(竭誠殫力)ㅎ와
셩은(聖恩)을 보답(報答)ㅎ옴이 신ᄌ(臣子)의 쩟쩟흔 일이오니, 엇지 쳔
쳡(賤妾)을 인연(因緣)ㅎ와 왕ᄉ(王事)를 일시(一時)인들 지체(遲滯)ㅎ
리잇가? 브라건대 샹공(相公)은 쳡을 넘려(念慮)치 말으시고 천금 귀톄
(千金貴體)를 보즁(保重)ㅎ시와 힝리(行李)를 삼가쇼셔. 쳡(妾)의 구구
소회(區區所懷)는 샹공(相公)의 거울ᄀᆺ치 빗쵀시는 바이오니 다시 말ᄉᆷ
홀 배 업샤오나, 빅 년(百年)이 유슈(流水) ᄀᆺ흔 이 인싱(人生)이 일죠
(一朝)에 부운(浮雲) ᄀᆺ치 ᄂ호이니, 유유(悠悠)흔 압 긔약(期約)이 업ᄉ
은 아니로디, 인ᄉ(人事)의 번복(翻覆)홈과 취산(聚散)의 무뎡(無定)홈
은 진실로 측량(測量)치 못홀 바이라, 그를 흔탄(恨歎)이오나 쳡(妾)은

죽어도 무음을 변(變)치 아니코 샹공(相公)의 수히 도라 오시기를 기다
리리다."

ᄒ고, 인(因)ᄒ야 주비(酒杯)를 나와 젼【권】(勸)ᄒ며 셔안(書案) 우희
{위에} 거문고를 당긔여 슬(膝)샹에 언지며 왈,

"쳡(妾)이 맛당히 풍류로 고별(告別)ᄒ리이다."

ᄒ고, 삼향【삼쟝】(三章) 곡됴(曲調)를

〈30〉

ᄐ니 뎨 일쟝(第一章)에는 왈,

　운막막(雲漠漠)ᄒ고 슈창창(樹蒼蒼)ᄒᄃᆡ
　(구름은 막막ᄒ고 나무는 창창ᄒᄃᆡ)
　유유별ᄒᆫ(悠悠別恨)이 공텬쟝(共天長)이로다
　(길고 긴 리별ᄒᆫ 흔이 하날과 ᄀᆞ치 길도다)
　비단화죠명월야(非但花朝明月夜)ㅣ라
　(다만 곳퓐 아츰과 붉은 돌밤 ᄯᅮᆫ이 아니라)
　인간하쳐(人間何處)에 불최쟝(不摧腸)이랴
　(인간 어ᄂᆞ 곳에 이 ᄯᅳᆫ허지지 아니ᄒᆞ랴)

ᄒ엿고,

　뎨 이쟝(第二章)에ᄂᆞᆫ ᄒᆞᆫ엿스되,

　목단벽운홍애(目斷碧雲紅靄)ᄒᄃᆡ
　(눈이 푸른 구름과 붉은 아즈랑이 에 ᄯᅳᆫ허지는다)
　렴표샤양(簾表斜陽)이 일ᄃᆡ(一帶)로다
　(발 밧긔 빗긴 볏은 ᄒᆞᆫ 줄기로다)

상송의즁인(相送意中人)ᄒ니
(서로 뜻 가온디 스롬을 보내니)
슈여쳥산(愁與靑山)으로 공대(共大)로다
(시름이 푸른 산으로 더브러 흠ᄭᅴ 크도다)
무니(無奈)코 무니(無奈)로셰
(홀일업고 홀일 업다)

〈31〉

각시망망텬외(却是茫茫天外)로다
(믄득 이 망망흔 하ᄂᆞᆯ 밧기로다)

ᄒ엿고,

뎨 삽장【삼장】(三章)에ᄂᆞᆫ 닐너스되,

빅슈(白水)와 우쳥산(又靑山)에
(흰 물과 ᄯᅩ 푸른 산에)
목단지하쳐(目斷知何處)오
(눈이 ᄯᅳᆫ허짐애 알패라 어느 곳이오)
싱리스젼(生裏死前)에 필경귀(畢竟歸)언마ᄂᆞᆫ
(살아셔 나 죽기 젼에ᄂᆞᆫ 도라 오련마ᄂᆞᆫ)
하ᄉᆞ휴리거(何似休離去)오
(리별ᄒᆞ야 가지 아니홈과 엇더ᄒᆞ야)
무한한수(無恨閒愁)를
(한이 업ᄂᆞᆫ 한가흔 시름을)
공향슈인어【긍향슈인어】(肯向誰人語)ᄒ랴
(즐기여 어ᄂᆞ 사롬을 디ᄒᆞ야 말솜홀가)

분부경풍(分付輕風)과 여산운(與散雲)코져 ᄒᆞ나

(가ᄇᆞ야온 바람과 훗허지는 구름에 붓치려 ᄒᆞ나)

창망무의거(滄茫無依據)로셰

(창망ᄒᆞ야 의지ᄒᆞᆯ더 업도다)

ᄒᆞ엿더라.

  ᄐᆞ기를 다ᄒᆞᆷ애 거문고를 밀치고 쳐연 함루(凄然含淚)ᄒᆞ고 말이 업거늘 부ᄉᆞ(府使) ᄶᅩ흔

〈32〉

창연(愴然)ᄒᆞᆷ을 이긔지 못ᄒᆞ야, 이에 류낭의 손을 잡고 위로(慰勞) 왈, "셰간만ᄉᆞ(世間萬事)ㅣ 무비젼뎡(無非前定)이라. 가(可)히 인력(人力)으로 못ᄒᆞᆯ 배니 내 낭(娘)으로 더브러 상봉(相逢)ᄒᆞᆷ도 젼뎡(前定)이오, 금일(今日) 잠시(暫時) 리별(離別)ᄒᆞᆷ도 이 ᄶᅩ흔 젼뎡(前定)이니, 다시 서로 만나 젼일(前日) 졍(情)을 니어 {이어} 즐거히 지냄이 엇지 젼뎡(前定)에 업스리오. 낭(娘)은 과도(過度)히 상심(傷心)ᄒᆞ야 멀니 가는 쟈(者)의 ᄆᆞ음을 요란(擾亂)케 말나."

류낭이 다시 잔(盞)을 들어 부ᄉᆞ(府使)를 권(勸)ᄒᆞ며 왈, "죵ᄎᆞ(從此) 별후(別後)로 운산(雲山)이 묘망(杳茫)ᄒᆞ오니, 상공(相公)은 자조 음신(音信)을 붓치샤 쳡(妾)의 풍조우셕(風朝雨夕)과 독야잔등(獨夜殘燈)에 단쟝쇼혼(斷腸消魂)ᄒᆞᆷ을 위로(慰勞)ᄒᆞ쇼셔."

부ᄉᆞㅣ 지삼(再三) 위로ᄒᆞ고 몸을 닐매 {일으키며} 류낭이 ᄯᅡ라 문(門)에 나와 다만 소매를 들어 루슈(淚水)를 씨슬 ᄯᆞ름이라. 부ᄉᆞㅣ 류낭을 작별(作別)ᄒᆞ고 집에 도러와 가권(家眷)을 츙쥬(忠州) 향뎨(鄕第)로 보내고, 일마일복(一馬一僕)으로 극산【곡산】(谷山)에 부임(赴任)ᄒᆞ야 란민(亂民)을 효유(曉諭)ᄒᆞ야 훗허지게 ᄒᆞ고, 인졍(仁政)을 베프니 일경(一境)이

대치(大治)ᄒ더라.

  각셜. 류낭이 부ᄉ를 보내고 인(因)ᄒ야 병(病)드럿다 닐ᄏ러 {일컫고}
문(門)을 닷고 손을 보지 아니ᄒ야

〈33〉

람루(襤褸)ᄒ 의샹(衣裳)과 ᄯᅥ무든 얼골에 지분(脂粉)을 다ᄉ리지 아니
터니, 셰월(歲月)이 류슈(流水) ᄀᆺᄒ여 어느덧 여름이 다ᄒ고 가을이 도라
옴애 쳥텬(靑天)에 ᄯᆫ 기럭이는 ᄶᅡᆨ을 불너 우지지며, ᄉ벽(四壁)의 실솔셩
(蟋蟀聲)은 죵야(終夜)토록 즉즉(喞喞)ᄒ야 ᄉ롬의 심회(心懷)를 돕ᄂᆫ지
라. 이에 화젼(花箋)을 펼치고 치필【치필】(彩筆)을 ᄲᅡ혀 일쟝(一張) 글
월을 닥가 긴긴(緊緊)히 봉(封)ᄒᆫ 후(後) 챵두(蒼頭)믈【챵두를】 불너 은
ᄌ(銀子)를 후(厚)이 주며 왈,
  “너는 이 글월을 가지고 곡산부(谷山府)에 가 회셔(回書)를 엇어오면 내
  별(別)로히 {특별히} 즁샹(重賞)ᄒ리라.”
  ᄒ니, 챵두(蒼頭)ㅣ 슈명(受命)ᄒ고 즉시(卽時) 곡산(谷山)으로 향(向)
ᄒ야 가니라.
  ᄎ시(此時) 부ᄉ(府使)ㅣ 경경(耿耿) 일념(一念)이 류낭을 닛지 못ᄒ야
조조모모(朝朝暮暮)에 우량 초챵(踽凉怊悵)홈을 이긔지 못ᄒ야 여러 번
샹소(上疏)ᄒ야 벼슬을 ᄉ양ᄒ되 조뎡(朝廷)이 그 치젹(治蹟)이 ᄒᆡ셔(海
西)의 뎨일(第一)임을 알고 허(許)치 아니ᄒ니, 부ᄉㅣ 더욱 심ᄉ(心事)를
뎡(定)치 못ᄒ야 쥬야(晝夜) 울읍(欝悒)ᄒ더니, 일일(一日)은 문리(門吏)
보(報)ᄒ되 ‘엇더ᄒ 사롬이 셔간(書柬)을 가지고 경셩(京城)으로 조차 니르
럿ᄂᆞ이다.’ ᄒ거ᄂᆞᆯ 부ᄉㅣ 반겨 ‘ᄲᅡ비 불너 드리라.’ ᄒ니, 일인(一人)이 즉
시 드러와 계하(階下)에셔 고두 분후【고두 문후】(叩頭問侯)ᄒ고 일봉셔
(一封書)를 올니거ᄂᆞᆯ 부ᄉㅣ ᄲᅢ혀보니 이 곳 {곧}

〈34〉

류낭의 집 창두(蒼頭)ㅣ라. 깃브고 쵸창(怊悵)홈을 이긔지 못ᄒ야 급(急)히 그 셔찰을 ᄶᅥ혀보니 갈와스되,

'쳔쳡(賤妾) 류록(柳綠)은 명도(命途)ㅣ 긔구(崎嶇)ᄒ와 어려셔 부모(父母)를 여희ᄋᆞᆸ고 자람애 쳥루(靑樓)에 투신(投身)ᄒ니, 인류(人類) 즁(中) 쳔(賤)홈이오, 군ᄌᆞ(君子)의 ᄇᆞ린 배라. 이편고심【일편고심】(一片苦心)이 지긔(知己)를 상봉(相逢)ᄒ와 화시빅벽【화씨빅벽】(和氏白璧)의 품은 갑을 의론(議論)ᄒ며, 영문비셜【영문빅셜】(郢門白雪)의 놉흔 곡됴(曲調)를 화답(和答)ᄒ야 평싱(平生) 소원(所願)을 풀어볼가 ᄒ엿스나, 무젼(門前)에 찻ᄂᆞᆫ 니ᄂᆞᆫ 무비범부쇽긱(無非凡夫俗客)이오, 안즁(眼中)에 뵈이ᄂᆞᆫ 쟈(者)ㅣ 허다(許多)ᄒᆞᆫ 탕ᄌᆞ 야랑(蕩子冶郎)이라. 쳐창(凄愴)ᄒᆞᆫ 회포(懷抱)와 젹막(寂寞)ᄒᆞᆫ 심ᄉᆞ(心事)로 ᄉᆞ 년(四年) 셩상(星霜)을 지내옴애 진셰(塵世)에 머믈 ᄯᅳᆺ이 바이 업습더니, 창텬(蒼天)이 어엿비 넉이샤 의외(意外)에 상공(相公)을 만나 간담(肝膽)이 상조(相照)ᄒ고, 지긔(志氣) 상통(相通)홈애 강변(江邊)의 히패(解佩)홈을 효측(效則)ᄒ고, 쇼셩(小星)의 포금(抱衾)홈을 허락(許諾)ᄒ샤 ᄎᆞ싱(此生) 빅 년(百年)에 쳔쳡(賤妾)의 소망(所望)을 일우웠더니 조물(造物)이 싀긔(猜忌)ᄒ고 신명(神明)이 져희(沮戱)ᄒ와 일조(一朝)에 리별(離別)을 당(當)ᄒ오니, 쳡(妾)의 쇼혼단쟝(消魂斷腸)ᄒᄂᆞᆫ 일을 일필(一筆)로 난긔(難記)키로 삼가 일편(一篇) 노래

〈35〉

로 알외오니 굽어 숣히쇼셔.'

ᄒ엿고, 그 긋ᄒᆡ {끝에} 노래를 긔록(記錄)ᄒ엿스니 기(其) 가(歌)에 왈,

'어화, 리별(離別)이야 싱리별(生離別)이 더옥 셜다! 은하쟉교(銀河鵲橋) 시벽비ᄂᆞᆫ 직녀셩(織女星)의 리별이오, 히영야월(垓營夜月) 슯흔 노래 우미인(虞美人)의 리별이오, 빅룡퇴(白龍堆)의 ᄲᅳ린 눈물 왕쇼군(王

昭君)의 리별이오, 식상츄풍(塞上秋風) 황곡가(黃鵠歌)는 한공쥬(漢公
主)의 리별이오, 쟝신궁(長信宮) 푸른 풀이 수심 즁(中)에 나는 것은 반
쳡여(班婕妤)의 리별이오, 셔릉일모(西陵日暮) 단쟝시(斷腸時)는 동쟉
기(銅雀妓)의 리별이오, 믹두양류(陌頭楊柳) 봄바람에 회교부셔멱봉후
(悔敎夫婿覓封候)는 규즁쇼부(閨中少婦) 리별이오, 가을 부치 ㄱ리오
고 공현명월대군왕(空懸明月待君王)은 셔궁미인(西宮美人) 리별이오,
금옥무인(金屋無人) 반듸불에 별작심궁일단수(別作深宮一段愁)는 쟝
문가인(長門佳人) 리별이오, 운모병풍(雲母屛風) 시벽별에 벽히쳥텬야
야심(碧海靑天夜夜心)은 월궁흥아(月宮姮娥) 리별이오, 무협쵸쵸(巫峽
迢迢) 뜬구름에 지유양왕억몽즁(只有襄王憶夢中)은 무산신녀(巫山神
女) 리별이오, 무뎡하변(無定河邊) ㅂ린 빅골 유작춘규몽리인(猶作春閨
夢裏人)은 졍부(征婦)의 리별이오, 록슈부용(綠水芙蓉) 묽은 밤에 강구
월음상ㅅ고(江謳越吟相思苦)는【강구월음상ㅅ고】 치련녀(採蓮女)

〈36〉

의 리별이오, 어양비고(漁陽鼙鼓) 북소리에 축강슈벽축순쳥(蜀江水碧
蜀山靑)은 양태진(楊太眞)의 리별이오, 쇼년시졀(少年時節) 곳필 때에
막대무화공졀지(莫待無花空折枝)는 두츄낭(杜秋娘)의 리별이라. 이 리
별과 뎌 리별이 모도 다 셜다 흔들 내 셜음에 더흘손가? 김도【길도】
길샤 쳔 리(千里) 상ㅅ(相思) 더욱 셜다. 쳥텬(靑天)에 쩐는 구름 놉홈
도 놉흘시고 뎌 구름에 올나서면 임 계신딕에 바라볼가? 만경창파(萬頃
蒼波) 뎌 물결은 쥬야장텬(晝夜長天) 흘너가니 뎌 물 ㄱ치 흘너가면 님
의 곳에 갈연마는 {가련마는} 놉고 놉흔 뎌 쳥산(靑山)은 순(山) 밧긔
쏘 순(山)임애 빅척루상(百尺樓上) 오르기로 님 계신대 어이보랴? 년년
셰셰화상ㅅ(年年歲歲花相似)는 곳 필때 시름이오, 화홍이쇠ㅅ랑의(花
紅易衰似郞意)는 곳질 때에 시름이오, 젹젹고잉뎨힝원(寂寂孤鶯啼杏
園)은 황잉셩(黃鶯聲)도 시름이오, 만슨명월동풍야(滿山明月東風夜)에

두견셩(杜鵑聲)도 시름이오, 무한별혼쵸부득(無恨別魂招不得)은 희질
째 시름이오, 혼군불ㅅ강루월(恨君不似江樓月)ㅎ야 지유샹슈무별리(只
有相隨無別離)는 둘 돗을째 시름이오, 아긔누심여명월【아긔수심여명
월】(我寄愁心與明月)은 둘 질째 시름이오, 쳡용여ㅊ동셩쇠(妾容與此
同盛衰)는 버들보고 시름이오, 루젼방초졉텬애(樓前芳草接天涯)는 풀
보고도 시름이오, 록슈음농하일장(綠樹陰濃夏日長)은 희

〈37〉

긴 째 시름이오, 은쵹츄광랭화병(銀燭秋光冷畫屛)은 밤 긴 째 시름이
오, 금풍속속경황엽(金風簌簌驚黃葉)은 바람 불 째 시름이오, 모우쇼쇼
랑불귀(暮雨蕭蕭郎不歸)는 비올 째 시름이오, 슈능지쥬기금잔(誰能載
酒開金盞)은 술디ㅎ야 시름이니, 인싱(人生)은 유한(有恨)【有限】혼
대 시름은 긔지업다. 이 몸이 삼겨날 제 님을 조차 삼겨스니 삼싱(三生)
의 연분(緣分)이오, 빅 년(百年)의 짝이로다. 평싱(平生)에 원(願)ㅎ기
를 리별 마자 ㅎ엿더니, 오늘날에 이럿탓시 그릴 쥴을 어이 알니? 츄야
장(秋夜長) 길고 긴 밤 라위(羅幃)는 젹막(寂寞)ㅎ고 슈막(繡幕)은 뷔엿
스니 공방독슉장샹ㅅ(空房獨宿長相思)는 나를 두고 일옴이라. 부용장
(芙蓉帳) 느리오고 공작병(孔雀屛) 돌너치며 잔등(殘燈)을 겻지여셔 쳐
연(凄然)히 안졋다가 꿈에나 님 보랴고 원앙침(鴛鴦枕) 당긔여셔 턱밧
치고 지혀스니 금금(錦衾)도 참도【찰도】 찰샤 무슴 잠이 수히 오리?
수다(愁多)ㅎ야 공불셩【몽불셩】(夢不成)이 헷말 {헛말}이 아니로다.
친 리【천리】(千里) 샹ㅅ(相思) 그린 님을 의외(意外)에 서로 맛나 쳔
죵심졍(千種深情) 만단수(萬段愁)를 탐탐(耽耽)히 닐을 적에 장안 대도
(長安長道)【長安大道】 더 쇠북은 날과 무슴 원슈(冤讐)런가? 룡룡
(隆隆)흔 흔 소리에 일장호뎝(一腸蝴蝶)【一場蝴蝶】 헛허지니 {흩어
지니} ㅅ공비몽【ㅅ몽비몽】(似夢非夢) 황홀(怳惚)ㅎ다 졍신(精神)을
진뎡(鎭定)ㅎ야 곰

〈38〉

곰히 혜아리니 쑴일시 뎡녕(丁寧)ᄒ다. 어와, 내 일이야! 몽리간군각후외
【몽리간군각후의】(夢裏看君覺後疑)는 나롤 두고 일옴일세. 쑴에나 자
조 보면 적이나 됴ᄒ려만 쑴이 어이 자조 오랴? ᄒ 둘이면 삼십일(三十
日)과 ᄒ로에도 얼두【열두】째에 쑴에나 보랴 ᄒᄂ 이내 셜음, 님이 만
일 올으시면 목셕간장(木石肝腸) 아니시니 어이 아니 감동(感動)ᄒ리?
ᄒ엿고, 그 긋희 쏘 억진아(憶秦娥)ㅣ라 ᄒᄂ 스(詞) ᄒ 곡됴(曲調)를 써스
니, 그 스(詞)에ᄂ ᄒ엿스되,

몽(夢)이오 몽(夢)이로다
(쑴이오【쑴이오】 쑴이로다)
몽견다정죵(夢見多情種)ᄒ야
(쑴에 다졍ᄒ 니를 보와)
분명(分明)히
(분명히)
휴슈사창(携手紗窓)코 셜구졍(說舊情)타가
(사창에셔 손을 잇끌고 녯졍을 말숨ᄒ다가)
죵셩일락인하쳐(鐘聲一落人何處)오
(쇠북 소리 ᄒ번 쩌러짐애 사롬은 어느 곳니오)
렴외(簾外)에 쇼쇼우(蕭蕭雨)ㅣ로다
(발 밧긔 쇼쇼ᄒ 비로다)

〈39〉

쳐량(凄凉)ᄒ야
(쳐량ᄒ야)
왕ᄉ스량깅단쟈【왕ᄉ스량깅단쟝】(往事思量更斷腸)이로다
(지낸 일을 싱각흠애 다시 이 쓴허지ᄂ도다)

ᄒᆞ엿더라.

부ᄉᆡ 보기ᄅᆞᆯ 다ᄒᆞᆷ애 심ᄉᆞ(心事)ㅣ 쳐창(凄愴)ᄒᆞ야 일쌍 봉안(一雙鳳
眼)에 두 줄기 루슈(淚水)ㅣ ᄂᆞ림을 ᄭᅵ닷지 못ᄒᆞ며 어린 다시 {어린 듯
이} 안젓다가 반향(半晌) 후 졍신(精神)을 슈습(收拾)ᄒᆞ야, 즉시 회셔(回
書)ᄅᆞᆯ 닥가 창두(蒼頭)ᄅᆞᆯ 주며, ᄯᅩ 그 ᄒᆡᆼᄌᆞ(行資)ᄅᆞᆯ 후(厚)케 ᄒᆞ니, 창두ㅣ
부ᄉᆞᄅᆞᆯ 하직ᄒᆞ고 밧비 도라 오니라.

챠셜(且說). 류낭이 창두ᄅᆞᆯ 보내고 날로 그 도라 오기ᄅᆞᆯ 기ᄃᆞ리더니, 일
일(一日)은 창두ㅣ ᄃᆞ러와 계하(階下)에셔 문후(問候)ᄒᆞᆫ 후(後), 부ᄉᆡ 답
셔(答書)ᄅᆞᆯ 드리거ᄂᆞᆯ 밧비 ᄯᅥ혀보니 ᄒᆞ엿스되,
'곡산(谷山) 부ᄉᆞ(府使) 졍츄랑(鄭秋郞)은 보은단동(報恩緞洞) 류낭(柳
娘)에게 회셔(回書)ᄅᆞᆯ 붓치ᄂᆞ니, 나는 련화봉하(蓮花峰下) 오졸 【우
졸】(迂拙)ᄒᆞᆫ 셔싱(書生)이오, 낭(娘)은 한셩(漢城) 쳥루(靑樓) 즁(中)
일등(一等) 가희(佳姬)라. 내 임의 ᄉᆞ마샹여(司馬相如)의 거문고로 도
(挑)도ᄂᆞᆫ 슈단(手段)이 업섯스니, 낭(娘)이 어이 양쥬 대도(楊洲大道)의
귤(橘) 더지ᄂᆞᆫ 풍졍(風情)을 본(本)밧으리오? 탕(蕩)

〈40〉

츈ᄃᆡ(春臺)의 두어 글구와 칠현금 【칠현금】 (七絃琴)의 묽은 노래ᄂᆞᆫ 실
(實)로 쳔고(千古)의 지긔(知己)ᄅᆞᆯ 만나 ᄒᆡ셔산밍(海誓山盟)을 굿게 미
졋스니 텬황디로(天荒地老)토록 은졍(恩情)이 어이 한(限)이 잇스며, 연
평(延平)의 칼과 셩도(成都)의 거울이 잠시 【잠간】 (暫間) ᄯᅥ남을 죡
(足)히 셜워ᄒᆞ리오? 다만 긱관(客館) 한등(寒燈)에 몽혼(夢魂)이 살아지
고, 오동야월(梧桐夜月)을 외로히 ᄃᆡᄒᆞᆷ애 화용월ᄐᆡ(花容月態) 안젼(眼
前)에 슴슴(森森)ᄒᆞ고 쳥가 묘곡(淸歌妙曲)이 이변(耳邊)에 의의(依依)
ᄒᆞ니, 이 몸이 본ᄃᆡ 목셕(木石)이 그 아님애 구회간쟝(九迴肝腸)을 구

뷔구뷔 셕이는 즁(中), 운산(雲山)이 묘망(杳茫)ᄒ고 어안(魚雁)이 조졀
(阻絶)ᄒ니 일거월겨(日居月諸)에 쟝우단탄(長吁短歎) 쑨이러니 낭(娘)
의 다졍(多情)홈이 나의 무졍(無情)홈을 후(厚)히 용셔(容恕)ᄒ고 쳔리
쟝졍(千里長程)에 창두(蒼頭)ㅣ 발셥(跋涉)ᄒ야 낭(娘)의 졍찰(情札)
밧아보니 구구(句句)히 쇼혼(消魂)이오, ᄌᄌ(字字)히 단쟝(斷腸)이라.
홍안(紅顔)을 샹ᄃᆡ(相對)혼 듯 옥음(玉音)이 들니ᄂᆞᆫ 듯 반갑기도 긔지
업고 깁흔 셜음 시롭도다. 창두(蒼頭)ㅣ 고ᄃᆡ 【고귀】(告歸)홈애 일봉
셔긔수ᄒᆡᆼ뎨(一封書寄數行啼)ᄒ야 위보고인쵸췌진(爲報故人憔悴盡)이
오며, 다시 구구(區區)히 ᄇᆞ라ᄂᆞᆫ 낭은 노력가챤(努力加餐)ᄒ야 쳔만ᄌ
ᄋᆡ(千萬自愛)ᄒ야 쳔리원ᄀᆡᆨ(千里遠客)의 련련(戀戀)혼 회포(懷抱)룰 위
로(慰勞)ᄒ며 후긔(後期)룰 기ᄃᆞ릴지어다.'

〈41〉

ᄒ엿고, 그 ᄯᅳᆺ히 ᄉ(詞) 혼 곡됴룰 긔록(記錄)ᄒ엿스니 기(其) ᄉ(詞)에 왈,

　　일별허다시(一別許多時)에
　　(혼번 리별이 허다혼 ᄰᅢ에)
　　요요젹젹(寥寥寂寂)ᄒ고
　　(고요ᄒ고 젹젹ᄒ고)
　　민민수수(悶悶愁愁)를 즘싱득(怎生得)고
　　(답답ᄒ고 시름을 어이 홀고)
　　ᄎᆡ젼(彩箋)을 자젼 【재젼】(纔展)ᄒ니
　　(ᄎᆡ식 조희를 {종이를} 겨오 펴니)
　　불인간이셔젹(不忍看伊書跡)이라
　　(ᄎᆞᆷ아 그ᄃᆡ의 글발을 보지 못홀지라)
　　지쳠무한흔(只添無限恨)ᄒ니
　　(다만 한뎡이 업ᄂᆞᆫ 흔을 더ᄒ니)

미봉축(眉峯蹙)이로다

(눈섭을 찡긔는도다)

홍엽(紅葉)은 표령(飄零)ᄒ고

(홍엽은 ᄂᆞ붓기고)

황화(黃花)는 퇴젹(堆積)ᄒ니

(황화는 싸혀쓰니)

경식(景色)의 쳐량(凄凉)이 우금셕(又今夕)이로다

(경개의 쳐량홈이 ᄯᅩ 오ᄂᆞᆯ 져녁이로다)

〈42〉

슈즁산쳡(水重山疊)ᄒ니

(믈도 겹이오 산도 겹이니)

무ᄂᆡ몽혼(無奈夢魂)도 난멱(難覓)인ᄃᆡ

(홀일업시 ᄭᅮᆷ의 혼도 찻기 어려온ᄃᆡ)

량졍(兩情)이 쳔리외(千里外)에

(둘의 졍이 쳔 리 밧긔)

공상억(空相憶)이로다

(부즐업시 서로 싱각만 ᄒᆞᄂᆞᆫ도다)

ᄒᆞ엿더라.

류낭이 간필(看筆)에 일변(一邊) 반기며, 일변 더욱 슬허ᄒᆞ니 류파(劉
婆)ㅣ 무수(無數)히 위로 왈,

"졍 샹공(鄭相公)은 유신 남ᄌᆞ(有信男子)ㅣ시니 낭ᄌᆞ(娘子)는 심회(心
懷)를 관억(寬抑)ᄒ야 됴히 {좋게} 그 도라옴을 기ᄃᆞ리라."

ᄒᆞ니, 일로 조차 류낭이 더욱 문(門)을 구지 {굳게} 닷고 금리(衾裏)에 몸
을 더져 {던져} 눈물로 셰월(歲月)을 보내니 옥(玉) ᄀᆞᄐᆞᆫ 얼골이 날로 파

리ᄒ며 긔식(氣息)이 거의 ᄂᆫᆫ허질 듯ᄒ더라.

슯흐다! 현인군ᄌ(賢人君子)와 슉녀 가인(淑女佳人)은 녜로븟허 흔재 익회(厄會)를 면(免)치 못ᄒᄂ니, 이ᄂᆫ 조화옹(造化翁)이 그 지개(志槪)ᄅᆯ 시험(試驗)ᄒ며 졀조(節操)ᄅᆯ 굿게 홈이나, 그 당(當)ᄒᄂᆫ 쟈(者)ㅣ 엇지 ᄎᆷ아 견딜 바 이리오?

셰월(歲月)이 무졍(無情)ᄒ야 가을이 발셔 {벌써} 진(盡)ᄒ고 겨을을 당(當)ᄒ엿스니, 이 ᄯᅢᄂᆫ 병ᄌ년(丙子年)

〈43〉

동(冬) 십이월(十二月) 십ᄉ일(十四日)이라. 홀연(忽然) 화광(火光)이 츙텬(沖天)ᄒ며 함셩(喊聲)이 대진(大震)ᄒ고 쳘갑(鐵甲) 닙은 군ᄉㅣ 슝례문(崇禮門)으로 물미듯 드러오며 ᄉ면(四面)에 불을 지르고 지물(財物)을 겁탈(劫奪)ᄒ며 부녀(婦女)ᄅᆯ 로략(擄掠)ᄒ니, 만셩(滿城) 인민(人民)이 불우지변(不虞之變)을 당(當)ᄒ야 늙은니ᄅᆯ 붓들고 어린니ᄅᆯ 잇ᄭᅳᆯ어 ᄉ면(四面)으로 도망(逃亡)홀 시, 도로에셔 셔로 실산(失散)ᄒ야 어버이ᄅᆯ 부르며 ᄌ식(子息)을 차자 셔로 짓밟으며 호곡(號哭)ᄒ야 황황망조(慌慌罔措)ᄒ니, 그 경식(景色)의 참혹(慘酷)홈을 이로 긔록(紀錄)지 못홀너라. 이 어인 일고? 이ᄂᆫ 곳 인조죠(仁祖朝) 시졀(時節)의 병ᄌ년(丙子年) 금(金)나라 {청(淸)나라} 사룸의 란리이라. 그 란리의 시말(始末)은 보시ᄂᆫ 니 짐작(斟酌)이 잇슬지라. 그럼으로 이에 번거(煩擧)히 긔록(紀錄)지 아니ᄒ노라.

챠셜(且說). 류낭이 심규(深閨)에 쳐(處)ᄒ야 다만 졍 부ᄉ(鄭府使)ᄅᆯ 싱각ᄒ고 만ᄉ(萬事)ᄅᆯ 닛졋더니, 이 날을 당(當)ᄒ야 심ᄉ(心事)ㅣ 더옥 번뇌(煩惱)ᄒ야 낫 벼기ᄅᆯ 의지ᄒ얏더니 비몽ᄉ몽간(非夢似夢間)에 부ᄉ(府使)ㅣ 드러와 발을 구르며 왈,

'대화(大禍)] 당두(當頭)ᄒ엿거눌 낭(娘)은 무슴 잠을 이리 깁히 드럿 나뇨?'

ᄒ거눌, 류낭이 반가옴을 이긔지 못ᄒ야 울며 다라드러 부ᄉ를 붓들고져 ᄒ다가 믄득 놀내 씨치

〈44〉

니 남가일몽(南柯一夢)이라. 부ᄉ는 간디업고 적젹(寂寂)ᄒ 라위(羅幃) 안에 몸이 흘로 누엇ᄂ디, 링링(冷冷)ᄒ 박산로(博山爐)에 향연(香煙)은 살아지고 쇼쇼(蕭蕭)ᄒ 찬바람은 쳠하 {처마} 끗 풍경(風磬)에 부디치며 염염(苒苒)【冉冉】ᄒ 희빗은 발셔 셔창(西窓)에 빗최엿ᄂ지리. 류낭이 정신(精神)이 황홀(恍忽)【恍惚】ᄒ야 몸을 니러 셔안(書案)을 의지ᄒ야 옥【옥】(玉) ᄀ혼 손으로 향(香)긔로온 턱을 괴오고 심즁(心中)에 ᄀ만히 헤오디,

'내 샹공(相公)을 리별(離別)ᄒ 지 하마 반년(半年)이 넘엇스되 자조 {자주} 쑴에 뵈이심이 업더니, 오늘 몽ᄉ(夢事)] 심샹(尋常)치 아니 ᄒ니 괴이(怪異)ᄒ도다.'

쏘 싱각ᄒ되,

'샹공도 쏘ᄒ 내 샹공을 싱각ᄃ시 나를 과도(過度)히 싱각ᄒ샤 이처로 홈인가? 내 샹공을 넘오 {너무} 싱각홈으로 이러홈인가?'

쏘 다시 헤아리되,

'디화(大禍)] 당두(當頭)ᄒ엿다 명명(明明)히 닐아시니, 이는 반드시 내 몸에 쟝ᄎ 사지 못홀 병(病)이 드러 다시 샹공을 뵈읍지 못ᄒ리로다.'

ᄒ고, 이러틋 쳔ᄉ만념(千思萬念)이 교집(交集)ᄒ야 심ᄉ(心事)를 진졍(鎭定)치 못ᄒ더니, 믄득 류파(劉婆)] 황망(慌忙)히 밧그로 {밖에서} 드러오며 왈,

"낭ᄌ(娘子)야! 낭ᄌ야! 이를 쟝ᄎ 엇지 ᄒ잔 말가?"

ᄒ며, 얼골이 흙빗 ᄀ고 거진【거지】(擧止) 착급(着急)ᄒ거눌 류낭은 본

디 심지(心地) 쳘(鐵)

〈45〉

셕(石) 굿ᄒ여 평일(平日)에 아모리 {아무리} 급(急)ᄒ 일을 당(當)홀지
라도 안ᄉ(顔色)을 조곰도 변(變)치 아니ᄒᄂ 사롬이라. 류파(劉婆)의 이
모양(貌樣)을 보고 안셔(安徐)히 디(對) 왈,
"로낭(老娘)은 무슴 일로 이러ᄐ시 황급(慌急)히 구시ᄂ뇨? 죵용(從容)
히 말슴ᄒ쇼셔."
ᄒ니, 류파ㅣ 더옥 슈각(手脚)이 황망(慌忙)ᄒ여 왈,
"낭ᄌ(娘子)ᄂ 아지 못ᄒᄂ도다. 지금(至今) 금(金)나라 {쳥나라} 군ᄉ
(軍士)ㅣ 셩즁(城中)에 드러와 만민(萬民)이 어육(魚肉)이 될 지경(地
境)이오. ᄉ쳐(四處)로 허여져 {헤어져} 빅셩(百姓)의 직산(財産)을 탈
ᄎ(奪取)ᄒ며 부녀(婦女)를 겁박(劫迫)ᄒᄂ니, 낭ᄌᄂ 뎌 포셩(砲聲)을
듯지 못ᄒᄂ다?"
ᄒ거늘, 류낭이 밋쳐 답(答)지 못ᄒ야 문(門) 밧기 들네며 {떠들며} 무수
(無數)ᄒ 군병(軍兵)이 문(門)을 ᄭ치고 다라드러 일변(一邊) 가산(家産)을
슈탐(搜探)ᄒ며, 일변(一邊) 류낭(柳娘)과 류파(劉婆)를 잇글어 내거늘, 류
낭이 이 ᄯ를 당(當)ᄒ야 어이 버셔나리오? 끌을녀 문(門) 밧긔 나셔며 보
니 길히 잡히여 가ᄂ 부녀(婦女)를 능(能)히 그 수(數)를 아지 못홀지라. 혹
(或) 머리도 풀고 혹(或) 발도 벗고 호곡(號哭)ᄒᄂ 소리 창텬(蒼天)에 ᄉ
못치니, 그 창황(倉皇)ᄒ 모양(模樣)과 참담(慘憺)ᄒ 긔ᄉ(氣色)은 사롬으
로 ᄒ여곰 참아 보지 못홀너라. 금인(金人) {쳥인(淸人)} 이 여러 부녀(婦
女)를 몰아 동별영(東別營)과 각 쳐(各處) 져의 유진(留陣)ᄒ 곳에 가도고,

〈46〉

그 즁(中) 졂은 쟈(者)와 얼골이 아름다온 쟈(者)ᄂ 무수(無數)히 겁박
(劫迫)ᄒᄂ지라. 이 ᄯ 류낭은 ᄯ무든 의복(衣服)에 운빈(雲鬢)이 훗허지

고 화용(花容)이 쵸쵀(憔悴)ᄒ야 쎠만 남앗슴애 금병(金兵) {청병} 에게 욕(辱)은 면(免)ᄒ엿스나 수다(數多) 부녀(婦女)로 더브러 동별영(東別營)에 가돈 바이 되야 호읍(號泣)으로 세월(歲月)을 보내더니, 익년(翌年) 정축(丁丑) 정월(正月)에 니르러 됴션(朝鮮) 죠졍(朝廷)이 금인(金人) {청인(淸人)} 으로 더브러 화친(和親)홈애 금인(金人) {청인(淸人)} 이 군ᄉ(軍士)를 도로혀 본국(本國)으로 도라갈 시 사로잡힌 부녀(婦女) 중(中)에 그 부모(父母)이나 친쳑(親戚)이 후(厚)이 쇽젼(贖錢)을 주면 노하 {놓아} 보내는 쟤(者) l 만흐나, 그러치 아니ᄒ는 쟤(者)는 모다 거ᄂ려 금국(金國) {청국} 으로 향(向)홀 시, 이월(二月) 초일일(初一日)에 한셩(漢城)을 쩌나니 류낭이 수삼빅 명(數三百名) 녀질【녀자】(女子) 중(中)에 셧기여 서로 손을 붓들고 울며 힝(行)ᄒ야 숑도(松都)에 니르러는 금인(金人) {청인(淸人)} 이 믄득 부녀(婦女) 중(中) 늙은 쟤(者)는 혹 노화 바리니, 류파(劉婆) l 더옥 망극(罔極)ᄒ야 류낭을 붓들고 호읍(呼泣)혼대 금인(金人) {청인(淸人)} 이 쇠채로 두드리며 ᄯ로지 못ᄒ게 ᄒ니, 류파 l 홀일업서 다만 통곡(痛哭)ᄒ다가 다른 늙은 부녀(婦女)로 더브러 몸을 도로혀 촌촌젼진(寸寸前進)ᄒ야 집으로 도라오니 가산(家産)이 탕진(蕩盡)ᄒ야 살길이 바

〈47〉

히 업서 친쳑(親戚)의 집을 차자 가니라.

이 째 류낭이 힝(行)ᄒ야 평양(平壤)에 니르러는 금인(金人) {청인(淸人)} 이 뷘 {빈} 쥬뎜(酒店)에 여러 졂은 부녀(婦女)를 몰아넛코 방슈(防守)를 엄(嚴)히 홈애 모든 부녀(婦女) l 밤을 지낼 시 모다 통곡(痛哭)ᄒ는지라. 류낭이 슯흠을 이긔지 못ᄒ야 방(房)에 잇는 필묵(筆墨)을 취(取)ᄒ야 벽샹(壁上)에 일수 시(一首詩)를 쓰니 기(其) 시(詩)에 왈,

풍진남북(風塵南北)에 각분리(各分離)ᄒ니
(바람과 틔ㅅᄭᆞᆯ에 남북에 각각 ᄂ호이고 쩌낫스니)

독야긔셩(獨夜箕城)에 엄루시(淹淚時)라
(혼자 밤 긔셩에 눈물을 섈릴 때로다)
쳔고아만(千古阿瞞)이 일거후(一去後)에
(쳔고에 아만이 흔번 간 뒤에)
깅무인쇽치문희(更無人續蔡文姬)라
(다시 치문희를 쇽량홀 사롬이 업도다)

류낭이 쓰기를 다ㅎ고 흔동안 비읍(悲泣)ㅎ다가 다시 붓을 들어 쏘 일
수 시(一首詩)를 쓰니 ㅎ엿스되,

랑지샹산쳡패셩(郞在象山妾浿城)ㅎ디 원문 주) 象山은 谷山의 舊
號라.
(랑은 산샹【샹산】에 계시고 쳡은 패셩에 잇는디)

〈48〉
랑하지쳡ᄎ시졍(郞何知妾此時情)고
(랑이 어이 쳡의 이 째 쯧을 알니오)
약무ᄉ셰(若無斯世)에 즁봉일(重逢日)이면
(만일 이 셰샹에 거듭 만날 날이 업스면)
지원가연(只願佳緣)을 결후싱(結後生)을
(다만 아릿다온 인연을 후싱에 밋기를 원ㅎ노라)

ㅎ엿더라.

쓰기를 맛치고 일셩 쟝탄(一聲長歎)에 업더져 긔졀(氣絶)ㅎ니, 좌우(左
右)에 잇는 녀ᄌ(女子)들이 급(急)히 구호(救護)ㅎ야 반향(半晌) 만에 겨
오 졍신(精神)을 수습(收拾)ㅎ니라.

날이 붉은 후(後) 다시 길에 올나 여러 날 만에 의쥬(義州) 압록강(鴨綠
江)가에 니르러 금병(金兵) {청병} 이 여러 녀ᄌ(女子)를 몰아 통군졍(統
軍亭)에 머므르게 ᄒ니, 이 ᄯᅢᄂ 졍튝(丁丑) 츈이월(春二月) 망간(望間)이
라. 강수(江水)ᄂ 곤곤(滾滾)ᄒ야 쥬야(晝夜) 동(東)으로 흘너 가는 소리
슯흔 사롬의 오열 비읍(嗚咽悲泣)ᄒᄂ 소리를 돕고, 월식(月色)은 쳐량(凄
涼)ᄒ야 시름ᄒᄂ 사롬의 회포(懷抱)를 요동(搖動)ᄒᄂ지라. 여러 부녀(婦
女)ㅣ 모다 신셰(身勢) 【身世】 를 싱각ᄒ고 혹(或) 우ᄂ 니도 잇고 혹(或)
탄식(歎息)ᄒᄂ 쟈(者)도 잇ᄂ디, 류낭은 쵸연 무어(悄然無語)ᄒ고 란간
(欄干)을 의지ᄒ야 심즁(心中)에 ᄀ만히 혜아리되,
 ‘우리 샹공(相公)은 륙빅 리(六百里) 밧긔 계시사, ᄂᆡ이 이러ᄒᆷ을 돈연
 (頓然)히 모르시니 어이 나

〈49〉

를 속신(贖身)ᄒ야 경셩(京城)에 도라가기를 바라며, 붉ᄂ 날 이 물을
거너면 【건너면】 곳 타국 지방(他國地方)이라, 어ᄂ날 다시 고국(故國)
에 도라오기를 긔약(期約)ᄒ며 디두 【러두】 (來頭)에 무슴 욕(辱)이 몸
에 밋찰 {미칠} 줄 알니오? 내 이 ᄯᅢᄭᅳ지 구치 【구차】 (苟且) 투싱(偸
生)ᄒᆷ은 힝(幸)혀 {행여} 우리 샹공(相公)을 ᄒᆫ번 다시 산 낫ᄒ로 {낯
으로} 서로 맛나 볼가 ᄒᆞ엿더니, 이제ᄂ 만ᄉ(萬事)ㅣ 이의(已矣)라. 내
오ᄂᆯ날 찰하리 {차라리} 몸을 창파(蒼波)에 더져 조결(操潔)ᄒᆫ 귀신(鬼
神)이 되리라.’
이러탓 ᄆᆞᆷ을 졍(定)ᄒ고 ᄯᅩ다시 싱각ᄒ되,
 ‘내 만일 젹막(寂寞)히 죽으면 뉘라셔 류류 【류록】 (柳綠)이 졍 츄랑(鄭
 秋郞)을 위(爲)ᄒ야 압록강슈(鴨綠江水)에 더진 줄 알니오? 맛당히 죽
 음을 명빅(明白)히 ᄒ리라.’
ᄒ고, 이에 평양(平壤) 쥬졈(酒店)에셔 가지고 오던 필묵(筆墨)을 취(取)ᄒ
야 통군졍(統軍亭) 벽샹(壁上)에 오운(五韻) 일슈 시(一首詩)를 쓰니 ᄒ엿

스되,

> 동풍삼월(東風三月)에 우츄랑(遇秋郎)ᄒ니
> (동풍삼월에 츄랑을 맛나니)
> 셕란히고졍불망(石爛海枯情不忘)을
> (돌이 녹고 바다이 ᄆ를지라도 졍을 닛지 못ᄒ리로다)
> 죵고리수(從古離愁)는 동아쇼(同我少) | 오
> (녜로붓허 리별흔 시름은 날 ᄀᆺᄒ니 적고)

⟨50⟩

> 지금심흔(至今深恨)은 여텬쟝(與天長)을
> (이제 니ᄅ도록 깁흔 흔은 하늘로 더브러 길도다)
> 상산운슈(象山雲樹)에 도로몽(徒勞夢)이오
> (상산의 구름과 나무에 ᄒ갓 꿈을 슈고로히 ᄒ고)
> 한슈연진(漢水烟塵)은 암단쟝(暗斷腸)을
> (한슈의 연긔와 틔ᄉ끌은 가만히 이를 쓴ᄂᆞᆫ도다)
> 함쇼(含笑)코 일슈이비젹(一隨二妃跡)ᄒ니
> (우음을 {웃음을} 먹음고 흔번 이비의 자최를 ᄯᆞᄅ오니)
> 유유원빅(悠悠寃魄)이 거쇼상(去瀟湘)을
> (길고 긴 원통흔 넉이 쇼상강으로 가ᄂᆫ도다)

ᄒ엿더라.

　쓰기를 다ᄒ고 처창(凄愴)히 말이 업시 안자더니, ᄯᅢ 졍(正)히 오경(五
更)이 됨애 모든 부녀(婦女) | 다 조을며 방슈(防守)ᄒᄂᆫ 군ᄉ(軍士)들도
여러 날 힝역(行役)에 곤뷔(困憊)ᄒ야 ᄯᅩ흔 잠이 깁헛ᄂᆫ지라. 류낭이 이에
ᄀ만히 몸을 니러 졍ᄌ(亭子)에 ᄂ려 뎐보(蓮步)를 밧비 옴겨 강변【강

변】(江邊)에 다다르니 망망(茫茫)흔 대강(大江)에 파도(波濤)는 흉용【흉흉】(洶洶)흔디 잇다감 {이따금} 쇼쇼(蕭蕭)흔 찬바람이 물방울을 후리쳐 ㄱ는 빗발을 지어 능【옥】(玉) ᄀᆺ흔 얼골을 뿌리치며, 젹막(寂寞)흔 공산(空山)에 슬니 우는 두견셩(杜鵑聲)은 쟝ᄎ 길이 가는 아릿다온 미인(美人)의 심회(心懷)를 돕는지라. 류낭이 하늘을 우러러

⟨51⟩

길리 {길이} 흔숨지며 츄슈량안(秋水兩眼)에 진쥬(眞珠) ᄀᆺ흔 눈물이 방울방울 ᄲᅥ러지며 목이 메여 늣기며 왈,

"유유 창텬(悠悠蒼天)아! 무슴 일로 츄랑(秋郎) 졍몽셰(鄭夢世)를 인간(人間)에 내셧스며 ᄯᅩ 쳔쳡(賤妾) 류록(柳綠)을 어이ᄒᆞ와 내계시며 긔왕(旣往)에 내계시면 우리 둘이 맛나지나 말게 ᄒᆞ지, 맛나거든 리별(離別)이나 말게 ᄒᆞ지, 리별커든 싱각이나 업게 ᄒᆞ지, 싱각거든 다시나 보게 ᄒᆞ지, 맛나고 리별코 싱각고 다시 보지 못ᄒᆞ다가 이제 쳡(妾)의 몸이 이 디경(地境)에 니르럿스오니, 유유 창텬(悠悠蒼天)아! ᄎ하인ᄉ(此何人斯)오?"

ᄒᆞ며, 이에 라상(羅裳)을 흔 손으로 거두쳐 안고 초혜(草鞋)를 벗고 몸을 눌녀 강심(江心)을 향(向)ᄒᆞ야 쮜녀드니, 슯호다! 졀디가인(絶代佳人)과 쳔고슉녀(千古淑女) ㅣ 슈즁 원혼(水中冤魂)이 되단 말가? 그 ᄉᆞ싱(死生)을 하회(下回)를 보와 알지어다.

화셜(話說). 류낭(柳娘)이 압록강변(鴨綠江邊)【鴨綠江邊】에 니르러 하늘을 우러러 무수(無數)히 탄식(歎息)ᄒᆞ고 이호(哀號) 일셩(一聲)에 몸을 소소와 강심(江心)을 ᄇᆞ라고 쮜여들다가 믄득 업더져 긔졀(氣絶)ᄒᆞ엿더니, 난디업는 흔 쳥의(靑衣) 녀동(女童)이 압히 니르러 붓들어 니릐혀며 {일으키며} 왈,

"낭ᄌ(娘子)는 졍신(精神)을 ᄎᆞ리쇼셔. 우

〈52〉

리 낭ᄌᆞㅣ 쳥(請)ᄒᆞ시더이다."

ᄒᆞ거늘, 류낭이 졍신(精神)을 슈습(收拾)ᄒᆞ여 문(問) 왈,

"녀동(女童)은 어디 잇스며, 낭ᄌᆞ는 그 누구이며, 무슴 일로 죽게 된 사
롬을 쳥(請)ᄒᆞ더뇨?"

그 녀동(女童)이 미쇼(微笑) 왈,

"우리 낭ᄌᆞ의 계신 곳이 여긔셔 머지 아니ᄒᆞ오니, 가시면 ᄌᆞ연(自然) 알
니이다."

인(因)ᄒᆞ야 압홀 인도(引導)ᄒᆞ거늘, 류낭이 괴이(怪異)히 넉이며 녀동을
짜라 수삼셰보【수삼십보】(數三十步)를 ᄒᆡᆼ(行)ᄒᆞ야 ᄒᆞᆫ 모롱이 {모퉁이}
를 지나가니, 일좌(一座) 루각(樓閣)이 산(山)을 의지ᄒᆞ야는디 붉은 문(門)
을 반긔(半開)ᄒᆞ엿거늘, 드러가며 솗혀보니 창송취듁(蒼松翠竹)은 졍번
【졍반】(庭畔)에 버려잇고, 쳥학빅녹(靑鶴白鹿)은 좌우(左右)에 왕리(往
來)ᄒᆞ며 뎐샹(殿上)에 쥬렴(朱簾)을 놉히 걸고 구술 등쵹(燈燭)이 휘황(輝
煌)ᄒᆞᆫ디, 일위 미인(一位美人)이 머리에 칠보화관(七寶花冠)을 쓰고 몸에
오식운(五色雲) 금샹(錦裳)을 닙고 수(繡) 노흔 자리에 단졍(端正)히 안자
다가 류낭의 니름을 보고 몸을 니릐혀 마즈며 밧비 오름을 쳥(請)ᄒᆞ거늘,
류낭이 뎐샹(殿上)에 올나 긱셕(客席)에 나와가 서로 례필【례필】(禮畢)
좌졍(座定) 후 류낭이 눈을 들어 그 미인(美人)을 살혀보니, 화용월틱(花
容月態) 션연 작약(嬋娟綽約)ᄒᆞ야 만당(滿塘) 츄수(秋水)에 일타(一朶)
부용(芙蓉)이 반긔(半開)ᄒᆞ야 묽은 향(香)내를 토(吐)ᄒᆞᄂᆞ 듯 삼오 량야(三
五良夜)에 일륜명월(一輪明月)

〈53〉

이 셤운(纖雲)을 헷친 듯 도화(桃花) 량협(兩頰)에 츈식(春色)이 무르녹
앗스며 팔ᄌᆞ 츈산(八字春山)에 렬렬(烈烈)ᄒᆞᆫ 긔운을 ᄯᅴ엿스니 진짓 텬향
국식(天香國色)이라. 류낭이 심즁(心中)에 경탄(驚歎)홈을 마지 아니터니,

그 미인(美人)이 이에 말을 펴 굴오디,

  "졉【첩】(妾)은 다른 사롬이 아니라 평양(平壤) 쳥루(靑樓) 즁(中)에
잇던 계월향(桂月香)이러니, 첩이 죽은 후 평안일도(平安一道) 사롬이
첩을 위(爲)ᄒ야 왕왕(徃徃)히 ᄉ당(祠堂)을 세워 첩의 원혼(冤魂)을 위
(慰)로홈으로 이 곳에도 ᄯ흔 수간(數間) 뎐각(殿閣)에 향회【향화】(香
火)를 ᄭ치지 아니홈애 유유 혼령(悠悠魂靈)이 왕리무졍(徃來無定)ᄒ
더니, 오늘 마ᄎᆷ 그디의 위퇴(危殆)홈을 알고 구(救)코져 ᄒ야 쳥(請)홈
이니, 바라건대 그디는 나의 적은 졍셩을 허물치 말지어다."

ᄒ거눌, 류낭이 듯기를 다ᄒ고 몸을 니러 두 번 졀ᄒ고 공경(恭敬) 디(對)
왈,

  "첩이 일작 {일쯕이} 낭ᄌ(娘子)의 대명(大名)을 태산븍두【태산북두】
(泰山北斗)ᄀᆺ치 우러럿ᄉ오나 샹하(上下) 삼십여 ᄌ(三十餘載)에 음용
(音容)을 난졉(難接)이옵더니, 오늘날 어이 이 곳에셔 뵈올 줄 ᄯᆺᄒ엿ᄉ
오며, 첩은 팔ᄌ(八字)ㅣ 긔박(奇薄)ᄒ와 어려셔 쌍친(雙親)을 여희옵고
자람애 쳥루(靑樓)에 탁신(托身)ᄒ와 슯홈으로 셰월(歲月)을 보내다가
텬힝(天幸)으로 졍랑(鄭郞)을 맛나옴애 빅년가약(百年佳約)을 미자

<54>

종신(終身)토록 의탁(依托)코져 ᄒ엿더니, 조물(造物)이 싀기(猜忌)ᄒ고
귀신(鬼神)이 희(戱)를 지어 일죠(一朝)에 멀니 리별(離別)을 당(當)ᄒ
옴애 공규(空閨)를 직희옵고, 셜음을 셜이 담아 다만 그 도라오기를 기
ᄃ리더니, 의외(意外)에 병화(兵火)를 맛나 몸이 보로【부로】(俘擄)ㅣ
되여 이에 이르럿ᄉ옴애 몸을 강즁(江中)에 더져 만ᄉ(萬事)를 닛고져
홈이어눌, 낭ᄌ(娘子)ㅣ 무ᄉᆷ 일로 신근(辛勤)히 구(救)ᄒ시ᄂ니잇고?"

  계낭(桂娘)이 위로 왈,

  "졍 군(鄭君)은 젼싱(前生)에 옥뎨(玉帝) 향안젼(香案前)에 근시(近侍)
ᄒ던 션관(仙官)이오, 그디는 셔왕모(西王母)의 시녀(侍女)ㅣ러니, 요지

(瑤池) 반도연(蟠桃宴)에 정 군(鄭君)이 정예【참여】(叄與)ㅎ려 왓다
가 그ᄃᆡ를 보고 잠간(暫間) 희롱【희롱】(戱弄)ᄒᆞᆫ 죄(罪)로 인간(人間)
에 적강(謫降)ᄒᆞ엿스니, 비록 일시(一時) 익운(厄運)이 잇스나 수년(數
年)을 지내면 다시 서로 맛나 가연(佳緣)을 니어 {이어} 평싱(平生) 혁
락【화락】(和樂)ᄒᆞ리니, 어이 옥보방신(玉寶芳身)을 가바야이 어복(魚
腹)에 장(葬)ᄒᆞ야 텬명(天命)을 거역(拒逆)ᄒᆞ리오? 이제 이 곳에 왓슴애
일야(一夜)를 날과 흠ᄭᅴ 지내고 여긔서 동북【동북】(東北)으로 수십
리(數十里)만 가면 ᄌᆞ연(自然) 구(救)ᄒᆞᆯ 사룸이 잇슬 것이니 그 곳에 머
므러 길시(吉時)를 기ᄃᆞ리라.”
ᄒᆞ고, 이에 옥비(玉杯)에 향온(香醞)을 ᄀᆞ득 부어 권(勸)ᄒᆞ거ᄂᆞᆯ, 류낭이 비
샤(拜謝)ᄒᆞ고 밧아 마시니 긔이(奇異)ᄒᆞᆫ

〈55〉

향(香)내 촉비(觸鼻)ᄒᆞ며 정신(精神)이 상연(爽然)ᄒᆞᆫ지라. 류낭이 샤례
왈,
“첩의 죄악(罪惡)이 심중(深重)ᄒᆞ와 이런 변(變)을 당(當)ᄒᆞ엿삽거ᄂᆞᆯ 낭
(娘)ᄌᆡ 후덕(厚德)을 드리오샤 잔명(殘命)을 구제(救濟)ᄒᆞ시고 ᄀᆞᆯ
치심이 졍녕(丁寧)ᄒᆞ시오니 첩이 죽어도 그 갑흘 바를 아지 못ᄒᆞ리로소
이다.”
ᄒᆞ고, 다시 리두시【ᄅᆡ두ᄉᆞ】(來頭事)를 뭇고자 ᄒᆞ다가 뜰 압희 청학(靑
鶴)의 우름 {울음} 소리에 놀내 ᄭᅢ치니, 원리(原來) 발이 강변(江邊) ᄒᆞᆫ
조각돌에 것치여 업더져 혼미(昏迷)ᄒᆞᆫ 중(中) ᄒᆞᆫ 꿈이오, 입에셔 오히려
힝【향】(香)내 나ᄂᆞᆫ지라. 류낭이 크게 신긔(神奇)히 녁여 이에 정신(精
神)을 슈습(收拾)ᄒᆞ야 련보(蓮步)를 옴겨 꿈에 가던 길로 조차 힝(行)ᄒᆞ야
ᄒᆞᆫ 언덕을 넘어가니, 십여 간(十餘間) 고묘(古廟)ㅣ 잇고 현판(懸板)에 써
스되,
‘관셔(關西) 의기(義妓) 계낭지묘(桂娘之廟)ㅣ라.’

ㅎ엿고, 문(門)을 반만 열엇거늘 드러가 보니 뎐상(殿上)에 훈 소상(塑像)
을 위(爲)ㅎ엿느디 {만들었는데} 완연(宛然)히 몽중(夢中)의 본 바이라.
이에 그 압히 나아가 지비(再拜) 암축(暗祝) 왈,

　　"복유(伏惟) 존령(尊靈)은 살아셔 국가(國家)를 위(爲)ㅎ고 죽음애 곳다
　　온 일홈이 후셰(後世)에 유젼(流傳)훈지라. 이졔 첩(妾)을 어엿비 넉이
　　샤 명명(明明)히 フ르치시니 첩이 일로 인(因)ㅎ와 일루 잔쳔(一縷殘
　　喘)을 구(苟)

〈56〉

구(苟)히 보존(保存)ㅎ려 ㅎ오니, 복유(伏惟) 존령(尊靈)은 길이 묵우
(默祐)ㅎ옵소셔."

　빌기를 맛고 {마치고} 혹(或) 금인(金人) {청인(淸人)} 이 즈긔(自己)
종격(踪跡)을 ㅼㅏ라 차즐가 겁(怯)ㅎ야 신상(神像) 밋 탁즈(卓子) 아리 은
신(隱身)ㅎ야 일야(一夜)를 지내니라.

　각셜(却說). 모든 부녀(婦女) | 날이 붉음애 비로소 류낭의 업슴을 알고
서로 경아(驚訝)ㅎ며, 금인(金人) {청인(淸人)} 이 ㅼㅗ훈 대경(大驚)ㅎ야
두로 찻다가 벽상(壁上)의 쓴 글을 보고, ㅼㅗ 강변(江邊)에 버셔 노혼 초혜
(草鞋)를 봄애, 이에 그 익슈(溺水)훈 줄 알고 통히(痛駭)히 넉이며 죠션
(朝鮮) 부녀(婦女)들은 위(爲)ㅎ여 슬허ㅎ더라. 날이 느짐애 금인(金人)
{청인(淸人)} 이 강(江)을 건널 시 모든 부녀(婦女) | 하날을 부르지져
통곡(痛哭)ㅎ니, 강슈(江水)는 흉용(洶湧)ㅎ고 수운(愁雲)은 참담(慘憺)ㅎ
야 그 경상(景狀)을 참아 눈으로 보지 못훌너라.

　이 ㅼㅐ, 류낭이 계랑묘(桂娘廟)에셔 일일(一日)을 지내고 홀로 싱각ㅎ되,
'신령(神靈)이 분명(分明)히 동북【동북】(東北)으로 가면 구(救)훌 사
룸이 잇스리라 ㅎ엿고, 이 곳에 ㅼㅗ훈 오리 머므지 못ㅎ리라'

ᄒ고, 밤이 깁흔 후(後) 월식(月色)을 씌여 동북【동북】(東北)을 향(向)ᄒ
야 수삼십 리(數三十里)를 힝(行)ᄒ니, 비 곱ᄒ고 {고프고} 발이 부릇허
{부르터} 릉(能)히 나아가지 못ᄒ지라. 흔 두던 우희 안자 심중(心中)에
혜아리되,

'내 비록 호혈(虎穴)을 버셔 낫스나 혈(子)

〈57〉

혈단신(子單身)이 쟝촛 어디로 향(向)ᄒ며, 리두(來頭)에 무슴 욕(辱)이
내 몸에 밋칠 줄 알니오? 찰하리 그 씩 압록강슈(鴨綠江水)에 몸을 더
져 만스(萬事)를 니즈니만 ᄀᆺ지 못ᄒ닷다.'

ᄒ고, 이처로 싱각홈애 두슈【루슈】(淚水)ㅣ ᄂᆞ리옴을 씨닷지 못ᄒ더니,
아이(俄而)오 동방(東方)이 붉거늘 스면(四面)을 술혀보니【숣혀보니】,
청산(靑山)은 아아(峨峨)흔디 봉샹(峰上)의 빅운(白雲)은 화(化)ᄒ야 ᄂᆞᄂᆞ
룡(龍)이 되여 머리 우희 돈니고, 흐르는 시내는 잔완【잔원】(潺湲)ᄒ야
귀가에 찌거리며, 쳔 년 고숑(千年古松)은 외로온 졀(節)이 셔리를 릉멸
(凌蔑)ᄒ고, 만쟝 폭포(萬丈瀑布)는 속인(俗人)의 니름을 시름ᄒ며, 료료
젹젹(寥寥寂寂)ᄒ야 사롬은 닐으도 말고 계견(鷄犬)의 소리도 업스니, 류
낭이 갈 바를 아지 못ᄒ야 졍(正)히 쥬져(躊躇)ᄒ더니, 홀연(忽然) 반슨(半
山) 즁(中)으로셔 죽쟝(竹杖) 끄으는 소리나며, 흔낫 늙은 녀숭(女僧)이 ᄂᆞ
려 오다가 류낭을 보고 합쟝 비례(合掌拜禮) 왈,

"랑ᄌ(娘子)는 어디 계시며 무슴 일로 이 깁흔 슨 즁(山中)에셔 홀로 방
황(彷徨)ᄒ시나뇨?"

류낭이 황망(慌忙)히 답례(答禮)ᄒ며 왈,

"쳡은 란리(亂離) 즁(中)에 가군(家君)을 실슨(失散)ᄒ고, 도로(道路)에
표박(漂泊)ᄒ다가 길을 일허 {잃어} 츠쳐(此處) {여기} 에 니르럿거니
와 이 곳은 어디이며 션스(禪師)는 뉘시뇨? 부라건대 경셩(京城)으로 가
ᄂᆞ 길을 ᄀ

〈58〉

라쳐 주심이 엇더ᄒ뇨?"

그 녀승(女僧)이 디(對) 왈,

"이 곳은 의쥬(義州) ᄯᅡ 대하손(大蝦山) 환신동(幻蜃洞)이옵고, 빈승(貧僧)은 묘법암(紗法菴) 【妙法菴】 에 잇ᄂ 월졍(月淨)이오며, 여긔셔 경셩(京城)이 일쳔여 리(一千餘里) ᄲᅮᆫ 아니라, 지금(至今) 금(金)나라 {쳥나라} 사롬과 몽고병(蒙古兵)이 도로(道路)에 련락(連絡)ᄒ야 힝인(行人)을 겁박(刦迫)ᄒ며 부녀(婦女)를 로략(虜略)ᄒᄂ지다, 랑ᄌ 【낭자】 (娘子)ㅣ 엇지 힝(行)ᄒ시리오? 빈승(貧僧)의 졀이 머지 아니ᄒ오니 랑ᄌᄂ 모롬이 빈승과 홈ᄭᅴ 가아, 즉 머므러 ᄉ기(事機)를 보아 힝(行)홈이 엇더ᄒ니잇고?"

류낭이 이 말을 듯고 이에 샤례 왈,

"션시 【션ᄉ】 (禪師)ㅣ 쳡 ᄀᆞᆺ흔 사롬을 어엿비 넉여 구졔(救濟)코져 ᄒ시니 은혜(恩惠) 큰지라. 엇지 명(命)을 좃지 아니리잇가?"

월졍(月淨)이 대희(大喜)ᄒ야 류낭을 인도(引導)ᄒ야 흔젹은 {한적한} 언덕을 넘어 반 리(半里)를 힝(行)ᄒ니, 동학(洞壑)이 심슈(深邃)ᄒ고 연하(烟霞)ㅣ 줌(潜)겨스며, 창숑취죽(蒼松翠竹)이 ᄉ면(四面)으로 둘닌 ᄀᆞ온디 수삼십 간(數三十間) 암ᄌ(菴子)ㅣ 손(山)을 의지ᄒ엿고, 밋 암 즁(菴中)에 드러가니 십여 명(十餘名) 녀승(女僧)이 마져 례(禮)홈에 모다 동지(動止) 안샹(安詳)ᄒ고 말ᄉᆷ이 온공(溫恭)ᄒ더라. 방쟝(方丈)에 드러가 좌졍(座定)ᄒ고 죠반(朝飯)을 나아와 권(勸)ᄒ니, 그 졍의(情誼)의 은근(慇懃)홈이 친쳑(親戚)에셔 더ᄒ며 밤이 됨에 일간(一間) 졍(精)ᄒ 방샤(房舍)를 졍(定)ᄒ야 편(便)히 쉬게 ᄒ

〈59〉

ᄂ지라. 류랑이 그 후디(厚待)홈을 못릐 {못내} 감격(感激)ᄒ야 월졍(月淨)을 디ᄒ야 젼후(前後) 지낸 바 일을 셰셰(細細)히 말ᄉᆷᄒ니 월졍이

경탄(驚歎)홈을 마지 아니ㅎ고 다시 닐오뎌,

"거야(去夜)에 빈승(貧僧)이 일몽(一夢)을 엇샤오니 관세음보살(觀世音菩薩)이 명명(明明)히 닐ㅇ샤디, '요지(瑤池) 션셩【션아】(仙娥) {선녀}ㅣ 인간(人間)에 젹강(謫降)ㅎ엿다가 지금(至今) 익운(厄運)을 맛나 이 산즁(山中)에 니르럿스니, 너는 쏄니 가 구(救)ㅎ라.' ㅎ시기로 빈승(貧僧)이 일죽이 니러나 산문(山門)에 나갓습더니 과연(果然) 랑자(娘子)를 만낫스오니, 이는 랑자ㅣ 불문(佛門)에 인연(因緣)이 즁(重)ㅎ와 보살(菩薩)이 지시(指示)ㅎ심이니, 엇지 긔이(奇異)치 아니ㅎ오며, 이곳이 쏘흔 극히 죵용(從容)ㅎ와 외간 남자(外間男子)의 종젹(踪跡)이 니르지 아니ㅎ오니, 랑자는 방심(放心)ㅎ시고 편(便)히 머무샤 경셩(京城) 쇼식(消息)이며, 졍상공(鄭相公)의 안후(安候)를 ᄎᄎ(次次) 참문【탐문】(探問)ㅎ와 거취(去就)를 졍(定)ㅎ소셔."

류랑이 월졍의 말을 듯고 쏘흔 신긔(神奇)히 녁이더라. 날이 붉음애 류랑이 목욕지계(沐浴齋戒)ㅎ고 불젼(佛前)에 나아가 향(香)을 살오고 ᄀ만히 빌어 왈,

"뎨자(弟子) 오유록(吳柳綠)은 부명(賦命)이 불슉(不淑)ㅎ와 유치지시(幼穉之時)에 부모(父母)를 견비(見背)ㅎ옵고 오락쳥루(誤落靑樓)ㅎ

〈60〉

와 유ᄉ지심(有死之心)이오, 무싱지긔(無生之氣)로 ᄉ지 셩상(四載星霜)을 지내옵다가 다힝이 졍 군(鄭君)을 맛나 평싱 신셰(平生身世)를 의탁(依托)고져 ㅎ엿습더니, 일죠(一朝)에 멀니 리별(離別)ㅎ옵고 눈물과 흔숨으로 셰월(歲月)을 보내옵다가 불의(不意)에 쏘 병란(兵亂)을 맛나 연약(軟弱)흔 몸이 군즁(軍中)에 부로(俘虜)ㅣ 되옴애, 랑군(郎君)이 멀니 잇스와 능(能)히 쳔금(千金)으로 속신(贖身)치 못ㅎ옵고 쳔 리(千里)를 젼진(賻進)【轉進】ㅎ와 압록강두(鴨綠江頭)에 니르옴에, 흔 번 이역(異域)에 투죡(投足)ㅎ오면 다시 엇지 싱환 고국(生還故國)ㅎ옴

을 브라오리잇가? 시이(是以)로 {이로써} 일루 잔쳔(一縷殘喘)을 만경
창파(萬頃蒼波)에 더져 몸올 【몸을】 조결(澡潔)히 흐와 샹령 이비(湘靈
二妃)의 혼(魂)을 쓰를가 흐엿숩더니, 다힝히 의기(義妓) 계낭(桂娘)의
령혼(靈魂)의 구(救)흐옴을 닙숩고, 쏘 대즈대비(大慈大悲)흐온신 덕틱
(德澤)을 드리오샤 몸이 이 곳에 편안(便安)이 잇스오니 쏘 무엇을 도라
오리잇가마는, 구구(區區)흔 일편심(一片心)은 다시 가군(家君)을 살아
맛나 부쳐의 대은(大恩)을 말슴흐옵고, 길이 공문(空門)에 의탁(依托)흐
와 경문(經文)을 외오며, 마옴을 닥가 여셩(餘生)을 맛고져 흐오니, 브
라건대 더옥 자비지심(慈悲之心)을 드리오샤 뎨자(弟子)의 원(願)을 일
우게 흐옵쇼셔."

〈61〉

빌기를 다흐고 다시 지비(再拜) 분향(焚香) 후(後) 방(房)에 도라와 날
마다 불경(佛經)을 외오며 슈(繡)를 노화 녀승(女僧)을 주어 일월(一月)
일츠식(一次式) 의쥬(義州) 셩니(城內)에 가 팔아오니, 원러(原來) 류낭이
소약란(蘇若蘭)의 직금(織錦)흐는 지조ㅣ 잇는지라. 이럼으로 후리(厚利)
를 엇더 의식지자(衣食之資)에도 쓰며 쏘흔 스즁(寺中) 용도(用度)에 보
급(補給)흐니, 졔승(諸僧)이 대열(大悅)흐야 공경 례디(恭敬禮待)홈애 일
신(一身)이 안한(安閒)흐야 산즁(山中)에 유발승(有髮僧)이 되야 셰스(世
事)를 니졋스나, 다만 쥬야(晝夜)로 부스(府使)를 싱각흐야 눈물 마를 날
이 업스며, 째째로 불젼(佛前)에 축원(祝願)흐야 속(速)히 서로 맛나기를
브라니 그 졍셩의 지극(至極)홈을 가히 알너라.

셰월(歲月)이 여류(如流)흐야 얼 년 【일 년】 (一年)이 지내고 무인년
【무인년】 (戊寅年) {1638년} 삼월(三月)을 당(當)흔지라. 일일(一日)은
류낭이 월졍(月淨)의 인도(引導)홈을 인(因)흐야 놉흔 뫼에 올나 츈경(春
景)을 완샹(玩賞)홀 시, 멀니 브라보니 쳥산(靑山)은 텹텹(疊疊)흐고 빅운

(白雲)은 용용(溶溶)ᄒᆞᆫ디 언덕 우희 뛴 꼿과 동구(洞口)의 빗긴 버들이 타향(他鄕) 회포(懷抱)를 자아내ᄂᆞᆫ지라. 류낭이 망연(惘然)히 서셔 무단(無端)ᄒᆞᆫ 눈물이 소매를 젹시며 월졍(月淨)을 도라보아 왈,

"쳡(妾)이 보ᄉᆞᆯ(菩薩)의 도으심과 젼ᄉᆞ 【션ᄉᆞ】 (禪師)의 이휼(愛恤)홈을 닙어 이 산즁(山中)에 드러온 지 임의 쥬년(周年)이라. 고향 산쳔(故鄕山川)이

〈62〉

몽즁(夢中)에 아득ᄒᆞ고 병방 【변방】 (邊方) 풍광(飛光) 【風光】 이 심ᄉᆞ(心事)를 요동(搖動)ᄒᆞ니 아지 못게라. 어ᄂᆞ 째에 쳔 리(千里) 경셩(京城)의 경개(景槪)를 다시 디(對)ᄒᆞ며 보은고동(報恩故洞)의 가틱(家宅)을 다시 보리오?"

월졍(月淨) 왈,

"낭ᄌᆞ(娘子) ㅣ 이 곳에 오심으로붓허 일신(一身)이 한가(閒暇)ᄒᆞ고 ᄆᆞ음이 쳥졍(淸淨)ᄒᆞ야 쟝ᄎᆞᆺ 샹승(上乘)의 오묘(奧妙)ᄒᆞᆫ 도(道)를 씨다라 셔텬 타일(西天他日)의 극락(極樂)을 누릴 것이어ᄂᆞᆯ, 어이 이졔 다시 진셰(塵世) 오탁(汚濁)을 싱각ᄒᆞ시ᄂᆞ뇨?"

류낭이 미쇼(微笑) 왈,

"므릇 {무릇} 샤롬이 이 셰샹(世上)에 나매 반드에 칠졍(七情)을 품슈(稟受)ᄒᆞ엿고, 임의 칠졍(七情)이 잇슴애 ᄯᅩ흔 졍근(情根)이 ᄌᆞ연(自然)히 ᄯᅡ라 싱(生)기ᄂᆞ니, 그 졍근(情根)이 흔번 부디침애 그 견고(堅固)홈이 돌과 ᄀᆞᆺᄒᆞ여 비록 망렬 【맹렬】 (猛烈)ᄒᆞᆫ 불이라도 능(能)히 슬오지 못ᄒᆞ며, 리(利)로온 강텰(剛鐵)이라도 ᄭᅳᆫ허 ᄇᆞ리지 못ᄒᆞᄂᆞ니, 만일 량원(琅苑) 현포(玄圃)에 단ᄉᆞ(丹砂)로 황금(黃金)을 화(化)ᄒᆞ며 교리화조(交梨火棗)를 비불니 먹어 환골탈틱(換骨脫胎)ᄒᆞ야 홍애(洪崖)의 엇기를 치며 부구(浮邱)의 소매를 당긔여 십쥬(十州) 삼산(三山)에 오유(遨遊)ᄒᆞ거나 실라벌셩(室羅筏城)과 샤위국(舍衛國) 즁(中)에 련화묘법(蓮

花妙法)을 강론(講論)ᄒ야 식샹(色相)이 구공(俱空)ᄒ고, 륙근(六根)이
청정(淸淨)ᄒ와 아란(阿蘭)【아난(阿難)】의 종젹(踪跡)을 차지며 가섭
(迦葉)의 셩품(性品)을 본밧아 법텬 혜월(法天慧月)의 무량대도(無量大
道)를 ᄭᅢ다른 지(者)

〈63〉

ᅵ 아니면, 비록 공부ᄌᆞ(孔夫子)의 문도(門徒)【門徒】라도 희로이락이
오욕(喜怒哀樂愛惡辱)【喜怒哀樂愛惡欲】의 칠졍(七情)의 발(發)홈을
면(免)치 못ᄒᄂ니, ᄒ물며 쳡(妾)은 청루(靑樓) 쳔죵(賤踪)이라. 한셩
(漢城)에 생쟝(生長)ᄒ야 북악(北岳) 남손(南山)의 청슈(淸秀)ᄒ 뫼ᄲᅮ리
와 동작(銅雀) 삼호(三湖)의 묽은 풍연(風煙)이며, 쥬란화각(朱欄畵閣)
의 아름다온 물식(物色)과 쳥가 묘무(淸歌妙舞)의 번화(繁華)ᄒ 흥치
(興致) 낫낫히 졍(情)들고 일일(一一)히 싱각남은 인지샹졍(人之常情)
이오, 이 닐은 바 졍근(情根)이라. 일로 볼진딘 산쳔물식(山川物色)도
오히려 졍근(情根)을 머므러 싱각나거든 더고나 친쳑 붕우(親戚朋友)와
지긔(知己)를 원별(遠別)홈이리오?"
월졍(月淨)이 그 졍 부ᄉᆞ(鄭府使)를 싱각홈인 줄 알고 츄연【쵸연】(愀
然) 기용(改容)ᄒ더라. 류낭ᅵ 즉시 도라와 경경불미(耿耿不寐)ᄒ야 심ᄉᆞ
(心事)를 슬오니 월졍이 만단(萬段)으로 위로ᄒ더니, 이러구러 삼츈(三春)
이 다ᄒ고 여름이 도라옴에 방초(芳草)ᄂ 쳐쳐(萋萋)ᄒ고 록음(綠陰)은 의
의(依依)ᄒ야 더옥 사롬의 심회(心懷)를 돕ᄂ지라. 일일(一日)은 류낭이
왈정【월졍】(月淨) 다려 왈,
"쳡(妾)이 션ᄉᆞ(禪師)의 후은(厚恩)을 입어 이 곳에 편(便)히 머므런 지
임의 쥬년(周年)이라. 싱각건딘 지금(至今)은 셰상(世上)이 태평(太平)
ᄒ야 도로(道略)【道路】ᅵ 막힐 것이 업ᄉ오리니, 쳡이 경셩(京城)으
로 도라 가고져 ᄒ노라."
월졍(月淨)이 이 말을 듯고 이윽히 싱각다가 왈,

〈64〉

"낭즈(娘子)ㅣ 녀즈(女子)의 몸으로 쳔 리(千里) 원졍(遠程)에 엇지 힝 (行)코져 흐시느뇨?"

류낭 왈,

"내 임의 혜아림이 잇서 일습(一襲) 남복(男服)을 지어둔 배 잇스니 션 수(禪師)는 나를 위(爲)흐야 흔 라귀를 사옴이 엇더흐뇨?"

월졍(月淨)이 그 지혜(智慧)을 탄복(歎服)흐고 즉시(卽時) 촌중(村中)에 느려가 흔 라귀를 사가지고 도라오니, 류낭이 대희(大喜)흐야 이에 남복 (男服)을 기착(改着)흐고 졔승(諸僧)으로 더브러 작별(作別)흐고 쩌날 시, 모든 녀승(女僧)이 산문(山門) 밧긔 나와 젼송(餞送)흐며 쥬년(周年) 졍회 (情懷)를 싱각흐야 모다 눈(물)을 쑤리며, 월졍(月淨)은 더욱 챵연(悵然)함 을 이긔지 못흐야 류낭의 손을 잡고 잠연(潛然) 하루(下淚) 왈,

"빈승(貧僧)이 낭즈(娘子)로 더브러 젼싱(前生) 슉연(宿緣)이 중(重)흐 와 우연(偶然)히 상봉(相逢)흐와 수년(數年)을 함끠 지냄애 그 졍의(情 誼) 친쳑(親戚)이나 다름이 업습더니, 인싱봉별(人生逢別)이 뎡(定)흔 수(數)ㅣ 잇스와 일죠(一朝)에 리별(離別)을 당(當)흐오니 빈승(貧僧)의 심스(心事)ㅣ 지향(指向)흐올 곳이 업는 만곡리회【만곡리회】(萬斛離 懷)룰 엇지 흔 말숨으로 다 흐리잇고? 다만 브라건딘 랑자(娘子)는 옥보 방신(玉寶芳身)을 보중(保重)흐시샤 쳔 리(千里) 원졍(遠程)에 무스(無 事)히 득달(得達)흐와 유졍랑(有情郞)을 다시 맛나 진셰 영화(塵世榮 華)를 누리시고 빈승(貧僧)의 오늘날 졍회(情懷)를 닛지 말으쇼셔."

류랑이 쏘흔 오열 비읍(鳴咽悲泣)흐야

〈65〉

참아 쩌나지 못흐다가 이에 손을 눈호고 일필(一匹) 쳥려(靑驢)에 올나 표연(飄然)히 힝(行)흐니 월졍(月淨)이 졔승(諸僧)으로 더브러 망연(惘然) 히 서셔 멀니 브라보며 무엇을 일흔 듯흐다가 홀일업서 암중(庵中)으로 도

라 가니라.

챠셜(且說). 류랑이 당건(唐巾) 쳥포(靑袍)로 쳥려(靑驢)를 트고 대로
(大路)로 조차 경셩(京城)으로 향(向)홀 시 도로(道路)의 보는 쟈(者)ㅣ 그
옥모 영풍(玉貌英風)을 ᄉ랑ᄒ야 써ᄒ되,

  "이는 반다시 션인(仙人)이 하ᄀ(下降)함이라. 어이 셰상(世上)에 이러
  ᄒ 사롬이 잇스리오?"

ᄒ더라. 여러 날 만에 박쳔 진두(博川津頭)에 니르러 날이 져물거늘 쥬뎜
(酒店)을 ᄎ자 쉴 시, 이 ᄯ는 ᄉ월(四月) 념간(念間)이라. 셕반(夕飯)을
파(罷)ᄒ고 고등(孤燈)을 디(對)ᄒ야 잠을 일우지 못ᄒ며 홀로 싱가ᄒ되,

  '내 혈혈(孑孑) 녀ᄌ(女子)로 만ᄉ여싱(萬死餘生)이 이 ᄯ시ᇇ지 명(命)을
  보젼(保全)ᄒ엿스나, 어ᄂ 날 쳔 리(千里) 경셩(京城)에 당도(當到)ᄒ야
  가군(家君)을 다시 맛나며, 이제 가군(家君)은 그져 곡산(谷山)에 계시
  며, 류파(劉婆)는 어디 잇스며 보은동(報恩洞) 고퇵(故宅)은 엇지 되엿
  ᄂ고?'

ᄒ며, 이쳐로 싱각함애 쳐량(凄凉)함을 이긔지 못ᄒ야 방문(房門)을 열고
나와 쏠【쓸】에셔 비회(徘徊)ᄒ더니, 믄득 드르니 격벽(隔壁)에셔 여러
사롬의 숫두어리는 {수다스럽게 떠드는} 소리 들니는지라. 류랑은 본디
령리(伶俐)ᄒ 셩(性)

〈66〉

품(品)애 스스로 혜아리되,

  '지금(至今) 밤이 깁헛거늘 엇더ᄒ 사롬들이 자지 아니코 뎌럿탓시 지져
  괴는고?'

ᄒ고, 련보(蓮步)를 옴겨 나아가 벽(壁)에 귀를 다히고 여허 드르니 무수
(無數)ᄒ 파락호(破落戶)ㅣ 니웃 {이웃} 쥬뎜(酒店)에 모혀 안자 술을 마
시며 그 중(中) ᄒ 한ᄌ(漢子)ㅣ 닐ᄋ디,

"쟝삼(張三)아, 네 아짜 그 소년(少年)을 보앗는다?"

쟝삼(張三) 왈,

"내 임의 보앗노라."

그 한즈(漢子)] 왈,

"그 소년(少年)의 옥모(玉貌)를 보니 셰샹(世上)에 어이 이러훈 남즈(男
子)] 잇스리오? 이는 반다시 녀화위남(女化爲男)함이니, 우리 이제 그
소년(少年)을 겁박(刦迫)ᄒ야, 만일 남즈(男子)] 어든 다만 그 힝장(行
裝)을 탈취(奪取)훈 후(後) 노하 보내고, 졍녕(丁寧) 녀즈(女子)] 어든
내 환거(鰥居)훈 지 여러 히이니 맛당히 취(取)ᄒ야 안히를 {아내를}
삼으리니 너희는 나를 도와 일을 힝(行)함이 엇더ᄒ뇨?"

모다 닐오디,

"락(諾)다."

ᄒ거늘, 류랑이 이 말을 듯고 혼빅(魂魄)이 비월(飛越)ᄒ야 혜오디,

'내 이 곳에 일시(一時)라도 지체(遲滯)ᄒ면 욕(辱)을 면(免)치 못ᄒ리라.'

ᄒ고, 이에 라귀와 힝장(行裝)을 모다 ᄇ리고 ᄀ만히 뎜문(店門)을 열고
나와 북(北)을 ᄇ라고 급(急)히 힝(行)ᄒ더니, 얼마 못 가셔 믄득 후면(後
面)에 함성(喊聲)이 대진(大震)ᄒ거늘, 류랑이 놀내 도라보니 홰불이 {횃
불이} 죠요(照耀)ᄒ며 수십(數十)

〈67〉

명(名) 한즈(漢子)] 풍우(風雨)갓치 좃츠오며 소리를 벽력(霹靂)ᄀ치
질너 왈,

"압희 가는 긱인(客人)은 닷지 말라. 우리 임의 너의 종적(踪跡)을 알앗
거늘, 네 어더로 닷고져 ᄒ는다?"

ᄒ는지라. 류랑이 이 ᄯ를 당(當)ᄒ야 아모란 줄 모로고 창황(蒼皇)히 압
흘 ᄇ라고 다라나더니, 홀연(忽然) 길이 ᄂ허지고 망망(茫茫)훈 대ᄀ(大
江)이 압흘 가리왓는지라. 류랑이 더욱 황겁(慌刦)【惶怯】ᄒ야 ᄉ면(四

面)을 둘너보니, 교교(皎皎)흔 명월(明月)은 동텬(東天)에 소삿스며, 금픠
(金波)눈 만경(萬頃)이오 물소리 용용(溶溶)흐더, 흔 척(隻) 비도 업눈지
라. 류랑이 하늘을 우러러 길이 탄식(嘆息) 왈,

"첩(妾)이 만ᄉ여싱(萬死餘生)으로 녀화위남(女化爲男)흐야 발셥(跋涉)
도로(道路)함은 힝(幸)혀 경셩(京城)에 득달(得達)흐야 졍랑(鄭郞)을 다
시 맛날가 흐엿습더니, 창텬(蒼天)이 돕지 아니시고 괴신【귀신】(鬼
神)이 희(戱)를 지어 쏘 이러흔 변(變)을 맛낫스오니, 첩이 어이 다시 살
기를 바라리오? 이졔 흔번 죽어 졍랑(鄭郞)의 ᄉ랑흐던 은혜(恩惠)를 갑
흐리이다."

흐고, 이에 츄슈량안(秋水兩眼)에 두어줄 눈물이 ᄂ림을 씨둣지 못흐며
오열 비읍(嗚咽悲泣) 왈,

"첩이 젼일(前日)에 압록강슈(鴨綠江水)에 ᄲ젓더면 혹쟈(或者) 졍랑
(鄭郞)이 첩의 죽음을 알앗스려니와, 오늘날 이 곳에셔 죽

〈68〉

은들 졍랑이 후일(後日)에 어이 알음이 잇스리오?"

흐며, 이처로 슬허흐더니 함셩(喊聲)이 졈졈(漸漸) 갓가오며 좃차 오는 쟈
(者)ㅣ 거의 등 뒤히 다다랏눈지라. 류낭이 이를 보고 이호(哀呼) 일셩(一
聲)에 몸을 눌녀 강심(江心)을 향(向)흐야 쒸여드니, 믄득 수운(愁雲)이 니
러나며 월식(月色)이 무광(無光)흐고 슯흔 바람이 강샹(江上)을 두루며 산
쳔초목(山川草木)이 위(爲)흐야 슬허흐눈 듯흔지라. 차(嗟)홉다! 류랑의
졍렬(貞烈)로 쳔신만고(千辛萬苦)를 다 격그고 {겪고} 다졍랑(多情郞)을
다시 만나 보지 못흐고 쇽졀업시 슈즁(水中) 원혼(冤魂)이 되단 말가? 쌜
니 하회(下回)를 보아 그 ᄉ싱(死生)을 알지어다.

챠셜(且說). 쟝삼(張三) 등(等) 모든 파락호(破落戶)ㅣ 불측(不測)흔 ᄆ
음을 품고 류낭을 좃ᄎ 쳥쳔강(淸川江)에 니르러 거의 잡게 되엿더니, 믄

득 그 익수(溺水)홈을 보고 모다 대경(大驚)ᄒ며 서로 닐오ᄃᆡ,

"이 녀ᄌᆞ(女子)일시 분명(分明)ᄒ도다. 만일 남ᄌᆞ(男子) ᄀᆞᆺᄒ면 굿ᄒ여
{구태여} 죽을 리(理) 잇스리오?"

ᄒ며, 혹(或)은 닐오ᄃᆡ,

"이 일이 만일 루셜(漏泄)ᄒ면 우리 등(等)이 화(禍)를 당(當)ᄒ리니 힝
(幸)혀 이러ᄒᆫ 말을 번셜(煩說)치 말라."

ᄒ니, 모다 닐오ᄃᆡ,

"가(可)타."

ᄒ고, 각(各)각 허여져 가더라.

션셜(先說). 졍 부ᄉᆞ(鄭府使)ㅣ 곡산(谷山)에 잇서 류낭을 싱각ᄒ야

〈69〉

죠운모우(朝雲暮雨)와 화신월셕(花辰月夕)에 심회(心懷)를 살오더니,
일일(一日)은 일봉셔(一封書)를 닥고 치단(彩緞) 두어 필(匹)과 은ᄌᆞ(銀
子) {은돈} 수빅 량(數百兩)을 창두【창두】(蒼頭)를 주며 당부(當付)
왈,

"네 이것을 가지고 경셩(京城)에 올나 가 류낭에게 젼(傳)ᄒ고, 그 회셔
(回書)를 맛하 오라."

ᄒ니, 창두(蒼頭)ㅣ 수명(受命)ᄒ고 가더니 수일 후(數日後) 도라와 고 왈,

"그 사이 병란(兵亂)이 니러나 도로(道路)ㅣ 통(通)치 못ᄒᆞᆸ기로 감
(敢)히 경셩(京城)에 나아가지 못ᄒ고 도라왓ᄂᆞ이다."

ᄒ거늘, 부ᄉᆞㅣ 이 말을 듯고 대경ᄒ야 다시 사ᄅᆞᆷ을 부려 그 ᄌᆞ셰(仔細)ᄒᆫ
소식(消息)을 탐지(探知)ᄒ며, 일변(一邊) 각쳐(各處)에 방(榜)【榜】을
붓쳐 인민(人民)을 안무(安撫)【按撫】ᄒ야 경동(驚動)치 말게 ᄒ나, 쳔ᄌᆞ
(擅恣)히 디방(地方)을 ᄭᅥ나지 못ᄒ고, 다만 일야(日夜)로 경셩(京城)을
바라고 호읍(號泣)ᄒ더니, 수월(數月)이 지낸 후(後) 죠졍(朝廷)에셔 금인

(金人) {청인(淸人)} 과 화친(和親)ㅎ엿다 ㅎ는 긔별이 느려오고, 쏘 부ㅅ
의 치젹(治績)이 특이(特異)ㅎ다 ㅎ야 례조(禮曹) 참의(叅議)를 졔슈(除
授)ㅎ고, 승일(乘馹) 샹리(上來)ㅎ라 ㅎ엿거늘, 부ㅅㅣ 이에 향안(香案)을
비셜(排設)ㅎ고 교지(敎旨)를 밧ㅈ와 북향(北向) ㅅ비(四拜)ㅎ야 텬은(天
恩)을 츅샤(祝謝)혼 후, 즉시(卽是) 힝장(行裝)을 슈습(收拾)ㅎ야 쩌날 시,
일읍(一邑) 리민(吏民)이 부ㅅ의 덕(德)을 싱각ㅎ야 길을 マ리와 호읍(號
泣)ㅎ는지라. 부ㅅㅣ 됴흔

〈70〉

말로 면면(面面)히 위로(慰勞)ㅎ고 길에 올나 어러 날 만에 경셩(京城)
에 니르러 ㅅ면(四面)을 슯혀보니, 시졍(市井)이 젹막(寂寞)ㅎ고 려염(閭
閻)이 쇼됴(蕭條)ㅎ야 경식(景色)이 심(甚)히 쳐량(凄凉)ㅎ더라. 부ㅅㅣ
즉시(卽是) 북궐【북궐】(北闕)에 나아가 샤은(謝恩)ㅎ고 물을 달녀 보은
동(報恩洞)에 나아가 류낭의 집 문젼(門前)에 다다르니, 문졍(門庭)이 링
락(冷落)ㅎ고 장원(墻垣)이 붕퇴(崩頹)혼 즁(中) 즁문(重門)을 밧그로 구
지 걸고 옥인(玉人)의 자최를 츳즐 곳이 업는지라. 참의(叅議)ㅣ 어이 업
서 망연(惘然)히 물을 머므르고 서셔 싱각ㅎ되,

   '이 어인 일고? 반드시 병란(兵亂)에 타쳐(他處)로 피란(避亂)홈인가?'
   쏘 싱각ㅎ되,

   '창양(搶攘) 즁(中) 무슴 화변(禍變)이나 맛나지 아니 ㅎ엿는가?'

   ㅎ며, 졍(正)히 니웃 사룸을 츳자 뭇고져 ㅎ더니, 믄득 혼 늙은 파ㅈ(婆
子)ㅣ 엽흐로 지내 가거늘, 참의(叅議)ㅣ 급(急)히 그 로파(老婆)다려 문
(問) 왈,

   "이 집에 잇던 류파(劉婆)와 낭ㅈ(娘子)ㅣ 어느 곳으로 갓느뇨?"
혼대, 그 로파(老婆)ㅣ 답(答) 왈,

   "로신(老身)은 본디 북촌【북촌】(北村) 안국동(安國洞)에 사옵더니, 향
   일(向日) 병화(兵火)에 가산(家産)을 탕진(蕩盡)홀 쑨아니라, 십팔 셰(十

八歲)된 녀아(女兒)를 몽고병(蒙古兵)에게 아인 배 {빼앗긴 바} 되고, 로신(老身)의 부쳐(夫妻)ㅣ 겨오 목숨을 보존(保存)ᄒ야 흥인문(興仁門) 밧 (산)곡(山谷) 즁(中)에 숨엇다가 젹병(賊兵)이 물너간 후(後) 다

〈71〉

시 셩즁(城中)에 드러 왓ᄉ오며, 이 곳에 이샤(移舍)ᄒᆫ 지 불과(不過) 월여(月餘)이오며, 이 집은 로신(老身)이 이 곳에 오기 젼(前)붓허 뎌처로 문(門)을 잠앗스니 {잠갔으니} 그 뉘집이며 그 무슴 연고(緣故)로 쥬인(主人)이 업는지 실(實)로 아지 못ᄒᄂ이다."

ᄒ거눌, 참의ㅣ 그 말을 듯고 경의(驚疑) 만단(萬段)이나 다시 무를 곳이 업는지라. 홀일업시 물을 도로혀 대로(大路)로 나와 남문(南門)을 향(向)ᄒ야 오다가 쇼광통교(小廣通橋)에 다다르니, 믄득 ᄒᆫ 미인(美人)이 교ᄌ(轎子)를 ᄐ고 가다가 참의를 보고 황망(慌忙)히 교ᄌ에 ᄂ려 마젼(馬前)에 나아와 문후(問候)ᄒ거눌 참의ㅣ 물을 머므르고 그 미인(美人)을 ᄌ셰(仔細)히 술혀보니 【솔혀보니】 이 곳 젼일(昔日) 【前日】 탕츈디(蕩春臺)에 류낭으로 더브러 홈긔 왓던 기녀(妓女) 도홍(桃紅)이라. 참의ㅣ 류낭을 본 다시 {본 듯이} 반가옴을 이긔지 못ᄒ야 밧비 문(問) 왈,

"낭은 그 ᄉ이 됴히 지내쓰며 병란 즁(兵亂中) 엇지 방신(芳身)을 안보(安保)ᄒ엿ᄂ뇨?"

도홍이 쳐연(凄然) 함루(含淚)ᄒ고 디(對) 왈,

"첩(妾)의 지낸 바 일은 창졸간(倉卒間) 로상(路上)에셔 일언 란진(一言難盡)이오며, 첩(妾)의 집이 머지 아니ᄒ오니 샹공(相公)은 허믈치 말으시고 잠간(暫間) 왕굴(枉屈)ᄒ시면 왕ᄉ(往事)를 ᄌ셰(仔細)히 고(告)코져 ᄒᄂ이다."

참의ㅣ 란리(亂離) 후(後) 도홍 【도홍】 을 맛남애 반가

〈72〉

온 즁(中) 쏘흔 류낭의 쇼식(消息)을 탐문(探問)코져 ᄒᆞ야 즉시 도홍을 ᄎᆞ라가니 원리(原來) 도홍의 집은 샤ᄌ쳥동(寫字廳洞)이라. 이 썬 참의ㅣ 도홍의 집에 니르러 방즁(房中)에 드러가 좌뎡(座定) 후(後) 도홍이 쥬비(酒杯)를 나아와 참의(叅議)를 권(勸)ᄒᆞ며 도홍(桃紅)이 몬져 {먼져} 말슴을 펴 닐오디,

"쳡(妾)이 듯ᄌᆞ오니 샹공(相公)이 텬은(天恩)을 닙샤와 니직(內職)을 졔비(除拜)ᄒᆞ엿다 ᄒᆞ더니 아지 못게이다. 어느날 경셩(京城)에 환ᄎᆞ(還次)ᄒᆞ여 계시니잇가?"

참의(叅議) 답(答) 왈,

"내 금일(今日)에 비로소 셩(城)에 드러와 북궐(北闕)에 슉샤(肅謝)ᄒᆞ고 오는 길이어니와 낭(娘)은 그러흔 변란(變亂)을 어이 지내엿ᄂᆞ뇨?"

도홍(桃紅) 왈,

"쳡(妾)의 일은 말슴ᄒᆞ오면 오히려 다힝이어니와 샹공(相公)이 류낭(柳娘)의 쇼식(消息)을 아지 못ᄒᆞ시ᄂᆞ니잇가?"

참의(叅議) 왈,

"과연(果然) 아지 못ᄒᆞ기로 내 졍(正)히 낭(娘)드려 뭇고져 ᄒᆞ더니, 이졔 낭(娘)이 몬져 닐으니 아지 못게라. 류낭(柳娘)이 기간(其間) 몸을 보즁(保重)ᄒᆞ엿스며 지금(至今) 어디 잇ᄂᆞ뇨?"

도홍(桃紅)이 츄연 【쵸연】 (愀然) 왈,

"뎌 류낭(柳娘)이 흔번 샹공(相公)을 리별(離別)흔 후(後)로 문(門)을 구지 닷고 단장을 폐(廢)ᄒᆞ며 눈물과 흔숨으로 셰월(歲月)을 보내오며, 일야(日夜)로 샹공(相公)의 도라 오시기를 기드림애 화용(花容)이 날로 쇠(衰)ᄒᆞ며 긔식(氣息)이 거의 ᄭᅳᆫ

〈73〉

허질 듯흔지라. 쳡(妾)이 자조 차자가 위로(慰勞)ᄒᆞ며 그 졍경(情景)을

가련(可憐)히 넉이옵더니, 쳔만(千萬) 몽미지외(夢寐之外)에 거년(去年) 십이월(十二月) 십ᄉ일(十四日)에 병화(兵火)를 당(當)ᄒ와 젹병(賊兵)이 셩즁(城中)에 돌입(突入)【突入】ᄒ와 ᄉ쳐(四處)로 돈니며 빅셩(百姓)의 지산(財産)을 탈ᄎ(奪取)ᄒ며 부녀(婦女)를 로략(擄掠)ᄒᄂ지라. 쳡(妾)이 쏘흔 젹병(賊兵)에게 살오잡힌 바 {사로잡힌 바} 이 되와 염초쳥(焰硝廳)에 머므런지 수삭(數朔)만에 젹병(賊兵)이 회군(回軍)ᄒᆯ 째를 당(當)ᄒ와 고양(高陽) ᄯᅡ희 니르러 멀니 보매 류낭(柳娘)이 머리 풀고 발벗고 여러 사로잡힌 녀ᄌ(女子) 즁(中)에 셧기여 감애, 쳡(妾)이 그 참혹(慘酷)흔 경상(景狀)이 피ᄎ일반(彼此一般)임을 더옥 슬허ᄒ더니, 쳡(妾)은 쳡(妾)의 부모(父母) | 쳔금(千金)으로 속신(贖身)흠을 닙ᄉ와 도라 왓ᄉ오나, 류낭(柳娘)의 어이됨을 아지 못ᄒ와 ᄆ양 흔탄(恨歎)ᄒ옵더니 그 후(後) 류파(劉婆)를 맛나 듯ᄌ오니 송도(松都) ᄯᅡ에셔 분리(分離)흔 후(後) 쇼식(消息)을 아지 못ᄒ오며, 그 후(後)에 젼(傳)ᄒᄂ 말솜을 드르니 혹(或)은 즁로(中路)에서 죽엇다 ᄒ며 혹(或)은 살앗다 ᄒ오나, 이는 모다 도쳥도셜(途聽道說)이오니 가(可)히 쥰신(準信)치 못ᄒ오려니와, 대뎌(大抵) 류파(劉婆)의 말솜을 듯ᄌ오니 당초(當初)에 류낭(柳娘)이 류파(劉婆)와 홈ᄭᅴ 도젹(盜賊)에게 잡힌 배 되와 동별영(東別營)에 잇슬 째붓허

〈74〉

류낭(柳娘)이 죽기를 그음ᄒ야 ᄒᆼ샹 닐오디, '살아셔 욕(辱)됨이 죽어 몸을 졍(精)케 흠만 ᄌ지 못ᄒ다.' ᄒ더라 ᄒ더이다."

ᄒ거눌, 참의(叅議) 듯기를 다 못ᄒ야 일쌍 봉안(一雙鳳眼)에 루슈(淚水) | 어래이며 허희 쟝탄(噓唏長嘆) 왈,

"류낭(柳娘)이 일뎡(一定) 죽엇스리로다. 슯흐다! 류낭(柳娘)의 죽음은 이 날로 말믜암음이로다."

ᄒ고, 다시 말이 업다가 반향(半晌) 후(後) 참의(叅議) 닐오디,

"내 과연(果然) 아까 류낭(柳娘)을 차자 보은단동(報恩緞洞) 녯집에 가보니 겹문(門)을 긴긴(緊緊)히 닷고 인젹(人跡)이 업기로 심즁(心中)에 의아(疑訝)ᄒ엿더니, 기간(其間) 인ᄉ(人事)에 이럿 틋시 변(變)ᄒ올 줄 어이 ᄯᅳᆺᄒ엿스리오? 이졔 낭(娘)의 말을 드르니 류파(劉婆)ᄂᆞ 도라왓다 ᄒ니 어ᄂᆞ 곳에 잇스며 랑(娘)은 자조 맛남이 잇ᄂᆞ뇨?"

도홍이 참의에 거동(擧動)을 보고 ᄯᅩᄒᆞᆫ 비감(悲感)홈을 이긔지 못ᄒ며 디(對) 왈,

"류파(劉婆)ㅣ 송도(松都)셔 도라온 후(後) 살 길이 바이 업ᄉ와 친쳑(親戚)의 집으로 두로 도라 ᄃᆞ니며 왕왕(往往)히 쳡(妾)을 차자 오더이다."

말이 맛지 못ᄒᆞ야 믄득 류파(劉婆)ㅣ 밧그로셔 드러 오다가 참외의 말ᄉᆞᆷ 소리를 듯고 급(急)히 량문【방문】(房門)을 열고 ᄯᅱ어들며 참의의 소매를 붓들고 실셩 통곡(失聲痛哭)ᄒᆞ거ᄂᆞᆯ, 참의 ᄯᅩᄒᆞᆫ 눈물 ᄂᆞ리옴을 ᄭᅵ

〈75〉

듯지 못ᄒ며, 도홍도 울기를 마지 아니ᄒᆞ더라. 이윽고 류파ㅣ 눈물을 거두고 젼후(前後) 지낸 바 일을 말ᄉᆞᆷᄒᆞᆯ 시 마ᄃᆞ마다 {마디마다} 진진(津津)히 늣기고 {느끼고} 슬허ᄒᆞ니, 참의 ᄯᅩᄒᆞᆫ 지낸 일을 닐아고 만단(萬段) 위로(慰勞)ᄒ며, 이에 힝장(行裝)으로 조ᄎᆞ 은ᄌᆞ(銀子) 오빅 량(五百兩)을 내여 류파(劉婆)를 쥬며 왈,

"로랑(老娘)이 지금(至今) 쇠로지년(衰老之年)에 어이 뎡쳐(定處)업시 ᄃᆞ니리오? 모름이 녯집을 슈리(修理)ᄒ고 잇슬지어다."

류파(劉婆)ㅣ 샤례ᄒ며 더옥 류랑(柳娘)을 ᄉᆡᆼ각ᄒᆞ여 슬허ᄒᆞ더라. 참의 ᄯᅩ 십 량(十兩) 은ᄌᆞ(銀子)를 내여 쥬식(酒食)을 만히 작만ᄒᆞ여 오라 ᄒ여, 삼인(三人)이 서로 권(勸)ᄒ고 다시 왕ᄉ(往事)를 말ᄉᆞᆷᄒᆞ여, 혹(或) 비읍(悲泣)ᄒ며 혹(或) 탄식(嘆息)ᄒ다가 날이 져물거ᄂᆞᆯ, 참의 인(因)ᄒᆞ야 도홍(桃紅)의 집 외당(外堂)에서 밤을 지내고, 날이 붉은 후 류파와 도홍을 잠간(暫間) 작별(作別)ᄒ고 남문(南門)을 나 련화봉(蓮花峯) 고퇵(故宅)에

다다르니 문뎡(門庭)이 쇼슬(蕭瑟)ᄒ고, 집을 직희엿던 비복(婢僕) 등(等)
이 다 허여져 그 간 곳을 아지 못홀지라. 참의(叅議) 초창(怊悵)홈을 이긔
지 못ᄒ야 망연(惘然)히 섯다가 다시 물을 도로혀 보은단동(報恩緞洞)에
드러오니, 류파(劉婆)ㅣ 반겨 나와 마자 방즁(房中)에 드러가니, 물식(物
色)은 녜와 ᄀ흐나 다만 가인(佳人)

〈76〉

의 자최 묘연(杳然)ᄒ지라. 셕반(夕飯)을 파(罷)ᄒ 후 류파ᄂ 류랑을 싱
각ᄒ야 방즁(房中)에서 울거늘, 참의 비회(悲懷)를 금(禁)치 못ᄒ야 홀로
란간(欄干)을 의지ᄒ야 안잣스니, 이 ᄴ ᄂ 츄칠월(秋七月) 망간(望間)이
라. 금풍(金風)은 쇼슬(蕭瑟)ᄒ고 졍반(庭畔)에 이슬을 먹음은 버레 소리
ᄂ 즉즉(唧唧)ᄒ야 사ᄅᄆ의 심회(心懷)를 돕ᄂ지라. 참의 슯홈을 이긔지 못
ᄒ야 다만 허희 쟝탄(嘘唏長嘆)ᄒ더니, 홀연(忽然) 일륜명월(一輪明月)이
동령(東嶺)에 소사 오르며 졈졈(漸漸) 즁텬(中天)에 다다르니, 그 죠요(照
耀)ᄒ 광치(光彩) 옥인(玉人)의 얼골을 다시 디(對)ᄒ 듯 어름 ᄀ흔 묽은
빗은 아릿다온 사ᄅᄆ의 ᄆᄋᆷ과 ᄀ흔지라. 참의 더고나 비회(悲懷)를 억졔
(抑制)치 못ᄒ야 이에 가ᄉ(歌詞) 일편(一篇)을 지으니 ᄒ얏스되,

> 뎡랑수(鄭郎愁)로다
> (뎡랑이 시름 ᄒᄂ도다)
> 빅운황엽(白雲黃葉)이 량유유(兩悠悠)로셰
> (흰 구름과 누른 닙은 둘이 길고 길도다)
> 풍류(風流)ᄂ 하쳐(何處)에 인의구(人依舊)런고
> (풍류ᄂ 어ᄂ 곳에 사ᄅᄆ이 녜와 ᄀ흔고)
> 거년츄월(去年秋月)과
> (간 ᄒᆡ의 가을ᄃᆯ과)

〈77〉

금년츄월(今年秋月)은

(올희의 가을둘은)

일양죠홍루(一樣照紅樓)로다

(흔 모양으로 붉은 다락에 비최이는도다)

ᄒ엿더라.

읊기를 다ᄒ고 다시 방즁(房中)에 드러가 경경불미(耿耿不寐)ᄒ야 밤을 시오고 싱각ᄒ되,

'내 본디 ᄉ환(仕宦)에 뜻이 업더니 마지 못ᄒ야 곡산(谷山)을 감으로 류낭(柳娘)으로 ᄒ여곰 이 ᄯᅳᆮ허지고 혼을 살오다가 맛춤리 {마침내} 참화(慘禍)를 당(當)케 ᄒ엿스니, 이는 공명(功名)으로 인(因)ᄒ야 지긔(知己)를 져바림이니 내 어이 다시 환로(宦路)에 골믈(汨沒)ᄒ야 허믈 우희 ᄯᅩ 허믈을 더ᄒ리오?'

ᄒ고, 개연(慨然)히 붓을 ᄲ혀 일쟝소(一張疏)를 지어 텬폐(天陛)에 올녀 벼슬을 ᄉ양(辭讓)ᄒ니 죠뎡(朝廷)이 듯지 아니ᄒ거늘, 참의 여러 번 상소(上疏)ᄒ야 구지 청(請)홈애, 이에 윤허(允許)ᄒ시는지라.

참의, 류파(劉婆)를 잠간(暫間) 작별(作別)ᄒ고 츙쥬(忠州) 향뎨(鄕第)에 도라가니 일문(一門)이 모다 반기더라. 이 ᄯᅥ 참의 원로(遠路)에 구치(驅馳)ᄒ고 겸 【겸】(兼)ᄒ여 심ᄉ(心事)를 상해(傷害)옴이 적지 아니 홈으로 인(因)ᄒ야 신병(身病)이 발(發)ᄒ야 몸을 쟝젹 【상셕】(床席)에 더져 신음(呻吟)ᄒ니 거가(擧家) | 황황(慌慌)ᄒ야 빅반(百般)으로 치료(治療)홈애 병셰(病勢) 【病勢】 젹이 하린지라 {낫는지라} . 이러구

〈78〉

러 삼동(三冬)이 다 진(盡)ᄒ고 봄이 도라옴애 현긔 【텬긔】(天氣) 화창

(和暢)ᄒ고 만물(萬物)이 ᄌᆞ싱(滋生)홈애 참의(叅議)의 병(病)이 ᄯᅩᄒᆞ 쾌차(快差)ᄒᆞ지라. 일일(一日)은 참의 홀로 죽쟝(竹杖)을 ᄯᅳᆯ으고 뒤 뫼에 올나보니, 언덕 우희 붉은 도화(姚花)【桃花】ᄂᆞᆫ 쟉쟉(灼灼)ᄒᆞ야 류낭에 고흔 얼골인 듯, 동구(洞口)의 푸른 버들은 요요(嫋嫋)ᄒᆞ야 류낭의 ᄀᆞᄂᆞᆫ 허리인 듯, 가지 ᄉᆞ이의 력력(嚦嚦)ᄒᆞᆫ 잉셩(鶯聲)은 류낭의 맑은 노래인 듯, 공산(空山)의 슬니 우는 두견셩(杜鵑聲)은 류낭의 슯히 우는 소리인 듯, 눈이 부디치고 귀에 거치이는 것이 모다 스스로 ᄦᅧ 바아지고 넉이 살아지ᄂᆞᆫ지라. 참의 잠연(潛然) 하루(下淚) 왈,

"셰샹(世上)에 날 ᄀᆞᆺ치 무졍(無情)ᄒᆞᆫ 남ᄌᆞ(男子)ㅣ ᄯᅩ 어디 잇스리오? 니 류낭을 리별(離別)ᄒᆞᆫ 지 발셔 삼 년(三年)이라. 그 ᄉᆞ싱 존망(死生存亡)을 아지 못ᄒᆞ거ᄂᆞᆯ 나는 오히려 이 ᄱᅥᄭᅵ지 편(便)히 집에 잇서 그 쇼식(消息)을 듯보려 아니ᄒᆞ니 이 어이 고인(故人)을 져바림이 아니며, ᄒᆞ믈며 류낭의 옥결빙심(玉潔氷心)【玉玦氷心】으로 반다시 ᄒᆞᆫ 거름 {걸음} 을 즐겨 호디(胡地)를 드디오지 아니 ᄒᆞ엿스리니, 연즉(然則) 그 죽음이 뎡녕(丁寧)홀지라. 니 비록 천신만고(千辛萬苦)를 격글지라도 그 깃친 ᄦᅧ를 거두워 오지 아니ᄒᆞ면 이ᄂᆞᆫ 당초(當初)의 긥혼 언약을

〈79〉

이즘이니 {잊음이니} 타일(他日) 구원야디(九原夜臺)에 어이 류낭의 얼골을 디(對)ᄒᆞ리오?"

ᄒᆞ고, 이에 집에 도라와 쳐ᄌᆞ(妻子)다려 왈,

"니 병여(病餘)에 심ᄉᆞ(心事)ㅣ 울젹(鬱積)ᄒᆞ니 ᄒᆞ반【ᄒᆞ번】 관셔(關西) 풍경(風景)을 완샹(玩賞)ᄒᆞ야써 스스로 위로ᄒᆞ리라."

ᄒᆞ고, 이에 일필(一匹) 쳥려(靑驢)에 일기(一個) 셔동(書僮)을 다디고 {데리고} 표연(飄然)히 문을 나 경셩(京城)에 올나와 류ᄑᆞ(劉婆)를 차즈니, 이 ᄯᅢ 류ᄑᆞ(劉婆)ㅣ 참의의 병(病)늘물【병들물】 듯고 쥬이【쥬야】(晝夜)로 우려(憂慮)ᄒᆞ다가 참의를 보고 깃거옴을 이긔지 못ᄒᆞ더라. 참의 류ᄑᆞ다

려 왈,

"닉 싱각건대 류낭의 지죠(志操)로 반다시 호디(胡地)에 투죡(投足)지 아니 ᄒ엿스리니, 닉 이제 의쥬(義州)ᄭ지 가 그 종젹(踪跡)을 참문【탐 문】(探問)ᄒ야 만일 죽엇스면 그 빅골(白骨)이라도 거두어 도라오리니, 로낭(老娘)은 그 ᄉ이 몸을 보즁(保重)ᄒ라."

ᄒ니, 류ᄑ丨 참의의 의기(義氣)를 감격(感激)ᄒ야 눈물을 ᄲ려 샤례ᄒᄂ 지라.

참의 이에 류ᄑ를 작별(作別)ᄒ고 길에 올나 여러 날 만에 평양(平壤)에 다다르니 산쳔(山川)의 슈려(秀麗)【秀麗】홈과 경개(景槪)의 긔이(奇異) 함이 진(眞)짓 명구승지(名區勝地)라 수연(雖然)이나 참의의 이 길은 다 만 류낭의 쇼식(消息)을 탐지(探知)코져 함이라, 숑도(松都)로붓허 평양 (平壤)ᄭ지 니르도록 큰 길가의 쥬뎜(酒店)이며 혹(或) 촌락(村落)에 방문 (訪問)함이 아니

〈80〉

밋츤 곳이 업스나 종젹(踪跡)이 묘망(杳茫)【杳茫】ᄒ니, 무슴 경물(景 物)을 완상(玩賞)ᄒᆯ 뜻이 일호(一毫)나 잇스리오? 날이 져물매 쥬졈(酒店) 에 드러 밤을 지낼 시 부벽루(浮碧樓)의 비최이ᄂ 월식(月色)이며, 련광졍 (鍊光亭)의 관현지셩(管絃之聲)이며, 릉라도(綾羅島)의 어가(漁歌)와 영 명ᄉ(永明寺)의 쇠북 소리와 을밀디(乙密臺)의 뛰여 오르ᄂ 구름이 모다 수회(愁懷)를 돕ᄂ지라. 참의 심ᄉ(心事)를 더옥 졍(定)치 못ᄒ야 졍반(庭 畔)에셔 비회(徘徊)ᄒ며 길이 탄식 왈,

"닉 발셔 오빅여 리(五百餘里)를 왓스되 류낭의 쇼식(消息)을 듯지 못 ᄒ니 이 어인 일인고?"

ᄒ며, 쳐챵(凄愴)함을 이긔지 못ᄒ여 ᄒ다가 다시 방즁(房中)에 드르가 쵸 연(悄然)히 안자더니, 믄득 보니 벽상(壁上)에 쓴 글이 잇거ᄂᆯ ᄌ셰(仔細) 히 솖혀보니 이 곳 류낭의 지은 글이어ᄂᆯ 크게 놀니며 ᄯᅩ흔 반가움을 이긔

지 못ᄒᆞ야 눈물을 먹음고 지삼(再三) 음영(吟咏)ᄒᆞ니, 그 ᄉᆞ의(辭意) 익원(哀怨) 쳐절(凄切)ᄒᆞ야 춤아 보지 못홀지라. 참의 오열 비읍(嗚咽悲泣)ᄒᆞ며 잠을 일우지 못ᄒᆞ고, 날이 붉은 후(後) 졈 쥬인(店主人)을 불너 문(問) 왈,

"이 글은 어ᄂᆞ ᄯᅢ에 엇더ᄒᆞᆫ 사ᄅᆞᆷ의 쓴 바이뇨?"

졈 쥬인(店主人) 왈,

"쇼디(小的) 【쇼인(小人)】 ᄂᆞᆫ 본디 이 곳 ᄇᆡᆨ셩(百姓)으로 ᄉᆡᆼ애(生涯)을 졈막(店幕)에 븟치엿숩더니, 병ᄌᆞ년(丙子年) 란(亂)리을 {란리(亂離)을} 당(當)ᄒᆞ옴애 쳐ᄌᆞ(妻子)를 다리

〈81〉

고 집을 바리고 멀니 도망(逃亡)ᄒᆞ엿다가 셰상(世上)이 안졍(安靜)ᄒᆞᆫ 후(後) 도라옴애 이 글이 벽상(壁上)의 쓰엿ᄉᆞ오며, 모다 닐오디 '이는 반다시 란리에 사로잡히여 가ᄂᆞᆫ 녀ᄌᆞ(女子)의 글'이라 ᄒᆞ오며, '그 문쟝(文章)과 필법(筆法)이 졀륜(絶倫)ᄒᆞ다.' ᄒᆞ오며 쇼디(小的) 【쇼인(小人)】 다려 닐오디, '이는 인간(人間)에 지극(至極)ᄒᆞᆫ 보ᄇᆡ라.' ᄒᆞ오며, 보나 니마다 차탄(嗟嘆)함을 마지 아니 ᄒᆞ오며, 혹 눈물을 ᄲᅮ려 왈 '셰상(世上)에 어이 이러탓ᄒᆞᆫ 슯흔 일이 잇ᄂᆞᆫ고?' ᄒᆞ옵기로 쇼디(小的) 【쇼인(小人)】 비록 무져 【무지】 (無知)ᄒᆞ오나, 춤아 업시치 못ᄒᆞ와 숩거니와 실(實)로 그 녀ᄌᆞ(女子)ᄂᆞᆫ 보지 못ᄒᆞ엿ᄂᆞ이다."

참의 다시 뭇지 아니코 이에 은ᄌᆞ(銀子) 슈십 량(數十兩)을 주며 왈,

"이 글은 진실로 희한(稀罕)ᄒᆞᆫ 보ᄇᆡ어니와 그ᄃᆡ의 이 ᄯᅢᄭᆞ지 보존(保存)ᄒᆞ여 둔 ᄯᅳᆺ이 심히 아름다온지라. ᄂᆡ 이졔 일로ᄡᅥ 그ᄃᆡ에게 샤례ᄒᆞ노라."

뎜 쥬인(店主人)이 깃거음을 이기지 못ᄒᆞ야 무슈(無數)히 칭사(稱謝)ᄒᆞ고, 참의 ᄯᅥ는 후 뎜 쥬인(店主人)의 파ᄌᆞ(婆子)ㅣ 은ᄌᆞ(銀子)를 보고 ᄃᆡ희(大喜)ᄒᆞ며, 졈 쥬인(店主人)다려 왈,

"우리 이 글로 인(因)ᄒᆞ야 은ᄌᆞ(銀子)를 엇어스니 그 보ᄇᆡ로온 쥴을 가(可)히 알 것이며, 그 글 지은 녀ᄌᆞ(女子)의 지극(至極)ᄒᆞᆫ 졍경(情境)을

오러 유젼(遺傳)케 홈이 아름다온 일이며, 쏘

〈82〉

우리 무단(無端)히 눔의 적지 아니흔 은즈(銀子)를 밧앗스니 그져 허비
(虛費)홈이 쏘흔 렴치(廉恥) 업는 일이니, 니 싱각에는 이 글을 곱게 써
혀 두터이 비졉(褙接)ᄒ고, 현판(懸板)을 만달고 {만들고} 비단으로 가
리와 벽상(壁上)에 걸어두면 후일(後日)에 보나니 더욱 희귀(稀貴)히
넉일 것이오, 쏘흔 우리의 쾌(快)흔 일일가 ᄒ노라."

졈 쥬인이 그 말을 크게 아름다이 넉여 칭찬(稱讚) 왈,

"이 졍(正)히 니 뜻과 ᄀᆺ도다."

ᄒ고, 즉시 그 말디로 힝(行)ᄒ니라.

차셜(且說). 참의 그 쥬뎜(酒店)을 써나며 ᄀ만히 헤아리되,

'류낭의 이 곳ᄭ지 왓던 종젹(踪跡)은 올앗거니와 그 나종이 {나중이}
엇지 된고?'

ᄒ며, 더욱 ᄉ쳐(四處)로 방문(訪問)ᄒ나 다시는 알 길이 업는지라. 졈졈
(漸漸) 힝(行)ᄒ야 의쥬(義州)에 득달(得達)ᄒ야 압록강(鴨綠江)에 다다르
니, 이 ᄯᅢ는 하 ᄉ월(夏四月) 망간(望間)이라. 일디(一帶) 쟝강(長江)은 량
국 디계(兩國地界)를 분(分)ᄒ엿는디, 로변(路邊)의 방초(芳草)는 쳐쳐(萋
萋)ᄒ야 왕손(王孫)의 귀불귀(歸不歸)를 흔(恨)ᄒ는 듯, 쟝졔(長堤)의 양
류(楊柳)는 의의(依依)ᄒ야 가인(佳人)의 원별흔(怨別恨)을 자아너는 듯,
쳥산(靑山)의 두우셩(杜宇聲)은 불여귀(不如歸)를 슬니 불너 원긱(遠客)
의 심회(心懷)를 돕는지라. 참의 비회(悲懷)를 이긔지 못ᄒ야 통군뎡(統軍
亭)에 올나 란간(欄干)을 의지ᄒ야 피디(彼地)를 바라보니 봉황셩【봉황
셩】(鳳凰城)

〈83〉

　변(邊)에 연운(姻雲)【煙雲】이 참담(慘憺)ᄒ며, 료동(遼東) 디야(大野)에 호풍(胡風)이 이러나며, 비린 쐬ᄯᅳᆯ이 창텬(漲天)한지라. 참의 회희장탄【허희장탄】(噓唏長嘆) 왈,

　"류낭이 분명(分明)이 이 강(江)을 건너가지 아니 ᄒ엿슬 것이어ᄂᆞᆯ 다시 그 소식(消息)을 아지 못ᄒ니, 이ᄂᆞᆫ 나의 정셩이 부죡(不足)흠이로다."

ᄒ고, 차탄(嗟嘆)흠을 마지 아니타가 머리를 도로혀 ᄒᆞᆫ 곳을 보니, 무슴 글이 쓰엿거ᄂᆞᆯ 갓가히 {가까이} 나아가 보니, 이 곳 류낭의 익슈(溺水)ᄒᆞᆫ 글이라. 참의 이를 보고 정신(精神)이 혼미(昏迷)ᄒ야 여취여광(如醉如狂)ᄒ야 아모란 줄 모로다가 반향(半晌) 후(後) 정신(心神)【精神】을 진졍(鎭定)ᄒ야, 다시 그 글을 보고 눈물 나리음을 ᄭᅢ닷지 못ᄒ야 오열 비읍(嗚姻悲泣)【嗚咽悲泣】ᄒ기를 마지 아니타가 긱졈(客店)을 차자 쉴 시, 셔동(書僮)을 명(命)ᄒ야 지젼(紙錢) 향촉(香燭)과 쥬과(酒果)를 쥰비(準備)ᄒ야 명일(明日) 효두(曉頭)에 믈가 {물가}에 니르니, 강촌(江村)이 적막(寂寞)ᄒ고 셩월(星月)이 쇼슬(蕭瑟)ᄒᆞᆫ디 시벽 안기 물낫에 둘넛거ᄂᆞᆯ, 참의 친(親)히 일주향(一炷香)을 살오고 류낭에게 졔(祭)ᄒ니, 그 졔문(祭文)에 왈,

　'유셰ᄎᆞ(維歲次) 무인(戊寅) ᄉᆞ월일(四月日)에 박졍랑(薄情郎) 졍몽셰(鄭夢世)ᄂᆞᆫ 압록강(鴨綠江)에 니르러 일비주(一杯酒)로 류낭(柳娘)의 혼(魂)을 부르나니 오호 비지(嗚呼悲哉)라! 탕츈디(蕩春臺) 붉은 곳과 보은동(報恩洞) 밝은 달의 아릿다온 인연(因緣)이

〈84〉

일장츈몽(一場春夢)이 되엿도다. 상산(象山)에 일봉(一封) 졍찰(情札)이 영결(永訣)이 되단 말가? 오호 비지(嗚呼悲哉)라! 화려(華麗)ᄒᆞᆫ 옥안(玉顔)을 다시 디(對)치 못ᄒ며, 영발(英發)ᄒᆞᆫ 문쟝(文章)을 다시 듯지 못ᄒ니, ᄎᆞ싱(此生) ᄎᆞ셰(此世)에 유한(幽恨)이 면면(綿綿)ᄒ도다. 쳔

리(千里)를 발섭(跋涉)ᄒ야 낭(娘)의 쇼식(消息)을 무름이여, 꽂다온 자최를 보지 못ᄒ리로다. 곤곤(滾滾)ᄒ 뎌 물결이 쥬야(晝夜) 동(東)으로 흐름어여【흐름이여】, 그 어디로 향(向)ᄒᄂ고? 유유(悠悠)ᄒ 이니 ᄒ(恨)이 뎌 물을 따라 가이 업도다. 옥(玉) 갓ᄒ 뼈를 강즁(江中)에 거두지 못함이여, 향(香)긔로온 혼(魂)이 강상(江上)에 놀니로다. 이 목숨을 ᄒ번 바려 {버려} 낭(娘)을 좃지 못함이여, 평성(平生)의 지긔(知己)를 져바리도다. 쇼슬(蕭瑟)ᄒ 바람이 닐믜여 {일어} 낭(娘)의 령혼(靈魂)이 아름이 잇ᄂ닷 {있는 듯} ᄒ도다. 셔봉(西峯)의 지ᄂ 달이 쥬비(酒杯)에 비침이여, 슯흔 싱각이 새롭도다. 눈물로 수ᄒ힝 셔(數行書)ᄅ 씀이여 {씀이여}, 목이 믲쳐 만단 졍회(萬段情懷)ᄅ 다 못ᄒ노라. 오호 비지(嗚呼悲哉)라!'

참의 낡기ᄅ 뭇침애 우름 소리 눈물을 따라 것잡지 못ᄒ니, 이 째 비풍(悲風)이 쇼쇼(蕭蕭)ᄒ며 수운(愁雲)히 막막(漠漠)ᄒ야 더옥 사름의 비회(悲懷)ᄅ 돕ᄂ지라. 참의 일쟈【일쟝】(一塲)을 통곡(痛哭)타가 인(因)ᄒ야 혼

〈85〉

졀(昏絶)ᄒ니 셔동(書僮)이 급(急)히 붓들어 구호(救護)【救護】ᄒ야 식경(食頃)【食頃】 후(後) 겨오 졍신(精神)을 슈습(收拾)ᄒ야 망연(忙然)히 안자더니, 믄득 종경(鐘磬) 소리 풍편(風便)에 들니거ᄂ 참의 셔동(書僮)을 도라 보와 왈,

"이 근쳐(近處)에 ᄉ찰(寺刹)이 잇ᄂ가 시브니 {싶으니} 내 맛당히 류낭을 위(爲)ᄒ야 지(齋)【齋】ᄅ 올녀 그 원혼(冤魂)을 쳔도(薦導)【薦度】ᄒ리라."

ᄒ고, 종경(鐘磬) 소리ᄅ 조차 ᄒ 언덕을 넘어가니 ᄒ ᄉ당(祠堂)이 잇고, 현판(懸板)에 써스되, '관셔의기계낭지묘(關西義妓桂郎之廟)【關西義妓桂娘之廟】ㅣ라' ᄒ엿거늘 드러가 보니 뎐상(殿上)에 일위 미인(一位美人)이 화관 운샹(花冠雲裳)으로 단정(端正)히 안자스니, 이 곳 계월향(桂

月香)이라. 참의 강개(慷慨)홈을 이긔지 못ᄒ야 이에 일슈 시(一首詩)롤
지어 벽샹(壁上)에 쓰니 그 글에 ᄒ엿스되,

　　청구졀의지홍샹(靑邱節義在紅裳)ᄒ니
　　(청구의 졀이 붉은 치마에 잇스니)
　　일월징광(一月爭光)이 시계낭(是桂娘)이로다
　　(일월과 빗을 다톰이 이 계낭이로다)
　　압록강류(鴨綠江流)는 유시진(有是盡)이나
　　(압록강의 흐르는 물은 다홀 째 잇스나)
　　방명일직만년향(芳名一直萬年香)이로다
　　(꼿다온 일홈이 흔갈ᄀᆞ치 {한결같이} 만년에 향긔롭도다)

〈86〉

쓰기롤 다홈애 붓을 더지고 긱뎜(客店)에 도라와 벽(壁)을 의지ᄒ야 잠
을 일우지 못ᄒ고 쳐연(凄然)이 안자더니, 믄득 흔 가인(桂人)【佳人】이
셩관 월패(星冠月珮)로 방문(房門)을 열고 표연(飄然)【飄然】히 드러와
례(禮)ᄒ거늘, 참의 눈을 들어 슯혀 보이 이 곳 계월향(桂月香)이라. 반가
옴을 이긔지 못ᄒ야 몸을 니러 답례(答禮)ᄒ고 문(問) 왈,
　"만싱(晚生)이 낭ᄌ(娘子)의 대의(大義)와 향명(香名)을 우러런 지 오래더
니, 엇지 오늘날 이 곳에셔 옥안(玉顏)을 샹디(相對)홀 줄 뜻ᄒ엿스리오?"
계낭(桂娘)이 손사(連謝)【遜謝】 왈,
　"첩(妾)이 원혼(冤恨)을 픔ᅌᅳᆸ고 도라간 지 하마 삼십여 년(三十餘年)
【사십여 년(四十餘年)】에 능(能)히 흔마디 말숨으로 첩(妾)의 심ᄉ
(心事)롤 위로(慰勞)홀쟈ㅣ 업더니, 이제 샹공(相公)이 금슈 문장(錦繡
文章)으로 첩(妾)을 찬양(讚揚)ᄒ시니, 첩(妾)의 영화(榮華)로옴이 비
(比)홀 디 업스오며, 샹공(相公)의 대은(大恩)을 쟝ᄎᆞᆺ 무엇으로써 갑ᄉ
올 바롤 아지 못ᄒ올지라. 이제 첩이 특별(特別)히 이에 니름은 흔 말숨
으로 샹공(相公)의 은혜(恩惠)롤 갑고져 홈이오니, ᄇᆞ라건대 샹공(相公)

은 이 곳에셔 일시(一時)라도 지체(遲滯)【遲滯】치 말으시고, 밧비 박
쳔(博川) 묘련암(妙蓮菴)을 차자 가시샤 일쳑(一隻) 쇼션(小船)을 쥰비
(準備)ᄒᆞ시와 금월(今月) 이십일 야(二十日夜)에 쳥쳔강(淸川江) 하류
(上流)【下流】에 다엿다가 샹공(相公)의 빅연가우(百然佳耦)【百年佳
耦】의 급(急)흠을 구(救)ᄒᆞ

〈87〉

시며, 부디 쳡(妾)의 말슴을 허소(虛疎)히 넉이지 말으쇼셔?"
ᄒᆞ고, 말을 뭇치며 몸을 니러 다시 례(禮)ᄒᆞ고 표연(飄然)히 문(門)을 열고
나가거늘, 참의 다시 뭇고져 ᄒᆞ다가 놀내 ᄭᆡ치니 일장호졉(一塲蝴蝶)이 훗
허지고, 미인(美人)의 자최 묘연(杳然)ᄒᆞᄃᆡ, 대강(大江)의 물소리 용용(溶
溶)ᄒᆞ며 린가(隣家)의 계셩(鷄聲)이 악악(喔喔)ᄒᆞᆫ지라. 참의 정신(精神)을
슈습(收拾)ᄒᆞ야 심중(心中)에 헤아리되,
  '계낭(桂娘)은 천고(千古) 의기(義妓)라. 그 령혼(靈魂)이 민멸(泯滅)치
  아녀 작일(昨日) 나의 지은 바 글을 감격(感激)히 넉여 현몽(現夢)흠이
  로다. 그러나 나의 빅년가우(百年佳耦)의 급(急)흠을 구(救)ᄒᆞ라 명명
  (明明)히 말슴ᄒᆞ니 이 어인 말고? 황텬(皇天)이 부감(俯鑑)【俯瞰】ᄒᆞ
  시고 귀신(鬼神)이 지방(在傍)ᄒᆞ니 이 정몽셰(鄭夢世)의 빅년 가낭(百
  年佳娘)은 류낭(柳娘) 뿐이라 아지 못게라. 혹자(或者) 조물(造物)이 도
  으시고 보살(菩薩)이 ᄌᆞ비(慈悲)ᄒᆞ샤, 우리 류낭이 환난(患難)을 버셔나
  이 세샹(世上)에 싱존(生存)ᄒᆞ엿ᄂᆞᆫ가?'
ᄒᆞ야, 이러틋시 싱각흠애 쳔ᄉᆞ만념(千思萬念)이 교집(交集)ᄒᆞ야 안자셔
눌이 밝기ᄅᆞᆯ 기ᄃᆞ려 힝리(行李)ᄅᆞᆯ 슈습(收拾)ᄒᆞ야 라귀에 올나 밧비 항
(行)ᄒᆞ야 박쳔(博川) ᄯᅡ에 니르러 묘련암(妙蓮庵)을 차자 가니, 조고마흔
암ᄌᆞ(庵子) ᅵ 산(山)을 등지고 물을 림(臨)ᄒᆞ엿거늘, ᄉᆞ문(寺門)에 다다르
니 십여 명(十餘名) 녀승(女僧)이 나와 합쟝 비례(合掌拜禮)

〈88〉

ᄒ고 마자 방쟝(方丈)에 드러가 다과(茶果)ᄅᆞᆯ 나아와 디졉(待接)ᄒ니, 그 레모(禮貌)의 공손(恭遜)홈과 의졍【졍의】(情意)의 은근(慇懃)홈이 비 (比)홀디 업더라. 참의 졔승(諸僧)을 향ᄒ야 무수(無數)히 샤례ᄒ고 이에 문(問) 왈,

"이 곳에셔 가히 비ᄅᆞᆯ 엇어 쳥쳔강(淸川江) 하류(下流)로 갈 방편(方便) 이 잇ᄂᆞ뇨?"

그 즁(中) 늙은 녀승(女僧)이 법호(法號)ᄂᆞᆫ 월혜(月慧)라 ᄒᆞᄂᆞᆫ 쟤(者) | 디(對) 왈,

"빈승(貧僧)의 졀이 졍(正)히 쳥쳔강(淸川江) 하류(下流)ᄅᆞᆯ 림(臨)ᄒ엿 스오며, 미양 오륙월(五六月) 림우(霖雨)ᄅᆞᆯ 당(當)ᄒᆞ오면, 힝긱(行客)이 모다 상류(上流)의 파도(波濤)가 쥰급(峻急)홈을 피(避)ᄒ야 이 곳에 와 강(江)을 건너 안쥬(安州)로 가옵기로, ᄒᆞᆫ 쳑(隻) 비ᄅᆞᆯ 쥰비(準備)ᄒ와 두던 밋히 잇스오니, 상공(相公)이 힝(行)코져 ᄒ시면 빈승(貧僧)이 맛 당히 두엇낫 상좌(上座)ᄅᆞᆯ 다리고 상공(相公)을 뫼셔 가리이다."

참의 대희(大喜)ᄒ야 셕반(夕飯)을 파(罷)ᄒᆞᆫ 후(後), 월혜(月慧)와 수삼 (數三) 녀승(女僧)으로 더브러 산문(山門)을 나와 수삼빅 보(數三百步)ᄅᆞᆯ ᄂᆞ려오니, 과연(果然) 언덕 밋히 ᄒᆞᆫ 젹은 비 미엿거ᄂᆞᆯ, 모다 비에 올나 즁 류(中流)에 ᄯᅴ오고 안잣더니, 이 ᄯᅢᄂᆞᆫ 하ᄉ월(夏四月) 이십일(二十日)이 라. 바람이 고요ᄒ야 슈면(水面)에 ᄒᆞᆫ 뎜(點) 파도(波濤) | 업고 만뢰(萬 籟) | 구젹(俱寂)ᄒᆞ지라. 월혜(月慧) 참의 ᄃᆞ려 왈,

"상공(相公)이 이 깁흔 밤에 이에 오심은 무ᄉᆞᆷ 일이오며 쟝ᄎᆞᆺ 엇지코져 ᄒ시

〈89〉

ᄂᆞ뇨?"

참의 왈,

"즈연(自然) 알, 닐이 잇슬 것이니 션사(禪師)는 번거(煩擧)히 {번거롭게} 뭇지 말라."

후더니, 아이(俄而)오 일륜 명월(一輪明月)이 동(東)녁으로 소사 오르더니, 졈졈(漸漸) 즁텬(中天)에 다다름애 만도 금광(萬道金光)이 휘황찬란(輝煌燦爛)후며 대강(大江) 삼하【상하】(上下)에 밝은 거울을 펼친 듯 묽은 빗이 죠요(照耀)후지라. 참의 명월(明月)을 우러러 탄식(歎息) 왈,

"뎌 밝은 돌은 이졔 비록 이즈러졋스나 다시 둥굴 째 잇거니와 인싱(人生)은 어이후야 훈번 리별(離別)후면 다시 맛나지 못후는고?"

쏘 탄(歎) 왈,

"뎌 명월(明月)은 본디 스졍(私情)이 업서 우쥬(宇宙) 팔황(八荒)에 이니 비쵀이는 곳이 업느니, 만일 옥인(玉人)이 살앗스면 쏘훈 그 화용(花容)을 비쵀이리로다."

쏘 길이 탄(歎) 왈,

"우리 가인(佳人)이 다힝이 이 째신지 이 세상(世上)에 잇슬진대, 오늘 밤에 뎌 돌을 디(對)후야 쏘훈 이 몸을 싱각후리로다."

후고, 잠연(潛然) 하루(下淚)후며 소매를 들어 얼골을 그리오는지라. 졔승(諸僧)이 참의의 탄식(歎息)후는 소리룰 듯고 그 곡졀(曲折)을 아지 못후야 서로 도라보며 의아(疑訝)후기룰 마지 아니후고, 월혜(月慧)는 싱각후되,

'이 상공(相公)이 필연(必然) 다졍 가인(多情佳人)을 리별(離別)후고 명월(明月)을 디(對)후야 싱각후는도다.'

후며, 감(敢)히 뭇지 못후더니, 째

⟨90⟩

졍(正)히 삼경(三更)은 후야, 믄득 상류(上流) 언덕에셔 사룸의 슯히 우는 우름 소리나며, 그 뒤히 화광(火光)이 츙텬(沖天)후며, 여러 사룸의 지져귀는 소리나더니 우름 소리 긋허지며, 화광(火光)이 졈졈(漸漸) 물너 가는지라. 참의 이 거동(擧動)을 보고 대경(大驚)후야 급(急)히 녀승(女僧)

등(等)을 지휘(指揮)ᄒ야 비룰 밧비 져어 삼류【상류】(上流)롤 브라고 힝(行)ᄒ더니, 믄득 ᄒᆫ 시신(屍身)이 슈세(水勢)롤 조차 ᄂᆞ려오거눌, 참의와 졔승(諸僧)이 황망(慌忙)히 거두어 비에 올니니, 이에 ᄒᆫ 쳥포(靑袍) 닙은 남ᄌᆞ(男子)ㅣ라. 다른 졂은 녀승(女僧)들은 그 남ᄌᆞ(男子)임을 혐의ᄒ야 물너나고, 참의 다만 월혜(月慧)로 더브러 그 ᄉᆞ지(四肢)롤 주무르며, 참의 급(急)히 낭중(囊中)으로셔 환약(丸藥)을 내여 물에 화(和)ᄒ야 입에 훌녀 너흐니, 이윽고 그 남ᄌᆞ(男子)ㅣ 입으로 물을 무수(無數)히 토(吐)ᄒ며 눈을 ᄶᅥ 보며 왈,

"이 곳은 어디이며 그디ᄂᆞᆫ 누구완대 죽은 사롬을 살녓ᄂᆞ뇨?"

월혜(月慧) 왈,

"빈승(貧僧)은 묘련암(妙蓮庵)에 잇ᄂᆞᆫ 월혜(月慧)오며 이 곳은 청천강(淸川江) 하류(下流)오나, 상공(相公)은 무슴 일을 인(因)ᄒ야 쳥츈(靑春) 방년(芳年)을 반야(半夜) 삼경(三更)에 슈중(水中)에 더지시니잇고?"

그 남ᄌᆞ(男子)ㅣ 밋쳐 답(答)지 못ᄒ야셔 참의 그 사롬의 음셩(音聲)을 드르니 민오 {매우} 귀에 닉은

〈91〉

지라. 급히 등쵹(燈燭)을 갓가히 가져오라 ᄒ야 ᄌᆞ셰(仔細)히 솗혀보니 이 곳 다른 니 아니오 분명(分明)ᄒᆫ 유유 구원(悠悠九原)에 싱리ᄉᆞ별(生離死別)ᄒᆞ고 경경 일념(耿耿一念)에 오미불망(寤寐不忘)ᄒᆞ던 류낭이라. 비록 복식(服色)을 곳쳐스나 엇지 몰나 보리오? 어린 듯이 말이 업다가 량구(良久) 후(後)에 문(問) 왈,

"류낭아! 네 죽어 령혼(靈魂)이 옴이냐? 살아 진면(眞面)이 옴이냐? 내 다만 그 죽음은 알고 살앗슴은 밋지 못ᄒ노라."

ᄒᆞ며, 일쌍 봉안(一雙鳳眼)에 루슈(淚水)ㅣ 이음 츠ᄂᆞᆫ지라. 이 ᄯᅢ 류낭이 겨오 졍신(精神)을 ᄎ려 참의의 얼골을 우러러 보며 그 말숨 소리롤 드르니, 류낭의 총명(聰明)홈으로 어이 삼 년(三年) 광음(光陰)에 쥬야(晝夜)

스복(思服)ᄒ던 랑군(郎君)을 모르리오? 급(急)히 몸을 니릐혀 참의의 손을 잡고 오열 비읍(嗚咽悲泣)ᄒ야 능(能)히 말을 일우지 못ᄒ야 왈,

"쳡(妾)이 상공(相公)의 이휼(愛恤)ᄒ심을 닙ᄉ와 만ᄉ여싱(萬死餘生)이 이에 니르러 ᄯ 급(急)ᄒ 화(禍)롤 당(當)ᄒ와 슈즁 원혼(水中冤魂)이 되려 ᄒ엿거니와 상공(相公)은 어이 이 곳에 오시샤 쳡(妾)의 급(急)홈을 구(救)ᄒ시니잇가? 쳡(妾)이 삼 년(三年) 셩상(星霜)과 쳔 리(千里) 졀역(絶域)에 그리오든 용광(容光)을 다시 뵈오니 흉즁(胷中)에 무한(無限)ᄒ 말ᄉᆷ을 창졸간(倉卒間) 다 못ᄒ리로소이다."

참의

〈92〉

ᄯᅩᄒ 가슴이 막혀 다만 허희(嘘唏) 쟝탄(長歎)ᄒ며 류낭의 손을 어로만질 ᄯᆞ름이라. 이 ᄯᅢ 월혜(月慧)와 졔승(諸僧)이 비로소 참의와 류낭의 일을 대강(大綱) 짐쟉(斟酌)ᄒ고 크게 신긔(神奇)히 넉여 치하(致賀)ㅣ 분분(紛紛)ᄒ고, 밧비 비롤 도로혀 두던에 다히고, 비에 ᄂᆞ려 묘련암(妙蓮庵)에 니르러 방쟝(方丈)에 드러가 좌뎡(座定) 후(後), 참의 류낭의 손을 잡고 눈물을 금(禁)치 못ᄒ거늘, 류낭이 참의의 손을 밧들고 믹믹(脉脉) 츄파(秋波)에 루슈(淚水)ㅣ 영영(盈盈)ᄒ야 왈,

"상공(相公)이 쳡(妾)의 싱존(生存)홈을 몽미(夢寐) 밧그로 알으시나, 쳡(妾)은 상공(相公)이 금일(今日) 이 곳에 니르심을 ᄯᅩᄒ 꿈인가 ᄒᄂᆞ이다."

참의 탄 왈,

"내 낭(娘)의 ᄉᆞ싱(死生)을 탐지(探知)코져 ᄒ야 쳔 리(千里)롤 발셥(跋涉)ᄒ야 여긔ᄭᆞ지 니르러 의외(意外)에 낭(娘)을 맛낫거니와, 낭은 혈혈(孑孑) 녀ᄌᆞ(女子)로 잔약(孱弱)ᄒ 몸이 어이 싀랑(豺狼) ᄀᆞᄐᆞᆫ 젹병(賊兵)의 화망(禍網)을 버셔 낫스며, ᄯᅩ 무슴 일로 옥보방신(玉寶芳身)을 쳥천강(淸川江)에 뎌져 어복(魚腹)에 쟝(葬)ᄒ기롤 감심(甘心)ᄒ엿ᄂᆞ뇨?"

류낭이 이에 '병ㅈ년(丙子年) 십이월(十二月) 십ㅅ일(十四日)에 병화(兵火)롤 맛나 류파(劉婆)와 홈쯰 젹병(賊兵)에게 잡히여 동별영(東別營)에 갓치엿던 일이며, 수삭(數朔)이 지낸 후(後) 발힝(發行)ᄒ야 송도(松都)에 니르러 류파(劉婆)롤 젹병(賊兵)이 노하 ᄇ림애

〈93〉

모든 부녀(婦女)로 더브러 힝(行)ᄒ야 평양(平壤)에 니르러 쥬뎜(酒店)에 드러 밤을 지낼 시 슯흠을 이긔지 못ᄒ야 방즁(房中)의 필연(筆硯)을 취(取)ᄒ야 벽상(壁上)에 글을 쓰던 일이며, 의쥬(義州) 통군뎡(統軍亭)에 다다라 싱각ᄒ매 ᄒ번 압록강(鴨綠江)을 건너가면 싱환 고국(生還故國)홀 길이 망연(茫然)ᄒ지라, 이럼으로 죽기롤 결단(決斷)ᄒ고 모든 동힝(同行)ᄒ던 녀ㅈ(女子)와 방슈(防守)ᄒ는 호병(胡兵)의 잠들기롤 기드려 ᄯ 벽상(壁上)에 일수 시(一首詩)롤 쓴 후(後)에 강(江)가에 니르러 몸을 눌녀 익수(溺水)ᄒ다가 공교(工巧)로히 발이 돌에 것치여 업더져 혼절(昏絶)ᄒ엿더니, 계월향(桂月香)의 령혼(靈魂)이 구(救)홈을 힘닙어 대하산(大蝦山)에 니르러 월졍(月淨)을 맛나 묘법암(妙法菴)에서 쥬년(周年)을 지내고 남복(男服)을 기착(改着)ᄒ고 경셩(京城)을 향(向)ᄒ야 가다가 박천 진두(博川津頭)에 다다라 쥬뎜(酒店)에셔 쉬더니, 쟝삼(張三) 등(等) 여러 파락호(破落戶)의 핍박(逼迫)홈을 맛나 도망(逃亡)ᄒ야 오다가 홀일업시 청쳔강(淸川江)에 ᄲᆞ지던 전후수말(前後首末)'을 일일(一一)히 고(告)ᄒ니,

참의 ᄯ호흔 '곡산(谷山)에 부임(赴任)흔 후(後) 류낭의 글월을 보고 여러 번 상소 ᄉ직(上疏辭職)ᄒ야 경셩(京城)으로 도라가고져 ᄒ나 엇지 못ᄒ던 말이며, ᄯ 류낭에게 창두(蒼頭)롤 보내여 은ㅈ(銀子)와 치단(彩緞)을 전(傳)ᄒ라 ᄒ엿더

〈94〉

니, 창두(蒼頭)ㅣ 가다가 즁로(中路)에셔 병란(兵亂) 소식(消息)을 듯과

{듣고} 허환(虛還)ᄒ던 일이며, 그 후(後) 례조(禮曹) 참의(叅議) 닉직(內職)을 비(拜)ᄒ야 경성(京城)에 도라와 직시【즉시】(卽時) 보은단동(報恩緞洞) 녯집에 갓던 일과 길에서 도홍(桃紅)을 맛나 그 집에 가 비로소 류낭의 환난(患難) 당(當)ᄒᆫ 일을 알앗스며, ᄯ로 류파(劉婆)를 그 곳에셔 맛나 은ᄌ(銀子)를 주어 고틱(故宅)을 수라【수리】(修理)ᄒ야 잇게 ᄒ고, 다시 샹소 ᄉ직(上疏辭職)ᄒ고 츙쥬(忠州) 향제(鄉第)로 ᄂᆞ려 갓더니, 우연(偶然)히 병(病)드러 신음(呻吟)ᄒ다가 다ᄒᆡᆼ이 쾌복(快復)ᄒᆫ 후(後) 류낭의 ᄉ싱(死生)을 알녀ᄒ야 관셔(關西)로 향(向)ᄒ여 오다가 평양(平壤) 쥬뎜(酒店)에셔 낭(娘)의 글을 보고 슬허ᄒ던 말이며, 의쥬(義州) 통군(졍)(統軍亭)에 다다라 ᄯ 낭의 글을 보고 졔문(祭文)지어 졔(祭)ᄒ던 일이며, 계월향(桂月香)의 ᄉ당(祠堂)에 드러가 벽샹(壁上)에 글을 보더니 그날 밤에 계낭(桂娘)이 현몽(現夢)ᄒ야 지시(指示)ᄒᆷ으로 밧비 이 곳에 와 월혜(月慧)와 졔승(諸僧)으로 더브러 비를 쳥쳔ᄀᆞᆼ(淸川江) 하류(下流)에 다혓다가 낭(娘)을 구(救)ᄒ던 일'을 셰셰(細細)히 말ᄉᆷᄒ니, 그 혹쇼(或笑) 혹읍(或泣)ᄒ며 셜화(說話)ᄒᆫᄂᆞᆫ 량인(兩人)의 형용(形容)은 이로 긔록(紀錄)지 못ᄒᆯ너라.

이 ᄯᆡ 졔승(諸僧)이 이 말을 듯고 모다 경탄(驚歎)ᄒ며 신긔(神奇)히 녁이기를 마지 아니ᄒ고, 월혜(月慧), 류낭을 향(向)ᄒ야 왈,

"묘법암(妙法菴)

〈95〉

에 잇ᄂᆞᆫ 월졍(月淨)은 곳 빈승(貧僧)의 ᄉ형(師兄)이라. 당초에 월졍(月淨)과 빈승(貧僧)은 경셩(京城)의 량가(良家) 녀ᄌ(女子)로셔 일즉 가군(家君)을 여희읍고 의지ᄒᆯ 곳이 바이 업서 홈ᄭᅴ 홍인문(興仁門) 밧 탑동(塔洞) 승방(僧房)에 나아가 삭발위승(削髮爲僧)ᄒ엿ᄉᆞ더니, 스승은 본디 관셔(關西) 셩쳔(成川)사ᄅᆞᆷ이라. 고토(故土)를 싱각ᄒ와 십오 년(十五年) 젼(前)에 ᄂᆞ려오읍기로 스승을 ᄯᅡ라 이 졀에 와 잇ᄉᆞ다가 십

년 전(十年前)에 스승이 셰샹(世上)을 ᄇ리온 후(後), 월졍(月淨)은 묘
법암(妙法菴)으로 간 지 하마 팔 년(八年)이오며, 빈승(貧僧)은 인(因)
ᄒ야 이 곳에 머므럿더니, 이제 듯ᄌ오니 낭ᄌ(娘子)ㅣ 묘법암(妙法菴)
에 쥬년(周年)을 두류(逗遛)ᄒ엿다 ᄒ시오니, 더옥 긔이(奇異)ᄒᆫ 일이로
소이다."

참의와 류낭이 이 말을 듯고 더옥 반가히 넉이며 류낭이 월혜(月慧)를
향(向)ᄒ야 왈,

"쳡(妾)이 명도(命途)ㅣ 긔박(奇薄)ᄒ야 표박(漂泊) 죵젹(踪跡)이 대하
산(大蝦山)에 니르러 갈 바를 아지 못ᄒ다가 월졍 대ᄉ(月淨大師)의 ᄌ
비(慈悲)홈을 힘닙어 쥬년(周年)을 편(便)히 지내엿더니, 오늘날 쏘 션
ᄉ(禪師)의 구(救)홈으로 잔명(殘命)을 보젼(保全)ᄒ엿스니, 쳡(妾)이
장ᄎᆺ 무엇으로 량위(兩位) 대ᄉ(大師)의 대은(大恩)을 갑ᄉ오며, 쏘 션
ᄉ(禪師)ㅣ 월졍(月淨)의 ᄉ뎨(師弟)라 ᄒ오니 더옥 반가옴을 이긔지
못ᄒ리로소이다."

월혜(月慧) 손샤(遜謝) 왈,

〈96〉

"이ᄂᆫ 다 보살(菩薩)의 ᄌ비(慈悲)ᄒ오신 덕(德)이오며, 쏘ᄒᆫ 참의(參議)
샹공(相公)의 졍셩과 낭ᄌ(娘子)의 복(福)이오니, 빈승【빈승】(貧僧)
등(等)이 무슴 공(功)이 잇다 ᄒ오릿가?"

ᄒ며, 이에 다과(茶果)를 나아 와 참의와 류낭을 권(勸)ᄒ니, 그 졍의(情
誼) 더옥 은근(慇懃)ᄒ더라.

이에 수일(數日)을 머므러 류낭의 몸을 됴리(調理)ᄒ더니, 일일(一日)은
졀 문(門)밧기 들네며 {떠들어}, 녀승(女僧)이 급(急)히 드러와 월혜(月
慧)다려 왈,

"군슈(郡守) 샹공(相公)이 오시ᄂᆞ이다."

ᄒ거늘, 월혜(月慧) 급히 모든 녀승(女僧)으로 더브러 군슈(郡守)를 맛고

셔 ᄒᆞ야 졀 문(門)밧그로 나가는지라. 참의 그 사룸이 만히 옴을 괴로히 넉녀 {여겨} 류낭을 그윽ᄒᆞᆫ 방(房)에 치오고, ᄌᆞ긔(自己)는 후뎡(後庭)에 셔 비회(徘徊)ᄒᆞ더니, 군슈(郡守)ㅣ 드러와 방쟝(方丈)에 안즘애 졔승(諸僧)이 다과(茶果)를 나아온 후, 군슈(郡守)ㅣ 몸을 니러 불뎐(佛殿)에 올나 분향 례비(焚香禮拜)ᄒᆞ고, 두로 완상(玩賞)ᄒᆞ다가 밋 후졍(後庭)에 니르러 참의를 보고 급(急)히 다라드러 참의에 소매를 잡고 반기며 왈,

"정형(鄭兄)아, 어인 일로 이 곳에 닛ᄂᆞ뇨?"

ᄒᆞ거ᄂᆞᆯ, 츔의 일변(一邊) 놀내며 눈을 들어 ᄉᆞᆲ혀보니 이 다른 니 아니오, 이에 김션젼(金宣傳)이라. 츔의 ᄯᅩᄒᆞᆫ 반가옴을 이긔지 못ᄒᆞ야 군수(郡守)의 손을 잡고 왈,

"쇼뎨(少弟)는 ᄀᆞᆼ순 풍물(江山風物)

〈97〉

을 구경코져 ᄒᆞ야 부평(浮萍) ᄀᆞᆺᄒᆞᆫ 죵젹(踪跡)이 이 곳ᄭᆞ지 니르럿거니와 형(兄)은 어이ᄒᆞ야 이에 오시뇨?"

군수(郡守) 왈,

"쇼뎨(少弟) 형(兄)을 쳔만 몽미(千萬夢寐) 밧 만낫ᄉᆞ옴애 오래 분리(分離)ᄒᆞ엿던 졍회(情懷)를 창졸간(倉猝間) 다 말ᄉᆞᆷ치 못ᄒᆞ오리니 방장(方丈)으로 가ᄉᆞ이다."

ᄒᆞ고, 인(因)ᄒᆞ야 참의의 손을 잇끌고 방장(方丈)에 드러가 좌뎡(座定) 후(後) 군수(郡守)ㅣ 왈,

"영【형】(兄)이 곡산(谷山)에 부임(赴任)ᄒᆞᆫ 후(後)로 운산(雲山)이 묘망(杳茫)ᄒᆞ고 어안(魚雁)이 조졀(阻絶)ᄒᆞᆷ애 ᄆᆡ양 동텬(東天)을 ᄇᆞ라 형(兄)을 ᄉᆞ모(思慕)ᄒᆞ는 심ᄉᆞ(心事) ᄀᆞᆫ졀(懇切)ᄒᆞ더니, 밋 병ᄌᆞ년(丙子年) 병화(兵火)를 당(當)ᄒᆞᆷ애 창황(蒼皇)이 가권(家眷)을 다리고 양쥬(楊洲) 디방(地方)으로 피란(避亂)ᄒᆞ엿다가 홍진(紅塵) ᄌᆞᄆᆡᆨ(紫陌)에 ᄯᅳᆺ이 업서 인(因)ᄒᆞ야 그 곳에 우거(寓居)ᄒᆞᆫ 후, 다시 련곡지하(輦轂之下)

에 왕리(往來)홈이 업더니, 의외(意外) 금년(今年) 츈이월(春二月)에 텬
은(天恩)이 망극(罔極)ᄒᆞ샤 이 디방(地方) 군수(郡守) 지임(任) 【직임
(職任)】을 맛기심애 삼월(三月)에 부임(赴任)ᄒᆞ온 바 이 졀의 경개(景
槪) 쳥한(淸閒)홈을 듯고 ᄒᆞᆫ번 구경코져 ᄒᆞ나 공무(公務)의 번극(煩劇)
홈을 인(因)ᄒᆞ야 뜻과 ᄀᆞᆺ지 못ᄒᆞ엿더니, 근일(近日)은 적이 겨를이 잇기
로 오늘이야 왓습더니 어이 이 곳에셔 형(兄)을 맛날 줄 뜻ᄒᆞ엿스리오?
급(急)히 뭇ᄂᆞ니 형(兄)이 무슴 일로 멀니 이에 오시뇨?"
참의 왈,
"쇼뎨(少弟) 곡산(谷山)에 잇션 {있은} 지 수년(數年)에 닌(內)

〈98〉

직(職)으로 례조(禮曹) 참의(叅議)를 제수(除授)ᄒᆞ심애 셩은(聖恩)이 룽
중(隆重)ᄒᆞ오나 쇼뎨(少弟)의 공명(功名)에 뜻이 업슴은 형(兄)도 ᄯᅩᄒᆞᆫ
아는 배라. 샹소(上疏) ᄉᆞ직(辭職)ᄒᆞ고 향뎨(鄕第)에 ᄂᆞ려 갓더니, 신병
(身病)이 졸발(猝發)ᄒᆞ야 여러 둘 신고(辛苦)ᄒᆞ다가 금츈(今春)에야 비
로소 쾌차(快差)ᄒᆞᆫ 후(後) ᄌᆞ연(自然) 심ᄉᆞ(心事)ㅣ 울젹(欝積)ᄒᆞ기로,
관셔(關西) 풍경(風景)을 구경코져 ᄒᆞ야 평양(平壤)에 ᄂᆞ려 왓다가 ᄎᆞ
ᄎᆞ(次次) 젼진(前進)ᄒᆞ야 이 곳ᄭᅡ지 니르럿거니와, 형(兄)을 이에셔 맛
남은 뎨(弟)도 ᄯᅩᄒᆞᆫ 꿈 밧긴가 ᄒᆞ노라."
군수(郡守)ㅣ 즉시(卽是) 죵ᄌᆞ(從者)를 명(命)ᄒᆞ야 쥬찬(酒饌)을 가져오
라 ᄒᆞ야 참의로 더브러 서로 권(勸)ᄒᆞ며 다시 졍회(情懷)를 말슴홀 시, 군
수(郡守)ㅣ 믄득 츄연 【쵸연】 (愀然) 탄(歎) 왈,
"형(兄)이 류낭(柳娘)의 일을 알으시ᄂᆞ니잇가? 가련(可憐)ᄒᆞ고 참혹(慘
酷)ᄒᆞ다 뎌 류낭이여! 류낭이 형(兄)을 ᄒᆞᆫ번 리별(離別) 후(後) 공규(空
閨)를 직회여 시름으로 셰월(歲月)을 보내기로 쇼뎨(少弟) 왕왕(往往)
히 심방(尋訪)ᄒᆞ야 그 심ᄉᆞ(心事)를 위로(慰勞)ᄒᆞ더니, 그 후(後)에 드
른즉 {들은즉} 적병(賊兵)에게 살오잡힌 배 되여 가다가 평양(平壤) 뎜

막(店幕)에 다다라 글을 써 형을 싱각ᄒ고, 필경(畢竟) 압록ᄀ(鴨綠江)
에 니르러 ᄯ 통군뎡(統軍亭)에 졀명시(絶命詩)를 쓴 후(後) 인(因)ᄒ야
익슈(溺水)ᄒ엿스니, 이ᄂ 쳔고(千古)에 희한(稀罕)ᄒ 일이오, 쳥루 즁
(靑樓中)에 이러ᄒ

〈99〉

졍렬(貞烈)이 잇슬 줄 어이 ᄯᄒ엿스리오? 이럼으로 평안 일도(平安一
道)의 기녀(妓女)들이 그 두 글을 가ᄉ(歌詞)에 올녀 류낭의 졍졀(貞節)
을 ᄉ모(思慕)ᄒᄂ니, 슯흐다! 류낭의 ᄌ모(才貌)와 문쟝(文章)으로 형
(兄) ᄯᄒ 풍류 ᄌᄌ(風流才子)를 맛낫거ᄂᆯ ᄇᆡ 년(百年)을 동락(同樂)지
못ᄒ고 즁도(中途)에 요몰(夭歿)ᄒ니, 이ᄂ 조물(造物)의 싀긔(猜忌)ᄒᆷ
이로다."
ᄒ고, 말을 맛치며 차탄(嗟歎)ᄒᆷ을 마지 아니ᄒ거ᄂᆯ, 참의 당초(當初)에 류
낭의 젼후ᄉ(前後事)를 군슈(郡守)ᄃ려 닐ᄋ지 아니ᄒᆷ은 그 이목(耳目)의
번다(煩多)ᄒᆷ을 혐의ᄒ야 아즉 {아직} 은휘(隱諱)ᄒᆷ이러니, 그 류낭을 위
(爲)ᄒ야 이러ᄐᆺ시 차탄(嗟歎)ᄒᆷ을 듯고, 이에 그 ᄯᆺ을 못ᄂᆡ 감격(感激)히
넉이며 왈,
"사ᄅᆷ의 ᄉᆼ(死生)과 화복(禍福)은 다 뎡(定)ᄒ 슈(數)이니 인력(人力)
으로 ᄒᆯ 배 아니라, 닐너 무엇ᄒ리오?"
ᄒ니, 군슈(郡守)ㅣ 이 말을 듯고 심즁(心中)에 혜아리되,
'졍형(鄭兄)이 어이 이러ᄐᆺ시 무졍(無情)케 말ᄒᄂᆫ고?'
ᄒ고, 다시 말이 업ᄂ지라. 참의 군슈의 긔미(幾微)를 짐작(斟酌)ᄒ고, 이
에 몸을 니러 군슈(郡守)의 손을 잡고 왈,
"형(兄)이 임의 이 곳에 니르럿스니 쇼뎨(少弟)의 머므ᄂ 쳐소(處所)를
ᄒᆫ번 구경ᄒ쇼셔."
인(因)ᄒ야 류낭의 잇ᄂ 곳에 다다르니, 이 ᄯᆡ 류낭이 졔승(諸僧)의 젼(傳)
ᄒᄂ 말을 인(因)ᄒ야 참의 본읍(本邑) 군(郡)

〈100〉

슈(守)로 더브러 서로 반기며 쥬비(酒杯)를 놀니는다 흠을 듯고 심니(心內)에 싱각ᄒ되,

'이는 반다시 샹공(相公)과 친밀(親密)ᄒ 사롬이로다.'

ᄒ더니, 믄득 참의 ᄒ 스롬으로 더브러 방문(房門)을 열고 드러 오거눌, 류낭이 고이(怪異)히 {괴이히} 녁여 급(急)히 피(避)코져 ᄒ니, 참의 쇼(笑) 왈,

"이는 당초(當初) 나와 낭(娘)의 빅년가약(百年佳約)을 즁미ᄒ던 김 상공(金相公)이니 낭이 맛당히 일비쥬(一杯酒)로 그 은혜(恩惠)를 샤례홈이 올커눌 어이 도로혀 외디(外待)코져 ᄒ느뇨?"

류낭이 그 말을 듯고 눈을 들어 술펴보니 이 곳 셕일(昔日) 김션전(金宣傳)이라. 반가옴을 이긔지 못ᄒ나 셕ᄉ(昔事)를 싱각홈애 도로혀 비감(悲感)ᄒ야 말이 업는지라. 이 째 군슈ㅣ 아모란 줄 모로고 참의를 따라 방즁(房中)에 드러옴애 {들어옴에} 일위 미인(一位美人)이 잇는지라. 그 곡졀(曲折)을 아지 못ᄒ야 졍(正)히 뭇고져 ᄒ다가 밋 춤의의 말을 듯고 그 미인(美人)을 ᄌ셰(仔細)히 보니, 이는 류낭이라. 군슈ㅣ 졍신(情神)【精神】이 황홀(慌惚)ᄒ야 말이 업다가 량구(良久) 후(後) 춤의를 향(向)ᄒ야 왈,

"류낭이 어이 다시 살아 형(兄)으로 더브러 이 곳에 잇는뇨?"

춤의 이에 전후 슈말(前後首末)을 닐으고, 류낭이 쏘ᄒ 지낸 바 일을 말ᄉ호니 군슈ㅣ 경탄(驚歎)홈을

〈101〉

마지 아니ᄒ고 춤의 다려 왈,

"형은 모롬이 류낭과 홈ᄭᅴ 아즁(衙中)에 드러가 편(便)히 쉬고, 류낭의 신ᄌ(身子)롤 됴리(調理)홈이 엇더ᄒ뇨?"

춤의 왈,

"형의 후의(厚意)는 김샤【감샤】(感謝)ᄒ거니와 이는 오히려 풍식(風色)이 쟝대(張大)홀 것이오, 이 곳이 극(極)히 죵용(從容)ᄒ고 내 쏘ᄒ

귀심(歸心)이 여시(如矢)ᄒ지라. 수일(數日) 후(後) 발힝(發行)코져 ᄒ
노니 굿하여 형의 아즁(衙中)으로 가고져 아니 ᄒ노라."

군슈ㅣ 이윽히 싱각다가 그 말을 올히 넉여 다시 강권(强勸)치 아니코
날이 져믈매 군슈ㅣ 아즁(衙中)으로 도라가 즉시(卽是) 하례(下隷)를 부려
류낭의 머므던 객뎜(客店)에 가 그 힝장(行裝)과 라귀를 차ᄌ 오라 ᄒ니,
도라와 보(報)ᄒ되, '그 힝장(行裝)은 임의 파락호비(破落戶輩)의 도젹흔
배 되고, 뎜 쥬인(店主人)은 죄(罪)를 두려 도망(逃亡)ᄒ엿ᄉ옴애 다만 나
귀만 잇끌어 왓ᄂ이다.' ᄒ거늘, 군슈(郡守)ㅣ 통히(痛駭)히 넉여, '파락호
(破落戶) 등(等)의 종젹(踪跡)을 ᄉ쳐(四處)로 탐지(探知)ᄒ라.' ᄒ고, 익
일(翌日)에 군슈(郡守)ㅣ 다시 묘련암(妙蓮庵)에 나아가 대연(大宴)을 비
셜(排設)ᄒ야 참의(叅議)와 류낭(柳娘)을 디졉(待接)ᄒ고, ᄯ 졔승(諸僧)
을 후디(厚待)ᄒ니, 참의와 류낭은 못리 감격(感激)히 넉이고 졔승(諸僧)
도 즐겨ᄒ더라. 수일(數日)이 지닌 후(後) 참의 길을 쩌날 시, 군슈ㅣ 일승
(一乘) 교ᄎ【교ᄌ】(轎子)롤 쥰비(準備)ᄒ야

〈102〉

류낭으로 트게 ᄒ고 령리(伶俐)흔 하례(下隷) 십여 인(十餘人)을 ᄲ 호
힝(護行)케 ᄒ고, 은ᄌ(銀子) 수빅 량(數百兩)을 니여 참의롤 신힝(贐行)
ᄒ니, 참의와 류낭이 무수(無數)히 샤례ᄒ고 졔승(諸僧)으로 더브러 쟉별
(作別)홀 시, 모다 졀 동구(洞口) 밧긔 나와 젼송(餞送)ᄒ며, 원혜【월혜】
(月慧)ᄂ 더욱 련련(戀戀)홈을 이긔지 못ᄒ고, 군슈ᄂ 쳥쳔강(淸川江)ᄭ지
니르러 서로 손을 ᄂ홀 시, 그 리별(離別)을 앗겨 ᄒᄂ 경상(景狀)은 이로
긔록(紀錄)지 못ᄒ너라.

이 ᄣ 참의 김 국수【김 군슈】(金郡守)롤 쟉별(作別)ᄒ고, 길을 지쵹ᄒ
야 평양(平壤)에 니르러 젼일(前日) 머므던 긱졈(客店)을 차자 가니 졈 쥬
인(店主人)과 파ᄌ(婆子)ㅣ 나와 반기며, ᄯ 류낭의 살아 도라옴을 알고
신긔(神奇)히 넉이며 공궤(供饋)롤 지셩(至誠)으로 ᄒ더라. ᄎ시(此時) 류

낭이 방즁(房中)에 드러감애 셕일(昔日)을 싱각ᄒ야 비회(悲懷)ᄅᆞᆯ 금(禁)치 못ᄒ거늘, 참의 위로ᄒ고 ᄯᅩᄒᆞᆫ 지닌 일을 말ᄉᆞᆷᄒ다가 눈을 들어 보니 벽샹(壁上)에 네 업던 {옛날에 없던} 현판(懸板)이 달녓ᄂᆞᆫ디 붉은 깁을 덥헛거늘 괴이(怪異)히 넉녀 ᄌᆞ셰(仔細)히 보니, 이 곳 류낭의 글을 이처로 ᄒᆞ엿거늘, 즉시(卽時) 졍【졈】 쥬인(店主人)을 불너 무른대 졍【졈】 쥬인(店主人)이 그 연유(緣由)ᄅᆞᆯ 고(告)ᄒ거늘, 참의(叅議)와 류낭(柳娘)이 크게 긔특히 넉여 술을 주어 치샤(致謝)ᄒ고, 날이 밝은 후 길에 올나

〈103〉

힝(行)ᄒ야 여러 날 만에 경셩(京城)에 득달(得達)ᄒᆞ야 보은단동(報恩緞洞) 옛집을 ᄎᆞ자가니, 류파(劉婆)ㅣ 나와 마즈며 류낭을 붓들고 실셩(失聲) 체읍(涕泣)ᄒᆞᆫ지라. 류낭이 ᄯᅩᄒᆞᆫ 수항루(數行淚)ᄅᆞᆯ ᄂᆞ리오고, 서로 지닌 일을 말ᄉᆞᆷᄒᆞᆯ 시 일희일비(一喜一悲)ᄒᆞ야 혹읍(或泣) 혹쇼(或笑)ᄒᆞ더라. 이 ᄯᅢ 한셩(漢城) 졔기(諸妓) 도홍(桃紅)과 월즁션(月中仙)등이 이 쇼식(消息)을 듯고 모다 신긔(神奇)히 넉여 다토와 니르러 류낭과 서로 반기며 치하(致賀)ㅣ 분분(紛紛)ᄒᆞ더라.

이 ᄯᅢ 죠뎡(朝廷)에 륙월(六月) 도목(都目)이 당(當)ᄒᆞᆷ애 리조판셔(吏曹判書)ㅣ 물망(物望)으로, 졍 참의(鄭叅議)ᄅᆞᆯ 의쥬(義州) 부윤(府尹) 수망(首望)에 비망(備望)ᄒ야 몽졈【몽졈】(蒙點)ᄒᆞᆫ지라. 참의 류낭을 다시 맛난 후(後)로 더옥 공명(功名)에 ᄠᅳᆺ이 업서 향리(鄕里)에 도라 가고져 ᄒᆞ야 샹소 ᄉᆞ직(上疏辭職)ᄒ려 ᄒ니 류낭이 고(告) 왈,

"불가(不可)ᄒᆞ여이다. 이졔 셔관(西關) 빅셩(百姓)이 병화(兵火)ᄅᆞᆯ 지낸 후(後)로 싱업(生業)을 안돈(安頓)치 못ᄒᆞ와 류리(流離)ᄒᆞᆫ ᄌᆞ(者)ㅣ 만ᄉᆞ오며, 도젹(盜賊)이 횡힝(橫行)ᄒᆞᆫ 즁(中) 의쥬(義州) 디방(地方)이 더옥 심(甚)ᄒ오니, ᄇᆞ라건대 샹공(相公)은 잠간(暫間) 부임(赴任)ᄒ시와 허여진 {헤어진} 인민(人民)을 인졍(仁政)으로 안집(安集)ᄒᆞ시며,

도젹(盜賊)을 은의(恩義)로 효유(曉諭)ᄒᆞ와 ᄒᆞ여곰 다시 량민(良民)이
되게 ᄒᆞ시면, 이 엇지 아름다온 일이 아니오며, ᄯᅩ 쳡의 ᄉᆞ졍(私情)으로
말ᄉᆞᆷᄒᆞ오면 묘법(妙法)·묘련(妙蓮) 두 암즁(庵中)

〈104〉

의 은혜(恩惠)를 ᄒᆞᆫ번 갑고져 ᄒᆞᄂᆞ니, 샹공(相公)은 닉이 {깊이} 슯히
쇼셔."
　참의 이 말을 듯고 개연(慨然) 왈,
"미지(美哉)라, 낭(娘)의 말이여! 이ᄂᆞᆫ 진실로 금셕지론(金石之論)이니,
내 어이 좃지 아니리오?"
ᄒᆞ고, 이에 예궐(詣闕) 슉샤(肅謝)ᄒᆞᆫ 후(後) 련화봉하(蓮花峯下) 구ᄐᆡᆨ(舊
宅)을 수리(修理)ᄒᆞ고 츙쥬(忠州) 가권(家眷)을 다려다가 안돈(安頓)ᄒᆞ고,
류낭이 대연(大宴)을 비셜(排設)ᄒᆞ야 도홍(桃紅)과 월즁션(月中仙) 등(等)
여러 기녀(妓女)를 쳥(請)ᄒᆞ야 즐기니 모다 류낭의 후의(厚意)를 칭숑(稱
頌)ᄒᆞ더라.

　챠셜(且說). 부윤(府尹)이 류낭과 류파(劉婆)를 다리고 발ᄒᆡᆼ(發行)ᄒᆞᆯ ᄉᆡ
그 위의(威儀)의 장려(壯麗)ᄒᆞᆷ과 츄죵(騶從)의 번화(繁華)ᄒᆞᆷ을 보ᄂᆞᆫ 쟈
(者)ㅣ 뉘 아니 칭찬(稱讚)ᄒᆞ리오? 여러 날 만에 평양(平壤)에 니르러 옛
쥬인(主人)을 ᄎᆞ자 하쳐(下處)를 뎡(定)ᄒᆞ니 졈【졈】쥬인(店主人)과 파ᄌᆞ
(婆子)ㅣ 나와 마자 반가옴을 이긔지 못ᄒᆞ여 ᄒᆞᄂᆞᆫ지라. 부윤이 음ᄌᆞ【은
ᄌᆞ】(銀子) 오십 댱【량】(五十兩)을 졈 쥬인(店主人)을 주고 류낭이 ᄯᅩ
ᄒᆞᆫ 파ᄌᆞ(婆子)를 불너 그 현판(懸板) 단 일을 치샤(致謝)ᄒᆞ며 은ᄌᆞ(銀子)
오십 냥(五十兩)을 샹(賞)주니 졈 쥬인(店主人)의 부쳐(夫妻)ㅣ 츙샤【칭
샤】(稱謝)ᄒᆞᆷ을 마지 아니 ᄒᆞ더라. 익일(翌日)에 부윤(府尹)의 일ᄒᆡᆼ(一行)
이 발졍(發程)ᄒᆞ야 수일(數日) 만에 쳥쳔강(淸川江)에 니르니, 이 ᄯᅢ 박쳔
(博川) 국수【군슈】(郡守)ㅣ 이 쇼식(消息)을 듯고 대희(大喜)ᄒᆞ야 위의

(威儀)롤 거느려 마즐 시, 일쳑(一隻) 대션(大船)과 쇼션(小船) 스오 쳑(四五隻)을 쥰비(準備)ᄒ고 기악(妓樂)을 실고 {싣고} 강두(江頭)에 니

〈105〉

르러 부윤(府尹)과 류낭(柳娘)을 보고 서로 반기며 즁류(中流)에 ᄶᅥ 즐길 시 음식(飲食)의 풍비(豊備)홈과 풍악의 질탕(迭蕩)홈을 이로 긔록(紀錄)지 못ᄒᆞᆯ너라. 비반(杯盤)을 나아 와 서로 권(勸)ᄒ여 술이 반취(半醉)홈애 부윤(府尹)이 류낭을 도라 보아 왈,

"셕일(昔日)에 내 낭(娘)을 ᄎᆞᆺ자 압록강(鴨綠江)에 니르러 계낭(桂娘)의 현몽(現夢)홈을 인(因)ᄒ야 이 곳에 도라와 명월(明月)을 보고 낭(娘)을 ᄉᆡᆼ각홀 졔, 어이 오ᄂᆞᆯ날이 잇슬 줄 알아스리오? 일로 볼진댄 만ᄉᆞ(萬事)ㅣ 무비 젼뎡(無非前定)이니 엇지 인력(人力)의 밋츨 배리오?"

류낭이 왕ᄉᆞ(往事)롤 ᄉᆡᆼ각ᄒ야 긔식(氣色)이 쳐연(凄然)ᄒ거늘, 김 군슈(金郡守)ㅣ 왈,

"이는 다 류낭(柳娘)의 졍렬(貞烈)과 졍형(鄭兄)의 지셩(至誠)을 황텬(皇天)이 감응(感應)ᄒ샤 복(福)을 ᄂᆞ리옴이니, 엇지 치하(致賀)홀 배 아니리오?"

ᄒ고, 죵일(終日) 진환(盡歡)ᄒ다가 금오(金烏)ㅣ 셔산(西山)에 기울고 옥토(玉兎)ㅣ 동령(東嶺)에 오르거늘, 이에 비롤 강변(江邊)에 다히고 즁인(衆人)이 두던에 ᄂᆞ리니, 번쳔【박쳔】(博川) 하례(下隷) 등롱(燈籠)과 홰불 {횃불}을 가져 디후(待候)ᄒ고, 모련암【묘련암】(妙蓮菴) 월혜(月慧) 모든 녀승(女僧)으로 더브러 영졉(迎接)ᄒᄂᆞᆫ지라. 바로 묘련암(妙蓮菴)에 드러가 밤을 지낼 시 졔승(諸僧)의 반기며 치하(致賀)ㅣ 분분(紛紛)홈은 닐아도 말고, 그 공궤(供饋) 등(等) 졀(節)의 지극(至極)홈은 이로 긔록(紀錄)지 못ᄒᆞᆯ너라. 익일(翌日)에 부윤(府尹)이 대연(大宴)을 비셜(排設)

〈106〉

　흐야 김 군수(金郡守)와 졔승(諸僧)으로 더브러 즐기고 부윤이 은ᄌᆞ(銀子) 오빅 량(五百兩)을 내여 졔승(諸僧)을 주어 졍(情)을 표(表)ᄒᆞ니, 모다 대열(大悅)ᄒᆞ더라. 날이 느진 후(後) 졔승(諸僧)을 작별(作別)ᄒᆞ고 박쳔(博川) 아즁(衙中)에 드러가 수일(數日)을 머므를 시, 날마다 잔치ᄒᆞ야 즐기더니 의쥬(義州) 관쇽(官屬)이 니르럿거늘, 부윤이 이에 위의(威儀)를 떨쳐 쩌날 시 김 군슈(金郡守)ㅣ 십 리(十里)ᄭᅡ지 나와 젼송(餞送)ᄒᆞ더라.

　부윤(府尹)이 의쥬(義州)에 도임(到任)ᄒᆞᆫ 후(後) 어진 졍ᄉᆞ(政事)ㅣ 힝(行)ᄒᆞ야 빅셩(百姓)을 무휼(撫恤)ᄒᆞ니, 일경(一境)이 대치(大治)ᄒᆞ야 산무도젹(山無盜賊)ᄒᆞ고 야블폐문(夜不閉門)ᄒᆞ더라.

　ᄎᆞ시(此時) 월졍(月淨)이 묘법암(妙法菴)에 잇서 졔승(諸僧)으로 더브러 쩌쩌로 류낭의 화용(花容)과 지조롤 닐ᄏᆞᄅᆞ며 춤아 닛지 못ᄒᆞ더니, 일일(一日)은 산문(山門)이 들네며 본쥬(本州) 부윤(府尹)이 오신다 ᄒᆞ거늘, 월졍(月淨)이 화망【황망】(慌忙)히 졔승(諸僧)을 거ᄂᆞ리고 졀문(門) 밧긔 나가 영졉(迎接)ᄒᆞᆯ 시, 람여(藍輿) 우희 일위(一位) 관인(官人)이 엄연(儼然)히 안자스니 슈려(秀麗)ᄒᆞᆫ 용광(容光)과 엄숙(嚴肅)ᄒᆞᆫ 위의(威儀) 뭇지 아녀이 {묻지 않아도} 부윤(府尹) 대인(大人)이오, 그 뒤히 일승(一乘) 치교(彩轎)에 쥬렴(珠簾)을 드리오고 록의홍상(綠衣紅裳)ᄒᆞᆫ 시녀(侍女) 슈십 인(數十人)이 옹위(擁衛)ᄒᆞ엿거늘, 월졍(月淨)과 졔승(諸僧)이 의아(疑訝)홈을 마지 아니ᄒᆞ니 밋 졀문(門)에 니르러 치교(彩轎)롤 놋코 일위(一位) 미인(美人)이 응장셩식(凝粧盛飾)으로 나와

〈107〉

　월졍(月淨)을 붓들고 늣기며 왈,
　"션ᄉᆞ(禪師)는 기간(其間) 무양(無恙)ᄒᆞ시냐?"
ᄒᆞ거늘, 월졍(月淨)이 놀내 슯혀 보니 이 곳 류낭이라. 반가온 즁(中) 도로

혀 비감(悲感)ᄒ야 눈물 ᄂ리옴을 씨둣지 못ᄒᄂ지라. 류낭이 졔승(諸僧)을 디(對)ᄒ야 면면(面面)히 인ᄉ(人事)ᄒ고 인(因)ᄒ야 방쟝(方丈)에 드러가니, 부윤(府尹)이 하리(下吏)를 명(命)ᄒ야 대연(大宴)을 비셜(排設)ᄒ야 졔승(諸僧)과 즐길 시, 류낭이 월졍(月淨)으로 더브러 서로 지낸 일을 말ᄉᆷᄒ니 모다 신긔(神奇)히 넉이며 칭찬(稱讚) 아니 리 업더라. 밤을 지내고 익일(翌日)에 류낭이 불젼(佛殿)에 나아가 분향(焚香) 례비(禮拜)ᄒ고 크게 지(齋)를 올녀 셕일(昔日) ᄌ비(慈悲)ᄒ 덕(德)을 샤례ᄒ고, 부윤(府尹)이 은ᄌ(銀子) 일쳔 량(一千兩)과 치단(彩緞) 삼십 필(三十匹)을 내여 월졍(月淨)과 졔승(諸僧)을 주어 졍(情)을 표(表)ᄒ니, 모다 칭샤(稱謝)ᄒᆷ을 마지 아니코, ᄎ후(此後)로 부윤과 류낭을 위(爲)ᄒ야 불젼(佛前)에 그 슈복(壽福)을 빌더라. 부윤과 류낭이 도라올 시 월졍(月淨)이 다시 쩌남을 창연(悵然)ᄒ야 눈물을 ᄲ려 비별(拜別)ᄒ더라. 부윤과 류낭이 도라와 졔젼(祭奠)을 ᄀᆺ초와 계낭묘(桂娘廟)에 나아가 치졔(致祭)ᄒ고, 쳔금(千金)을 드려 그 묘(廟)를 즁슈(重修)ᄒ니, 모든 인민(人民)이 부윤의 덕(德)과 류낭의 졀ᄒᆼ(節行)을 칭찬(稱讚)ᄒ더라.

이 ᄯᅢ 관셔(關西) 어ᄉ(御史)ㅣ ᄂ려오니, 이ᄂ 셕일(昔日) 탕춘디(蕩春臺)

〈108〉

의 젼춘회(餞春會)에 참예(叅與) 【叅預】 ᄒ엿던 리 참의(李叅議)라. 렬읍(列邑)에 암ᄒᆼ(暗行)ᄒ야 민졍(民政)을 ᄌ셰(仔細)히 ᄉᆲ힌 후 도라가 김 군슈(金郡守)와 졍 부윤(鄭府尹)의 치젹(治蹟)이 일도(一道)에 뎨일(第一)임과 류낭(柳娘)의 졀ᄒᆼ(節行)을 셰셰(細細)히 죠뎡(朝廷)에 주달(奏達)ᄒᆫ대, 죠뎡(朝廷)이 크게 아름다이 넉여 부윤(府尹)을 공조(工曹) 참판(叅判)을 졔슈(除授)ᄒ시고, 류낭을 졍렬부인(貞烈夫人) 직첩(職牒)을 ᄂ리오시고, 김 군슈를 가ᄌ(加資)를 도도시니 {돈우시니} , 부윤(府尹)과 류낭(柳娘)의 영화(榮華)ㅣ 세상(世上)에 드믈더라.

부윤(府尹)이 즉시(卽時) ᄒᆼ리(行李)를 슈습(收拾)ᄒ야 경셩(京城)에 도라온 후(後) 부윤(府尹)이 본더 공명(功名)에 담연(淡然)ᄒ지라, 여러 번 상소(上疏)ᄒ야 벼슬을 하직ᄒ고, 인(因)ᄒ야 류파ᄅᆞᆯ 다리고 향뎨(鄕第)에 ᄂᆞ려가 구름 아래 밧 {밭} 갈고 둘 아래 고기 낙가 쳥한(淸閑)ᄒ 사ᄅᆞᆷ이 되고, 류낭은 다ᄌᆞ 다손(多子多孫)ᄒ야 영화(榮華)ᄅᆞᆯ 누리더라.

류록의 한 종

남눈젼*

남눈젼 권지 단 션죠딕왕 시졀

작자 미상

〈553〉

션죠딕왕 시졀예 죠션의 흔 명亽 잇스되, 승은 남이요 일홈은 두셩이니, 일즉 {일쩍} 등과ᄒ여 벼슬리 {벼슬이} 춤판의 일으미, 명망이 죠션의 웃듬이라. 두셩의 위인이 온슌 공금ᄒ여 덩즁흔 군즈라. 션죠딕왕이 니려ᄒ므로 {이러하므로} 극히 亽랑ᄒ시더라. 맛춤 {마침} 함경도의 흉년이 춤혹ᄒ여 빅셩이 유리헌다 ᄒ거늘, 상이 극히 근심ᄒ亽 사람을 갈희여 보니실시, 남두셩을 별틱ᄒ여 보니실시, 두셩을 안출亽을 ᄒ이스 {시켜서} 보니시거늘, 두셩이 亽은슉비ᄒ고, 도너의 니려가 빅셩을 무휼ᄒ실시, 각 읍의 힝관ᄒ여 창고을 열어 진휼ᄒ라 ᄒ이, 빅셩이 니 쇼문을 듯고 도라오는 지 {자} 부지기슈요, 숑셩이 길에 가득허더라.

이 쩌의 슌亽의 아들이 잇스되 일홈은 윤이오, 즈은 아형이라. 쏘흔 인물이 비범ᄒ여 세상 亽람이 다 일호되 {말하되}, '짝이 읍다.' ᄒ는지라. 흔번

〈554〉

일으미 {이르면} 모를 거시 읍고, 나이 십오 세의 문장이 니틱빅이요, 글씨은 왕희지라. 뉘 ᄋ이 칭춘ᄒ며 亽람ᄆ다 흔번 보기을 원ᄒ이 니러ᄒ

---

* 텍스트는 국립중앙도서관 필사본을 영인한 김기동 편자, 『필사본 고전소설전집』제6권, 아세아문화사, 1980, 553~638쪽을 활용했다. 이 자료는 596~609쪽 사이가 잘못되어 있는데, 바로 잡으면 609, 608, 598, 599, 605, 604, 602, 603, 601, 600, 606, 607, 597, 596쪽 순이다. 이 책에서 바로 잡아 쪽수를 밝혔다.

무로, 열읍 슈령이 슌스을 먼젼 보고 눈을 쳥ᄒᆞ여 구경ᄒᆞ더이, 이 ᄹᅥ 단쳔 부스 이경희 보라 왓ᄂᆞᆫ지라. 이 스람은 본ᄃᆡ 슌스와 지극 친구ᄅᆞ 이 날 셔로 좌졍ᄒᆞᆫ 후 ᄒᆞ환을 필ᄒᆞ미 반가옴을 ᄎᆞᆼ양치 {측량치} 모ᄒᆞ더이, 슈일 진치ᄒᆞ고 질기시 단쳔이 슌스의게 쳥ᄒᆞ여 왈,

"드르이 영낭의 지죠와 인물이 금세의 일인이라 ᄒᆞ미, ᄒᆞᆫ번 보고ᄌᆞ ᄒᆞ오이 잠간 부로쇼셔."

슌스 즉시 눈을 부르시이 눈이 승명ᄒᆞ고 드러와 뵈온ᄃᆡ, 단쳔이 눈의 손을 줍고 사랑ᄒᆞ물 칭양치 {측량치} 못ᄒᆞ야 슌스더러 일은 말이,

"형은 무슴 복으로 져런 귀ᄌᆞ을 두어ᄂᆞᆫ고? 영낭의 상을 보이 티빅의 혼이 ᄋᆞᅵ이면 두목지가 다시 세상의 젹강ᄒᆞ여ᄊᆞ다."

ᄒᆞ며, 인ᄒᆞ여 오열 타식【탄식】ᄒᆞ거늘, 슌스 문 왈,

"단쳔은 무슴 연고

〈555〉

로 이 곳 ᄌᆞ식을 보시고, 져러타시 비창ᄒᆞ시몬 무슴 연고요?"

단쳔이 답왈,

"남은 져러ᄒᆞᆫ 귀ᄌᆞ를 두스 계시되, ᄂᆞ은 팔ᄌᆞ가 긔구ᄒᆞ여 쓰지 못홀 일기 여ᄌᆞ을 ᄲᅮ이리. 이러 ᄒᆞ무로 ᄌᆞ연 심스 불평ᄒᆞ여이이다."

슌스 월【왈】,

"비로【비록】 여ᄌᆞ라도 아황·여영의 덕을 효측ᄒᆞ면 다 쥬 갓치 붕효ᄌᆞ【불효ᄌᆞ】을 불어ᄒᆞ리요 {부러워하리요} ?"

단쳔이 답왈,

"영이 비록 용우ᄒᆞᄂᆞ 구ᄌᆞ의【군ᄌᆞ의】 건즐을 밧들 듯ᄒᆞ오되 군ᄌᆞ의 유 갓트리잇가?"

슌스 ᄃᆡ쇼 왈,

"ᄂᆞ의 ᄌᆞ식이 웃지 군ᄌᆞ 되리요만ᄂᆞ, 그러ᄒᆞᄂᆞ 단쳔 나를 한미이 이이【아이】 아라시면 결혼ᄒᆞ미 웃더ᄒᆞ요?"

단천 디회ᄒ여 왈,

"쇼졔의 감히 바라지 못할 비라쇼이다."

인ᄒ여, 영아의 스쥬을 너여 보보이 【보이】 연월일씨가 【연월일시가】
죠곰도 츠등이 읍ᄂ지라. 일노 보건디 뎐셩연분이라 ᄒ고 양가 셩예은 경
셩의 올ᄂ가 지니믈 금셕갓치 뎡ᄒ고 【뎡ᄒ고】 셔로 덧ᄂ이라.

각셜. 두셩이 도니로 셩친ᄒ지 【셩친혼지】 오

〈556〉

슉 만의 단쳔이 디스셩으로 승체ᄒ여 올ᄂ갈 졔 슈영의게 ᄒ직ᄒ고 혼
스은 십월 망간으로 뎡ᄒ고 쩌ᄂ이라. 슌스, 단쳔의 승즉ᄒ믈 보고 더욱
깃거ᄒ여 {기뻐하여} 퇴일ᄒ여 예단을 보니이, 잇쩌의 남눈 공ᄌ 부모을
뫼셔 일 년이 지ᄂ되 ᄒ 게집도 춤견치 {참견치} 아이 ᄒ더이, 영비 옥경
션이 공ᄌ로 더부러 스쥬가 갓튯지라. 겸ᄒ여 문필이 쌍젼ᄒ고 열골이 쏘
ᄒ 졀식이라. 공ᄌ 더부러 몸믈 허락ᄒ미 졍이 상통ᄒᄂ 친압ᄒ미 읍고 셔
로 빅년긔약을 증ᄒ여스되, 공ᄌ 취쳐 후예 부모게 고ᄒ고 동침ᄒ물 증ᄒ
여더이, 공ᄌ의 즌안일을 당ᄒ여 경셩으로 올ᄂ갈시, 피ᄎ 마음의 비감ᄒ
즁으 【즁의】 공ᄌ 더욱 참담ᄒ여 모친 읍회 ᄂᄋ가 각별이 슬허ᄒ거날,
부인이 낙누ᄒ여 왈,

"너ᄂ 아람다온 비필믈 미즈러 가거눌 웃지혼 년고로 이럿틋 슬품이 잇ᄂ

〈557〉

냐? 심회을 은위치 말고 ᄌ셔이 이르라. 웃지 네 ᄯᆮ즐 죠곰이ᄂ 어긔랴?"

공ᄌ 디 왈,

"쇼ᄌ 츄호ᄂ 무슴 다른 ᄯᆮ지 잇스리요만난, 쇼ᄌ의 마음이 슬ᄒ의 다시
뫼셔시지 못ᄒ올 듯ᄒ와 ᄌ연 스러ᄒᄂ이다."

슌스 왈,

"네 일즉 우리 슬흐의 써ᄂᆞ기을 어려워 그렷커이아 웃지 망녕된 말을 발ᄒᆞ여 심회을 허비ᄒᆞᄂᆞ야?"
ᄒᆞ고, 위로ᄒᆞ여 보ᄂᆞ이라.

이젹의 단천 부ᄉᆞ 니경희 경셩의 올ᄂᆞ가 친척 고구을 모화 젼안 길녜을 힝헐ᄉᆡ, 신낭 신부 교비셕의 ᄂᆞ가 예을 힝ᄒᆞ랴 ᄒᆞ이, 문득 일진광풍이 이러ᄂᆞ {일어나} 신부의 화관과 신낭의 ᄉᆞ모을 벗겨 공즁의 올ᄂᆞ가 남북으로 훗터지되, 화관은 ᄂᆞ려지고 ᄉᆞ모은 남으로 향ᄒᆞ여 증쳐웁시 가ᄂᆞ지라. 모든 빈긱이 긔 변을 보고 셔로 츄연 탄식ᄒᆞ여 훗터지이, 경희 가즁 불열ᄒᆞ여 마음를 진졍치 못ᄒᆞ더이,

〈558〉

이 날 밤의 화촉지예을 이르고 바야흐로 줌을 드이, 문득 계명셩이 들이며 화광이 츙쳔ᄒᆞ고 샤별ᄒᆞᄂᆞ 쇼리 진동ᄒᆞᄂᆞ지리【진동ᄒᆞᄂᆞ지라】. 경희 크게 놀ᄂᆞ 옷슬 입고 황망이 ᄂᆞ가 보이, 화병 디치ᄒᆞ여 도셩인의 곡셩이 쳔지 진동ᄒᆞ밍【진동ᄒᆞ이】 피ᄂᆞᄒᆞᄂᆞ 지 길이 미여거늘 {메웠거늘}, 경희 ᄋᆞ모리 할 줄을 모로고, 일변 노복으로 ᄒᆞ여금 부인과 여셔을 뫼셔 광희로 피란ᄒᆞ라 ᄒᆞ거늘, 남눈 디셩 통곡 왈,

"나는 부모의 독ᄌᆞ로셔 니 몸만 ᄉᆞ라ᄂᆞ고 ᄎᆞ마 부모의 ᄉᆞ셩을 모로리요? ᄎᆞ라리 부모 게신 곳졔 가셔 부모와 ᄒᆞᆫ가지로 죽으미 인ᄌᆞ의 도리라."
ᄒᆞ고, 인ᄒᆞ여 ᄒᆞ즉ᄒᆞ고 써날ᄉᆡ, 신부 오열ᄒᆞ여 체읍ᄒᆞ여 왈,
"가군으로 더부러 ᄒᆞ로밤 부부지예는 잇셔ᄉᆞ오이, 이제 죽ᄉᆞ외도【죽ᄉᆞ와도】 여ᄒᆞᆫ이 웁ᄉᆞ거이와, ᄒᆞᆫ번 이별ᄒᆞᆫ 후 금셰샹의 다시 보일 일이 웁ᄉᆞ오이 죽여 황

〈559〉

쳔의 가 다시 만ᄂᆞᆯ지라도 피ᄎᆞ 형용이 의야ᄒᆞ리이 웃지 알이요? 슬푸다! ᄒᆞᆫ번 이별ᄒᆞ미 영결가군 무거쳐라. 영이별이 되여시이 싱젼의 가군을

위흐와 슈고리고 【슈고라고】 혀여 {해} 보올 길 읍ㅅ오아 【읍ㅅ오이】
첩의 손으로 망죵 이별쥬 흔 잔 즙ㅅ시읍쇼셔."

실푼 {슬픈} 쇼리의 누슈 비 오오듯 【비 오듯】 나슴을 젹시이, 남눈이
즌을 즙고 먹지 못ㅎ고 왈,

"이별이야 이별이야, 아람답지 못흔 이별이야! 이런 일도 셰싱 또 인는
가? 진졍이 미흡ㅎ고 이달을 손 이별이랴."

즌을 드러 반은 먹고 반은 셕낭을 쥬어 셕낭이 바다 먹으며 ㅎ는 말이,

"가군 이제 가시면 어느 ᄶᅥ 다시 만ᄂᆞ보리요?"

ㅎ며, 나슴을 ᄶᅥ져 손가락을 ᄭᅵ무러 혈셔을 뼈 쥬거날, 그 글의 ᄒᆞ여시되,

'이경희 여식 셕낭은 십육 셰 이별타.'

ㅎ여거놀, 남눈이 ᄌᆞ긔 낭중에 넉코, ᄯᅩ흔 ᄂᆞ슴을 ᄶᅥ여 혈

〈560〉

셔을 써셔 쥬되,

'남두셩의 무남독ᄌᆞ 눈은 낭ᄌᆞ의 혈셔을 지여 셕낭의 이별ᄒᆞ는 표를 ᄒᆞ
노라.'

ᄒᆞ엿더라.

셔로 밧고 ᄶᅥ날시 남눈이 치 ᄶᅥᄂᆞ지 못ᄒᆞ여 나슴을 부여줍고 일장 통곡
ᄒᆞ고 ᄶᅥ는는 경은 {모습은} ᄎᆞ마 보지 못헐너라. 니경희 니 경상을 보고
부부 셔로 긔졀ᄒᆞ거놀 쇼제 다시 위로ᄒᆞ여 졍신ᄎᆞ려 다시 만ᄂᆞ봄을 당부
ᄒᆞ더라. 남눈이 북을 향ᄒᆞ여 부모을 부르고 울며 슴십 이을 힝ᄒᆞ이, 발이
부릇고 졍신 ᄋᆞ득ᄒᆞ여 ᄒᆞ는 중의 왜병을 만ᄂᆞ 싱금흔 비 되어 불상 불상ᄒᆞ
다. 남눈의 형상이 웃지될고?

각셜. 왜병이 남눈을 싱금ᄒᆞ여 쥐기고져 {죽이고자} ᄒᆞ거놀, 눈이 슬피
울며 이걸 왈,

"ᄂᆞ는 본디 무죄흔 ᄉᆞ람이라. 그디 등은 디병을 거ᄂᆞ려 지물과 짱을 위

허미여늘【위ㅎ미여늘】, 무숨 일로 남의 ᄌ식을 무단이 살히코져 흠은 어인 일이요? 무

〈561〉

죄흔 ᄂ을 죽일진더 웃지 천힝 읍시리요?"
ㅎ며, 앙천통곡ㅎ이, 후군중 왕굴츙이 상을 잘 보는지라. 남눈의 형용과 긔 ᄉᆼ을 보이 범인이 아인 쥴 알고 좌우을 물이치고 왈,
"웃지 츙효을 겸젼흔 ᄉᆞ룸을 죽기리요? 이 ᄉᆞ룸은 본국의 다려가면 치국안민ㅎ고 반다시 종용ㅎ리이 ᄯᅩ흔 우리도 공이 잇스리라."
ㅎ고, ᄉ로줍어 갈시, 남뉴이 ㅎ일유셔 도망코져 ㅎ나 ᄆᆔ칙이 읍는지라. 다만 ㅎ늘을 울러러 통곡ㅎ여 갈 짜름이라.

각셜. 션쥬더왕이 도을 {도적을} 피ㅎ여 북도로 가시고져 ㅎ거늘, 제신이 다 간 왈,
"함경도은 막힌 ᄯᅡᆼ이오이 말일 도적이 짜르면 갈 곳지 읍ᄉ오【읍ᄉ오니】, 평안도로 급히 ᄀ와 본도 군병으로 구완병을 더국애 쳥ㅎ여 도적을 쳐 파ㅎ미 올홀가 ㅎᄂ이다."
ᄉᆼ이 올히 여긔ᄉ 제신을 거ᄂ리시고 도라가실시, 촌

〈562〉

여의 유슉ㅎ시고 바로 의쥬로 드러가시이, 왜쳑【외적】이 긔미을 알고 슘군을 분발ㅎ여, 일군은 셔으로 치고, 일군은 북으로 드러가 쥬야로 노략ㅎ다가 손냥ㅎᄂ {사냥하는} 오랑키의게 멸흔 비 되고, 일군은 의쥬로 향ㅎ다가 평양가지 와 부순을 늠지 못ㅎ고 션봉중이 김웅셔개 죽은 비 되고, 당 장ᄉ 니여숑의게 피ㅎᄆ를 입어 회군ㅎ여 도라갈시, 잇써 만경쳥파 빅운 무졍쳐라.
부모 쳐ᄌ 다시 볼 길 젼혀 읍고 도적의 ᄯᅡᆼ의 졈졈 각가이 오이 셜푸고

쳐량흔 만음이 {마음이} 날로 심흐고, 고향 싱각을 흐면 타느이 간장이라, 흐르느이 눈물이라. 이러구러 힝흔 지 육숙 만의 왜국을 지경의 일으이 온 간 물식이 풍등흐고 비홀 더 읍더라. 다만 풍속이 고이흐여 {괴이하고} 예범니 읍셔 골육지친을 분간치 못헐너라. 쏘흔 죠션셔 드러

〈563〉

간 게집이 흐느 잇스되, 그 게집이 셔방을 십여 슈도 두고 이십여 슈도 두며 숨십 슈 이흐로는 두이 더욱 무쌍흔지라. 남눈이 그런 경상을 보지 못흐다가 극히 흉참흐여 스스로 죽고즈 흐느 틈을 웃지 못지흐여【못흐여】스스로 간장만 스를 짜름이라.

각셜. 샹이 평난 후에 환경흐스 북빅 남두셩으로 니죠판셔을 제슈흐시이 두셩의 부지 {부자} 난 중의 분춘흐여 스싱존망을 몰느 판셔 부쳐 셔로 눈물로 지니더라. 천만 의외 승즉흐미 쳔은을 못니 감축흐고 드듸여 치 힝흐여 경셩으로 올느갈시 길의 죽엄이 티산 갓더라. 경셩을 득달흐여 궐흐의 스은흐고 인흐여 이경희을 츠즈 가이 니 승지 젼도이 느와 좌정 후 불는 중 분춘흐던 일을 셔로 셜화흐고 남 판셔 문득 흡누 읍 왈,

"니 오날날 여긔 왓거늘 남눈이 어더 가고

〈564〉

느을 보지 ○이흐느요?"
승지 쏘흔 경황실식흐여 오리 말을 못흐다가 왈,
"쇼졔은 죄을 지여쏘쇼이다. 울러러 알월 말슴이 읍ㅅ거이와【읍ㅅ거이와】병는지변의 져을 다리고 흐ㄱ지로 피란코져 흐여 만단기유흐되, 고집흐여 드지 아이흐고, '부모 게신 곳데 가 스싱을 흔가지로 흐게노라.' 흐고 북으로 힝흐여 갓스오이, 그 곳즐 득달흐엿도다 흐엿더이, 니 제 도로혀 날을더러 무로시이 디답흘 말슴이 읍셔 촌장이 바라지고 간

담이 쩌러지눈지라. 일절 【일정】 노즁의셔 젹환을 만느쏘쇼이다."
ᄒ며 양인이 방셩통곡ᄒ이, ᄌ부 이 씨와 노복이 일의 {일시에} 통곡ᄒ이
쵸슝집 갓더라. 남 판셔 ᄌ부 스러흠을 ᄎ마 직지 【보지】 못할너라. 니경
희 이 경숭을 보고 셔로 혼졀ᄒ이 승지 급히 구ᄒ여 죠헌 말로 위로ᄒ더라.
  잇쩌 상이 남 판셔 유제ᄒ

〈565〉

물 드르시고 츄연이 여기사 남·니 양인을 인견ᄒᄉ 왈,
  "경의 아들이 비록 젹뉴의 줍혀시ᄂ 죽지 ᄋ이ᄒ어슬 거시이, 경의 위국
  츙셩과 위친효셩이 쳔디의 가득ᄒ여거ᄂᆯ 효ᄌ을 웃지 쥭이요?"
ᄒ고 즉시 각 도의 힝관ᄒᄉ,
  '남눈을 ᄎᄌ 드리ᄂ 지 잇시면 즁상을 허ᄒ고 봉죽ᄒ리라.'
ᄒ시이, 각 도 방빅이 일읍의 힝관ᄒ여 방방곡곡이 슈탐ᄒ되 종젹이 읍ᄂ
지라.
  남·이 양가의셔 낙심쳔만ᄒ여 ᄒ 집의 동거할시, 신부 현슉ᄒ여 구고
와 친부모을 지셩으로 봉양홀시, 쇼졔 ᄯᅩ혼 일야 동품ᄒ여스되 티긔 잇셔
십슥 만의 남ᄌ을 싱ᄒ이, 그 ᄋ희 용뫼 {용모} 비범ᄒ여 부진 【부친】 과
일호도 다름이 읍드라. 남 판셔 ᄉ랑ᄒᄉ 일홈을 고향 【고힝】 이라 ᄒ다.
일일은 남 판셔 니 승지더러 이로되,
  "후싱이 가외라. 이 ᄋ희

〈566〉

장셩ᄒ면 그 ᄋ비 거쳐을 무를 거시이 실상을 온즉 인ᄌ졍이의 일졍 찻
  지 못ᄒ면 마음이 비충ᄒ리이 허장ᄒ고 장찻 쇼기리라."
ᄒ고 제문지여 제ᄒ더라.

  잇쩌 니원익라 ᄒᄂ 스롬이 함경 감ᄉ을 ᄒ여 너러갈시, 젼일의 옥경션

의 일홈을 익귀 드러ᄂᆞᆫ지라. 도임 숨일의 옥경션을 불너 보고 슈쳥들ᄂᆞ ᄒᆞ더, 옥경션이 물너ᄂᆞ와 원졍 지여 드리되 그 글예 ᄒᆞ여시되,

'쇼비ᄂᆞᆫ 비녹 쳔흔 창기ᄂᆞ 여려셔붓터 쇼학을 비와 졍졀을 슝ᄒᆞ며 반의 치을 효측ᄒᆞ며 무후와 양귀비을 침밧타 {침뱉어} 쑤지져더이, 거년 남 판셔 노ᆞ 본도의 안찰ᄉᆞ ᄒᆞ올 쎠 남눈으로 더부러 외람이 빅년긔약 월ᄒᆞ의 밍셔ᄒᆞ여 금셕 갓치 믜진 후의 공ᄌᆞ 이르시되, '취실 후에 부모게 고ᄒᆞ고 빅년히노ᄒᆞ리라.' ᄒᆞ시며 경셩으로 올ᄂᆞ

〈567〉

가 이 승지딕 여셔 되여습더이, 국운이 불ᄒᆡᆼᄒᆞ여 난즁의 분춘ᄒᆞ여습기예 지금 ᄉᆞ싱존망을 모로오이, 이 안이 {아니} 가련ᄒᆞ온잇가? 쇼비 이런 원졍을 판셔 디감게 알외고져 ᄒᆞ오ᄂᆞ, 쳔 니 장졍의 산쳔이 젹막ᄒᆞ고 동셔난부 {동셔난분} ᄒᆞ온지라. 쇼비 날기 읍ᄉᆞ오이 웃지 득달ᄒᆞ오리요? 쇼비 평싱 원ᄒᆞᄂᆞ 비ᄂᆞ 쳔ᄒᆡᆼ으로 쳔덕을 더오면 {더하면} 젼젼걸식ᄒᆞ여 경셩 남 판셔딕을 ᄎᆞᆽ 가셔 비녹 죽을지라도 그 딕 귀신이 되고져 ᄒᆞ오이 쇼비 웃지 다룻 뜻지 잇스리요?'

ᄒᆞ며,

'업드려 비ᄂᆞ이다. 바라옵건디 여엿비 여기ᄉᆞ 쇼비의 원을 일위여 {이루어} 쥬실진디 쇼여가 {소녀가} 분골쇄신ᄒᆞ여도 ᄒᆡ히 갓틋 은덕을 너니 잇지 못ᄒᆞ리쇼이다.'

ᄒᆞ엿더라.

숨ᄉᆞ 보기을 다ᄒᆞ미 긔특이 여겨 즉시 제역ᄒᆞ고, 니 ᄉᆞ연을 남 판셔의게 젼ᄒᆞ이, 남 판셔 니원익의 셔

〈568〉

찰을 보고 크게 놀ᄂᆞ 왈,

"ᄉᆞ셰 여ᄎᆞᄒᆞ면 우리 ᆞᄌᆞ 쩌눌 제 웃지 이런 말을 안이ᄒᆞ여눈고?"

ᄒᆞ며, 부인 스 씨을 쳥ᄒᆞ여 이 일을 힐문ᄒᆞ직 부인도 젼여 모로ᄂᆞᆫ지라. 가
즁 {아주} 오리게야 {오래되어서야} 일오디,

"으희 ᄶᅥ날 제 과도이 슬러ᄒᆞ더이 과연 그러흔 일이 잇기로 옥경션을 권
넘ᄒᆞ미로쇼이다. 옥경션이 으ᄌᆞ로 더부러 빅년긔약ᄒᆞ고 기과치 아이ᄒᆞ
고 ᄯᅩ흔 슈졀흔다 ᄒᆞ오이 가히 아름답고 불상흔지라. 이제 웃지 ᄇᆞ리리
요?"

니 씨 좌의 {왼편에서} 뫼셧다가 그 말을 듯고 심스 ᄌᆞ연 쳐층ᄒᆞ여 함
누 탄 왈,

"가장 존잉흔지라. 그 몸이 비록 쳔ᄒᆞᄂ 그 마음은 진실로 아름답스오
이, 바라ᅌᅳᆸ건디 존당은 엿비 {어엿비} 여기ᄉ 군ᄌᆞ을 븨온 다시 {븨온
듯이} 여연을 한가지로 지니게 ᄒᆞᄋᆞᆸ쇼셔."

남 판셔와 이 승지 셔로 의논ᄒᆞ야 슈이 {곧} ᄎᆞᆺ자오믈 즁ᄒᆞ이라.

이 젹의 우승상 니항복

〈569〉

이 신병으로 스졍ᄒᆞ고, 샹이 특별히 젼지ᄒᆞᄉ 남 판셔로 복상ᄒᆞ시고, 니
경희로 병죠편셔 【병죠판셔】 을 허이시이 국은이 망극ᄒᆞ지라. 그러ᄒᆞᄂ
과분ᄒᆞᄆᆞᆯ 성각ᄒᆞ여 구지 ᄉᆞ직상쇼ᄒᆞ디, 샹이 불눈ᄒᆞ사 츨ᄉᆞᄒᆞᄆᆞᆯ 지쵹ᄒᆞ시
이, 남 졍승이 마지 못ᄒᆞ여 쳔은을 슉ᄉᆞᄒᆞ고 물너온 후에 슈월 칙 【치】 못
ᄒᆞ여 홀연 득병ᄒᆞ야 스스로 명을 웃지 못할 줄 알고 부승비감 【불승비
감】 ᄒᆞ여, 니 춤판을 쳥ᄒᆞ여 악슈 유체 왈,

"니 함홍예 힝관ᄒᆞ여 옥경션을 쳥ᄒᆞ여 죽은 ᄌᆞ식의 졍을 위로ᄒᆞ여 현부
의 가련흔 셰월을 흔가지 보니게 ᄒᆞ려습더이, 니제 ᄂᆞᆫ 병이 침즁ᄒᆞ여
즁ᄎᆞᆺ 명이 진케 되이 그히 {매우} 슬푸도다."

부인괴 【부인과】 ᄌᆞ부을 지슘 도라보디가 【도라보다가】 인ᄒᆞ여 명이
진ᄒᆞ니, 부인 스 씨와 ᄌᆞ부 망극 이통ᄒᆞᄆᆞᆯ 층양치 못ᄒᆞ더라. 그 ᄉᆞ돈 니 판
셔 남 졍승 별셰ᄒᆞ

〈570〉

　보고 통곡 토혈 긔식ᄒ여 긔운이 진ᄒ여 마츰 구치 못ᄒ고 쏘훈 명이
진ᄒ니, 니 씨 더욱 망극 일죠의 양가 상고을 당ᄒ니 망극지통 읏덧타 ᄒ
리요. 일긔 {일가} 망극ᄒ여 우는지라. 보는 져【지】 뉘 온이 낙누ᄒ리요?
그러ᄒᄂ 남 판셔는 동국의 디현군ᄌ라. 만죠빅관니며 팔도인민이 슬퍼ᄒ
믈 마지 ᄋ이ᄒ더라. 남두셩관【남두셩과】 이경희 부고을 상니 드러시고
오열ᄒ시다 호죠의 젼지ᄒᄉ 만금을 쥬 치승ᄒ라 ᄒ시고, 장일의 상니 뫼
쇼의 친임ᄒᄉ 그 비셕의 어필로 가로디,
　'디광보국승녹디부 우의정지뫼'
ᄒ시이, 디신을 위ᄒ시미 고금의 읍더라. 셩분을 필ᄒ미, 샹니 만죠빅관을
거ᄂ리시고 환궁ᄒ신 후에 제신을 젼교 왈,
　"과인 박덕ᄒ야 명현을 일허스니 도시 과인 박복ᄒ미여이와 경 등은 각
　별 죠심ᄒ여 과인

〈571〉

　을 도으라."
ᄒ시더라.

　각셜. 남 정승 부인 ᄉ 씨 가군을 여의고 쥬야 이통ᄒ더라. 그 후 일년
이 못되어 쏘훈 기세ᄒ시고, 니 춤판 부인 죠 씨 참판 쇼상날 스스로 운명
ᄒ이, 니 씨 일이년지간의 양가 부모을 다 이별ᄒ고 외로운 혈혈단신이,
다만 일즈 고힝을 의지의ᄒ여【의지ᄒ여】 망극 즁의 친이 비복으로 하여
금 션영의 안장ᄒ고 비복을 의지ᄒ여 셰월 보니여 명을 부지ᄒ더리【부지
ᄒ더라】.
　이젹의 함경도 감ᄉ 니원익이 남 정승과 니 판셔 죽음을 듯고 니렴의
ᄒ오디,
　'이제 옥경션을 쳡 숨으미 가합ᄒ도다.'

호고,

'이제야 뉘가 시비호리요?'

호고, 옥경션을 불너 슈청 거힝호리 【거힝호라】 호이, 옥경션이 남 딘인의 추복 입고 눈물노 세월을 보니더이, 천만 의외에 이 변을 만느이 웃지 스룸을 죠츠 부귀의 뜻지 잇스리요? 불승통호이라. 강잉호여 이 날 밤의 도망할시 남복을 곳쳐 입 【입고】

〈572〉

호로밤 시이에 빅 이을 {백 리를} 힝호이, 연호 살과 여린 쪄가 익씨고 압품을 겨딜 길 유셔 긔운이 진호니, 유벽호 촌가을 추즈 슈인을 죠예호고 {조리하고} 다시 힝호며 스스로 싱각호되,

'졀느도 {전라도} 지리산 빅운암의 여승이 만타 호니 이제 곳즐 【그 곳 즐】 추져가 샥발위승호엿호엿다가 【샥발위승호엿다가】 니원익 체직호 거던 니 부인을 추져기 【추져가】 스싱을 가치 호리라'

호고, 지리산을 향홀 시, 강동짱의 이러르 유명호 복즈을 만느 이 싱애 고상호는 일(*을)이며 【일이며】 뇌두 길흉화복을 무른디, 복지 취졈호고 양구애 왈,

"이는 일졍 여화위남호여도다."

옥경션이 답 왈,

"느는 본디 남즌고로 이디 왓거눌 그디 웃지 고이호 말을 호느요?"

호니, 복지 왈,

"그디는 쌀리 가쇼셔. 졈괘 글너스이 {글렀으니} 괴로이 뭇지 말느."

호고, 바로 가라 호거눌, 옥경션이 은휘치 못호여 간졀이 비러 왈,

"션싱 고집지 말고 졈괘 느는 디로 이르요."

〈573〉

복지 왈,

"그디 비록 남ᄌ호여도 실상은 여ᄌ라. ᄂ를 쇼기지 {속이지} 못호리로
다. 그디 이제 짝 이룬 {잃은} 기럭이라. 동셔로 분춘ᄒ거이와 그디 낭
군은 만리타국의 가 잇ᄂ이 니별호 지 이십 년만의 다시 만ᄂ 빅년히노
할 거시이, 이번 길의 각별 죠심ᄒ라. 집 쩌는 지 스십 일만의 목변 셩
가진 스람을 만ᄂ면 십 년을 안낙ᄒ고 비록 낭군은 보지 못ᄒᄂ 낭군
갓틋 스룸을 만ᄂ 즐길 거시이 미일 동남을 ᄇ리고 셔북으로 가라."
ᄒ거눌, 옥경션이 스스로 싱ᄒ되【싱각ᄒ되】,
'ᄂ의 심즁의ᄂ 지리산으로 가셔 슉발위승ᄒ여다가 이씨을 츠져가 ᄒ가
지로 죵신코져 ᄒ엿더이 복ᄌ의 말을 드르이 계교 심이 다른지라. 그러
ᄂ 일신이 쳥쳔의 뜬 구룸 갓트이 장춫 어더로 가리요? 이제 낭궁【낭
군】이 타국의 잇다 ᄒ니 반다시 왜국에 줍혀갓도다. 또 이십 년만의
만ᄂ리라 ᄒ니 웃지 것더거지 {그 때까지} 명을

〈574〉

보젼ᄒ리로【보젼ᄒ리오】? 옛날도 그러ᄒ 일이 잇거와 그 졈괘 고이ᄒ
다. 셔북으로 가라 ᄒ미 평안도로 가리라.'
ᄒ고, 인ᄒ여 복ᄌ을 ᄒ직ᄒ고 쩌ᄂ이, 복ᄌ 다시 이르되,
"그디 과도이 근심치 말ᄂ. 그디 팔ᄌ의 일 품 봉죽이 잇스이, 여ᄌ는
본디 가군의 품즉 {품작} 을 짜르ᄂ이 낭군 웃지 만ᄂ지 못ᄒ리요? 반
다시 젼두의 귀이 되리라."
ᄒ고 위ᄒ여 보ᄂ거눌, 옥경션이 복ᄌ을 이별ᄒ고 발힝홀시 젼젼걸식ᄒ여
강동 짱의 지ᄂ 황희도 신계 {신계} 곡산애 이르러 방방곡곡이 도라다이
이 마음에 두류ᄒ염즉ᄒ 곳지 움셔 {읍셔}, 슈안 짜의 이룻즉 산슈 유벽
ᄒ고 여염이 쇼실ᄒᄂ 또ᄒ 경기 졀승ᄒ지라. 그 즁의 ᄒ 집이 잇스되 펑
즁ᄒ고 슈양은 실실이 푸르러 츈풍의 휘드러졋스며 {휘늘어졌으며}, 후
원의 가식 {각색} 화쵸 만발ᄒ여 향긔을 ᄌ랑ᄒ니, 지실노 {진실노} 별유
텬디 비인간이리【비인간이라】. 아람다온 경기을 층양치 못헐너라.

〈575〉

쥬져ᄒ더이 문득 쇼 탄 ᄋ회 지ᄂ거날 그 ᄋ회다려 문 왈,

"이 말은【마을은】일홈이 무어시요?"

그 ᄋ회 답 왈,

"이 마을 인홈은【일홈은】유리촌이오. 놉흔 집은 유 진ᄉ 집이이 니더
{이대} 문장이요 숩더 진ᄉ라. 가게 유족ᄒ고 ᄌ손이 번셩ᄒ더이 가운
이 불힝ᄒ여 일년 너예 구몰ᄒ고, 과덕 {과부} 다셧시 ᄉ세 된 유ᄋ 손
ᄌ ᄒᄂ을 다리고 잇ᄂ이다."

ᄒ거놀, 옥경션이 이 말을 듯고 가중 존잉이 여게 {여겨} 눈물을 홀이여
비회을 금치 못ᄒ고 그 집 문ᄋ혜 일르러 쇼하을 위여 강셩을 들이어 양시
을 비더이, 그 쇼리 쳥ᄋᄒ여 슬픔 ᄉ롬의 심회을 ᄌ연 돕ᄂ지라. 무득
【문득】그 집 부인덜이 그 쇼리을 듯고 젼도이 중문의 ᄂ와 시비로 ᄒ여
금 무로더,

"쳥츈 쇼년이 무슴 연고로 양식을 비ᄂ요?"

옥경션이 디 왈,

"쇼싱은 경셩 ᄉ롬으로 가운 불힝ᄒ여 일기 함몰ᄒ고 고젹 단신 쥬졉할
곳지 읍셔와 뎡쳐읍시

〈576〉

다이며 걸식ᄒᄂ이다."

그 부인이 그 얼고과【얼골과】존잉흔 말을 듯고 감충ᄒ여 셔로 니로더,

"쇽셜의 '남중일싁'이란 말은 드러시ᄂ 일즉 보지 못ᄒ엿던이 오날날 쳠
보ᄋ도다."

ᄒ고, 시비을 명ᄒ여 긱실을 쇼쇄ᄒ고 쳥ᄒ여 드린 후에 즉시 셕반을 드리
거놀, 옥경션 먹기을 다ᄒᄆ 스스로 싱각ᄒ되,

'졉더 복ᄌ의 말 허ᄉ가 ᄋ이로다. ᄉ십 일만의 목변을 만ᄂ면 십 년을
안과ᄒ리라 ᄒ더이 쥬인 셩이 버들 유ᄌ라. 웃지 목변셩이 ᄋ이리요? ᄒ

물며 남족 웁고 여려 과딕 이스이 가장 그특ᄒ도다.'

ᄒ고, 인ᄒ여 전후 소연을 긔녹ᄒ여 시비로 ᄒ여금 부인게 드리라 ᄒ딕, 시비 츈미 오리 보다가 이로딕,

"그딕 힝식을 고이 여겨더이 이제 본식이 탈노ᄒ여 슴람에 【스람에】 의심을 들게 ᄒ거이외 【ᄒ거이와】 여ᄌ 웃지 져디지 졀염ᄒ요? 우리 부인게 이 그월을 【글월을】 올일진딕 다시 어엿비 여기사ᄂ 【여기시ᄂ】 의심 두리

〈577〉

라. 준말 말고 먼져 니 눈의 남ᄌ 진위을 명빅히 긔록ᄒ려."

옥경션이 운고 【웃고】 일오딕,

"만일 남질진딕 허망ᄒ 말을 ᄒ여다가 ᄂ즁을 웃지 ᄒ리요?"

ᄒ고, 여ᄌ의 본식을 지셔이 보인딕, 츈미 준잉이 여겨 즉시 드러가 글을 올이고 여ᄌ의 힝식이 분명ᄒ 줄을 알오되, 여러 부인더리 긔특이 여기여 즉시 쳥ᄒ여 전후 소실을 뭇고 어엿비 여겨 셔로 밍셰ᄒ여 김 씨 양여을 슴무시이 은혜을 감축ᄒ여 친모 갓치 셤기드라.

각셜. 경셩 이 부인이 부모의 슴상을 맛치미 시로리 슬허ᄒ며 옥경션을 ᄎ고져 ᄒ여 오촌 니도희라 ᄒᄂ 스람으로 ᄒ여금 은ᄌ 빅 양 {냥} 쥬여 옥경션을 쳥ᄒ여 오리 【오라】 ᄒ딕, 함홍의 일르러 옥경션을 탐문ᄒ니, 슌스 니원익의 겁측ᄒ믈 피ᄒ여 도망ᄒ 지 슴 년이라 ᄒ거늘, 도희 허일읍셔 도라와 이 씨더러 슈말을 ᄌ셔이 고ᄒ이, 니 씨 쳑연 탄 왈,

"셰

〈578〉

상의 무상ᄒ 삼롬도 잇도디 【잇도다】. 쳐음의ᄂ 다려가라 ᄒ고 이제 양친이 기셰ᄒ시무로 무셰ᄒ믈 알고 져런 어즐지 못ᄒ 일을 ᄒ엿도디

【하엿도다】."

ᄒ고, 방셩 디곡 왈,

"갈련ᄒ다 {가련하다} . 옥경션이 외로온 몸이 어니 가 {집} 의 가 의
탁ᄒ여 존명 보젼ᄒᄂ고? 우리 두 스룸리 셔로 의지ᄒ여 여년을 맛칠가
ᄒ엿더이, 이ᄂ ᄒ늘리 ᄂ을 무여ᄒ시미라. 엇지 옥낭ᄌ의 졀힝을 보존
ᄒ(*며) 쏘 읏지 마고션녀을 만ᄂ리요?"

ᄒ고 슬허ᄒᄆᆯ 마지 ᄋ이ᄒ더라.

이젹의 고힝이 졈졈 ᄌ라미 으진 스승을 맛겨 글을 힘쎠 가라쳐 무장이
【문장이】 ᄂᆡ·두을 압두ᄒ니 공후겨쪽이 층찬 {칭찬} ᄋ 이리 읍더라.
구혼ᄒᄂ 지 만허되 어리다 일컷고 허혼치 ᄋᆫ이 ᄒ엿더이, 잇쩌 병죠판셔
박셩휘라 ᄒᄂ 지상이 니고힝의 용모와 문장이 특츌ᄒᄆᆯ 보고 흐모ᄒ여
【흠모ᄒ여】 스룸으로 ᄒ여금 니도희을 쳥ᄒ여 이로디,

"그디

〈579〉

ᄂᆫ 이 참판의 종제요 부인의 슉부리 【슉부라】 . 그 집 닉외 가스을 모
ᄅ거시 읍ᄂ 고로 그디을 쳥ᄒ여 인륜 디스을 의논코져 ᄒ미이 ᄋ지 못
거라 {알 수 없도다} . 군의 마음의 혼스을 뎡ᄒ미 읏도ᄒ요?"

니도희 피셕 디 왈,

"디인은 무슴 혼스을 이르고져 ᄒ시ᄂ잇가? ᄒᆫ번 듯기을 쳥ᄒᄂ이다."

참판이 왈,

"닉게 ᄒᆫ 여식이 잇스니 비로 【비록】 ᄋ름답지 안이ᄒᄂ 즉여의 디
【덕】 이 잇셔 가회 구ᄌ 【군ᄌ】 의 건질을 【건즐을】 밧들미 되옴즉
ᄒ니, 이러ᄒᄆᆯ로 그디 쳥ᄒ여 의논ᄒ미이 모로미 {모름지기} 그디ᄂ
부인게 고ᄒ라."

ᄒ니, 도희 왈,

"디인 빈천호믈 허물(*치) ㅇ이 호시고 션세 의을 싱각호시고, 이럿툿 구혼호신이 쇼싱이 웃지 스양호리잇가 ? 삼가 명을 밧들이어디 【밧들이어다】 ."

호즉호고 도라와 니 씨다러 박 참판의 구혼호든 스연을 젼호니, 니 씨 크게 깃거호여 즉시 미피 【미파】 을 보너여 혼스을 뇌졍호고 퇵일 셩친홀

〈580〉

시, 모든 빈킥이 셔로 니로디,

"신낭 분친이 【부친이】 젼안 교비셕에 광풍이 니러느 스모와 화관을 벗기미 스룸이 경동호여듯이 오늘날 그 ㅇ희의 경스을 보지 못호는도다." 호더라.

박셩셩휘 【박셩휘】 신낭의 거록혼 거동을 보고 불승호회호여 지너더라.

잇튼날 신부 시가의 우귀홀시, 니 씨 신분의 【신부의】 현철함과 화용월틱을 못너 흠탄호여 왈,

"복녹 구비혼 여즈로셔 이런 박덕혼 집에 드려 왓스니, 스스로 과분호믈 근심호노(*라)."

호며, 오열 비감호고 눈물을 금치 못호여, 이러구러 고힝의 느희 십오 세의 일으이 문즈과 【문장과】 필법이 당셰의 웃듬이라. 장안 직스 뉘 ㅇ이 다토와 보고져 호리요?

추시는 계츈 쵸팔일이라. 션죠디왕이 디연을 비셜호시고 과거을 뵈실시 고힝이 과장의 드러가 글을 지여 밧치이, 샹이 보시고 장원으로 샌이시고, 샹이 인(*견)

〈581〉

거쥬 셩명을 무르신디 고힝이 복지 쥬 왈,

"신은 젼 우승상 남두셩의 숀즈요, 아비는 죠스호연느이다."

샹이 드르시고 비감호여 호시며, 고힝으로 할임학스을 졔슈호시고 인호

여 젼지 왈,

"너의 지죠 과인ᄒ니 츙셩을 다ᄒ여 과인을 도으라."

ᄒ신더, 고힝이 ᄉ은ᄒ고 물너 ᄂ오이, 좌우의 제신이 츙츤 온 이리 옵더라. 고힝이 집의 도라와 그 부인게 뵈오더, 모부인이 인견ᄒ시고 깃거ᄒ미 무궁ᄒ더라. 그러ᄒᄂ 일변 슬품을 금치 못ᄒ여 누슈종힝ᄒ거놀, 슈 일 잔치 후의 샹이 고힝을 인견ᄒᄉ 이죠판셔을 제슈ᄒ시이, 고힝이 고두ᄉ은ᄒ고 복지 쥬왈,

"황공ᄒ옵거이와 신ᄌ 도리의 읏지 진졍 쇼원을 일ᄒᄂ 은휘ᄒ오리잇가? 신의 ᄋ비 죠ᄉ옵고 유복ᄌ로 셩장ᄒ와 어미 슬ᄒ의 영화 과분ᄒ오ᄂ, 어미 ᄆ양 슈심 즁이오니 인ᄌ졍이외 ᄎ마 보올길

〈582〉

옵ᄉ와 죽어 모로고져 ᄒ오ᄂ 불효 막심ᄒ옵기로 지금 존명을 보존ᄒ엿ᄉ옵더이, 셩샹게오셔 이럿틋 샹랑ᄒ시오(*이) 【사랑ᄒ시오이】 ᄒ희 갓ᄉ온 은덕을 니 갑ᄉ올 길 옵ᄉ거이와, 신의 ᄉ졍을 어엿비 여기ᄉ 죠마흔 고을를 ᄒᄂ 빌이시면 어미게 영화을 뵈옵고 {보이옵고} 그 날 죽ᄉ와도 한이 옵슬가 ᄒᄂ이다."

샹이 그특이 여기ᄉ 니죠판셔을 명쵸ᄒ(*ᄉ) 이르시되,

"남고힝이 위친ᄒ(*야) 걸군ᄒ니 졍지가 {처지가} 가긍흔지(*라). 경이 ᄂ아가 과만흔 슈영의 ᄌ리 ᄋ더 보너리 【보너라】."

ᄒ시이, 니 판셔 이 젼교을 듯줍고 물너ᄂ와 금심ᄒ더이, 마춤 황희 감ᄉ의 장게 왓거놀 긔틱ᄒ이 슈안 군슈을 파쥴ᄒ엿ᄂ지라. 인ᄒ여 남고힝을 비방ᄒ여 【비망ᄒ여】 드리이 {들이니}, 샹이 즉시 제슈ᄒ여 게시거놀, 고힝이 ᄉ은슉비ᄒ고 모부인을 뫼시고 슈안 ᄯᅡ의 ᄂ려갈시, 그 위 거동이 찰ᄂ흔지라. 비녹 슈영 힝ᄎᄂ 감ᄉ 위

〈583〉

ᄂ 다롬이 읍더리【읍더라】.

디졔 슌안은 〔수안은〕 유리쵼으로 관힝ᄎ 단이는 노변이라. 신관 오시
믈 듯고 유리쵼 빅셩더리 남여노쇼 읍(*시) 길가의 ᄂ와 구경할ᄉᆡ, 유진ᄉ
일가 상ᄒ 노복이 다 ᄂ와 버들 그늘의 의지ᄒ야 구경ᄒ더이, 옥경션이 신
관의 년광 십구 셰란 말 듯고 가장 고이 여겨 ᄌ셔이 본즉 쳥츈 숀년이 표
표늡늡ᄒ여 풍치 예할 디 읍는지라. 니럼 성각ᄒ되,

'그 틱슈 열골이 니별ᄒ 낭군과 갓틈도 갓다'

ᄒ고, 열골을 ᄌ셔이 보이 더욱 방불ᄒ지라. 비감ᄒ 마음 금치 못ᄒ여 눈
물이 양협의 져졋거늘, 유 진ᄉ 부인 문 왈,

"쇼랑ᄋ 녀는 무슴 년고로 신관을 보고 져디지 슬허ᄂ야?"

옥경션이 디 왈,

"다름 ᄋ이오(*라) 그 신관의 얼골과 풍치을 보오이 니별ᄒ 낭군과 방불
ᄒ 고로 ᄌ연 비감ᄒ온 마음을 금치 못ᄒᄂ이다."

부인이 ᄯᅩ흔 불상이 여기더라. 구경 다ᄒ고 집예 도라와 크게 츙츤 왈,

"웃더흔 ᄉ롭은 일 귀ᄌ을 두엇

〈584〉

다."

ᄒ며, 한탄ᄒ더라.

문득 유지ᄉ【유진ᄉ】의 싱질 니랑이 와 뵈옵고 문안ᄒ니 문 왈,

"아지 못거라. 신관은 웃더흔 ᄉ롭의 ᄌ숀이완디 그디지 죠달ᄒ엿ᄂ요?"

니랑이 답 왈,

"젼 우상 남두셩의 숀ᄌ요, 기 부은 십오 셰의 문장으로 유명ᄒ읍더이,
그 부친 함경감ᄉ 갓실 ᄢᆡ의 니 춤판 경희에 여셔 되어 젼안ᄒ던 날 밤
의 왜젹을 만ᄂ ᄉ싱죤망을 ᄋ지 못ᄒ고 우리 틱슈는 유복ᄌ라. 급제ᄒ
여 걸군ᄒ여 왓다 ᄒ다이디【ᄒ다이다】."

옥경선이 니 말을 듯고 디경실식ᄒᆞ여 긔졀ᄒᆞ거눌, 니싱이 고이 여겨 그 연고을 무르이 젼후슈말을 낫낫치 부인 젼의 고ᄒᆞ니, 부인 탄복 왈,

"이ᄂᆞ 세상의 드몬 일이라. ᄒᆞ날이 감동ᄒᆞᄉᆞ 남 티슈을 만ᄂᆞ ᄒᆞ시미라." ᄒᆞ고 층찬ᄒᆞ물 마지 ᄋᆞ니ᄒᆞ더라.

옥경선이 긔운 슈습ᄒᆞ여 급히 볼 마음 셔화 갓고, ᄯᅩᄒᆞ 깃부멀 진졍치 못ᄒᆞ여 밋츨 듯ᄒᆞ더라. 즉시 원졍 지여 남 티슈게 드리이 그 원

〈585〉

졍의 ᄒᆞ여스되,

"함흥 여비 옥경션은 돈슈빅비ᄒᆞ고 명찰ᄒᆞ신 티슈게 올이ᄂᆞ이다. 쳡은 본디 쳥유요 ᄉᆞ족이 안이라. ᄂᆞ이 십육 세의 티슈 디인으로 더부여 외람이 빅년긔약을 금셕 갓치 미져 월ᄒᆞ의 밍세ᄒᆞ여습더이, 국운이 불힝ᄒᆞ와 쳔만 뜻박위 왜병 도입ᄒᆞ여 아국을 살히ᄒᆞ오이 영별낭군 무거쳐라. 쳡의 일신이 ᄇᆞ랄 곳지 읍셔 드드여 {드디어} 병이 되어ᄉᆞ더이, 본도 감ᄉᆞ 니원익이 쳡의 ᄌᆞ식을 보고 핍박ᄒᆞ여 슈쳥을 슴고져 ᄒᆞ거눌, 죠흔 말노 쇼기고 남복을 변축ᄒᆞ고 밤의 도망홀 제 쳡의 신세 가련치 ᄋᆞ이ᄒᆞ리요? 쳡이 ᄋᆞ모리 머물고져 ᄒᆞᄂᆞ 강표흔 지 핍박ᄒᆞ고져 ᄒᆞ오니, 션노야 ᄋᆞ이 기시고 더욱 ᄇᆞ랄 곳지 읍ᄂᆞᆫ지라. 쳔만 가지 환난을 다 지니고 십싱의 구ᄉᆞᄒᆞ여 동셔 분춘ᄒᆞ여습다가 본군의 유리촌의 의틱ᄒᆞ여 ᄌᆞ명을 보존ᄒᆞ여스오ᄂᆞ, 쎠쎠 옛일을 싱각ᄒᆞ면 슬픔이 방촌의 가득ᄒᆞ온지

〈586〉

라. ᄒᆞ날이 쳡의 경상을 감동ᄒᆞᄉᆞ 티슈로 ᄒᆞ여금 이 곳 오시게 ᄒᆞ오미니, 바라옵건디 쳡의 잔명을 살펴쇼셔."

ᄒᆞ여더라.

티슈 보기을 다ᄒᆞ미 일희일비ᄒᆞ여 니아의 드러가 모부인게 그 글을 드리니 보시고 오열 비창ᄒᆞᄉᆞ 눈물을 지여 왈,

"이는 진실로 쳥쳔이 도으스 셔로 만느게 ᄒᆞ시미로다."
ᄒᆞ고, 즉시 거마을 지쵹ᄒᆞ여 틱슈와 부인이 ᄒᆞᆫ가지로 유리츈의 일으시고
뉴진스 일가 다 진동ᄒᆞ더라. 부인니 교ᄌᆞ을 ᄂᆞ려 옥경션의 손을 잡고 어린
듯 취ᄒᆞᆫ 듯 깃부믈 층양 못ᄒᆞ고 보ᄂᆞ 스ᄅᆞᆷ이 긔특이 너기더라. 부인이 가
쟝 {매우} 오라게야 {오래되어서야} 시비로 ᄒᆞ여금 쥬인 부인 쳥ᄒᆞ여 빅
비치스ᄒᆞ고, 인ᄒᆞ여 ᄒᆞᆫ가지로 읍의 드러가셔 디연을 비셜ᄒᆞ고 뉴진사 집
니힝도 ᄒᆞᆫ가지 가셔 남여노쇼 읍시 다 쳥ᄒᆞ여 크게 즐기더라. 즐기는 쇼리
원근의 진동ᄒᆞ더라. 부인이 뉴진스 부인더러 슈슘일 기시다 가시믈 쳥ᄒᆞ
며 상급을 마이 ᄒᆞ여

〈587〉

보닐시, 뉴진스 니힝이 각각 ᄒᆞ즉ᄒᆞ고 도라간 후의, 니부인이 그 집의
친밀ᄒᆞᆫ 졍이 친쳑 갓고, 뉴진스 집이셔 덕이 마터라.

각셜. 왜장 왕굴츙이 픠즌군을 거느리고 본국의 도라가 픠ᄒᆞᆫ 슈말을 왜
왕게 고ᄒᆞ니, 왕이 듯고 낫빗치 흙빗 갓튼여 왈,
"무죄ᄒᆞᆫ 장졸이 다 타국의 가 도라오지 못ᄒᆞ고 죽여시이, 과인이 어지
불안치 으이ᄒᆞ리요?"
ᄒᆞ며 용상의 ᄂᆞ려 일장 통곡ᄒᆞ시이, 좌우 제신이 안이 올 이 읍더라.
잇날 {잇튼날} 왕굴츙 죠션 명인 ᄌᆞ바오믈 알외디, 왕이 즉시 불너 보
시고 상ᄌᆞ을 불너 남눈의 상을 보오 알외리 ᄒᆞ되, 상ᄌᆞ 승명ᄒᆞ고 남눈의
상을 본 후 즉시 왕게 쥬 왈,
"그 상을 본즉 이ᄆᆞ와 두 눈은 숑느라 문장 문쳔상과 갓고 귀와 코ᄂᆞ 뉴
슈부 {뉵슈부} 갓고 입과 턱은 악무목괘 {악무목과} 갓트이 젼혀 츙
효 ᄲᅮᆫ이오이다. 디왕이 비록 공후장상을 봉ᄒᆞ시고 억만 보화을 쥬고 달
니여도 그 마음이 죠곰도 변치 안이

〈588〉

ᄒᆞ올 거시오, ᄒᆞᆯ며 다른 님군을 셤기지 안이ᄒᆞᆯ너이다."

왜왕 쳥파의 남뉸을 인견ᄒᆞ여 상좌의 안치고 필연을 너여 문필을 구경ᄒᆞ니, 글시는 왕희지 갓고 문장은 니티빅의 쳑슈라. 왜왕이 크게 깃거 왈, "관인이 【과인이】 널노 ᄒᆞ여금 공쥬의 비필을 슘고겨 (*ᄒᆞ)니, 너는 모르미 츙셩을 다ᄒᆞ여 과인을 셤기라."

ᄒᆞ니, 남뉴이 【남뉸이】 니 말을 듯고 디로ᄒᆞ여 ᄭᅮ지져 왈, "ᄂᆞ는 본디 부모의 독ᄌᆞ라, 본국에 일야 동침ᄒᆞᆫ 비필이 내ᄂᆞᆫ지라. 비록 너 ᄂᆞ라의 즙혀왓시들 마음죠ᄎᆞ 반할쇼야? ᄒᆞᆯ며 결친ᄒᆞ는 날 밤의 난을 만ᄂᆞ 이리 즙혀왓시니, 니는 다 너예 연ᄀᆞ라. 니 이제 네 ᄂᆞ라의 드러와 본즉 ᄯᅡᆼ이 부족ᄒᆞ야? 빅셩이 부족ᄒᆞ(*고) 신ᄒᆞ가 부족ᄒᆞ냐? 무슴 부족하미 잇셔 무죄ᄒᆞᆫ 장쭐을 만리타국의 보ᄂᆞ여 함몰ᄒᆞ게 ᄒᆞ이, 너 갓튼 위인이 웃지 왕위의 거ᄒᆞ며 천앙이 ᄯᅩᄒᆞᆫ 두럽지도 ᄋᆞ이ᄒᆞ야?

〈589〉

디장부 죽을지라도 웃지 긔 갓튼 유의 ᄌᆞ식으로 결혼ᄒᆞ여 몸을 드레이며 【더럽히며】 너 갓튼 거슬 임군으로 셤기리요? 장부 죽을지라도 웃지 그러ᄒᆞᆫ 마음이 잇스리요? 네 ᄌᆞ식의 모양이 셔시의 짝이오 양귀비의 유라도 싱각이 전혀 읍고, 천금과 만호후을 봉할지라도 마춤ᄂᆞ 니 굽히지 ᄋᆞ이ᄒᆞ리라. 너은 이런 말로 니 귀을 드레지 말고 ᄲᆞᆯ이 ᄂᆞ을 죽이면, 니 혼빅이ᄂᆞ 고국의 도라가 모부 쳐ᄌᆞ을 ᄎᆞ즈리라."

ᄒᆞᆫ디, 왕이 니 말을 듯고 크게 노ᄒᆞ여 좌우을 명ᄒᆞ여 'ᄲᆞᆯ이 ᄂᆡ여 버히라 【베라】.'ᄒᆞ시이, 제신이 감히 간할 지 읍ᄂᆞᆫ지라. 남뉸을 줍ᄋᆞᄂᆞ리이 ᄒᆞ위티ᄒᆞ게 되어더이, 맛춤 공쥬 평풍 【병풍】 뒤의 잇다가 부왕게 간졀ᄒᆞᆫ 말로 즉시 간ᄒᆞ여 왈, "부왕은 보디 【본디】 인ᄌᆞᄒᆞ시거눌 오날날은 웃지 이런 형벌을 ᄒᆞ시는 잇가? ᄉᆞ람은 의을 일치 말고 비록 금슈라도 무죄ᄒᆞ면 ᄎᆞ마 죽이지 못

흐거든, 흐믈며 남의 느라

〈590〉

효즈 츙신을 공연이 즈바다기 【즈바다가】 무죄이 죽이야 흐시이 무슴 듯지온잇가? 부왕이 만일 져러흔 현인 군즈 죽이랴 흐실진디 반다 【반다시】 황천이 진노흐시리이 바라옵거더 줌간 노믈 {노여움을} 추무쇼셔."

흐니, 왕이 쑤지져 왈,

"너는 궁중의 여즈르셔 웃지 져의 츙효을 겸젼흐믈 ㅇ느뇨?"

공쥬 디 왈,

"부왕은 쏘흔 져의 말을 듯지 못흐여 게시잇가? 스라셔는 부모쳐즈을 볼 길 읍스미 죽여 귀신이 되여 그 부모 쳐즈을 보고즈 흐미오, 그는 지극흔 츙신이요 천금상 만호후을 봉흐여도 남의 임군을 셤기지 안이 흐리니 그 츙셩은 가이 일월이 비칠지라. 쇼여 웃지 그 츙효을 아지 못흐오리잇가? 흐믈면 본국 쳐즈을 싱각흐여 셔시와 양귀비 갓튼 졀식이라도 취할 듯지 읍노라 흐(*이) 이는 진실노 디의을 품은 슘름이리 【슘름이라】. 부왕이 살피지 못흐시고 도로여 히코져 흐시이 부왕이 쏘흔 호왕만 갓지

〈591〉

갓지 【갓지】 못흐오디 【못흐오다】 "

왕이 노흐여 왈,

"웃지 날노셔 호왕만 못흐다 흐(*느뇨)?"

공쥬 디 왈,

"흔무졔 시졀의 즁낭장 쇼무 북흉노의게 스신 가미, 흉노 그 어짐믈 알고 신흐 슘으려 흐여 놉흔 벼슬을 쥬려 흐되, 쇼무 맛춤니 듯지 안이흐미 흉노 노흐여 북히상의 보니여 양을 치라 흐니, 쇼무는 본디 츙졀이 쳥숑녹죽 갓튼지라. 종시 굴치 ㅇ이흐미 도로혀 본국으로 돌녀 보니여

거날, 부왕은 무렴치도 안이ᄒ와 타국 군즈을 죽이려 ᄒ시이, 이는 진실노 호왕만 못ᄒ오이다."

좌우 제신이 공중 【공쥬】 의 말을 드으로미 {들으매} 항복 안 이리 읍더라. 왕이 쳥필의 잠쇼ᄒ시고, 좌우로 ᄒ여금 '남눈을 ᄋ즉 별궁예 가두어라.' ᄒ시이라. 공쥬 니궁의 드려가미 왕비와 모든 궁여 일시에 치ᄒᄒ더라.

이제 왜왕이 다시 됴셔ᄒ여 가로되,

"제신 중의 남눈의 츙셩을 일너여 항복 바들 지 잇스면 천금을 상ᄉᄒ리라."

빅관이 별궁

〈592〉

예 일르려 만단기유ᄒ되, 남눈 성쇼 【닝쇼】 불응ᄒ는지라.

일일은 제신 중에 범달이라 ᄒ는 지 쇼진의 구변을 가져는지라. 남눈을 달니여 왈,

"그디은 진실노 이달도다. 우리 공쥬는 만고절식이요 겸ᄒ여 요조슉여의 덕이 잇슬 뿐 안이라, 쏘ᄒ 무필이 【문필이】 반희의 쪽이오, 겸ᄒ여 지인지감과 천문지리며 축지묘슐 신통ᄒ여 강티공과 제갈무후을 읍두ᄒᄂ이, 그디는 읏지 이갓치 공을 ᄉ양ᄒᄂ뇨? 그디 만일 이 곳데 몸을 브려 죽기을 달게 여길진디 ᄒ필 읍거이와 본국을 성각ᄒ며 부모을 다시 뵈읍고져 ᄒ올진디, 읏지 성각 못ᄒ며 이럿틋 고집ᄒᄂ뇨? 우리 디왕 공쥬을 크게 ᄉ랑ᄒ시고 진실노 그디을 어엿비 여기시이, 그디 만일 부마되면 쇼원을 일우리라. 그디 읏지 흔갓 고집ᄒ여 디의을 일르며 {잃으며} 전후 길흉을 살피지 안이ᄒ는요? ᄂ는 본디 ᄉ롬을 그른 곳에 ᄂ치 {넣지} 안이ᄒᄂ

〈593〉

이, 니제 모로미 공쥬을 취ᄒ면 양국이 화친ᄒ리이 그디는 속졀읍시 모

을 바려 말리 타국의 외로온 혼빅이 되면 이 ᄋ이 슬푸냐? 그디는 당당
혼 군ᄌ라. 그디는 달리 싱각ᄒ라."

남눈이 듯기을 다ᄒᄆᆡ 진실노 유리혼진라【유리혼지라】. 회답 왈,

"그디 말ᄉᆷ이 기기 올ᄉ오ᄂᆞ 그러ᄒᄂᆞ 본국에 췌쳐ᄒ여 젼안ᄒᄂᆞ 날 밤
의 셔로 이별할 졔 ᄎ후 황쳔의 다시 보ᄌᆞ ᄒᄂᆞ 혈셔을 지금 간슈ᄒ여
거늘, 웃지 부귀을 탐ᄒ여 언약을 비반ᄒ리요?"

오열탄식ᄒ여 ᄌ연 유체ᄒ거늘, 범달이 쏘혼 비감ᄒ여 다시 권치 못ᄒ
고 도라와 슈말을 왕게 고ᄒ니, 왕이 노ᄒ여 '남눈을 운봉셤의 가두고 곡식
을 먹이지 말ᄂᆞ.'ᄒ니, 원닉 운봉셤은 더히 즁 무인졀도라. 지방이 널지 못
ᄒ고 다만 죠고만혼 셕산이라. 초목이 젼혀 읍ᄂᆞ지라. 이 말 젼파ᄒ여 공
쥬 드러믹 쏘혼 부왕게 간ᄒ여 왈,

"쇼데 듯ᄉ오이 비록 금슈라도 샤람이

〈594〉

거두어 먹이옵고, ᄒ믈믹【ᄒ믈며】 사람을 졀도의 원츤ᄒ여 곡식을 먹
이지 말ᄂᆞ ᄒ시믄 무슴 일이잇가? 그 ᄉ롬 구틱여 죄 읍거늘 부왕게 무
슴 웨슈【웬슈】 인는잇가? 부왕이 죵시 쇼녀의 말을 듯지 안이ᄒ시(*
이) 부왕 압헤셔 ᄌ결고져 ᄒ옵ᄂᆞ이다."

왜왕이 공쥬을 별노 ᄉ량ᄒᄂᆞ 고로 힝여 죽을기【죽을가】 의ᄋᄒ여 다
시 ᄒ교ᄒ되, '남눈을 틱ᄌ궁으로 보닉라.' 함은 틱ᄌ로 더부러 그을 강논
케 ᄒ미라. 그러ᄂᆞ 남눈을 죽이지 안이ᄒᄆᆡ 스스로 죽고ᄌ ᄒ되, 요힝 ᄉ
라다가 부모 쳐즈을 다 볼가 ᄇ라며 비희을 강잉ᄒ여 틱ᄌ궁으로 도라오
이 방즁 극히 화려혼 즁의 공괴ᄒᄂᆞ 음식이 틱ᄌ로 더부려 ᄎ등 읍더라.
잇쩌의 틱ᄌ의 ᄂᆞ흔 십팔 셰오 남눈의 ᄂᆞ흔 십육 셰라. 틱ᄌ 어엿비 여겨
심히 ᄉ량ᄒ더라.

남눈이 부모 싱각 간졀ᄒ여 밤이 깁도록 좀을 일우지 못ᄒ고 마음 스스
로 쳐량ᄒ여 홀노 난간의 ᄂᆞ와 문 승상 연옥의

〈595〉

셔 지은 글 세 귀을 을니, 쇼리 쳥으ᄒ여 여원여쇼ᄒ여 공즁의 쇼리 느니 듯는 지 뉘 으이 셜워ᄒ리요?

이 쩌 공쥬 니궁의(*셔) 바야흐로 글을 익다거 【익다가】 반야 숨경 공즁의셔 쳐량흔 우름 쇼리 들리거눌 츔담이 비감ᄒ여 스름의 마음을 슬푸게 ᄒ니, 공쥬 고이 여겨 즉시 후원의 느으가 비회ᄒ며 그 쇼리 ᄂ는 곳즐 심방ᄒ니, 이 쩌 밤이 깁고 만뇌 고요ᄒ지리 【고요ᄒ지라】. 틴ᄌ궁으로 그 쇼리 ᄂ거눌 즁문의 느으가 좀간 여허보더이[엿보니], 남 공ᄌ 홀노 외오(*다가) 눈물을 쑤리(*며) 후원 협문으로 느오거눌 공쥬 급히 피ᄒ여 화쵸 스어로 【ᄉ이로】 몸을 감쵸기 셧더이, 이 쩌 남눈이 후원의 느와 본국을 향ᄒ(*고) 앙쳔탄식ᄒ며 방황ᄒ다가 무득 【문득】 바라보□ 【바라보(*이)】 현연흔 미인이 화쵸 시이엣 셧다가 은신ᄒ거눌, 남눈이 놀(*니) 급히 느기 【느가】 뭄 【문】 왈,

"너은 스람인다, 귀신인다? 웃지 깁(*푼) 밤의 와 스람을 놀너느뇨?"

공쥬 가장 오러게야

〈596〉

더답□여 【더답(*ᄒ)여】 왈,

"쳡은 귀신이 으이요이다. 왜국 공쥬오이 더인 군ᄌ은 놀느지 마르쇼셔. 쳡니 이의 일음은 다른 년고가 안이오라, 다만 군ᄌ의 글 외는 쇼리 가장 비상ᄒ옵기 좀간 듯고져 ᄒ여 완느이다."

남눈이 왈,

"비록 여염쥬슈 【여염규슈】 라도 남ᄌ 인는 곳데 무단이 느오지 안이ᄒ거든 ᄒ믈며 공쥬은 귀흔신 몸으로 무례ᄒ미 웃지 이러틋 ᄒ요?"

공쥬 염용 더 왈,

"군ᄌ는 허물치 마르쇼셔. 군니 우리 부왕으로 언스ᄒ올 더의 쳡이 병풍 뒤에셔 좀간 그더 상을 여허보오이 증즉ᄒ고 {졍직하고} 츙효 겸젼흔

군ᄌ라. 쳡이 웃지 다른 ᄯᅳ지 잇스리요? 다만 군ᄌ 쇼릭을 지음ᄒᆞᆫ즉, 반다시 부모 여희고 우는 쇼리라. ᄒᆞᄆᆞᆯ며 말리타국에 부모 그리도 오히려 쳐량ᄒᆞ(*거)든, 가지록 부모을 영결ᄒᆞ엿ᄉ오이 웃지 가긍치 안이 ᄒᆞ리요? 이러무로 그 죤잉ᄒᆞᆯ 위로(*ᄒᆞ)고져 ᄒᆞ미여

〈597〉

몸을 줌간 이 곳졔 (*숨엇더이) 고이 보시고 부졍ᄒᆞᆫ 쥴노 여기시이, 무슴 발명ᄒᆞ리요?"

남눈이 놀ᄂᆞ 문 왈,

"쇼셩 긱탑의 심(*회) 이긔지 못ᄒᆞ여 줌간 글을 음영ᄒᆞ온 비, 연이 공쥬 드르시고 곡셩이라 ᄒᆞ오시이 실노 고이ᄒᆞ더쇼이다."

공쥬 답 왈,

"쳡이 비록 우미ᄒᆞᆫ 여ᄌᆞᄂᆞ 지음ᄒᆞᄂᆞ이 옛글을 보시지 안이ᄒᆞ여 겨시잇가? 쇼강졀이 거교의셔 두견의 쇼리 듯고 국가 흥ᄉᆞ을 ᄋᆞ라ᄂᆞ이, 쳡이 약간 지음도 ᄒᆞ며 복슐도 ᄋᆞᆫ는고로 그딕 음셩을 드른즉 반다시 군의 션친이 금일 묘시에 득병ᄒᆞ엿실 거시오, ᄯᅩᄒᆞᆫ 쳔문을 본즉 남틱셩이 간딕 읍ᄉ오이 일졍 셰상을 이별ᄒᆞ엿시리(*이), 군은 쳡의 말을 허랑타 마르시고 모르미 슉상ᄒᆞ시고 이ᄒᆞ여 【인ᄒᆞ여】 곡셩이 되미 쳡의 귀의 들임이로쇼이다."

남눈이 듯기올 다ᄒᆞ미 비록 미안ᄒᆞ미 이스ᄂᆞ ᄯᅩᄒᆞᆫ ᄉ(*리) 당ᄒᆞ지라. 인ᄒᆞ여 혼졀ᄒᆞ며 ᄉ지 부드려워 ᄶᅡᆼ의

〈598〉

업더(*지)를 ᄭᆡ닷지 못ᄒᆞ고 쳐지 망극ᄒᆞ여 피발 슈상ᄒᆞ며 일장통곡ᄒᆞ니, 공쥬 ᄯᅩᄒᆞᆫ 비감을 이긔지 못ᄒᆞ여 진쥬 갓ᄐᆞᆺ 눈물을 흘리며 기유ᄒᆞ며 왈, "인ᄌᆞ졍이의 웃지 망극지 안이 ᄒᆞ리요만는, 군의 말근 마음을 진졍ᄒᆞ여 졍신ᄎ리쇼셔."

이윽고 남눈이 정신을 슈습ᄒ여 왈,

"공쥬 웃지 이럿트시 영감ᄒ시오? 이ᄂ ᄒ날이 ᄂ을 위ᄒ여 귀인으로 ᄒ여금 전부ᄒ미여이와 공쥬 명명이 가르치시이 ᄋ지 못게라. 공쥬ᄂ 천신이로다."

ᄒ고 다시 통곡ᄒ거늘, 공쥬 급히 말여 왈,

"군니 이제 다른 ᄉᄅᆷ을 알게 ᄒ여 셩복을 ᄒ실진디 후환이 읍ᄉ리요? 우리 ᄂ라ᄂ 본디 간ᄉᄒ 신ᄒ 마ᄂ지라. 군애 거상ᄒᄆ 알면 ᄉᄅᆷ 다 고이ᄒ게 알 거시요, ᄯᅩᄒ 부왕게 참쇼ᄒ여 맛춤니 ᄒᆡ을 입을 거시이 심상 지니쇼셔. 후일의 말일 어리온 일이 잇슬진디 첩이 ᄌ연 구ᄒ올 거시이 원컨디 첩

〈599〉

의 말을 잇지 마르쇼셔. 첩이 죠용이 싱각ᄒ(*여) 본국의 도라가실 날을 알게 ᄒ리이다."

남눈이 지슘 ᄉ레ᄒ여 왈,

"귀쥬ᄂ 세상 ᄉᄅᆷ이 ᄋ이요 천상 션ᄋ라. 그러치 ᄋ(*이)ᄒ면 이럿틋 신통ᄒ 일이 잇시리요?"

ᄒ고, 낭즁으로셔 니씨여 혈셔을 너여 뵈여 왈,

"이ᄂ ᄂ의 안ᄒᆡ라. 니씨의 ᄉ쥬ᄂ 나의 ᄉ쥬 ᄯᅩᄒ 갓도쇼이다."

공쥬 묵묵ᄒ다가 이에 ᄎ탄 왈,

"세상의 고히ᄒᆞᆫ 일도 인도쇼이다【잇됴쇼이다】. ᄒ날리 우리 두 ᄉᄅᆷ을 동년 동월 동시여 인간의 ᄂᆡ치시고 웃지 양국의 분츈ᄒ여 ᄒ 곳데 보ᄂᆡ시지 ᄋ녓ᄂ고? 우리 양인 천상 부부로셔 죄악이 심즁ᄒᄆ ᄒ늘이 무이 여기ᄉ 양국에 젹강ᄒ여다가 오날날 셔로 만ᄂ게 ᄒᄆ라. 그러ᄒᄂ 상게 쇼원ᄒ고 의관이 다르이 무가ᄂᄒ라."

인ᄒ여 눈물을 홀이며 ᄎ탄ᄒ거늘, 남눈니 이 말을 듯고 크게 긔특이 여겨 왈,

"공쥬의 월(*일시)와 쏘흔 다름이 읍(*고), 본국의 인는 오히 쏘흔 스쥬

〈600〉

가 이(*와) ᄀ트이 니 오이 긔이흔 일니잇가?"

공쥬 왈,

"그러ᄒ(*면) 읏지 쳔상년분이 오이리요? 우리 슘 인 쳔상의셔 투긔ᄒ미 즈못 심흔고로 이 싱의 양국의 격강ᄒ여 이러틋 고싱ᄒ미로쇼이다."

ᄒ며, 시로이 {새로이} 비감ᄒ여 오열ᄒ믈 마지 오이ᄒ더라. 각각 셔로 혀여지민 피츠 두 스롬이 연연ᄒ믈 마지 오이ᄒ더라.

남눈이 니날붓터 몸의 금의을 피ᄒ고 입의 진미을 먹지 안이 ᄒ이, 티즈 고이 여겨 문 왈,

"그딕는 이 스이 진미와 금의올 피ᄒ(*믄) 무슴 연고요?"

남눈이 답 왈,

"우리 죠션은 례의지방이라. 션비는 진미을 먹으면 졍신이 부죡ᄒ고 금의올 아이 입ᄂ니 이려므로 피ᄒᄂ이다."

이려구러 슈년을 티즈궁의 쳐ᄒ여 궁즁 디쇼스을 상의 상의ᄒ이 졍이 밀밀ᄒ여 쩌날 젹이 읍더라. 그러ᄂ 부모 싱각이 날오 더욱 간졀ᄒ여 젼일 함홍부의셔 부모을 죽별ᄒ던 일과 옥경션을 이(*별)ᄒ던 일이며, 니씨 부인으로 더부러 일야동침 겨오ᄒ고 혈셔을 셔로 ᄥᆨ고어 {바꾸어} 가(*지)고 쩌ᄂ든

〈601〉

일이 눈에 암암ᄒ어, 쩌쩌 {때때로} 흔슘이요 흐르ᄂ이 눈물이라. 형용이 날노 쵸쵀ᄒ더라.

남눈이 ᄒ로는 밤이 깁도록 줌을 일우지 못ᄒ다시 【못ᄒ다가】 후원의 ᄂ가이 달빗츤 명낭ᄒ던, 잇찌 츄 팔월이라. 쳔안 【안쳔】 을 바라보며 눈물을 흘녀 왈,

"명명훈 거【져】 월식은 우리 부모와 니 씨며 옥경션의게 빗치련만는 만일의 니 쁠즐 알 양이면 더욱 창 밧게 빗치리라."

호고 눈물을 금치 못호너라. 홀연 청천의 으연훈 쇼리 느거날 바라보이 츄풍은 쇼슬호디 창망훈 구름밧(*게) 오기러기【외기러기】 슬피 운이, 어엇부다 져 기러기 북희산의 쇼즁낭의 편지 젼호던 네 으이야? 너을 반갑기 그지옵다. 이니 간장 썩는 피로 일봉 셔간을 지어니여 네 발의 붓치고져 호니, 져 기러기 무도호여 헛도이 지느가거눌 호늘을 우러러 일장통곡호더이, 무득【문득】 공쥬 느오거날 곡셩을 긋지고 황망이 느가 마즈 흔훤 후에 공쥬 왈,

"쵸토 긔유이 읏□호으시잇가【읏(*더)호으시잇가】 ? 쳡이 궁즁 여즈로셔 츄입호미 불가호

〈602〉

되 군□의【군(*자)의】 비이호시는 연고로 이애 느왓느이, 군즈는 힝녀 쳡을 의심치 마르쇼셔."

뉸이 놀느 답 왈,

"공쥬는 무슴 급훈 일이 잇는잇가?"

공쥬 답 왈,

"금일 쵸혼의 천긔을 살펴보오이 군즈의 쥬셩과 즈모셩이 요요호던이 즈모셩이 써러지이 필현 모상이 늣슬지라. 군즈 허쇼이 으지 마읍쇼셔. 쏘훈 군즈의 스쥬을 보오이 이향 이십 년의 빅 년 쳐즈을 만느 보고 부모의 분뫼 {무덤} 을 츠즈리느 속졀읍시 용여 마르쇼셔."

호거눌, 남뉸이 쳥파의 망극비감호여 통곡 왈,

"나의 팔즈 무슴 일로 이디지 긔박호요? 만리타국의 줍혀 와 고싱 시로 이 부모의 얼골 다시 보지 못호고 영결당호이, 니 웃지 세상의 스라 잇스리오?"

피을 토호고 업더져 긔졀호이, 공쥬 이 경상을 보믹 경신이 웃지 온젼호

리요? 비감흐믈 이긔지 못흐여 탄식 유톄흐여 니럼의 싱각흐되,

'사람의 져러흐믈 보고 혐의흐여 구치 안이 흐리요?'

흐고, 인흐여 남눈을 붓드러 구흐이 졍신을 슈습흐지 못흐는지라.

〈603〉

공쥬 간졀이 위로 왈,

"군즈 웃지 이럿틋 과도이 슬어흐시면 망극흔 경상과 춤담흔 비회을 웃지 다 형용흐리요? 스룸이 과도이 슬어흐면 몸의 병이 되고 쏘흔 졍신이 손상흐느이, 웃지 속졀읍시 몸을 바려 말리타국의 윌로온 혼이 되고져 흐시느잇가? 쳡은 그윽키 군즈을 위흐여 혐의치 ㅇ이흐느이, 군즈는 쳔만 보즁흐와 고국의 도라가실 묘칙을 싱각흐실 거여날 웃지 이럿틋 흐시느요? 사룸의 익운을 가이 동망치【도망치】 못흐느이 군즈 우리 느라에 오시몸 인역으로 흐실 비 ㅇ이리【ㅇ이라】. 반다시 쳡의 연고요 쏘흔 쳔명이오이 즁츤 웃지 흐올잇가? 원컨디 군즈는 쳔만 보즁흐시다가 고국에 도라가시면 쳡이 군즈로 더부러 금셰 인년 {인연} 은 밋지 못흐느 쳔싱비필이 쩟쩟흔지라. 쳡이 웃지 다른 쯧지 잇스라요? 바라건디 후싱의 셔로 만느믈 긔약흐느 우리 슴인 쳔상의 득죄흐여 말이타국의 셔로 분츤흐여거날 □지【(*웃)지】 감이 거역흐리요? 쳡 이제 싱각흐건디 군즈은 니 씨로

〈604〉

더부(*러) □낙흐면【(*동)낙흐면】 쳡은 말이타국애 쳔졍을 어긔올 거시이 비록 황쳔의 도라가느 가이 용납지 못할지라. 쳡이 궁즁 여즈로셔 쳐신 힝동을 그릇흐여 야밤의 느와 타국 남즈로 더부려 슈죽흐미 고이흐오느, 쏘흔 이 일은 달른지리【달른지라】. 군즈 연젼에 쳡의 부왕으로 더부려 언장할 제 {언쟁할 때} 쳡이 병풍 뒤에서 잠간 보오이 용모 긔이흐고 츙효 특츌흔 군즈 쳡이 스스로 심즁애 항복흔지라. 쳡의 구흐

미 안일는들 군ᄌ 엇지 셩명을 보존ᄒ리요? 쳡이 쏘ᄒᆞᆫ ᄉ리ᄂ 안이오ᄂ 도리 인ᄂ고로 그ᄃ 부모 죵명ᄒᄂ 날을 젼ᄒ여 쳔눈을 온젼케 ᄒ미오, 겸ᄒ여 군ᄌ 도라갈 날을 통코져 ᄒ미오, 군ᄌᄂ 힝여 쳡을 고이 여기지 마르쇼셔."

ᄒ고 언필에 표년이 흑ᄒ고 도라가거ᄂᆯ, 남눈이 공쥬을 비별ᄒ고 스스로 싱각ᄒ되,

'이ᄂ 범상ᄒᆫ ᄉ룸이 ᄋ이요, 겸ᄒ여 지죠 과인ᄒ여 쳔문지리와 지음복슐이 쇼강졀의 압두ᄒ니 진실노 그(*록)

〈605〉

ᄒᆫ {거룩ᄒᆫ} 여ᄌ라. 이ᄂ ᄂ의 쳔졍비필이니 ᄒ날이 ᄂ을 보니시믄 공쥬 우ᄒ여 {위하여} 셔로 만나게 ᄒ시미라. 그러ᄒᄂ 부모의 견부ᄒᄂ 날 졍녕ᄒ니 일ᄌ을 긔록ᄒ여다가 후일의 상고ᄒ리라.'

ᄒ고 인ᄒ여 긔록ᄒ되, 부상은 갑오 ᄉ월 쵸팔일이오, 모상은 을미 이월 십구일이라. 깁히 간슈ᄒ리라.

각셜. 왜왕이 졔신의 ᄒ교ᄒ여 부마을 간퇵헐 시 퇴감 졍ᄒ고 왕게 쥬ᄒ이, 왜왕 왈,

"웃더ᄒᆫ 죠신의 ᄋᄌ요?"

퇴감이 쥬 왈,

"관빅 황ᄌ명의 장ᄌ로쇼이다."

왕이 불너 보시이 션풍도골이라. 크게 깃거 퇵일ᄒ라 ᄒ시이, 공쥬 이 말을 듯고 디경티로ᄒ여 급히 ᄂ가 병풍 뒤에서 셔셔 쇼리을 놉히 ᄒ여 왈,

"부왕게셔 죠션 ᄃᆡ인 군ᄌ로 ᄒ여금 쇼여의 몸을 허ᄒ시고, 이졔 다른 명을 ᄂ리오셔 쇼여 ᄒᆫ 몸을 두 ᄉ람의게 허ᄒ시이 인군 이러ᄒ시고 웃지 치국안민ᄒ리요?"

ᄒᆫ더, 왕이 노 왈,

"너난 어린 말노 듣니지 말나. 그 스람이 종시 듯지 안니호니 닌

〈606〉

들 웃지허리요? 너난 다시 이런 말을 니지 말느."

허시니, 공쥬 쏘 간 왈,

"죠션 문스 남눈은 증직혼 군자라. 부모을 이별호고 【이별호고】 말니 타국의 줍펴온 죄인니 되엿거날 공쥬 안라 월궁선예라도 싱각이 엡시리니 부왕은 부즈럽슨 말슴을 발호여 소녀의 귀을 들레지 마으소셔. 소녀 이졔 마음을 져 살옴의계 {사람에게} 허하엿스오니, 져 비록 느을 발리려도 {버리려도} 내는 벌이지 안이 흐리니 웃지 달은 뜻지 잇스니요? 부왕이 만일 듯지 안니 흐시면 소년난 【소녀난】 즈겔흐야 부왕게 근심을 들이다."

탄식흐믈 마지 으이 흐고 드러가거눌, 왕이 미망흐여 즉시 니궁예 드로가 왕비더러 공쥬을 기유흐되, 공쥬 넝담흐여 정졀이 츄상 갓고 말슴이 표연흐지라. 왕이 할릴읍셔 제신을 닙시흐여 왈,

"공쥬 종시 듯지 으이흐고 죽기의 졍흐니 과인 금심이 {근심이} 젹지 으이혼지라. 제신 중의 뉘 능히 과인의 금심을 들 니 잇스리요? 웃지 흐면 남눈을 달니여 슌죵케 흐리요?"

흐며 츠탄흐시이, 병부상셔 회경안니

〈607〉

쥬 왈,

"신이 느으가 간전이 【간졀이】 달니여 보오리다."

흐고, 즉시 틱즈궁의 일르러 남눈을 보고 읍흐여 왈,

"근리 즈연 다스흐와 탁국 【타국】 군즈을 오리 보지 못흐오며 기중 슈회 【긱중 슈회】 웃더흐오잇가?"

남눈 답왈,

"노야은 존중ᄒ신 몸이라. 웃지 긱회을 문는잇가."

경안이 왈,

"우리 디왕이 공쥬를 극익히【그윽히】 ᄉ량ᄒ시ᄂ 고로 부마을 간턱ᄒ되【간턱ᄒ되】 공(쥬) 죽기로ᄡ 뜻지 {든지} ᄋ이ᄒ여 왈 '됸션【됴션】 {조션} 문ᄉ의게 임의 몸을 허허ᄒ시고【허ᄒ시고】 웃지 쏘ᄒ 다른 데 간턱ᄒ리요?' 뜻지 금셕 갓고 말ᄉᆷ이 츄상 갓틋고로 상이 능히 막으시지 못ᄒ시므로 날노 ᄒ여금 호ᄉ을 {혼ᄉ를} 통고겨 ᄒ미이, 디인 군ᄌ는 져의 궁측ᄒ ᄉ졍을 어엿비 여기ᄉ 혼번 굴ᄒ면 빅년가약을 졍ᄒ시쩌이 웃지 몸의 괴로오미 잇스리요? ᄒ믈며 공쥬는 범인이 안이오 <u>요죠슉여리</u>【요죠슉여라】. 그디 만일 비필을 숨율진디 본국의 도리기기 어렵지 ᄋ이 ᄒ리이, 겸ᄒ여 공쥬 혼가지로 가리이니 웃지 그러ᄒ즉 그디에 영화가 아이리요? 부질읍

〈608〉

시 고집ᄒ여 독슉공방의 간장만 ᄉ르며 흐르는 셰월을 헛도이 보니리요. 그디는 익이 {익히} 싱각ᄒ여 보쇼셔."

ᄒ디, 남눈 쳥파의 답 왈,

"됸공에 말ᄉᆷ이 진실노 유리ᄒᄂ 쳔셩의 몸이 외로와 몽죠 고이ᄒ와 몸의 ᄎ복을 입어 뵈오이니 ᄋ이 흉죠온잇가? 말이 울격ᄒ여 진가을 ᄌ셔이 모로오이니 ᄋ이 답답ᄒ리요? 원컨디 됸공는 고이 여기지 말르쇼셔. 몽죠 여ᄎ여ᄎᄒ 고로 임의 슈상ᄒ엿스오이 가히 화촉지례는 힝치(못)ᄒ기스읍ᄂ니 슈년을 기다려 명을 봉힝ᄒ리이다."

ᄒ거늘, 경경안이【경안이】 다시 권치 못ᄒ여 도라가 왕게 고ᄒ니 왕 왈,

"아모리ᄂ {어떻게든지} 슈 년을 기다려 보리라."

ᄒ고 이후로부터는 남눈을 디졉ᄒ미 각별ᄒ더라. 왕이 니궁의 더러가 공쥬 왕비로 더러 경안의 쥬ᄉ을 일으시며 말ᄒ시이, 공쥬 묵묵ᄒ고 왕비는 깃거ᄒ더라.

광음이 훌흐여 임의 숨상을 지니이 남눈이 스로이 슬허흐더라. 기간 쳐창흔 말숨은 웃지 다 긔록흐리요?

잇

<〈609〉>

써는 뎡유 츄칠월 쵸칠일이라. 남눈이 틱즈로 더부려 종일 담화흐더이 몸이 즈연 곤흐여 홀노 난간에 의지흐엿더이, 월식은 만졍흐고 츄풍은 쇼슬흐디 원긱에 심회을 돕는지라. 강잉흐여 칠월편을 외오다가 인흐여 죠으더이, 문득 홍표 입은 스람이 읍해 느와 알외되,

"요지의셔 그디을 불너 게시이 급히 가스이다."

지쵹흐거놀, 남눈이 갈외디,

"요지은 천상이오, 인간의 쳔흔 몸이 웃지 가리요?"

홍표 셔관 갈오디,

"근심치 말고 느을 따라오면 즈연 가리라."

흐(고) 길을 인도흐거놀, 남눈이 그 스롬를 따라 표연흔 곳에 일으이, 춘긔운이 스롬에게 쏘이고 말근 향긔 지동흐여 {진동하여} 졍신이 싁싁흔지라 {씩씩했다} . 긔화요쵸는 만발흐고 은흔슈은 양양흐여 난봉공죽은 분분 왕니흐거놀, 남눈 살펴보이 쥬궁픠궐이 반공의 쇼슨는디 흔 쌍 봉황이 느와 길을 인도흐거놀, 졈졈 드러가이 큰 집이 니스되 현판의 식여시되 '광흔젼'이라 흐고, 거 곁틱 흔 집이 니스되 '영

<〈610〉>

광젼'이라 흐엿거놀, 즈셔이 보니 우무【운무】 병풍 두루고 산호 고리의 슈졍 쥬렴을 드룻거놀 황홀흔 긔운니 원근의 쏘이더라.

젼상을 살펴보니 터인니 황표을 입고 금관을 쓰고 빅옥교 위의 안즈시니 위엄이 엄슉흐고 광치 찰난흔지라. 좌우을 살펴보니 무슈흔 션관이 시위흐디 {호위하는데} 그 읍희 노의홍상【녹의홍상】 흔 셔녀 옹위흐여 풍

악을 을푸이 즘진【진짓】 요지연일너라.

청의 ᄋ황이 남눈더러 일너 왈,

"져 홍포금관ᄒ시ᄂ 이은 상제요, 좌우 시위ᄒᄂ 이은 제불제천이요, 노
의홍상ᄒ【녹의홍상ᄒ】 니ᄂ 모드【모도】 션녀이 오날날 마춤 칠월
칠석이미 견우 즉여 {직녀} 셔로 만ᄂ고로 임의 뫼인 빌너이, 상제 명
ᄒᄉ 인간에 젹강흔 션관 션녀을 불너 비필을 증ᄒ시미이 그더 부르거
던 디답ᄒᆞᆸ쇼셔."

즉시 올ᄂ가 남눈을 픠쵸흔 말슴을 알외더, 답 왈,

"츄셩은 비필을 거ᄂ리고 왓ᄂ냐?"

ᄒ시더, 흔 션녀 더 왈,

"다 불너 왓ᄂ이다."

상제 견지ᄒᄉ 각각 ᄎ래로 부르라 ᄒ시이, 흔 노승이

〈611〉

육환장을 집고 장삼을 입고 염쥬을 목의 걸고 옵헤 ᄂ와 명을 듯줍고
셤의 ᄂ려 청의 션ᄋ을 명ᄒ여 남눈을 부르라 흔더, 션ᄋ 승명ᄒ여 눈을
인도ᄒ여 계ᄒ의 세우고 상제게 명을 전ᄒ여 왈,

"츄셩으로 말믜옴ᄋ 삼 션여 투긔ᄒ여 남방의 화별 {화변} 이 ᄌ심ᄒ기
로 인간의 젹강ᄒ엿더이 인간의 쳐거흔【젹거흔】 년흔이 지ᄂ거든 다
모화 질기다가 {즐기다가} 칠십 ᄎ거든 올ᄂ오되, 월즁션은 그 즁의 죄
가 경ᄒ니 십 년 후에 먼져 불너 올니리라. 너희ᄂ ᄌ세이 쳥염ᄒ라."

ᄒ시이, 눈의 뒤의셔 각각 승명ᄒᄂ지라. 눈이 놀ᄂ 도라보니 ᄒᄂ혼 일본
국 공쥬요, ᄒᄂ혼 함경도 함흥부 옥경션이요, ᄒᄂ혼 슉면이로되 옷고름
의 혈셔을 ᄎ시이 반다시 니 씨 셕낭이라. 눈이 충황 즁의 노승다려 문 왈,

"ᄉ인 즁의 굿티여 월즁션은 무슴 연고로 십 년만의 올ᄂ오라 ᄒ시잇
가?"

노승 왈,

"셕낭은 옥경과 일심이 되어 월중션을 모히ᄒᄂᆞᆫ 고로 삼 인

〈612〉

은 됴션으로 젹강ᄒᆞ여 고싱으로 지ᄂᆡ게 ᄒᆞ고 월중션은 그 중의 죄가 젹
은 고로 일본국 공쥬 되여 안낙ᄒᆞ게 ᄒᆞ미라. ᄉᆞ 인 각각 젹강ᄒᆞᆯ 쩌의 월
중션은 일본으로 보ᄂᆡ고 솸 인은 됴션 안변 셔화ᄉᆞ로 부탁ᄒᆞ여 츄셩은
남두셩의 독ᄌᆞ 되고 셕낭은 니경희에 여식 되고 옥경션 그 중의 죄가
더 중ᄒᆞ여 함흥 충여 되여 고싱ᄒᆞ게 ᄒᆞ엿ᄂᆞᆫ이, ᄂᆞᄂᆞᆫ 안변 셔화ᄉᆞ 부쳐
라. 그딕 등이 웃지 ᄂᆞᆯ 모르ᄂᆞ뇨?"
ᄒᆞ고, 인ᄒᆞ여 쇼미로셔 푸른 구슬 네 ᄀᆡ을 ᄂᆡ여 각각 ᄒᆞ낙식 {하나씩} 쥬
며 왈,
"일노써 일후 표을 숨ᄋᆞ 쳔상 비필인 줄 알고 인간의 ᄂᆞ려가 월중션을
만ᄂᆞ 십년 동낙ᄒᆞ다가 먼져 올ᄂᆞ 보ᄂᆡ고, 본국에 도라가 셕낭과 옥경션
을 ᄎᆞ자 동낙ᄒᆞ다가 칠십이 ᄎᆞ거든 올ᄂᆞ 오라."
ᄒᆞ고, 봉황으로 ᄒᆞ여금 인도ᄒᆞ여 중문의 ᄂᆞ오다가 실ᄌᆇ하여 놉흔 셤의 ᄂᆞ
려져 놀ᄂᆞ 찌다르이 일장춘몽이라.
    ᄒᆞᆫ 손의 구슬이 쥬여거늘, 눈이 탄 왈,
    "몽ᄉᆞ 긔이ᄒᆞ도다."
ᄒᆞ고 티ᄌᆞ게

〈613〉

    전파ᄒᆞ여 왜왕게 알외이, 왕니 긔특이 여겨 즉시 공쥬와 왕비더러 일ᄋᆞ
니 공쥬 몽죠 ᄯᅩ흔 이러ᄒᆞ고 구슬이 잇ᄂᆞᆫ지라. 즉시 두리 상비ᄒᆞ니 호리도
다름이 읍ᄂᆞᆫ지라. 왕이 더욱 긔특이 여기ᄉᆞ 왈,
    "이ᄂᆞ 쳔정비필이니 뉘 감히 말이리요?"
    즉시 틱일ᄒᆞ여 화촉지례을 이루미 교비셕의 ᄂᆞ가이 신낭의 ᄋᆞ름다온 풍
치와 시부의 【신부의】 션명흔 틱도ᄂᆞ 즘즛 {짐짓} 쳥쳔이 감동ᄒᆞ도다.

티즈궁 셔편의 공쥬궁을 짓고 보비을 만이 상스흐며 궁여 슘빅을 스흐고 궁호을 쳥쳔궁이라 흐다.

  부부 양인에 금실이 비할 디 읍스느, 그러흐느 맞춤너 슈티흐미 읍스이 왕과 왕비 크게 근심흐시더라. 이러구러 십 년이 지느미, 일일은 공쥬 가 즁 비감흐여 눈물을 지우며 왈,

  "우리 인년이 {인연이} 므지 안이 흐여시이 연연흔 졍을 장츳 웃지 흐 리요?"

  눈이 놀느 문 왈,

  "이 말숨이 웃지흔 말숨이오잇가?"

  공쥬 디 왈,

  "군즈은 십 년 젼 몽즁에 요지연의 갓든 일을 이져 겨시이가? 쳡의 스쥬 을 부오어 【보오이】 금년 팔

〈614〉

월이면 반다시 죽으리니 【죽으리니】 쳡이 죽은즉 군즈을 본국의 돌녀 보너지 안이 니리이 잇써을 타 동망흐미 {도망함이} 만당흐느 {마땅하 나} 만경쳥파의 능히 웃지 득달흐리요? 쳡이 죽으느 다론 {다른} 공쥬 잇스이 오지못거리 【아지못거라】. 군즈은 지취코져 흐느잇가?"

  남눈이 왈,

  "공쥬로 더부려 쳔졍이년 【쳔졍인년】 니 잇기로 마지 못흐여 부부 되여 거이와 공쥬 나을 이럿틋시 궐념흐시이 감격흐거이와 본국에 잇는 비필 이야 웃지 일시느 이지리요? 바라건디 공쥬는 이제 영결노 오열흐시이 마음의 늣기미 츙냥 읍거니와 공쥬 별세흐시면 말리타국에 외로온 느는 누을 {누굴} 의흐여 스즈흐리요? 츠라리 느도 공쥬와 갓치 죽스와 쳔힝 으로 무쥬고혼이느 본국의 도라감만 갓지 못흐도다."

흐니, 공쥬 쏘흔 비감흐여 왈,

  "쳡니 이제 죽으면 군즈는 망망창희의 도라(갈) 길이 오득흐리니 평성

게교을 발ᄒ여 군ᄌ 무스이 도리 【도라】 가게 ᄒ리니다."

셔로 숀을 줍고 죵일 통곡ᄒ더라.

이 ᄴ 왜왕이 디년을 비셜ᄒ고 죵독과 빅관을 모와 슙

〈615〉

일 디연ᄒ고 티ᄌ게 젼위ᄒ니, 이 ᄴ 츄칠월 망간이라. 공쥬 부마다러
이로디,

"부왕이 젼위ᄒ시미 우리 쏘혼 머무지 못ᄒ리이, 이제 변복ᄒ고 죤혼
【죠혼】 말 두 필을 가지고 슙경의 발힝ᄒ여 강동 지ᄂ면 영쥬로 가는
길에 디히 다다르이 그 물을 근너 ᄂ쥬 상쳔 이【삼쳔 리】 지ᄂ셔 셩도
의 일르러 쳔 리 지ᄂ면 봉ᄂ이산 영쥬산 방장산니 잇는지라. 그 곳에셔
디히상 쳔 리을 건너가면 셔의ᄂ 츈ᄂ라 【쵸ᄂ라】 쌍이오, 남의ᄂ 오
ᄂ라 쌍이오, 북의ᄂ 가달의 쌍이니【쌍이오】, 동으로 지ᄂ서 셔을 힝
ᄒ여 가면 젠 【제】 ᄂ라 쌍이라. 게셔 {거기서} 칠일을 힝ᄒ여 희쥬을
건너가면 산동과 황ᄒ가 가리여시이 황쥬 지ᄂ 산동으로 드러가면 황ᄒ
슈가 잇ᄂ이 그 곳에셔 칠빅 니을 근너가면 남경 웅쳔부 디명 쳔ᄌ 도
셩이라. 됴션 본디 죠공ᄒᄂ이 그 곳에 일으면 됴션 가기을 웃지 근심
ᄒ리요?"

눈이 디경ᄒ여 왈,

"공쥬는 규즁 여ᄌ로셔 웃지쎠 {어째서} 쳔ᄒ을 이려트시 아ᄂ요?"

공쥬 왈,

"쳡이 오 세부터 지도을 익이 보안ᄂ 고로 아ᄂ이다."

인ᄒ여 일쳑 단금 {단검} 을

〈616〉

쥬며 왈,

"이 칼이 비록 ᄌ그ᄂ {작으나} 혼번 두루면 십이 박의 잇ᄂ 스롬이 다

숨디 쓰러지 듯 ᄒᆞᄂᆞ 거시오이, 우리 부왕의 팔디됴 이 칼을 으더 지금 거지 유전ᄒᆞᄂᆞ 비라. 낭군이 칼 가진 후은 본국을 무ᄉᆞ이 득달ᄒᆞ리이, 만일 이 칼을 일으면 몸을 보전치 못ᄒᆞ리이다. 숨가 간슈ᄒᆞ쇼셔."

남눈이 보금을 밧고 크게 ᄉᆞ랑ᄒᆞ여 치ᄒᆞᄒᆞ고 공쥬의 으든 구슬과 혈셔을 가지고 이 날 황혼의 공쥬 ᄒᆞᆫ가지로 {함께} 쳘이마을 타고 발ᄒᆡᆼᄒᆞ여 일야간의 구빅 이을 ᄒᆡᆼᄒᆞᄆᆡ 오히려 동방이 박지 ᄋᆞ이ᄒᆞ고 인젹이 읍ᄂᆞᆫ지라. 말게 ᄂᆞ려 두로 살펴보이 빈 비 슈십 쳑이 강변의 ᄆᆡ여거ᄂᆞᆯ, 그 중의 견고ᄒᆞᆫ 비을 갈희여 {가려} 타고 영쥬 향ᄒᆞᆯ시 공쥬 진이 【친이】 비을 즈으이 샌르기 살 갓더라. 순식간의 숨쳔 리을 지ᄂᆞ셔 셩도의 일으이 날이 임의 황혼이라. 이 셤은 본디 문인졀되 【무인졀도】 이 식슈 ᄂᆞ쳐ᄒᆞ고 산 쾌 오히려 익지 ᄋᆞ이 ᄒᆞ엿ᄂᆞᆫ지라. 감ᄌᆞ와 쥭슌을 ᄶᆞ 먹으며 각식 실과을 다 먹으이 비 부르거ᄂᆞᆯ, 밤을 지니고

〈617〉

다시 비의 (올)ᄂᆞ 슌풍을 만ᄂᆞ 삼쳘 이 디ᄒᆡ을 무ᄉᆞ(이) 근너이 숨신산이 와년ᄒᆞ여 ᄒᆞ날의 다ᄒᆞᆺ거ᄂᆞᆯ, 눈이 문 왈,

"안지못(*게)라. 이 ᄉᆞᆫ 일홈은 무□시요 【무(*엇)시요】 ?"

공쥬 디 왈,

"봉ᄂᆡ산이오. 셔의ᄂᆞᆫ 방장산니오, 동에ᄂᆞᆫ 영쥬산니오이, 니 산들은 숨람마다 보지 못ᄒᆞ기로 신션이 ᄒᆞ강ᄒᆞᄂᆞ이다."

잇쩌ᄂᆞᆫ 츄칠월 십구일이라. 공쥬 왈,

"팔월이면 셔로 이별되지라. 이제 다른 데ᄂᆞᆫ 머물 곳지 읍스이 니 곳에셔 유ᄒᆞ다가 이별ᄒᆞ리라."

ᄒᆞ고 쵸막을 의지ᄒᆞᆫ 후의 죠혼 산과을 먹고 지니니, 비ᄂᆞᆫ 비녹 부르(*ᄂᆞ) 웃지 화식의 비ᄒᆞ리요. 이러그러 이별ᄒᆞᆯ 늘이 졈졈 다드르ᄆᆡ 셔로 비회을 금치 못ᄒᆞ더니 공쥬 문득 갈오디,

"쳡이 니제 낭군을 쩌ᄂᆞ면 다시 만ᄂᆞ 날 날이 【만ᄂᆞᆫ 날이】 멀거이와 낭

군니 이제 오 년을 지너면 (*본)국의 도라가 쳐즈을 다시 만느리이 슬으 마르쇼셔. 만일 오 년 츠지 못ᄒ여셔 고향의 도리가면 【도라가면】 이 는 천명을 거역ᄒ시미(*라). 이롭지 ᄋ이 ᄒ시리니 숨가 힝ᄒ시고 남경 득달ᄒ시거든 오 년을

〈618〉

기다러 본국에 도라 가쇼셔."
ᄒ며 셔로 위로ᄒ더이, 팔월 망일이 다다르미 양인이 목욕지게ᄒ고 물가의 느외·【느와】 셔로 이별셔을 지여 음영ᄒ며 눈물을 금치 못ᄒ더라. 남눈이 오열타 왈,
"엣날 고국을 이별할 제라도 이럿틋 심치는 안이 ᄒ더이 오날날 비창ᄒ믄 더욱 웃듯타 ᄒ리□ 【ᄒ리(*오)】?"
ᄒ(고) 쌍의 읍더져 통곡ᄒ거날, 공쥬 쏘흔 울며 왈,
"부부지정이 오날날 영이별이오이 웃지 슬푸지 ᄋ이ᄒ리오?"
남눈 손을 줍고 왈,
"인싱에 쥭어미 쩟쩟흔 일이니 혈마 웃더ᄒ리오마는 낭군을 이제 영결ᄒ니 낭군의 마음이 웃더ᄒ리요? 첩을 싱각지 마르시고 천만 보즁ᄒ쇼셔."
손으로 눈물을 쑤리며 슬어ᄒ더라. 문득 청됴 읍헤 느와 울거놀 청됴을 짜라 물가의 일로러 다시 도라보며 츠에 쩌느지 못ᄒ여 손을 줍고 쇼리을 슬피ᄒ여 일장통곡ᄒ고 물의 들녀 ᄒ니, 눈이 더욱 오열 왈,
"무인 졀도의 느을 혼즈 두고 어티로 가시는고? 느도 공쥬 보는 티

〈619〉

흔가지로 쥭고져 ᄒ느이디 【ᄒ느이다】."
ᄒ며 더욱 슬어ᄒ니, 공쥬 다시 손을 줍고 일장 통곡ᄒ다가 문득 물의 쑤여드이, 공즁으로셔 오식 구름이 영농ᄒ여 둘너쌋고 ᄒ날노 올느 가거놀, 슬푸디 【슬푸다】 눈이 공쥬을 이별ᄒ미 문인졀도의 【무인졀도의】 일신이

고단ᄒ니 망극ᄒᆫ 비회을 금치 못ᄒ더라.

　잇튼날 허장ᄒ고 제문 지여 울푸이 그 글에 ᄒ여시되,

　'오즉 긔더의 요죠ᄒᆫ 티도ᄂᆫ 범유의 ᄲᅡ여ᄂ고 {빼어나고} 긔특ᄒᆫ 지질이 강산 졍긔을 품슈ᄒ여 월ᄒᆫ의 연분으로 빅년긔약을 ᄒ여더이, 이에 이별이 (*셔)로 도라 보고ᄌ ᄒ여도 보ᄂᆫ 비 읍고, 듯고ᄌ ᄒ여도 듯난 비 읍도다. 공쥬의 긔특ᄒᆫ 슐법이 잇스미 뉘리셔【뉘라셔】 공쥬의 방(*혼)을 능히 도리【도라】 오게 ᄒ리오? 지난 바 흐르ᄂᆫ 눈물과 가ᄂᆫ 비 굴근 비 ᄌᄌᄒᆫ 구(*름)에 옛일을 슬허ᄒ고 다시 만날 ᄂ리이 읍시이 슬푸도다. 은졍인 큰어지고 {끊어지고} ᄒ날이 발그도다. 슬푼 원이 미치미 구름 헌□ᄒ도다【헌(*헌)ᄒ두다】. 비회을 먹음□【먹음(*고)】 잔간 됴(*문)ᄒᆞ니 말근 졍(*녕)이 ᄋ름이 {알음이} 잇ᄂ

〈620〉

냐? 오호라, 익지며 통의라!. 오호라 익지며 통의라!'
ᄒ엿더라.

　뉴이【눈이】 일긔 다ᄒ미 슬피 울고 그 곳의셔 누월을 지니이 님의 {이미} 십월이라. 쳔긔ᄂ 상승ᄒ고 지긔은 ᄒ강ᄒ여 츤 바람은 이러ᄂ며 빅셜이 훗날이이 ᄒᆡᆼ여 합빙할가 의심ᄒ여 비을 타고 셔ᄒ로 가고져 ᄒ더, 문득 일진 광풍니 이러ᄂ며 비을 ᄶᅥ여 다라ᄂ거날, 눈이 할일읍셔 스스로 ᄎ탄 왈,

　"ᄒ날이 ᄂ을 무이 여겨스 이 곳의셔 죽게 ᄒ시미라."
ᄒ고, 쵸막을 의지ᄒ여 산과로 연명ᄒ고 지니더라.

　각셜. 왜왕이 남눈의 부부 동망ᄒᆫ【도망ᄒᆫ】 줄 알고 즉시 ᄉ방의 힝관ᄒ여,

　'ᄎᄌ 드리ᄂ 지 잇시면 쳔금을 상ᄉᄒ고 만호후을 봉ᄒ리라.'
ᄒ더라.

각셜. 잇디 니 씨 고힝을 다리고 슈안군의 일르러 옥경션을 만느미 졍의 고류 갓더라. 일시을 쩌느지 으이 ㅎ고 일일은 니 씨 옥경션다려 죠용니 일너 왈,

"니 금야의 일몽을 으드이 구름을 타 요지라 ㅎ는 디 간즉 낭즈와 여즈 숨인으로 한가지 옥경의 느가 뵈(*온) 후

〈621〉

에 상제 분부ㅎ신 비 ㅎ고 붓쳐 일으시고 구슬 네 기을 니여 우리 스 인을 흔느식 논화 {나누어} 쥬미 다 바다 가지고 문의 느오다가 실죡ㅎ여 씨이 숀 구슬이 잇눈지라. 씻쳐 {깨우쳐} 싱각ㅎ즉 남즈는 가군이오, 그 보지 못ㅎ든 여즈는 일본국 공쥬오, 그 외의는 우리 두 스롬이니 일노쎠 의논ㅎ건디 낭군 반다시 일본국 부마 되엿눈지라. 우리가 스라다가 항여 만눌가 바라노라."

옥경션이 니 말을 듯고 놀느 왈,

"쇼첩도 젼일 유리쵼의 잇슬 쩌에 몽스 이 갓더이다."

ㅎ고, 즉시 구슬 니여 본즉 죠곰도 츠등이 읍눈지라. 셔로 신긔이 여기더이, 옥경셔이【옥경션이】 쏘 함경 감스의 핍박ㅎ믈 만느 도망ㅎ던 말과 길에서 복즈 만느 졈ㅎ던 말을 일일 고ㅎ고 양인이 신긔이 여겨 일후 비교 츠로 역역 긔록ㅎ게 간슈ㅎ더리【ㅎ더라】.

각셜. 남눈이 히즁의셔【희즁의셔】 공쥬을 영결ㅎ고 산즁의셔 무인젹 흔 곳에셔 산과로 연명을 ㅎ여 세월 보니더이 의복이 패픠ㅎ고 일신의 털

〈622〉

이 가득ㅎ여 흔셔을 모로니 남눈이 ㅎ날을 울러러 탄식 왈,

"니 일즉 츙효을 위업ㅎ여 임군과 부모을 셤기고져 ㅎ엿더이 니제 도로여 인형을 일어스니 고국에 도라가느 뉘 능히 스롬으로 보리요. 부모와

쳐ᄌ을 만난들 읏지 발명ᄒ리오?"

ᄒ고 슬피 우이, 청천니 슬어ᄒᄂᆫ 듯ᄒ고 빅일이 무광ᄒ여 강슈 오열ᄒᄂᆫ
듯ᄒ더(*라).

일일은 동풍이 디죽ᄒ며 물결 **흉흉**ᄒ더이 문득 젼의 읍든 빈 비 슈 쳑
이 물가의 붓터거늘 그 비에 올ᄂᆫ 보이 옛날 타고 왓든 비라. 마음의 크게
깃거 왈,

"이 비가 옛날 셔풍의 쩌ᄂᆫ 영쥬산의 가 붓쳣다가 오날늘 동풍의 맛쳐
왓도다."

ᄒ고, 인ᄒ여 그 비을 타고 힝ᄒ여 이십 일만의 졔ᄂᆞ라 짜의 다다으이 니
곳즌 인간이 인ᄂᆫ 곳지라. 읏지 깃부지 ᄋ이 ᄒ리요? 비을 물기의 터이고
나지면 산의 가 숨고 밤이면 힝ᄒ□【힝ᄒ(*여))】 슈월 만의 오ᄂᆞ라 쌍의
다다르이 힝식이 고이ᄒ지라. 흐슈 가의 다다르이 (*몸)이

〈623〉

뇌곤ᄒ여 긔갈을 면치 못헐니라. 바이면【밤이면】 영【염】의 드러 가
곡식을 드쳑ᄒ고【도젹ᄒ고】 어션을 드쳐ᄒ여【도젹ᄒ여】 타고 힝터니
오즁 ᄉ람이 알고 희젹ᄒ여 {해젹인가 하여} 쟝ᄉ 슈십 인 비 타고 ᄂᆫ
다시 오거늘, 남눈이 문득 공쥬의 말 싱각ᄒ고 보금을 쌔여 두루이 쟝ᄉ
슈십 인이 일시의 삼단 쓰러지 듯 ᄒᄂᆫ지라. 즉시 비을 힝ᄒ여 오일 만의
강동 쌍의 다다르이 몸이 뇌곤ᄒ지리【뇌곤혼지라】. 슈일을 죠례ᄒ여
{조리하여} 다시 힝ᄒ여 십여 일만의 황ᄒ슈의 이르니 황ᄒ슈 질빅【칠
빅】이라, 읏지 무ᄉ 득달ᄒ리요? 강변의 ᄂᆞ려 방황ᄒ더이, 문득 상고 삼
십여 이【인】이 니르러 물가의 부치거늘, 눈이 너렴 의심ᄒ고 비을 도젹
ᄒ려 ᄒ더이, 문득 ᄉ람들이 쥬인을 ᄎᄌ 가거늘, 잇쩌ᄂᆫ 졍히 황혼이라.

눈이 흔 비을 올ᄂᆫ 보이 쌀과 부졍 염쟝이 잇거늘 가장 깃거ᄒ여 왈,

"ᄒ날 ᄂᆫ을 어엿비 여기ᄉ 일로 ᄒ여금 본국에 도라가게 ᄒ시미로다."

ᄒ고 인ᄒ여 비을 도젹ᄒ여 타고 슌풍을 만ᄂᆫ지 못ᄒ여 이십구일 만의 남

경에 일으이, 남눈이 온조 【혼조】 말노 일오디,
"공쥬

〈624〉

웃지 텬ㅎ 디도 {지도} 을 이러틋시 ᄋ던고? 이는 질실노 【진실노】 긔
이ᄒ 스룸이로다. ᄒ믈며 디명은 됴션과 화친ᄒ 느라이라. 느의 스졍을
진달할진디 어엿비 여기지 ᄋ이 ᄒ리요?"
ᄒ고, 비의 느려 여염을 ᄎᄌ 드러가이 사람 모다 보고,
"이는 진실노 고이ᄒ 짐셩 {짐승} 이로다."
ᄒ며 활노 쏘고져 ᄒ며, 어린 ᄋ희는 보고 숨는지라.
남눈이 울며 비러 왈,
"느는 본디 됴션 스룸으로셔 임진년 왜난의 줍펴 갓다가 도망ᄒ여 이 곳
에 이르런느이 웃지 짐셩이리요?"
ᄒ고 지삼 이걸ᄒ되 종시 신쳥치 ᄋ이ᄒ거늘, 남윤 민망ᄒ여 슬피 울며 그
노셔 【글노써】 젼후슈말을 긔록ᄒ여 뵈고 엣글을 인증ᄒ여 이르이, 그 중
의 싀ᄌ하는 스룸이 보고 이르디,
"이난 분명ᄒ 스람이로다. 그러치 ᄋ이 ᄒ면 웃지 능히 글씨을 알이요?"
ᄒ며, 모든 스룸얼 심써 {힘써} 말뉴ᄒ여 죽이지 말느 ᄒ거늘, 그러ᄒ느 남
눈이 형용이 극히 흉춤ᄒ고 보는 숨롬이 일홈ᄒ여 왈, '싱귀신'이라 ᄒ더라.
잇쩌 남경 숨

〈625〉

람더리 싱귀신 왓단 말을 듯고 집마다 문을 단고 황황분쥬ᄒ미 이 쇼문
젼파ᄒ여 황쥬 ᄌᄉ 알고 즉시 발표ᄒ여 줍ᄋ다 문목할식, 남눈이 ᄌ쵸지
죵을 낫낫치 고ᄒ느 탁국 【타국】 스람의 말이라 아라 듯지 못ᄒ는 고로
지필을 니여 쥬며 스졍을 알외라 ᄒ니, 남눈이 고두ᄉ비ᄒ고 젼후ᄉ말을
착문으로 지어 드리니 ᄌᄉ 보고 크게 놀느 급히 올녀 안치고 쥬육을 권ᄒ

며 셔로 슈즉할식, 문즈로 응답ᄒᆞ는 말이 유슈 갓고 힝동거지 법되 {법
도} 잇스미 모든 스람이 실스을 알고 슬어 온일 지 웁더라. 즈스 어엿비
여겨 ᄒᆞᆫ 벌 의복을 지여 입히고 셔편 쇼실의 머물게 ᄒᆞ고 공괴 {공궤} ᄒᆞ
니 그 깃털은 다 빠지고 즌 털이 약간 ᄂᆞ마더라. 즈스 이 뜻으로 황제게
쥬문ᄒᆞ니 황제 놀ᄂᆞᆫ 인견츠로 상송ᄒᆞ라 ᄒᆞ시거놀, 즈스 응명ᄒᆞ고 각읍 힝
관ᄒᆞ여 황셩으로 보닐 시, 열읍 목스 금직이 {끔찍히} 호송ᄒᆞ여 보ᄂᆡ이
보는 스롬이 츠탄 안 이리 웁더라.

이십여 일

〈626〉

만의 황셩의 득달ᄒᆞ니 황제 인견ᄒᆞ시고 젼후슈말을 다 드르신 후 글을
지여 드리라 ᄒᆞ신디 남눈이 승명ᄒᆞ고 글을 지여 올니이, 황제 보시고 디츤
ᄒᆞᄉᆞ 황틱즈와 문스을 명ᄒᆞ여 윤으로 더부러 시셔을 강논ᄒᆞ라 ᄒᆞ시고, 그
후의 남눈을 명쵸ᄒᆞ여 왈,

"동국 졀스 드러 오거던 그디 ᄒᆞᆫ가지로 가리이 너는 모로미 틱즈로 더부
러 시셔을 강논ᄒᆞ라."

ᄒᆞ시이, 남눈이 황은 감츅ᄒᆞ더라.

츠시는 신ᄒᆡ 팔월이라. 남눈 황명을 밧즈와 홍경관의 머물식, 이 곳 졋
【젼】 더궐 동편 이십 이 허의 ᄒᆞᆫ 편의은 옥포산산이요 【옥포산이요】,
후원 광활ᄒᆞ여 긔이ᄒᆞᆫ 화쵸와 쵸목이 무셩ᄒᆞ고 비금쥬슈는 무리지여 왕ᄂᆡ
ᄒᆞ는디 상고션 왕ᄂᆡᄒᆞ니 경기 무궁ᄒᆞ더라. 이러ᄒᆞᆫ 풍경을 구경ᄒᆞ며 세월
뵈ᄂᆡ더이, 남눈이 죠션 스신 오기을 기다리이 잇써 맛춤 납월 쵸슌이라.
동국 스신 왓다 ᄒᆞ거놀, 남눈이 즉시 옥화관의 이르러 상부스의 셩명을 무
(*른)즉 상스은 됴

〈627〉

광쥬요, 부스는 빅동쳘이요, 셔장관은 유상희라. 모다 슉면이고 ᄒᆞ릴웁

셔 드라와【도라와】 머무더이, 숭ᄉ이 죠공ᄒ고 ᄂᆞ온다 ᄒ거눌, ᄎᄌ가 승명을 통허고 드러가 뵈온디, 샹ᄉ 좌을 즉ᄒ고 승명을 통ᄒ여 일경일회 ᄒ여 문 왈,

"멋지【엇지】 에 와 잇ᄂᆞ뇨? 그디 부친은 우샹이 되엿더니 갑오 ᄉ월 의 별셰ᄒ시고 ᄯᅩ 명년의 그디 모친이 별셰ᄒ엿ᄂᆞ니, 그디 웃지 부고을 더시리요? {들었겠습니까?} "

허거눌, 남눈이 ᄂᆡ 말을 듯의ᄆᆡ 임의 슈샹은 ᄒ여시ᄂᆞ 정신니 비월ᄒ여 오 열쳐충ᄒ여 아모 말도 디답지 뭇ᄒ다가. 겨오 이ᄉ【인ᄉ】을 츠러 왜국 드러가 고싱허던 말을 ᄌᆞ셰이 니ᄅᆞ니, 일횡 샹ᄒ인이 다 긔특이 여며【여 겨】 눈물 ᄋᆞ니 홀니 더【리】 읍더라.

서쟝관 · 유샹회 왈,

"남 졍승 손ᄌ 고힝니라 ᄒ는 ᄌᆡ 황희도 슈안 군슈ᄒ여 간ᄂᆞ니 아지못계 라. 그 뉘시뇨?"

윤이 왈,

"쇼싱은 븐디【본디】 독신이라, 다른 동성 읍거눌 이ᄂᆞ

〈628〉

ᄋ지못거라. 이ᄂᆞ 반다시 다른 남 졍승인가 ᄒᄂᆞ이다."

유샹회 디 왈,

"웃지 그릇 알니요? ᄒᄆᆞᆯ며 고힝이 날노 더부러 동방급졔ᄒ여 그 외조ᄂᆞ 니 춈판 경희니 ᄂᆡ 엇지 모로리요?"

ᄒ거눌, 남윤니 고히 여겨 눈물을 홀니더라.

ᄉ신니 쳔ᄌᆞ긔 ᄒ직 슉비ᄒ고 ᄯᅥ날ᄉᆡ 남육니【남윤니】 표을 올여 도라 가기을 청ᄒ거눌 쳔ᄌᆞ와 틱ᄌᆞ ᄌᆞ못 겨련ᄒᆞ 쟘간 머물ᄂᆞ 하고 황금 치단을 샹ᄉ허시되 남윤니 구지 ᄉᆞ양ᄒ고 밧지 ᄋᆞ니ᄒᆞᆫ디, 쳔지 가라ᄉᆞ디,

"이ᄂᆞ 마음니 빅옥【빅옥】 갓탄 문ᄉ라. 지물을 불관이 여겨여 구지 밧 지 ᄋᆞ니ᄒᆞ니 진실노 군ᄌᆞ라."

ᄒᆞ더라. ᄯᅩ ᄒᆞᆫ가지 잇ᄃᆞ【잇든】 문ᄉᆞ드리 각각 졍표ᄒᆞ되 남눈이 츄호도
범치 아니 ᄒᆞ더라. 인ᄒᆞ여 ᄒᆞ직ᄒᆞ고 비에 올ᄂᆞ ᄉᆞ신과 한가지로 ᄒᆡᆼᄒᆞ여 수
월 만의 조션을 득달ᄒᆞ니 깃부미 가이업셔 눈물 홀으물 ᄭᅢ닷지 못ᄒᆞ더라.
비을 즘산현 {증산현}

〈629〉

의 더이고 할오밤을 {하루밤을} 유숙ᄒᆞ고 샹ᄉᆞ와 ᄒᆞᆫ가지노 발ᄒᆡᆼᄒᆞᆯ(*시)
본국 티슈 ᄉᆞ신의 무ᄉᆞ이 도강ᄒᆞᆷ믈 보고 남눈에 ᄉᆞ연을 쟝문에 계달ᄒᆞ리
라. 눈니 ᄉᆞ신을 ᄯᅡ라 경셩으로 ᄒᆡᆼᄒᆞᆯ시 금쳔부의 이르러 밤을 지니더니,
마유이 ᄌᆞ연 비감 혼ᄌᆞ 말ᄂᆞ 일으되,
  '니 이졔 고국의 도라와 경셩의 도라간들 뉘 ᄂᆞ을 마져 반기리요? ᄒᆞ믈
  며 부모 영낙ᄒᆞ시고 그 즁의 친쳑이 읍시며 ᄋᆞ리로 형졔 읍시니 어디
  가 누을 의탁ᄒᆞ리요?'
ᄒᆞ며 쇼리 ᄂᆞᆯ 것줍지 못ᄒᆞ여 일쟝 통곡ᄒᆞ니, 곡셩이 쳐양ᄒᆞ여 {처량하
여} 듯ᄂᆞ 지 ᄋᆞ니 슬어ᄒᆞ 리 읍더라. 샹부ᄉᆞ 바야흐로 취침코져 ᄒᆞ다가 눈
의 우름 소리을 듯고 ᄒᆞ여금 윤을 쳥ᄒᆞ여 손을 줍고 위로ᄒᆞ여 밤을 지니
고, 잇튼날 평명의 즁ᄎᆞ 발ᄒᆡᆼ코져 ᄒᆞ더니 문득 한 관원니 말을 달녀 나ᄂᆞ
다시 드러오거눌, 이ᄂᆞ 남눈을 인견ᄎᆞ로 봉명 쉰젼

〈630〉

관【션젼관】 니라. 바로 드러와 샤ᄉᆞ을 【샹ᄉᆞ을】 보고 눈을 다리고 먼
져 ᄒᆡᆼᄒᆞᆯ(시) 남눈 ᄉᆞ신을 작별ᄒᆞ고 션젼관을 ᄯᅡ어라 경셩의 이르이, 샹이
인견ᄒᆞ시고 ᄌᆞ쵸지죵을 무ᄋᆞ시디, 윤이 복지 쥬 왈,
  "신은 젼 황경 감ᄉᆞ 【함경 감ᄉᆞ】 남두셩 ᄋᆞ들이요, 외죠ᄂᆞ 니두희요,
  쳐부ᄂᆞ 젼임 춘판 이경희로쇼이다. 신의 팔ᄌᆞ 긔박ᄒᆞ와 십육 셰의 님진
  왜난을 만ᄂᆞ 잡혀 갓습다가 이졔 도라와 셩샹겨 뵈읍기ᄂᆞ 실노 쳔만 ᄯᅳᆺ
  박기로쇼니다."

호고 전후슈말을 낫낫치 진달호더, 샹이 쳥파의 부샹이 【불샹이】 여기스 슬푼 눈물이 용포의 쩌러지니 좌우 졔신이 뉘 ○니 비감호리요? 샹이 젼일 의 왜난을 만ㄴ 의쥬로 분츈허신은 말슴이며 빅셩이 마니 니샨흔 {이산 한} 말슴과 남두셩의 일을 싱각호시고 옥음 오열호시다가 쥭시 젼교호ㅅ '남눈으로 그을 지여 올니라.'호ㅅ 보신

〈631〉

후에 급졔을 쥬시고 바로 동부승지을 졔슈허시며 당샹을 호이시고 잇튼 날 판셔을 졔슈호시니, 남눈이 일죠의 벼술이 이러틋 눕호미 복이 숀샹헐 가 두러워 하직 샹쇼하니, 샹이 남윤의 샹쇼을 보시고 젼교호시되,
"즈금 이후로 눈의 샹쇼을 밧(*지) 말ㄴ."
호시더라.

각셜. 슈안 틱슈 남고힝이 옥경션을 만난 후로 여낙호더이, 호로는 동지ㅅ 무ㅅ이 도강허여 경셩의 이어르러다 【이르러다】 보호거눌 보니 호엿 스되, '경셩 스람 남눈이 (*왜)난의 줍펴 갓다가 더국으로 도라와 동지ㅅ로 더부러 한가지로 샹경헌 후, 샹니 인견호시고 벼술을 도도와 이죠판셔을제 을 【이죠판셔을】 졔슈호시 스연이여눌, 고힝이 더경 의혹호여 왈,
"동셩동번으 【동셩동본은】 고니치 ○니 호거니와 동향이 더옥 고니호 도다."
호더라.
일일은 샹니 슈ㅇ 군슈의 일을 씨다르시고 눈을 명호여 갈

〈632〉

오스디,
"경의 ○돌이 쇼년 등과호어 황히도 슈ㅇ 군슈호여더이 경은 ○지 못호 ㄴ다."

허시거눌, 눈이 복지 쥬 왈,

"신이 본국의 잇스을 써에 지친 혈육이 읍실 뿐 아니오(*라), 젼안ᄒ던 날 밤의 왜젹의 난을 만ᄂ스오니 부부지에도 【부부지예도】 잠간 잇스오ᄂ 그간스 일은 엇지 ᄋ오잇가? 그러ᄒᄂ 신이 쳐ᄌ ᄎᄌ 보올 마음 간졀ᄒ오ᄂ 몸의 즁야을 써엿스온 고로 외람이 스졍을 진달치 못ᄒ엿습더니, 금닐 셩교 이럿틋 ᄒ시이 분골쇄신ᄒ와도 쳔은을 다 갑지 못홀가 ᄒ(*ᄂ)이다."

문득 한 신ᄒ 쥬 왈,

"어린 쇼견의ᄂ 그러치 ᄋ니 ᄒ오니, 스람이 쳔눈이 지즁ᄒᄋ겨눌 웃지 모르리ᄋ 만은, 눈의 부ᄌᄂ 왜난의 분츈ᄒ여 눈온 왜국의 깃다 왓시되 ᄌ시 【ᄌ식】 잇ᄂ 【잇ᄂ】 거슬 도로여 미안너 여기오니, 복원 셩은지 눈으로 황히 감스을 졔슈ᄒᄉ 그마 【거마】 로 ᄒ송ᄒ

〈633〉

ᄋ시면, 그 가온디 반다시 신긔ᄒ 일니 잇셔 부ᄌ 부부 다시 만ᄂ리니, 어지 【엇지】 일언의 미치 비리요?"

쥬ᄉ을 파ᄒ고 샹이 올히 여기ᄉ 눈을 황히 감스을 졔슈ᄒ시고 즉시 그마로 호송ᄒ시니, 눈이 스은 슉비ᄒ고 발힝헐시 만죠 다 ᄂ와 치ᄒᄒ며 즌송ᄒ더라.

잇써 슈안 군슈 고힝이 조부은 별셰ᄒ시고 부치 【부친】 읍스믈 슬허ᄒ며 모친계 슈말을 엿ᄌ온디, 부인니 속너을 그이지 못ᄒ고 ᄌ쵸지죵을 일일(이) 이오니, 고힝이 더옥 슬허 벼슬을 바리고 죽고져 ᄒ더니, 잇일은 【일일은】 반야 숨경의 부엉이 후원의셔 울거눌, 티슈와 부인이 크겨 경동ᄒ여 불을 발괴고 드어가 보이 ᄋ모 【아무】 즘싱도 읍고 쏘흔 스람도 읍난지라. 크계 의혹ᄒ여 도로 드어오고ᄌ ᄒ더이, 문득 공즁으로셔 쇼리 ᄒ되,

"ᄂᄂ 본디 쳔샹 스람으로셔 이졔 반가온 일이 잇기로 져 【젼】 ᄒ노

〈634〉

라. 목전의 아비 쇼시이【쇼식이】 분명이 왓스되 인즈의 도리에 부친은
츳즈오건만은 뉘라셔 반겨 마지리요? 슬푸다! 셕낭은 낭군이 지금 각가
이 왓겨놀 그디 으지【웃지】 모로며, 가연호다, 옥경션아! 이는 슉며이
니【슉면이니】 즁노의 가 닌졉호미 밥히롭지【방히롭지】 으니홀지라.
이졔 고인을 만느 습십 년을 질기다가 옥경으로 올지라. 셕낭과 옥경은
날을 으느냐? 모로느냐? 느는 본디 알본국【일본국】 월즁션니라. 낭군
으로 더부러 인간 인연이 진호고로 요지의 올느 갓스나 웃지 일시을 이
즈리요? 그디 등은 낭군을 (*다시) 만느 연분을 다시 미져 팡싱【평싱】
하락【히락】 호다가 후에 다시 만느리라."
호고 문득 간데 읍거놀, 부인 가장 고이 여겨 셔로 의혹호더이 옥경션이 왈,
"쳡이 이 스이 몽즁의 낭궁【낭군】이 즈조 뵈오고 오놀 동숀의셔 부엉
이 우니 니난 길흔 징죠라. 부인은 의심치 마르소셔."
허더이, 니 날 밤의 틱슈 물너 (*느와) 동원의셔 밤을 지니더니 즈

〈635〉

연 곤호여 즘간 죠으(*더)니, 남으로 불(*비)치 이러느 긱스가 다 타고
쏘흔 니으의 밋치거놀 친이 불을 쓰고겨 호다가 놀느 씨니 남가일몽이라.
경동헌 마음이 읍지 으니호더라.
  동방이 받고겨 홀 졔 문득 오죽기 셰 번 지져괴고 가거놀 마음의 긔이
여겨 니으의 드러가 모친겨 신셩호고 인호여 남방의 불이 이러느 관스가
다 탓던 말과 쏘흔 오죽이 읍혜셔 울더【울던】 슈말을 고호여 왈,
  "이는 진실노 불길흔 징죠 으이가 호느이다."
  부이【부인】쏘흔 묵묵호거놀, 옥경 왈,
  "쳡이 비륵 아난 거시 읍스오느 디강 히득호리이다. 쑴의 집에 불이 느
면 반다시 귀흔 일이 잇고 쏘 흐물며 시벽 까치 우난 건스【거슨】더옥
귀허【귀헌】 스림【스람】의 소식을 젼헌다 호오이 엇지 길헌 징죠 아

니리요? 틱슈는 근심치 마로소셔."

틱슈 칭춘 왈,

"스모는 진실노 여즁 군ᄌ라. 션명ᄒᄆᆡ 웃지 이갓트리요?"

ᄒ고 도노와 {도로 나와} 동현의 안(*ᄌ)더니, 문득

〈636〉

ᄒ인니 드러와 됴븨올 올니거늘, 슬펴 보니 젼 승샹 남두셩 외아들 눈나 【눈니】 황희 감ᄉᄒ며 【감ᄉᄒ여】 금마 【거마】 ᄒ숨 【ᄒ송】 허는 스면 니며날 【스연니여날】, 틱슈 더경 ᄆᆡ혹ᄒ며 【의혹ᄒ여】 니오의 드러가 이 말ᄉᆷ을 고ᄒ고 길을 ᄯᅥᄂᆞ고져 허거 【허니】, 부인니 듯ᄭᅩ 졍신니 황홀ᄒ며 【황홀ᄒ여】 아모리 힐 줄 모로난지라. ᄒ믈며 옥경션은 비록 돔침ᄒᄆᆡ 【동침ᄒ미】 읍스ᄂᆞ 여러 달 샹더허여 은졍이 집허스니 웃지 깃부지 아니ᄒ리요?

어린 듯 취현 듯 심ᄉᆞ올 경치 못ᄒ여 틱슈로 한가지 가고져 ᄒ거늘, 틱슈 왈,

"우리 부친니 분명홀진디 동힝ᄒᄆᆡ 방희롭지 아니ᄒ거이와, 만일 다른 스람이면 도니 빅셩의 우음을 면치 못ᄒ라. 좀간 머믈ᄂᆞ."

ᄒ고 ᄒ직을 고홀시, 모친니 혈셔을 쥬며 왈,

"어거슬 가졋다가 젹실ᄒ 긔미을 아 녀후에 {안 연후에} 엿ᄎᆺ엿ᄎᆺ 발셜ᄒ라."

ᄒᄃᆡ, 틱슈 승명ᄒ고 항쥬의 일으러 신빅을 탐문ᄒ니 임의 도임ᄒᆫ지라 【도임ᄒ 지】 슈일이라. 급히 말을 달녀 감영의 이르러 드러가 보니 슌스 답에 필의 문 왈,

"드른직 틱슈는 ᄂᆞ와 동승이라 {동셩이라} ᄒ니 원근 친척이며 그디 뉘시

〈637〉

며 외죠는 뉘라 ᄒᄂᆞ요?"

티슈 디 왈,

"흑문흐시니 황공흐옵거니와, 소관의 죠부는 전 우승상 남두셩이요 외죠

는 전 춤판 이경희오, 그러느 양가 죠부 구몰흐시고 소관 쑨니로소이다."

순亽 우 문 왈,

"그디 부친은 무슴 벼술흐요?"

티슈 문득 안슉【안식】을 슬허흐여 왈,

"소관의 가친은 쳔년 {청년} 조亽흐여습느이다."

순亽 왈,

"그디 부친이 됴亽흐엿스면 그 얼골을 기록지【기억지】 못허리로다."

흐고 인허여 크게 칭춘 왈,

"그디 모부(인)은 현철흔 여즁 군즈라. 부형이 읍슨 즈식을 극키 교훈허

여 져럿틋 조달케 흐니 웃지 셰숭에 어지【어진】 부인니 아니리요? 으

지 못게라. 지금 계신잇가?"

흔디, 티슈 이 말을 드르미 져신니【정신니】 혼암흐여 오열 쳬읍 왈,

"지금 싱흐여 계시거니와 이럿틋 흑문흐시니 웃지헌 연고잇가?"

순亽 탄식 왈,

"일언 亽람은 죽어도 져런 영즈을 두어 일홈이 빗느계 흐고 날 갓틋 亽람

〈638〉

은 亽라셔도 무즈흐여 맛춤니 불효을 면치 못흐는고?"

흐고 인흐여 기졀흐니, 좌우 급히 구휼시 쳘윤이 지즁흐이 부즈 상봉흐미

웃지 온젼흐리요? 이윽고 순亽 졍신을 슈습허여 왈,

"나도 나이 십뉵 셰의 가친니 황경 감亽로 가시기로 뫼셔 갓드니 이경희

여식으로 더부러 결친흐던 날 밤의 왜난을 만느 일(*야)을 동침흐고 부

모 계신 곳졔 츠즈 가다가 도젹의 즙펴 왜국(*의) (*즙혀) 갓더니 니졔

슈십 년 만에 도라오니 셰亽 변복흐미 틱심흐거늘 (*의)심 가니 칭양

{측량} 못흐는 고로 그디을 긔츌이라 발셜치 못흐미여니와 그디 모친

니 살라 기실진디 셔로 이별홀 디의 표물이 잇스니 주셔이 보라."
ᄒ고 낭중으로셔 혈셔을 니여 보거눌, 티슈 황망이 급급ᄒ여 주긔 낭중으
로셔 역시 ᄯᅩ 니여 보이니 그것을 ᄯᅩ 보고셔 기졀을 ᄒᄂᆞᆫ지라. 일노 졸 맛
ᄂᆞ셔 호ᄉᆞ로 지니더라.

일로 ᄭᅳᆺ을 막ᄂᆞᆫ다.

찾아보기

■ 서명·작품명

ㅎ

▌ 김진규

　경남 산청 출생
　동의대학교 국어국문학과 졸업
　동의대학교 대학원 국어국문학과 졸업
　문학박사
　동의대학교 국어국문학과 강사 역임
　동의중학교 교사

　● 주요 논문
　임란 포로체험의 문학적 형상화 연구
　다산 잡문 연구
　〈두홍전〉 연구
　〈상운전〉 연구 등 다수

　E-mail : sioolkim12@hanmail.net

한국고전서사문학연구총서 ⑦

조선조 포로소설 연구

2006년 2월 17일 초판 발행

지은이　김진규
펴낸이　김흥국
펴낸곳　도서출판 **보고사**

등록　1990년 12월(제6-0429)
주소　서울시 성북구 보문동 7가 11번지
편집부　922-5120~1, 영업부 922-2246, 팩스 922-6990
홈페이지　www.bogosabooks.co.kr
메일　kanapub3@chol.com

ⓒ 김진규, 2006
ISBN 89-8433-372-7 (93810)
정가 20,000원

* 잘못된 책은 바꾸어 드립니다.
* 저자와의 협의에 의하여 인지는 생략합니다.